महारानी मीरामणी
का
ब्रह्म-सिंहासन

मीनाक्षी वर्मा

प्रकाशक : इनविंसिबल पब्लिशर्स
जी-120 सुशांत लोक 3 गुडगाँव-122022
संस्करण : 2017
मूल्य : ₹ 299/-
आई.एस.बी.एन. : 9789386148759
Digitally Printed at Replika Press Pvt. Ltd.

यह पुस्तक एक काल्पनिक रचना है। नाम, वर्ण, स्थान और घटनायें लेखिक की कल्पना के उत्पाद हैं। वास्तविक व्यक्तियों, जीवित या मृत, घटनाओं, या स्थानीय लोगों के लिए इसकी कोई भी समानता पूरी तरह से संयोग है। लेखिक बाल-विवाह, दहेज-प्रथा, जाति-प्रथा और सती-प्रथा जैसी कुरीतियों का समर्थन नहीं करती है। पुस्तक में एक कहानी के रूप में उल्लेख किया गया है, जिसका मक़सद केवल सामाजिक मांगों की वजह से पैदा होने वाली स्थिति की जटिलताओं को समझाने के लिए किया गया है।

समर्पित

मेरी यह किताब समर्पित है ऐसे सभी महान मनुष्यों को जो समाज की घृणित रीतियों के विरूद्ध आवाज़ उठाने की हिम्मत रखते हैं।।

विषय-सूची

आभार

कृतज्ञ हूँ ईश्वर के प्रति जिसकी भक्ति ने मुझे संवेदनशील बनाया और लेखन के गुण मेरे अंदर जागृत किये।

आभारी हूँ अपनी सबसे छोटी बुआ कान्ता सिंह की जिन्होनें मेरी किताब लिखने में अपना संपूर्ण सहयोग मुझे दिया है, केवल उनके ही कारण मैं यह किताब 24 दिनों में पूरा कर पायी हूँ। उन्होंने मेरी सारी जिम्मदारियाँ अपने सिर पर लेकर मुझे पूरा वक़्त दिया कि मैं सारा समय अपनी किताब लिखने में लगा सकी। मेरी बुआ ने मुझे माँ जैसा ही निस्सवार्थ प्रेम दिया है जिसका क़र्ज़ मैं कभी नहीं उतार पाऊँगी। वह मेरे लिए बड़ी बहन और दोस्त की तरह रही हैं।

हमेशा ही ईश्वर को धन्यवाद किया है कि मैं ईमानदार पिता की ईमानदार बेटी हूँ। अपने पिता श्री रघुबीर सिंह की सज्जनता और सीधे-सच्चे व्यक्तित्व पर हमेशा मैंने गर्व किया है। साहित्य के प्रति लगाव और सामाजिक कार्य करने के गुण मुझे अपनी माँ श्रीमती कमलेश सिंह से मिले हैं। माँ-बाप के घर हमेशा छुई-मुई लाड़ली राजकुमारी की तरह रही हूँ ज़िसकी सारी इच्छायें मुँह खोलने से पहले ही पूरी हो जाती थीं।

आभारी हूँ अपने पति संजय वर्मा की जिन्होंने सख्त जीवन की कड़वी सच्चाईयों से मेरा सामना करवाया, जिससे मुझे अपनी हर प्रतिभा को पहचानने का अवसर मिला। उन्होंने अपने कीमती समय में से कुछ समय मेरे लिए निकालकर पब्लिकेशन में मुझे सहयोग दिया जिसके लिए उनका बहुत धन्यवाद। जीवन में कभी हार ना मानना और अपने लक्ष्य की प्राप्ति से पहले ना रुकना मैंने उन्हें देखकर ही सीखा है।

मेरी प्यारी बेटी देवांगी ने मुझे हमेशा प्रोत्साहित किया और अपने सपनों को प्राप्त करने में मेरी मदद की, हालांकि वह उम्र में अभी छोटी है लेकिन वह अपने शांत और विनम्र स्वभाव के कारण परिस्थितियों को संभालने के लिए बहुत बुद्धिमान है। मेरी छोटी सी प्यारी भतीजी शिविका के प्रेम के लिए भी मैं आभारी हूँ।

आभारी हूँ उन सभी लोगों की भी जिन्होंने मेरी और मेरी शराफ़त की हमेशा आलोचना की है, मेरी सादगी का हमेशा फ़ायदा उठाया है। अगर ऐसे लोग मेरे जीवन में ना आये होते तो मैं शायद अच्छे लोगों को कभी पहचान नहीं पाती।

अंत में आभारी हूँ उन सभी लोगों की जिनका प्यार, विश्वास, प्रार्थना, आशीर्वाद और सहयोग हमेशा मेरे साथ रहा है।।।

ह्रदय से धन्यवाद करती हूँ अपने पब्लिशर अजय सेतिया का जिसके सहयोगी और समझदार स्वभाव ने मेरा आत्मबल बढ़ाया। मेरे सपने को हक़ीक़त का रूप देने में उसने बहुत मेहनत की है। मुझे हमेशा लगता था कि किताब लिखने से ज़्यादा छपवाना मुश्किल है मगर अजय और उसकी कुशल टीम नये और आगामी लेखकों के लिए वरदान है। नये लेखकों को इतना सहयोग शायद ही कोई पब्लिशिंग हाऊस देता हो।

मेरे बेहतरीन कवर पेज के लिए श्री शानमुगावेल वेलू का बहुत-बहुत धन्यवाद जो कमाल के पेन्टर हैं। उनकी बनाई गई हर तस्वीर ऐसा लगता है कि मूक होकर भी कहानिय़ाँ बयान करती हैं।

अध्याय १

राजपूताना का महा साम्राज्य जयराजगढ़

नगाड़ों की तेज आवाज के साथ महा साम्राज्य जयराजगढ़ की सुबह हुई। लोग अपने-अपने घरों से निकलकर बाहर आने लगे और सुनने की कोशिश करने लगे कि महाराणा जी ने इतनी सुबह क्यों मुनादी करवाई है और नागरिकों के लिए क्या संदेश भिजवाया है।

जैसे ही राजा का संदेश सुनाने वाले राज कर्मचारी ने जयराजगढ़ वासियों को आते देखा तो नगाड़े बजाने वाले को रोकने का इशारा किया, और राजा का संदेश सुनाने लगा- सुनो सुनो सुनो सभी जयराजगढ़ वासियों, हमारे महाराणा रणजीत देव प्रताप सिंह की आज्ञा है कि जयराजगढ़ वासियों को यह आदेश दिया जाता है कि कल सुबह की पहली किरण के साथ महाराणा जी अपनी विजय यात्रा पर कूच करेंगे। जयराजगढ़ की जनता को यह सूचित किया जाता है कि युद्ध की आपात स्थितियों से निपटने के लिए तैयार रहें, संदेश सुनाकर फिर नगाड़े वाले को इशारा करता है कि वह फिर नगाड़े बजाना शुरू कर दे ताकि जिसने नहीं सुना है वह भी सुनने के लिए आ जाए।

यह संदेश सुनकर जयराजगढ़ में सभी नागरिकों के चेहरे लटक गए। जयराजगढ़ वासी संदेश सुन कर आपस में बातें करने लगे।

अरे फिर युद्ध, एक नागरिक ने कहा।

अभी तो अच्छा समय आया था कि हमें अपने परिवार के साथ कुछ समय बिताने का मौका मिला था और अब फिर युद्ध के मैदान की धूल फांकनी होगी, दूसरा नागरिक बोला।

पर अभी तो थोड़े समय पहले ही महाराणा जी ने ऐलान किया था कि अब वह आराम चाहते हैं और युद्धबंदी रहेगी, फिर अब क्या हो गया, एक और नागरिक ने विचार किया।

अब महाराणा जी क्यों और युद्ध करना चाहते हैं, एक और नागरिक ने पूछा, राजपूताना के अधिकतर हिस्से तो महाराणा जी ने जीत ही लिये हैं, और जो बचे हैं वह या तो उनके रिश्तेदारों के हैं या मित्रों के, तो अब वह किससे युद्ध करना चाहते हैं?

अरे भइया, एक बूढ़ा नागरिक बोला, अभी तो यह सुनने में आया था कि अब युवराज समर देव के विवाह उत्सव की तैयारियां चलेंगी, और अभी महाराणा जी युद्ध -सेना निकालने की तैयारियां करने लगे।

अरे चाचा, एक अधेड़ उम्र के नागरिक ने अपने विचार प्रस्तुत किए, महाराणा जी ने बहुत समय तक युद्ध बंदी कर ली, शायद अब उकता गए होंगे तो बारात के कूच की आज्ञा देने की बजाय युद्ध सेना के कूच की आज्ञा दे रहे हैं।

महारानी मीरामणि देवी के महारानी सिंहासन सँभालने के बाद कितने धार्मिक कार्य शुरु हो गए थे राज्य में, लगता था अब शांति और खुशहाली रहेगी, एक बूढ़ी औरत ने कहा, परंतु अब फिर महाराणा जी का युद्ध प्रेम जाग रहा है।

सही कहती हो अम्मा, एक नागरिक बोला, महारानी मीरामणि देवी तो सचमुच देवी का अवतार है। उन्होंने युवराज समर देव का लालन-पालन पूरी निष्ठा से किया है, तुम देखना युवराज समर देव हमारे महाराणा जी की तरह कठोर हृदय नहीं निकलेंगे, वैसे भी वह शांति की बातें ही करते हैं ।

देखा नहीं था जब उन्हें युवराज पद की शपथ दिलाई गई थी तो महारानी मीरामणि देवी ने एक शपथ और दिलाई थी कि युवराज समर देव की तलवार हमेशा शांति स्थापित करने के लिए ही उठेगी। युद्ध तो केवल वह अपनी सीमाओं को सुरक्षित करने के लिए ही करेंगे; ना कि अपनी युद्ध लालसा पूरी करने के लिए, एक और नागरिक बोला।

सही कहा भाई तुमने, एक अधेड़ उम्र के नागरिक ने कहा, परंतु हमारे महाराणा जी को तो महारानी मीरामणि देवी की यह बात अच्छी नहीं लगी तभी तो उन्होंने महारानी सा को आदेश दे दिया कि जो भी वचन युवराज समर देव लेंगे जयराजगढ़ की प्रथा के अनुसार ही लेंगे, ना कि महारानी मीरामणि देवी के विचारों के नियम अनुसार।

हाँ सो तो है, यह सुनकर अधिकतर नागरिकों ने हामी भरी।

चलो भाइयों, अब घर को चलें, कल युद्ध क्षेत्र की ओर कूच भी करना है। फिर जाने कब परिवार को देख पाएंगे, एक नागरिक वहाँ से उठते हुए बोला।

जाने अब कौन किसको देख पाएगा और कौन नहीं, दूसरे नागरिक ने भी उठते हुए संशोधन किया। अब युद्ध की तलवार किस- किसका नाम मिटा देगी और किस-किसका सिर काटेगी यह तो विधाता ही जाने।

और कौन युद्ध क्षेत्र से लौट पायेगा और कौन नहीं, यह भी तो विधाता ही जानता है, एक और नागरिक बोला। ईश्वर के सिवा कौन किसकी नियति जान सकता है। चलो चलें, अपने बच्चों को गले लगाकर प्रेम कर लेते हैं।

और अपने वृद्ध मां -बाप का भी आशीर्वाद ले लेते हैं, एक कम उम्र नागरिक बोला, जाने फिर युद्ध क्षेत्र से हम वापस लौट भी पाएंगे या नहीं।

इसी तरह अपने विचारों के आदान-प्रदान करते हुए जयराजगढ़ के वासी अपने-अपने घरों की ओर क़दम बढ़ाने लगे।

महा साम्राज्य जयराजगढ़ बहुत ही समृद्ध और शक्तिशाली साम्राज्य था। उस पर प्रकृति का पूरा आशीर्वाद था। आधी से ज्यादा सुरक्षा तो जयराजगढ़ को प्रकृति ने ही प्रदान की हुई थी।

साम्राज्य जयराजगढ़ के एक तरफ चिकने पत्थरों से निर्मित हुई बड़ी-बड़ी पहाड़ियां थी, चिकने पत्थरों में इतनी फिसलन थी कि पैर जमाए जा सकते ही नहीं थे। यदि कोई चढ़ने की चेष्टा भी करता था तो औंधे मुंह वापस आकर धरती पर पड़ता था जिससे उसके या तो प्राण चले जाते थे या हड्डी पसली तो अवश्य ही टूट जाती थी, तो किसी भी शत्रु या जानवर का इधर से आने का खतरा ना के बराबर था, साम्राज्य की यह पहली सीमा पूरी तरह सुरक्षित थी।

जयराजगढ़ साम्राज्य की दूसरी सीमा चिकने पत्थरों के पहाड़ों से शुरू होता हुआ घना जंगल था। जंगल इतना घना था कि यदि सूर्य की किरणें ना पहुंचे तो दिन में भी रात का एहसास होता था। यह पूरा जंगल ख़तरनाक जंगली जानवरों से पूरी तरह से भरा हुआ था। वहां शेरों और बाघों का ऐसा आतंक था कि कोई भी राहगीर दिन में भी वहां जाने में सौ बार सोचता था । केवल जयराजगढ़ साम्राज्य के राजपरिवार के सदस्य और उनके मित्र ही शिकार के लिए वहां जा सकते थे। जंगल शुरु होने के

लगभग 5 से 10 किलोमीटर के बाद जयराजगढ़ साम्राज्य के राजघराने के निजी शिविर लगे हुए थे जो कंटीली झाड़ियों के बाड़ों से पूरी तरह सुरक्षित थे। कंटीली झाड़ियों के बाड़ों के बाद वहां घेरानुमा गहरी खाई बनाई गई थी। यदि कोई जंगली जानवर वहां कंटीली झाड़ियों से बचता-बचाता आ भी जाता था तो गहरी खाई में गिर कर मर जाता था। यहां की हरियाली से जयराजगढ़ में शीतल हवा तो आ सकती थी परंतु शत्रु आने का साहस नहीं कर सकते थे।

जयराजगढ़ की तीसरी सीमा ठीक राजमहल के पीछे थी। यह एक झील थी जिसका नाम सप्त-संगमा था। इसे सप्त-संगमा झील इसलिए कहा जाता था क्योंकि यहां 7 झीलों का संगम होता था। इन झीलों में राजघराने के लोग नौका विहार करते थे। घने जंगल की हरियाली और झीलों के पानी की शीतलता से मिलकर राज महल में ठंडी और शीतल हवा का आवागमन रहता था। इन सातों झीलों का उदगम स्थल घने जंगलों में ही कहीं था, जो किसी को भी पता नहीं था, क्योंकि इतने घने जंगल में बहुत भीतर तक जाना सुरक्षित नहीं था। आज तक जो भी घने जंगल के अंदर गया वापस कभी नहीं आया। इसलिए जयराजगढ़ के राजा महाराजा भी अपने शिविर के आसपास ही शिकार करते थे बहुत घने जंगल में वह भी नहीं जाते थे।

जयराजगढ़ का चौथा रास्ता पत्थरों से बनी हुई सड़क का प्रमुख रास्ता था जहां से सबका आवागमन होता था। इसलिए जयराजगढ़ का एक बहुत बड़ा फौजी दस्ता इसी सीमा पर रहता था क्योंकि बाकी तीन सीमाएं तो प्रकृति ने ही सुरक्षित की हुई थीं।

यहां का मौसम गर्मी में बहुत गर्म और सर्दी में बहुत सर्द रहता है। जंगल की हरियाली और झीलों से घिरा होने के कारण यहां मानसून के समय में वर्षा भी बहुत अच्छी होती है। कुल मिलाकर जयराजगढ बहुत ही समृद्ध और बहुत ही खुशहाल महासाम्राज्य था।

जयराजगढ़ की कुल देवी चंडिका देवी थीं, जो महिषासुरमर्दिनि थी, जिनकी अष्ट भुजाएं थीं और जो अस्त्रों-शस्त्रों से सुसज्जित थीं। वैसे तो उनके अनेकों मंदिर जयराजगढ़ में स्थापित थे परंतु सबसे बड़ा मंदिर राजमहल के पीछे सप्त-संगमा झील के किनारे पर था जहां राज घराने के लोग ही पूजा-अर्चना करने आ सकते थे। उनके मंदिर में नारियल और लाल चुनरी ही चढ़ाने का विधान था परंतु यदि युद्ध में किसी भयंकर शत्रु को परास्त करके उस को मृत्यु को प्राप्त करा देते थे तो शत्रु का सिर भी उनके चरणों में चढ़ाया जाता था। परंतु वैसे अब मंदिर में बलि निषेध थी।

जयराजगढ़ में केवल महाराणा और महारानी ही 8 घोड़ों वाले रथ या बग्घी का उपयोग कर सकते थे। इसके अलावा महाराणा या महारानी ही हाथी को सवारी के रूप में भी उपयोग कर सकते थे। युवराज और बाक़ी रानियाँ या राजपरिवार के सदस्य 6 घोड़ों वाले रथ या बग्घी का उपयोग करते थे। प्रमुख राजदरबारी जैसे महा मुख्य-मंत्री, सेना-प्रमुख सेनापति सहित प्रमुख राज दरबारी 4 घोड़ों वाले रथ या बग्घी का उपयोग करते थे। इसके अलावा सेना के जैसे पद थे उसके अनुसार दो घोड़ों वाले रथ, एक घोड़े पर सवार एक सैनिक, पैदल सेना आदि- इत्यादि सवारियां थी।

जयराजगढ़ के राजा को महाराणा कहा जाता था। जयराजगढ़ की रानियों में से उसे ही महारानी की उपाधि मिलती थी जो पहला पुत्र पैदा करती थी। महाराणा का पहला पुत्र ही राजगद्दी का वारिस होता था और उस पुत्र की माता को ही महारानी के सारे अधिकार मिलते थे।

राज दरबार में एक महारानी दरबार होता था जिसमें महारानी परदों में बैठती थी। उसे औरतों से संबंधित मामले सुलझाने होते थे। यदि कोई औरतों की समस्या या अपराध का मामला आता था तो महारानी ही सुलझाती थी। महारानी का निर्णय अंतिम निर्णय होता था परंतु यदि महाराणा चाहे तो महारानी के अधिकारों में हस्तक्षेप कर सकते थे। महाराणा की बाकी पत्नियों में से जो रानी दूसरे पुत्र की माता होती थी या जो भी महाराणा को ठीक लगती थी वह महारानी दरबार में मुख्यमंत्री की भूमिका निभाती थी, उसे प्रमुख रानी की उपाधि दी जाती थी, और वह महारानी की अनुपस्थिति में महारानी दरबार की सारी जिम्मेदारियां संभालती थी। महाराणा की हर रानी को राज कार्य में अपना योगदान देना अनिवार्य होता था।

जयराजगढ़ की रानियों को वेदों का ज्ञान और राजनीति का भी थोड़ा बहुत ज्ञान होना आवश्यक होता था। यदि महाराणा किसी अनपढ़ रानी से विवाह कर भी लेता था तो भी उसे जयराजगढ़ में गुरु माताओं के आश्रम में रहकर ज्ञान सीखना पड़ता था। सभी रानियां परदा करतीं थीं परंतु घुड़सवारी भी करती थीं। यह सब शिक्षाएं उनके राज कार्यों का हिस्सा थीं और यह सब नियम रानियों के लिए इस लिए बनाए गए थे कि यदि किसी भी महाराणा की युद्ध में मृत्यु हो जाए तो युवराज के महाराणा की राज गद्दी पर बैठने से पहले रानियां उसके प्रशिक्षण में पूरा योगदान दें सकें और उसे एक समर्थ महाराणा बना सकें।

जयराजगढ़ में जौहर की भी प्रथा थी। उसके लिए एक नियम अलग से था कि यदि महाराणा की मृत्यु हो जाती थी तो उनकी सभी रानियों में से केवल महारानी और

प्रमुख रानी को ही यह अधिकार दिया गया था कि वह जौहर-प्रथा से सुरक्षित थीं, बाकी सभी रानियों के लिए जौहर अनिवार्य था। तो इसलिए जयराजगढ़ में महारानी बनने की होड़ लगी रहती थी, और सभी रानियां चाहती थी कि पहला पुत्र वही पैदा करें ताकि वह सम्मानित जीवन व्यतीत कर सकें।

महा साम्राज्य जयराजगढ़ के तत्कालीन महाराणा रणजीत देव प्रताप सिंह हैं जो भूतपूर्व महाराणा सूर्य देव प्रताप सिंह के ज्येष्ठ पुत्र हैं और जिनकी आयु 50 वर्ष से ऊपर हो चुकी है। वैसे तो उनकी तीन रानियां थीं, परंतु अब दो ही रह गई हैं क्योंकि पहली रानी वैशाली का निधन उनकी युवा अवस्था में ही सप्त-संगमा झील में डूबने से हो चुका था। पहली रानी वैशाली से उनकी कोई संतान नहीं थी। दूसरी रानी अंबिका जो महाराणा से उम्र में 3 या 4 वर्ष छोटी होंगी, उनसे महाराणा रणजीत देव ने प्रेम विवाह किया था। रानी अंबिका से उनका समर देव नाम का सत्रह वर्षीय एक पुत्र है जो साम्राज्य जयराजगढ़ का तत्कालीन युवराज भी है। उनकी तीसरी रानी मीरामणि जो उम्र में महाराणा से आधी है और दूसरा उसका रूप-रंग और सूझबूझ इतनी अधिक है कि महाराणा के सारे हथियार अपने आप ही उसके सामने डल जाते हैं। यही कारण है कि राज्य का पहला पुत्र मीरामणि की कोख से पैदा ना होने के बावजूद भी वह साम्राज्य की महारानी है। महारानी मीरामणि से महाराणा रणजीत देव के जुड़वाँ बच्चे हैं- एक राजकुमार रूद्र देव प्रताप सिंह और दूसरी राजकुमारी अमृतामणि जिनकी आयु लगभग 11 वर्ष है। रानी अंबिका और महारानी मीरामणि में सौतन जैसा ईर्ष्या भाव नहीं है अपितु बहनों जैसा प्रेम है जो महाराणा रणजीत देव को जरा भी नहीं सुहाता है।

अध्याय २

युवराज समर देव प्रताप सिंह की मृत्यु की ख़बर

महा-साम्राज्य जयराजगढ़ के महल में तत्कालीन महाराणा रणजीत देव प्रताप सिंह बहुत व्यग्रता से टहल रहे थे। प्रमुख सेनापति अक्रूर सिंह को वह आदेश दे चुके थे, अब तो वह हत्या टाली ही नहीं जा सकती थी क्योंकि प्रमुख सेनापति अक्रूर सिंह काम पूरा करके ही लौटते हैं। उन्होंने महाराणा को ये वचन दिया हुआ है कि यदि महाराणा का कोई भी काम वह पूरा ना कर सके तो वह अपनी गर्दन अपनी ही तलवार से अलग कर देंगे। इसलिए तत्कालीन महाराणा रणजीत देव प्रताप सिंह यदि किसी पर भी पूरा विश्वास करते हैं तो वह है उनका प्रमुख सेनापति अक्रूर सिंह। युद्ध क्षेत्र में भी अक्रूर सिंह के होते हुए किसी भी शत्रु की पहुंच महाराणा तक नहीं हो सकती। महाराणा के प्राणों की कई बार अक्रूर सिंह ने अपने प्राणों पर खेलकर रक्षा की है, और बहुत से युद्ध महाराणा ने अपनी राजनीति से कम अक्रूर सिंह के बल से ज्यादा जीते हैं। अक्रूर सिंह उनकी सेना का प्रमुख सेनापति होने के साथ-साथ बचपन का परम मित्र भी है।

प्रमुख सेनापति अक्रूर सिंह की चक्रव्यूह रचना को भेदना किसी के लिए भी आसान नहीं रहता। युद्ध क्षेत्र में वो महाराणा के इर्द-गिर्द ऐसी सुरक्षा घेरे का व्यूह रखते हैं कि कोई भी शत्रु आस-पास नहीं फटक सकता। अक्रूर सिंह की सेना टुकड़ी का एक एक योद्धा दस योद्धाओं को तो अकेले ही संभाल सकता है। तलवारबाजी, भाला फेंकने से लेकर चकरी घुमाने तक में वह निपुण है, तभी महाराणा रणजीत देव प्रताप सिंह ने कभी भी कहीं भी हार का मुंह नहीं देखा था। जीतने की उन्हें लत लग गई थी, फिर चाहे वह युद्ध का मैदान हो या रिश्तों का महाराणा की राजनीति हर जगह चलती थी। अपने आगे किसी का भी सिर उठना या आवाज उठनी उन्हें पसंद नहीं थी। केवल उनकी तीसरी रानी मीरामणि देवी ही थोड़ी बहुत बहस उनसे कर सकती

थी या अपनी मर्ज़ी चला लेती थी। महाराणा भी यह सोच कर उसे क्षमा करते आ रहे थे कि एक तो वह उम्र में महाराणा से आधी थी और दूसरा उसका रूप-रंग और सूझबूझ इतनी थी कि महाराणा के सारे हथियार अपने आप उसके सामने डल जाते थे।

अगले दिन सूर्य की पहली किरण के साथ महाराणा रणजीत देव प्रताप सिंह ने अपनी दोनों रानियों बड़ी रानी अंबिका देवी और छोटी महारानी मीरामणि देवी से मंगल तिलक करवाया तो बड़ी रानी अंबिका ने पूछा, महाराणा जी, क्या युवराज समर को आपने कहीं भेजा हुआ है, कल से नज़र नहीं आ रहे।

अचानक आये इस सपाट प्रश्न से महाराणा गड़बड़ा गये, फिर खुद को संभालते हुए बोले, परसों हमें बहुत बीती रात यह खबर मिली थी कि जंगल में कुछ घुसपैठिए शत्रु घुस गए हैं इसीलिए हमने उसे फौरन जंगल में युद्ध के लिए रवाना कर दिया था।

क्या!!! बड़ी रानी अंबिका ने अपनी बड़ी-बड़ी कजरारी आँखें फैलाते हुए आश्चर्य से कहा, उस बच्चे को आपने उसके पहले युद्ध पर भेज दिया और इसके बारे में आपने हमें बताना भी जरुरी नहीं समझा, रानी अंबिका का क्रोध एक ही क्षण में उसके गोरे चेहरे पर उजागर हो गया।

हम गुप्त राज-कार्यों की खबर आपको देना जरूरी नहीं समझते, महाराणा ने उसके क्रोध को नज़रअंदाज़ करते हुए तीखे स्वर में कहा।

क्या कहा आपने!!! आप हमें खबर देना जरुरी नहीं समझते, कहते-कहते रानी अंबिका की आंखों में आंसू आ गए, वह हमारा पुत्र है महाराणा जी और हम उसकी मां हैं, और आप एक मां को उसके बच्चे की खबर देना जरूरी नहीं समझते। आपको तो आज तक भी युद्ध पर जाने से पहले विजय-तिलक करवाना होता है और अपनी आरती उतरवानी होती है, परंतु हमारा पुत्र पहली बार युद्ध पर गया है और उसके लिए आपने यह जरूरी नहीं समझा कि उसकी मां उसका विजय-तिलक करती या उसकी आरती उतारती। ऐसी क्या जल्दबाज़ी थी आपको जो आपने यह हक भी हमसे और उससे छीना है।

अंबिका, महाराणा ने दहाड़ते हुए कहा, बंद करो अपना यह विलाप, हमारे युद्ध पर जाने से पहले ही तुमने मनहूसियत फैला दी है। बेवकूफ औरत, महाराणा ने और भी क्रोधित स्वर में कहा, यदि तुझे हमारे विजय-तिलक करने पर इतनी ही परेशानी

है तो आगे से हमारे लिए यह सब आडंबर करने की कोई जरूरत नहीं और यह कहकर महाराणा ने आरती की थाली को रानी अंबिका से लेकर एक तरफ फेंक दिया। युद्ध हम अपने साहस और बाहुबल से जीतते हैं, ना कि तुम्हारे विजय-तिलक या आरतियाँ उतारने से, और रात-दिन पूजा-पाठ में लगे रहने से तो तुम्हारे भगवान नहीं उतर आते हमारी मदद करने के लिये, आखिरी बात कहते-कहते महाराणा रणजीत सिंह ने उपेक्षा से महारानी मीरामणि की ओर देखा क्योंकि वह महा शिव भक्त थी और उसका यह मानना था कि ईश्वर की मर्जी के बिना पत्ता भी नहीं हिल सकता और उसकी महादेव में गहरी आस्था थी इसलिए वह हर छोटी-बड़ी बात के लिए महादेव की भक्ति करती थी और उसे अपनी भक्ति पर और अपने भगवान पर संपूर्ण विश्वास भी था।

महाराणा जाते हुए रुक गए और फिर मुड़कर पूछा, क्या तुमसे भी मिलकर नहीं गया??? महाराणा ने प्रश्न- सूचक दृष्टि महारानी मीरामणि पर डाली।

जब आपका आदेश था कि वह किसी से भी मिल कर नहीं जाएगा तो फिर आपका आदेश टालने की यहाँ किसमें हिम्मत है??? महारानी मीरामणि ने तीखे स्वर में उल्टा ही प्रश्न किया।

हुँ.... महाराणा ने गंभीर हुंकार भरी, फिर मीरामणि से पूछा, हमारा पुत्र राजकुमार रूद्र देव कहां है?

अपने कक्ष में सो रहा है, मीरामणि ने तीखे स्वर में ही उत्तर दिया, क्या आप उससे भी मिल कर जाना चाहते हैं?

नहीं उसकी कोई आवश्यकता नहीं, महाराणा अपने स्वर को भरसक नरम बनाते हुए बोले, बस उनका ख्याल रखिएगा, वह इस साम्राज्य की अनमोल धरोहर है। और हमारी पुत्री राजकुमारी अमृतामणि कहाँ है?

वह भी अंबिका जीजी के कक्ष में सो रही है, मीरामणि ने बिना स्वर बदले हुये कहा, और कुछ?

तुम हमसे ऐसे तीखे स्वर में क्यों बात कर रही हो? हमने तुमसे तो कुछ नहीं कहा जो तुम नाराज हो रही हो, महाराणा ने नरम स्वर में पूछा।

छोड़िए भी महाराणा जी, आपको यह सब कुछ समझ नहीं आने वाला......आप तो बस युद्ध पर जाने की तैयारियां कीजिए, और क्या अब आपको देर नहीं हो रही, महारानी मीरामणि ने उपेक्षित भाव से कहा।

महाराणा रणजीत सिंह का मुंह उतर गया। वह जितना ही मीरामणि से प्रेम करना चाहते थे, वह उतनी ही उनकी उपेक्षा कर देती थी। यह बात महाराणा को बहुत चुभती

थी। अरे हम किसी से भी कैसी भी बात करें, कैसे भी स्वर में बात करें, पता नहीं इस मीरामणि को क्या फर्क पड़ जाता है, इससे तो हम हमेशा ही प्रेम से पेश आना चाहते हैं, परंतु यह हमें अपनी उपेक्षा दिखाकर गुस्सा दिला ही देती है, महाराणा मन ही मन में स्वयं से ही प्रश्न कर रहे थे, क्या नहीं दिया हमने इस मीरामणि को, हमारे साम्राज्य को तो पहला पुत्र भी इसने नहीं दिया, फिर भी हमने उसको महारानी सिंहासन पर बैठने दिया, किसी स्त्री को इतना प्रेम नहीं किया, जितना इसको करते हैं, हमारे राज्य में एक भी शिवमंदिर नहीं था फिर भी इसकी खुशी के लिए हमने शिव मंदिर का निर्माण कराया। इसके सारे वचन भी हमने पूरे किए हैं परन्तु फिर भी इसको हमारा प्रेम क्यों नहीं समझ आता। महाराणा रणजीत सिंह मन ही मन बड़बड़ाये, पता नहीं दोनों सौतनें आपस में बहनों जैसा प्रेम दिखाकर इस संसार में कौन सा आदर्श स्थापित करना चाहती हैं। भाड़ में जाएं यह दोनों औरतें, इन औरतों का तो दिमाग ही खराब होता है। जरा सा इनको प्रेम दिखाओ तो यह सिर पर बैठने लगती हैं, महाराणा मन ही मन बढबढ़ाते हुए गुस्से में बाहर की ओर निकल गए।

उनके बाहर जाते ही रानी अंबिका ने महारानी मीरामणि को कहा, तुमने देखा मीरा, यह महाराणा जी किस तरह से गुस्सा दिखा रहे थे। जब देखो गुस्सा नाक पर रखा रहता है। किसी का भी अपमान करने से नहीं चूकते और हमारा तो सारे जीवन में यह केवल अपमान ही करते आए हैं। यदि हम इतनी ही बेवकूफ़ औरत हैं तो क्यों इन्होंने हमसे विवाह किया। हम तो विवाह प्रस्ताव लेकर नहीं आए थे, यही पीछे पड़ गए थे हमारे। औरतों के प्रति तो थोड़ा सा सम्मान भी इनके हृदय में नहीं है, उनके लिए तो औरतें केवल भोग की ही वस्तु हैं। अरे हमने क्या गलत कह दिया, हमारे छोटे से बच्चे को अकेले भेज दिया युद्ध में और मां से पूछने की कोई जरूरत नहीं। क्या तुम्हें कोई खबर की थी इन्होंने, रानी अंबिका ने अपने आँसुओं को पोंछते हुये पूछा।

नहीं अंबिका जीजी, हमें भी कोई खबर नहीं की, आज-कल वैसे भी यह सारी बातें कुछ ज्यादा ही गोपनीय रखने लगे हैं, मीरामणि ने जवाब दिया।

हे भगवान!!! रानी अंबिका ने ऊपर देख कर हाथ जोड़ते हुए कहा, मेरा बच्चा अभी केवल 17 वर्ष का ही है, उसकी रक्षा करना भगवान।

चलिए अंबिका जीजी छोड़िए, आप अधिक परेशान मत होइये। महादेव सबका भला करेंगे, वैसे भी आप महाराणा जी की बातों को अब हृदय से लगाना छोड़ दीजिए। आपको तो पता ही है कि सीधी बात तो जीवन में उन्होंने कभी करनी सीखी ही नहीं है। सबको अपने बुरे कर्मों का दंड भोगना ही पड़ता है, मीरामणि ने मुस्कुराते हुए कहा, इनका भी समय अब अधिक दूर नहीं है।

मीरामणि की यह बात सुनकर रानी अंबिका भी मुस्कुराए बिना नहीं रह सकी।

राज महल से बाहर निकलते ही प्रमुख सेनापति अक्रूर सिंह ने महाराणा रणजीत देव प्रताप सिंह को प्रणाम किया। महाराणा रणजीत सिंह उसको देखकर काँप गए, लगता है कि काम हो गया है, उन्होंने मन में सोचा और फिर अपने आप को संभाला।

प्रमुख सेनापति अक्रूर सिंह अपने महाराणा की हालत समझ रहा था इसलिए उसने खुद आगे बढ़कर महाराणा रणजीत सिंह को संभाला और फिर आदरपूर्वक बोला, पधारिए महाराणा जी, सेना युद्ध के प्रस्थान के लिए पूरी तरह से तैयार है।

महाराणा रणजीत देव प्रताप सिंह अपने 8 घोड़ों वाले रथ पर सवार हो गए और प्रस्थान की आज्ञा देते हुए बोले, युद्ध-यात्रा का बिगुल बजवा दो।

प्रमुख सेनापति अक्रूर सिंह ने युद्ध-यात्रा का बिगुल बजवाना शुरू कर दिया था, यह सेना के लिए संकेत था कि युद्ध यात्रा आरंभ हो गई है।

महाराणा रणजीत सिंह की आंखें बार-बार आंसुओं से धुंधला रही थीं और वह बेहद सावधानी के साथ अपने आंसू पोंछ रहे थे।

अभी उनकी सेना उनके राज्य सीमा पर पहुंच भी नहीं पाई थी कि युवराज समर देव प्रताप सिंह जो कि जंगल-युद्ध पर गए हुए थे, उनका प्रमुख सैनिक सुशांत सिंह जो कि प्रमुख सेनापति अक्रूर सिंह का पुत्र भी था, घोड़ा दौड़ाता हुआ आ पहुंचा। वह बहुत ही बदहवास सा लग रहा था।

प्रमुख सेनापति अक्रूर सिंह ने महाराणा रणजीत सिंह के रथ के पास आकर कहा, महाराणा जी, युवराज समर देव का प्रमुख सैनिक सुशांत सिंह आपसे भेंट करने की आज्ञा चाहता है और वह कहता है कि बहुत ही आपातकालीन स्थिति है।

महाराणा रणजीत सिंह का दिल डूबने लगा था, फिर भी आवाज़ को स्थिर बनाते हुए बोले, आज्ञा है।

युवराज समर देव के प्रमुख सैनिक सुशांत सिंह ने महाराणा रणजीत सिंह को प्रणाम किया और कहा, महाराणा जी यह बुरी खबर देते हुए मेरी जिव्हा के साथ-साथ मेरा हृदय भी जल रहा है कि महासाम्राज्य जयराजगढ़ की आज की भोर बहुत ही काली है.....युवराज समर देव प्रताप सिंह का रात में शत्रुओं के घुसपैठियों के साथ जंगल में युद्ध हुआ जिसके परिणामस्वरुप हमारे महावीर युवराज समर देव प्रताप सिंह ने सारे शत्रुओं के घुसपैठियों को मार गिराया, परंतु वह शत्रुओं से युद्ध करते हुये जंगल में बहुत दूर तक निकल गए थे और वहां पर शेरों के झुंड ने उन पर हमला कर दिया और हमारे महावीर युवराज समर देव प्रताप सिंह शेरों के झुंड के साथ लड़ते हुए शहीद हो गए। हम सब केवल उनकी चीख़ें ही सुन पाए, उन का शव हम बरामद नहीं कर सके.....महासाम्राज्य जयराजगढ़ आज अपना युवराज खो चुका है, यह कहते हुए सुशांत सिंह अपने घुटनों पर बैठ गया और अपनी गर्दन जमीन पर लगा दी।

महाराणा रणजीत सिंह बदहवासी में लड़खड़ा गए, उनको प्रमुख सेनापति अक्रूर सिंह ने संभाला। महाराणा के मुंह से मुश्किल से एक ही बात निकली- युद्ध सेना रोक दो........युद्ध सेना रोक दो......और उन्होंने प्रमुख सेनापति अक्रूर सिंह के कंधे पर अपना शोक से युक्त सिर रख दिया।

अक्रूर सिंह ने सेना को आदेश दिया, युद्ध सेना वापस चल और युद्ध सेना का काफिला जयराजगढ़ की ओर वापस मुड़ गया।

पूरा जयराजगढ़ शोक में डूबा हुआ था। अपने युवराज समर देव प्रताप सिंह की आकस्मिक मृत्यु से सब का दिल दहल गया था। अपने युवराज के आखिरी दर्शन भी उन्हें नसीब नहीं हुए थे।

रानी अंबिका देवी दुख की अधिकता से बार-बार अचेत हो रही थीं। राजवैधों की एक पूरी टोली उन्हें संभालने में व्यस्त थी, अपने इकलौते पुत्र की मृत्यु उन्हें आंखें नहीं खोलने दे रही थी।

उधर महाराणा रणजीत सिंह अपना कक्ष बंद करके बैठ गए थे। सबको यह आदेश हो चुका था कि जब तक महाराणा जी स्वयं कक्ष के बाहर नहीं आते, कोई भी उन्हें परेशान नहीं करेगा, आखिरकार वो एक महाराणा होने के साथ-साथ पिता भी थे और अपने पुत्र की मृत्यु के शोक में पूरी तरह डूबे हुए थे।

पूरे राज परिवार में केवल महारानी मीरामणि देवी ही थीं जो धैर्य धरे हुए थीं और पूरे समय चुप्पी साधे बैठी रही थीं। वह अपने पुत्र राजकुमार रूद्र देव प्रताप सिंह और पुत्री राजकुमारी अमृतामणि को बहुत कुछ समझा रही थीं और वह दोनों बच्चे समझने की कोशिश भी कर रहे थे। आख़िरकार दोनों बच्चों ने हामी भरते हुए कहा, आपकी प्रत्येक आज्ञा का पालन होगा माँ... यह सुनकर महारानी मीरामणि देवी ने चैन की सांस ली।

दो दिन पहले की ही बात थी, महाराणा रणजीत सिंह ने युवराज समर देव को जंगल में युद्ध पर जाने की आज्ञा दी थी। महाराणा की आज्ञा से युवराज समर देव सेना की टुकड़ी लेकर निकले क्योंकि महाराणा को पक्की खबर मिली थी कि शत्रुओं के कुछ घुसपैठिए जंगल में छुपकर घात लगाकर बैठे हुए हैं। शिकार पर जाने की बात होती तो समर देव कभी पसंद नहीं करता क्योंकि उसे बिना वजह निर्दोष जानवरों को मारना पसंद नहीं था, चाहे पिता की सख्त आज्ञा भी होती। परंतु यहां तो बात शत्रुओं की थी और कोई भी राजपूत शत्रु की ललकार सुनकर चुप नहीं बैठ सकता था और फिर उन शत्रुओं की इतनी हिम्मत कि वह जंगल के रास्ते राज्य की सीमा में प्रवेश करना चाह रहे थे, उनको रोकना बहुत जरूरी था। महाराणा ने यह कहा भी था कि वैसे तो यह काम प्रमुख सेनापति अक्रूर सिंह ही करते परंतु वह यहां से बहुत दूर थे और उन्हें बुलाया भी नहीं जा सकता था क्योंकि वह राज्य की दूसरी सीमा की रक्षा पर तैनात थे। फिर महाराणा रणजीत सिंह ने युवराज समर देव को यह भी कहा था कि वह उनकी युद्ध कला से प्रभावित तो हैं और यह उनका पहला मौका था अपनी योग्यता सिद्ध करने के लिए, क्योंकि महाराणा चाहते थे कि युद्ध क्षेत्र में जाने से पहले समर देव को अच्छे से जांच लें कि वह युद्ध क्षेत्र में जाने लायक अभी हुये हैं भी या नहीं।

इसके कुछ दिनों के बाद वहां जंगल में ही, जहां उनके साम्राज्य के शिकार के लिये शिविर लगे हुए थे, वहां महाराणा रणजीत सिंह ने अपने मित्र गरुड़गढ़ के राजा सत्य राजसिंह की पुत्री सुकन्या देवी को समर देव को दिखाने का पूरा इंतजाम किया हुआ था। समर देव विवाह के लिए तैयार नहीं होता था तो दोनों मित्रों ने यह सोचा कि एक बार समर देव राजकुमारी को देख लेता तो उसकी सुंदरता देख कर वो विवाह के लिए अवश्य ही तैयार हो जायेगा। महाराणा रणजीत सिंह ने अपने मित्र को अपनी

जुबान दी हुई थी कि समर देव का विवाह उनकी पुत्री से करवाकर ही रहेंगे इसलिये उसका रिश्ता तो महाराणा ने पहले से ही पक्का कर दिया था। उनका मक़सद तो केवल राजकुमारी की सुंदरता से युवराज समर देव को रिझाने का था, क्योंकि राजकुमारी सुकन्या शायद अप्सरा मेनका और उर्वशी से भी अधिक सुंदर थी और युवराज समर देव तो विश्वामित्र भी नहीं था। मगर युवराज समर देव इससे पहले राजकुमारी सुकन्या से मिलते इस हादसे में उनकी मृत्यु की बुरी खबर आ गई थी।

राजपूताना का महासाम्राज्य जयराजगढ़ जो कुछ दिन पहले युवराज समर देव के विवाह पक्का होने का संदेश प्राप्त करके बेहद प्रसन्न था, आज वही जयराजगढ़ उसी युवराज समर देव की मृत्यु पर शोक में डूबा हुआ था।

महाराणा रणजीत सिंह इस दुख की घड़ी में भी अकेलापन भोग रहे थे क्योंकि बड़ी रानी अंबिका अचेत-अवस्था में पड़ी हुई थी और छोटी महारानी मीरामणि राजकार्यों में अति व्यस्त हो गई थी क्योंकि महाराणा तो राजकार्यों को नहीं देख पा रहे थे। परंतु फिर भी महाराणा रणजीत सिंह को महारानी मीरामणि देवी का यह रुप कुछ खल रहा था कि ना तो वह रोई थी और ना ही उसने कुछ कहा-सुना था। जबकि रानी अंबिका से अधिक तो वह मीरामणि का पुत्र था। रानी अंबिका ने तो केवल उस को पैदा किया था, परन्तु मीरामणि ने ही बचपन से उसका लालन-पालन, शिक्षा-दीक्षा सब कुछ अपनी ही देख-रेख में करवाया था, तो फिर आज वह अपने प्रिय पुत्र की मृत्यु पर रोती क्यों नहीं!!! वैसे तो उसे बड़ा प्रेम करती थी, महाराणा रणजीत सिंह ने मन ही मन विचार किया।

फिर महाराणा ने सोचा, कहीं यह सब मीरामणि की राजनीति का हिस्सा तो नहीं.... इस बुरी घड़ी में तो शत्रु भी रो पड़ते हैं और यह तो गंभीर धैर्य धरे बैठी है। इतना धैर्य तो किसी औरत में नहीं हो सकता, जितना यह दिखा रही है। क्या पता यह अपने ही पुत्र रूद्र देव को महाराणा बनाना चाहती हो और इसका समर देव के प्रति प्रेम केवल दिखावा ही हो। रानी अंबिका तो दिमाग़ से सीधी औरत है, राजनीति के खेल वह बिलकुल नहीं समझ सकती। इसके ठीक विपरीत मीरामणि दिमाग से बहुत तेज है। वह युद्ध- कला में निपुण है, राजनीति और चाणक्य नीति में तो महा-निपुण है, परंतु मीरामणि पर तो किसी तरह का संदेह भी नहीं किया जा सकता क्योंकि वह एक महा शिव-भक्त है और उसका जप-तप इतना अधिक है कि वह बड़े से बड़ा त्याग भी करने से पीछे नहीं हटती। महा साम्राज्य जयराजगढ़ को खुशहाल और समृद्ध बनाने में उसका बहुत बड़ा योगदान है। परिवार को संभालने में और सौतन से बहनों

जैसा प्रेम रखने में भी उसकी महानता अतुलनीय है। युवराज समर देव उसी की तपस्या का फल था। उसने खुद माँ ना बनकर रानी अंबिका को मां बनने का अवसर दिया था और युवराज समर देव को तो वह अपने प्राणों से भी अधिक प्रेम करती थी.... परंतु फिर वह उसकी मृत्यु पर रोती क्यों नहीं???...हो सकता है शायद वह अकेले में रो लेती होगी, क्योंकि वह साम्राज्य की महारानी भी तो है और महारानी को आम स्त्री की तरह विलाप करना शोभा भी नहीं देता। वैसे तो वह बहुत साहसी और निडर औरत है, बहुत ही निष्ठावान और कर्तव्यपरायण स्त्री है....महाराणा रणजीत देव अपने ही विचारों के उतार-चढ़ाव में रहे थे।

दूसरी तरफ़ सारे जयराजगढ़वासी इस अविश्वसनीय खबर पर वैसे तो हैरान थे कि इतनी बड़ी सेना की टुकड़ी जो आज तक कभी किसी से नहीं हारी तो युवराज को जंगल में कैसे नहीं बचा पाई। उसके लिए युवराज के प्रमुख सैनिक सुशांत सिंह ने यह बताया था कि जैसे ही आधी रात के समय युवराज को जंगल में कुछ आवाज़ें सुनाई दीं, वह अकेले ही जंगल में यह कहकर निकल गए थे कि मैं चलता हूँ, तुम सेना लेकर मेरे पीछे आओ, और एक घुसपैठिए शत्रु का पीछा करते हुए उन्होंने अपने घोड़े को ऐड़ लगा दी थी और पीछे से सुशांत सिंह उनको पुकारते रह गए कि आगे शेरों का खतरा है, वहां मत जाइए परंतु युवराज ने सुना नहीं और निकल गए।बाद में केवल उनकी चीख़ें हीं सुशांत सिंह को सुनाई दी थीं।

हुआ चाहे कुछ भी था परंतु दुख की खबर तो यह थी कि महा साम्राज्य जयराजगढ़ अपना नौजवान युवराज जिसकी आयु केवल 17 वर्ष की थी, उसे सदैव के लिये खो चुका था, और दूसरी तरफ़ महाराणा रणजीत सिंह अपने कक्ष में पूरा अंधेरा करके बैठे हुए थे जैसे रोशनी में वह अपना चेहरा खुद ही नहीं देखना चाहते हों। आज रह-रह कर उनके कानों में उनके पिता महाराणा सूर्य देव प्रताप सिंह की आवाज गूंज रही थी और दिमाग़ पर उनके शब्द लगातार चोट कर रहे थे- "यह राजनीति का महा-घिनौना रूप है, यहां पाप और पुण्य एक साथ चलते हैं और अधिकतर शक्ति के नशे में पाप ही पुण्य पर भारी पड़ जाता है.....रिश्तों मे राजनीति सबसे खतरनाक राजनीति होती है, क्योंकि यहां तुम यदि जीत भी गए तो भी तुम्हारी ही सबसे बड़ी हार होती है.....रिश्ते केवल प्रेम से ही बनते हैं और प्रेम से ही आदर पाते हैं, राजनीति से बने हुये रिश्तों में तुम केवल अकेलापन ही भोगते हो.....यह महाराणा का सिंहासन महाशक्ति का प्रतीक है यदि इस शक्ति का तुम ठीक से और धर्म से उपयोग नहीं करोगे तो यह शक्ति तुम्हारे ऊपर हावी होकर विनाशकारी

दुरुपयोग करा लेगी...यह महाराणा का सिंहासन तुम्हें कौन सी और कैसी राजनीति सिखाएगा, यह तो अब भविष्य में ही पता चलेगा।......."

महाराणा रणजीत सिंह की आंखों से अविरल आंसू बहने लगे, और उनका सारा बचपन उनकी आंखों के आगे घूमने लगा।

अध्याय ३

महाराणा रणजीत देव प्रताप सिंह का इतिहास

रणजीत सिंह के पिता महाराणा सूर्य देव प्रताप सिंह थे जो तब जयराजगढ़ के तत्कालीन महाराणा थे और उनकी दो पत्नियाँ थीं। उनकी पहली पत्नी थी रानी मनोरमा देवी और दूसरी पत्नी थीं महारानी केसर देवी।

वैसे तो केसर देवी महाराणा की दूसरी पत्नी थी परंतु महाराणा के राज-सिंहासन के लिए पहला पुत्र और जयराजगढ का युवराज रणजीत देव प्रताप सिंह उनकी ही कोख से पैदा हुआ था, तो जयराजगढ़ की प्रथा-अनुसार युवराज की माता होने के कारण महारानी का सिंहासन भी उन्हें ही मिला। बाद में उनकी दो और संतानें हुई- एक पुत्री नीलिमा और सबसे छोटा पुत्र मनजीत देव प्रताप सिंह।

महाराणा सूर्य देव की पहली पत्नी का नाम रानी मनोरमा देवी था। उनका पुत्र जगजीत देव प्रताप सिंह, रणजीत सिंह के 1 वर्ष के बाद पैदा हुआ था इसलिए उन्हें महारानी का सिंहासन नहीं मिल सका था, जिसका उन्हें बहुत मलाल था। वह हमेशा अपने पुत्र जगजीत के रणजीत सिंह के विरुद्ध कान भरतीं रहती थीं और उनकी माता केसर देवी के विरुद्ध भी षड्यंत्र रचती रहती थीं परंतु अब तक कामयाब नहीं हो पाई थीं। रानी मनोरमा देवी ने अपने पुत्र जगजीत देव प्रताप सिंह के दिमाग में यह भर दिया था कि रणजीत सिंह और उसकी मां के जिंदा रहते हमें हमारे अधिकार नहीं मिलेंगे, इसलिए दोनों मां-बेटा षड्यंत्र करते ही रहते थे। रानी मनोरमा देवी की भी जगजीत देव के बाद तीन और संतानें हुईं, तीनों ही पुत्रियाँ थीं- रुकमा, पदमा और शोभना।

तो कुल मिलाकर महाराणा सूर्य देव प्रताप सिंह की दो पत्नियां और उन दोनों से 7 संतानें थीं। उनकी दोनों पत्नियां एक दूसरे को नीचा दिखाने में लगी रहती थीं और यही हाल उनके बच्चों का भी था। उनका परिवार एक परिवार की तरह ना रहकर दो गुटों में बंट गया था। एक गुट महारानी केसर देवी और उनके बच्चों का था और दूसरा

गुट रानी मनोरमा देवी और उनके बच्चों का था। जब भी मौका मिलता था तो यह दोनों ही गुट एक दूसरे के विरुद्ध षड्यंत्र करने से नहीं चूकते थे और इसीलिए परिवार में एकता तो बिल्कुल भी नहीं थी, और जहां एकता ना हो वहां शांति तो कभी रह ही नहीं सकती। महाराणा सूर्य देव प्रताप सिंह का महा साम्राज्य जयराजगढ़ तो पूरी तरह से खुशहाल और समृद्ध था परंतु उनका परिवार पूरी तरह बिखरा और टूटा हुआ था। उनके रोज-रोज के षडयंत्रों और झगड़ों ने महाराणा सूर्य देव सिंह को अंदर से बिल्कुल तोड़ दिया था। परिवार की शांति के लिए उन्होंने अपने ही राजमहल में 2 हिस्से कर दिए थे, जिसमें एक हिस्सा महारानी केसर देवी और उनके बच्चों के रहने के लिये था और दूसरा हिस्सा रानी मनोरमा देवी और उनके बच्चों का था परंतु फिर भी परिवार में शांति स्थापित नहीं कर पा रहे थे। एक पिता होने के नाते सूर्य देव प्रताप सिंह अपनी सारी संतानों को समान रुप से ही प्रेम करते थे।

महाराणा सूर्य देव प्रताप सिंह के प्रमुख सेनापति थे शमशेर सिंह, और एक तरह से उनके परम-मित्र भी थे। उनसे वह अपने राज्य की समस्याओं के साथ-साथ पारिवारिक समस्याओं की भी बातें किया करते थे। पीढ़ियों से शमशेर सिंह के पूर्वज महाराणा के प्रमुख सेनापति होते आए थे। यह कोई महा साम्राज्य जयराजगढ का रिवाज नहीं था कि हमेशा शमशेर सिंह के परिवार में से ही कोई प्रमुख सेनापति होगा परंतु उस परिवार के पुत्रों की युद्ध-कला और जयराजगढ के प्रति निष्ठा इतनी अधिक थी कि जब भी प्रमुख सेनापति का चुनाव होता था, पूरे महा साम्राज्य जयराजगढ़ में उनके परिवार को ही यह सौभाग्य प्राप्त हो जाता था और यह सब केवल उन्होंने अपनी योग्यता के बल पर ही हासिल किया हुआ था। युद्ध-क्षेत्र में वह ऐसे-ऐसे चक्रव्यूह की रचना करते थे कि उनका चक्रव्यूह भेदना किसी भी शत्रु के लिए आसान नहीं होता था और अपने महाराणा के प्राणों की रक्षा करने के लिए तो उन्होंने ऐसा चक्रव्यूह बनाया हुआ था कि शत्रु उसके अंदर आने का साहस भी नहीं कर पाता था। इसीलिए आज तक शमशेर सिंह के परिवार के प्रमुख सेनापति होने से युद्ध-क्षेत्र में कभी कोई भी शत्रु महाराणा तक पहँच भी नहीं पाया था। प्रमुख सेनापति की साम्राज्य-सुरक्षा भी इतनी चाक-चौबंद होती थी कि कभी भी महा साम्राज्य जयराजगढ़ के इतिहास में कोई भी शत्रु या घुसपैठिया उनकी साम्राज्य-सीमा के अंदर प्रवेश करने की हिम्मत भी नहीं कर पाया था। इसीलिए महाराणा के सिंहासन पर बैठने वाला हर व्यक्ति उनके परिवार के सदस्यों की निष्ठा पर आंख मूंदकर विश्वास करता था और और प्रमुख सेनापति के पद के लिए उनकी पहली पसंद शमशेर सिंह के परिवार की ही होती थी।

प्रमुख सेनापति शमशेर सिंह का पुत्र अक्रूर सिंह भी लगभग युवराज रणजीत सिंह की आयु का ही था। इसीलिए शमशेर सिंह युद्ध कला की शिक्षा दोनों को साथ में और बराबर दे रहे थे। युवराज रणजीत देव प्रताप सिंह को वह महाराणा की राज गद्दी के लिए तैयार कर रहे थे और अपने पुत्र अक्रूर सिंह को उनका प्रमुख सेनापति होने के लिए। समान आयु और समान शिक्षा-दीक्षा होने के कारण रणजीत सिंह और अक्रूर सिंह बचपन से ही परम मित्र हो गए थे, जितने परम-मित्र महाराणा सूर्य देव प्रताप सिंह और प्रमुख सेनापति शमशेर सिंह थे, उससे भी कहीं ज्यादा इन दोनों में भाइयों जैसा प्रेम होने लगा था। अक्रूर सिंह तो रणजीत सिंह की हर बात के लिए प्राण देने को तैयार रहता था। रणजीत सिंह जी के केवल आँख के इशारे से ही अक्रूर सिंह समझ जाता था कि वह क्या कहना चाह रहे हैं।

जयराजगढ़ साम्राज्य की सीमा के बाहर एक गुरूकुल था जिसके प्रमुख गुरू थे 'आचार्य चतुरानंद'। वह राजनीति, चाणक्य-नीति और वेदों की नीति सिखाने में पारंगत थे, इसीलिए उनके पास बहुत से राज्यों और साम्राज्यों के बच्चे शिक्षा के लिए आते थे। उनके गुरुकुल के आश्रम में बहुत से राज्य और साम्राज्य के बच्चे रहा करते थे परंतु युवराज रणजीत सिंह, उनका सौतेला भाई जगजीत सिंह और अक्रूर सिंह को वहां रहने की कोई आवश्यकता नहीं थी क्योंकि उनका गुरुकुल साम्राज्य जयराजगढ़ की सीमा के बाहर ही था इसीलिए रोज सुबह वहाँ जाने और शाम को वहाँ से वापस आने में कोई परेशानी नहीं हुआ करती थी। प्रमुख सेनापति शमशेर सिंह ही अपनी पूरी निगरानी में उन्हें वहां पर छोड़ कर आते थे और वापस लेकर आते थे। युवराज रणजीत सिंह का छोटा भाई मनजीत देव प्रताप सिंह तो अभी दूध-मुँहा बच्चा था, इसीलिए उसे वहां अभी नहीं भेजा जा सकता था।

गुरुकुल में ही युवराज रणजीत सिंह की मुलाकात एक और युवराज से हुई, उसका नाम था नीलकांत वह बल्लभगढ़ के राजा कृष्णकाँत का पुत्र था। क्योंकि बल्लभगढ़ वहाँ से बहुत दूर था इसीलिए नीलकांत वहीं रहकर शिक्षा पा रहा था। वह भी युवराज रणजीत सिंह की मित्र-मंडली में शामिल हो गया था। नीलकांत शिक्षा-दीक्षा और युद्ध-कला में तो बहुत तेज था परंतु स्वभाव का नरम और सीधा भी था। वह हृदय का बहुत साफ था, जो कुछ भी उसके हृदय में था वही सब उसकी जिव्हा पर रहता था। राजनीति में भले ही वह अच्छी शिक्षा ग्रहण कर रहा था परंतु चालाकी उसके स्वभाव में नहीं थी और मित्रों के साथ तो बिल्कुल ही साफ और निष्कपट था। उसमें

शिष्टाचार भी बहुत था इसीलिए वह गुरु आचार्य चतुरानंद का सबसे प्रिय शिष्य बना हुआ था।

इसके विपरीत युवराज रणजीत देव प्रताप सिंह और उसका परम मित्र अक्रूर सिंह दोनों ही बहुत शरारती और चालाक थे। रणजीत सिंह को बचपन से ही दिमाग में अपने युवराज होने का बहुत अहंकार था इसीलिए उसे केवल आदेश देने की आदत थी। जो उसकी आज्ञा माने वह तो उसका मित्र और जो उसे थोड़ा भी समझाने की कोशिश करता था, वह उसका सबसे बड़ा शत्रु होता था, उसके लिए यह बिल्कुल ही स्पष्ट था। युवराज रणजीत को केवल अपनी जीत से ही प्रेम था। वह साम-दाम-दंड-भेद कैसे भी जीते परन्तु उसे तो केवल जीतना ही होता था और उसका परम मित्र अक्रूर सिंह उसके हर अच्छे-बुरे काम में उसका पूरा सहयोग करता था।

युवराज नीलकांत यह देख और समझ रहा था कि रणजीत सिंह की अपने सौतेले भाई जगजीत सिंह से बिल्कुल भी नहीं बनती थी और दोनों ही एक दूसरे को नीचा दिखाने की कोशिश में लगे रहते थे। नीलकांत ने यह कई बार अपने निजी अनुभव से भी महसूस किया था कि रणजीत सिंह को समझाना बहुत ही मुश्किल था, जबकि जगजीत सिंह को यदि मित्रता के नाते वह कुछ भी समझाता था तो वह मान जाता था। इसीलिए धीरे-धीरे नीलकांत को रणजीत सिंह से ज्यादा जगजीत सिंह अच्छा लगने लगा था, परंतु रणजीत सिंह से उसकी मित्रता पहले हुई थी इसीलिए वह उसको यह बात स्पष्ट रुप से कह कर उसके हृदय को चोट नहीं पहुंचाना चाहता था। वह हमेशा सोचता था कि अपनी मित्रता के नाते उनको समझाएगा और दोनों भाइयों को सदा के लिये एक कर देगा।

एक बार जब सुबह युवराज रणजीत सिंह गुरुकुल पहुंचा तो पता चला कि गुरुजी के फिसलकर गिर जाने से उनको बहुत चोट आ गयी है तो इसीलिए गुरुकुल का 5 दिनों का अवकाश घोषित हो गया था। रणजीत सिंह ने नीलकांत को आमंत्रित किया कि अवकाश समाप्त होने तक अपने साम्राज्य जयराजगढ़ में रहने के लिए। नीलकांत ने गुरुकुल से आज्ञा ले ली और रणजीत सिंह के साथ उसके साम्राज्य जयराजगढ़ में छुट्टियाँ मनाने के लिए आ गया।

जयराजगढ़ में जंगलों में बच्चों का जाना सख़्त निषेध था, परंतु रणजीत सिंह और उसके परम-मित्र अक्रूर सिंह ने शरारतों में वहाँ तक जाने का रास्ता गुप्त रूप से खोज निकाला हुआ था। वह रास्ता सप्त-संगमा झील के किनारे जो चिकने पहाड़ थे, वहाँ से जंगल में पीछे से होकर जाता था और वहाँ तक जाता था जहाँ जंगल के अंदर

जयराजगढ के शिकार के लिए राजघराने के शिविर लगे हुये थे। उस रास्ते पर जंगली जानवरों का खतरा तो कम था परंतु विषधर नागों का और भयंकर अजगरों का खतरा बहुत था। रणजीत सिंह और अक्रूर सिंह को अच्छे से पता था कि कौन-कौन से गड्ढों में काले विषधर नागों का बसेरा है और किस दिशा में ज्यादा अजगर पाये जाते हैं। वह दोनों वहां नागों को पकड़कर उनके साथ खेलते थे और कभी-कभी उन्हें मार भी डालते थे। वह नागों के गड्डे में पेड़ की लंबी टहनी डालते थे तो उसमें फौरन ही 2-4 नाग लिपट जाते थे, उसके बाद में बाहर खींच लेते थे और फिर उन्हें धरती पर छोड़ दिया करते थे, जब वह नाग इधर-उधर भागने लगते थे तो वह पेड़ की टहनी से उन पर वार करते थे। नाग तिलमिला जाते थे और अपने फन फैलाकर उन्हें डसने को तैयार हो जाते थे तो वह दोनों किसी संपेरे के सामान उनके साथ युद्ध करते थे और किसी भी क्षण जब नाग उनपर हावी होने को होता था तो अपनी तलवार से वह उसका फ़न काट कर दो टुकड़े कर दिया करते थे। जब नाग दर्द से तडपता था तो दोनों बहुत खुश होते थे कि उनका शत्रु तड़प-तड़प कर मर रहा है। इस तरह का क्रूरतापूर्ण खेल खेलने में उनको बहुत खुशी मिलती थी। बचपन के इसी क्रूरतापूर्ण खेल से रणजीत सिंह को आदत पड़ गई थी, कि जो उनके सामने अपना सिर उठाए उसके सिर के दो टुकडे कर दिए जाएं, मतलब की उसे कुचल दिया जाए। कभी-कभी तो वह नागों को पकड़कर चमड़े के बने थैले में डाल दिया करते थे और अपने राज्य के सँपेरों के पास ले जाया करते थे। सँपेरें बहुत हैरान हो जाते थे कि उन्हें ऐसे-ऐसे दुर्लभ नाग कहां से मिल जाते हैं। उन्होंने राज्य के सँपेरों से नागों के विष निकालने की कला भी सीख ली थी।

इसके अलावा भी वह कुछ ऐसे ही घृणित खेल खेलते थे। वह चूहों को पकड़कर होली के रंगों में डुबो देते थे और फिर उसको अपने राज महल की छत पर रखकर चीलों और बाजों को आमंत्रित किया करते थे कि वह जिंदा चूहों को उठाकर ले जाएं और जब चूहे दर्द से छटपटाते थे, तब उन दोनों को बड़ा मजा आता था। किसी को दर्द या पीड़ा में देख कर आनंद लेना उन दोनों की गंदी मानसिकता को दर्शाता था। परंतु उनके लिए तो यह मनोरंजन के साधन थे।

जब नीलकांत उनके साथ जयराजगढ़ में छुट्टियां बिताने आया तो रणजीत सिंह और अक्रूर सिंह उसे भी वहीं पर जंगल में खेल के बहाने ले गए। जब वह दोनों नीलकांत को यह जोखिम भरा और क्रूरतापूर्ण खेल दिखाने लगे तो नीलकांत डर गया और बेज़ुबान और निर्दोष जानवरों की हत्या करते देख नीलकांत को इन दोनों

से ही घृणा होने लगी। उन दोनों को इस खेल में मजे आ रहे थे और नीलकांत उनकी गंदी मानसिकता के इस खेल पर अफसोस जाहिर कर रहा था। नीलकांत अच्छे से समझ चुका था कि इनकी तो मित्रता भी खतरे से खाली नहीं है। इसलिए जब नीलकांत उनके राज्य से गुरुकुल लौटा तो धीरे-धीरे उसने इनके साथ अपनी दूरी बनानी शुरु कर दी थी। प्रत्यक्ष में नीलकांत उन्हें कुछ भी नहीं कहता था परंतु धीरे-धीरे वह उनसे दूर होने की कोशिश कर रहा था। नीलकांत अच्छे से समझ चुका था कि ऐसे क्रूर मानसिकता के लोगों से ना तो मित्रता अच्छी है और ना ही शत्रुता। वह ज्यादा से ज्यादा समय जगजीत सिंह के साथ ही बिताने लगा था, जगजीत सिंह को रणजीत सिंह और अक्रूर सिंह से सावधान रहने की सलाह भी दे चुका था।

समय बीतता गया और धीरे-धीरे सारे बच्चे अपना बचपन पीछे छोड़कर नौजवानी में कदम रखने लगे। उनके गुरुकुल की शिक्षा भी लगभग समाप्त हो चुकी थी इसलिए सभी अपने-अपने राज्य लौटने की तैयारियों में लग गए।

युवराज रणजीत देव प्रताप सिंह की आयु 18 वर्ष की हो चुकी थी और वह बहुत ही आकर्षक नौजवान पुरुष बन चुका था जो किसी भी सुदंर नारी के हृदय की धड़कन बन सकता था। उसकी सूरत और व्यक्तित्व ऐसा चुंबकीय था कि कन्यायें उसकी ओर खिंचनें लगीं थीं, परंतु अभी तक उसे किसी लड़की में कोई दिलचस्पी नहीं हुई थी, और विवाह के विषय में तो कभी सोचा ही नहीं था। उसका कद 6 फीट से कुछ ऊपर ही था, घुंघराले काले बाल और काली मूँछें उसके गोरे रंग पर खूब फबती थी। उसकी कसी हुई कद-काठी उसके महायोद्धा होने का प्रमाण देखने वालों को ख़ुद ही दे देती थी। राजनीति में और युद्ध कला में तो वह पारंगत होता ही जा रहा था। प्रमुख सेनापति शमशेर सिंह जो युद्ध कला में उसके गुरु थे, वह भी उसके सामने टिकने से कुछ घबराने लगे थे। प्रमुख सेनापति शमशेर सिंह को यह समझ आने लगा था कि रणजीत सिंह के सामने कोई भी योद्धा आसानी से तो नहीं टिक पाएगा। उसे युद्ध कला की बारीकियों का बहुत ज्ञान होने लगा था। पिता सूर्य देव प्रताप सिंह रणजीत सिंह की परवरिश देखकर बहुत अधिक संतुष्ट थे।

अपने दूसरे पुत्र जगजीत सिंह को सूर्य देव प्रताप सिंह खुद ही युद्ध कला की शिक्षा-दीक्षा दे रहे थे क्योंकि उन्हें सौतेले भाइयों के टकराव का बहुत ज्यादा अंदेशा रहता था। राजकुमार जगजीत सिंह रणजीत सिंह से केवल एक वर्ष ही छोटा था और

वह भी बहुत ही आकर्षक निकला था। रणजीत सिंह और उस में बहुत समानता दिखाई देती थी। वह भी हर चीज में पारंगत हो चुका था तो पिता सूर्यदेव ने सोचा कि जब रणजीत सिंह को महाराणा का सिंहासन देंगे, तब जगजीत सिंह को साम्राज्य जयराजगढ का युवराज घोषित कर देंगे।

अक्रूर सिंह गहरे सांवले रंग का था और उसकी कसी हुयी कद काठी भी योद्धाओं जैसी थी। अक्रूर सिंह के हाव-भाव बहुत कठोर लगते थे, चेहरे के भाव की यह कठोरता उसके पिता शमशेर सिंह से उसे विरासत में मिली थी। पिता शमशेर सिंह ने अक्रूर सिंह को यह समझाया था कि प्रमुख सेनापति का चेहरा सौम्यता लिए हुए नहीं होना चाहिए, बल्कि उसके चेहरे पर हमेशा कठोरता के भाव रहने चाहिए कि देखने वाले शत्रु का आधा हृदय तो उसके कठोर भाव देख कर ही दहल जाये। शमशेर सिंह ने अपने सारे गुण अपने पुत्र अक्रूर सिंह में कूट-कूट कर भर दिए थे क्योंकि आगे आने वाले महाराणा का प्रमुख सेनापति उसको ही बनना था। वह अपने पिता शमशेर सिंह का हुबहु व्यक्तित्व निकला था।

बल्लभगढ़ का युवराज नीलकांत भी अपने राज्य वापस लौटने की तैयारियां कर रहा था। वह भी बहुत ही आकर्षक राजपूत नवयुवक निकला था, परंतु उसके चेहरे पर सौम्यता थी, कठोरता नहीं। नीलकांत अपने गुरु आचार्य चतुरानंद का प्रिय शिष्य इसीलिए था क्योंकि वह हर योजना ठंडे दिमाग से बनाता था और आपातकालीन स्थितियों में भी अपना आपा नहीं खोता था, क्रोध की अधिकता उस पर हावी नहीं होती थी। अपने इन्हीं गुणों के कारण वह राजनीति में और नीतिज्ञान में अपने गुरुकुल में प्रथम स्थान पर रहा था। गुरुकुल के गुरु आचार्य चतुरानंद ने रणजीत सिंह और जगजीत सिंह को भी अपना क्रोध नियंत्रण में रखने के लिए बहुत समझाया था। जगजीत सिंह तो फिर भी कुछ समझ गया था परंतु रणजीत सिंह तो बिल्कुल सुनने को तैयार नहीं था, उसे लगता था कि उसका यही क्रोध, यही अहंकार तो उसके हथियार हैं और एक महाराणा की आन-बान-शान का प्रतीक है।

कुछ समय पहले रणजीत सिंह का अपने सौतेले भाई जगजीत सिंह के साथ बहुत ही ज्यादा झगड़ा हो गया था। जिसका फैसला उनके पिता सूर्य देव प्रताप सिंह ने करवा दिया था। पिता सूर्य देव ने जगजीत सिंह को बाध्य किया था कि वह छोटा भाई है तो रणजीत सिंह से पैर छूकर माफी मांगे। पिता के इस बर्ताव से जगजीत सिंह को बहुत ही दुख पहुंचा था क्योंकि उसकी कोई गलती नहीं थी और उसने यह बात नीलकांत को मित्र होने के नाते से बताई थी। नीलकांत ने अपने मित्र को दुखी देखकर

उसे कहा कि थोड़े समय के लिए वह घूमने-फिरने के लिए बल्लभगढ़ उसके साथ ही चल पड़े ताकि वहां जाकर उसका मन भी बहल जाएगा और उसे थोड़े समय के लिए रणजीत सिंह से भी छुटकारा मिल जाएगा। जब यह बात रणजीत सिंह को पता चली तो उसे नीलकाँत पर बहुत गुस्सा आया। उसने नीलकाँत को कहा कि वह उसे मित्र होने के नाते अपने राज्य में साथ लेकर गया था, और आज जब उसका समय आया तब उसने अकेले जगजीत सिंह को ही आमंत्रित कर लिया। अब यह लोग बच्चे तो रह नहीं गए थे इसीलिए नीलकांत को यह समझ आ गया था की रणजीत सिंह जयराजगढ का होने वाला महाराणा है और वह स्वयं भी बल्लभगढ़ का राजा होगा तो वह उसके साथ बिगाड़ना नहीं चाहता था, क्योंकि पहली बात तो जयराजगढ़ बहुत बड़ा महा साम्राज्य था और बल्लबगढ़ उसके मुकाबले एक छोटा राज्य था और दूसरी बात यह थी कि रणजीत सिंह महा अंहकारी था। उसके अहम को बहुत जल्दी ठेस लग जाती थी और वह शत्रुता मन में पाल लेता था। रणजीत सिंह को अपने सामने सिर झुकाने वाले और चापलूसखोर लोग ज्यादा भाते थे, स्पष्ट कहने वाले मित्र उसे कभी पंसद नहीं आते थे चाहे वह उसके हित की ही बात करते थे। इसीलिए नीलकांत ने अपने साथ चलने के लिए उसे भी आमंत्रित कर लिया। अक्रूर सिंह को वह अपने साथ ले जाना नहीं चाहता था और उसका हल स्वयं अक्रूर सिंह के पिता शमशेर सिंह ने ही निकाल दिया था। शमशेर सिंह उसको कुछ चक्रव्यूह रचनायें सिखा रहे थे इसीलिए उन्होंने उसको जाने की आज्ञा नहीं दी थी।

अक्रूर सिंह के साथ ना आने से नीलकांत बहुत खुश था उसने सोचा कि अब अक्रूर सिंह के बीच में नहीं होने से वह दोनों भाइयों को अपने राज्य में ले जाकर समझाएगा-बुझाएगा कि वह दोनों ही भाई हैं, प्रेम से रहें। यदि दोनों एक-दूसरे के साथ लड़ते रहेंगे तो शत्रुओं का सामना कैसे करेंगे।

जब बल्लबगढ़ जाने का दिन आया तो राजकुमार जगजीत सिंह ने ना जाने क्यों नीलकांत के साथ जाने मे असमर्थता दिखा दी। नीलकांत ने जगजीत पर बहुत ज़ोर डाला परंतु फिर भी वह जाने को तैयार नहीं हुआ। फिर नीलकांत भी अकेले युवराज रणजीत सिंह के साथ ही अपने राज्य बल्लभगढ़ की ओर रवाना हो गया।

अध्याय ४

बल्लभगढ़ राज्य की राजकुमारी अंबिका

राज्य बल्लभगढ़ भी राजपूताना का एक प्रतिष्ठित राज्य था। वहां के तत्कालीन राजा थे राजा कृष्णकांत और उनकी एक ही पत्नी थी जमुना देवी। उनकी दो संतानें थी, बड़ा बेटा युवराज नीलकांत जो 18 वर्ष का हो चुका था और एक बेटी राजकुमारी अंबिका जो अभी केवल 14 वर्ष की थी।

युवराज नीलकांत धीर गंभीर स्वभाव का नवयुवक था। वह बचपन से ही शांत स्वभाव का था, और ईश्वर में उसकी गहरी आस्था थी। वह एक कर्तव्यपरायण पुत्र था, उसे अपनी जिम्मेदारियों का पूरा अहसास रहता था। अपनी छोटी बहन राजकुमारी अंबिका को वह अपने प्राणों से अधिक चाहता था और उसके जीवन का एक ही ध्येय था कि उसकी बहन की शादी किसी ऐसे घर में हो, जहां उसकी बहन को बहुत प्रेम और बहुत आदर के साथ रखा जाए। अपनी बहन का थोड़ा सा भी दुख उससे बर्दाश्त नहीं होता था।

घर में सबसे छोटी होने की वजह से राजकुमारी अंबिका सबकी बहुत लाडली थी। पिता और भाई तो उस पर जान छिड़कते थे। राजकुमारी अंबिका थी तो केवल 14 वर्षीय किशोरी परन्तु अपने लंबे क़द और भरे हुये शरीर के कारण सौंदर्य और यौवन से भरपूर थी। उसके गोरे रंग पर काली बड़ी-बड़ी आंखें देखने वाले का मन मोह लेती थीं, उसकी आंखों में इतनी चंचलता थी जो उसके चंचल होने का पूरा सबूत दे देती थीं। अपने परिवार के लाड-प्यार में थोड़ी सी बिगड़ैल और मुंहफट हो गई थी। धैर्य नाम की चीज क्या होती है राजकुमारी अंबिका को मालूम ही नहीं था। उसकी उछल-कूद और अल्हड़पन से पूरे राजमहल का वातावरण खुशनुमा और चहल-पहल भरा रहता था।

जब नीलकांत अपने मित्र युवराज रणजीत सिंह के साथ अपने राज्य बल्लभगढ़ पहुंचा तो शाम ढलने लगी थी। बल्लभगढ़ के राजमहल के दरवाजे पर युवराज

नीलकांत की माता रानी जमुना देवी अपने पुत्र नीलकांत और उसके मित्र युवराज रणजीत सिंह की आरती उतारने के लिए आई, तभी कहीं से भागती हुई उछलती कूदती राजकुमारी अंबिका भी आई और भाई जी, भाई जी कहती हुई नीलकांत से लिपट गई।

युवराज रणजीत सिंह आश्चर्य से राजकुमारी अंबिका को देखता ही रह गया। कितनी सुंदर है यह, बिल्कुल देव कन्या जैसी, अंबिका को एकटक निहारते हुए रणजीत सिंह ने मन ही मन कहा, उसने कभी इतना रुप और इतनी सुंदर कन्या देखी ही नहीं थी। युवराज रणजीत को अंबिका को ऐसे घूरते हुए सभी ने देखा। युवराज नीलकांत को उसका ऐसे अपनी बहन को देखना अच्छा नहीं लगा, परंतु उसकी माता रानी जमुना देवी को अंदर से प्रसन्नता हो गई क्योंकि वह जानती थी कि यह महा साम्राज्य जयराजगढ़ का भावी महाराणा है।

नीलकांत ने अपनी बहन अंबिका को प्यार से झिड़कते हुये कहा, इतनी बड़ी हो गई है, तुझे अक्ल कब आएगी। नीलकांत ने दोनों को मिलवाते हुए कहा, मित्र रणजीत यह मेरी छोटी बहन राजकुमारी अंबिका है। और फिर अंबिका की ओर देखते हुए बोला, अंबिका, चल जल्दी से अब प्रणाम कर! यह मेरे मित्र युवराज रणजीत सिंह हैं, तेरे भी भाई जैसे हैं।

अंबिका ने मुँह फुलाते हुए कहा, आपके अलावा हमारा और कोई भाई- वाई नहीं है नीलकांत भाई जी, वैसे भी माँ कहती हैं कि यदि हम सब को भाई बना लेंगे तो विवाह किस से करेंगे, कहकर वह अल्हड़ बाला खिलखिला कर हंसने लगी।

उसके हंसने से वहां खड़ी दासियां भी हंसने लगीं, सभी हंसने लगे और वातावरण खुशनुमा हो गया। युवराज रणजीत सिंह उसकी स्पष्टता और बचपना देखकर हैरान और मंत्र मुग्ध था। उसका अल्लहड़पन उसे पहली नजर में ही भा गया था। हमारे राजघराने में हमारी बहनें तो ऐसा हंसी-मज़ाक़ नहीं करती हैं या शायद उन्हें यह अधिकार ही हासिल नहीं है, रणजीत सिंह ने मन ही मन सोचा। रणजीत सिंह की तीनों सौतेली बहनों रुकमा, पदमा और शोभना का विवाह हो चुका था, परंतु उनकी अपनी छोटी बहन नीलिमा वह भी 14 वर्ष की है उसका विवाह अभी बाकी है। रणजीत सिंह को पहली ही नजर में अंबिका भा गई थी और वह उससे विवाह के लिए इच्छुक होने लगा था। उसने मन ही मन सोचा कि घर जाते ही मां को वह यह बात बताएंगे और कहेंगे कि उसकी छोटी बहन नीलिमा का विवाह नीलकांत से कर दें और उसके लिए अंबिका को बहू बनाकर ले आएं।

युवराज रणजीत सिंह का बल्लभगढ़ में भव्य स्वागत हुआ। राजा कृष्णकांत और रानी जमुना देवी उसको बड़े मनुहार से खिला-पिला रहे थे और उनका यह प्रेम से भरा रूप देखकर युवराज रणजीत सिंह गदगद हो रहा था। उसने पक्का ठान लिया था कि अपनी बहन नीलिमा का विवाह तो वह अपने मित्र नीलकांत से ही करवायेगा। नीलकांत का घर और घरवाले उसे बहुत अच्छे लगे थे और नीलकांत तो वैसे ही स्वभाव का बहुत ही अच्छा है, उसकी बहन को तो बहुत ही खुश रखेगा, मन में सोचते हुए रणजीत सिंह भाव-विभोर हो रहा था।

युवराज रणजीत सिंह को उसके शयन कक्ष में छोड़कर युवराज नीलकांत अपनी माता रानी जमुना देवी के पास पहुँचा। वहां उसके पिता राजा कृष्णकांत भी मौजूद थे और दोनों पति-पत्नी बहुत गहरा वार्तालाप कर रहे थे। बेटे नीलकांत को देखकर उन्होंने कहा, आओ-आओ बेटा, हम तुम्हें बुलाने ही वाले थे, हम कुछ महत्वपूर्ण वार्तालाप कर रहे हैं, तुम भी सुनो।

पहले आप हमारी बात सुनिए, युवराज नीलकांत ने थोड़ी नाराजगी से कहा, आप अंबिका को कुछ ढंग सिखाइए।वह इतनी बड़ी हो गई है फिर भी उछलती-कूदती रहती है। यह नहीं देखती कि किस के आगे आना है और किस के आगे नहीं। हमारे मित्र के सामने कैसे उछल-कूद कर रही थी। उसको थोड़ी सी भी लड़कियों वाली लज्जा है कि नहीं है।

क्या युवराज रणजीत सिंह कोई शिकायत कर रहे थे, पिता राजा कृष्णकांत ने पूछा।

नहीं वह क्यों शिकायत करेगा। वह तो अंबिका ही ऐसे कूद रही थी कि.....वह कैसी नजरों से उसे....कह कर थोड़ा सा हिचकते हुए नीलकांत ने बात अधूरी छोड़ दी।

फिर तो हमारा अनुमान बिल्कुल ठीक है, रानी जमुना देवी मुस्कुराते हुए बोली, तुम्हारे मित्र युवराज रणजीत सिंह को हमारी अंबिका पसंद आ गई है।

यदि ऐसी कोई बात है तो जाने से पहले तुम उसके मन की थाह ले लेना नीलकांत, राजा कृष्णकांत ने कहा, यह रिश्ता बहुत ही अच्छा रहेगा, यदि वहां से हां आ जाती है तो। वैसे भी युवराज रणजीत सिंह महा साम्राज्य जयराजगढ़ का होने वाला महाराणा है। हमारी अंबिका तो वहां राज करेगी।

इससे पहले कि नीलकांत कुछ बोले, रानी जमुना देवी और भी खुश होते हुए बोली, वैसे भी क्या सुंदर नौजवान है यह रणजीत सिंह, अंबिका और उसकी जोड़ी बहुत ही अच्छी रहेगी।

और महा साम्राज्य जयराजगढ़ के साथ हमारी रिश्तेदारी होने से हमारे भी भाग्य खुल जायेंगे, राजा कृष्णकांत ने भी खुश होते हुए कहा।

आप लोग अब बस भी करिए। इससे तो अच्छा है कि अंबिका को किसी कुएं में धक्का दे दीजिए, कहकर नीलकांत ने अपना गुस्सा उतारा।

क्या.....दोनों पति-पत्नी के मुंह से एक साथ निकला, ऐसा क्यों कह रहे हो तुम, ऐसा क्या हो गया? रानी जमुना देवी ने पूछा।

जवाब के बदले में नीलकांत ने उन्हें जयराजगढ़ के इतिहास से अवगत करा दिया और रणजीत सिंह के स्वभाव से भी। उसकी पसंद- नापसंद से भी, सारी ही बातों से अवगत करा दिया। सारी बात बताने के बाद नीलकांत ने कहा, आप दोनों को परेशान होने की जरूरत नहीं है, अंबिका के लिए मैं खुद रिश्ता ढूंढ लूंगा और बहुत अच्छे लड़के से और अच्छे घराने में उसकी शादी कराऊंगा जहां उसे प्रेम और आदर मिले।

चलो ठीक है बेटा, तुम बेहतर समझते हो, जैसी तुम्हारी मर्जी, राजा कृष्णकांत ने कह कर बात समाप्त कर दी।

उधर युवराज रणजीत सिंह अपने शयनकक्ष में करवटें बदल रहा था। उसके हृदय में राजकुमारी अंबिका बस गई थी। अब तो उसे वह किसी भी कीमत पर चाहिए थी, और उसने ठान लिया था कि हर हालत में उसे हासिल करके ही रहेगा।

2 दिन और बीत गए थे परंतु अंबिका उसे कहीं नजर नहीं आ रही थी लगता था जैसे घरवालों ने उसे छुपा दिया है। रणजीत सिंह उसे देखने के लिए बेचैन हो रहा था। उसकी बेचैनी नीलकांत से छुपी हुई नहीं थी परंतु उसने अपनी माता को सख्त निर्देश दे दिया था कि जब तक रणजीत सिंह यहां है, अंबिका को कहो कहीं और जाकर खेले-कूदे। उसके सामने पड़ने की बिल्कुल जरूरत नहीं है।

एक दिन जब रणजीत सिंह अपने शयनकक्ष में सो रहा था तो सुबह सवेरे आ कर नीलकांत ने उसे उठाया तो रणजीत सिंह ने देखा कि वह कुछ घबराया हुआ था, उसने कहा मित्र तुम्हारे साम्राज्य जयराजगढ़ से तुम्हारे प्रमुख सेनापति शमशेर सिंह जी सेना के साथ पधारे हैं, तुम्हें वापस जयराजगढ़ ले जाने के लिए।

क्यों, क्या हुआ, रणजीत सिंह ने आश्चर्यचकित होते हुए पूछा।

क्या हुआ है यह तो वही बताएंगे, नीलकांत ने कहा, मुझे तो उनका केवल यही आदेश मिला है कि तुम्हें आकर बता दूँ कि स्नान करके तुम जाने के लिए बिल्कुल तैयार हो जाओ। शमशेर सिंह जी कह रहे थे कि बहुत आपातकालीन स्थिति है जो तुम्हें ऐसे लेने आना पड़ा है।

युवराज रणजीत सिंह फटाफट स्नान करके तैयार हो गए और राजमहल के अतिथि गृह में पहुंचे वहां पर सभी मौजूद थे। अंबिका भी वहीं थी वह शायद शिष्टाचार के नाते से वहां थी क्योंकि अब अतिथियों को विदा जो करना था।

प्रमुख सेनापति शमशेर सिंह और युवराज रणजीत सिंह ने आपस में एक दूसरे का अभिवादन किया।

क्या आपातकालीन स्थिति हो गई है शमशेर सिंह जी, रणजीत सिंह ने पूछा, वहां हमारे राज्य में सब कुछ कुशल तो है ना, किसी ने युद्ध की चढ़ाई तो नहीं कर दी।

पूरे राजपूताना में किसके बाजूओं में इतना दम है, जो हमारे साम्राज्य से युद्ध की सोच भी सके और किसकी आंखों में इतना साहस है जो टेढ़ी नजर से हमारे साम्राज्य को देखे, उसके लिए तो हम अकेले ही काफी हैं, शमशेर सिंह ने कठोरता के साथ शान से कहा। हम तो महाराणा सूर्य देव प्रताप सिंह की आज्ञा से आपको लेने के लिए आए हैं बाकी स्थिति वह स्वयं ही समझाएंगे। हमने जलपान कर लिया है हम बाहर जाकर सेना को कूच की तैयारियां करवाते हैं। तब तक आप जलपान ग्रहण करके आ जाइए, कहकर शमशेर सिंह ने बाकी सब से हाथ जोड़कर विदा ली।

शिष्टाचारवश राजा कृष्णकांत और युवराज नीलकांत भी शमशेर सिंह के साथ जलपान गृह कक्ष से बाहर निकल गए। रानी जमुना देवी और राजकुमारी अंबिका युवराज रणजीत सिंह को जलपान करवाने लगीं।

जलपान समाप्त कर के युवराज रणजीत देव ने राजकुमारी अंबिका को देखकर एक गहरी साँस ली, जवाब में अंबिका ने भी मीठी मुस्कान से रणजीत देव के हृदय को और घायल कर दिया। युवराज रणजीत देव ने रानी जमुना देवी को प्रणाम करके जाने की आज्ञा ली और बाहर निकल गया। बाहर निकलकर राजा कृष्णकांत और युवराज नीलकांत से भी विदा लेकर युवराज रणजीत अपने प्रमुख सेनापति शमशेर सिंह के साथ जयराजगढ़ जाने के लिए प्रस्थान कर गए।

अध्याय ५

युवराज रणजीत देव प्रताप सिंह का प्रतिशोध

युवराज रणजीत सिंह अपने रथ में बैठकर मन ही मन यह विचार कर रहा था कि ऐसी क्या आपातकालीन स्थिति आ गई होगी जिसके कारणवश पिता महाराज को हमें ऐसे बुलाना पड़ा है। जरूर कोई बहुत बड़ी ही स्थिति है, नहीं तो पिता महाराज कभी भी शमशेर सिंह जी को यहां नहीं भेजते। या तो वह अक्रूर सिंह को भेजते या किसी और को, परंतु शमशेर सिंह जी को भेजने का मतलब है कि कोई बहुत बड़ी मुसीबत आ गई है। सोचते-सोचते युवराज रणजीत सिंह का धैर्य जवाब देने लगा वैसे भी उस में धैर्य तो था ही नहीं। युवराज रणजीत सिंह ने रथ रोकने की आज्ञा दी।

जैसे ही काफिला रुका शमशेर सिंह ने आकर रणजीत सिंह से पूछा, क्या हुआ युवराज सब ठीक तो है, आपने अचानक ऐसे रुकने की आज्ञा क्यों दी है?

शमशेर चाचा, सच-सच बताइए वहां जयराजगढ़ में क्या आपातकालीन स्थिति आ गई है, हमारा धैर्य अब खोता जा रहा है, आप इसी क्षण हमें बताइए, युवराज रणजीत सिंह ने अधीरता से पूछा। जब राजदरबार का कार्य नहीं होता था तो शमशेर सिंह और सूर्य देव प्रताप सिंह के परम मित्र होने की वजह से उनके बच्चे एक दूसरे को चाचा कहकर ही बुलाया करते थे।

वैसे तो हमने सोचा था कि जब हम जयराजगढ़ की सीमा के पास आ जाएंगे तभी आपको सारी स्थिति से आगाह करेंगे, शमशेर सिंह ने बुझे हुये स्वर में कहा, परंतु अब आप निजी रिश्ते का वास्ता दे रहे हैं तो शायद सब कुछ अभी बताना ही पड़ेगा। परंतु मेरी विनती है कि आप थोड़ा धैर्य धरें, रास्ता बहुत लंबा है और आप बहुत गहरे दुख में घिर जाएंगे, इसीलिए आपको अभी बताना उचित नहीं है।

अब आप पहेलियां मत बुझाओ चाचा, युवराज रणजीत सिंह ने कहा, जो कुछ भी है हमें बता दीजिए।

रणजीत मेरे बच्चे, प्रमुख सेनापति शमशेर सिंह ने भावुक होते हुए कहा, आपको अपने हृदय पर पत्थर रखना पड़ेगा क्योंकि आपकी बहन नीलिमा और छोटा भाई मनजीत देव प्रताप सिंह अब इस दुनिया में नहीं रहे और आपकी माता महारानी केसर देवी भी जीवन और मृत्यु के बीच झूल रही हैं।

युवराज रणजीत सिंह की क्रोध और दुख की अधिकता से चीख निकल गई। यह नहीं हो सकता.......यह बिल्कुल भी नहीं हो सकता......कैसे हो गया यह सब कुछ??? आपके होते हुए, अक्रूर सिंह के होते हुए और पिता महाराज के भी होते हुए, यह कैसे हो गया, यह कैसे हो गया चाचा हमें जवाब दो, रणजीत सिंह की आंखों से अविरल आंसू बहने लगे।

अभी तो हमें भी कुछ समझ नहीं आ रहा है कि यह सब कैसे हो गया है, शमशेर सिंह ने भरे हुए गले से जवाब दिया, जांच-पड़ताल चल रही है, शायद कोई दुश्मनों का षड्यंत्र हुआ है। रात को सब खाना खा-पीकर आराम से अपने कक्ष में सोए थे। सुबह उठे तो आपकी बहन और छोटा भाई जमीन पर गिरे हुए थे और उनका पूरा शरीर नीला पड़ा हुआ था, उनके मुंह से खून और झाग निकल रहे थे। देखने से साफ़ लगता था कि उन्हें गहरा विष दिया गया है। यही हाल आप की माता जी का भी था। वह शयन कक्ष के दरवाजे के बिल्कुल बीचों-बीच पड़ी हुई थीं और केवल उनमें जान थोड़ी बाकि थी, परंतु अभी भी वह गंभीर अवस्था में हैं और अपने जीवन और मृत्यु के बीच झूल रही हैं। राजकुमारी नीलिमा और राजकुमार मनजीत देव प्रताप सिंह का देहांत हो चुका था तो उनका शव रखना ठीक नहीं था इसीलिए उनका दाह संस्कार आपके बिना ही करना पड़ गया।

यह सब उस जगजीत और उसकी मां का किया धरा है, रणजीत सिंह क्रोध और दुख की अधिकता से रोते हुए बोला, तभी वह यहां पर नहीं आना चाहता था, इसलिए वहां रुका था वह पापी कि हमारे पीछे से यह कार्य अंजाम दे सके क्योंकि हमारे होते हुए तो वह हमारी मां, बहन और भाई को हाथ भी नहीं लगा सकता था। यह समय चुना उन नीच, अधरमी पापियों ने....हम उन्हें छोड़ेंगे नहीं, हम उनके प्राण ले लेंगे।

धैर्य धरें युवराज, शमशेर सिंह ने भी भावुक होते हुए कहा, आपके पिता महाराज ने भी जांच की आज्ञा दे दी है। यदि इस षड्यंत्र में आपकी सौतेली माता और राजकुमार जगजीत सिंह का हाथ हुआ तो महाराणा सूर्य देव प्रताप सिंह जी उन्हें दंड अवश्य देंगे। आप धीरज से काम लें, न्याय जरूर होगा। जल्दबाजी में किया गया फैसला बहुत सारे काम खराब कर देता है और बाद में पश्चाताप के अलावा कोई

रास्ता ही नहीं रहता, इसीलिए हम आपके बुज़ुर्ग होने के नाते से कह रहे हैं कि आप धीरज रखें, महाराणा जी दोषियों को दंड अवश्य देंगे।

अरे पिता महाराज क्या दंड देंगे उन्हें, रणजीत सिंह ने रोते हुए कहा, वह तो खुद ही उनके हाथों की कठपुतली हैं, वह तो खुद ही इतने कमजोर हैं कि इनको दंड दे ही नहीं सकते। इनको दंड तो केवल हमारी तलवार ही देगी अब.....

रणजीत सिंह को बीच में ही टोकते हुए शमशेर सिंह ने आवाज तीखी करते हुए कहा, आप भावुक हो रहे हैं युवराज, परंतु भावुकता में भी अपने शब्दों को जरा लगाम दीजिए। आप महाराणा सूर्य देव प्रताप सिंह के बारे में बात कर रहे हैं। वह आपके पिता सही मगर महा साम्राज्य जयराजगढ़ के महाराणा के सिंहासन पर बैठे हुए हैं और उनका यह सेवक उनके विरुद्ध एक शब्द भी नहीं सुन पाएगा। यदि आप उनके पुत्र ना होते तो........और कहकर शमशेर सिंह ने क्रोध में बात अधूरी छोड़ दी। अब प्रस्थान की आज्ञा दीजिये, हमें जयराजगढ़ पहुंचने में देर हो रही है।

युवराज रणजीत देव प्रताप सिंह ने इशारा कर दिया प्रस्थान करने के लिए और काफिला तेज होकर जयराजगढ़ की ओर बढ़ने लगा।

युवराज रणजीत देव का काफिला जब जयराजगढ़ की सीमा के अंदर पहुंचा तो पूरे राज्य में बहुत ही सन्नाटा छाया हुआ था। सारा जयराजगढ़ शोक में डूबा हुआ था। जैसे ही रणजीत सिंह का रथ राजमहल के दरवाजे पर रुका, रणजीत सिंह तेज़ क़दमों से भागता हुआ अंदर गया, जहां उसकी माता केसर देवी का शयन कक्ष था। वहां राजवैद्यों की टोली लगी हुई थी महारानी केसर देवी को बचाने के लिए और महारानी केसर अचेत अवस्था में बिस्तर पर पड़ी हुई थीं। उनका शरीर नीला और काला हो रहा था। उनके सिरहाने महाराणा सूर्य देव प्रताप सिंह बैठे हुए थे और साथ में बैठी थी रानी मनोरमा देवी जिनकी आंखों में आंसू भरे हुए थे और जगजीत देव प्रताप सिंह भी वहीं था सभी परिवार के सदस्यों के साथ। रणजीत सिंह ने उन मां-बेटे को बड़ी हिकारत से देखा और बहुत तेज आवाज में चिल्लाकर बोला, सब बाहर चले जाओ, मेरी माता को छोड़ दो, यहाँ से चले जाओ। महाराणा सूर्य देव प्रताप सिंह देख रहे थे कि इस क्षण रणजीत सिंह की मानसिक स्थिति ठीक नहीं है तो उन्होंने भी रानी मनोरमा देवी और जगजीत सिंह को इशारा कर दिया बाहर जाने के लिए। वह दोनों उठकर वहां से चले गए।

उनके जाने के बाद महाराणा सूर्य देव प्रताप सिंह ने रणजीत सिंह को अपने गले से लगा लिया। रणजीत सिंह बच्चों की तरह फफक-फफककर रोने लगा। महाराणा

सूर्य देव ने कहा, तुम चिंता मत करो रणजीत, जिसने भी यह षड्यंत्र किया है, वह बचेगा नहीं। चाहे वह कोई भी हो।

थोड़ी देर बाद महारानी केसर देवी ने अपनी धीरे से आंखें खोली। रणजीत सिंह उन के सिरहाने ही बैठा हुआ था। केसर देवी कुछ भी कहने की स्थिति में नहीं थीं। रणजीत सिंह ने उनके मुंह के पास अपना कान लगाया तो उन्होंने टूटे फूटे शब्दों में केवल यही कहा क्ष....मा.... और उनकी गर्दन एक तरफ लुढक गई, वह अपनी अंतिम यात्रा पर निकल गई थीं।

रणजीत सिंह बच्चों की तरह रो पड़ा, पिता सूर्यदेव ने उसे अपने गले से लगा लिया। रानी मनोरमा देवी ने उसके सिर पर हाथ फेरा तो रणजीत को ताव आ गया, उसने गुस्से से कहा मुझे कभी हाथ मत लगाना, और जगजीत सिंह को घूरता हुआ बाहर निकल गया। बाहर जाकर उसने अपना घोड़ा खोला और उस पर बैठकर सीधा जंगल की ओर निकल गया।

रात बहुत गहरी हो रही थी और युवराज रणजीत सिंह का अभी तक कोई पता नहीं था कि वह कहां चले गए हैं। महाराणा सूर्य देव ने अक्रूर सिंह को बुलवा भेजा और उसको कहा, तुम्हें ज़रूर पता है कि युवराज रणजीत कहाँ है क्योंकि तुम उसके परम मित्र हो। जाओ उसे किसी भी तरह से समझा बुझाकर वापस लेकर आओ।

अक्रूर सिंह ने सिर झुकाकर फ़ौरन आज्ञा का पालन किया।

अक्रूर सिंह युवराज रणजीत सिंह को ढूंढता हुआ सप्त-संगमा झील पर पहुंचा। वहां पर पहुंचकर उसने देखा रणजीत सिंह चिकने पत्थर पर लेटा हुआ है और उसकी आंखों से अविरल आंसू बह रहे हैं। उसके मुख पर कठोरता थी। अक्रूर सिंह ने जाते ही उसे गले लगा लिया और दोनों मित्र गले लग कर देर तक रोते रहे।

उसके बाद जब रणजीत सिंह का रोना थमा तो उसने अक्रूर सिंह को कहा, मित्र अक्रूर मुझे प्रतिशोध चाहिए।

अक्रूर सिंह ने कहा, पता लग जाने दो किसने किया है, इस से भी बुरी मौत मारेंगे उसे।

और कौन करेगा, उस जगजीत सिंह और उसकी मां का किया-धरा है सब कुछ, रणजीत सिंह ने कठोरता से कहा, हमारे जयराजगढ में ना होने का फायदा उठाया हैं

इन लोगों ने। नीलकांत के इतना कहने के बाद भी जगजीत सिंह हमारे साथ नहीं गया क्योंकि उसने पहले से ही यह षड्यंत्र रचा रखा था।

अक्रूर सिंह ने कहा, मित्र तुम बिल्कुल चिंता मत करो, तुम्हारा यह मित्र अभी जिंदा है, उन दोनों मां-बेटे को तुम जैसा चाहोगे, वैसे ही अंजाम पर पहुंचा दूंगा। परंतु अभी चलो, मैं महाराणा जी को वचन देकर आया हूं कि तुम्हें साथ ही लेकर लौटूंगा, और फिर माता केसर देवी का अंतिम संस्कार भी तो करना है। तुम्हें हमारी मित्रता का वास्ता है अब उठो और चलो, महाराणा जी राह देखते होंगे।

मित्रता का वास्ता पाकर रणजीत सिंह शीघ्रता से उठ खड़ा हुआ और चलने के लिए तैयार हो गया।

महारानी केसर देवी का भी अंतिम संस्कार हो चुका था और राजमहल में सन्नाटा पसरा हुआ था। पता नहीं क्या बात थी जो रानी मनोरमा देवी बहुत रोई थीं। देखने वालों को भी उनका यह रूप कुछ समझ नहीं आ रहा था कि जिस सौतन से सारा जीवन झगड़ा रखा उसी के लिए आज इतना बिलख-बिलखकर रो रही हैं। जगजीत सिंह के मुख पर भी पीड़ा के भाव थे और रणजीत सिंह को लग रहा था कि दोनों माँ-बेटा बचने के लिए अब नाटक कर रहे हैं।

रात गहरी होती जा रही थी और युवराज रणजीत सिंह बेचैनी से करवटें बदल रहा था कि निजी सेवक ने महाराणा सूर्य देव प्रताप सिंह के आगमन की सूचना दी। रणजीत सिंह पिता के आगमन की सूचना पाकर शीघ्रता से खड़ा हो गया और विचार करने लगा, पिता महाराज इतनी रात गए हमारे कक्ष में!!! ऐसी क्या बात हो गई?

महाराणा सूर्य देव कक्ष के अंदर आए और सपाट स्वर में कहा, तुमसे कुछ जरुरी बातें करनी हैं रणजीत।

रणजीत सिंह ने पिता को प्रणाम किया और बैठने के लिए आसन दिया।

रणजीत, महाराणा सूर्य देव प्रताप सिंह ने बिना कोई भूमिका बाँधे कहा, जितना अधिक तुम टूटे हो अपनी मां और अपने भाई बहन की मृत्यु पर, उससे कहीं अधिक हम टूटे हैं अपनी पत्नी और अपने दोनों बच्चों की मृत्यु पर। हम दोनों का दुख एक ही है बेटा इसीलिए हमारा दुख समझने के लिए भी हमारी बातें समझने की कोशिश करना। हमें पता है कि तुम्हें अपनी माता और भाई बहनों की मृत्यु का किस पर संदेह है, परंतु हमने बहुत अच्छे से सारी जांच-पड़ताल करा ली है कि इन दोनों का इसमें

कोई हाथ नहीं है, क्योंकि जिस दिन तुम बल्लभगढ़ गए, उसी दिन शाम को तुम्हारी माता मनोरमा देवी अपने मायके अमरगढ़ चली गई थी और साथ में जगजीत सिंह को भी ले गयी थी क्योंकि उसका भाई बीमार था, इसीलिए जगजीत तुम्हारे साथ बल्लभगढ़ नहीं गया था क्योंकि उसको अपनी माता मनोरमा देवी को लेकर अपने ननिहाल जाना था। साथ ही साथ हम तुम्हें यह भी बता दें क्योंकि मनोरमा देवी अपने मायके शाम को निकलीं थीं तो रास्ते में कोई अनहोनी ना हो जाए इसके लिए साथ में शमशेर सिंह अपनी पूरी सेना टुकड़ी को लेकर गया था, उन्हें पहुंचाने भी और वापिस उनको लेकर आने में भी शमशेर सिंह वहीं उनके मायके अमरगढ़ में ही था।

सूर्य देव प्रताप सिंह ने आगे कहा, जिस दिन यह हादसा हुआ उस रात हम तुम्हारी माता केसर के साथ रात्रि में नौका विहार के लिए गए हुए थे और हम काफी रात गए लौटे। बहुत रात बीत गयी थी तो वह बच्चों को देखने गई थी कि वह सो चुके हैं या नहीं और फिर वापस नहीं आई। हमने सोचा कि शायद वह बच्चों के पास ही सो गई होगी इसीलिए हम भी सो गए। सवेरे जब हमें दासों ने उठाया और यह खबर दी की महारानी सा शयन कक्ष के दरवाजे पर पड़ी हुई हैं और दोनों बच्चे अंदर जमीन पर पड़े हुए हैं तब हम भागे। कहते हुए सूर्यदेव की आंखों से आंसू बहने लगे, उन्होंने कहा, जब तक हम वहां पहुंचे दासों ने महारानी केसर देवी को और दोनों बच्चों को एक साथ उनके शयन कक्ष में ज़मीन से उठाकर बिस्तर पर लिटा दिया था। वहाँ जाकर हमने देखा हमारे दोनों बच्चे मृत हो चुके हैं और हमारी पत्नी केसर आखिरी सांसें ले रही है।

सूर्य देव ने अपने आंसू पोंछते हुए आगे कहा, यदि तुम ऐसा सोचते हो कि उन्हें खाने में विष दिया गया है तो हम चारों ने उस रात्रि इकट्ठा ही भोजन किया था। यदि उन्हें विष दिया गया था तो हमने भी तो वही भोजन किया था, फिर हम क्यों नहीं मरे। हमने संदेश वाहक को भेज कर इस हादसे की खबर शमशेर सिंह तक पहुंचाई थी और शमशेर सिंह ने आगे रानी मनोरमा देवी और जगजीत सिंह को पहुंचाई थी। शमशेर सिंह के साथ तभी दोनों आ गए थे, जब तुम आए हो उससे एक दिन पहले ही रानी मनोरमा देवी वापस आयीं हैं। उनके यहाँ पहुँचने के बाद ही हमने शमशेर सिंह को तुम्हें लेने बल्लभगढ रवाना किया। हमने हर चीज की पूरी बारिकी से जांच पड़ताल करवाई है क्योंकि आख़िरकार मामला हमारे महा साम्राज्य की महारानी और हमारे बच्चों का है, परंतु अभी तक भी हमें इसमें षड्यंत्र होने जैसा कुछ भी पता नहीं चल पाया है कि यह हादसा हुआ कैसे था और उस रात क्या हुआ था?

युवराज रणजीत अपने मुख पर कठोरता के भाव लेकर पूरी गंभीरता से पिता की बातें सुन रहा था।

महाराणा सूर्य देव ने एक गहरी साँस लेते हुये कहा, हमारे बाद तुम महाराणा के राज सिंहासन पर बैठोगे, इसीलिए इस बात का बहुत ख्याल रखना कि कहीं किसी के साथ भी जल्दबाजी में ऐसा अन्याय ना हो जाए ताकि तुम्हें बाद में पश्चाताप करने का मौका भी ना मिले। इसीलिए न्याय करने के लिए बहुत सोच समझकर अपने क्रोध को काबू में रख कर करना पड़ता है। यदि फिर भी तुम्हें संदेह है कि यह काम तुम्हारी सौतेली माता और सौतेले भाई का है तो हमें एक भी सबूत लाकर दे दो.... एक भी सबूत और हम तुम्हें वचन देते हैं कि उसके बाद हम तुम्हारी ही तलवार से उन दोनों की गर्दन तुमसे ही कटवायेंगे। उन्हें दंड देने का यह सौभाग्य हम तुम्हें ही दे देंगे। परंतु यदि कोई सबूत नहीं है तो बिना वजह हम यह अन्याय नहीं कर सकते, क्योंकि मनोरमा भी हमारी ही पत्नी है और जगजीत भी हमारा ही पुत्र है, इसीलिए हम अपनी संतानों के लिए ऐसा अन्याय नहीं कर सकते। यदि जगजीत भी हमें तुम्हारे बारे में कुछ भी आकर कहता है तो उसकी केवल बातें सुनकर हम तुम्हें भी कुछ कहते नहीं है, तो फिर हम केवल तुम्हारी बात सुनकर या तुम्हारे संदेह के आधार पर उसको भी कुछ नहीं कह सकते। एक पिता के लिए उसकी सारी संताने बराबर होती हैं रणजीत, यह बात तुम तब समझोगे जब तुम पिता बन जाओगे, सूर्य देव ने अपनी बात का असर देखने के लिए पुत्र रणजीत के चेहरे पर एक गहरी द्रष्टि डाली मगर रणजीत सिंह के भावों में कोई परिवर्तन नहीं आया।

सूर्य देव ने आगे कहा, रणजीत तुम्हें आज ही हमें यह वचन देना होगा, यदि उनके विरुद्ध कोई भी सबूत तुम्हें मिलता है तो सबसे पहले हमें आकर दिखाओगे, फिर वह तुम्हारे अपराधी हैं, उन्हें जो भी, जैसा भी दंड देना चाहते हो, इसका पूरा अधिकार केवल तुम्हारा होगा। परन्तु बिना सबूत के तुम उन्हें हाथ भी नहीं लगाओगे। तुम्हें हमारी कसम है रणजीत, यह वचन तुम्हें देना ही होगा,

सूर्य देव ने जिद करते हुये पुत्र रणजीत सिंह को आदेश दे डाला, और ना चाहते हुये भी रणजीत सिंह को पिता सूर्य देव को यह वचन देना ही पड़ा कि वह उन्हें हाथ भी नहीं लगायेगा।

महाराणा सूर्य देव प्रताप सिंह रणजीत सिंह का वचन पाकर संतुष्ट हो गये। युवराज रणजीत सिंह ने वचन तो दे दिया था परन्तु उसका खून खौल रहा था और उसकी तलवार अपनी सौतेली माता मनोरमा देवी और सौतेले भाई जगजीत देव प्रताप सिंह

का लहू पीने के लिए मचल रही थी, परंतु उसे पिता सूर्य देव प्रताप सिंह की वजह से चुप बैठना पड़ रहा था। उसने अपनी पूरी कोशिश कर ली थी परंतु उनके विरुद्ध कोई भी सबूत उसे नहीं मिला था।

पिता की इस राजनीति ने रणजीत सिंह के अंदर प्रतिशोध की अग्नि को और तेज कर दिया था। वो ऐसा उपाय ढूंढने लगा था कि जिससे वह खुद उन्हें अपने हाथों से ना मारे लेकिन फिर भी वह दोनों मृत्यु को प्राप्त हो जाएं। इससे पिता के आगे उसके वचन का मान भी रह जाएगा और उसके हृदय में जलती हुई प्रतिशोध की अग्नि भी शांत हो जाएगी।

इस हादसे को 10 महीने बीत गए थे। युवराज रणजीत सिंह हर समय खोया-खोया रहने लगा था और बहुत गंभीर होता जा रहा था। वह हर समय कुछ सोचता रहता था। पिता सूर्य देव को उसकी यह हालत देख कर अच्छा नहीं लग रहा था। सूर्य देव चाहते थे कि रणजीत जल्दी से जल्दी इस घटना को पूरी तरह भूल जाए और पूरी तरह इस हादसे से निकल जाये और अपना जीवन दोबारा से जीना शुरू करे, इसलिए उन्होंने उसकी शादी मेवाड़ के राजा की चचेरी बहन वैशाली से करवा दी जो बहुत ही समझदार और सुलझी हुई कन्या थी। मेवाड़ के राजघराने से पिता महाराणा सूर्यदेव सिंह की पुरानी मित्रता थी और उन्होंने रणजीत सिंह के साथ वैशाली के विवाह करने के लिए जुबान भी दे रखी थी। रणजीत सिंह विवाह के लिए मानसिक रूप से तैयार नहीं था मगर पिता की आज्ञा का मान रखना भी जरुरी था। साँवले रंग की और गंभीर व्यक्तित्व वाली वैशाली रणजीत सिंह को अधिक पसंद भी नहीं आई थी क्योंकि उसने पहले ही अपने दिल और दिमाग में राजकुमारी अंबिका को बैठा लिया था, और सूर्य देव ने यह सोचा कि समझदार वैशाली रणजीत सिंह को अपने रंग में रंग लेगी और रणजीत सिंह भी ग्रहस्थ जीवन के आनंद में आकर शायद प्रतिशोध की भावना अपने दिल से बाहर कर देगा और सारी पुरानी बातें भूल जायेगा और अपने जीवन की एक नई शुरुआत करेगा, और फिर उस की संतान पैदा होते ही उसे महाराणा का सिंहासन सौंप देंगे जिससे वह अपने घर-गृहस्थी और राज कार्य में पूरी तरह से इस हादसे को भूल जायेगा। परंतु ऐसा समझना और सोचना महाराणा सूर्य देव प्रताप सिंह के जीवन की सबसे बड़ी भूल थी।

विवाह के बाद युवराज रणजीत सिंह वैशाली के पास जाता ही नहीं था और उसने अभी तक सुहागरात भी नहीं मनाई थी। महाराणा सूर्य देव को जब यह पता चला तो उन्होंने वैशाली को समझाया कि वह रणजीत को अपने रंग में रंगने के लिए कुछ कोशिश करे क्योंकि वह उस हादसे से निकल नहीं पा रहा है। परंतु बेचारी वैशाली! वह कोशिश तो तब करती जब उसे रणजीत सिंह के दर्शन होते और रणजीत सिंह तो वहां झांकने भी नहीं जाता था। उसका सारा दिमाग तो केवल प्रतिशोध में लगा हुआ था।

फिर एक दिन ऐसा आया जब रणजीत सिंह को उपाय सूझ ही गया। अपने परम मित्र और प्रमुख सैनिक अक्रूर सिंह के साथ मिलकर उसने एक योजना पूरी तरह से तैयार कर ली।

उन दिनों रानी मनोरमा देवी का भतीजा खुशहाल सिंह अपनी छुट्टियाँ मनाने के लिए जयराजगढ़ आया हुआ था और रणजीत सिंह ने बातों ही बातों में जगजीत सिंह के ममेरे भाई ख़ुशहाल सिंह को यह कहकर उकसा दिया कि जो शिकार नहीं कर सकते हैं उन्हें अपने आपको मर्द नहीं समझना चाहिए। यह बात सुनकर खुशहाल सिंह को बहुत क्रोध आया और वह जगजीत सिंह के पीछे पड़ गया शिकार पर चलने के लिए। जगजीत सिंह ने पिता सूर्य देव से शिकार पर जाने की आज्ञा ले ली। महाराणा सूर्य देव ने सैनिकों की एक विशेष टुकड़ी खुशहाल सिंह और जगजीत सिंह के साथ कर दी थी ताकि वह जंगल में सुरक्षित शिकार का आनंद ले सकें।

जगजीत सिंह के शिकार पर जाने के एक दिन बाद रणजीत सिंह ने पिता सूर्य देव को अपने कक्ष में शतरंज खेलने के लिए आमंत्रित किया और यह विनती भी की कि कुछ राज कार्यों पर उन्हें पिता की निजी राय भी लेनी है। पिता सूर्यदेव को लगा कि रणजीत अब सामान्य होने लगा है और उन्होंने रणजीत सिंह का प्रस्ताव स्वीकार कर लिया।

जिस समय महाराणा सूर्य देव रणजीत सिंह के कक्ष में पधारे ठीक उसी समय प्रमुख सेनापति शमशेर सिंह ने सूर्यदेव से विनती की कि यदि युवराज रणजीत सिंह को आवश्यक काम ना हो तो अक्रूर सिंह को भी आज उनके साथ अवकाश दे दिया जाए ताकि वह पिता-पुत्र भी आज साथ में अपने घर पर भोजन कर सकें। महाराणा सूर्य देव ने अक्रूर सिंह को भी अवकाश दे दिया।

इधर पिता सूर्यदेव और पुत्र रणजीत सिंह के बीच शतरंज का खेल आरंभ हुआ और उधर अक्रूर सिंह थोड़ा सा भोजन करके अपने घर पर अपने शयनकक्ष में सोने

के लिए चला गया और अपने पिता शमशेर सिंह को यह कहकर गया कि आज उन्हें इतने समय बाद अवकाश मिला है तो वो आराम से सोना चाहते हैं इसीलिए कोई भी उन्हें परेशान ना करे। आधी रात के बाद अक्रूर सिंह थोड़ा सा भेष बदलकर अपनी कटार थामे अपने शयनकक्ष की खिड़की से कूद कर बाहर निकल गया और वहां से निकलकर सीधा सप्त-संगमा झील के किनारे पहुँचा, जहां से एक रास्ता जंगल के अंदर जाता था। वहां पहुंचकर अक्रूर सिंह को याद आया कि कैसे वो और रणजीत सिंह बचपन में इसी रास्ते से जंगल के अंदर छुपते-छुपाते चले जाया करते थे, और किसी को भी पता नहीं चलता था। वह दोनों जंगल के अंदर शिविर के पीछे वाले स्थान पर भी पहुँच जाते थे। शिविर के पीछे वाले स्थान पर सैनिक भी नहीं होते थे क्योंकि वहां शत्रु तो पहुंच ही नहीं सकता था, क्योंकि वह रास्ता तो जयराजगढ़ के अंदर से होकर ही निकलता था और जयराजगढ़ के अंदर शत्रुओं का भला क्या काम था। रास्ता भले ही बहुत छोटा था लेकिन वहां गड्ढे बहुत थे और वह बहुत ही पथरीला रास्ता था मगर अक्रूर सिंह को बचपन से ही इस रास्ते का अभ्यास था इसलिए उसे सब पता था कि कहां पर गड्ढे हैं और कहां पर खतरा है।

अक्रूर सिंह ने बेहद सावधानी के साथ अपने साथ लाई हुई मशाल जलाई फिर उसने एक पेड़ की एक लंबी टहनी तोड़ी। वो एक गड्ढे के पास रुका। उसे पता था कि उस गड्ढे में वहां बहुत सारे काले विषधर नाग हैं। उसने चमड़े की एक बड़ी सी थैली का मुंह खोल दिया और खोल कर गड्ढे के पास रख दिया। फिर उसने पेड़ से तोड़ी गई लंबी टहनी उस गड्ढे में डाली। बहुत शीघ्रता से उस पर 3 या 4 या 5 नाग लिपट गए। उतनी ही शीघ्रता के साथ उसने उस पेड़ की टहनी को गड्ढे से निकाला और चमड़े की खुली हुयी थैली में डाल दिया, एक एक करके नाग उस चमड़े के थैले में समा गए। शीघ्रता के साथ उसने उस चमड़े के थैले का मुंह बंद किया और पेड़ की टहनी को अपने साथ ले चला।

वहां से निकलकर अक्रूर सिंह सीधा जंगल में वहां पहुंचा जहां राजघराने के शिविर लगे हुए थे। वह वहां शिविर के पिछले हिस्से में पहुंच गया। उसे अच्छे से मालूम था राजकुमारों का शिविर कौन सा है, इसलिए वह उस शिविर के पिछले हिस्से से अंदर रेंगते हुए पहुंच गया। वह चाहता तो शिविर के अंदर केवल नागों को पहुंचा सकता था, परंतु उस का एक उसूल था कि काम पूरा होना चाहिए इसीलिए वह तसल्ली से देख लेना चाहता था कि विषधर नाग राजकुमारों के बिस्तर में पहुंच चुके हैं। अंदर दोनों राजकुमार जगजीत सिंह और खुशहाल सिंह बेसुध होकर अपने-

अपने बिस्तर पर सोए पड़े थे। खुशहाल सिंह से रणजीत सिंह की कोई जाती दुश्मनी नहीं थी इसीलिए रणजीत सिंह की आज्ञानुसार अक्रूर सिंह ने जगजीत सिंह के बिस्तर पर सारे नाग छोड़ दिए, और फिर जिस तरह, जिस रास्ते से वह वहां आया था, उसी तरह और उसी रास्ते से निकलकर वह अपने घर वापिस पहुंच गया, फिर अपने शयनकक्ष में जाकर आराम से सो गया।

अगले दिन सुबह अक्रूर सिंह अपने नियत समय पर युवराज रणजीत देव प्रताप सिंह की नौकरी पर पहुंच चुका था। युवराज रणजीत सिंह ने अक्रूर सिंह को देखकर आंखों से सवाल किया।

अक्रूर सिंह ने युवराज रणजीत सिंह को जवाब दिया, युवराज आपकी किसी भी आज्ञा का पालन मेरे जीवन से बढ़कर है, यदि कभी भी असफल रहा तो आपकी इसी तलवार से आपके सामने अपना सिर काटकर आपके चरणों में रख दूंगा।

युवराज रणजीत सिंह ने भावुक होकर अक्रूर सिंह को अपने गले से लगा लिया।

अगली सुबह साम्राज्य जयराजगढ़ में एक शोक ख़बर पूरी तरह फैल गई थी कि छोटे राजकुमार जगजीत सिंह और उनके ममेरे भाई खुशहाल सिंह को जंगल में ज़हरीले नागों ने डस लिया है, और वह अपने ही बिस्तरों पर मरे हुए पाए गए। महाराणा सूर्य देव प्रताप सिंह और रानी मनोरमा देवी अपने आपको इस शोक से निकाल नहीं पा रहे थे और संभाल भी नहीं पा रहे थे। मनोरमा देवी रो रो कर कहती रही कि यह काम रणजीत सिंह का है मगर महाराणा सूर्य देव इस बात पर विश्वास नहीं कर पा रहे थे। मनोरमा देवी अपने पुत्र के वियोग को सह नहीं पा रही थी और फिर एक दिन उन्होंने भी जहर खाकर आत्महत्या कर ली।

महाराणा सूर्य देव प्रताप सिंह का कल तक जो भरा-पूरा परिवार था आज वह सब कुछ समाप्त हो चुका था। उनकी दोनों रानियां और 7 बच्चों में से 3 बच्चे मर चुके थे। तीन बेटियां बची थीं परन्तु वह सब विवाहित थीं। महाराणा सूर्य देव प्रताप सिंह, उनका बेटा रणजीत सिंह और उसकी पत्नी वैशाली, जिसके पास वह कभी जाता ही नहीं था, बस परिवार के नाम पर यही राजघराने में रह गए थे।

अध्याय 6

महारानी केसर देवी और उनके दो बच्चों की मृत्यु का सत्य

अपनी दोनों रानियों और अपने दो पुत्र और एक पुत्री की मृत्यु पर महाराणा सूर्य देव प्रताप सिंह अंदर से बिल्कुल ही टूट चुके थे, और जिस तरह से इन सबकी मृत्यु हुई थी उससे तो उनका हृदय पूरी तरह से संसार से उचाट हो चुका था। वह बहुत ही बीमार हो गए थे। राजकाज के कार्यों में उनकी रुचि नहीं रह गई थी। इसलिए एक दिन उन्होंने राजपुरोहितों से परामर्श किया और युवराज रणजीत देव को महाराणा के राज-सिंहासन पर बैठा दिया, और महा साम्राज्य जयराजगढ़ को उसका नया महाराणा दे दिया- "महाराणा रणजीत देव प्रताप सिंह"।

रणजीत सिंह के महाराणा बनने के बाद एक रात सूर्य देव प्रताप सिंह ने महाराणा रणजीत देव प्रताप सिंह को अपने कक्ष में बुलवाया। रणजीत देव को बैठने का इशारा करते हुए बिना किसी औपचारिकता के पिता सूर्यदेव ने सवाल किया, "क्या तुम जानते हो रणजीत कि सबसे ज्यादा नशा संसार की किस वस्तु में होता है?"

नहीं पिता महाराज, रणजीत सिंह ने आदर पूर्वक जवाब दिया।

पिता सूर्य देव ने एक गहरी द्रष्टि पुत्र रणजीत पर डालते हुए कहा, "सबसे ज्यादा नशा होता है शक्ति में, राजसिंहासन को पाने का नशा ही शक्ति है। सब पर राज करना बहुत बड़ा नशा है। जब सारा संसार तुम्हारे आगे सिर झुकाने लगता है तब तुम अपने आप को भूलने लगते हो और शक्ति का नशा सिर पर ऐसा चढ़ता है.....ऐसा चढ़ता है कि मनुष्य यह भूल जाता है कि वह ईश्वर की शक्ति को ललकार रहा है। वह सब को दबाने लगता है, कुचलने लगता है, अपनी इच्छाएं और अपने विचार सब पर

थोपने लगता है, और यही वह समय होता है जब उसे पता ही नहीं चलता कि उसने अहंकार को कब अपना भगवान बना लिया है। जब मनुष्य अहंकार को अपना भगवान मान लेता है तो समझ लो कि ईश्वर को उसने युद्ध के लिए ललकार दिया है। अब जब युद्ध ईश्वर से हो तो मनुष्य तो कभी जीत ही नहीं सकता। फिर धीरे-धीरे अहंकार के पागलपन में वह सारे रिश्ते-नाते हारता जाता है और एक दिन खाली हाथ ही रह जाता है। यह दिन उसके शरीर का नहीं बल्कि आत्मा की मृत्यु का दिन होता है। तो ईश्वर से तुम्हारा युद्ध कभी ना हो इसके लिए यह बहुत जरूरी है कि अपने अहंकार को सदैव अपने काबू में रखना, नहीं तो सब कुछ नष्ट हो जाएगा, सब कुछ समाप्त हो जाएगा और तुम केवल खाली हाथ ही रह जाओगे, सूर्य देव ने गहरी साँस लेते हुए आगे कहा, राज-सिंहासन को "ब्रह्म-सिंहासन" बनाओ और धर्म के अनुसार चलाओ। धर्म के अनुसार चलने से ही मनुष्य के कर्म शुद्ध होते हैं और जब कर्म शुद्ध हों तो ईश्वर का आशीर्वाद हमेशा राजा के सिर पर बना रहता है।" कुछ समझे महाराणा रणजीत देव प्रताप सिंह, सूर्य देव ने गंभीरता से पूछा।

जी पिता महाराज, मैं यह बात सदैव ही याद रखूंगा, रणजीत देव ने भी गंभीरता से जवाब दिया।

हुँ.... सूर्य देव ने एक गंभीर हुंकार भरी और कहा, अब तुम्हारी माता केसर देवी परलोक सिधार चुकी हैं और तुम्हारी सौतेली माता मनोरमा और सौतेला भाई जगजीत भी, इसलिए आज एक सच और बताता हूं, बहुत ध्यान से सुनना।

रणजीत सिंह बिल्कुल सीधा होकर बैठ गया।

सूर्य देव ने कहना शुरू किया, हमने युद्ध क्षेत्र में केसर के पिता और भाई को पराजित किया और उनकी हत्या भी की। यदि हमें थोड़ी सी भी अक्ल होती तो पराजित करने के बाद हम शत्रुओं को क्षमा भी कर सकते थे, हत्या करना कोई बहुत जरूरी नहीं था, परंतु फिर भी हमने अपने अहंकार में ऐसा किया। जैसे ही हमारी सेनायें केसर देवी के राज्य में पहुँची, तो राजमहल की सारी औरतों ने पहले ही विष पी लिया था, केसर भी विष खाना चाहती थी परन्तु केसर की अँगूठी जिसके अंदर विष भरा हुआ था, ढीली होने के कारण उसकी उँगली से गिर गई थी और वह उस को ढूंढने में लगी हुई थी। जैसे ही उसे वह अँगूठी मिली, हमारे प्रमुख सेनापति शमशेर सिंह ने उसको पकड़ लिया और उसको विष खाने नहीं दिया। वह बेड़ियों में जकड़कर उसको हमारे पास ले आया। केसर की सुंदरता देख कर हम उसपर बहुत रीझ गये थे और हमने उससे जबरदस्ती विवाह कर लिया। वह अपने पिता और भाई के हत्यारे से

विवाह नहीं करना चाहती थी परंतु हम अपनी जवानी के जोश और अहंकार में इतने अंधे हो चुके थे कि ना सुनना नहीं चाहते थे और वह भी एक औरत की तो बिल्कुल भी नहीं। वह हमारी जबरदस्ती और जिद के आगे मजबूर हो गई थी, सूर्य देव ने दुख की एक और गहरी साँस ली, यह हमारे जीवन की सबसे बड़ी गलती थी। इसका पश्चाताप हमें बहुत देर बाद जाकर हुआ। यदि अपने जीवन में और घर में औरत को सम्मान दोगे, उसकी इच्छाओं को सम्मान दोगे, उसके मान-अपमान का ध्यान रखोगे तो वह लक्ष्मी और अन्नपूर्णा का रुप धारण कर लेती है, अपने पति और अपने परिवार के लिए संपूर्ण समर्पण कर देती है और किसी भी खतरे या जोखिम को उठाने के लिए स्वयं तैयार रहती है। उसकी तपस्या से हमेशा ईश्वर खुश रहता है और उस घर पर हमेशा ईश्वर का आशीर्वाद रहता है, जहां एक नारी का सम्मान होता है।

परन्तु इसके विपरीत यदि उससे जबरदस्ती करने की कोशिश करो या उसका एवं उसकी इच्छाओं का अपमान करो तो वह चंडी और काली का रूप धारण करती है। जब वह ऐसा रुप धर लेती है तो केवल संहार करती है और फिर वह विनाश कर के ही मानती है। क्योंकि उसके इस रूप के आगे तो खड़े होने का साहस आज तक स्वयं भगवान शिव-शंकर भी नहीं कर पाए हैं तो हम पुरूषों की क्या बिसात है। उसकी शक्ति के आगे तो सारा ब्रह्मांड सर झुकाता है। एक औरत कभी कमजोर नहीं होती रणजीत, उसके अंदर महाशक्ति का भडांर होता है। जब वह अपनी इतनी शक्ति को पहचान लेती है तो वह पुरूष के शारीरिक बल से कभी नहीं डरती, फिर हम पुरुष कभी उसका सामना नहीं कर सकते। मानसिक और आत्मिक बल हर औरत में कूट-कूट कर भरा हुआ है, इसीलिए स्त्रियों से बड़ा तपस्वी भी कोई नहीं। उसमें तो ईश्वर का सिंहासन हिलाने की भी पूरी क्षमता है। जब एक औरत विवाह करके अपने पति के घर आती है तब यदि पति उसे सम्मान नहीं देता, मान नहीं रखता उसका हर क्षण अपमान करता रहता है तो उसके अंदर से ऐसी आहें निकलती हैं, जो उसके घर को कभी फलने-फूलने नहीं देतीं। जैसे हम पुरुषों को अपना घर, अपने माता-पिता, अपने भाई बहन प्यारे होते हैं और हम उनका अपमान सहन नहीं कर सकते, ठीक ऐसे ही एक औरत को भी अपने मायके का मान-सम्मान, अपने माता-पिता का मान-सम्मान और अपने भाई-बहनों का प्यार बहुत प्यारा होता है, वह भी उनका अपमान नहीं सहन कर सकती। यदि तुम उसके मायके वालों को सम्मान दोगे तो वह भी तुम्हारे परिवार को और अधिक सम्मान देगी और सबसे ज्यादा सम्मान तो एक आदर्श पति होने के नाते तुम्हें ही देगी। परंतु हम पुरुषों की सबसे बड़ी गलती यही होती है कि जब

हम स्त्री को विवाह करके लाते हैं तो हम उससे बहुत अधिक अपेक्षाएं करने लगते हैं कि वह हमारे घर में सब की गुलामी करने के लिए आई है और इसीलिए हम उसे मानसिक और शारीरिक रूप से प्रताड़ित करने लगते हैं, यही भूल तुम अपनी पत्नी रानी वैशाली के साथ कर रहे हो।

सूर्य देव ने एक गहरी सांस भरी और आगे कहा, तुम्हारी माता केसर देवी को जब हम विवाह करके इस राजमहल में लाये तब हमारी बड़ी रानी मनोरमा देवी हमारे बच्चे की मां बनने वाली थी और उसको सातवाँ महीना चल रहा था। रानी केसर देवी ने षड्यंत्र रचा, अपने पिता और भाई की हत्या का प्रतिशोध उसने मनोरमा और हमारे बच्चे को उसकी कोख में ही मार कर लिया। उसने मनोरमा को खाने में जहर दे दिया। राजवैद्यों ने बड़ी मुश्किल के बाद मनोरमा को तो बचा लिया परंतु बच्चे को नहीं बचा पाए। महाराणा के सिंहासन पर जब हम बैठे होते हैं तो हमें अंदर-बाहर सब की खबर रखनी पड़ती है। हमें पता लग गया था कि यह काम तुम्हारी माता केसर देवी का ही है परंतु हम उसे दंडित नहीं कर सके क्योंकि तुम उसकी कोख में आ चुके थे। उसने तुम्हें पैदा किया और महारानी का सिंहासन हथिया लिया, जिस पर शायद बड़ी रानी मनोरमा देवी का अधिकार होता। एक दिन जब तुम्हारी माता और हम किसी बात पर झगड़ा कर रहे थे तो गुस्से में हमारे मुंह से निकल ही गया कि तुम भी हत्यारिन हो, तुमने अपने पिता और भाई का प्रतिशोध हमारी अजन्मी संतान से लिया है और महारानी का सिंहासन हथिया लिया है। वह सब मनोरमा ने सुन लिया और फिर उसके अंदर प्रतिशोध की भावना घर कर गई। हमने उसे बहुत समझाने की कोशिश की परंतु वह कुछ सुनने समझने के लिए तैयार नहीं थी। वह भी प्रतिशोध लेना चाहती थी तुम्हारी मां और उसके सारे बच्चों को मार देना चाहती थी परंतु हमने उसे कभी कामयाब ना होने दिया, सूर्य देव ने आँखों में उमड़ आये आँसुओं को पोंछा।

पिता के चुप होने से रणजीत सिंह विचलित होने लगा और आगे की कहानी जानने के लिए उसकी उत्सुकता उसके चेहरे पर उजागर होने लगी।

सूर्य देव ने रणजीत सिंह के भावों को जानकर आगे की कहानी सुनानी शुरू की, जब तुम अपने मित्र नीलकाँत के साथ बल्लभगढ़ गए हुए थे तो उसी दिन एक ऐसी घटना हुई जिसने इन दोनों औरतों का आपस में हृदय परिवर्तित कर दिया। तुम्हारी बहन नीलिमा की ग़लती से तुम्हारा छोटा भाई मनजीत खेलते-खेलते सप्त-संगमा झील में गिर गया और नीलिमा मदद के लिए चिल्लाने लगी। इससे पहले कि कोई भी मदद के लिए आता और उसे बचाता, तुम्हारी सौतेली माता के आदेश से जगजीत

ने झील में कूदकर तुम्हारे भाई को बचा लिया। तुम्हारी मां केसर देवी रानी मनोरमा देवी के इस बड़प्पन को देखकर उसके चरणों में गिर गई और अपनी की गयी गलतियों के लिए बहुत क्षमा मांगी। मनोरमा ने भी केसर को क्षमादान देते हुए अपने गले से लगा लिया। इस घटना ने दोनों औरतों का हृदय परिवर्तित कर दिया था। शायद वह दोनों ही समझ गयीं थीं कि संतान खोने का दुख क्या होता है और एक ही परिवार में रहकर यदि एक दूसरे के विरुद्ध षड्यंत्र रचतीं रहेंगी तो उसमें किसी का कोई लाभ नहीं होगा, कुछ भी नहीं बचेगा, शायद कोई भी नहीं बचेगा। यदि परिवार ही एक दूसरे के विरुद्ध षड्यंत्र रचेगा तो बाहरी शत्रुओं से कैसे निपटा जाएगा।

यह सब आपने हमें पहले क्यों नहीं बताया, रणजीत सिंह की आवाज़ लड़खड़ाने लगी और शरीर कांपने लगा।

क्योंकि तुम कुछ भी सुनने के लिए तैयार नहीं थे, तुम्हें सबने ही बताने की कोशिश की थी परंतु तुम किसी की बात सुनना ही नहीं चाहते थे, सूर्य देव ने कठोरता से जवाब दिया। अपने अहंकार में इतना भी नहीं डूब जाना चाहिए रणजीत कि यदि कोई भी तुमसे कुछ कहना चाहता है या बात करना चाहता है तो तुम उसकी कोई भी बात सुनने से इंकार कर दो और अपने अंदर ही उसके लिए कोई भी धारणा बनाकर बैठ जाओ। यदि कोई तुम्हें कुछ बताना चाहता है तो उसके लिए क्या तुम्हें पहले बेड़ियों से जकड़ कर बैठाना पड़ेगा कि हमारी बात सुन लो या हमारा पक्ष भी सुन लो कि हमारी गलती है भी या नहीं। केवल एक पक्ष सुनकर जो न्याय करता है उससे बड़ा अपराधी इस पूरे संसार में कोई नहीं हो सकता। यदि कोई न्यायाधीश बनना चाहता है तो उसे यह आदत भी डालनी पड़ेगी कि दोनों पक्षों की बातें सुने बिना अपना न्याय ना दे, नहीं तो ऐसा भी हो जाता है कि निर्दोष को दंड दिया गया और दोषी आजाद घूम रहा है। निर्दोष को दंडित करने से तुम्हारे सिर पर पाप का बोझ बढ़ता ही जाता है, सूर्य देव ने अपनी बात समाप्त करते हुए कहा।

परंतु यदि आप यह कहना चाहते हैं पिता महाराज कि हमारी माता और हमारे भाई बहन की हत्या रानी मनोरमा देवी और उनके पुत्र ने नहीं की थी या करवाई थी तो फिर उनकी हत्या का दोषी और कौन था??? कौन उनकी हत्या करना चाहता था, क्यों करना चाहता था? किसी को क्या लाभ हो सकता था उनकी हत्या से, किसी ने क्यों यह षड्यंत्र रचा, क्यों किया यह सब क्यों किया? रणजीत सिंह की आँखों से आँसुओं की धारा बह निकली थी।

वह हत्या नहीं हादसा था, सूर्य देव ने कठोर स्वर में कहा, इसका पता हमें पहले नहीं था परन्तु अब लग चुका है। पर जो कुछ भी हमें पता चला है उससे हमने केवल अंदाजा लगाया है क्योंकि यह भी पूरा सत्य नहीं है, यह भी एक अधूरा सत्य ही है।

रणजीत सिंह ने हैरानी से कहा, हम तो खुद तड़प रहे हैं अपनी मां और अपने भाई बहनों की हत्या या हादसे का पता लगाने के लिए। सोच-सोचकर हम परेशान हो चुके हैं, कृपया कर के आप हमें सारा सत्य बता दीजिए।

सूर्य देव ने कहा, हमने तुम्हें पहले यह बताया ही था कि जब तक हम वहां पहुंचे दास-दासियों ने महारानी केसर देवी और दोनों बच्चों को एक साथ उनके शयन कक्ष में ज़मीन से उठाकर बिस्तर पर लिटा दिया था। वहाँ जाकर हमने देखा हमारे दोनों बच्चे मृत हो चुके हैं और हमारी पत्नी केसर आखिरी सांसें ले रही है।

रणजीत सिंह ने हां में सिर हिलाया।

सूर्य देव ने आगे कहा, उस समय हम इतने बदहवास थे कि हमें यह जानने का ख्याल ही नहीं रहा कि वह कौन से शयनकक्ष की धरती पर पड़े मिले हैं। हमें तो यही लगा था कि वह शायद अपने ही शयनकक्ष में धरती पर पड़े थे और वहां से उन्हें उठा कर उनके अपने बिस्तर पर लिटा दिया गया है, परंतु हमने जब दासों से पूरी घटना दोबारा से सुनी तो हमें पता चला कि वह शयनकक्ष तुम्हारा था रणजीत। तुम्हारे शयनकक्ष की जमीन पर तुम्हारे भाई और बहन मरे पड़े थे और तुम्हारी माता तुम्हारे ही शयन कक्ष के दरवाजे पर गिरी पड़ी थीं। उनकी मौत के अगले दिन ही राज-उधान के मालियों ने और कुछ पहरेदारों ने वहां पर 3-4 काले भंयकर विषधर नाग पकड़े थे और उन्हें मार दिया था। उस क्षण हम अपने बच्चों के और रानी केसर के दुख में इतना डूबे हुए थे कि शायद माली और सैनिकों ने यह बात हमें बताना जरूरी नहीं समझी और उनके हिसाब से तो यह बात जरूरी थी भी नहीं। हम पूरे सच की तह तक तो अभी भी नहीं पहुंचे हैं, परंतु हमें अब यही लग रहा है कि शायद बच्चे तुम्हारे कमरे में खेल रहे होंगे, और वहां पहले से ही जहरीला नाग घात लगाकर बैठा होगा और उसने उन बच्चों को डस लिया होगा। जब तुम्हारी मां वहां पहुंची होगी तो शायद अंधेरे में वह भी नाग को देख नहीं पायी होगी तो नाग ने उसे भी डस लिया होगा।

महाराणा रणजीत सिंह का चेहरा पूरी तरह पीला पड़ चुका था और उसका शरीर कांप रहा था। पिता सूर्य देव ने रणजीत सिंह की ऐसी हालत देखी तो उसको गिलास में पानी भरकर पीने को दिया। थोड़ी देर के बाद रणजीत सिंह शांत होने लगा।

उसे शांत होते देख सूर्य देव ने आगे कहा, परंतु तुमने तो हमें कुछ भी भनक नहीं पड़ने दी और इससे पहले कि हम तुम्हें यह सब सच बताते जगजीत को तुम ने मरवा दिया और साथ-साथ उस निर्दोष खुशहाल सिंह को भी, जो अपने राजघराने का इकलौता चिराग था, कहते-कहते सूर्यदेव सिंह की आंखें भीगने लगी थी और आवाज भारी होने लगी, जिस रात मनोरमा ने जहर खाया था, उसी रात को उसने हमें बुलाया था और कहा था कि यदि आज मैं अपने प्राण नहीं त्यागती तो कल मैं रणजीत के प्राण जरूर ले लूंगी। उसने कहा कि रणजीत सिंह को मैं अपने पुत्र जगजीत सिंह की हत्या के लिए तो क्षमा कर सकती हूं परंतु अपने भाई के घर के इकलौते चिराग खुशहाल की हत्या पर कभी क्षमा नहीं करूँगी। यह कहकर उसने हमारी आंखों के सामने विष पी लिया और मरते-मरते उसने तुम्हें श्राप दिया है, कि तुम भी एक दिन अपनी संतान का वियोग झेलोगे। ना जाने हमने भगवान भोले शंकर का क्या बिगाड़ा है, जो उन्होंने सारे विषधर यहीं भेज दिये हैं हमारे पूरे परिवार का विनाश करने के लिए, सूर्य देव सिंह ने रोते हुए कहा।

रणजीत सिंह ने घबराकर पिता सूर्य देव के हाथों को थाम लिया। कुछ देर पिता और पुत्र यूँ ही चुपचाप बैठे रहे।

फिर सूर्य देव अपने हाथ रणजीत सिंह से अलग करते हुए बोले, इसलिए यही सब तुम्हें हमने समझाना चाहा था कि यह प्रतिशोध की भावना परिवार तोड़ देती है, सब कुछ समाप्त कर देती है। तुम्हारी माता केसर और मनोरमा ने आपस में एक दूसरे से क्षमा भी मांग ली थी। परिवार की शांति के लिए इस बात पर भी राजी हो गई थीं कि जगजीत सिंह तुम्हारे अधीन रहकर ही राजकार्य करेगा और तुम्हें अपना बड़ा भाई मानकर सम्मान भी देगा। परंतु तुम तो इस राजनीति के खेल में हम से भी सौ कदम आगे निकले हो रणजीत, बिना दोष के ही अपने छोटे भाई की हत्या करवा दी।

हम अपने कर्मों से नहीं भाग सकते रणजीत, सूर्य देव ने दुखी हृदय से कहा, अपने कर्मों के फल का दंड सबको खुद ही भुगतना पड़ता है। गलती चाहे जानबूझकर हो या अनजाने में, दंड तो हर गलती का भुगतना ही पड़ता है। तुम अपने निर्दोष भाइयों और विमाता की हत्या से कभी मुक्त नहीं हो पाओगे। हमने अपने अहंकार के विष में डुबोकर एक ऐसा बीज बो दिया था जिससे एक विषैला पौधा उग गया और आज वह विषैला पौधा विषैला वृक्ष बन चुका है, वह विषैला वृक्ष तुम हो रणजीत.....अपने जीवन की गलतियां तुम्हें आज सच-सच बता दीं कि तुम अपने जीवन में वही गलती मत करना। जब तुम्हारी संतान होगी तब तुम हमारा दुख जानोगे कि एक पिता के

लिए उसकी सारी संतानें एक ही समान होती हैं। परंतु अब हम तुम्हें अधिक दोष भी नहीं दे सकते रणजीत। यह सब पाप हमारा ही किया हुआ है और इन सब पाप कर्मों के दंड हमें ही तो भुगतने पड़ेंगे....

सूर्य देव ने अपने स्वर को कठोर बनाते हुए कहा, "यह राजनीति का महा-घिनौना रूप है, यहां पाप और पुण्य एक साथ चलते हैं और अधिकतर शक्ति के नशे में पाप ही पुण्य पर भारी पड़ जाता है। रिश्तों मे राजनीति सबसे अधिक खतरनाक राजनीति होती है, क्योंकि यहां यदि तुम जीत भी गए तो भी तुम्हारी ही सबसे बड़ी हार होती है। रिश्ते केवल प्रेम से ही बनते हैं और प्रेम से ही आदर पाते हैं, राजनीति से बने हुये रिश्तों में तुम केवल अकेलापन ही भोगते हो। यह महाराणा का सिंहासन महाशक्ति का प्रतीक है, यदि इस शक्ति का तुम ठीक से और धर्म से उपयोग नहीं करोगे तो यह शक्ति तुम्हारे ऊपर हावी होकर विनाशकारी दुरुपयोग करा लेगी। सूर्यदेव सिंह ने थके हुये स्वर में कहा, यह महाराणा का सिंहासन तुम्हें कौन सी और कैसी राजनीति सिखाएगा, यह तो अब भविष्य में ही पता चलेगा रणजीत, मगर हम अब इस प्रतिशोध की राजनीति से थक गये हैं, इसीलिए काशी जाकर अपने सारे पापों का प्रायश्चित करना चाहते हैं और वहीं अपने प्राण त्यागना चाहते हैं। सुना है वहां प्रायश्चित करने से सारे पाप धुल जाते हैं। हम इसी सप्ताह में जाना चाहते हैं, हमारे जाने का सारा इंतजाम करवा देना। अब तुम जाओ रणजीत, और हमें अकेला छोड़ दो, कहकर सूर्यदेव सिंह ने दुख से अपनी आंखें बंद कर ली।

महाराणा रणजीत देव प्रताप सिंह अचंभित से बैठे थे अपनी माता केसर देवी और अपने छोटे भाई-बहन की मौत का सच जानकर। फिर रणजीत देव अपने पिता सूर्य देव प्रताप सिंह को प्रणाम करके उनके कक्ष से भारी कदमों से बाहर चले गए,

परंतु पिता सूर्यदेव सिंह के यह शब्द उनके दिमाग में हथौड़े की तरह बज रहे थे- "यह राजनीति का महा-घिनौना रूप है, यहां पाप और पुण्य एक साथ चलते हैं और अधिकतर शक्ति के नशे में पाप ही पुण्य पर भारी पड़ जाता है..... रिश्तों मे राजनीति सबसे खतरनाक राजनीति होती है क्योंकि यहां तुम यदि जीत भी गए तो भी तुम्हारी सबसे बड़ी हार होती है........

यंत्रचालित से चलते हुए महाराणा रणजीत सिंह अपने उसी शयनकक्ष में पहुंचे जहां पर उनकी माता और भाई-बहन ने दम तोड़ा था और कुछ ढूंढने की कोशिश

करने लगे। आखिरकार जिस वस्तु की उन्हें तलाश थी, वह वहीं उनकी मेज की दराज़ में सुरक्षित रखी हुई मिल गयी। वह वस्तु जिसके बारे में वह बिल्कुल ही भूल चुके थे परन्तु वह तो ख़ाली थी। वह वस्तु एक चमड़े की बड़ी सी थैली थी जिसमें वह जंगल से चार ज़हरीले नाग लेकर आए थे ताकि वह उसे बल्लभगढ़ ले जा सके और रास्ते में ही जगजीत सिंह का काम तमाम कर दे, परंतु जगजीत सिंह ने आखिरी समय में जाने से इंकार कर दिया था, इसीलिए रणजीत सिंह भी उसको वही रख कर भूल गया और नीलकाँत के साथ बल्लभगढ़ रवाना हो गया। जरूर उसके पीछे से उसके भाई-बहन खेलते हुए उसके शयन कक्ष में आए होंगे और उन्होंने इस सुंदर चमड़े की थैली को खोल दिया होगा, जिससे वह विषधर नाग आज़ाद हो गए होंगे और बाहर निकल कर उनको डस लिया होगा। जब वह नाग बाहर निकल ही गए थे तो उनको पकड़ना तो आसान नहीं था, तो ठीक यही उनकी माता केसर देवी के साथ भी हुआ होगा। रणजीत सिंह के बुरे कर्मों का दंड उनकी माता और भाई बहनों को मिला, यह सोचकर रणजीत सिंह फूट-फूटकर रोने लगा।

अब तक तो रणजीत सिंह को जगजीत की मृत्यु का कोई भी मलाल नहीं था। पर अब वह अपने सिर पर हाथ मार-मार कर रोने लगे कि हमने निर्दोष जगजीत की भी हत्या कर दी। अपनी मां और भाई-बहन के हत्यारे तो हम थे। नहीं हम नहीं थे, यह जहरीले नाग थे। हम इन नागों को खत्म कर देंगे, इनका अस्तित्व ही समाप्त कर देंगे। इनको जीने नहीं देंगे, इन्हें जीने का कोई अधिकार नहीं है, और यह कहकर रणजीत सिंह अपने घोड़े पर बहुत सारा तेल लेकर जंगल की ओर रवाना हो गए। वहां जाकर उन्होंने वह सारा तेल नागों के गड्ढे में डाल दिया और आग लगा दी। सारे बेज़ुबान निर्दोष नाग जलकर खाक हो रहे थे। और रणजीत सिंह के चेहरे पर संतोष के भाव थे कि उसने अपनी मां और भाई-बहन के हत्यारों से बदला ले लिया था।

लेकिन वह महा-मूर्ख था, वह अपने पिता के किसी भी उपदेश को शायद समझ नहीं पाया था और उन उपदेशों की गहराई को पकड़ भी नहीं पाया था। जो गड्डा उसने जगजीत सिंह के लिए खोदा था, उसमें उसका अपना परिवार गिरकर भस्म हो गया था। उसके अपने बुरे कर्मों और उसकी ग़लतियों का दंड उसके परिवार ने भोगा था...यह पश्चाताप करने की बजाए उल्टा वह दिमाग में और भी अहंकार भर कर बैठ गया था कि जैसे नागों ने जंगल छोड़कर उसके घर में आने की हिम्मत कर ली थी। वह खुद ही तो उन्हें अपने परिवार का काल बनाकर जंगल से लेकर आया था और अब उन निर्दोष नागों की हत्या करके उसने अपने पाप कर्मों में और भी बढ़ोतरी कर

ली थी। उसका दिमाग उल्टा ही चलना शुरु हो गया था। वह अपने पिता के उपदेशों को समझने की बजाय उनसे और चिढ़ गया था। वह सोचने लगा था कि यदि उसके पिता ने उसकी मां के साथ जबरदस्ती शादी नहीं की होती तो ऐसा सब कुछ नहीं होता और उनकी गलतियों से सीख लेने की बजाए वह सोचने लगा था कि सारे ही फसाद की जड़ मेरे पिता हैं। यदि मेरी माता केसर देवी से पहली संतान पैदा हो गई थी तो उन्हें सौतेली माता मनोरमा देवी से और संतानें पैदा करवाने की क्या जरूरत थी।

महाराणा रणजीत सिंह क्रोध में खड़े हुए और अपने आपसे ही बोले, पिता महाराज हम आपकी गलतियां तो कभी नहीं दोहरायेंगे। हमारी संतानें सौतेली पैदा नहीं होंगी। हमारी संतान तो केवल उसी स्त्री से पैदा होगी जो इस महारानी सिंहासन के लायक होगी। हमारा जितना जी चाहेगा उतनी ही स्त्रियों से विवाह करेंगे और उन्हें भोगेंगे, परंतु संतान तो हम एक ही स्त्री से पैदा करवाएंगे ताकि सौतेली संतानों के झगड़ों की परेशानी ही ना रहे।

सच ही कहा था सूर्य देव प्रताप सिंह ने की रणजीत सिंह एक विषैला वृक्ष बन चुका था जिससे किसी को भी फल प्राप्त नहीं हो सकते थे, उससे तो अब केवल और केवल विष ही मिल सकता था। वह धर्म से महाराणा के सिंहासन पर नहीं बैठा, उसने सारा दोष ईश्वर के माथे पर मढ़ दिया। उसने अपने बुरे कर्मों को नहीं देखा, उसने यह देखा कि ईश्वर ने उसके साथ अन्याय कर दिया है, इसीलिए उसने कहा कि वह ईश्वर को अब कभी नहीं पूजने वाला। उसने अपने अहंकार को अपना भगवान बना लिया था तो भविष्य में उसका विनाश होने से भी कौन रोक पायेगा। हीन और नीचतम मनुष्य की मानसिकता की सबसे बड़ी यही विडंबना होती है कि वह अपने सारे बुरे कर्मों का दोष ईश्वर के सिर पर डाल देता है और उसके जीवन में जो भी कुछ अच्छा होता है, उसके लिए वह ईश्वर का धन्यवाद कभी नहीं करता।

सूर्य देव प्रताप सिंह काशी चले गए थे इसीलिए महाराणा रणजीत सिंह को समझाने के लिए कोई भी नहीं रहा था जो उसे नीति ज्ञान की शिक्षा दे सकता। उसने आसपास के राज्यों को जीतने के लिए युद्ध करने आरंभ कर दिए। प्रमुख सेनापति शमशेर सिंह उसकी इस युद्ध नीति से परेशान हो रहे थे क्योंकि आस पास के जितने भी राज्य थे उनसे सूर्य देव की मित्रता थी और उसने अपने पिता की सारी मित्रता ताक पर रख दी थी। उसने कहा कि यह हमारी मित्रता नहीं है इसीलिए हम अपने

राज्य का विस्तार करेंगे उसे और बड़ा महा साम्राज्य बनाएंगे। आखिर एक दिन शमशेर सिंह ने परेशान होकर कह ही दिया कि उसकी बूढ़ी हड्डियों में अब इतना दम नहीं रहा है कि वह अब और युद्ध करें इसलिए अच्छा है कि वह कोई जवान प्रमुख सेनापति रख लें तो महाराणा रणजीत सिंह ने अपने मित्र अक्रूर सिंह को प्रमुख सेनापति बना दिया। शमशेर सिंह को यह रणजीत सिंह का यह फ़ैसला पसंद नहीं आया था क्योंकि वह नहीं चाहते थे कि उनका पुत्र अक्रूर सिंह रणजीत सिंह के साथ काम करे परंतु अक्रूर सिंह तो रणजीत सिंह की छाया था, वह माना ही नहीं। फिर कुछ ही समय में प्रमुख सेनापति अक्रूर सिंह के नेतृत्व में महाराणा रणजीत देव प्रताप सिंह ने आस-पास के सारे राज्यों को जीत लिया था।

अध्याय 7

काशी की शिरोमणि हवेली और राजकुमारी अंबिका का विवाह प्रस्ताव

महाराणा रणजीत देव प्रताप सिंह और उनका परम-मित्र अक्रूर सिंह एक रात अपने राजमहल की छत पर बैठे हुए थे और मित्रों की भांति बातचीत कर रहे थे।

एकाएक अक्रूर सिंह ने महाराणा रणजीत सिंह से प्रश्न किया, बहुत समय से आपसे कुछ बात पूछना चाहता था परंतु फिर डरता हूं कहीं आपको बुरा न लग जाए इसीलिए नहीं पूछता।

कैसी बातें करते हो मित्र, महाराणा रणजीत सिंह ने प्रेम से कहा, तुम तो बचपन से ही हमारे परम मित्र हो। हमारी ऐसी कौन सी बात है जो तुम नहीं जानते। क्या पूछना चाहते हो, बेझिझक पूछो।

बात कुछ निजी है इसीलिए पूछने में संकोच हो रहा है, अक्रूर सिंह ने झिझकते हुए कहा।

तुमसे कभी कुछ भी नहीं छुपाया है हमने। एक तुम ही तो हो जो हमारे मन की सारी हालत जानते हो इसीलिए जो भी पूछना चाहते हो बेझिझक पूछो अक्रूर, महाराणा रणजीत सिंह ने और अधिक प्रेम से कहा।

जब से विवाह हुआ है तब से आप वैशाली भाभी सा के कमरे में नहीं जाते हैं, अक्रूर सिंह ने झिझकते हुए कहा, सारा साम्राज्य यही बात कर रहा है कि यदि ऐसा ही चलेगा तो साम्राज्य को उसका युवराज कैसे मिलेगा। मित्र रणजीत कोई परेशानी है तो मुझे बताओ, अक्रूर ने भी प्रेम से पूछा।

हां मित्र परेशानी तो है और बहुत बड़ी परेशानी है, इसके कई कारण भी हैं। आज तुमने यह बात पूछ ही ली है तो हम बता कर अपने दिल का बोझ जरूर हल्का करेंगे, रणजीत सिंह ने कहा। पहला सबसे बड़ा कारण तो यही है कि वह हमें अधिक पसंद

नहीं है। पिता महाराज ने जबरदस्ती इससे हमारी शादी करवा दी है। परन्तु इससे भी बड़ा एक कारण है कि हम उससे अपनी संतान पैदा नहीं करना चाहते। हम अपने पिता महाराज की गलतियां तो कभी नहीं दोहरायेंगे। हमारी संतानें सौतेली पैदा नहीं होंगी। हमारी संतान तो केवल उसी स्त्री से पैदा होगी जो इस महारानी सिंहासन के लायक होगी। हमारा जितना जी चाहेगा उतनी ही स्त्रियों से विवाह करेंगे और उन्हें भोगेंगे, परंतु संतान तो हम एक ही स्त्री से पैदा करवाएंगे ताकि सौतेली संतानों के झगड़ों की परेशानी ही ना रहे। और अब हमारी परेशानी यह है कि यदि हम स्त्री के पास जाएंगे और वह गर्भवती हो गई तो, बस यही हमारी सबसे बड़ी समस्या है। तुम्हारे पास यदि इस समस्या का कोई हल है तो बताओ।

इस समस्या का हल हो भी सकता है और नहीं भी, अक्रूर सिंह ने कुछ सोचते हुए कहा, हम एक बहुत बड़े राजवैद्य को जानते हैं जो हर बीमारी का इलाज कर सकते हैं। परंतु इसके लिए हमें एक बार काशी जाना पड़ेगा।

ठीक है जाओ, परंतु एक बात का ध्यान रखना यह हमारी और हमारे साम्राज्य की प्रतिष्ठा का भी सवाल है इसीलिए यह खबर सिर्फ मेरे और तुम्हारे अलावा किसी को नहीं होनी चाहिए, रणजीत सिंह ने गंभीरता से कहा।

अक्रूर सिंह ने कहा, यह भी कोई कहने की बात है मित्र, तुम्हारा हर राज हमारे हृदय में बंद हो गया है। अब वहां से हमारे कोई प्राण तो निकाल सकता है,परंतु तुम्हारी बातें नहीं।

रणजीत सिंह ने भावुकता में अक्रूर सिंह को अपने गले से लगा लिया और फिर पूछा, कौन से राजवैद्य हैं, ज़रा हमें खुलकर बताओ।

अक्रूर सिंह ने बताना शुरू किया- काशी नगरी में शिरोमणि हवेली बहुत ही प्रसिद्ध हवेली है। यहां पर काशी राज्य के राजवैद्य रहा करते हैं। अभी वहां के तत्कालीन राजवैध का नाम है "शिरोमणि पंडित गंगेश्वर नाथ शास्त्री।" उनके दो पुत्र हैं बड़े का नाम सोमेश्वर नाथ शास्त्री, उसका विवाह हो चुका है और तीन संतानें हैं, और वह काशी नरेश के राजमहल में ही रहता है क्योंकि वह उनका निजी राजवैध है और छोटे पुत्र का नाम रामेश्वर नाथ शास्त्री है, उसका भी विवाह हो चुका है और उसका अभी एक ही पुत्र है। इसके अलावा और दो पुत्रियाँ हैं जिनका विवाह हो चुका है.....

तुम उनका निजी जीवन छोड़ो और असली बात बताओ, रणजीत सिंह ने अक्रूर सिंह की बात बीच में ही काटते हुए लापरवाही से कहा।

अरे मित्र, क्या पता कि आपकी समस्या का समाधान वहीं मिल जाये इसलिए उनका इतिहास बता रहा था, अक्रूर सिंह ने कहा और आगे बताना शुरू किया- असली बात तो यह है कि "शिरोमणी" उनके परिवार को मिली हुई एक उपाधि है, जो सदियों से उनके घर के पुत्रों के नाम के आगे लगती आ रही है। शास्त्री परिवार का कोई पूर्वज काशी के राजा के दरबार में महान विद्वान पंडित और राज वैद्य थे तभी राजा ने उन्हें यह हवेली उपहारस्वरूप दी थी और शिरोमणि उपाधि से सम्मानित किया था।शास्त्री परिवार का हर एक पुत्र चिकित्सक है, वेदों का ज्ञाता भी है। उनकी बहुत बड़ी सी हवेली का पिछला हिस्सा चिकित्सा केंद्र है जहाँ पर वो मरीज़ देखते हैं, और उनकी देख-रेख में जड़ी-बूटियों से दवायें बनाने का काम चलता रहता है। वहाँ उन्होंनें कई लोग काम करने के लिए लगाये हुए हैं, जिन्हें शिरोमणि परिवार मासिक तनख़्वाह दिया करता है। उन्हें राजघराने से अच्छी खासी मासिक आमदनी मिलती है सो उनका परिवार पूरी तरह खुशहाल है। अन्न और धन की तो किसी तरह की कमी नहीं है। नब्ज देखकर बीमारी पकड़ना उनके लिए बाएं हाथ का खेल है, जड़ी बूटियों का ज्ञान उन्हें विरासत में मिला है। पूरे काशी में कोई ऐसा नहीं है, जो शिरोमणी शास्त्री हवेली को नहीं जानता हो। काशी के आसपास के इलाकों से और दूरदराज़ के इलाक़ों से भी लोग अपनी लाइलाज बीमारियों का इलाज करवाने वहाँ आते हैं और ठीक-ठाक होकर ही जाते हैं। बाबा विश्वनाथ की कृपा से उनके द्वार पर आया कोई भी मरीज बिना ठीक हुए वापस नहीं गया है, इसलिए यह तो निश्चित है कि शास्त्री परिवार का पुत्र प्रमुख वैद्य ही बनेगा सो उनकी बचपन से ही चिकित्सा क्षेत्र की शिक्षा आरंभ हो जाती है। पीढ़ी दर पीढ़ी उनके पुत्र यह कार्य अच्छे से संभाल रहे हैं। चिकित्सा क्षेत्र में उनका योगदान अतुलनीय है।

हुँ...... रणजीत सिंह ने गंभीरता से हुँकार भरी।

एक और ख़ास बात तो यह है कि काशी राजघराना आपके अभिन्न मित्र नीलकाँत का ननिहाल है, अक्रूर सिंह ने बताया, उसकी माता जमुना देवी का मायका है।

और राजकुमारी अंबिका का भी, रणजीत सिंह ने चहकते हुये कहा।

राजकुमारी अंबिका !!!....अक्रूर सिंह ने हैरानी से पूछा, अब यह क्या नई कहानी है?

जवाब के बदले में रणजीत सिंह ने राजकुमारी अंबिका की पूरी कहानी सुना दी, और यह भी कि उससे पहली नज़र में ही प्रेम हो गया है और उसे अपना बनाने के लिये वह तड़प रहे हैं।

तो आप चाहते हैं कि आपकी संतान राजकुमारी अंबिका से हो, अक्रूर सिंह ने मुस्कुराते हुये पूछा।

जवाब के बदले में रणजीत सिंह हँस दिये।

फिर तो हमें कल ही काशी रवाना होना पड़ेगा, अक्रूर सिंह ने भी हँसते हुये कहा।

रणजीत सिंह ने पूछा, पर तुम शिरोमणि हवेली और उसके परिवार के बारे में इतना कैसे जानते हो?

हमारी छोटी बहन सुषमा की शादी काशी के पास वाले नगर में ही हुयी है, अक्रूर सिंह ने जवाब दिया, जब पिछले साल वहां बहन को लिवाने गया था, तब जीजा के साथ शिरोमणि हवेली जाने का मौका मिला था। उनके पिताजी बहुत बीमार थे उन्हें ही लेकर हम उनकी दवा कराने गए थे। उनकी हवेली तो बिल्कुल महल जैसी है, इसीलिए हमने उनसे पूछ ही लिया कि यह राजवैध का इतना बड़ा महल कैसे है तब उन्होंने हमें शिरोमणी हवेली का पूरा इतिहास बताया था। तब हमारे जीजा ने हमें बताया कि कोई भी ऐसी बीमारी नहीं है जिसका इलाज शिरोमणी वैध नहीं जानते हैं।

तब तो हमारा काम आसान हो गया, रणजीत सिंह ने खुश होते हुए कहा, यदि उनके पास ऐसी कोई दवा है जिससे जब तक हम ना चाहें तब तक औरत मां नहीं बन सकती, तो तुम सुषमा और उसके पति से ही यह दवा मंगाना। हमारा या जयराजगढ़ का नाम बीच में नहीं आना चाहिए और तुम भी वहां से दूर ही रहना। उन्हें जितना धन चाहिए कह देना कि मिल जाएगा। उनकी हर एक दवा की चार गुना कीमत हम देंगे परंतु यह खबर बाहर नहीं जानी चाहिए।

ठीक है तो हम कल ही काशी रवाना हो जाते हैं और आप राजकुमारी अंबिका से विवाह का संदेश भिजवा दीजिए, अक्रूर सिंह ने शरारत से मुस्कुराते हुए कहा।

हमें तो तुम्हारे अलावा और किसी पर इतना विश्वास नहीं है अक्रूर, रणजीत सिंह ने प्रेम से कहा, एक काम क्यों नहीं करते कि काशी राज्य से आने के बाद तुम स्वयं ही यह संदेशा वहां ले जाना और केवल नीलकाँत से ही बात करना। आखिर को वह हमारा मित्र है, तो वह अपने आप ही अपने घर वालों से बात कर लेगा।

यह भी ठीक रहेगा तो मैं जल्द से जल्द वापस आ कर आपको दोनों ही खुशखबरी सुनाता हूं, अक्रूर सिंह ने चहकते हुए कहा।

अगले दिन ही प्रमुख सेनापति अक्रूर सिंह अपनी छोटी सी सेना टुकड़ी लेकर अपनी बहन सुषमा से मिलने की बात कहकर काशी के लिए रवाना हो गया।

सबसे पहले वह भेष बदलकर काशी के शिरोमणि हवेली में जाकर बड़े शिरोमणि पंडित गंगेश्वर नाथ शास्त्री से मिला और उनसे कहा कि वह एक नगर का बहुत बड़ा सेठ है और अपनी बेटी के लिए दवाई लेना चाहता है। वहां जाकर उसने कहा कि उसकी एक पुत्री है जो केवल 12 वर्ष की है और उसका बाल विवाह हो चुका है। अभी वह बहुत छोटी है इसलिए वह नहीं चाहता कि वह मां बने और इसलिए वह उसका गौना नहीं कर रहा है लेकिन उसके ससुराल वाले दबाव डाल रहे हैं कि यदि गौना नहीं किया तो वह अपने लड़के का दूसरा विवाह कर देंगे। वह बहुत परेशानी में है, तो वह जानना चाहता है कि क्या शिरोमणि जी के पास ऐसी कोई दवाई है जिस से जब तक ना चाहे कोई भी लड़की मां ना बन सके।

बड़े शिरोमणि पंडित गंगेश्वर नाथ शास्त्री सोच में पड़ गए और सोचने लगे कि ऐसा तो पहली बार सुनने में आया है कि माँ नहीं बनने की दवा चाहिये। अक्सर तो मेरे पास लोग ऐसी दवा लेने ही आते हैं जिससे बाँझन स्त्रियां भी मां बन सकती हैं। परंतु इस बेचारे आदमी की परेशानी भी ठीक है, इसकी लड़की अभी बहुत छोटी है और यदि ससुराल वालों ने छोड़ दिया तो उस पर कलंक लग जाएगा तब वह बेचारी क्या करेगी इसीलिए कोई ऐसी दवा वह जरूर बना कर देंगे। फिर यह धनी आदमी दवा की चार गुना कीमत देने को भी तैयार है। सब कुछ सोच-समझकर शिरोमणि पंडित गंगेश्वर नाथ शास्त्री ऐसी दवा बनाने के लिए तैयार हो गए।

शिरोमणि पंडित गंगेश्वर नाथ शास्त्री ने 6 महीने की इतनी सारी दवा बनाने के लिये 3 दिन का समय मांगा और फिर यह वचन भी दिया कि हर 6 महीने में वह इतनी सारी दवाइयां बनाकर भेज दिया करेंगे। गर्म दूध के साथ एक फंकी दिन में एक बार कभी भी लेनी है। जब भी स्त्री मां बनना चाहे तो वह दवा खानी छोड़ दे और फिर 4 से 6 महीने में उस दवा का बुरा असर खत्म हो जाएगा, उसके बाद स्त्री मां बन जाएगी।

वहां जाकर उसने अपनी बहन को तो कुछ नहीं बताया कि कहीं वह उसके माता पिता को ना कह दे। उसने अपने जीजा हीरानंद को विश्वास में लिया और उसे बहुत से धन का लालच दिया, तब उसके जीजा ने हां कर दिया कि वह हर 6 महीने में शिरोमणि हवेली से दवाईयाँ लेकर अक्रूर सिंह के पास जयराजगढ़ पहुँचाता रहेगा परंतु असली बात उसने अपने जीजा को भी नहीं बतायी। अक्रूर सिंह ने शिरोमणि पंडित गंगेश्वर नाथ शास्त्री से अपने जीजा हीरानंद को मिलवा दिया था और अपने

जीजा हीरानंद को भी यह नहीं बताया था कि यह दवाएं जयराजगढ़ के महाराणा रणजीत देव प्रताप सिंह के लिए जायेंगी।

काशी राज्य से दवाइयां लेकर अक्रूर सिंह सीधा बल्लभगढ़ के लिए रवाना हो गया। वहां जाकर उसने महाराणा रणजीत सिंह का गुप्त संदेश मित्र नीलकांत को सुनाना था।

जैसे ही वहां के राजा कृष्णकांत को यह संदेश मिला की जयराजगढ़ से प्रमुख सेनापति अक्रूर सिंह पधारे हैं तो वह सोच में पड़ गये कि ऐसी क्या परेशानियां आ गईं जो प्रमुख सेनापति खुद आये हैं। उन्होंने युवराज नीलकांत को खबर की कि वह जा कर देखे की क्या बात है? नीलकांत भी थोड़ा हैरान और परेशान हो गया क्योंकि उसको वैसे भी अक्रूर सिंह ज्यादा पसंद नहीं था। अब यह बिना खबर दिए क्यों आया है?

नीलकांत कुछ अपने सैनिकों को लेकर अपने राज महल के बाहर अक्रूर सिंह के पास उसके स्वागत के लिए पहुंचा।

अक्रूर सिंह ने उस को प्रणाम करते हुए कहा कैसे हो मित्र?

नीलकांत ने भी उसके प्रणाम का जवाब देते हुए पूछा, कैसे हो अक्रूर सिंह, बिना खबर दिए कैसे आए, सब कुशल तो है ना?

अक्रूर सिंह ने कहा, अरे सारे सवाल जवाब यहीं करोगे क्या? एक मित्र अपने दूसरे मित्र से मिलने ही तो आया है, इतने अचंभित क्यों हो? फिर मित्र रणजीत सिंह ने भी तुम्हारे लिए संदेशा भेजा है।

अक्रूर सिंह का जवाब सुनकर नीलकांत का कुछ तनाव कम हुआ, उस ने मुस्कुराते हुए कहा, अरे मित्र का तो हमेशा हमारे घर में स्वागत है। आओ, आओ मित्र।

अक्रूर सिंह को अतिथी गृह में ठहराकर नीलकांत ने उसके लिये जलपान का प्रबंध किया और अपने पिता को संदेश भिजवाया कि वह एक मित्र होने के नाते से मिलने आया है तो राजा कृष्णकांत का भी तनाव कुछ कम हुआ। क्योंकि जब से रणजीत सिंह महाराणा बना था और 1-2 वर्षों में उसने इतने युद्ध कर के आसपास के सारे राज्यों को अपने साम्राज्य में मिला लिया था कि उसकी सेना का कहीं भी जाना हर राजा के और राज्य के लिए खतरे की बात होने लगी थी।

अगले दिन सुबह ही अक्रूर सिंह को जयराजगढ़ रवाना होना था इसीलिए रात्रि के भोजन के बाद अक्रूर सिंह ने नीलकांत को कहा कि तुमसे कुछ आवश्यक बातें करनी है मित्र, यदि तुम ठीक समझो तो भोजन के बाद हम दोनों बैठकर बातें करते हैं क्योंकि कल सवेरे सुबह ही हम अपने राज्य के लिये रवाना हो जाएंगे।

रात्रि के भोजन के बाद नीलकांत ने अक्रूर सिंह से पूछा कि वह क्या आवश्यक काम से आया है?

तब अक्रूर सिंह ने उसे रणजीत सिंह का हाल बताया और कहा कि वह तुम्हारी बहन राजकुमारी अंबिका से विवाह करना चाहता है। अपने घरवालों से सलाह मशवरा करने के बाद जयराजगढ़ संदेशा भेज देना तो हम बारात लेकर आ जाएंगे।

नीलकांत अचंभित रह गया, फिर उसने अपने आप को संभालते हुए कहा, रणजीत सिंह का यह रिश्ता स्वीकार करते हुए हम सब अपने आप को बहुत धन्य समझते, परंतु रणजीत सिंह ने रिश्ता भेजने में थोड़ी सी देर कर दी क्योंकि अब तो हम राजकुमारी अंबिका का विवाह पक्का कर चुके हैं और अपनी ज़ुबान भी दे चुके हैं, कौशंबीपुर के राजकुमार के साथ।

कौशंबीपुर!!! अक्रूर सिंह ने हैरानी से कहा, हम तुम्हारी बहन को महा साम्राज्य जयराजगढ़ की महारानी बनने का न्यौता देने आए हैं और तुमने उस छोटे से राज्य कौशंबीपुर में अपनी बहन का रिश्ता कर लिया। खैर कोई बात नहीं, यह गलती तो हम से ही हुई है कि हमने रिश्ता भेजने में देर कर दी। इसमें तुम्हारा कोई कसूर नहीं है, पर तुम चाहो तो एक बार अपने पिता से इस बारे में बात कर के देख लो। हमें पक्का विश्वास है कि वह तुम्हारी बहन को महासाम्राज्य जयराजगढ़ की महारानी बनाना पसंद करेंगे बजाए की कौशांबीपुर के युवराज की पत्नी बनाने से।

अक्रूर सिंह......युवराज नीलकांत ने कुछ तल्खी से कहा, राजपूत अपने वचन से फिरा नहीं करते। हमने अपनी ज़ुबान दी हुई है इसलिये अब तो राजकुमारी अंबिका कौशंबीपुर ही जाएगी। उसकी सगाई पर मित्रों को हम नहीं बुला पाए, इसके लिए हम हृदय से क्षमा प्रार्थी हैं, परंतु विवाह पर आप महाराणा रणजीत देव प्रताप सिंह के साथ जरूर पधारें, हम खुद न्यौता देने आएंगे, नीलकांत ने अपनी तल्खी दबाते हुये नरमी से कहा।

अक्रूर सिंह खामोश रह गया क्योंकि वह नीलकांत की तल्खी महसूस कर चुका था और उसे बहुत कुछ समझ में भी आ गया था। उसने सोचा अब तो आखिरी फैसला महाराणा रणजीत देव प्रताप सिंह ही करेंगे।

अगले दिन सूर्य उदय होने से पहले ही अक्रूर सिंह अपनी सेना की टुकड़ी लेकर बल्लभगढ़ से रवानगी डाल चुका था।

अगले दिन राजा कृष्णकांत नीलकांत के शयन कक्ष में आए और बोले, अरे अक्रूर सिंह इतनी जल्दी कैसे चला गया और क्या कहने आया था।

जवाब में युवराज नीलकांत ने अपने पिता राजा कृष्णकांत को महाराणा रणजीत देव प्रताप सिंह के विवाह प्रस्ताव के बारे में बताया और उसने अपना जवाब क्या दिया, वह भी बताया।

यह सुनकर राजा कृष्णकांत परेशान हो गए और बोले, यह तुमने ठीक नहीं किया नीलकांत, तुम्हें कम से कम हमसे बात करनी चाहिए थी। हमने जो कुछ भी रणजीत सिंह के बारे में सुना है तो इसका परिणाम अच्छा नहीं होगा, वह बहुत ही अहंकारी है। यदि उसे मना करना भी था तो हम बहुत तरीके से समझा सकते थे परंतु तुमने अपने बचपन में सारा काम बिगाड़ दिया है।

आप बिल्कुल भी परेशान ना हो पिता महाराज, नीलकाँत ने अपने पिता को समझाते हुए कहा, अक्रूर सिंह मित्र की तरह आया था और हमने मित्र की तरह ही उसे टाला है। यदि मित्रता की बात ना होती, तब आपको अवश्य बताता। यदि रणजीत सिंह भी मित्र है तो मित्र की भांति समझ जाएगा। वैसे भी वह पहले से एक रानी लेकर बैठा हुआ है तो हमारी बहन को कैसे महारानी बना देगा!!! वैसे भी आपने उसके सौतेले रिश्तों के बारे में नहीं सुना कि वहां क्या हाल मचा था। इसीलिए हम अपनी बहन की शादी ऐसे घराने में नहीं कर सकते जहां पर वह दुखी रहे।

ईश्वर करे कि तुम्हारी बात ठीक ही निकले नीलकांत, राजा कृष्णकांत ने थोड़ा परेशान होते हुए कहा।

आप बिल्कुल भी चिंता ना करें पिता महाराज सब कुछ ठीक हो जाएगा, नीलकांत ने पिता को आश्वासन देते हुए कहा।

परंतु राजा कृष्णकांत अपने अनुभव के कारण पूरी तरह से आश्वास्त नहीं हो पा रहे थे।

अध्याय ८

महाराणा रणजीत देव प्रताप सिंह और रानी वैशाली

अक्रूर सिंह जयराजगढ़ पहुंच चुका था और वह अपने घर पर जाने से पहले महाराणा रणजीत सिंह से मिलने पहुंच गया। महाराणा उसकी काशी-यात्रा की सफलता पर बहुत ही खुश थे। परंतु दूसरी बात जो बल्लभगढ़ यात्रा के विषय में थी, उसका पता लगते ही महाराणा को क्रोध आ गया।

नीलकांत का इतना साहस जो हमें मना करे, महाराणा रणजीत सिंह गुस्से से बोले।

अक्रूर सिंह ने महाराणा को समझाया, आप क्यों चिंता करते हैं, हम हैं ना, और वैसे भी अभी उसकी बहन का विवाह अगले वर्ष होना है। 1 वर्ष का समय बहुत होता है महाराणा जी, यह हमारा वचन है आपको कि राजकुमारी अंबिका जयराजगढ़ की ही रानी बनकर आयेंगीं। यदि आपने हमें पहले आज्ञा दी होती तो अभी हम वहीं से उनको साथ लेकर आते आपके लिए।

तुम हमारे मित्र नहीं, हमारे भाई हो अक्रूर सिंह, महाराणा रणजीत सिंह ने गदगद होते हुए कहा, सुनो अक्रूर सिंह, हमारे दिमाग में एक योजना आई है- कौशंबीपुर इतना छोटा सा राज्य है कि उसे जीतने जाना ही हमारे लिये बड़ी अपमानजनक सी बात है। इसीलिए आप वहाँ हमारी तलवार लेकर जाईये और कौशांबीपुर के राजा को हमारा संदेश सुनाइए कि या तो वह हम से युद्ध करें या हमारी अधीनता में राज्य करना स्वीकार करें। हमें पूरा विश्वास है कि वह युद्ध नहीं करना चाहेंगे क्योंकि युद्ध से उनके पूरे राज्य का सर्वनाश हो जाना निश्चित है। जब कौशंबीपुर हमारे आधीन हो जाएगा तो नीलकाँत अपनी बहन की शादी क्या हमारे दास से करना पंसद करेगा??? आखिरी बात कहते हुए रणजीत सिंह कुटिलता से मुस्कुराये।

आप की योजना बहुत अच्छी है महाराणा जी परंतु हम यह नहीं समझ पा रहे हैं कि आप उनको युद्ध करके मार ही क्यों नहीं डालते, अक्रूर सिंह ने पूछा।

वह इसलिए अक्रूर सिंह, महाराणा रणजीत सिंह ने कहा, हमने आपको अपने पिता महाराज की सारी बातें बतायी थी ना, उन्होंने हमें हमारे राज घराने का जो इतिहास सुनाया था। बस इसीलिए हम यह नहीं चाहते कि अंबिका भी हमारे प्रति मन में द्वेष लेकर आये। आख़िर है तो वह एक औरत ही ना। और फिर हम उसको ज़बरदस्ती हासिल नहीं करना चाहते। हम चाहते हैं कि वह हमसे प्रेम करे। क्योंकि हम भी उससे प्रेम करते हैं।

कौशांबीपुर की तो ख़ैर आप चिंता भी ना करें, उसे तो हम अच्छे से ही देख लेंगे, अक्रूर सिंह ने कहा, यदि फिर भी नीलकांत ना माना तो।

तो.....महाराणा रणजीत सिंह ने कठोरता से कहा, उसके बाद आप हमारा कठोर संदेश उन्हें खुद ही देने जाएंगे, कि बल्लभगढ़ को युद्ध चाहिये या रिश्तेदारी, राजा कृष्णकाँत से आप हमारी तलवार पर या तो रोली चंदन का टीका करवा कर आयेंगे या फिर बल्लभगढ़ को भी युद्ध में उतरना ही पड़ेगा। नीलकांत को तो हमने मित्रता की वजह से क्षमा कर दिया परंतु राजा कृष्णकांत इतने बच्चे नहीं हैं कि उन्हें यह समझ ना आए कि साम्राज्य जयराजगढ़ से रिश्तेदारी करने में ही भलाई है और फिर जब कौशांबीपुर रहेगा ही नहीं तो फिर वह अपनी बेटी का विवाह किस से करेंगे???

बहुत ख़ूब महाराणा जी, अक्रूर सिंह ने प्रसन्नता से कहा, आज एक विनती हम आपसे करना चाहते हैं। शिरोमणि पंडित गंगेश्वर नाथ जी ने अपनी दवा का पूरा दायित्व लेते हुए यह कहा है कि जब तक कोई भी स्त्री इस दवा को खाती रहेगी तब तक वह मां बन ही नहीं सकती। इसीलिए हमारी आपसे यही विनती है कि पूरा साम्राज्य जयराजगढ़ आपके और रानी वैशाली के बारे में गलत बातें कर रहा है और हम नहीं चाहते की जयराजगढ़ में आपसे आपकी ही प्रजा का विश्वास उठ जाए और आप को बदनामी झेलनी पड़े। इसीलिए इससे पहले राजकुमारी अंबिका रानी बनकर राजमहल में आयें, आप रानी वैशाली को उनका पत्नी का अधिकार दे दीजिए। आख़िर वह भी तो एक औरत ही हैं ना। यदि इस क्रोध में कहीं वह षड्यंत्र ना करने लगें। फिर यदि संतान ना हुयी तो लोग आपके बारे में बातें नहीं करेंगे। आप कह सकते हैं कि पहली रानी बाँझ है इसीलिए आप दूसरी रानी लेकर आए हैं। फिर अपने आप को बाँझ मानकर रानी वैशाली भी आपके सामने कभी सिर उठाने की हिम्मत नहीं कर पायेंगीं। आपका जिससे हृदय चाहे उस से संतान पैदा कीजिए। रानी वैशाली भी कभी आपकी यह बदनामी नहीं कर पाएंगी कि आपने उन्हें महारानी सिंहासन पर बैठने का मौका नहीं दिया है। आपका हाथ सदा के लिये ऊपर भी रहेगा।

वाह, वाह अक्रूर सिंह आप तो राजनीति में भी तेज होते जा रहे हैं, महाराणा रणजीत सिंह ने हंसते हुए कहा, परंतु औरतों के विषय में आपके विचार इतने उज्जवल कब से हो गए?

अक्रूर सिंह भी हंसने लगा और कहा, आपके यहां की दासियां हमारे यहां की दासियों से बातें करती हैं, और हमारी दासियां इधर-उधर की बातें लगाकर हमारी माता जी को भी बताती हैं तो हमारी माता जी हमारे पिता से यही सब कह रही थीं कि रानी वैशाली के साथ महाराणा रणजीत सिंह बहुत अन्याय कर रहे हैं, आपको उन्हें समझाना चाहिए,वह बेचारी हर वक्त रोती रहती हैं। सबकी सहानुभूति रानी वैशाली के साथ जा रही है, इसीलिए यह बहुत जरूरी है कि अब आप सचेत हो जाएं।

कहते तो तुम बिल्कुल ठीक हो अक्रूर सिंह, महाराणा रणजीत सिंह ने गंभीरता से कहा, हमें भी दया आती है उस बेचारी पर, उसे पत्नी का अधिकार तो मिलना ही चाहिए। फिर अंबिका के आ जाने के बाद तो हमें नहीं लगता कि हम उसके पास जा भी पाएंगे। चलो अब हमें दवा की विधि समझाओ और उसके बाद तुम प्रस्थान करो।

अक्रूर सिंह ने दवा देने की पूरी विधि समझाई और फिर उसने कहा महाराणा जी अब मुझे आज्ञा दीजिए और महाराणा को प्रणाम करके निकल गया।

महाराणा रणजीत सिंह ने रानी वैशाली के कक्ष में अपने दास से खबर भिजवाई कि आज रात को महाराणा जी रानी वैशाली को नौका-विहार के लिये ले जायेंगे। वह पूरी तरह तैयार होकर उन्हें सप्त-संगमा झील के किनारे मिलें। जब रानी वैशाली को अपनी दासी से यह सूचना मिली तो उसे अपने कानों पर विश्वास ही नहीं आया।

दासियों ने रानी वैशाली को दुल्हन की तरह सजाया। रानी वैशाली का रंग भले ही सांवला था पर उसका व्यक्तित्व बहुत ही आकर्षक था। उसके काले घने बाल बहुत ही लंबे थे और काली बड़ी आंखों में जब वह फैलाकर काजल डालती थीं तो उसकी सुंदरता और बढ़ जाती थी। उसके अंदर रूप और गुण की कोई भी कमी नहीं थी परंतु रणजीत सिंह ने आज तक उसे कभी नजर भरकर देखा ही नहीं था तो कैसे जानता। वह तो वैशाली को देखने से पहले ही अंबिका के रूप-जाल में गिरफ्तार हो चुका था। रानी वैशाली का बदन छरहरा और कद लंबा था। उसकी आवाज बहुत मीठी थी और वह बहुत धीमी आवाज़ में बात करती थी।

रानी वैशाली की निजी दासियाँ महाराणा के लिए उसे विशेष रूप से तैयार कर रहीं थीं। रानी वैशाली ने लाल रंग का लहंगा-चोली पहना था जिसपर हरे रंग का गोटा किनारी लगा हुआ था, यह रंग उसपर बहुत फबता था। दुर्लभ रत्नजड़ित आभूषणों से जब उसे सजाया गया तो अपना रूप देखकर रानी वैशाली भीखुद से प्रभावित हुए बिना नहीं रह सकी। दासियों ने उनके लंबे काले घने केश बांधे नहीं थे, बल्कि खुले ही छोड़े थे ताकि महाराणा उनके खुले हुए केशों में उनका रुप देख कर पूरी तरह रीझ जायें, और दासियों की यह मेहनत बेकार नहीं गई।

महाराणा रणजीत सिंह सप्त-संगमा झील के किनारे उनकी प्रतीक्षा कर रहे थे। जैसे ही उन्होंने रानी वैशाली को सामने से आते हुए देखा तो वह उनका रूप देखकर दंग रह गए। उनके लंबे काले घने केश हवा में उड़ रहे थे और वह अपने केशों के साथ-साथ अपनी चुनरी संभालने की भी कोशिश करती जा रही थीं। पास आकर उन्होंने महाराणा के चरण- स्पर्श किए तो महाराणा को जैसे होश आया। महाराणा को एकटक अपनी और देखते हुए देखकर रानी वैशाली लज्जा से लाल हो गई। उनकी दासियां भी मुस्कुरा दीं तो महाराणा रणजीत झेंप गए। उन्होंने इशारे से दासियों को जाने के लिए कहा।

महाराणा रणजीत सिंह ने अपना हाथ बढ़ाया तो वैशाली ने उनका हाथ थाम लिया और वह वैशाली का हाथ थामे हुये नौका पर चढ़ गए। उनकी राजसी नौका बहुत बड़ी थी, उसमें बीचों-बीच में एक छोटा सा एक कक्ष बना हुआ था जिसमें आरामदायक गद्दे लगे हुए थे और बहुत सारे गाव-तकिये। राजघराने के लोगों के लिये सुख-सुविधा का काफ़ी सामान मौजूद था। महाराणा तकिए का सहारा लेकर बैठ गए और रानी वैशाली को भी उन्होंने बैठने का इशारा किया। नौका धीरे-धीरे चल रही थी और ठंडी हवा से वैशाली के केश अभी भी उड़ रहे थे। महाराणा रणजीत सिंह रानी वैशाली का पूरा रुप निहार रहे थे और रानी वैशाली लज्जा से आंखें झुका कर बैठी हुई थी।

महाराणा रणजीत सिंह ने ही बात करने की पहल की और बोले, वैशाली जब से आप विवाह करके इस घर में आयीं हैं तब से हम आपके पास नहीं आ पाए हैं। हम जानते हैं कि आपको बहुत बुरा लगा होगा, परंतु हम मजबूर थे।

रानी वैशाली ने धीमे स्वर में उत्तर दिया, महाराणा जी बुरा तो लगा था परंतु हम जानते थे कि आप ऐसे हालातों से गुजर रहे हैं जिसमें शायद आपके लिए किसी भी तरह का नया रिश्ता बनाना संभव नहीं था।

महाराणा रणजीत सिंह को वैशाली से ऐसे जवाब की आशा नहीं थी। उनको लगा था कि वह शिकवे-शिकायत करेगी और रोयेगी, उनके मुताबिक़ औरतों की ऐसी ही आदतें होती हैं, परंतु इतना समझदारी भरा जवाब सुनकर वह हैरान रह गये।

आपको हमसे कोई शिकायत नहीं करनी, महाराणा रणजीत सिंह ने वैशाली की ओर हैरानी से देखते हुए पूछा।

शिकायत तब होती यदि आप पूरा जीवन हमारे पास ना आते, परंतु आपने तो हमारा ख्याल इतनी जल्दी कर लिया। इसके लिए तो हम आपके आभारी हैं, वैशाली ने मुस्कुराते हुए कहा।

पिता महाराज ने ठीक ही कहा था कि आप बहुत समझदार हैं, महाराणा रणजीत सिंह ने मुस्कुराते हुए कहा।

और क्या सुना है आपने हमारे बारे में, वैशाली ने पूछा और फिर मुस्कुराई।

उसकी मुस्कुराहट बहुत ही सुंदर थी, रणजीत सिंह उसके मोती जैसे दांत देखते ही रह गए, उस क्षण रणजीत सिंह सोच रहे थे कि सौंदर्य का गोरेपन से कोई लेना-देना नहीं होता। पिता महाराज ने ठीक ही कहा था कि उसका रूप और गुण बहुत लुभावना है परंतु अपने प्रतिशोध में अंधे हो कर हमने उस पर ध्यान ही नहीं दिया। तभी वैशाली ने अपनी चुनरी को दुशाले की तरह अपने चारों तरफ लपेट लिया, शायद उसे ठंड लगनी शुरु हो गई थी।

लगता है आप को ठंड लग रही है, महाराणा रणजीत सिंह ने कहा, हम आपको कुछ गर्म पिलवाते हैं। हमने आपके लिए बहुत खास केसर-बादाम का गरम दूध बनवाया है, हम अभी दास से कहते हैं कि वह ले आए।

रानी वैशाली महाराणा रणजीत सिंह का यह रूप देखकर हैरान और अचंभित हो रही थी क्योंकि उसने तो महाराणा के व्यक्तित्व और स्वभाव के बारे में कुछ और ही सुना था।

दास बस एक ही गिलास दूध लेकर आया तो महारानी वैशाली बड़ी हैरान हुई, उसने महाराणा से पूछा क्या आप नहीं पिएंगे?

नहीं हम दूध पीना पसंद नहीं करते, हम केवल सोमरस का ही पान करते हैं, महाराणा ने मुस्कुराते हुए जवाब दिया, परंतु यह हमने खास आपके लिए बनवाया है इसीलिए आपको तो यह हर हाल में पीना पड़ेगा।

हमारे लिए यह क्यों अनिवार्य है, वैशाली ने मुस्कुराते हुए पूछा।

इसलिए कि हमारी मां कहती थीं कि हर औरत को रात्रि में बादाम का दूध जरूर पीना चाहिए। इससे वह शीघ्र मां बन जाती हैं, महाराणा ने जवाब दिया।

महाराणा का जवाब सुनकर वैशाली खिलखिलाकर हंस पड़ी, क्या आपको इतनी जल्दी है अपने पुत्र की।

महाराणा ने गंभीरता से कहा, हां हमें बहुत जल्दी है हम चाहते हैं कि हमारे साम्राज्य जयराजगढ़ को उसका युवराज शीघ्र ही मिले।

महाराणा का जवाब सुनकर वैशाली भी गंभीर हो गई और उसने कहा, आपकी इच्छा का मान रखने की हम पूरी कोशिश करेंगे महाराणा जी।

फिर आप हमें वचन दीजिए कि हम यहाँ हों या ना हों, परंतु आप केसर-बादाम वाला यह दूध हर रात्रि को सेवन ज़रूर करेंगीं।

आप कितने अच्छे हैं महाराणा जी, आपके मन में अपनी पत्नी के लिये कितना प्रेम है और कितना ख्याल करते हैं आप। हमने तो ऐसा कभी किसी के लिए भी नहीं सुना कि कोई भी पुरुष अपनी पत्नी का ऐसा भी ख्याल रखता है। हम तो आपको पाकर धन्य हो गए हैं, यह कहकर रानी वैशाली ने महाराणा के चरण स्पर्श किए तो महाराणा ने उसे गले लगा लिया।

आपने अभी तक हमें वचन नहीं दिया रानी वैशाली, महाराणा रणजीत सिंह ने मुस्कुराते हुए कहा।

महाराणा जी वचन तो बहुत छोटी सी चीज है, फिर भी हम आपको वचन देते हैं, रानी वैशाली ने भाव विभोर होते हुए कहा, हमारे प्राण भी आपके ही हैं और आप इतने प्रेम से यदि हमें जहर भी पीने की आज्ञा देंगे, तो भी आपकी आज्ञा हमारे लिए शिरोधार्य रहेगी।

यदि हमने आपको किसी दिन सचमुच ही जहर पीने की आज्ञा दे दी तो क्या आप आंख मूंद कर पी जाएंगी, रणजीत सिंह ने शरारत से मुस्कुराते हुए पूछा।

जी हां महाराणा जी हम पी जाएंगे सारे जहर आपके हाथों से, रानी वैशाली ने गंभीरता से दृढ निश्चयी होकर कहा।

अभी तो आप हमें अच्छे से जानती भी नहीं फिर भी इतना विश्वास, महाराणा रणजीत सिंह ने हैरानी से पूछा।

महाराणा जी हम केवल प्रेम को जानते हैं, रानी वैशाली ने उत्तर दिया। क्योंकि हम आप को प्रेम करते हैं इसीलिए हम आपसे बदले में कुछ नहीं मांगते। प्रेम केवल देना जानता है, विश्वास करना जानता है और हमें आप पर संपूर्ण विश्वास है।

और आपकी क्या रुचियां हैं, वह भी हमें बता दीजिए, महाराणा रणजीत सिंह ने पूछा।

आप हमें अपनी सभी रुचियां बता दीजिए महाराणा जी, हम उसी के अनुसार अपने आप को पूरी तरह से ढाल लेंगे, रानी वैशाली ने प्रेम के साथ उत्तर दिया।

हमें आप अच्छी लगी है वैशाली, महाराणा ने वैशाली का हाथ पकड़ते हुए कहा, आज से हम हर रात आपके ही साथ गुजारेंगे, और आपसे बातें करना तो हमें और भी अच्छा लगा, आज से और अभी से हमारे शयनकक्ष में आपका पूरी तरह से स्वागत है।

हम बहुत ही सौभाग्यशाली हैं जो आप हमें पति के रुप में मिले हैं, वैशाली ने प्रसन्नता से कहा तो महाराणा रणजीत सिंह ने उसे अपनी बाँहों में भर लिया।

रानी वैशाली महाराणा रणजीत सिंह का प्रेम देखकर उनके प्रति पूरी तरह से समर्पित हो चुकी थी, एक समर्पित पत्नी की तरह, और महाराणा रणजीत सिंह उसे पसंद तो कर रहे थे परंतु अपने राजनीतिक खेल खेलने से बाज नहीं आ रहे थे। फिर हर रात महाराणा रणजीत सिंह उसे मां ना बनने की दवाई दूध में मिलाकर देते रहे और बेचारी रानी वैशाली, वो जहर भी उनका प्रेम समझ कर पीती रही। रानी वैशाली ने अपना जप- तप और मन्नतें बढ़ा दी थीं और उपवास भी रखने लगी थी ताकि वह जल्द से जल्द अपने पति की इच्छा पूरी करें और उन्हें इस राज्य का युवराज दे सकें क्योंकि वह महाराणा रणजीत सिंह के इस राजनैतिक खेल से पूरी तरह से अनभिज्ञ थी।

उधर अक्रूर सिंह ने कौशंबीपुर को जब महाराणा रणजीत देव प्रताप सिंह का संदेश सुनाया तो वह सचमुच ही डर गए क्योंकि वह जानते थे कि वह तो मुट्ठी भर सेना भी नहीं है महासाम्राज्य जयराजगढ़ की सेना के आगे, इसीलिए उन्होंने महाराणा रणजीत देव प्रताप सिंह की अधीनता ही स्वीकार की। इसके बाद महाराणा रणजीत देव इंतजार करने लगे कि बल्लभगढ़ से विवाह प्रस्ताव स्वयं ही नीलकांत लेकर आए, परंतु महाराणा रणजीत देव प्रताप सिंह की प्रतीक्षा की घड़ियां लंबी हो रही थीं और बल्लभगढ़ से विवाह का कोई संदेश नहीं आ रहा था। आखिरकार एक दिन उन्हें पता चला कि नीलकांत राजकुमारी अंबिका का रिश्ता कहीं और लेकर जाने की तैयारी कर रहा है तो महाराणा रणजीत देव प्रताप सिंह का ख़ून खौल उठा। उन्होंने अक्रूर सिंह को अपनी तलवार देकर विशाल सेना के साथ बल्लभगढ़ रवाना किया कि वहां पर यदि राजा कृष्णकांत इस रिश्तेदारी के लिए तैयार हैं तो हमारी तलवार

रोली चंदन लगाकर वापस करें और विवाह का मुहूर्त निकाल कर ही भेजें, यदि नहीं तो वहां इसी तलवार पर राजा कृष्णकांत का लहू लगा होना चाहिए।

प्रमुख सेनापति अक्रूर सिंह अपने पूरे लश्कर के साथ बल्लभगढ़ के लिए रवाना हो गया।

अध्याय ९

महाराणा रणजीत देव प्रताप सिंह और राजकुमारी अंबिका का विवाह

राजा कृष्णकांत अपने राज्य के राजदरबार में अपने दरबारियों से चर्चा में व्यस्त थे तभी एक सैनिक भागता हुआ आया और उसने कहा, महाराज प्रणाम, जयराजगढ़ की सेनाओं ने बल्लभगढ़ को चारों तरफ से घेर लिया है और महाराणा रणजीत देव प्रताप सिंह का संदेश लेकर उनके प्रमुख सेनापति अक्रूर सिंह राजदरबार में आपसे भेंट करने की आज्ञा चाहते हैं।

क्या......राजा कृष्णकांत हैरानी से बोले क्या वह हम से युद्ध करना चाहते हैं। सैनिक ने कहा, यह तो पता नहीं महाराज परंतु उन्होंने आपसे राज दरबार में ही भेंट करने की आज्ञा मांगी है।

ठीक है उन्हें आदर सहित राज दरबार में ले आओ, राजा कृष्णकांत ने सैनिक को कहा।

यह आप क्या कह रहे हैं पिता महाराज, युवराज नीलकांत ने हैरानी से कहा, क्या आप नहीं जानते कि जयराजगढ़ की सेनायें क्यों आई हैं। आप महाराणा रणजीत सिंह के अहंकारी स्वभाव को भूल गए हैं क्या? आप हमें युद्ध की आज्ञा दीजिए, क्यों आप उन्हें आदर सहित राज-दरबार में बुला रहे हैं?

आप बिल्कुल खामोश रहें युवराज नीलकांत, राजा कृष्णकांत ने सख्ती से कहा, जब तक हम बात करते हैं तब तक आप बिल्कुल खामोश रहेंगे। हम इस बारे में बाद में अपने निजी कक्ष में चर्चा कर सकते हैं। यह मत भूलिए कि वह आपके मित्र होने के नाते से बल्लभगढ़ नहीं पधारे हैं। यह राज-दरबार की चर्चा है, इसे राजदरबार की नीतियों से ही सुलझना होगा। आप केवल और केवल अपना क्रोध काबू में रखेंगे।

और यह मत भूलिए कि यहां के राजा अभी तक हम हैं, आप युवराज की मर्यादा में रहिए।

क्षमा चाहते हैं पिता महाराज, कहकर युवराज नीलकांत अपने आसन पर बैठ गए।

जयराजगढ़ का प्रमुख सेनापति अक्रूर सिंह अपने साथ दो सैनिकों और एक संदेशवाहक को भी लेकर आया जो महाराणा रणजीत देव प्रताप सिंह का संदेश पढ़कर राजदरबार में सुना सके।

राजा कृष्णकांत को महासाम्राज्य जयराजगढ़ के प्रमुख सेनापति अक्रूर सिंह का प्रणाम स्वीकार हो, अक्रूर सिंह ने नम्रता से कहा, हमारे महाराणा रणजीत देव प्रताप सिंह ने अपने संदेश के साथ अपनी तलवार भी भेजी है, यदि आप आज्ञा दें तो आपको संदेश पढ़कर सुना दिया जाए।

आज्ञा है, राजा कृष्णकांत ने अधीरता से कहा।

जयराजगढ़ के प्रमुख सेनापति अक्रूर सिंह ने संदेशवाहक को इशारा किया, संदेशवाहक ने संदेश सुनाना आरंभ किया-

"बल्लभगढ़ के राजा कृष्णकांत को महा साम्राज्य जयराजगढ़ के महाराणा रणजीत देव प्रताप सिंह का प्रणाम स्वीकार हो।

महा साम्राज्य जयराजगढ़ अपने साम्राज्य के विस्तार के लिए लगातार अग्रसर है और हमारे पूर्वजों की सम्मानित तलवार हमारी म्यान से बाहर आ चुकी है। आप भी राजपूत हैं और इसका मतलब खूब समझते हैं कि जब एक राजपूत की तलवार म्यान से बाहर निकल जाती है तो या तो वह लाल रोली का तिलक मांगती है या लाल रक्त का, बिना तिलक करवाये तो अब यह तलवार म्यान में वापस जाकर महा साम्राज्य जयराजगढ़ का अपमान नहीं करवा सकती।

यदि आपको महा साम्राज्य जयराजगढ़ से रिश्तेदारी स्वीकार है तो हमारे पूर्वजों की सम्मानित तलवार पर रोली चंदन का तिलक कर के अपनी पुत्री राजकुमारी अंबिका से हमारा विवाह-निवेदन स्वीकार करें।

यदि आपका जवाब ना में है, तो फिर बल्लभगढ़ की तलवारों को हमारे महा साम्राज्य जयराजगढ़ की तलवारों से बात कर लेने दीजिए और फैसला स्वयं तलवारें ले लेंगी।

आशा करते हैं कि आपका फ़ैसला बल्लभगढ की जनता के हित में होगा।

महासाम्राज्य जयराजगढ़ के महाराणा रणजीत देव प्रताप सिंह।।

संदेश सुनकर युवराज नीलकांत और बल्लभगढ़ के सेनापति, मुख्यमंत्री सबके हाथ अपनी तलवारों पर चले गए थे, परंतु राजा कृष्णकांत थोड़ी देर की चुप्पी के बाद बोले, राजपुरोहित जी, रोली चंदन की थाली लेकर आइए और राजकुमारी अंबिका का विवाह पक्का कीजिए।

पिता महाराज यह आपने क्या किया, नीलकांत यह कहकर मन ही मन आहत हुआ।

अक्रूर सिंह ने एक उपेक्षित दृष्टि युवराज नीलकाँत पर डाली और राजा कृष्णकांत को कहा, राजा कृष्णकांत जी आपको महा साम्राज्य जयराजगढ़ से संबंध की बहुत-बहुत हार्दिक बधाई हो।

आपको भी बहुत-बहुत बधाई हो अक्रूर सिंह जी, राजा कृष्णकांत ने जयराजगढ़ के महाराणा की तलवार पर तिलक करते हुए कहा।

आप भी अब पधारिए प्रमुख सेनापति अक्रूर सिंह जी, राजा कृष्णकांत ने अपने मुख्यमंत्री को इशारा करते हुए कहा, अब आप अपने महाराणा के ससुराल में हैं तो आपके और जयराजगढ की सेना की सेवा का हमें अवसर दीजिये। मुख्यमंत्री जी, बल्लभगढ़ के रिश्तेदारों के लिए जलपान की व्यवस्था करवाईये।

जो आज्ञा महाराज, मुख्यमंत्री ने आदर से सिर झुकाकर कहा और फिर अक्रूर सिंह को आदर के साथ कहा, आइए पधारिए अक्रूर सिंह जी।

अक्रूर सिंह ने युवराज नीलकाँत को कहा, आपको भी बधाई हो मित्र, क्या आपको खुशी नहीं हुई। आपने अभी तक हमें बधाई भी नहीं दी।

आपको बधाई हो अक्रूर सिंह जी, नीलकाँत ने तल्खी से कहा, महाराणा रणजीत देव प्रताप सिंह को हमारा भी यह संदेश दे दीजियेगा कि अब केवल रिश्तेदारी ही रहेगी, मित्रता नहीं।

जरूर युवराज नीलकाँत, अक्रूर सिंह ने कुटिलता से मुस्कुराते हुए कहा और फिर मुख्यमंत्री के साथ बाहर चले गए।

राजा कृष्णकांत अपने निजी कक्ष में बैठे हुए थे और अपनी पत्नी रानी जमुना देवी को सारी खबर सुना रहे थे, तभी युवराज नीलकांत ने कक्ष में प्रवेश किया और अपने पिता से कहा, पिता महाराज यह आपने क्या किया? क्या हमने आपको पहले

ही रणजीत सिंह की असलियत नहीं बताई थी, तो फिर आपने उनकी तलवार पर रोली चंदन का तिलक क्यों किया? आप हमें युद्ध की आज्ञा भी तो दे सकते थे।

पागल मत बनो युवराज नीलकांत, राजा कृष्णकांत ने गुस्से से कहा, क्या तुम नहीं जानते कि पूरे राजपूताना में महा साम्राज्य जयराजगढ़ जैसा ना तो कोई राज्य है और ना ही महासेना है। क्या युद्ध क्षेत्र में हम एक क्षण भी उनके समक्ष टिक सकते थे? राजनीति का विचार तो तुम कर नहीं सकते तो क्या राजनीति में तुम्हें यूं ही प्रथम स्थान मिल गया। यदि हम रिश्तेदारी छोड़कर युद्ध का एेलान करते तो तुम्हारा और हमारा दोनों का सिर, बल्कि सारे बल्लभगढ़ वासियों के सिर युद्ध-भूमि में पड़े होते और वह तब भी राजकुमारी अंबिका को लेकर ही जाते। राजपूत हैं हम, युद्ध क्षेत्र में जाने से या सिर कटाने से तो बिल्कुल भी नहीं डरते, परंतु हमारे सिर कटाने से भी अंबिका बचने वाली तो नहीं थी। उसे तो जयराजगढ़ की रानी बनना ही था। यदि उस के भाग्य में जयराजगढ़ की रानी बनना लिखा ही है तो उसका मायका सुरक्षित क्यों ना रहे? क्यों उसका मायका तहस-नहस हो जाए? बताओ नीलकांत, जवाब दो।

नीलकांत निरुत्तर हो चुका था। राजा कृष्णकांत की इन बातों का उसके पास कोई जवाब नहीं था, वह जो भी कह रहे थे, सच ही कह रहे थे।

तुम्हारे पिता ठीक कह रहे हैं नीलकांत, रानी जमुना देवी ने कहा, क्या पता कि उसकी किस्मत में ही जयराजगढ़ की महारानी का सिंहासन हो क्योंकि अभी तक अगर महाराणा रणजीत सिंह की पहली पत्नी मां नहीं बनी है तो हो सकता है यह सब हमारी अंबिका के ही भाग्य में हो। हमें तो वह पहले भी अच्छा ही लगा था, परन्तु तुम ही उसके विरुद्ध थे और यह क्या जरूरी है कि जहां तुम अंबिका की शादी तय करो, वहां पर बाद में जाकर उसे कोई परेशानी ना आए। यह तो फिर भी तुम्हारा मित्र है, कुछ कह-सुन तो सकते हो। तुमने कहीं और यदि अंबिका की शादी की तो वहां तो हम बोल भी नहीं पाएंगे और फिर पूरे राजपूताना के इतने बड़े महासाम्राज्य की रानी बनने जा रही है तुम्हारी बहन, उसे अच्छे भाई की तरह खुशी-खुशी विदा करो नीलकांत, इस फ़ैसले में सभी की भलाई है बेटा, रानी जमुना देवी ने रूँधे गले से कहा।

अब यह बैर-भाव अपने हृदय से निकालो नीलकांत, हम तो इस रिश्ते से बहुत खुश हैं, राजा कृष्णकांत ने गहरी साँस लेते हुए कहा, कम से कम हम अपनी पुत्री को राजपूताना के सबसे बड़े महा साम्राज्य की रानी बनते देख पायेंगे और दूसरा हम अपने पुत्र को भी राजसिंहासन पर बैठे हुए देखेंगें। हमारे दोनों बच्चे खुश रहें, इससे अधिक हमें और क्या चाहिए, और तुम देखना नीलकाँत हमें पूरा यकीन है कि

अंबिका जयराजगढ़ में खुश रहेगी और महारानी बनेगी। चलो अब तुम जाओ ज़रा देखो अतिथियों को कोई परेशानी ना हो रही हो और हम राजपुरोहित के साथ बैठकर अंबिका के विवाह का शुभ मुहूर्त निकलवा लेते हैं। यह कहकर राजा कृष्णकांत अपने राज दरबार की ओर चल पड़े।

रानी जमुना देवी भी उठकर खड़ी हुईं, जरा हम भी जाकर अंबिका को यह ख़ुशख़बरी तो सुना दें, यह कहकर रानी जमुना देवी भी कक्ष से बाहर निकल गईं और युवराज नीलकांत चुपचाप अकेला खड़ा रह गया।

विवाह का शुभ मुहुरत 20 दिनों के बाद ही निकल आया था इसीलिए अक्रूर सिंह को बहुत सारी शगुन की थालियों के साथ राजा कृष्णकांत ने बल्लभगढ़ से विदा किया।

अक्रूर सिंह ने विवाह पक्का होते ही महाराणा रणजीत सिंह के पास जयराजगढ़ अपना संदेशवाहक इस खुशखबरी के साथ पहले ही भेज दिया था। महाराणा रणजीत सिंह हमेशा की तरह अक्रूर सिंह की एक और सफलता पर बहुत खुश थे। जैसे ही अक्रूर सिंह के आने की ख़बर महाराणा रणजीत सिंह को मिली तो उन्होंने उसे राज दरबार में बुलाने की बजाय अपने निजी कक्ष में आने का आदेश दिया। जैसे ही अक्रूर सिंह ने आकर महाराणा को प्रणाम किया तो महाराणा रणजीत सिंह ने उसे गले से लगा लिया।

तुम तो सचमुच मेरे भाई हो अक्रूर, महाराणा रणजीत सिंह ने प्रसन्नता से कहा, हमें सारी खबर विस्तार से सुनाओ।

अक्रूर सिंह ने महाराणा रणजीत सिंह के आगे वहां से शगुन के लाए हुए थाल पेश किए और उसके बाद हर एक खबर पूरी विस्तार के साथ सुनाई।

अक्रूर सिंह, महाराणा ने प्रसन्नता से कहा, हम बहुत समय बाद बहुत खुश हैं। रानी वैशाली भी हमें बहुत अच्छी लगी हैं। तुमने ही हमें उनके पास जाने के लिए प्रेरित किया था और तुम ही हमारा राजकुमारी अंबिका के साथ भी रिश्ता पक्का करके आए हो, हमें हमारा प्रेम भी मिल गया है इसीलिए हम तुम्हारे बहुत आभारी हैं। अब हम देखेंगे की दोनों रानियों में से कौन सी महारानी बनने लायक है। आज हम बहुत खुश हैं और संतुष्ट भी, इसका पूरा श्रेय तुम्हें ही जाता है मेरे भाई.....

आपकी प्रसन्नता देखकर हम अति प्रसन्न हैं प्रिय मित्र, अक्रूर सिंह ने भी प्रसन्नता से कहा।

रात को जब महाराणा रणजीत सिंह रानी वैशाली के कक्ष में पहुंचे तो उसे महाराणा की दूसरी शादी की खबर पहले ही मिल चुकी थी। वह महाराणा को देखते ही उनके चरणों में गिर कर रोने लगी और पूछा, हमसे ऐसा क्या अपराध हो गया है, जो इतना बड़ा दुख दे रहे हैं। अभी तो हमारे मिलन को 1 वर्ष भी पूरा नहीं हुआ है और अभी से आपने हमें छोड़ दिया है, क्यों?

महाराणा रणजीत सिंह ने रानी वैशाली को उठाकर गले लगाते हुए कहा, तुम ऐसा क्यों सोच रही हो और इसमें दुख की क्या बात है। तुम्हारे तो सारे अधिकार सुरक्षित ही हैं। हम तुम्हें कोई छोड़ थोड़े ही रहे हैं। नई रानी के आने के बाद भी तुम्हारा महत्व तुम्हारा ही रहेगा वैशाली। फिर तुम तो जानती ही हो कि एक राजा को राजनैतिक विवाह करने ही पड़ते हैं और इस में कोई बुराई भी तो नहीं है।

परंतु अभी ऐसी क्या राजनीतिक विवाह की आवश्यकता थी आपको, रानी वैशाली ने रोते हुए पूछा।

अब यह मनहूसियत फैलाना बंद भी करो वैशाली, हम आज इतने खुश थे कि हमारा प्रेम भी हमें मिल गया है और आज ही तुमने यह रोना-धोना मचा कर हमारा दिमाग खराब कर दिया, महाराणा रणजीत सिंह ने तीखे स्वर में कहा।

आपका प्रेम....तो क्या आप राजकुमारी अंबिका को प्रेम करते हैं? वैशाली ने हैरानी से पूछा।

हां वैशाली हम राजकुमारी अंबिका को बहुत प्रेम करते हैं, यह कहकर महाराणा रणजीत सिंह ने उसको सारी बात विस्तार से बता दी।

फिर तो सारा किस्सा ही खत्म हो गया, सारी बात सुनने के बाद रानी वैशाली ने एक फीकी सी मुस्कुराहट के साथ कहा, आपको आपका प्रेम मिल रहा है तो इसके लिए आपको हार्दिक बधाई हो महाराणा जी। अब हमारे लिए क्या आज्ञा है, रानी वैशाली ने गंभीर स्वर में पूछा।

तुम्हारे लिए केवल यही आज्ञा है कि जैसे तुम अब तक हमें खुश रखती हो, ऐसे ही हमें आगे भी खुश रखो। तुम्हारे से बातें किए बिना हम भी नहीं रह पाते हैं वैशाली,

यह कहकर महाराणा रणजीत सिंह ने उसे आगोश में भर लिया और रानी वैशाली अपने दुख में डूबती चली गई।

रानी वैशाली अंदर से, हृदय से बहुत टूट गई थी। उसे यह समझ आ गया था उसका अस्तित्व केवल इतना ही है कि महाराणा उसे केवल भोग की वस्तु समझते हैं, प्रेम नहीं करते। इस बात से उसके मन को बहुत ठेस पहुंची थी। जब तक महाराणा रणजीत सिंह अपनी नई दुल्हन राजकुमारी अंबिका को लेने के लिए बल्लभगढ़ रवाना नहीं हो गए, तब तक वह रोज रानी वैशाली के शयन कक्ष में आते रहे। महाराणा रणजीत सिंह ने सोचा कि वह रानी वैशाली को उसका हक, उसका अधिकार दे रहे हैं, परंतु रानी वैशाली के लिए यह अधिकार घोर अपमान के सिवा कुछ भी नहीं था। वैशाली का मन महाराणा के इस स्वार्थ पूर्ण रवैये से बिल्कुल ही टूट चुका था और अधिकार के नाम पर वह केवल महाराणा की वासना को शांत कर रही थी।

महाराणा रणजीत सिंह की बारात सज चुकी थी और वह अपनी पूरी सजधज के साथ बल्लभगढ़ के लिये रवाना हो रहे थे तो रानी वैशाली से मिलने उसके कक्ष में आए। महाराणा ने रानी वैशाली को कहा, तुम हमें तिलक करके खुशी से विदा करो, तुम्हारे अलावा अब हमारा है ही कौन जिससे हम अपनी खुशी को बाँटें।

रानी वैशाली यंत्र- चालित गुड़िया की भांति उठी और महाराणा रणजीत सिंह को तिलक किया। महाराणा ने कहा, खुश हो कर तो दिखाओ और उसने अपनी मुस्कुराहट भी दिखा दी। एक कठपुतली से अधिक वह अपने आप को कुछ समझ ही नहीं पा रही थी। उसको इतना दुख हो रहा था और महाराणा की खुशी उसके दुख में और ज्यादा बढ़ोत्तरी कर रही थी।

महाराणा रणजीत सिंह प्रस्थान कर चुके थे और रानी वैशाली अपने शयनकक्ष की ठंडी जमीन पर पड़ी हुई थी। दासी ने आकर खाने के लिए कहा, रोशनी करने के लिए कहा परंतु वैशाली ने कुछ जवाब नहीं दिया। वह रोती रही, सारा दिन और सारी रात केवल रोती ही रही। सुबह उसको ज्वर चढ़ आया था और उसके पास अपना कहने के लिए केवल दासियां थीं। उसके मायके में मां-बाप तो पहले ही नहीं थे। उसके पिता युद्ध में शहीद हो चुके थे और उसकी माता सती प्रथा के अनुसार अपने पति की चिता के साथ ही सती हो गई थी। यदि उसका अपना कहने लायक कोई था तो वह थे महाराणा सूर्य देव प्रताप सिंह, जिन्होंने एक पिता की तरह उसको प्रेम किया था

और उसके दुख को समझते भी थे परंतु अब तो वह भी यहाँ नहीं थे, इस भरे संसार में उसका अपना कोई भी नहीं रह गया था जो उसका दर्द समझता, उसे तसल्ली देता। वह दुख की अधिकता में और ज़्यादा रोने लगी। इससे तो अच्छा होता कि उसे थोड़े क्षण का भी पति सुख मिला ही नहीं होता। महाराणा कभी उसके पास आए ही ना होते तो शायद वह तसल्ली कर लेती कि वह कभी अपने थे ही नहीं। जो अपना होकर पराया हो जाए उससे बड़ा दुख तो और कोई हो ही नहीं सकता। पुरुष इतने कठोर क्यों होते हैं, क्यों होते हैं इतने स्वार्थी कि वह नारी की इस पीड़ा को समझ ही नहीं पाते। यदि यही पीड़ा उन्हें मिले तो क्या वह बर्दाश्त कर पायेंगे....

वहां बल्लभगढ़ में 17 वर्ष की राजकुमारी अंबिका का विवाह 21 वर्ष के महाराणा रणजीत सिंह से धूमधाम से संपन्न हो चुका था, और वह जयराजगढ़ लौटने की तैयारी कर रहे थे।

रानी जमुना देवी ने अपने निजी कक्ष में ले जाकर राजकुमारी अंबिका को समझाया- सुनो अंबिका अब तुम ससुराल जा रही हो इसीलिए हमारी सारी बातें ध्यान से सुनो। वहां जाकर पति को अपनी मुट्ठी में रखना। बिल्कुल सौतन के पास वह जाने ना पाए, नहीं तो तेरी हार हो जाएगी। यह बात अच्छे से समझ ले, वहां जाकर तुझे महारानी सिंहासन पर राज करना है, इसीलिए पहला पुत्र तुझे ही पैदा करना है, समझ गई। यदि तूने यह कर लिया तो हमेशा के लिए महाराणा रणजीत सिंह तेरे गुलाम रहेंगे। परंतु तूने सौतन को पहले मां नहीं बनने देना है और इस बात का तो बहुत ध्यान रखना कि वहां पर महाराणा कभी ना जाएं। नहीं तो तेरे इस सौंदर्य का क्या फायदा।

आप क्या सीखें दे रही हैं माताजी, नीलकांत ने हंसते हुए कक्ष में घुसते हुए कहा, क्या सारी सीखें बेटी को ही दे देंगी या कुछ सीखें अपनी आने वाली बहू के लिए भी बचाकर रखेंगी।

अरे बेटा, अपनी बेटी को सीखें अलग दी जाती हैं और बहू के लिए सीखें अलग होती हैं। यह बात तुम पुरुषों को समझ नहीं आएगी, रानी जमुना देवी ने अपना पूरा ज्ञान बघारा।

नीलकांत ने कहा, अब अंबिका को ले चलिए, बाहर सभी विदाई के लिये प्रतीक्षा कर रहे हैं।

बल्लभगढ़ की राजकुमारी अंबिका अब जयराजगढ़ की रानी अंबिका हो चुकी थी। रानी अंबिका की विदाई महाराणा रणजीत सिंह ने करा ली थी और वह जयराजगढ़ के लिए रवाना भी हो चुके थे।

जब वह लोग जयराजगढ़ के राजमहल में पहुंचे तो स्वागत के लिए वहां रानी वैशाली को मौजूद ना पाकर महाराणा रणजीत देव प्रताप सिंह ने दासियों से पूछा कि रानी वैशाली कहां है, तो दासियों ने उन्हें रानी वैशाली की तबीयत बहुत ज्यादा खराब होने की बात बतायी।

यह सुनकर महाराणा ने दासियों को गुस्से से कहा, तबियत ही तो खराब है, मरी तो नहीं है, उससे कहो कि आरती का थाल लेकर नई दुल्हन का स्वागत करे। यह सुनते ही रानी अंबिका खुशी से फूलने लगी कि इसका मतलब महाराणा जी उस सौतन को इतना नहीं पूछते। चलो अच्छा है तो उसे इतनी मेहनत नहीं करनी पड़ेगी जितना उसकी मां ने उसको कहा था।

जैसे ही रानी वैशाली वहां पर आयीं वैसे ही अंबिका के चेहरे पर गर्व की मुस्कान और बढ़ गई। "अच्छा तो यह है रानी वैशाली," रानी अंबिका ने सोचा, यह सांवली सी, पतली सी, इसका और मेरा भला क्या मुकाबला!!! तभी महाराणा जी मेरे पीछे पड़े हुए थे, क्योंकि यह तो उनके लायक ही नहीं है। वैसे भी मेरे होते हुए अब तो महाराणा जी इसके कभी नहीं हो सकते, मन ही मन अंबिका ने अपने अंदर गर्व महसूस किया।

ज्वर की अधिकता से रानी वैशाली का चेहरा लाल और पीला पड़ा हुआ था, महाराणा ने जब उसकी शक्ल देखी तो उन्हें तरस आ गया कि इस तरह उसको बुला तो लिया है परन्तु यह तो सचमुच बहुत ही बीमार है, और हमें यह लगा था कि वह रानी अंबिका के आने से खुश नहीं है इसीलिए ऐसे ही अभिनय कर रही है।

रानी वैशाली ने बड़ी कठिनाई से दोनों की आरती उतारी और महाराणा को तिलक करके उसने नई दुल्हन का स्वागत किया और कहा, आओ बहन तुम्हारे राजमहल में तुम्हारा स्वागत है।

रानी अंबिका बड़े गर्व से अपने पैर उठाकर राजमहल के अंदर आ गई और सारे राजमहल की सुंदरता अपना घूंघट हटा कर देखने लगी। रानी अंबिका की सुंदरता देखकर सभी मंत्र मुग्ध हो रहे थे। सभी उस को टकटकी लगाकर देख रहे थे। इतनी

सुंदर रानी उन्होंने शायद कभी नहीं देखी थी। रानी अंबिका को भी अपनी सुंदरता का बहुत घमंड था। वह जानती थी कि सुंदर स्त्री पुरुषों को अपनी उंगलियों पर नचा सकती है।

रानी वैशाली बीमारी से बहुत मुश्किल से खड़ी हो पा रही थी, उसने महाराणा को हाथ जोड़कर पूछा, महाराणा जी मेरे लिए और कोई आज्ञा है?

महाराणा ने उसको प्रेम से कहा, नहीं वैशाली हमें नहीं पता था कि तुम इतनी सख्त बीमार हो, नहीं तो हम तुम्हें शायद यहां आने का कष्ट भी नहीं देते। रानी अंबिका तुमसे वहीं तुम्हारे कक्ष में ही मिलने चली आती। चलो हम स्वयं तुम्हें तुम्हारे कक्ष में छोड़ देते हैं।

नहीं महाराणा जी, आप हमारे लिए कष्ट ना करें, रानी वैशाली ने बुझे स्वर में कहा। हम अपने कक्ष का रास्ता अच्छे से जानते हैं, हम स्वयं ही चले जाएंगे, यह कहकर रानी वैशाली अपनी दासियों के साथ अपने कक्ष की ओर मुड़ गयीं।

जानकी देवी, महाराणा ने अपनी एक खास दासी को बुलाया जो अधेड़ उम्र की सांवली सी औरत थी, क्या रानी वैशाली को आपने केसर बादाम वाला दूध दिया है?

जी हाँ महाराणा जी, हम रोज अपने हाथों से ही बनाकर तो लेकर जाते थे और अपने हाथों से ही पिलाते थे। परंतु 3 दिन से उनकी तबीयत बहुत ज्यादा खराब होने की वजह से राजवैद्य ने उनको दूध देना बंद कर दिया है इसीलिए अभी हम 3 दिन से उन्हें दूध नहीं दे सके हैं, दासी जानकी देवी ने जवाब दिया।

ठीक है, महाराणा रणजीत सिंह ने कहा, जैसे ही वह ठीक हो जाती हैं, उन्हें दोबारा से दूध देना शुरू कीजिए उनकी सेहत के लिए भी यह बहुत जरूरी है, और अब हमारी नई रानी अंबिका को भी तुम ही अपने हाथ से बनाकर केसर बादाम का दूध रोज दोगी, इस में कोई भी कोताही नहीं होनी चाहिए, तुम समझ गईं ना।

दासी जानकी देवी ने जवाब दिया, जी हाँ महाराणा जी, पूरी तरह समझ गई। आपकी आज्ञा हमारे सिर आंखों पर है।

महाराणा रणजीत सिंह अपनी नई रानी अंबिका को लेकर अपने कक्ष में चले गए, जहां आज उनकी अपनी प्रेयसी के साथ सुहागरात थी।

अध्याय 10

रानी वैशाली की आकस्मिक मृत्यु

महाराणा रणजीत देव प्रताप सिंह तो रानी अंबिका की सुंदरता पर पूरी तरह से रीझे हुए थे। रानी अंबिका ने अपनी सुंदरता के बल पर महाराणा रणजीत सिंह के दिल और दिमाग पर पूरी तरह से क़ब्ज़ा कर लिया था। वह महाराणा रणजीत सिंह को रानी वैशाली के पास जाने ही नहीं देती थी, यदि वह जाने की या उससे मिलने की कोशिश भी करते थे तो वह रूठने लगती थी और लड़ने लगती थी। कभी-कभी रणजीत सिंह रानी वैशाली के हालचाल पूछने उनके महल में चले जाते थे और जब रानी अंबिका को यह पता चलता था तो वह बहुत हंगामा करती थी। उसे रानी वैशाली से महाराणा रणजीत सिंह का मिलना-जुलना बिल्कुल पसंद नहीं था। उसे हर वक्त यह डर खाता रहता था कि कहीं सौतन वैशाली उससे पहले पुत्र की मां ना बन जाए और उससे महाराणा रणजीत सिंह को छीन ना ले। इसलिए वह बेवजह ही रानी वैशाली से उलझती रहती थी क्योंकि रणजीत सिंह पर वो अपना एकअधिकार समझती थी। उसका उग्र स्वभाव बढ़ता ही जा रहा था।

रानी अंबिका के आने के बाद रानी वैशाली अकेलेपन के बहुत गहरे दुख में डूब गई थीं। मगर अंबिका तो रानी वैशाली को कुढते देख कर मन ही मन खुश होती थी। उसे गर्व होने लगता था कि वो महाराणा के हृदय पर राज करती है और उसकी सौतन कुढ़ कुढ़कर रोती है। अंबिका के महल में आ जाने के बाद रानी वैशाली जो कि पहले ही बहुत ही गंभीर स्वभाव की थी और ज्यादा चुप रहने लगी थी। वह महाराणा रणजीत सिंह से ना कभी कोई शिकायत करती थी और ना ही उन्हें बुलावा भेजती थी।

समय के साथ-साथ महाराणा रणजीत सिंह की नौजवानी वाली हरकतें खत्म होती जा रही थी, अब वह एक परिपक्व मर्द बनते जा रहे थे। परंतु अंबिका में अभी

भी बचपना था, उसका बचपन और अल्हड़पन उनके लिए नित नई परेशानियां खड़ी कर देता था, और रानी वैशाली बहुत ही सहनशीलता से काम लेती थी, परंतु सहनशीलता की भी एक सीमा होती है और एक दिन रानी वैशाली की सहनशीलता भी समाप्त हो गई।

एक दिन महाराणा रणजीत सिंह रानी अंबिका के साथ में नौका विहार करके लौट रहे थे, अंधेरा बहुत हो रहा था तभी एक साया पेड़ के पीछे से निकला, वह साया रानी वैशाली थी। उसने कहा, प्रणाम महाराणा जी, हमें आपसे एकांत में बहुत महत्वपूर्ण वार्तालाप करना है।

उसको देखते ही रानी अंबिका चिढ़ गई, उसने कहा, क्यों एकांत में वार्तालाप करना है। जो कुछ कहना है हमारे सामने यहीं कहो, हम इनकी पत्नी हैं।

रानी वैशाली ने गंभीरता से कहा, आप अपनी मर्यादा में रहिए रानी अंबिका, शायद आप यह भूल रही हैं कि हम भी इनकी पत्नी हैं और महाराणा जी आप से हम फिर पूछते हैं, हमें आपसे एकांत में कुछ महत्वपूर्ण वार्तालाप करनी है। यदि आप चाहते हैं कि यह बात आप की दूसरी पत्नी के सामने हो तो बाद में आपको शायद इन्हें समझाना मुश्किल हो जाये.... इसलिए यह फैसला आप ही कर लें कि आपको हमसे एकांत में वार्तालाप करना है या इन्हीं के सामने, रानी वैशाली ने तीखे स्वर में कहा।

महाराणा रणजीत सिंह के लिए वैशाली का यह रूप नया था, इसलिए उन्होंने अंबिका को आज्ञा दी, अंबिका आप जाइए अपने कक्ष में आराम कीजिए, हम थोड़ी देर बाद आते हैं।

अंबिका ने खा जाने वाली दृष्टि से रानी वैशाली को घूरा और फिर अपने कक्ष की ओर जाने के लिए कदम बढ़ा दिए। परंतु अंबिका कहीं नहीं गई थी, अंधेरे का लाभ उठाकर वह वहीं पेड़ के पीछे छुप गई थी दोनों की बातें सुनने के लिए।

कहिए रानी वैशाली आपको आज हम से क्या महत्वपूर्ण काम पड़ गया, महाराणा रणजीत सिंह ने कहा।

महाराणा जी तनिक चांद की रोशनी में आइए, हम आपका चेहरा बहुत अच्छे से देखना चाहते हैं, रानी वैशाली ने नरमी से कहा।

महाराणा रणजीत सिंह ने मन ही मन सोचा कि शायद वह कुछ शिकायतें करेगी कि रानी अंबिका के आने के बाद हमें आप पूरी तरह भूल गए हैं या कुछ ऐसे-वैसे मनुहार करेगी हमें रिझाने के लिये, फिर महाराणा ने सोचा, सचमुच हम तो बहुत समय

से ही रानी वैशाली के कक्ष में नहीं गये हैं। यह सोचकर महाराणा ने उसको प्रेम से अपनी बाहों में भरते हुए कहा, क्या बात है वैशाली, क्या आप चाहती हैं कि आज रात हम आपके साथ आपके कक्ष में गुज़ारें। हां हमें बहुत समय भी तो हो गया है एक-दूसरे के साथ समय गुजारे हुए। हमारी ही ग़लती है, रानी अंबिका के आने के बाद हमने आपके साथ बहुत अन्याय कर दिया है, महाराणा ने प्रेम से कहा।

उसकी कोई आवश्यकता नहीं है महाराणा जी, रानी वैशाली ने तीखे स्वर में कहा। हम तो शोक प्रकट करने आए हैं महाराणा जी, आप की खास दासी जानकी देवी आज परलोक सिधार गई।

क्या कह रही हैं आप, महाराणा रणजीत सिंह ने हैरानी से कहा, अभी 2 दिन पहले तो वह अच्छी-भली थी, क्या हो गया उसे।

उसके पाप का घड़ा भर गया था महाराणा जी, रानी वैशाली ने अपने तीखे स्वर को नर्म बनाने की बिलकुल भी कोशिश नहीं की।

आप कहना क्या चाहती हैं रानी वैशाली, महाराणा रणजीत सिंह ने कुछ क्रोधित होते हुए कहा, हमारे पास यहां समय नहीं है आप की पहेलियां बूझने का। आपको जो भी कहना है, वह स्पष्ट रुप से कहिए।

स्पष्ट रुप से आप सुन नहीं पाएंगे महाराणा जी, रानी वैशाली ने कहा, क्योंकि जो स्पष्ट काम नहीं करते वह स्पष्ट सुनना भी पसंद नहीं करते।

महाराणा रणजीत सिंह का चेहरा फक पड़ गया, फिर भी उन्होंने अपने को संभालते हुए पूछा, क्या मतलब है तुम्हारा?

हमारा कहने का यह मतलब है महाराणा जी, रानी वैशाली ने व्यंग्य का बाण चलाते हुए कहा, कि जो आप अपनी स्वर्गीय माता जी की आज्ञा से केसर-बादाम का दूध हमें इतने वर्षों से पिला रहे हैं, उसकी सारी सच्चाई उसने मरने से पहले हमें बता दी है....और हम आप की दूसरी रानी की तरह बेवकूफ तो नहीं है।

महाराणा रणजीत सिंह बिलकुल चुपचाप खड़े थे, उनके मुंह से कोई शब्द नहीं निकल रहा था।

रानी वैशाली ने क्रोधित होते हुए तीखे स्वर में कहा, महाराणा जी सारा संसार यह कहता है कि औरतें त्रियाचरित्र होती हैं। वह पुरुषों को छलती हैं, उन्हें बेवकूफ बनाती हैं, परंतु आप जैसे पुरूषों को क्या नाम दिया जाये जो इस संसार में निर्दोष नारियों को छलते हैं और अपना स्वार्थ पूरा करते ही एक तरफ फेंक देते हैं, तिल-तिल कर मरने के लिए। जब आप रानी अंबिका को ले आए थे तब हम आपके प्रेम को याद कर के

बहुत रोते थे, परंतु आज तो आप से घृणा हो रही है हमें। क्यों किया आपने हमारे साथ ऐसा..... हमने क्या बिगाड़ा था आपका, क्या दोष था हमारा??? इतने समय तक हम भगवान को दोष देते रहे, अपने आपको ही कोसते रहे कि आप को इस राज्य का उत्तराधिकारी नहीं दे पा रहे हैं, शायद हम बाँझ हैं, यही सोच-सोच कर रात-दिन मरते रहे, और आप??? आप अपना यह घृणित खेल खेलते रहे। क्या आपको ईश्वर से थोड़ा भी डर नहीं लगता? जिस महिषासुरमर्दिनि को पूजता है यह आपका साम्राज्य, जो आप के कुल की कुलदेवी हैं, उनके सामने जाकर आप हाथ जोड़कर कैसे खड़े हो जाते हैं, क्या आपको अपने ऊपर शर्म नहीं आती?।। क्या आपको अपनी मनुष्यता पर ग्लानि नहीं होती? आप मनुष्य नहीं है, आप पर धिक्कार है...... सुना महाराणा जी, धिक्कार है आपके मनुष्य होने पर, रानी वैशाली ने रोते हुए कहा।

हां नहीं है हम मनुष्य, महाराणा रणजीत सिंह ने क्रोधित होते हुए कहा, राक्षस हैं हम, यही कहना चाहती है, यह कहकर उन्होंने रानी वैशाली की गर्दन ही पकड़ ली, फिर गुर्राते हुए बोले, तुमने आज अपनी आवाज ऊंची करके हमारा राक्षस रूप जगा दिया है। हमारे सामने कोई औरत सिर उठाये या आवाज ऊंची करके बात करे, यह हमें बिल्कुल बर्दाश्त नहीं होता, और कान पूरी तरह खोल कर सुन लो रानी वैशाली, महाराणा ने उसके लंबे केशों को खींचते हुए कहा, हम जिसे चाहेंगे उसे अपने पुत्र की मां बनने का सौभाग्य देंगे और वही महारानी सिंहासन पर भी बैठेगी। यह पूरा साम्राज्य हमारा है और इसका तिनका-तिनका भी हमारा ही गुलाम है और तुम यह साम्राज्य दहेज में लेकर नहीं आयी थीं। यदि पिता महाराज की आज्ञा ना होती तो हम तुमसे कभी विवाह नहीं करते। कभी तुमने अपने आपको आईने में देखा है, हमारे साथ खड़े होने के लायक भी नहीं हो तुम। ना तो हम तुम्हें प्यार करते हैं और ना ही हम तुमसे कोई संतान पैदा करेंगे, चाहे तुम कुछ भी कर लो। जो हमारे पिता महाराज ने गलतियां की हैं वह हम कदापि नहीं दोहरायेंगे। हम किसी सौतेली संतान को जन्म नहीं लेने देंगे। हम केवल औरतों को भोगेंगे और उन्हें ही भोगेंगे जो हमारी आकांक्षाओं पर खरी उतरती है। हमारे पुत्र की मां केवल वही औरत बन सकती है जिससे हमें प्रेम हो अन्यथा कोई नहीं। रानी हो रानी की तरह रहो, महारानी बनने का सपना देखने की तो अब कोशिश भी मत करना और हमारे सिर पर चढ़ने की तो बिल्कुल भी कोशिश ना करना, क्योंकि यदि हमने तुम्हें उतारना शुरू किया तो तुम्हें मांगे मौत भी नहीं मिलेगी, समझ आया रानी वैशाली देवी।

जैसे ही महाराणा रणजीत सिंह ने रानी वैशाली की गर्दन छोड़ी वह जमीन पर गिर पड़ी और बहुत रोने लगी, उसने कहा, यदि आप के महल में एक औरत का यह सम्मान है तो हमें जीने का क्या अधिकार है, इससे तो अच्छा है कि आप हमें मौत ही दे दीजिए। हम इस तरह घुट-घुट कर जिंदगी नहीं जी सकते।

यह सुनकर महाराणा रणजीत सिंह ने हंसते हुए कहा, यह भी ठीक है, मौत भी तुम्हें हम ही दें। तुम क्या इस लायक भी नहीं हो जो अपने आप मर भी सको।

रानी वैशाली दुख और अपमान की अधिकता से रोते हुये चिल्लाने लगीं, हे ईश्वर यदि हमने जीवन में कोई भी पुण्य किया है तो हमें इसी क्षण मौत दे दे, हम यह नारित्व का अपमान और नहीं सह सकते।

महाराणा रणजीत सिंह ने रानी वैशाली के मुंह पर थप्पड़ मारे और उसे सख़्ती से कहा, अधिक चिल्लाकर हमारा अपमान करने की जरूरत नहीं है अौर ख़बरदार दास-दासियों के आगे हंगामा करने की तो कोशिश भी मत करना। यदि मरना चाहती हो तो मर जाओ लेकिन जाकर अपने कक्ष में मरो, यहां पर रहकर दास-दासियों को और पूरे साम्राज्य को तमाशा दिखाने की कोई जरूरत नहीं है। यदि इसी क्षण तुम यहाँ से नहीं गयीं तो कल तुम्हें उठवाकर तुम्हारे मायके में फिंकवा देंगे, समझी तुम....

रानी वैशाली को अपना राक्षसी रूप पूरी तरह से दिखाकर महाराणा रणजीत सिंह बड़े गर्व के साथ महल के अंदर चले गये।

महाराणा रणजीत सिंह का यह रूप देखकर छुपी हुई रानी अंबिका बहुत डर गयी थी, वह सांस रोककर पेड़ की और ओट में हो गई थी कि कहीं महाराणा उसे छुपे हुये देख ना लें, और कहीं अपना यह राक्षसी रूप वह उसे ही ना दिखा दें।

रानी वैशाली अपमानित अवस्था में जमीन पर पड़ी हुई रो रही थी। रानी अंबिका क़ो उसपर दया आने लगी, वह विचार करने लगी कि दुख की इस घड़ी में वह रानी वैशाली को सांत्वना दे या नहीं, तभी अचानक रानी वैशाली उठकर खड़ी हुई। उसको देख कर ऐसा लग रहा था जैसे वह उस समय अपने आपे में नहीं थी। आंसू उसकी आंखों से अविरल बह रहे थे, उसके मुख पर गहरी पीड़ा के भाव थे। उसकी चुनरी जमीन पर घिसट रही थी, उसके लंबे काले केश खुले हुए थे, वह धीरे-धीरे चलती हुई सप्त-संगमा झील के पास पहुंची और अपने दोनों हाथ ऊपर उठाकर चीत्कार किया, "हे मां चंडिका, हे मां महिषासुरमर्दिनी, तेरी शक्ति का और तेरे रूप का इस साम्राज्य में ऐसा अपमान कि मैं यहां सांस भी नहीं ले पा रही हूं, इस राक्षसी पुरूष के घृणित खेल का अंत करने के लिये तुम अपना ही रूप भेजना मां.... यदि मैंने तेरे

चरणों में एक भी पुण्य किया है तो इस अंहकारी पुरुष को कभी किसी स्त्री का प्रेम नहीं मिलेगा और मेरे मृत शरीर को भी इसके गंदे हाथ छू ना पायें। इसी कामना के साथ मैं तेरे चरणों में अपने प्राणों का बलिदान देती हूं, "जय मां महिषासुर मर्दिनी", यह कहकर रानी वैशाली सप्त-संगमा झील में कूद गई।

रानी अंबिका यह सब कुछ अपनी आंखों से पेड़ के पीछे छुपी हुई देख रही थी। वहां पहरे पर खड़े दो सैनिक चिल्लाकर भागे, रानी वैशाली झील में गिर गई हैं.....रानी वैशाली डूब रही हैं......अरे रानी वैशाली तो डूब गयी हैं......., यह सुनते ही दो गोताखोर नाविक झील में कूद गये परंतु मां महिषासुरमर्दिनी ने अपनी पुत्री वैशाली की पुकार सुन ली थी और शायद उसे अपनी ही बाहों में समेट लिया था, तभी लाख कोशिशों के बावजूद रानी वैशाली की लाश नहीं मिली, केवल उसकी चुनरी लेकर गोताखोर नाविक झील के बाहर आ गए। राज महल से दास और दासियाँ भाग कर झील के किनारे आने लगे। महाराणा रणजीत देव प्रताप सिंह के पास भी खबर पहुंची तो वह भी घबराए हुए भाग कर आए। इस अवसर का लाभ उठाकर रानी अंबिका भी पेड़ की ओट से निकल कर धीरे से उसी भीड़ में शामिल हो गई और फिर वह महाराणा रणजीत सिंह के पास जाकर खड़ी हो गई। महाराणा रणजीत सिंह को ऐसा नहीं लगा था की रानी वैशाली अपने प्राण भी दे सकती है, इस क्षण रणजीत सिंह की आत्मा भी सिहर उठी।

रानी अंबिका ने सब कुछ अपनी आंखों से देखा था और रानी वैशाली ने जो कुछ भी कहा था, उसने हर एक शब्द साफ़-साफ़ सुना था, परंतु यह बात महाराणा को बताने की उसकी बिल्कुल भी हिम्मत नहीं हो रही थी तो उसने चुप रहने में ही अपनी भलाई समझी। वह डर के मारे कांप रही थी, महाराणा रणजीत सिंह ने उसको कहा कि वह अपने कक्ष में इसी समय चली जाए और वह अपने पति के आदेश का पालन करते हुए उसी समय वहाँ से चली गई। रानी अंबिका को उस क्षण महाराणा से बहुत डर लग रहा था और उसे अपने मायके की याद सता रही थी। परंतु अंबिका को अभी तक उस महत्वपूर्ण वार्तालाप का जो रानी वैशाली और महाराणा रणजीत सिंह के बीच हुआ था, कुछ भी मतलब समझ नहीं आया था।

रानी वैशाली की मृत्यु पर शोक प्रकट करने बल्लभगढ़ से भी युवराज नीलकांत आया था। अंबिका ने अपने भाई नीलकांत को सारी सच्चाई बता दी थी और वह

वापस अपने मायके जाना चाहती थी। नीलकांत यह सब सुनकर बहुत हैरान हुआ और सकते में आ गया। उसने महाराणा रणजीत सिंह से आदर सहित अपनी बहन को कुछ दिन मायके ले जाने की आज्ञा मांगी, परंतु महाराणा रणजीत सिंह ने साफ मना कर दिया कि वह अभी मायके नहीं जा सकती।

उधर बल्लभगढ़ में भी नीलकांत ने अपने पिता राजा कृष्णकांत और माता जमुना देवी से रानी वैशाली की मौत की सच्चाई को बताया परंतु वह भी अंबिका को बिना महाराणा रणजीत सिंह की आज्ञा के मायके लाने को तैयार नहीं हुए। वह रोने तो लगे लेकिन उन्होंने यही कहा कि अब अंबिका की अपनी किस्मत है, पुत्री को वापस घर लाकर वह अपना अपमान नहीं करा सकते। एक पिता के लिए यह डूब मरने की बात हो जाती है यदि उसकी पुत्री वापस आ जाए। अब तो उसे वहीं जीना है और वहीं मरना है।

थोड़े दिनों के पश्चात रानी अंबिका की माता जमुना देवी उससे मिलने के लिए जयराजगढ़ आयीं और उन्होंने अंबिका को यही समझाया कि अच्छा है कि उनकी सौतन अब नहीं रही। अब वह भी उसकी मृत्यु की घटना को पूरी तरह से भूल जाए और महाराणा के साथ एक नए जीवन की शुरुआत करे। जल्द से जल्द पुत्र पैदा करने की कोशिश करे और महारानी सिंहासन पर बैठकर राज करे।

महाराणा रणजीत सिंह रानी वैशाली की मौत से अंदर तक हिल गए थे। रानी वैशाली से उन्हें बहुत प्रेम नहीं था परंतु उसकी मृत्यु ने महाराणा के हृदय पर बहुत गहरा आघात किया था। महाराणा रणजीत सिंह को लगा था कि पति के द्वारा अपमानित होना तो हर स्त्री का भाग्य है तो इसमें इतना दिल पर लेने की क्या बात होती है जिससे मृत्यु को गले लगा लिया जाए। उन्हें रानी वैशाली की मृत्यु का दुख तो हुआ था परंतु अपनी गलती उसमें कहीं नजर नहीं आ रही थी। महाराणा रणजीत सिंह को लगा था कि रानी वैशाली बहुत ही धीर गंभीर और समझदार औरत थीं तो उन क्षणों में वह इतनी कमजोर क्यों हो गई थी कि उन्हें जीने से ज्यादा मृत्यु आसान लगी। ना चाहते हुये भी रणजीत सिंह इस घटना के बाद से थोड़ा सा अपराध बोध से ग्रस्त हो गए थे। ऐसे क्षणों में उन्हें रानी अंबिका से सांत्वना चाहिए थी, परंतु अंबिका तो रानी वैशाली की मृत्यु पर बहुत खुश थी और उसने अपनी खुशी को छिपाने की कोई चेष्टा भी नहीं की। वह बेहद खुश थी क्योंकि उसकी माता जमुना देवी ने यही

समझाया था कि उसकी राह का कांटा निकल गया था। इस बात ने रणजीत सिंह के हृदय को बहुत आहत किया था और वह अंबिका से चिढने लगे थे, उसकी ऐसी बातों से उन्हें नफरत होने लगी थी। रानी वैशाली की मृत्यु के बाद अंबिका का अल्हड़पन उन्हें खटकने लगा था। रानी अंबिका के साथ समय बिताने से ज्यादा उन्हें शिकार में या युद्ध क्षेत्र में समय बिताना अच्छा लगने लगा था। वह रानी अंबिका से दूर होने लगे थे।

वक्त ने अपनी करवट ले ली थी और जो रानी वैशाली का अकेलेपन का भाग्य था, अब वह रानी अंबिका का भाग्य बन चुका था। महाराणा रणजीत देव प्रताप सिंह कभी-कभी वर्ष तक घर नहीं आते थे और युद्ध क्षेत्र में ही जमे रहते थे। महाराणा रणजीत सिंह को तो अब अंबिका से भी संतान नहीं चाहिए थी क्योंकि वह महाराणा रणजीत सिंह को अब ख़ास पसंद नहीं थी, इसीलिए उनकी खास दासी गुलाबो नियम पूर्वक रोज उसे केसर- बादाम वाला दूध रात को दे रही थी, जिसमें मां ना बनने की दवाई डाली हुई थी।

इसी तरह समय बीतता जा रहा था और बहुत वर्ष बीत चुके थे। महाराणा रणजीत देव प्रताप सिंह 30 वर्ष की उम्र पार कर चुके थे और रानी अंबिका भी 27-28 वर्ष की हो चुकी थी, परंतु अभी तक मां बनने का सौभाग्य उसे प्राप्त नहीं हुआ था। इतने वर्षों में भी रानी अंबिका के सौंदर्य और यौवन में कोई कमी नहीं आई थी। वह दिन प्रतिदिन और अधिक सुंदर होती जा रही थी। महाराणा रणजीत सिंह उसके रूप और यौवन के तो अभी तक दीवाने थे परंतु उसके साथ बैठकर बात नहीं करना चाहते थे, उन्हें उसकी बातों में समझदारी कम और बेवकूफी अधिक लगती थी और उसे अपनी संतान की माता बनाने से तो उन्हें बहुत ही हिचक थी। ऐसे में अधिकतर उन्हें रानी वैशाली की याद आ जाया करती थी।

उधर बल्लभगढ़ में भी नीलकांत का विवाह हो चुका था और वह दो संतानों का पिता भी बन चुका था। अंबिका के पिता राजा कृष्णकांत की युद्ध में मृत्यु हो चुकी थी और उनकी माता जमुना देवी ने भी अपनी सती प्रथा का ध्यान करते हुए उनकी चिता के साथ ही सती होना स्वीकार किया था। बल्लभगढ़ के नये राजा नीलकांत का राज्यभिषेक हो चुका था, वह अपने वैवाहिक जीवन और राजकार्यों में अति व्यस्त हो गया था।

अध्याय ११

संभलगढ़ की राजकुमारी मीरामणि

महाराणा रणजीत देव प्रताप सिंह राजपूताना के अधिकतर हिस्सों को जीत चुका है और अब उसकी सेनाएं बढ़ रही हैं एक और राज्य संभलगढ़ की ओर। महा साम्राज्य जयराजगढ़ की सेनाएं अपने प्रमुख सेनापति अक्रूर सिंह के नेतृत्व में संभलगढ़ की राज्य सीमा पर अपने युद्ध शिविर लगा चुकी है और उसे एक तरह से चारों तरफ से घेर भी रखा है। महाराणा रणजीत देव प्रताप सिंह की आज्ञा से प्रमुख सेनापति अक्रूर सिंह जयराजगढ़ का युद्ध प्रस्ताव देने के लिए संभलगढ़ के राजदरबार के लिये निकल चुका है।

संभलगढ़ एक छोटा सा राज्य है जिसके तत्कालीन राजा हैं "राजा सूरत सिंह"। वहां के राजा सूरत सिंह ने 2 शादियां की थीं। पहली रानी उमा देवी से उनके दो बच्चे हैं- एक पुत्री राजकुमारी मीरामणि जिसकी आयु करीब 16 वर्ष की होगी और दूसरा पुत्र राजकुमार विराट सिंह जिसकी आयु 11 वर्ष की है, वह संभलगढ़ का युवराज है। पहली रानी उमा देवी की मृत्यु विराट को जन्म देने के कुछ महीने बाद ही हो गई थी। राजा सूरत सिंह की दूसरी रानी उनकी पहली पत्नी उमा देवी की ही छोटी बहन शीतला देवी थीं और दूसरी रानी शीतला देवी से उनका एक पुत्र है राजकुमार सोमेश जिसकी आयु 7-8 वर्ष की है।

राजकुमारी मीरामणि बचपन से ही शिव की परम भक्त थीं। मीरामणि के पिता महाराज सूरत सिंह जो संभलगढ़ के राजा थे, अपनी रानी उमा देवी को कह चुके थे कि यदि उन्होंने जल्दी राज्य को उसका युवराज नहीं दिया तो वह दूसरा विवाह कर लेंगे। मां उमा देवी रो-रो कर शिवशंकर से राज्य का युवराज मांगने लगी। उनके दुख का असर छोटी मीरामणि पर भी पड़ा और वह भी मां के साथ भोले शंकर की कठोर पूजा-अर्चना करने लगी। जब वह 5 वर्ष की पूरी भी नहीं हुई थी तो जिद करके भोले

शंकर के श्रावण महीने के पूरे व्रत किए क्योंकि उन्हें एक प्यारा सा भाई चाहिए था। भोले शंकर अपनी नन्हीं भक्तन की प्रार्थना अस्वीकार नहीं कर पाये और परिणाम स्वरुप अगला श्रावण आने से पहले उन का छोटा भाई विराट सिंह आ चुका था। परंतु विराट अभी 1 वर्ष का पूरा भी नहीं हुआ था कि उनकी मां उमा देवी का देहांत हो गया। राजा सूरत सिंह को अपनी राज गद्दी का वारिस और प्रजा को अपना युवराज मिल चुका था परंतु मीरामणि और विराट के सिर से उसकी मां का साया और लाड प्यार दुलार सब खो चुका था।

मीरामणि जानती थी कि उसकी मां की मौत के पीछे क्या कहानी थी। हुआ यूं कि मीरामणि की मां उमा देवी ने जब उसके छोटे भाई विराट को जन्म दिया था तो प्रथा के अनुसार वह उनके मायके में ही हुआ था। जब विराट 3 महीने का हो गया तब उनका बड़ा भाई अपनी बहन उमा देवी को छोड़ने उनके ससुराल सँभलगढ आया तो जिद करके उनकी छोटी बहन शितलादेवी भी साथ आ गईं, वह केवल 15 वर्ष की थी। मीरामणि भी अपनी मौसी के साथ बहुत हिलमिल गई थी और वह विराट का भी खूब ख्याल रख रही थी इसीलिए उसकी मां उमा देवी ने जिद किया कि कुछ दिनों तक शीतला देवी को उनके पास ही छोड़ दें, वह थोड़े समय सँभलगढ में रहने के बाद वापस चली जायेगी। परंतु शीतला देवी और राजा सूरत सिंह के बीच नाजायज संबंध हो गए थे, जिस का पता जैसे ही उमादेवी को लगा उन्होंने अपना सिर पकड़ लिया, फिर उन्होंने शीतला को वापस भेजना चाहा परंतु राजा सूरत सिंह अड़ गए। यदि राजा सूरत सिंह शीतला देवी से विवाह करके ले आते तो भी रानी उमादेवी उन्हें बर्दाश्त कर लेती कि राजा की कई शादियां हो सकती हैं परंतु ऐसा धोखा वह बर्दाश्त नहीं कर पा रही थी। उन्होंने अपने भाई को बुलवाया और उनके सामने यह बात की। भाई ने शीतला देवी को बहुत डांटा और फौरन चलने के लिए कहा परंतु सूरत सिंह ने उनकी भी बेइज्जती कर दी और शीतला को नहीं भेजा। यह सब उमादेवी के लिए बहुत खराब हो गया था। उनका भाई वहां वचन देकर गया था की यदि शीतला अभी साथ नहीं गई तो वह उसको मरा हुआ समझेंगे और सँभलगढ से भी उनका कोई संबंध नहीं रहेगा। उमादेवी इस बात से बहुत ज्यादा दुखी हुई थी क्योंकि उनका मायका भी खत्म हो गया था और ससुराल भी। इस बात से उमादेवी को बहुत गहरा सदमा पहुंचा था और राजा सूरत सिंह और शीतला बिना विवाह के ही साथ -साथ कमरे में रहने लगे थे। राजा सूरत सिंह और शीतला दोनों ने ही रिश्तों को ताक पर रख दिया था। इसलिए उमा देवी ने जहर खाकर अपने प्राण त्याग दिए।

मीरामणि और विराट की मौसी शीतलादेवी उनकी नई मां और पिता सूरज सिंह की पत्नी बन गई थी, मगर बिन मां के बच्चों की मां बनने के लिहाज से उसकी उम्र भी कम थी और तजुर्बा भी। वो तो बस महाराज सूरत सिंह की प्रियतमा बनी रही, बच्चों की मां कभी नहीं बन पाई। परंतु 5-6 वर्ष की छोटी मीरामणि अपने भाई विराट की देखभाल मां की तरह करने लगी और उसे बहुत लाड प्यार से रखने लगी।छोटे विराट के लिए मीरामणि उसकी जीजी कम और मां ज्यादा बन चुकी थी इसलिए विराट उसे जीजी मां कहकर बुलाने लगा। राजघराने में उन्हें सब कुछ मिला, अगर कुछ नहीं मिल पाया तो वह था मां-बाप का प्यार। अपने भाई विराट को मां का प्यार देते-देते छोटी मीरामणि के मन में बचपन से ही इतना प्यार भर गया था कि वह सब के लिए ममतामयी मां के समान बन गई थी।

क्षत्रिय राजघराने की होते हुए भी मीरामणि बचपन से ही मांस का सेवन नहीं करती थी। पशु-पक्षियों सबको प्रेम करती थी। 16 वर्ष की होते-होते उसे युद्ध कला आ गई थी, वो तलवारबाजी में पूरी निपुण हो गई थी।उसका मानना था कि जैसे भोले शंकर का त्रिशूल केवल पापियों के संहार के लिए उठता है, वैसे ही उसकी भी तलवार पापियों के संहार के लिए उठेगी। यही शिक्षा वह अपने छोटे भाई विराट को दे रही थी जिससे राजा सूरत सिंह बेहद नाराज थे, परंतु यह सोचकर चुप भी रह जाते थे कि वह बच्चों को बाप का प्यार नहीं दे पाए हैं और सौतेली मां ने भी उनके साथ कोई अच्छा व्यवहार नहीं रखा है। वह सोचते थे कि जब मीरामणि अपने घर शादी हो कर चली जाएगी तो विराट को अपने ही रंग में रंग लेंगे, आखिर को उनके बाद विराट ने ही तो राजगद्दी संभालनी है, उसने ही तो राजा बनना है।

उसके भाई विराट के अलावा मीरामणि का यदि कोई अपना था तो वह थी उसकी प्रमुख दासी मालिनी। मालिनी के पीछे की कहानी भी कुछ यूं थी- जब विराट मीरामणि के ननिहाल में पैदा हुआ था तो उन्हें यह दासी मालिनी जो कि एक बाल-विधवा थी और उसकी आयु 14 वर्ष की थी, बहुत पसंद आई थी, उसकी सास उसे बहुत मारती थी । छोटी मीरामणि को उससे बहुत हमदर्दी हुई और वह उसके पीछे पड़ गई थी कि यह मेरे साथ रहेगी, मेरे ही साथ रहेगी। तब उसकी मां उमा देवी ने उसे एक तरह से खरीद ही लिया था। उन्होंने उसके बदले में उसकी सास को बहुत धन दिया था कि मालिनी को वह मीरामणि के साथ ही रहने दें और वह मीरामणि की देखभाल भी कर लेगी और उसका जीवन भी संवर जाएगा। उसकी सास बहुत लालची औरत थी और इतने धन के लालच में उसकी सास ने मालिनी को उन्हें सौंप

दिया था। मालिनी भी मीरामणि के परिवार में आकर बहुत खुश थी। मीरामणि का वह बहुत ख्याल रखती थी और विराट को भी बहुत प्यार करती थी। जब उमा देवी ने आत्महत्या की थी तो उन्होंने मालिनी को ही बोला था कि वह मीरामणि और विराट का बहुत अच्छे से ख्याल रखे और उनका कभी भी साथ ना छोड़े। मीरामणि अपने हृदय की बातें केवल अपनी प्रमुख दासी मालिनी से ही किया करती थी। मालिनी उसकी रग-रग से वाकिफ थी। मीरामणि और विराट को मालिनी अपने प्राणों से भी अधिक प्रेम करती थी।

मीरामणि की आयु 16 वर्ष की हो चुकी थी। उसके रूप-रंग और युद्ध कौशल के चर्चे आसपास के राज्यों में ही नहीं, अपितु पूरे राजपूताना में बड़ी तेज़ी से फैलने लगे थे। जब उनके राज मंत्री जगत सिंह युवराज विराट सिंह को राजनीति की और राजकाज की शिक्षा देते थे, चाणक्य नीति का ज्ञान समझाते थे तब मीरामणि और मालिनी भी वहीं मौजूद रहती थीं। इसलिए विराट से ज्यादा राजनीति में मीरामणि निपुण हो चुकी थी। 16 वर्ष की अल्प आयु में उसकी प्रतिभा निखरती जा रही थी और उसका रूप रंग भी निखरता जा रहा था। प्रमुख दासी मालिनी भी तलवारबाजी में बहुत निपुण हो गई थी। राजा सूरत सिंह ने उसको खासतौर से तलवारबाजी सिखवा दी थी ताकि वह दोनों बच्चों की रक्षा के लिए भी सदैव तत्पर रहे

मीरामणि का रंग बेहद गोरा था। उसके चेहरे पर विदुषी होने की छाप थी। उसके चेहरे पर मासूमियत थी परंतु उसकी आंखों में गंभीरता और आत्मविश्वास की झलक थी। मीरामणि का सौंदर्य अप्सराओं को भी मात करने वाला था परंतु इसके बावजूद भी उसमें सन्यासियों जैसी सादगी थी। एक बार मीरामणि अपनी मां के साथ काशी गई थी बाबा विश्वनाथ के दर्शन करने के लिए, तब वह केवल 3 वर्ष की थी, तो वहां पर किसी अघोरी बाबा ने उसे एक रुद्राक्ष की माला पहना दी थी। तब से वह रूद्राक्ष की माला उस से कभी अलग नहीं होती थी। मीरामणि को अपनी उस रुद्राक्ष की माला से बहुत प्रेम था। वह उसे एक मंगलसूत्र की तरह ही अपने गले में धारण किए रहती थी और उसे कभी अपने से अलग नहीं होने देती थी। बाद में मीरामणि की माता उमा देवी ने उस रुद्राक्ष की माला को स्वर्ण के तारों में बनवा दिया था और उसमें एक भगवान शिव की छोटी सी स्वर्ण प्रतिमा भी डाल दी थी। जेवरातों का उसे कोई शौक नहीं था, वह तो अपनी उस रुद्राक्ष की माला में ही प्रसन्न रहती थी। मीरामणि का व्यक्तित्व इतना आकर्षक और चुंबकीय था कि एक बार जो उसे देखता था या उस से थोड़ी देर बातें कर लेता था वह उसी का होकर रह जाता था। उसकी वाणी ऐसी

थी कि सुनने वाला मंत्र मुग्ध हुए बिना नहीं रहता था और अच्छी वाणी के साथ-साथ उसका विदुषी होना उसमें चार चाँद लगा देता था। उसके विचार बहुत क्रांतिकारी थे, वह कोई भी चीज आसानी से ग्रहण नहीं करती थी। यदि उसको लगता था कि वह जो कर रही है वह ठीक है तो चाहे सारी दुनिया एक तरफ हो जाए वह अपनी ही बात पर अड़ी रहती थी और अडिग रहती थी। जो चीज ठान लेती थी वह करके ही मानती थी। साहस उसमें कूट कूट कर भरा हुआ था। इन सबके बावजूद भी उसे जिद्दी नहीं कहा जा सकता था, वह जिद नहीं करती थी परंतु किसी भी चीज को सोच-समझ कर करना और उसके बाद उस पर अडिग रहना, यही उसका स्वभाव था। वह बहुत स्वाभिमानी भी थी परन्तु स्वाभिमान और अभिमान का फर्क उस को अच्छे से पता था। सब पर दया करना तो उसका स्वभाव था परंतु धोखा देने वाले को वह आसानी से क्षमा नहीं करती थी।

संभलगढ़ की राज्य सीमा पर एक प्राचीन शिव मंदिर था वहां पर मीरामणि की बहुत आस्था थी। उस प्राचीन शिव मंदिर में जाकर उसके मन को बहुत शांति पहुंचती थी। उसने उस खंडहर जैसे मंदिर को बहुत अच्छे से सँवार दिया था और राजा सूरत सिंह ने उसकी भक्ति को देखकर वहां पर उसके लिए एक पंडित की व्यवस्था भी कर दी थी। जब भी मीरामणि परेशान होती थी या उसे किसी समस्या का हल नहीं सुझाई देता था तो उसी भोले शंकर के मंदिर में जाकर बैठ जाती थी, पूरी तरह ध्यान मग्न होकर बैठ जाती थी। मीरामणि का यह मानना था कि जब वो भोले शंकर के मंदिर में उनके सामने हाथ जोड़कर ध्यान मग्न बैठती थी तो भोलेशंकर उसकी सारी समस्याओं का हल उसके दिमाग में भर देते थे और वहां से वह अपनी हर समस्या का समाधान लेकर ही लौटती थी।

राजकुमारी मीरामणि महा शिव-भक्त है, यह सभी जानते थे और वह कभी भी किसी भी समय शिव-मंदिर में पूजा करने के लिए निकल जाती थी। इसीलिए वह किसी भी समय मंदिर जाए, कभी भी किसी को भी हैरानी नहीं होती थी। यह सभी जानते थे कि मीरामणि का जब भी मन होता था वह शिव- मंदिर में पूजा करने पहुंच जाती थीं। उसके पूजा-पाठ का कोई भी निश्चित समय नहीं था। जब भी वह कभी खुश होती थी तो शिव मंदिर चली जाती थी। जब कभी परेशान होती थी तो शिव मंदिर चली जाती थी। उसकी भक्ति किसी समय से बंधी हुई नहीं थी, रात हो या दिन, सुबह हो या शाम वो किसी भी क्षण वहाँ चली जाती थी।

पूरा संभलगढ़ यह मानता था कि राजपूताना के इतिहास में एक मीराबाई पैदा हुई थी जो भगवान कृष्ण की महाभक्त थीं और दूसरी यहाँ मीरामणि पैदा हुई है जो भगवान शिव की महाभक्त है।

एक सुबह संभलगढ़ में राजकुमारी मीरामणि अपनी प्रमुख दासी मालिनी के साथ शिव मंदिर में पूजा करने के लिए निकल रही थी और ठीक उसी समय महा साम्राज्य जयराजगढ़ के प्रमुख सेनापति अक्रूर सिंह महाराणा रणजीत देव प्रताप सिंह का संदेशा लेकर राजदरबार में कदम रख रहे थे। अक्रूर सिंह ने अपने महाराणा का संदेश राजा सूरत सिंह को सुना दिया था कि जयराजगढ़ की सेनाओं ने उनके राज्य संभलगढ़ को चारों तरफ से घेर लिया है इसीलिए या तो उनकी अधीनता स्वीकार करें और या युद्ध क्षेत्र में कल सुबह लड़ने के लिए हाजिर हो जाएं। राजा सूरत सिंह को समझ नहीं आ रहा था कि क्या किया जाए जयराजगढ की महा सेना के सामने तो उनकी मुट्ठी भर सेना टिक भी नहीं पाएगी। उन्होंने सोचने के लिए शाम तक का समय मांगा क्योंकि वह अपने प्रमुख मंत्री-गणों के साथ विचार-विमर्श करना चाहते थे और कहा कि सँभलगढ की राज्य सीमा पर जो प्राचीन शिव मंदिर है, वह वहीं हर सोमवार अपने परिवार के साथ शाम को पूजा करने जाते हैं तो पूजा करने के पश्चात अपना फैसला सुना देंगे।

जयराजगढ़ के प्रमुख सेनापति अक्रूर सिंह सँभलगढ के राजा सूरत सिंह का संदेशा लेकर वापस अपने शिविर के लिये रवाना हो गये और शिविर में पहँचकर महाराणा रणजीत देव प्रताप सिंह को सँभलगढ के राजा सूरत सिंह का संदेशा दे दिया।

सँभलगढ के राजा सूरत सिंह अपने प्रमुख मंत्री-गणों के साथ विचार-विमर्श करने के बाद इसी नतीजे पर पहुँचे कि अधीनता स्वीकार करने में ही समझदारी है, नहीं तो बहुत ज्यादा खून-खराबा हो जाएगा और कोई भी नहीं बचेगा। राजा सूरत सिंह को यह अच्छे से समझ आ गया था कि जयराजगढ की महा सेना के सामने तो उनकी मुट्ठी भर सेना टिक भी नहीं पाएगी। शाम के समय राजा सूरत सिंह ने अपने राजपरिवार में यह खबर भिजवा दी कि आज शाम को उनके साथ शिव मंदिर में पूजन करने परिवार का कोई भी सदस्य नहीं जाएगा। परंतु इससे पहले कि यह खबर राजमहल में परिवार के हर सदस्य तक पहुंचती राजकुमारी मीरामणि शिव मंदिर में पूजा की तैयारियां करने के लिए हमेशा की तरह निकल चुकी थी।

राजा सूरत सिंह यह सुनकर घबरा गए और उन्होंने अपने सेनापति को आज्ञा दी, जल्दी सैनिकों को तैयार करो वहां शत्रु की सेना के शिविर लगे हुए हैं और राजकुमारी मीरामणि ऐसे ही चली गई हैं, कहीं वह शत्रुओं के हाथ में ना पड़ जाये।

जब मीरामणि शिव मंदिर पहुंची तब वहां पर जयराजगढ़ के सैनिकों का घेरा बना हुआ था। उसने मालिनी को कहा, यह शत्रु की सेना यहाँ क्या कर रही है, अभी ना तो युद्ध आरंभ हुआ है और ना ही समाप्त, फिर भी यह लोग हमारी राज्य सीमा के अंदर प्रवेश कैसे कर गए। मालिनी अपनी भी तलवार संभाल लो, यह कहकर मीरामणि ने एक हाथ में अपनी तलवार उठाई और दूसरे हाथ में पूजा की थाली लेकर वह रथ से नीचे उतरी। उसके पीछे-पीछे उसके सैनिक तलवार लिए चलने लगे।

महाराणा रणजीत सिंह अपने शिविर के कक्ष से निकलकर शिव मंदिर की ओर बढ़ रहे थे तभी उन्होंने दूर से देखा कि एक राजमहल का रथ शिव-मंदिर के बाहर आकर रुका और उसमें से दो स्त्रियां निकलकर मंदिर की ओर बढ़ रही हैं और हाथ में उनके तलवार है। महाराणा ने अपने सारथी को कहा, जरा शीघ्र रथ आगे बढ़ाओ हमें देखना है कि वहां क्या हो रहा है।

जो आज्ञा, यह कहकर उनके सारथी ने रथ की गति तेज कर दी।

वहां शिव-मंदिर के प्रांगण में प्रमुख सेनापति अक्रूर सिंह मौजूद था, वह अपने सैनिकों को निर्देश दे रहा था कि महाराणा रणजीत देव प्रताप सिंह का सुरक्षा घेरा कैसे मजबूत रहे क्योंकि वहां कुछ ही देर में संभलगढ़ के राजा सूरत सिंह के साथ महाराणा रणजीत देव प्रताप सिंह की भेंट होने वाली थी। तभी उसने देखा कि एक राजमहल का रथ आकर रुका है और उसमें से एक देव-कन्या जैसी ही, बहुत ही सुंदर अप्सरा जैसी लड़की तलवार उठाकर बाहर निकल रही है और उसके पीछे शायद उसकी दासी है और कुछ सैनिक।

सावधान!!! संभलगढ के एक राज-सैनिक ने कहा, संभलगढ की राजकुमारी मीरामणि यहां पूजा करने के लिए पधारी हैं, और वह जानना चाहती हैं कि शत्रु की सेना यहां संभलगढ की राज्य सीमा के अंदर क्या कर रही है?

अक्रूर सिंह राजकुमारी मीरामणि को देखकर अपनी सुध-बुध खो बैठा था। उसने थोड़ी देर तक राजकुमारी को निहारा। मीरामणि के इशारा करने पर उसकी दासी मालिनी ने अपनी तलवार अक्रूर सिंह के सीने पर रख दी तब जाकर अक्रूर सिंह को

कुछ होश आया। उसने अपने हाथ से अपने सीने पर टिकी हुयी दासी मालिनी की तलवार हटाई और राजकुमारी मीरामणि को देखते हुये कहा, राजकुमारी जी आपके पिता राजा सूरत सिंह ने ही हमें यहां भेंट करने के लिए और महत्वपूर्ण वार्तालाप करने के लिए आमंत्रित किया है। हमारे महाराणा रणजीत देव प्रताप सिंह जी भी कुछ ही देर में यहां पहुंचते होंगे।

उसी क्षण महाराणा रणजीत देव प्रताप सिंह वहाँ पहुँचे और राजकुमारी मीरामणि को देखकर वह चकित रह गये। शाम के धुंधलके में नारंगी रंग के कपड़ों में राजकुमारी मीरामणि का सौंदर्य देव-कन्या के जैसा जगमगा रहा था, उसे देखकर महाराणा का मुंह भी खुला का खुला रह गया। उसके चेहरे पर एक अनोखा पवित्र तेज़ था, जैसे साक्षात दुर्गा देवी का रूप हो।

महाराणा रणजीत सिंह को देखकर अक्रूर सिंह ने सिर झुकाकर आदर के साथ कहा, महाराणा जी यह संभलगढ़ की राजकुमारी हैं, शिव-मंदिर में पूजा करने आयीं हैं।

महाराणा रणजीत सिंह ने मुस्कुराकर मीरामणि को देखकर कहा, लगता है संभलगढ़ में घूंघट का रिवाज नहीं है!

राजकुमारी मीरामणि के चेहरे पर कुछ क्रोध के भाव आए और उसका चेहरा थोड़ा तन गया उसने कहा, घूंघट का रिवाज वहां होता है, जहां के पुरुष अमर्यादित होते हैं। सँभलगढ के हर एक पुरुष को अपनी मर्यादा में रहना आता है और उन्हें यह अच्छे से पता होता है कि किसको देख कर उनकी नजरें सम्मान से झुक जानी चाहिये, परंतु शायद जयराजगढ़ में पुरूषों पर मर्यादा की लगाम लगाने वाला कोई अच्छा शासक नहीं है।

प्रमुख सेनापति अक्रूर सिंह कुछ कहने को हुआ परंतु महाराणा रणजीत सिंह ने उसे आंख के इशारे से रोक दिया। तभी मंदिर के बाहर राजा सूरत सिंह का रथ आकर रुका और उनके साथ उनके प्रमुख सैनिकों के घोड़े भी। संभलगढ़ के प्रमुख सैनिकों की टुकड़ी ने राजकुमारी मीरामणि को अपनी सुरक्षा की घेराबंदी में ले लिया।

मीरा, राजा सूरत सिंह ने पास आते हुए कहा, पुत्री हमें तुमसे इस तरह के बचपने की उम्मीद नहीं थी। तुम्हें सुबह से ही पता था कि हमारा राज्य अभी शत्रु-सेना से घिरा हुआ है फिर भी तुम बिना किसी को खबर किये यहाँ मंदिर चली आई।

हम क्षमा चाहते हैं पिता महाराज, मीरामणि ने आदरभाव से सिर झुका कर कहा, परंतु मंदिर आने के लिए हमने तो आज तक कभी किसी से भी पूछा नहीं है और आपने हमें इससे पहले कभी ऐसी आज्ञा भी नहीं दी।

तब बात और थी पुत्री, राजा सूरत सिंह खीझते हुए बोले, शीघ्र जाओ और मंदिर में अपनी पूजा समाप्त करके वहीं बैठ कर हमारे आदेश की प्रतीक्षा करो।

राजकुमारी मीरामणि मंदिर के अंदर चली गई और प्रमुख सेनापति अक्रूर सिंह ने महाराणा रणजीत देव प्रताप सिंह को संभलगढ़ के राजा सूरत सिंह से मिलवाया। दोनों ने एक दूसरे को औपचारिक प्रणाम किया और फिर बातें करने के लिये शिव-मंदिर के बाहर चबूतरे पर बैठ गए।

फिर क्या फैसला किया आपने राजा सूरत सिंह जी, महाराणा रणजीत सिंह ने उनसे पूछा।

हम बहुत दुविधा में पड़े हुए हैं महाराणा जी, राजा सूरत सिंह ने अपने दोनों हाथ जोड़ते हुए कहा। हमारी पुत्री राजकुमारी मीरामणि से तो आप मिल ही चुके हैं, हमारा पुत्र विराट सिंह जो यहां का युवराज है वह मीरा को अपनी मां की तरह मानता है और उसकी हर आज्ञा का पालन करता है। अपने प्रमुख मंत्री-गणों के साथ विचार-विमर्श करने के बाद हम तो इसी नतीजे पर पहुँचे थे कि किसी भी तरह का खून-खराबा हम नहीं चाहते, इसीलिए हमें और सँभलगढ को आपकी अधीनता में राज्य करने में कोई आपत्ति नहीं है, परन्तु......

परन्तु क्या, राजा सूरत सिंह जी, महाराणा रणजीत सिंह ने उनसे पूछा।

हम क्षमा चाहते हैं महाराणा जी, राजा सूरत सिंह ने कुछ हिचकिचाते हुए कहा, हमारी पुत्री राजकुमारी मीरामणि और पुत्र युवराज विराट सिंह दोनों ने ही हमसे कह दिया है, यदि हम ने आप की अधीनता स्वीकार की तो वह दोनों ही विष पीकर अपने प्राण त्याग देंगे।

क्या.... महाराणा रणजीत सिंह के मुख से हैरानी से निकला।

जी हां महाराणा जी, मीरामणि का कहना है कि स्वतंत्रता की मृत्यु परतंत्रता या अधीनता के जीवन से कहीं बेहतर है। वह बिल्कुल नहीं डरती, किसी से भी नहीं डरती। यदि उसका मन किसी के विचारों से सहमत ना हो तो वह अपनी असहमति हमें भी दिखा देती है। हम पिता हैं, उसके आगे मजबूर हो ही जाते हैं और उसके तर्क-वितर्क का जवाब तो पूरे सँभलगढ में शायद ही किसी के पास हो, राजा सूरत सिंह ने उदास होते हुए कहा। उसकी बात सभी सुनते हैं और मानते भी हैं। यदि वह राज्य

सभा में खड़े होकर युद्ध चाहेगी तो उसके सम्मान में संभलगढ़ का बच्चा-बच्चा अपना सिर कटाने को तैयार हो जाएगा।

हमने तो कभी किसी लड़की का इतना क्रांतिकारी रूप नहीं देखा है। आपने तो अपनी पुत्री को कुछ अलग ही तरीके से पाला है राजा सूरत सिंह जी, महाराणा रणजीत सिंह ने व्यंग्य से कहा।

आप ठीक कहते हैं महाराणा जी, परंतु यह सब हमारी ही गलती है। उसकी मां की मृत्यु उसके बचपन में ही हो गयी थी और..........!!! राजा सूरत सिंह ने मीरामणि के बचपन की सारी कहानी महाराणा रणजीत सिंह को सुना दी। अब आप ही बताइए कि हम क्या करें। इसीलिए तो हम आपसे विनती करने आये थे कि आप 1 दिन का समय और देने की कृपा करें, यदि हम कल तक अपने बच्चों को समझा पाये तो ठीक है नहीं तो परसों सुबह आप से युद्ध क्षेत्र में ही भेंट होगी, फिर जो भी होगा या जो भी भोले-शंकर की इच्छा होगी वह देखा जाएगा।

हुँ.....महाराणा रणजीत देव प्रताप सिंह ने एक गंभीर हुंकार भरी और फिर मुस्कुराते हुए पूछा, क्या आपकी यह पुत्री विवाह आपकी मर्जी से करेगी या उसके लिए भी अपनी ही मर्जी चलायेगी!!!

आप गलत समझ रहे हैं महाराणा जी, राजा सूरत सिंह ने कुछ गर्व के साथ कहा, मेरी पुत्री क्रांतिकारी विचारों की जरूर है परंतु पूरी तरह से संस्कारशील है। उसके आगे सभी सिर झुकाते हैं क्योंकि वह कभी कोई ग़लत बात नहीं करती। वह पाप और अधर्म से कोसों दूर है इसीलिए डर भी उससे कोसों दूर है। अब आज्ञा दीजिए महाराणा जी, कल शाम तक हमारा संदेशवाहक आपके शिविर में हमारा संदेश लेकर पहुंच जाएगा। थोड़ा रुककर राजा सूरत सिंह ने आगे कहा, आपसे एक और विनती है महाराणा जी जब तक हमारे बीच युद्ध या संधि का फैसला नहीं हो जाता तब तक आप की सेनाएं हमारे राज्य सीमा से बाहर ही रहें क्योंकि हमारी यह जिद्दी पुत्री यहां इस शिव-मंदिर में पूजा करने के लिए आना नहीं छोड़ेगी। हम कुछ भी कर लें परन्तु केवल उसकी भक्ति का क्षेत्र ही ऐसा है, जहाँ आकर वह किसी की आज्ञा नहीं मानती। इसीलिये वह कल भी आएगी, वह परसों भी आएगी और जब तक इस के प्राण नहीं चले जायेंगे, तब तक यह यहाँ आती ही रहेगी तो इसीलिए आप से हमारी विनती है कि आप के सैनिक मर्यादा में रहें और हमारी राज्य सीमा के अंदर ना आयें।

हम आपको वचन देते हैं राजा सूरत सिंह जी, कि जब तक हमारे बीच युद्ध का फैसला नहीं हो जाता, तब तक हमारा कोई भी सैनिक आपकी राज्य सीमा के अंदर

प्रवेश नहीं करेगा......सुन लिया अक्रूर सिंह जी आपने, महाराणा रणजीत सिंह ने अपना फ़ैसला सुनाया।

जी महाराणा जी, आपके वचन का और आपकी आज्ञा का हर तरह से पालन होगा, अक्रूर सिंह ने आदर से सिर झुकाते हुए कहा।

राजा सूरत सिंह जी एक आज्ञा हम आप से चाहते हैं, महाराणा रणजीत सिंह ने कहा, हमें आपका यह शिव मंदिर बहुत अच्छा लगा है और हमें यहां आकर बहुत शांति प्राप्त हुई है। हम आज ऐसी प्रसन्नता का अनुभव कर रहे हैं जो इससे पहले हमें जीवन में कभी नहीं हुई, यदि आपकी आज्ञा हो तो क्या हम अकेले यहां पर आकर पूजा- अर्चना कर सकते हैं?

क्यों नहीं..... क्यों नहीं महाराणा जी, राजा सूरत सिंह ने आदर भाव के साथ कहा, भगवान का मंदिर तो सबके लिए खुला हुआ होता है, वहां पर किसी की आज्ञा लेने की क्या आवश्यकता है? आप कभी भी आकर अपनी पूजा-अर्चना यहाँ कर सकते हैं।

बहुत बहुत धन्यवाद आपका, महाराणा रणजीत देव प्रताप सिंह ने आदर के साथ हाथ जोड़ते हुए कहा।

तभी शाम के सन्नाटे में शंख की मंगल ध्वनि गूंज उठी। राजा सूरत सिंह ने कहा, महाराणा जी, संध्या आरती का समय हो गया है, हमें आज्ञा दीजिये, अब हम भोले शंकर की आरती करने जाते हैं, यदि आपकी इच्छा हो तो आरती में आप भी पधारें।

महाराणा रणजीत सिंह ने अपने प्रमुख सैनिक अक्रूर सिंह को कहा, हम महादेव की आरती के बाद ही प्रस्थान करेंगे।

जो आज्ञा, कहकर सेनापति अक्रूर सिंह पीछे हट गए और अपने सैनिकों को आगे का निर्देश देने के लिए चले गए।

महाराणा रणजीत देव प्रताप सिंह ने भी राजा सूरत सिंह के साथ मंदिर के अंदर आरती करने के लिये प्रवेश किया। शिव-मंदिर के अंदर प्रवेश करते ही महाराणा रणजीत सिंह अवाक होकर, आश्चर्यचकित होकर मीरामणि को देखने लगे। मीरामणि महादेव की आरती उतार रही थी और उसकी आरती की थाली में धूप और कपूर से अग्नि की तेज़ लपटें उठ रही थीं, अग्नि की लपटों से उसके चेहरे का तेज और भी बढ़ गया था। उसको किसी का भी कोई ध्यान नहीं था। वह अपनी ही धुन में महादेव की आरती कर रही थी और उस क्षण वह देवी का साक्षात रुप लग रही थी। महाराणा रणजीत देव प्रताप सिंह उस एक क्षण में अपनी सारी सुध-बुध खो बैठे थे।

आरती के बाद राजा सूरत सिंह ने महाराणा रणजीत देव प्रताप सिंह को प्रणाम किया और अपनी बेटी मीरामणि को साथ लेकर अपने राजमहल की ओर प्रस्थान कर गए।

महाराणा रणजीत देव प्रताप सिंह वही मंदिर के बाहर चबूतरे पर बैठ गए तो उनके प्रमुख सेनापति अक्रूर सिंह ने पूछा, क्या बात है महाराणा जी कोई कष्ट है आपको, क्या आपकी तबीयत ठीक नहीं? चलिये अपने शिविर में चल कर आराम करिये।

महाराणा रणजीत सिंह ने बहुत डूबी हुई आवाज में कहा, हमें यही बैठने दो अक्रूर सिंह, सेना को कहो कि वह वापस शिविर की ओर प्रस्थान करे, मगर तुम चाहो तो यहाँ ठहर सकते हो, हमें तुमसे कुछ महत्वपूर्ण वार्तालाप करनी है।

अक्रूर सिंह ने कुछ खास सैनिकों को रोककर बाकी पूरी सेना को शिविर के लिए रवाना कर दिया और महाराणा रणजीत सिंह के पास बैठते हुए मुस्कुराते हुए कहा, लगता है अब युद्ध नहीं होगा।

महाराणा रणजीत सिंह ने चौंकते हुए अक्रूर सिंह की ओर देखा और पूछा, क्या आपको लगता है कि राजा सूरत सिंह हमारी अधीनता स्वीकार करेंगे।

अक्रूर सिंह ने कहा, पहले आप यह बताईये कि जवाब आप किस से सुनना चाहते हैं:- अपने मित्र से या अपने प्रमुख सेनापति से???

दोनों से, महाराणा रणजीत सिंह ने अक्रूर सिंह पर गहरी द्रष्टि डालते हुए कहा।

अक्रूर सिंह ने मुस्कुराते हुये कहा, पहला जवाब आपके प्रमुख सेनापति का है- राजा सूरत सिंह का संदेश तो युद्ध के लिए ही होगा, और दूसरा जवाब आपके परम मित्र का है:- कि युद्ध तो फिर भी नहीं होगा क्योंकि आप यह युद्ध करेंगे ही नहीं....

महाराणा रणजीत सिंह ने उलझन से कहा, तुम्हारा कहने का क्या मतलब है अक्रूर, कि राजा सूरत सिंह युद्ध करना चाहेंगे और हम क्या कायर हैं जो युद्ध में पीठ दिखा देंगे और युद्ध नहीं करेंगे।

अक्रूर सिंह हंसते हुए बोला, महाराणा जी ख़ास रिश्तेदारों में युद्ध नहीं होते। अब आप केवल विवाह करेंगे, युद्ध नहीं कर पायेंगे। अब तो हमें लगता है कि आप की तलवार के साथ आपका एक और संदेश लेकर कल सवेरे ही संभलगढ़ के राजमहल जाना होगा।

महाराणा रणजीत सिंह भी हंस पड़े और बोले, नहीं अभी नहीं अक्रूर सिंह, हम भी देखना चाहते हैं कि राजा सूरत सिंह कल शाम तक हमारे पास क्या संदेश भेजते हैं, और हमें जो भी संदेश अब संभलगढ़ को देना है, वह तो अब परसों युद्धक्षेत्र में ही

देंगे, महाराणा रणजीत सिंह ने मुस्कुराते हुए कहा, चलो शिविर की ओर चलते हैं, यहां संभलगढ़ की हवाओं में तो अजीब सा नशा है, और यहां हमसे तो अब बैठा भी नहीं जा रहा, यह कहकर महाराणा रणजीत सिंह खड़े हो गए।

महाराणा रणजीत सिंह की यह बात सुनकर अक्रूर सिंह भी ठहाका लगाकर हँस पड़ा।

अध्याय १२

राजकुमारी मीरामणि का विवाह

महाराणा रणजीत सिंह पूरी रात सो नहीं सके। पूरी रात ही राजकुमारी मीरामणि का चेहरा उनकी आंखों के आगे घूमता रहा और वह करवटें बदलते रहे। मीरामणि को देखने के बाद उसको पाने की तड़प उनके हृदय में हर बीतते क्षण के साथ बढ़ती ही जा रही थी। वह सोच रहे थे कि काश ऐसा हो कि राजा सूरत सिंह स्वयं ही युद्ध की बजाए विवाह का प्रस्ताव भेज दें तो उनकी इज्जत भी रह जाएगी। फिर दूसरे ही क्षण वह यह सोचने लगे कि इस अभिमानी लड़की का कोई भरोसा नहीं है, कहीं यह फिर से अपने पिता को धमकी ना देने लग जाए कि यदि शत्रु के साथ विवाह किया तो वह विष खा लेगी। इसके पिता का इस लड़की पर तो कोई वश नहीं है। लगता है इसको तो हमें स्वयं ही समझाना पड़ेगा। कहीं विष खाकर यह जिद्दी लड़की अपना और हमारा जीवन यूं ही ना बर्बाद कर दे। राजा सूरत सिंह कह रहे थे कि यह रोज सुबह-शाम यहां मंदिर आती है तो हम सुबह-सुबह ही पहुंच जाते हैं उसे यह समझाने, ताकि राजा सूरत सिंह का संदेश शाम को कुछ और ही आ जाए। यह सोचते ही महाराणा रणजीत सिंह बिस्तर छोड़ कर खड़े हो गए और सूर्य उदय होने से पहले ही अपने घोड़े पर बैठकर शिव मंदिर के लिए निकल गए। जाने राजकुमारी मीरामणि किस समय और किस क्षण मंदिर में आ जाए।

महाराणा रणजीत सिंह को शिव-मंदिर के बाहर बैठे-बैठे बहुत समय बीत गया था। सूर्य भी उदय हो चुका था और उसकी किरणों के साथ उसका ताप भी धीर-धीरे बढ़ता ही जा रहा था, परंतु ना तो किसी पंडित ने आकर मंदिर के कपाट खोले थे और ना ही अभी तक राजकुमारी मीरामणि वहाँ आई थी। महाराणा रणजीत सिंह वहां बैठे-बैठे परेशान हो रहे थे। थोड़ी देर बाद उन्हें ढूंढता हुआ उनका प्रमुख सेनापति एवं परम मित्र अक्रूर सिंह ज़रूर वहाँ आ पहुंचा था।

महाराणा रणजीत सिंह को देखते ही अक्रूर सिंह ने कहा, हमें यह तो पता था कि आप यहीं मिलेंगे पर कम से कम हमें खबर करके आते तो आपके लिये हम इतना परेशान तो नहीं होते।

महाराणा रणजीत सिंह ने अक्रूर सिंह की बातों पर कोई ध्यान ना देते हुए परेशानी भरे स्वर में कहा, अक्रूर वह अभी तक आयी क्यों नहीं?

अक्रूर सिंह ने कहा, महाराणा जी वह किसी भी क्षण यहां आने वाली हैं, क्योंकि जब हम यहां आ रहे थे तो हमने उनका रथ सामने से आते हुए देख लिया था। अभी अक्रूर सिंह अपनी बात पूरी भी नहीं कर पाया था कि मंदिर के बाहर एक रथ आकर रुका।

तो तुम यहां क्या कर रहे हो, अब तुम जाओ यहां से, महाराणा रणजीत सिंह ने अक्रूर सिंह से मुस्कुराते हुए कहा।

जब तक आपका गहरा वार्तालाप चलेगा तब तक मंदिर के बाहर खड़ा होकर पहरा दूंगा ताकि कोई भी यहां आपके महत्वपूर्ण वार्तालाप में विघ्न ना डाले, मुस्कुराते हुए अक्रूर सिंह ने जवाब दिया।

तभी राजकुमारी मीरामणि ने अप्सरा जैसे रूप पर जोगन जैसा सादा सफेद रंग का घाघरा-चोली पहने शिव-मंदिर के प्रवेश द्वार पर कदम रखा और चबूतरे पर महाराणा रणजीत सिंह को बैठे देखकर चौंक गई, फिर उसने महाराणा से कहा, क्या बात है, आप यहां कैसे??? यह तो युद्ध क्षेत्र नहीं है।

क्या संभलगढ़ में घूँघट ओढ़ने के साथ-साथ किसी को प्रणाम करने का भी रिवाज नहीं है, महाराणा रणजीत सिंह ने मुस्कुराते हुए राजकुमारी मीरामणि से पूछा।

अपने सवाल के बदले में सवाल सुन कर मीरामणि मुस्कुरा दी, उसने कहा, क्षमा चाहते हैं, हमारा प्रणाम स्वीकार करें महाराणा जी। आपने हमारे सवाल का उत्तर नहीं दिया, राजकुमारी मीरामणि ने मंदिर के कपाट खोलते हुए कहा।

तो आपके सवाल का जवाब यह है, महाराणा रणजीत सिंह ने भी आगे बढ़ते हुए कहा, कि जिस कारण से आप यहां आयीं हैं, उसी कारण से हम यहां आए हैं अर्थात महादेव की पूजा करने के लिये।

महाराजा रणजीत सिंह का यह जवाब सुनकर मीरामणि मुस्कुरा दी और पूछा, महाराणा जी, एक बात बताइए, क्या आप के साम्राज्य में एक भी शिव मंदिर है?

नहीं एक भी नहीं है, महाराणा रणजीत सिंह ने जल्दी से कहा, हमारी कुलदेवी चंडिका देवी हैं जो महिषासुरमर्दिनी हैं, हमारे सारे ही साम्राज्य में केवल उन्हीं के मंदिर हैं। शिव-मंदिर तो एक भी नहीं है, पर आपने यह क्यों पूछा।

महाराणा जी भगवान के मंदिर में खड़े होकर झूठ बोलने से बहुत गहरा पाप लगता है, क्या आप यह भी नहीं जानते? मीरामणि ने मुस्कुराते हुये पूछा।

महाराणा रणजीत सिंह मीरामणि का यह जवाब सुनकर थोड़ा झेंप गए, फिर पूछा आप यह कैसे कह सकती हैं कि हम आपसे झूठ बोल रहे हैं। हम सच कह रहे हैं, हमारे साम्राज्य में एक भी शिव-मंदिर नहीं है, भला इसमें झूठ बोलने वाली कौन सी बात है।

आपके साम्राज्य में एक भी शिव-मंदिर नहीं है, यह तो आप सच ही बोल रहे हैं, मीरामणि ने और गहरी मुस्कुराहट के साथ कहा, तो आपने अपने पूरे जीवन में कभी भगवान शिव की भक्ति भी नहीं की होगी और आज संभलगढ़ में आते ही आप महा शिव भक्त हो गए कि सवेरे से मंदिर में आ कर बैठ गये हैं.....यह झूठ नहीं तो क्या है। अब सच-सच कहिए कि क्या महत्वपूर्ण बात है जो आपने पूरी रात जागकर गुजारी है और सवेरे सूर्योदय होने से पहले ही मंदिर में आकर हमारी प्रतीक्षा कर रहे हैं।

महाराणा रणजीत सिंह बुरी तरह से चौंक गए, उन्होंने पूछा, क्या आप अंतर्यामी हैं जो आपको हर एक बात और हर विषय का पता लग जाता है।

यह सुनकर राजकुमारी मीरामणि खिलखिलाकर हंस पड़ी और रणजीत सिंह उसका दिव्य रूप और सौंदर्य देखते ही रह गए। फिर मीरामणि गंभीरता के साथ बोली, कल हमारे पिता महाराज भी आपकी बहुत प्रशंसा कर रहे थे कि जैसा आप के बारे में सुना था वैसे आप नहीं है। हमारा भी आपके बारे में यही ख्याल है कि जो आप नजर आते हैं, आप वैसे हैं नहीं। आप पहले हमारे सवाल का जवाब दीजिए कि आप हमारी प्रतीक्षा क्यों कर रहे थे, और क्या कहना है आपको?

महाराणा रणजीत सिंह तो उसके चुंबकीय व्यक्तित्व के जाल में पूरी तरह से फँस चुके थे। वह जितना ज्यादा उसकी बातें सुन रहे थे, उतना ही मंत्रमुग्ध होते जा रहे थे। मीरामणि की स्पष्टवादिता और स्पष्ट बातें सुनकर उन्होंने भी स्पष्टवादिता का ही सहारा लिया और साफ-साफ शब्दों में पूछा, राजकुमारी मीरामणि, हम आप से विवाह के इच्छुक हैं, क्या आप हम से विवाह करेंगी?

राजकुमारी मीरामणि ने पहली बार महाराणा रणजीत सिंह को ग़ौर से देखा। 30 वर्ष से ऊपर महाराणा रणजीत सिंह का कद 6 फीट से भी कुछ अधिक ही था, घुंघराले

काले बाल और काली तावदार मूँछें उनके गोरे रंग पर खूब फब रही थी। उनकी कसी हुई कद-काठी उनके योद्धा होने का प्रमाण दे रही थी। वे बेहद आकर्षक पुरुष थे जो किसी भी नारी का दिल जीत सकते थे।उनके माथे पर लाल चंदन का तिलक बहुत आकर्षक लग रहा था। महाराणा रणजीत सिंह ने उत्तर पाने की लालसा से राजकुमारी मीरामणि को देखा।

राजकुमारी मीरामणि आम लड़कियों की तरह ना ही लज्जा से लाल हुई और ना ही विवाह का प्रस्ताव सुनकर शरमाई। वह तो और भी गंभीर हो गई और उसी गंभीरता में उसने महाराणा से प्रश्न किया, आप तो युद्ध के इच्छुक थे और अब विवाह के इच्छुक हैं, स्पष्ट रुप से कहिए, आखिर आप चाहते क्या हैं। यदि हम ने विवाह करने के लिए मना कर दिया तो भी आप युद्ध करेंगे, तो हर हाल में आप युद्ध करने के ही इच्छुक हैं।

यदि आप विवाह के लिये सहमति देंगी तो हम युद्ध क्यों करेंगे, फिर तो आप के राज्य के साथ हमारी रिश्तेदारी हो जाएगी, महाराणा रणजीत सिंह ने भी स्पष्ट उत्तर दिया।

और आप विवाह करना क्यों चाहते हैं हमसे, राजकुमारी मीरामणि ने पूछा।

क्योंकि जब हमने आपको कल पहली बार देखा था तो हमें आप से प्रेम हो गया था, महाराणा रणजीत सिंह ने नरमी से और प्रेम से भावविभोर होते हुए कहा।

पहली बात तो यह है महाराणा जी, राजकुमारी मीरामणि ने कहा, सौंदर्य को देखकर किसी के भी हृदय में यह इच्छा होती है कि उसको किसी भी तरह से हासिल कर ले या अपने अधीन कर ले, और इस इच्छा को प्रेम नहीं कहा जा सकता। प्रेम एक वृक्ष के बीज के समान है, जब यह बीज अंर्तमन में फूटता है तब वह अंकुरित होता है और अंकुरित होकर धीरे-धीरे वह एक पौधे का रूप लेता है। बाद में त्याग से और निष्ठा से सींचने के बाद ही एक भरा-पूरा वृक्ष बनता है....तो आपको हम से प्रेम तो नहीं है।

महाराणा रणजीत सिंह अचंभित रह गए थे राजकुमारी मीरामणि की यह बातें सुन कर। इतनी छोटी सी लड़की और यह महाज्ञान, इसके ज्ञान के आगे और इसकी चतुराई के आगे तो हम भी फीके पड़ रहे हैं। इससे हार तो हम नहीं मान सकते, महाराणा रणजीत सिंह ने मन ही मन में कहा, इसे तो हासिल करके ही रहेंगे, चाहे किसी भी कीमत पर। महाराणा रणजीत सिंह ने पूछा, क्या चाहती हैं आप, कैसे हम अपना प्रेम साबित करें और आपसे विवाह के लिए क्या त्याग करें?

क्योंकि हमारे मन में यह शंका है कि आपको हम से प्रेम नहीं है, इसीलिए इसी आधार पर हम आपसे शर्तें लगायेंगे। अपने साथ विवाह करने के लिए यदि आप हमारी यह शर्तें पूरी कर देते हैं तो हमारा विवाह आपके साथ हो सकता है, अन्यथा नहीं। उसके बाद जो भी होगा, वह देखा जाएगा। जो महादेव की इच्छा, वही हमें स्वीकार्य है।

महाराणा रणजीत सिंह ने कहा, हम आपको वचन देते हैं कि आप की सभी शर्तें पूरी होंगी, सिवाय एक शर्त के, और वह यह है कि अभी जब तक हम अपने महा साम्राज्य जयराजगढ़ को उसका वारिस नहीं दे देते, तब तक हम अपने प्राण नहीं दे सकते। बस एक यही छोड़कर आप हमसे जो चाहे वह मांग सकती हैं, और इससे यह मत समझ बैठिएगा कि हम अपने प्राण देने से डरते हैं। राजपूत अपने प्राण अपनी तलवार पर लेकर घूमते हैं, इसीलिए जब हमारे साम्राज्य को उसका युवराज मिल जाएगा, उसके बाद यदि आप चाहेंगी तो हम अपने प्राण भी आप ही की भेंट कर देंगे। अब तो आप को कोई आपत्ति नहीं होनी चाहिए, महाराणा रणजीत सिंह ने अधीरता से कहा, हमारे इस विवाह से संभलगढ़ और जयराजगढ़ के बहुत सारे सिर युद्ध क्षेत्र में बलिदान होने से बच जाएंगे।

महाराणा रणजीत सिंह की बातें सुनकर मीरामणि मुस्कुराई और उसने कहा, आपने तो बिना सुने ही हमारी सारी शर्तें मान लीं, इसके लिए हम आपके बहुत आभारी हैं परंतु अब आप वचन दे चुके हैं और आप एक राजपूत भी हैं इसीलिए हम जानते हैं कि आप अपने वचन से पीछे कभी नहीं हटेंगे। तो सुनिये महाराणा जी, यह हमारी पहली शर्त है या हमारे विवाह में पहली समस्या- हमने अपनी मरती हुई मां को वचन दिया था कि जब तक अपने छोटे भाई विराट सिंह को राजगद्दी के काबिल नहीं बना देंगे, तब तक संभलगढ़ से विदा नहीं होंगे। इस कार्य में आपको हमारा सहयोग करना पड़ेगा।

हमें पूरी तरह मंजूर है महाराणा रणजीत देव प्रताप सिंह ने कहा हमारे साम्राज्य के पास ही एक बहुत बड़ा गुरुकुल है, हमने भी वहीं सारी शिक्षा पाई है। हम विराट सिंह को वहां भेज सकते हैं और आचार्य चतुरानंद के पुत्र आचार्य घनानंद बहुत अच्छे से उनको शिक्षा देंगे तो आप की यह समस्या तो हम ने हल कर दी, अब दूसरी क्या समस्या है?

हमारी दूसरी शर्त यह है, राजकुमारी मीरामणि ने कहा, कि हम शिव की भक्ति किए बिना नहीं रह सकते और आपके साम्राज्य में जैसा कि आपने अभी बताया था

कि एक भी शिव-मंदिर नहीं है। हम चाहते हैं कि आप एक ऐसे शिव- मंदिर का निर्माण कराएं, जिसके अंदर प्रवेश करते ही नास्तिक के हाथ भी आस्तिकता से जुड़ जायें। हमारी सँभलगढ से विदाई उसके बाद ही हो, हम आपके साम्राज्य में अपने कदम तब ही रखेंगे और जैसा कि आप जानते ही हैं कि कन्या के घर में सुहागरात नहीं मनाई जाती तो हम आपसे पति-पत्नी का रिश्ता भी आपके साम्राज्य में आने के बाद ही स्थापित कर पाएंगे।

हमें यह भी मंजूर है परंतु हमारा विवाह आपसे अभी होगा उसके बाद आपकी विदाई हम शिव-मंदिर के निर्माण के बाद में ही कराएंगे, और अपनी कुल देवी की पूजा के बाद और शिव-मंदिर में आपके साथ पूरी तरह से रुद्राभिषेक करने के बाद ही हम आपके साथ कोई भी संबंध स्थापित करेंगे, महाराणा रणजीत देव प्रताप सिंह ने द्रढतापूर्वक वचन दिया।

इससे पहले हम आपको अपनी तीसरी शर्त बताएं, हम यह जानना चाहते हैं कि आप की कितनी रानियां हैं और उनके क्या नाम हैं, राजकुमारी मीरामणि ने पूछा।

महाराणा रणजीत देव प्रताप सिंह ने जवाब दिया- हमारी पहली रानी का नाम था "रानी वैशाली", उनकी हमारे साम्राज्य की झील में डूबने से आकस्मिक मृत्यु हो गई थी, और हमारी दूसरी रानी का नाम है "रानी अंबिका", जो अभी भी हमारी रानी हैं परंतु उनसे हमें अभी तक कोई संतान प्राप्त नहीं हुई है।

राजकुमारी मीरामणि ने कहा- तो हमारी तीसरी और आखिरी शर्त यह है कि आप चाहे राजनैतिक विवाह करें अथवा प्रेम-विवाह, परंतु आप अपनी सभी पत्नियों को समान अधिकार देंगे। उन्हें अकेलेपन का दुख कभी नहीं देंगे।

हम कुछ समझे नहीं, महाराणा रणजीत सिंह ने कुछ गड़बड़ाकर कहा, आप अपने अधिकार सुरक्षित करें यह तो समझ आता है, परंतु सभी पत्नियों को समान अधिकार दें, यह बात कुछ समझ नहीं आती। सबसे समान प्रेम भी तो नहीं हो सकता है, फिर सबको समान अधिकार कैसे दे सकते हैं?

मीरामणि ने जवाब दिया- हमारा अधिकार तो तब शुरू होगा जब हम आपके घर में विदा होकर आएंगे। हम तो आपकी सभी पत्नियों के समान अधिकारों की बात कर रहे हैं। आप की सबसे बड़ी रानी तो आपने अभी बताया है कि स्वर्ग सिधार गयीं, मगर आप की दूसरी रानी तो अकेलेपन का नरक भोग रहीं हैं। कल को आप एक और नए विवाह के इच्छुक होंगे, जब हम से आपका मन भर जाएगा तो शायद आप एक और नया विवाह करेंगे और फिर उस अकेलेपन के नरक के भागीदार हम भी

होंगे। ईश्वर ने हमें नारी जीवन दिया है इसलिए हम नारी के दुख से अछूते नहीं हैं। नारी सब कुछ खुशी से बाँट सकती है परंतु अपना पति या अपना प्रेमी खुशी से नहीं बाँट सकती है पर यह उसके जीवन का दुर्भाग्य ही है कि फिर भी उसे यह दुख भोगना ही पड़ता है....तो महाराणा जी हम आपसे यह वचन चाहते हैं कि आप अपनी पत्नियों को समान अधिकार देंगे और कभी भी उन्हें अपने प्रेम से वंचित नहीं रखेंगे यदि आप अपनी पत्नियों और संतानों को एक समान अधिकार और प्रेम देंगे तो वो एक दूसरे के विरुद्ध षड्यंत्रों और प्रपंचों में नहीं पड़ेंगे और सौतेले रिश्तों से उन्हें कोई खतरा नहीं होगा। यदि आपकी पत्नियां बहनों की तरह रहेंगी, सौतनों की तरह नहीं तो आपकी सभी संतानें भी भाई बहनों की तरह ही रहेंगीं, सौतेले भाई बहनों की तरह नहीं। पारिवारिक रिश्ते मजबूत हो तो राज्य भी समृद्ध रहता है। इससे पहले कि आप हमें सँभलगढ से विदा करवाकर ले जाएं, रानी अंबिका को उनके हिस्से का प्रेम और अधिकार दे दीजिए। हम चाहते हैं कि जब आप हमें जयराजगढ के लिये विदा कराने आयें तो रानी अंबिका अपनी खुशी से आपके साथ हमें लेने आयें। हम उनकी छोटी बहन बन कर आना चाहते हैं, सौतन बनकर नहीं, और क्या पता महाराणा जी आपका प्रेम उनके अंदर इतनी जान डाल दे कि हमारे वहां आने से पहले ही आपकी राज गद्दी का वारिस आ चुका हो। क्या पता महादेव की आप पर ऐसी कृपा हो जाए कि शिव मंदिर के निर्माण का फल वह आपको हमारे आने से पहले ही दे दें।

महाराणा रणजीत देव प्रताप सिंह नारी का यह रूप देखकर सचमुच हैरान थे। सच था उम्र का विद्वता से कोई लेना-देना नहीं होता.... इतनी छोटी उम्र में इतना ज्ञान यह तो कोई साधारण कन्या नहीं लगती। ईश्वर ने इस की उत्पत्ति जरूर किसी महान कार्य के लिए की है। महाराणा बोले, मीरामणि तुम कोई साधारण नारी नहीं लगती, तुम तो सचमुच किसी देवी का ही रुप हो, और तुम्हें हम पत्नी रूप में पाकर अपने को धन्य समझेंगे। आज तक नारी को केवल नारी से ईर्ष्या करते हुए ही देखा है, कभी यह रूप नारी का देखा ही नहीं। आज हम तुम्हें अपने मन से एक वचन और देते हैं कि यदि तुमसे हमें अपने राज-सिंहासन का वारिस मिल गया, हमारा युवराज मिल गया तो अब हम और विवाह नहीं करेंगे। तुम हमारी पहली जीवनसंगिनी तो नहीं हो परन्तु आखिरी जीवनसंगिनी तुम ही रहना, ईश्वर से प्रार्थना करना कि तुम ही हमारे पुत्र की मां बन सको। हमें तुम्हारी सभी शर्तें मंजूर है, अब तो तुम्हें हम से विवाह करने में कोई आपत्ति नहीं होनी चाहिए।

मीरामणि ने कहा, ठीक है महाराणा जी इससे पहले की शाम को हमारे पिता का संदेशवाहक आपके पास युद्ध का संदेश लेकर पहुंचे, आप हमारे लिए अपने विवाह का प्रस्ताव पूरे सम्मान के साथ हमारे पिता के राजदरबार में भेज दीजिए। जब वह हम से पूछेंगे तो हम आपका विवाह प्रस्ताव स्वीकार करेंगे। परंतु हमारी शर्तों के बारे में आप उन्हें मत बताइएगा, यह बात हम स्वयं बताएंगे। आप उनसे यह कह सकते हैं कि हम दोनों की ऐसी बातचीत हो चुकी है जिसके आधार पर आप हमें तभी विदा करायेंगे जब आप अपने साम्राज्य में शिव-मंदिर का निर्माण करवा लेंगे। अब आप से हमारी विनती है कि आप भी अब प्रस्थान करें क्योंकि हमें भी अपने पूजा-पाठ में विलंब हो रहा है और आप भी अब अपने शिविर में जाकर आराम कीजिए।

जाते-जाते एक अंतिम बात और बता दीजिए कि आपने यह कैसे जाना कि हम सारी रात से सोए नहीं और बहुत सुबह से यहां बैठे आपकी प्रतीक्षा कर रहे हैं, महाराणा ने जिज्ञासा से पूछा।

मीरामणि ने मुस्कुराते हुए कहा, आप सारी रात सोए नहीं यह तो आप की आंखें ही बता रहीं हैं, जो कि नींद पूरी ना होने से लाल हो रही हैं, और आप सुबह से यहां बैठे हुए हैं, यह बात हमें यहां के पुजारी ने बतायी है। वह यहां अपना कुछ सामान लेने के लिए आया था क्योंकि युद्ध निश्चित हो जाने की ख़बर सुनकर उसने यहां से अपने परिवार के साथ कहीं ओर प्रस्थान करने में ही भलाई समझी और उसी के लिए वह सुबह-सुबह अपना सामान लेने के लिए आया था, परन्तु आपको देखकर वह छुपते-छुपाते हुये यहाँ से निकला है और यह बात उसने हमें राजमहल से निकलते समय बताई थी।

यह सुनकर महाराणा रणजीत सिंह हंस पड़े और भगवान को प्रणाम करके जाने की आज्ञा ली।

महाराणा रणजीत सिंह जब बाहर निकले तो उनके मुख की प्रसन्नता देखकर अक्रूर सिंह समझ गया कि महाराणा का काम बन गया है। अक्रूर सिंह ने कहा, नये विवाह की बधाई हो महाराणा जी और जवाब में महाराणा रणजीत सिंह ने अक्रूर सिंह को गले से लगा लिया।

संभलगढ़ के राजदरबार में अक्रूर सिंह एक बार फिर पहुंचे परंतु इस बार वह महाराणा रणजीत देव प्रताप सिंह का विवाह प्रस्ताव लेकर आए थे, इसीलिए वह

अपने साथ केवल शगुन की थालियां लाए थे, जिसे राजा सूरत सिंह ने सहर्ष ही स्वीकार कर लिया था क्योंकि राजकुमारी मीरामणि ने अपने पिता को शिव-मंदिर में हुए महाराणा रणजीत सिंह के साथ वार्तालाप की खबर दे दी थी।

राजा सूरत सिंह तो वैसे भी चाहते ही थे कि मीरामणि का विवाह उनके राज्य से भी बड़े राजघराने में हो। यह उनकी एक राजनैतिक सोच थी, इस विवाह से वह भी अपने राज्य की सीमाएं सुरक्षित कर लेना चाहते थे और अपनी शक्तियां बढ़ा लेना चाहते थे, इसलिए जब महा साम्राज्य जयराजगढ के राजा महाराणा रणजीत सिंह का रिश्ता मीरामणि के लिए आया तो उन्होंने एक क्षण भी नहीं सोचा कि राजा की उम्र 30-32 वर्ष की है और उनकी बेटी की उम्र मात्र 16 वर्ष की, उन्होंने इस रिश्ते के लिए फ़ौरन हां कर दी क्योंकि वह जयराजगढ की शक्तियां को अच्छे से जानते थे। महा साम्राज्य जयराजगढ वैसे भी एक विकसित साम्राज्य था, जयराजगढ से ज्यादा शक्तिशाली राज्य उस समय राजपूताना में कोई नहीं था और महाराणा रणजीत सिंह के समान दूसरा कोई राजा इतना शक्तिशाली भी नहीं था। भले ही रणजीत सिंह की पहले भी दो शादियां हो चुकी थी, परंतु अभी तक उनकी राजगद्दी का वारिस नहीं आया था। इसलिए राजा सूरत सिंह ने सोचा कि शायद यह सौभाग्य उनकी पुत्री के ही भाग्य में लिखा है कि वह महारानी की उपाधि प्राप्त करे और उसकी ही कोख से महा साम्राज्य जयराजगढ़ का वारिस जन्म ले।

जयराजगढ़ के युद्ध सैनिकों को वापस जयराजगढ़ रवाना कर दिया गया था और महाराणा रणजीत सिंह अपने प्रमुख सेनापति और कुछ प्रमुख सैनिकों के साथ ही रह गए थे और एक संदेशवाहक भी साथ में भेज दिया गया था ताकि वह जयराजगढ़ जा कर उनके विवाह की सूचना वहाँ दे दे।

राजकुमारी मीरामणि की बारात युद्ध के शिविरों से निकलकर सँभलगढ के राजमहल तक पहुंच चुकी थी और राजा सूरत सिंह ने अपने दोनों बेटों युवराज विराट सिंह और राजकुमार सोमेश सिंह एंव कुछ खास मंत्रियों और सेनापतियों के साथ बारात का भव्य स्वागत किया। राजकुमारी मीरामणि का विवाह महाराणा रणजीत देव प्रताप सिंह के साथ संपन्न हो चुका था। बारातियों के रहने का इंतजाम राजा सूरत सिंह ने रंगमहल में किया था। यह शीशे से बना हुअ ा बहुत खूबसूरत महल था जहां पर उनके रास रंग के कार्यक्रम होते थे। औरतों का वहां आना निषेध था केवल नाचने वालियां ही वहाँ आ सकती थी।

विवाह के उपरांत यदि कन्या की विदाई ना हो तो पिता पक्ष का अपमान होता है, और यदि वधू ससुराल ना पहुंचे तो ससुराल पक्ष का भी अपमान होता है तो दोनों राज्यों के सलाहकारों की सर्व-सहमति से यह निर्णय हुआ कि रानी मीरामणि अपने दोनों भाई युवराज विराट सिंह राजकुमार सोमेश सिंह और अपनी कुछ सेना के साथ महाराणा रणजीत सिंह के राज्य की सीमा तक जाएँगी। उनके राज्य सीमा पर रानी मीरामणि का एक नई दुल्हन के रुप में स्वागत किया जाएगा। रानी अंबिका स्वयम रानी मीरामणि के स्वागत के लिए श्वसुर पक्ष की ओर से आएंगी। उसके बाद रानी मीरामणि अपने दोनों भाइयों के साथ अपने मायके वापस लौट आएंगी और फिर कितना भी समय मायके में बिता सकतीं हैं।। दोनों तरफ के पुरोहितों का ऐसा मानना था कि ऐसा करने से विवाह के बाद पिता और पति दोनों पर ही कलंक नहीं लगता, एक तरह से वधु अपने पिता के घर से विदा भी हो जायेगी और पति के घराने का मान भी रह जाएगा, सबसे अधिक महत्वपूर्ण बात तो यह थी कि वचन का मान भी रह जाएगा।

एक संदेश वाहक को भी भोर होने से पहले ही जयराजगढ की ओर रवाना कर दिया गया, ताकि वह रानी अंबिका और मुख्यमंत्री शंभू देव सिंह को यह संदेश दे दे कि उनके पहुंचने से पहले ही राज्य की सीमा पर उचित प्रबंध करवा लें।

अगले दिन भोर होने से पहले रानी मीरामणि की विदाई की तैयारियां शुरू हो गई थीं। राजा सूरत सिंह ने यथासंभव उसके दहेज में बहुत से हाथी और घोड़ों पर हीरे जवाहरात से भरे हुए बक्से लाद दिए थे। महाराणा रणजीत सिंह अपने दल बल के साथ सँभलगढ के महल के दरवाजे पर आ चुके थे, अब उन्हें प्रतीक्षा थी केवल रानी मीरामणि के आने की।

तभी जोरों का शंखनाद हुआ, यह सूचना थी वधु मीरामणि के आने की। औरतें मंगल गीत गा रही थीं सबसे आगे राजा सूरत सिंह और रानी शीतला देवी थे। उनके पीछे मीरामणि थी, जो लाल रंग के जोड़े में थी और मुंह पर लंबा घूंघट था, उसके दोनों तरफ उसके दोनों भाई थे युवराज विराट सिंह और राजकुमार सोमेश सिंह जिन्होंने अपनी नंगी तलवारों से बहन मीरामणि के सिर पर छत्रछाया की हुई थी, यह इस बात का सूचक होता है कि जब तक भाईयों के अंदर थोड़े भी प्राण बाकी हैं तब तक उनकी बहन को कोई भी नुकसान नहीं पहुंचा सकता क्योंकि कन्या के भाई उसकी रक्षा के लिए सदैव तत्पर हैं।

राजा सूरत सिंह ने अपने दामाद महाराणा रणजीत देव प्रताप सिंह का तिलक किया और महारानी शीतला देवी ने जमाता की आरती उतारी। उसके बाद राजकुमार विराट सिंह और राजकुमार सोमेश सिंह ने अपनी-अपनी तलवारें महाराणा रणजीत सिंह के चरणों में डाल दी और उनके चरण स्पर्श किये। फिर दोनों खड़े हुए और अपनी बहन का हाथ उनके हाथ में दे दिया, फिर अपने कदम पीछे कर लिए। इसका मतलब था कि हमारी बहन का सुहाग हमारे लिए पूजनीय है और हम उस पर कभी हथियार नहीं उठाएंगे और बहन के साथ-साथ इसके सुहाग की रक्षा भी करेंगे।

फिर महाराणा रणजीत सिंह ने अपनी मयान से अपनी तलवार निकाली और रानी मीरामणि का हाथ पकडे हुये उसके सिर पर अपनी तलवार से छत्रछाया की, इसका मतलब था कि जब तक मैं जिंदा हूं मेरी यह पत्नी मेरी छत्र छाया में है और इस पर कोई भी बुरी दृष्टि नहीं डाल सकता। महाराणा रणजीत सिंह और रानी मीरामणि ने सँभलगढ और सँभलगढ वासियों को प्रणाम किया, फिर महाराणा उसे लेकर अपने रथ की ओर बढ़ चले। महाराणा का रथ 8 घोड़ों वाला था, उसके पीछे एक बग्घी थी जो 4 घोड़ों वाली थी, वह जयराजगढ की नई नवेली दुल्हन रानी मीरामणि के लिए थी, उसे रेशम के गद्दे और तकियों से पूरी तरह से सुसज्जित किया गया था और आरामदायक बनाया गया था ताकि नई दुल्हन को सफ़र में किसी भी तरह की परेशानी ना हो। महाराणा रणजीत सिंह अपने रथ के आरामदायक सिंहासन पर बैठ गये, जिसके ऊपर एक बहुत बड़ा छत्र भी था, वह इसलिए था ताकि वर्षा और धूप से बचा जा सके। सारथी ने घोड़ों की कमान संभाल ली थी अब उसे प्रतीक्षा थी सेनापति के इशारे की ताकि वो रथ को आगे बढ़ा सके।

जयराजगढ के प्रमुख सेनापति अक्रूर सिंह ने अपनी सेना को इशारा किया और सेना राजा के रथ के चारों ओर अपने घोड़ो और हाथियों के साथ बिखर गई ताकि वह राजा और रानी को सुरक्षा प्रदान कर सकें। सेना प्रमुख अक्रूर सिंह ने अपनी सेना के सुरक्षा घेरे की पूरी जांच की और जब उसे संतोष हो गया कि सुरक्षा घेरे में कोई कमी नहीं है तो वह महाराणा रणजीत सिंह के पास पहुंचा और उसने आदरसहित पूछा, महाराणा जी, प्रस्थान की तैयारियां पूरी हो चुकी है अब मेरे लिए क्या आज्ञा है?

प्रस्थान आरंभ हो, महाराणा रणजीत सिंह ने घोषणा की।

सेनापति अक्रुर सिंह आगे की और बढ़ चले सबसे आगे पहुंच कर उन्होंने घोषणा की- मंगल- शंख फूँक दो, प्रस्थान की आज्ञा मिल चुकी है। सेनापति का इशारा मिलते

ही राजपुरोहित और उनके पुरोहितों ने मंगल शंख फूंकने शुरू कर दिए चारों तरफ शंख की ध्वनियों से वातावरण गूंज उठा। ये इशारा था कि दुल्हन की डोली निकलने की मंगल बेला आ चुकी है।

जयराजगढ की ओर प्रस्थान की यात्रा आरंभ हुई सबसे आगे सेनापति अक्रुर सिंह की महायोद्धाओं की टुकड़ी थी, जोकि हर प्रकार के खतरे से निपटने में सक्षम थे। उनके पीछे घोड़ो पर सेना थी जो कि हाथ में भाले लिए हुए थे। उनके पीछे महाराणा का 8 घोड़ों वाला रथ था, उसके पीछे रानी मीरामणि की 4 घोड़ों वाली राजबग्घी थी, सेना के महा योद्धाओं की एक टुकड़ी महाराणा के रथ के दाएं तरफ थी और दूसरी बाएं तरफ, जिन्होंने महाराणा के रथ पर और रानी की बग्घी के आसपास पूरी तरह से एक सुरक्षानुमा घेरा बनाया हुआ था। उनके पीछे महाराणा के प्रमुख दासों और रानी की प्रमुख दासियों की अलग-अलग बग्घीयाँ थीं। उनके पीछे हाथियों पर बैठे हुए महान योद्धा थे और उनके पीछे फिर घोड़ो पर बैठे हुए महा योद्धाओं की एक और टुकड़ी थी। यह थी जयराजगढ की सेना। जयराजगढ की सेना के पीछे संभलगढ़ की सेना का भी विशालकाय काफिला था, जिसका नेतृत्व संभलगढ़ के प्रमुख सेनापति अजीत सिंह कर रहे थे और उनकी सेनाओं के सुरक्षा घेरे में दोनों राजकुमार विराट और सोमेश के रथ थे। दोनों राज्यों के महा सैनिकों और महा योद्धाओं का अनोखा और शक्तिशाली काफिला था जो की पूरी गति के साथ जयराजगढ की ओर बढ़ रहा था।

अध्याय 13

रानी अंबिका का दुख

जयराजगढ में रानी अंबिका को सूचना मिल चुकी थी कि महाराणा रणजीत सिंह अपनी नई रानी मीरामणि को लेकर राज्य सीमा पर पधार रहे हैं, क्योंकि महाराणा ने नई रानी मीरामणि को कोई वचन दिया है कि वह शिव मंदिर का निर्माण अपने राज्य में करवायेंगे तभी नई रानी मीरामणि को अपने राज्य में लेकर आएंगे इसलिए रानी अंबिका बिना कोई विलंब किए नई रानी मीरामणि के स्वागत के लिए राज्य सीमा पर पहुंच जाएं और सारे प्रबंध अपनी देखरेख में ही करवाये।

महाराणा का संदेश पाकर अंबिका के आंसू निकल आए, यह कैसा अन्याय है महाराणा जी का....जब वह इस राज्य में दुल्हन बन कर आई थी तो इतना उपकार तो उन्होंने भी बड़ी रानी वैशाली पर किया था कि उन पर अंबिका के स्वागत का कोई दबाव नहीं था। यह कैसी ज़िद है महाराणा जी की कि हमें सौतन के स्वागत के लिए बुलवाया जा रहा है, वह भी राज्य की सीमा पर और तो और सारे कार्यों के प्रबंध की देखरेख भी हमें ही करनी है। सुना तो है की नई रानी मीरामणि बहुत ही रूपवान और गुणी है, तभी तो महाराणा को अपने रूप-जाल में पूरी तरह फाँस लिया है, नहीं तो महाराणा जैसे कठोर हृदय वाले पुरुष के लिए यह कैसे संभव है कि वह वचन भी दे आयें है कि वह शिव-मंदिर का निर्माण भी करवायेंगे और तभी उनकी विदाई कराएंगे। यह बात कुछ समझ नहीं आई कि महाराणा जी औरतों की बातों को मान दें। शायद उस सौतन की कमसिनता और सुंदरता ने महाराणा जी के सिर पर जादू कर दिया है। कोई बात नहीं कुछ दिन बाद महाराणा के सिर से उसका जादू उतर ही जाएगा और फिर वह भी हमारी ही तरह रात-रात भर महाराणा के लिए आंसू बहाती रहेगी, और महाराणा उस से उकता कर फिर कोई नई दुल्हन ढूंढने निकल जाएंगे। जब तक फूल मे रस है तब तक ही भँवरा उसके आस पास मंडरा रहा है, यह सोचकर रानी अंबिका

ने अपने आंसू पोंछे और तैयारी करने लग गई। आख़िरकार महाराणा का आदेश है, पूरा तो करना ही पड़ेगा।

रानी अंबिका जब अपने राज्य जयराजगढ की सीमा पर पहुंची तो वहां देखा कि छावनी जैसा दृश्य हो रहा था। तंबू गाड़े जा चुके थे। वहां रसोइओं ने पकवान बनाने आरंभ कर दिए थे। राज्य के महामंत्री शंभू देव सिंह ने सब कुछ अपनी देखरेख में करवाना शुरू कर दिया था।

जैसे ही रानी अंबिका का राजसी रथ वहां पहुंचा महामंत्री शंभू देव सिंह ने झुक कर उनका स्वागत किया और कहा, रानी सा, सारे शिविर तैयार हो चुके हैं। रसोइयों ने भी अपनी कमान संभाल ली है और महाराणा जी के पसंदीदा पकवान पकाये जा रहे हैं। क्या आप स्वयं देखना चाहेंगी, सब कुछ ठीक वैसा ही चल रहा है जैसा आपने हुकुम दिया था। महाराणा जी के लिए और रानियों के लिए शयनकक्ष भी तैयार हो चुके हैं, आप स्वयं निरीक्षण कर लीजिए। सांझ ढलने से पहले महाराणा जी का काफिला यहां आ पहुंचेगा। जैसा कि आपने हुकुम किया था महाराणा और नई रानी का शयनकक्ष फूलों से पूरी तरह से सजा दिया गया है। उनके भाइयों और उनकी सेना का ठहरने का इंतजाम उधर पीछे की तरफ के शिविरों में कर दिया गया है, और उनके शिविरों में हर जरूरत का सामान लगा दिया गया है।

रानी अंबिका चलती जा रही थी और महामंत्री की बातें सुनती जा रहीं थी और साथ-साथ निरीक्षण भी करती जा रही थी। वह नहीं चाहती थी कि महाराणा को किसी भी तरह की शिकायत हो या उन्हें यह लगे कि रानी अंबिका उनकी इस नई रानी को देख कर खुश नहीं हैं। इसलिए वो अपने कर्तव्य को अच्छे से निभा देना चाहती थी। रानी अंबिका नई रानी मीरामणि और महाराणा के सजाए हुए शयनकक्ष में निरीक्षण के लिये गईं। फूलों की महक से पूरा वातावरण महक रहा था। रानी अंबिका ने अपनी प्रमुख दासी कौशिका को कहा, आरती का थाल सजा कर यहीं रख दे, नई रानी थकी हुई होंगी, बहुत लंबे सफ़र से आ रही हैं इसलिए हम चाहते हैं कि यहीं उनकी और महाराणा जी की आरती उतार कर उन्हें यही आराम करने दें, और केसर बादाम का शर्बत चांदी के कलसे में ठंडा करने के लिए रख दे।

जो आज्ञा, कौशिका ने कहा और कक्ष से बाहर निकल गई।

रानी अंबिका पूरे शयनकक्ष का निरीक्षण करने लगी कि कहीं कोई कमी ना रह जाए जिससे नई रानी को यह कहने का मौका मिले कि हमने उनका ख्याल नहीं किया। वैसे भी महाराणा जी के हृदय में हमारा कोई स्थान रहा ही नहीं है तो फिर किस बात

की शिकायत। वैसे भी उनकी आंखों में हमारा कोई मूल्य नहीं है, और इस नई रानी के आने के बाद तो हमारी कोई पूछ वह नहीं करेंगे। हमारे राज का समय तो अब समाप्त हो चुका है, अब तो यह नयी रानी के राज करने के दिन हैं। हम तो केवल एक कबाड़ वस्तु की तरह किसी कोने में पड़े रहेंगे और महाराणा जी के साथ उस नयी रानी की रासलीला देखेंगे। सच ही तो है जब हम यहां आए थे तब रानी वैशाली की हालत बिल्कुल हम जैसी ही थी, तब हम उनका दर्द नहीं समझे थे, पर आज हमारी हालत उनके जैसी है, आज हम उन्ही के स्थान पर हैं। जैसे कल हमने उनका दर्द नहीं समझा था और उनका पति पूरी तरह उनसे छीन लिया था ऐसे ही आज हमारा छिन गया है। अब महाराणा जी के साथ नई रानी के हँसने- खेलने के दिन है और हमारे कुढ़- कुढ़ कर मरने के।

रानी अंबिका को याद आने लगा कि उसके आने के बाद रानी वैशाली इतने गहरे दुख में डूब गई थी, मगर वो रानी वैशाली को कुढते देख कर मन ही मन खुश होती थी। उसे गर्व होने लगता था कि वो महाराणा के हृदय पर राज करती है और उसकी सौतन कुढ़ कुढ़कर रोती है, और एक दिन जब रानी वैशाली ने झील में डूबकर अपने प्राण दे दिये थे तो वह बाद में खुश ही हुई थी कि चलो अच्छा है सौतन से छुटकारा मिला, परंतु जब महाराणा उससे उकताने लगे और दूर होने लगे तब ही उसे रानी वैशाली की पीड़ा समझ आने लगी। जब महाराणा की नई शादी रचाने की ख़बर मिली तो उसने भी अपनी प्रमुख दासी कौशिका से विष मंगाकर रख लिया था, कि जब तक सहन होता रहेगा तब तक जीवित रहेगी परंतु जब सहनशीलता समाप्त हो जाएगी तो वह भी रानी वैशाली की तरह अपने जीवन को समाप्त कर लेगी। यही सोचते-सोचते अंबिका के अश्रु बहने लगे और उसकी हिचकियां बंध गईं। कैसे पूछूं महाराणा से कि ऐसी क्या गलती हो गई जो आपने हमें देखना भी छोड़ दिया।महाराणा को खुश रखने की हर संभव कोशिश की थी परंतु उनको हमारी जिन बातों पर पहले प्रेम उमड़ता था वही बातें जहर लगने लगी। रानी अंबिका रोते-रोते रानी वैशाली की आत्मा से क्षमा मांग रही थी, हमें क्षमा दान दे दो वैशाली जीजी, काश हमने आपको सौतन नहीं बहन माना होता तो आज आप के कंधे पर सिर रखकर रो तो सकते थे। आज आपकी और हमारी पीड़ा एक ही है, हमे श्राप मत दो वैशाली जीजी, क्षमादान दे दो, अंबिका का सिंगार आंसुओं में बह रहा थ।

तभी कक्ष के बाहर शोर हुआ और महामंत्री शंभू देव सिंह ने घोषणा की हमारे महाराणा रणजीत देव प्रताप सिंह अपनी नई रानी मीरामणि देवी और अपने काफिले के साथ कुछ ही क्षणों में पहुंचने वाले हैं, स्वागत धुन बजाने के लिए तैयार रहें।

रानी अंबिका की प्रमुख दासी कौशिका ने रानी अंबिका के कक्ष में प्रवेश किया। रानी सा, महाराणा के आगमन की घोषणा हो रही है, आरती का थाल तैयार है और मेरे लिए क्या आज्ञा है। अंबिका के मुंह से कोई बोल नहीं निकला, दासी ने घबराकर रानी को देखा अंबिका का पूरा मुंह पीड़ा से लाल हो रहा था, आंसुओं से पूरा शृंगार अस्त-व्यस्त हो चुका था। रानी सा क्या हुआ, आप ठीक तो हैं ना, दासी कौशिका घबराकर रानी अंबिका के चरणों में बैठ गई।

रानी अंबिका ने डूबे हुये स्वर में कहा, पानी पिलादे कौशिका।

कौशिका फौरन उठी और चांदी के गिलास में केसर युक्त जल भरकर रानी अंबिका को पेश किया।

रानी अंबिका ने ठंडा जल पीकर अपने को संभाला और कहा, कौशिका यह पीड़ा के अश्रु जो तूने देख लिए हैं, यह बात किसी और के कानों तक नहीं जानी चाहिए।

नहीं जाएगी रानी सा, कौशिका बोली, मगर आप अपने को सँभालिये। हम नारियों का जीवन केवल त्याग करने का ही होता है। पीड़ा सहकर खुशियां देना ही हमारा भाग्य है। लाइए आपका शृंगार व्यवस्थित कर देती हूं, नयी रानी को आपका यह हाल नहीं देखना चाहिए।

रानी अंबिका अपनी प्रमुख दासी कौशिका के गले लग गई और बोली, सही कहा तूने कौशिका, चाहे रानी हो या के दासी, हैं तो हम सब नारियां ही, और ऊपर से हम भले ही अलग-अलग दिखती हैं परंतु भीतर से हम सब खोखली हैं। हमारा हृदय एक ही तरह की पीड़ा का शिकार है। दोबारा सिंगार करके हमें ऊपर से तो ठीक-ठाक बना दे, भीतर तो इतनी टूटन है कि कुछ भी, कैसे भी जुड़ नहीं पाएगा, कहकर अंबिका ने अपने आँसू पोंछ डाले और फिर तैयार होने के लिए खड़ी हो गई।

महाराणा का काफिला जयराजगढ की सीमा पर पहुंच चुका था। महामंत्री के आदेश पर मंगल शंख ध्वनि साँझ के शांत वातावरण में गूंजने लगी थी। दास-दासियां सभी मंगल गीत गाने लगे। महाराणा रणजीत देव प्रताप सिंह ने नई नवेली दुल्हन रानी

मीरामणि को राजबग्घी से उतारा तो उनके राज्य के सभी लोग जो वहां उपस्थित थे महाराणा और उनकी नई रानी की जय जयकार करने लगे। बग्घी से लेकर उनके शिविर तक के रास्ते में महाराणा और नयी रानी मीरामणि पर फूलों की वर्षा और गुलाबजल का ठंडा छिड़काव होने लगा। शिविर के द्वार पर पहुंचकर महाराणा और रानी मीरामणि रुक गए, रानी अंबिका ने महाराणा का तिलक किया और नए वर-वधू की आरती उतारी और फिर अपने पति महाराणा रणजीत सिंह के चरण स्पर्श किए और उन्हें नए विवाह की बधाई दी। जब रानी अंबिका ने उन्हें खेमे के अंदर आने के लिए आमंत्रित किया तो नयी रानी मीरामणि, रानी अंबिका के चरणों में झुक गई। रानी अंबिका समेत सभी हैरान रह गए की रानी का रानी के साथ बराबरी का दर्जा होता है तो फिर एक सौतन अपनी दूसरी सौतन के चरण स्पर्श करे, यह बात उन्हें कुछ समझ में नहीं आ रही थी।

महाराणा रणजीत सिंह भी हैरान रह गए और रानी मीरामणि से बोले, मीरामणि यह हमारी दूसरी पत्नी रानी अंबिका है।

रानी मीरामणि ने धीरे स्वर में उत्तर दिया, समझ गई थी महाराणा जी इसलिए ही तो बड़ी जीजी के चरण स्पर्श किए हैं। रानी अंबिका ने मीरामणि को अपने चरणों से उठाया और कहा, आईये रानी मीरामणि आपके साम्राज्य जयराजगढ में आपका स्वागत है। महाराणा और मीरामणि दोनों ही रानी अंबिका के साथ अपने शिविर के अंदर आ गए, शिविर की सजावट देखकर महाराणा रणजीत सिंह गदगद हो गए। रानी मीरामणि भी प्रशंसक दृष्टि से देख रही थी।

प्रमुख दासी कौशिका चांदी के थाल और गिलासों में जलपान ले आई।

रानी अंबिका ने मीरामणि को कहा, आप और महाराणा जी जलपान ग्रहण करें, सफर से थक गए होंगे। आप दोनों थोड़ा आराम कर लो, आपसे फिर भेंट होगी तब तक हम बाहर का इंतजाम देख लेते हैं, कहकर रानी अंबिका ने बाहर जाने के लिए अपने कदम बढ़ाए।

जीजी, मीरामणि ने पीछे से आवाज लगायी, आप भी हमारे साथ जलपान ग्रहण कीजिए। इससे पहले कि अंबिका कुछ कह पाती महाराणा रणजीत सिंह ने दासी को हुक्म दिया, कौशिका, रानी अंबिका के लिए भी जलपान की तश्तरी लगा दो और उसके बाद हमें अपनी दोनों रानियों के साथ एकांत चाहिए।

जो आज्ञा महाराणा जी, कौशिका ने सिर झुका कर कहा। रानी अंबिका को ना चाहते हुए भी बैठना पड़ा। कौशिका जलपान का पूरा प्रबंध करके शिविर से बाहर

चली गई और आरामदायक शिविर में महाराणा रणजीत सिंह अपनी दोनों रानियों के साथ अकेले रह गए।

रानी मीरामणि ने धीरे से अपना घूंघट हटाया और रानी अंबिका को देखा। रानी अंबिका का सौंदर्य भी भरपूर था परंतु उदासी ने उनके सुंदर मुख पर फीकापन डाल दिया था। उनकी काली कजरारी आंखों के पीछे जो रोने से लालिमा छा गई थी वह मीरामणि से छुपी ना रह सकी। रानी अंबिका चुप-चाप बैठी थी जैसे कोई मूर्ति।

रानी मीरामणि धीरे से उठी और गिलास में फलों का रस डालकर रानी अंबिका के आगे खड़ी हो गई, जीजी यह लीजिए, रानी मीरामणि बोली।

रानी अंबिका ने नजरें उठाकर नयी रानी मीरामणि को देखा, उफ़... इतना सौंदर्य, ऐसा जगमगाता रूप, तभी तो महाराणा जी इतना रीझ गए हैं, ऐसे रूप-रंग पर तो देवता भी रीझ जाएंगे।

रानी अंबिका ने कहा, अरे अभी तो आप नई नवेली हैं, क्यों कष्ट करती हैं और फिर अब तो यह हमारा ही काम रहेगा, आपके तो अब तब तक राज करने के दिन हैं जब तक एक और नई रानी नहीं आ जाती....रानी अंबिका का व्यंग्य बाण महाराणा से छिपा नहीं रह सका, मीरामणि भी समझ गई परंतु उसे तो यह अपेक्षित ही था।

उसने नर्मी से कहा जीजी आप हमसे आयु में भी बड़ी हैं और ओहदे में भी, यह तो हमारा ही काम है और सदैव रहेगा। रानी अंबिका ने कोई जवाब नहीं दिया और गिलास थाम लिया, लगता है महाराणा जी के आगे अपना त्रियाचरित्र दिखा रही है, बाद में तो हमें दासी से अधिक कोई महत्व नहीं देगी, रानी अंबिका ने मन ही मन सोचा। मीरामणि ने एक गिलास महाराणा को दिया और फिर अपने लिए उठाया और बैठ गयी। तीनों चुप थे और चुपचाप ही अपना-अपना जलपान कर रहे थे।

रात गहरी होती जा रही थी और सब लोग अपना रात्रि भोजन समाप्त करके अपने-अपने खेमे में आराम करने जा चुके थे क्योंकि वो लंबे सफ़र से बहुत थक गए थे। रानी अंबिका भी महाराणा रणजीत सिंह और मीरामणि को उनके शिविर में छोड़कर अपने शिविर में जा चुकी थी पर उसे नींद नहीं आ रही थी, वह बेचैनी में करवटें बदल रही थी।

महाराणा और रानी मीरामणि अपने शिविर में चुप-चाप बैठे थे। ऐसे में मीरामणि ने चुप्पी तोड़ी उसने कहा महाराणा जी क्या आपने देखा बड़ी जीजी का यह रूप, क्या

यही सब मैंने आपको नारी के बारे में नहीं कहा था। उनकी पीड़ा स्पष्ट उनके चेहरे पर दिख रही थी, क्या आपको नहीं दिखी?

हां देखी, महाराणा रणजीत सिंह ने एक गहरी सांस लेकर बोला, परंतु उसे व्यंग्य बाण चलाने का कोई अधिकार नहीं था।

बिल्कुल अधिकार है महाराणा जी, एक पत्नी को पूरा अधिकार है और एक पति का यह कर्तव्य है कि जब उसकी पत्नी पीड़ा में हो तो उसे जाकर उसकी पीड़ा का समाधान करना चाहिए, ना की नाराजगी दिखानी चाहिए। आपको उनके पास अभी जाना चाहिए। हम जानते हैं कि वह बेचैन होंगी उनकी पीड़ा का समाधान आप ही कर सकते हैं, जाइए और उन्हें प्रेम से समझाइए उन्हें बताइए कि हम उनकी सौतन नहीं छोटी बहन बन कर रहना चाहते हैं। कल को यदि हमारे साथ ऐसा हुआ तो हम आप से ऐसे ही व्यवहार की अपेक्षा रखते हैं जैसा हम उनके लिए आपको करने के लिए कह रहे हैं।

परंतु मीरामणि आप तो कल सुबह यहां से चली जाएंगी, महाराणा रणजीत सिंह ने प्रेम से कहा, फिर पता नहीं कब शिव मंदिर का निर्माण पूरा होगा और हम कब आपको दोबारा देख पायेंगे। उनको तो समझाने के लिए बहुत रातें पड़ी है। क्या आज की रात यह जरूरी है? आखिर आप भी तो हमारी पत्नी है क्या आप के प्रति हमारा कोई कर्तव्य नहीं है?

आपने बिल्कुल ठीक कहा महाराणा जी, मगर हम तो बिल्कुल ठीक-ठाक है और इस शिव मंदिर के निर्माण के बाद ही हम यहां आयेंगे। परंतु वह तो आपकी पत्नी पहले से हैं और आज बहुत पीड़ा में भी हैं। कल तक तो बहुत देर हो जायेगी, आपके साथ की ज़रूरत उनको आज ही है। फिर यह दुख, यह दर्द उन्हें आपने ही तो दिया है इसीलिए यह आप ही का कर्तव्य है कि उनकी चोट पर मरहम भी आप ही रखें। जाइए महाराणा जी जाइए, इससे पहले कि बहुत देर हो जाए और सिवाय पछतावे के और कुछ हाथ में ना रहे, आप चले जाइए। जाकर उन्हें समझाइए कि आपका प्रेम बँटा जरूर है परंतु उनके लिए खत्म नहीं हुआ है। उन्हें समझाइए ताकि वह हमें अपनी बहन की तरह मान सकें। उन्हें विश्वास दिलाइये कि आप उन्हें कभी भी अकेला नहीं छोड़ेंगे, इससे पहले कि वह पूरी तरह टूट कर बिखर जाएँ, उंन्हें संभाल लीजिए। आज आपकी पत्नी को आपकी जरूरत है, बहुत जरूरत है। जब कभी आपको उनकी जरूरत पड़ी होगी तो उन्होंने भी पत्नी की तरह आपको तन मन से संभाला होगा, तो आज क्या आप पति का कर्तव्य निभाकर अपनी पत्नी को नहीं

संभालना चाहेंगे। आपको जाना ही होगा महाराणा जी, रानी मीरामणि ने भावुक होते हुए कहा। आप शायद यह बात समझ ही न पाएँ क्योंकि आप एक पुरुष है और पुरुष का हृदय थोड़ा कठोर ही होता है, यदि आप हमारी भावना को ना भी समझ पायें हों तो भी कम से कम पूरा तो जरूर कर दीजिये, नारी की कोमल भावनाओं को पुरुष तो क्या देवता भी नहीं समझ पाते इसीलिए नारी को त्रियाचरित्र कह देते हैं परंतु यह सत्य नहीं है, मीरामणि बहुत भावुक होने लगी थी।

आपने तो विषय को बहुत गंभीर बना दिया मीरामणि, महाराणा रणजीत सिंह भी गंभीर होते हुए बोले।

यह विषय बहुत ही गंभीर है महाराणा जी, मीरामणि बोली।

कहो मीरामणि क्या कहना चाहती हो, जरा स्पष्ट रुप से कहो, महाराणा रणजीत सिंह सुनने के लिए अधीर हो रहे थे।

रानी मीरामणि बोली, यह जीवन का दर्द एक नारी के जीवन का दर्द है, नारी की एक ऐसी पीड़ा है जिसे कठोर पुरुष कभी नहीं समझ सकता। जैसा कि आपको ज्ञात ही होगा कि हमारे पिता राजा सूरत सिंह जी ने भी दो विवाह किए थे पहला हमारी माता जी उमादेवी से और दूसरा उनका देहांत होने के बाद उनकी छोटी बहन और हमारी मौसी शीतलादेवी से। सारी दुनिया केवल यही सच जानती है परंतु एक सच और भी है, जो केवल हम ही जानते हैं।

कौन सा सच, महाराणा हैरानी से बोले।

हमारी मां की मृत्यु का सच, कहकर मीरामणि ने एक गहरी साँस ली। जब हमारी मां उमा देवी राज गद्दी के वारिस के लिए व्रत और पूजा कर रही थी तो हमारे पिता और मौसी मां प्रेम की पींगे बढ़ा रहे थे। हमारी मां को हमारे पिता ने प्रेम से पूरी तरह वंचित कर दिया था। इससे उन्हें बहुत गहरा सदमा पहुंचा था, कहने को तो वह हमारी मौसी से बहुत ज्यादा सुंदर थी परंतु उन्हें हीनभावना ने घेर लिया था कि उन्हें छोड़कर उनके पति ने उनकी ही बहन को चुन लिया था। इसी दुख में वह धीरे-धीरे अंदर ही अंदर घुटती जा रही थी और उनकी जीने की इच्छा खत्म होती जा रही थी। इसलिए विराट के पैदा होने के कुछ ही महीने बाद में वह स्वर्ग सिधार गयीं, क्योंकि उन्होंने जहर खाकर आत्महत्या कर ली थी, कहते-कहते मीरामणि की आंखों में पानी उतर आया। यदि हमारे पिता ने थोड़ी सी समझदारी से काम लिया होता और हमारी मां को यूं अपने प्रेम से पूरी तरह वंचित नहीं किया होता तो आज हमारी मां जिंदा होती और हम बच्चों को ऐसा अनाथों जैसा जीवन नहीं बिताना पड़ता। हमें इतनी छोटी

उम्र में ही मां की जिम्मेदारी संभालनी नहीं पड़ती। छोटी उम्र के ऐसे ही हालात हमें बहुत समझदार और कभी-कभी बहुत कड़वा बना देते हैं।

यूं तो राजघरानों में अनेक विवाह की प्रथा है। एक राजा कई स्त्रियों से विवाह कर सकता है। लेकिन अपनी सभी रानियों को समान अधिकार मिले वह ऐसा नहीं सोचते।

परंतु इसमें बुराई क्या है, महाराणा ने कहा, ज्यादा विवाह तो राजनैतिक ही होते हैं और रानियों को यह पहले से ही पता होता है और फिर एक व्यक्ति को सबसे समान प्रेम तो नहीं हो सकता। यह हमने आपको पहले भी बताया है।

राजनीति और प्रेम में तो कभी भी, कोई भी संबंध नहीं होता है महाराणा जी, मीरामणि ने कहा, यह बात हम मानते हैं कि प्रेम का संबंध हृदय से होता है परंतु नारी की भी अपनी कुछ ज़रूरतें होती हैं, आखिर को तो वो विवाह बंधन में बंध कर ही तो आयीं हैं। जिस प्रकार एक पुरुष यदि राजा हो तो भी राजकाज के अलावा उसकी कई जरूरते होती हैं उसका अपना एक परिवारिक जीवन भी होता है, उसी प्रकार नारी की भी अपनी जरूरत होती हैं। राजा बहुत विवाह भी कर सकते हैं, परंतु जिन्हें वह पत्नी बनाकर लाएं हैं उनके प्रति उनकी जिम्मेदारी तो खत्म नहीं हो जाती। अगर वह केवल राज्य की रानी बन कर रह रही हैं और अपने पति के प्रेम से वंचित हैं तो यह उनके नारीत्व का अपमान है। यह एक पत्नी का अधिकार है कि वह अपने पति से अधिकार पूर्ण प्रश्न कर सकती है। पत्नियों के भी कुछ अधिकार शास्त्रों में निश्चित किए गए हैं और वह देवताओं को भी मान्य हैं, तो वह अपने अधिकारों की माँग अपने पति से कर सकती हैं।

मीरामणि सांस लेने के लिए थोड़ा रुकी और फिर बोली, फिर एक पुरुष राजा बनकर अपना पारिवारिक जीवन कैसे छोड़ सकता है। उसकी चाहे एक पत्नी हो या अनेक, यदि वो उन्हें बराबर का मान-सम्मान और प्रेम नहीं दे सकता तो धिक्कार है उसके पुरुषत्व पर और उसे शास्त्र भी अनेक विवाहों की अनुमति नहीं देता है। हमने अपनी मां को बिरहा की अग्नि में जलते हुए स्वयं अपनी आंखों से देखा है। हमारे पिता के दूसरे विवाह के विरुद्ध वह बिल्कुल नहीं थी परंतु नई दुल्हन आने के बाद पुरुष अपनी पहली पत्नियों को एक कबाड़ वस्तु के समान भूल जाए तो क्या बीतेगी एक हाड़-माँस की बनी हुई नारी पर। शास्त्रों में उसे देवी का स्थान दिया गया है पर यह पुरुष समाज उसे केवल भोग की वस्तु ही समझता है, और जिस नारी से उसे प्रेम है उसी के द्वारा पैदा हुई संतानों को ज्यादा महत्व देता है तो फिर ऐसे पुरुष को बिना

प्रेम के विवाह करने की आवश्यकता ही क्या है। क्यों वह राजनीतिक विवाह भी करता है यदि वह उन्हें उनके अधिकारों से वंचित रखता है।

महाराणा रणजीत सिंह अवाक बैठे थे, नारी का यह रूप भी हो सकता है उन्हें मालूम ही नहीं था। यह तो पक्का ही किसी देवी का अवतार मालूम होती है, साक्षात चंडी अवतार है यह तो, महाराणा ने मन ही मन सोचा। अपनी इस नई नवेली रानी के विचार सुनकर वह हैरान थे। आधी उम्र की एक कोमल सी कली और विचारों में अंगारे भरे हुए हैं।

मीरामणि ने फिर गहरी साँस लेकर बोलना शुरु किया, पुरुष चाहे प्रेम विवाह करें अथवा राजनैतिक विवाह, मगर क्यों हर नारी के भाग्य में केवल अकेलापन लिख देते हैं, क्यों वह नारी की इस पीड़ा को नहीं समझते, क्यों महाराणाजी, क्यों ऐसे होते हैं पुरुष? जो नारी उनके लिए समर्पण करते नहीं थकती, वह उसे ही छल लेते हैं, कहते-कहते मीरामणि की आवाज भारी हो गई और आंखों में आंसू छलछला उठे।

महाराणा रणजीत सिंह उठे और उन्होंने मीरामणि को अपने गले से लगा लिया।

अब आप देर मत कीजिए महाराणा जी, आप फौरन चले जाइए, मीरामणि ने चिंतित स्वर में कहा।

महाराणा रणजीत सिंह बोले, ठीक है, अब तुमसे कल सुबह भेंट होगी, यह कहकर महाराणा अपने शिविर से निकलकर रानी अंबिका के शिविर की ओर चल पड़े।

उन्हें इतनी रात गए अपने शिविर से बाहर निकलते देख कर रात के पहरेदार सैनिकों ने महाराणा को प्रणाम करके उनसे पूछा, क्या कोई कष्ट है महाराणा जी?

कोई कष्ट नहीं तुम जाओ और अपना काम करो हमें रानी अंबिका के शिविर की ओर जाना है।

जो आज्ञा, कहकर पहरेदार सैनिक वापस अपने काम पर लग गये।

अध्याय 14

महाराणा रणजीत सिंह और रानी अंबिका का पुनर्मिलन

महाराणा रणजीत सिंह जब रानी अंबिका के कक्ष की ओर बढ़ रहे थे तो रास्ते में उन्हें रानी की प्रमुख दासी कौशिका मिली। उसने महाराणा को देखकर प्रणाम किया तो महाराणा ने उससे पूछा, कौशिका रात इतनी गहरी हो चुकी है और तुम इस समय अकेली बाहर क्यों टहल रही हो।

कौशिका बोली, महाराणा जी क्षमा चाहती हूं, मगर यह बात आपको बता नहीं सकती।

क्या कहा तुमने, महाराणा रणजीत सिंह रूखे स्वर में बोले, यदि हम तुमसे कुछ पूछ रहे हैं तो तुम हमारी दासी होकर हमें नहीं बता सकती। तुम्हारा इतना दुस्साहस, क्या अपने प्राणों का भय भी नहीं रहा तुम्हें। इससे पहले कि हम और सख़्त हो जाएं फौरन बताओ क्या बात है।

कौशिका ने बदले में अपनी हथेली की मुट्ठी खोल दी, यह बात है महाराणा जी मैं रानी अंबिका के कक्ष से यह चुराकर कहीं दूर फेंकने जा रही थी।

महाराणा रणजीत सिंह ने कौशिका की खुली हथेली को देखा, उसपर एक चांदी की डिबिया थी, महाराणा ने पूछा, यह क्या है और क्यों तुम इसे चुरा कर फेंकने जा रही हो। साफ-साफ बताओ कौशिका, इतनी रात गए हमें पहेलियां बुझाने में कोई दिलचस्पी नहीं है।

कौशिका बोली, महाराणा जी आप की रानी अंबिका जी ने हमसे पहले विष मंगाया था क्योंकि वह आपके उदासीन व्यवहार से बिल्कुल ही टूट चुकी थी पर हमने उन्हें केसर में नीम की सूखी पत्तियां मिलाकर विष कह कर दे दिया क्योंकि हम उनका अहित भी नहीं होने देना चाहते थे और उनकी आज्ञा की अवहेलना करना तो हमारे अधिकार क्षेत्र में है ही नहीं। जब आपके विवाह का समाचार संभलगढ़ से आया तो

उन्होंने मरने का निश्चय कर लिया और दूध के गिलास में विष मिलाकर पी गई परंतु उन्हें कुछ भी नहीं हुआ क्योंकि वह तो विष था ही नहीं। इससे उन्हें हम पर संदेह हो गया और उन्होंने न जाने कहां से यह विष मंगाकर छुपा लिया, और आज वह इसे खाने वाली थी क्योंकि आज नयी रानी को देख कर उनको यह विश्वास हो गया था कि अब उन की दुर्गति भी रानी वैशाली की तरह ही होगी इसलिए मैं गर्म दूध लाने का बहाना करके इसे भी फेंकने जा रही थी।

महाराणा रणजीत सिंह का हृदय द्रवित हो उठा, यह क्या हो रहा है, उन्होंने सोचा, यदि मीरामणि हमें सही वक्त पर सचेत ना करती और हमें अंबिका के पास जाने के लिए जबरदस्ती ना करती तो आज रानी वैशाली की तरह हम रानी अंबिका को भी खो बैठते।

महाराणा अपने अंदर उमड़-घुमड़ रहे विचारों को संभालते हुए बोले, कौशिका तुमने जो इस राज्य की रानी के लिए किया है वह प्रशंसनीय है। उसके लिए यह राज्य सदैव ही तुम्हारा आभार मानेगा। काश के तुम जैसी ही कोई रानी वैशाली के पास होती तो आज वह भी जीवित होती, महाराणा रणजीत सिंह गहरी साँस लेते हुए बोले।

क्षमा करें महाराणा जी, कौशिका का स्वर थोड़ा सा उग्र हो गया परन्तु दूसरे ही क्षण वह अपनी आवाज को नरम बनाते हुए बोली, रानियों को अच्छी दासियों कि नहीं अपितु अच्छे पति की जरूरत है, यह कहकर कौशिका ने अपनी आंखें झुका ली, पता नहीं अब महाराणा कैसा व्यवहार करें।

परंतु उसकी आशा के विपरीत महाराणा रणजीत सिंह ने कहा, तुम सही कहती हो कौशिका, जाओ रानी अंबिका के लिए गर्म दूध ले आओ हम उसे स्वयं लेकर जायेंगे। और सुनो कौशिका, यह बात किसी और के कानों तक नहीं जानी चाहिए यहां तक कि हमारा वार्तालाप भी। हमें रानी अंबिका के साथ एकांत की आवश्यकता है। सो तुम शीघ्र जाओ और गर्म दूध लेकर आओ, हम यहीं तुम्हारी प्रतीक्षा करते हैं।

जो आज्ञा महाराणा जी, कहकर कौशिका ने लगभग दौड़ ही लगा दी।

महाराणा रणजीत सिंह जब रानी अंबिका के शिविर में पहुंचे तो देखा कि वो सारा सामान अस्त-व्यस्त कर रही थी। वह खुद भी बहुत अस्तव्यस्त लग रही थी। उसके सिर की चुनरी कहीं और पड़ी थी, तन पर भी कोई जेवर नहीं था, सारे ज़ेवरात इधर-उधर बिखरे पड़े थे, पूरे केश खुले हुए थे। जैसे ही महाराणा की आने की आहट रानी

अंबिका ने सुनी उसे लगा कि उनकी दासी कौशिका आई है। रानी अंबिका बहुत ग़ुस्से में और तेज आवाज में बोली, कहां मर गई थी कौशिका, दूध लाने में क्या इतना समय लगता है। हमारी चांदी की एक डिबिया नहीं मिल रही है, अरे वही जो राजमहल से चलते वक्त खास लाल शनील की पोटली में रखी थी। हमें वह अभी के अभी चाहिए। शीघ्र अति शीघ्र ढूंढ कर दे नहीं तो हम से बुरा कोई नहीं होगा, रानी अंबिका अपने बक्से को टटोलते हुए बोली।

कहीं वह डिबिया यह तो नहीं है अंबिका, महाराणा रणजीत सिंह ने पूछा और अपनी हथेली खोल कर रानी अंबिका के सामने खड़े हो गए। रानी अंबिका ने महाराणा को देखा और अचंभित सी हो गई जैसे कोई प्रेत देख लिया हो। महाराणा जी आप इस समय यहां क्यों......रानी अंबिका की आँखों से आंसू बह निकले, आज तो आप की सुहागरात है फिर आज यहां क्यों???

महाराणा रणजीत सिंह ने गहरी सांस लेते हुए कहा, यहां नहीं तो फिर और कहां जाऊं, कहकर रानी अंबिका को अपनी बाहों में भर लिया। रानी अंबिका अपनी रुलाई नहीं रोक पा रही थी, वह महाराणा के सीने से लगकर फूटफूटकर बच्चों की तरह रोने लगी। महाराणा भी भावुक हो उठे और उन्होंने अंबिका को अपनी बाहों में और कस लिया। वह बहुत देर तक रोती रही और महाराणा उसके सिर के बाल सहलाते रहे। जब अंबिका का रुदन थोड़ा शांत हुआ तो महाराणा ने चांदी के लोटे से चांदी के गिलास में ठंडा शीतल जल भरा और अंबिका को अपने हाथों से पिलाने लगे। अंबिका धीरे-धीरे सिसकियां लेते हुए ठंडे जल को पीने लगी फिर उसी ठंडे जल के छींटे अपने चेहरे पर मारे । रोने से उसका चेहरा और आंखें लाल हो गई थीं।

ठीक कहा था रानी मीरामणि ने कि उन्हें रानी अंबिका से भागना नहीं चाहिए था अपितु उन्हें समझाना चाहिए था। मीरामणि ने अनजाने ही रणजीत सिंह के अपराध बोध को जगा दिया था। प्रेम तो अब वह अंबिका को शायद नहीं कर पाएंगे क्योंकि अंबिका को केवल उन्होंने भोगा था, उससे कभी प्रेम तो कर ही नहीं पाए थे। प्रेम का असली मतलब रानी मीरामणि ने उन्हें समझा दिया था और मीरामणि को पाकर रणजीत सिंह के अंतर मन को बहुत शांति मिली थी। मीरामणि को पाकर उन्हें संपूर्णता का एहसास होने लगा था।

रानी अंबिका का रुदन पूरी तरह रुक चुका था और उसने अपने आप को संभाल भी लिया था। महाराणा जी आज आप यहां कैसे पधारे, रानी अंबिका ने प्रश्न किया?

अपनी गलती का प्रायश्चित करने के लिए, महाराणा रणजीत सिंह बोले।

कौन सी गलती का प्रायश्चित, अंबिका ने पूछा।

अपने पति धर्म को ना निभाने का प्रायश्चित, अपने पति धर्म के कर्तव्य से विमुख होने का प्रायश्चित, और अपनी पत्नी को इस हालत में पहुंचाने का प्रायश्चित, महाराणा रणजीत सिंह भावुक होकर बोले।

अंबिका महाराणा का यह नया रुप देख कर हैरान थी। हम आज आपको समझ नहीं पा रहे हैं, रानी अंबिका बोली, आज ही आप एक नया विवाह करके लौटे हैं और अपनी सुहागरात पर आज आप हमारे कक्ष में बैठे हैं जबकि आपने तो हमें देखना भी छोड़ दिया था, और वैसे भी हमें तो आप पहले ही भोग चुके हैं, अब हम में तो कुछ भी नया बाकी नहीं रहा है, और आप की नई रानी मीरामणि का सौंदर्य और जवानी तो अपनी पूरी चरम सीमा पर है, फिर भी आप उसे छोड़ कर हमारे सामने बैठे हैं, और आप को हम से बहुत अधिक प्रेम है, यह तो वैसे भी हमें दिखाई नहीं देता। तो समय नष्ट ना करिए और स्पष्ट शब्दों में कहिए महाराणा जी कि आपकी ऐसी कौन सी जरूरत है जो आज आपको हमारे कक्ष तक खींच लाई है, अंबिका ने तीखे और स्पष्ट शब्दों में पूछा।

महाराणा रणजीत सिंह अंबिका का मुख आवाक होकर देखते रह गए। पहले जिसे वह मुँहफट समझते थे, आज वह उन्हें सीधा स्पष्ट बोलने वाली लग रही थी। सच है, मनुष्य अपने हिसाब से ही किसी को भी अच्छा बुरा आंक लेता है। जब अंबिका उन्हें बुरी लगती थी तो उसकी स्पष्टवादिता भी मुंहफट लगती थी परन्तु आज वह उसे भावुकता से देख रहे हैं तो वह कितनी निश्चल और साफ लग रही है। कोई बनावटी बातें नहीं, जो मन में है वही होंठों पर है, ठीक किसी निश्चल बच्चे की तरह जो राजनीति से कोसों दूर है।

यदि आप सत्य जानना चाहती हैं तो सत्य ही सुनिए, महाराणा ने रानी अंबिका को मीरामणि से हुए सारे वार्तालापों का सच बता दिया, एक एक शब्द सत्य ही था, अब वो अंबिका से सत्य की भाषा ही बोलना चाहते थे। अंबिका अचंभित सी सुनती जा रही थी, महाराणा रणजीत सिंह ने कुछ भी नहीं छुपाया।

सब कुछ सुनकर रानी अंबिका के मुंह से निकला, यह तो कोई साधारण नारी हो ही नहीं सकती। यह तो कोई देवी का अवतार है। इसके विचार और इसकी बातें किसी के अंदर भी जागरण कर सकती हैं। इतनी छोटी सी उमर में इतना धैर्य और इतनी समझदारी। महाराणा जी आपने कोई बहुत पुण्य कर्म किए होंगे जो यह आपको पत्नी रूप में मिली है। हम तो शायद इस के चरणो की धूल भी नहीं है। अब हमें यदि आप

इसकी दासी भी नियुक्त कर देंगे तो भी हमें दुख नहीं होगा, अंबिका बोलते हुये भावुक होती जा रही थी।

अंबिका तुम मीरामणि की दासी नहीं अपितु बड़ी जीजी हो। उसको मां-बाप का प्रेम नहीं मिला है, मगर तुम्हें तो भरपूर मिला है।महाराणा रणजीत सिंह बोले, अगर कुछ देना चाहती हो तो उसे अपनी छोटी बहन स्वीकार कर लो और बड़ी बहन बन कर भरपूर प्रेम दो, उसकी भी यही इच्छा है।

महाराणा जी आज यह राजपूतानी अंबिका आपको वचन देती है कि मीरामणि पूरा जीवन हमारी छोटी बहन बन कर रहेगी और हम उसकी बडी जीजी, हम उसे मां का वह प्रेम देंगे जो उसने बचपन से नहीं देखा, हम उसे अपनी सौतन कभी नहीं समझेंगे। उसने हमारा पति हमें लौटा कर जो हम पर एहसान किया है उसके लिए हमारे प्राण भी हमने उसके नाम किए। यदि वह समय रहते आपको हमारे पास ना भेजती तो हम तो अपने प्राण दे ही चुके होते, इसलिए यदि आज हम जीवित हैं तो केवल उसकी ही वजह से। अब हमारे प्राणों पर पहला अधिकार केवल और केवल मीरामणि का होगा। उसकी हर इच्छा का मान रखना हमारा प्रथम कर्तव्य रहेगा।

चलिए महाराणा जी मीरामणि के पास इसी वक्त चलिए, कहकर रानी अंबिका उठने लगी।

नहीं अंबिका अभी नहीं, महाराणा रणजीत सिंह बोले उसे पूर्ण निद्रा लेने दो। लंबे सफ़र से थक गई है, कल ही उससे भेंट कर लेना।

आपने ठीक कहा महाराणा जी, रानी अंबिका बोली, उसे मुंह दिखाई भी तो देनी थी हमें, राज महल से चलते समय हमने जवाहरात के बक्से उसके लिए रखे थे परंतु देना भूल गए। अब कल हम उसके लिए ससुराल पक्ष का विवाह का जोड़ा और जेवर लेकर जाएंगे और अपने हाथों से उसका श्रृंगार करेंगे।

इस डिबिया का क्या करना है, महाराणा रणजीत सिंह ने विष से भरी हुई चांदी की डिबिया दिखाते हुए मुस्कुराते हुए पूछा।

अपने शत्रुओं को दे दीजिएगा, कहकर रानी अंबिका बच्चों की तरह खिलखिलाकर हंस पड़ी और महाराणा रणजीत सिंह ने उसे आलिंगनबध्द कर लिया।

अगले दिन भोर होते ही रानी अंबिका ने अपनी प्रमुख दासी कौशिका को रानी मीरामणि के शिविर में भेज दिया। कौशिका जेवरों के बक्से और विवाह के जोड़े को लेकर पहुँची।

रानी मीरामणि जी को रानी अंबिका जी की प्रमुख दासी कौशिका का प्रणाम स्वीकार हो।

आओ कौशिका, रानी मीरामणि ने मुस्करा कर कहा, यह सब क्या लाई हो?

यह सब रानी अंबिका की आज्ञानुसार यहां आया है, कौशिका ने उत्तर दिया, और कुछ ही क्षणों में वह आपसे भेंट करने के लिए यहां पधारेंगीं। इससे अधिक मुझे कुछ भी जानकारी नहीं है।

ठीक है अब तुम जा सकती हो, रानी मीरामणि बोली।

जो आज्ञा, कहकर कौशिका शिविर से बाहर हो गई।

कुछ देर बाद मीरामणि को सूचना मिली की रानी अंबिका पधार रही हैं। रानी मीरामणि ने अपना घूँघट ठीक किया।

रानी अंबिका ने खेमे के अंदर आकर कौशिका से कहा, कौशिका जब तक हमारी आज्ञा ना हो यहां कोई भी नहीं आना चाहिए। हमें नयी रानी मीरामणि के साथ एकांत चाहिए।

जो आज्ञा, कहकर कौशिका बाहर निकल गयी।

रानी अंबिका कौशिका के बाहर निकलते ही रानी मीरामणि के सामने हाथ जोड़कर बैठ गई।

मीरामणि ने कहा, अरे, अरे जीजी यह क्या करती हैं आप। ऐसा अनर्थ मत कीजिए, ऐसा अनर्थ करके आप तो हमें नरक का भागी बना रही हैं, हम तो आपसे बहुत छोटे हैं जीजी, रानी मीरामणि बड़ी रानी अंबिका को उठाते हुए बोली।

रानी अंबिका मुस्कुराते हुए बोली, मीरामणि तुम बहुत अच्छी हो और यह हम हृदय से कह रहे हैं। हमें बनावटी बातें नहीं आती जो कुछ हमारे हृदय में है वही हमारे मुख पर रहता है। हम स्पष्ट बातें करना ही पसंद करते हैं। महाराणा जी भी इसलिए हमें मुँहफट कह देते हैं।

परंतु यह तो आपका गुण है जीजी, रानी मीरामणि ने कहा, साफ और स्पष्ट कहने वाला व्यक्ति कभी कपटी नहीं होता।

मीरामणि आप इतनी अच्छी क्यों हैं और कैसे हैं, रानी अंबिका मीरामणि का हाथ अपने हाथ में लेती हुई बोली। कल रात्रि में महाराणा जी को हमारे पास भेज कर

आप ने हमें नया जीवन दान दिया है, वरना कल तो हमारे जीवन की आखिरी रात्रि होती। महाराणा जी ने हमें आपसे किया हुआ हर एक वार्तालाप विस्तार से बताया। आप के उद्गार विचार सुनकर हमें अपने ऊपर महाग्लानि हुई है, यदि हमारे अंदर तुम्हारे जैसा एक भी गुण होता तो आज रानी वैशाली जीवित होती। तुम्हारी ही वजह से हमें नया जीवन मिला है मीरामणि, हमने महाराणा जी के साथ साथ स्वयं को भी वचन दिया है कि हमारे जीवन पर यदि किसी का भी प्रमुख अधिकार है तो वह केवल तुम हो। तुमने हमें अपनी बड़ी बहन होने का जो गौरव प्रदान किया है उसके लिए हम तुम्हारे आभारी हैं वरना हम तो शायद तुम्हारी दासी बनने लायक भी नहीं होते।

बस कीजिए जीजी, मीरामणि ने प्यार से झिड़का, यदि एक स्त्री ही एक स्त्री की पीड़ा को नहीं समझेगी तो और कौन समझ पाएगा। पुरूष तो जन्म से ही कठोर होते है, वह नारी की कोमल भावनाओं को क्या समझेंगे। हम बहुत खुश हैं कि महादेव ने हम पर अपनी असीम कृपा की है और हमें ऐसा घराना मिला और ऐसी बड़ी जीजी मिली।

मीरामणि यह जोड़ा और यह ज़ेवर तुम्हारे मुंह-दिखाई के हैं। हम तुम्हारा शृंगार आज स्वयं करेंगे। कहकर रानी अंबिका ने मीरामणि को अपने गले से लगा लिया।

रानी मीरामणि अपने मायके संभलगढ़ वापस जा रही थी। महाराणा रणजीत सिंह और रानी अंबिका उसे भारी हृदय से विदा कर रहे थे। मीरामणि की भी आंखें भरी हुई थी।

रानी अंबिका ने मीरामणि से कहा, प्रिय मीरामणि हमारा हृदय तो भरा ही नहीं। हम दोनों बहनों को तो अभी साथ में और समय बिताना चाहिए था।

मीरामणि की जगह विराट सिंह ने उत्तर दिया, अंबिका जीजी जैसे मीरामणि जीजी हमारी बहन है, वैसे आप भी तो हमारी बहन है। यदि महाराणा जी आज्ञा दें तो आप भी हमारे साथ चलिए और अपनी सेवा का हमें भी अवसर दीजिए।

रानी अंबिका ने मीरामणि और विराट को गले लगाते हुए कहा हमें बेहद खुशी है कि हमें एक और मायका, साथ में बहन-भाई दोनों मिल गये है। अभी तो हमें तुम्हारा शिव मंदिर निर्माण का जो प्रण है, उसे शीघ्र अति शीघ्र पूरा करवाना है ताकि तुम्हें हमेशा के लिए अपने पास रख सकें और तुम सदैव के लिए अपने राज्य, अपने घर जयराजगढ़ आ जाओ। परंतु हम तुम्हें वचन देते हैं कि जब शिव मंदिर का निर्माण पूरा होने को होगा तो हम पहले ही तुम्हारे पास आ जाएंगे। फिर महाराणा जी हम दोनों को साथ ही लिवाने आएंगे। फिर हम दोनों बहनें सदा के लिए साथ रहेंगी। हम

दोनों के ही दो मायके होंगे और फिर कभी हम मायके अकेले नहीं जाएंगे। दोनों साथ ही जाया करेंगे।

ठीक है जैसी आपकी इच्छा जीजी, मीरामणि अपने आंसू पोंछती हुई बोली, हम आपकी प्रतीक्षा करेंगे।

विराट ने मीरामणि को कहा जीजी मां रास्ता लंबा है, अब हमें प्रस्थान करना चाहिए। चलिए महाराणा जी से भी आज्ञा ले लेते हैं।

रानी अंबिका उठते हुए बोली, विराट भइया आप मेरे साथ आइए और मीरामणि तुम रुको हम महाराणा जी को यहीं भेजते हैं। कहकर अंबिका विराट के साथ बाहर निकल गई।

थोड़ी देर बाद महाराणा रणजीत सिंह ने मीरामणि के शिविर में प्रवेश किया तो मीरामणि ने महाराणा के चरण स्पर्श किए।

महाराणा ने मीरामणि को गले लगा लिया और बोले, मीरामणि तुमने तो कुछ ही सप्ताह में हमें अपना दास बना लिया है। हम तुम्हारे रूप के नहीं अपितु तुम्हारी सूझ-बूझ और राजनीति के कायल हो चुके हैं । अब तुम्हारे बिना एक क्षण भी सुख से नहीं बीत पाएगा। हम शिव मंदिर के निर्माण के लिए अपने और आसपास के सभी राज्यों से शिल्पकारों को बुलाएंगे और शीघ्र अति शीघ्र मंदिर का निर्माण पूरा करवा के तुम्हें लेने आ जाएंगे, बस इसके बाद हम से दूर रहने का और कोई वचन ना लेना।

महाराणा जी हम आप की हर क्षण बुलावे की प्रतीक्षा करेंगे, मीरामणि चरण स्पर्श करते हुए बोली और अंबिका जीजी को साथ लाना मत भूलिएगा। अब हमें आज्ञा दीजिए, कहकर रानी मीरामणि शिविर से बाहर निकल गई जहां विराट अपने पूरे काफिले के साथ उस की प्रतीक्षा कर रहा था।

रानी मीरामणि देवी ने जयराजगढ़ और जयराजगढ़ वासियों से विदा ली और वापस अपने मायके संभलगढ़ लौट गई।

महाराणा रणजीत सिंह और रानी अंबिका भी अपने साम्राज्य जयराजगढ़ लौट गए और शिव मंदिर के निर्माण के काम पर लग गये।

अध्याय १५

महा साम्राज्य जयराजगढ़ में शिव-मंदिर का निर्माण

शिव मंदिर का निर्माण पूरे 5 वर्ष में पूरा हुआ। शिव मंदिर का पूरा निर्माण महाराणा रणजीत देव प्रताप सिंह ने अपनी देखरेख में करवाया था। जयराजगढ़ में जहां सप्त-संगमा झील के किनारे उनकी कुलदेवी चंडिका देवी का मंदिर था, उसी सप्त-संगमा झील के पास उन्होंने शिव मंदिर का भी निर्माण कराया था। महाराणा रणजीत देव प्रताप सिंह ने मंदिर को बनवाने के लिए

अपने साम्राज्य के और आसपास के भी राज्यों से महान शिल्पकार बुलवाए थे और शिल्पकारों को उन्होंने कह दिया था कि धन की लागत की वो कोई चिंता ही ना करें, बस ऐसे शिव मंदिर का निर्माण करें कि उनकी रानी मीरामणि को लगे कि वह साक्षात कैलाश में भगवान शिव और उनके परिवार के दर्शन कर रही हैं। उन्हें रानी मीरामणि की इच्छा अनुसार ऐसे मंदिर का निर्माण करना था जिसमें यदि कोई नास्तिक भी पांव रखे तो वह भी भगवान शिव का भक्त हो जाए और आस्तिकता की ओर मुड़ जाए। इसके लिए महाराणा रणजीत देव प्रताप सिंह ने अपने खजाने का पूरा मुंह खोल दिया था। वह रानी मीरामणि को अपने विवाह की यह अनमोल भेंट उपहार स्वरूप देना चाहते थे।

भले ही मंदिर के निर्माण में बहुत समय लग गया था परंतु महाराणा रणजीत सिंह की कल्पना से भी अधिक सुंदर उन शिल्पकारों ने उस मंदिर का निर्माण किया था। ऐसा लगता था जैसे सारे शिल्पकारों ने मिलकर अपने ही प्राण उन पत्थर की मूर्तियों में डाल दिए हैं। मंदिर की छटा देखते ही बनती थी। मंदिर के किवाड़ों की पूरी नक्काशी स्वर्ण और चांदी से युक्त थीं। मंदिर के किवाड़ के बाएं तरफ वीरभद्र की विशालकाय मूर्ति थी, वीरभद्र भगवान शिव शंकर के सबसे शक्तिशाली महारुद्र गण हैं, जिनको भगवान शिव शंकर ने स्वयं अपनी जटाओं की एक जटा से पैदा किया था। मंदिर के

किवाड़ के दाएं तरफ विशालकाय नाग देवता विराजे थे। बाहर से मंदिर को देखने से ऐसा प्रतीत होता था जैसे वह भगवान शिव शंकर का राज दरबार है और बिना उनके राज पहरेदारों से आज्ञा लिए मंदिर के अंदर या उनके राज दरबार के अंदर किसी का भी प्रवेश नहीं हो सकता।

मंदिर के अंदर घुसने वाले को ऐसा लगता था जैसे भगवान शिवशंकर अपने परिवार के साथ साक्षात कैलाश पर बैठे हैं, क्योंकि शिव परिवार की मूर्तियों के पीछे कृत्रिम पहाड़ियों का निर्माण ऐसे किया गया था जैसे वह सफेद संगमरमर की पहाड़ियां ना होकर बर्फ की पहाड़ियाँ हों। पूरे मंदिर में भगवान शिव के परिवार की नक्काशीदार तस्वीरें उकेरी गई थीं। शिव परिवार की सारी मूर्तियां भी सफेद संगमरमर की थीं, तालाब का कुंड भी सफेद संगमरमर का था परंतु शिवलिंग काले रंग के पत्थर से बना हुआ था जो पंचमुखी शिवलिंग था। शिवलिंग पर लिपटा हुआ काले पत्थर का नाग ऐसा प्रतीत होता था जैसे जीवित हो। सारा मंदिर ही सफेद संगमरमर के पत्थरों का बना था। यदि कुछ भी वहां काले रंग के पत्थर का था तो वह था पंचमुखी शिवलिंग और काले नाग।

मंदिर के प्रवेश द्वार से अंदर प्रवेश करते ही सबसे पहले भगवान नंदी के दर्शन होते थे। भगवान नंदी का रूप एक बैल का है, वह भोले शंकर का वाहन भी हैं। शिव शंकर ने नंदी देव की अनन्य भक्ति देखकर उनको यह वरदान भी दिया हुआ है कि वह उनके दर्शन हर समय करेंगे इसीलिए हमेशा नंदी देव की मूर्ति को भगवान शिव शंकर के सामने ही रखा जाता है। नंदी भगवान का मुख और भगवान शिव शंकर का मुख आमने-सामने होता है। शास्त्रों में तो यह भी मान्यता है कि नंदी भगवान के कान में भक्तजन अपनी कोई भी मन्नत या अपनी कोई भी व्यथा कथा कहें, वह मन्नत निर्विघ्न सीधा भगवान शिव शंकर के कानों तक पहुंचती है।

भगवान शिव शंकर के पूरे परिवार को एक बड़े संगमरमर के सिंहासन पर बैठाया गया था। भगवान शिव शंकर की सफेद संगमरमर की मूर्ति पर काले पत्थर का नाग अपना पूरा फन फैलाए हुए शिव शंकर के गले को सुशोभित कर रहा था। भगवान शिव- शंकर की तीसरी आंख की जगह एक दुर्लभ और बेशकीमती मणि लगाई हुई थी। जब उसके ऊपर दीपक की रोशनी पड़ती थी तो मणि चमकने लगती थी और देखने वाले को ऐसा लगता था कि जैसे भगवान शिव- शंकर की तीसरी आंख खुल गई है और उसमें से रोशनी निकल रही है। उनके गले में 1008 रुद्राक्षों की स्वर्ण-माला जो महाराणा ने अपने निजी स्वर्णकार जो राजघराने के ज़ेवरात बनाता था, उसी

से अपनी देखरेख में बनवाया था। भगवान शिव शंकर की गोद में भगवान कार्तिकेय विराजे थे जो माता गंगा (जिनके जल की पवित्र जल-धारा भगवान शिव शंकर की जटाओं से निकलती है) और भगवान शिव शंकर के प्रथम पुत्र थे।

भगवान शिव शंकर के संग देवी माता पार्वती उनके बाएं अंग विराजीं थीं जो हिंदू शास्त्रों के अनुसार पत्नी का स्थान होता है। देवी माता पार्वती को जो आभूषण पहनाए गए थे। वह रुद्राक्ष, स्वर्ण और दुर्लभ कीमती रत्नों से बनाए गए थे। देवी माता पार्वती की गोद में भगवान श्री गणेश को बैठाया गया था। हिंदू शास्त्रों के अनुसार भगवान श्री गणेश प्रथम पूज्य हैं, विघ्नहर्ता हैं, किसी भी तरह की पाठ पूजा करने के लिए भगवान श्री गणेश जी की पूजा करने का पहला विधान है।

संगमरमर के सिंहासन जिसपर पूरा शिव परिवार विराजा था, उसके चारों तरफ एक घेरानुमा तालाब का कुंड बना दिया गया था जो कृत्रिम पहाड़ी के एक तरफ से शुरू होकर दूसरी तरफ समाप्त हो रहा था और जो सफेद संगमरमर से ही निर्मित था। परंतु शिवलिंग काले रंग के पत्थर से बना था। उसी कुंड में शिव परिवार के आगे एक बड़ा सा शिवलिंग स्थापित किया गया था। भगवान शिव की मूर्ति के सिर से जल धारा निकाली गई थी जैसे उनकी जटाओं से गंगा मैया निकलती हैं और वह सीधा भगवान शिव की जटाओं से निकलकर शिवलिंग को भिगो रही थी।

मंदिर के साथ- साथ उन्होंने मंदिर के पास एक विशाल भवन का भी निर्माण कराया था, जिसका एक रास्ता मंदिर के अंदर से होकर जाता था और दूसरा प्रमुख रास्ता सप्त-संगमा झील के किनारे पर खुलता था, जहां से जंगल भी दिखाई देता था। उसका निर्माण रणजीत सिंह ने इसलिए करवाया था कि जब वह मंदिर का रुद्राभिषेक करेंगे तो बहुत से साधु सन्यासी और ब्राह्मणों को उसमें ठहरा सकेंगे। बाद में रानी मीरामणि देवी की जो इच्छा होगी वह भवन का वैसा ही उपयोग कर लेंगी।

महाराणा रणजीत देव प्रताप सिंह ने बहुत मेहनत की थी अपनी रानी मीरामणि देवी के वचन को पूरा करने के लिए।

मंदिर के निर्माण के बाद महाराणा रणजीत देव प्रताप सिंह ने मंदिर को बंद करवा दिया था। वह नहीं चाहते थे कि उस मंदिर को रानी मीरामणि देवी से पहले कोई और देखे या अंदर पहला पाँव कोई भी और रखे। वह चाहते थे कि रानी मीरामणि देवी ही उस मंदिर की पहली आरती और पूजा करें। उस मंदिर का पहला जो भी कार्य हो वह रानी मीरामणि देवी के हाथों से ही हो।

उन्होंने तो रानी अंबिका को भी आज्ञा नहीं दी थी कि वह मंदिर को देख सकें। रानी अंबिका अपने पति महाराणा रणजीत सिंह की इन हरकतों पर जल-भुन जाती थीं परंतु जब वह मीरामणि के बारे में सोचती थीं तो उनके हृदय में प्रेम फिर से उमड़ आता था।

शिव मंदिर के निर्माण के बाद महाराणा रणजीत सिंह ने राजपुरोहितों को बुलवा भेजा कि वह रानी मीरामणि देवी की वापसी का शुभ मुहूर्त निकालें। राजपुरोहितो ने सितारों की गणना करने के बाद बताया कि अभी तीन-चार महीनों तक कोई शुभ मुहूर्त नहीं है। महाराणा रणजीत सिंह को यह सुनकर बहुत निराशा हुई।

तभी रानी अंबिका ने राजपुरोहितों से पूछा कि क्या वह सँभलगढ रहने जा सकती हैं?

राजपुरोहितों ने जवाब दिया, आपके वहां जाने पर कोई परेशानी नहीं है। मगर महाराणा अभी उन्हें लिवाने ना जाएं।

तो यह निश्चित किया गया कि रानी अंबिका अभी थोड़े दिनों में ही पहले अपने मायके बल्लभगढ़ जाएंगी और 2 माह तक वहीं रहेंगीं। फिर अपने भाई राजा नीलकांत के साथ रानी मीरामणि के पास सँभलगढ चली जाएंगी और जब तक महाराणा उन्हें लेने नहीं आते तब तक वह रानी मीरामणि के साथ ही उनके मायके में ही रहेंगी। उसके बाद महाराणा सावन के महीने के बीतने के बाद अपनी दोनों रानियों को लेने जाएंगे। संभलगढ़ से दोनों रानियों को विदा कराने के बाद वह शिव मंदिर में दोनों रानियों के साथ भगवान महादेव का रुद्राभिषेक संपन्न करेंगे।

महाराणा रणजीत सिंह ने बल्लभगढ़ और संभलगढ़ दोनों जगह पर रानी अंबिका के आगमन का संदेश भिजवा दिया और रानी अंबिका अपने मायके जाने की तैयारियों में लग गई।

अध्याय १६

बल्लभगढ़ में शिरोमणि पंडित रामेश्वर नाथ शास्त्री का आगमन

राजा नीलकांत अपने राजदरबारियों को कुछ आवश्यक निर्देश देकर समझा रहे थे कि वह 1 सप्ताह के लिए अपनी बहन रानी अंबिका के साथ संभलगढ़ की यात्रा पर रहेंगे। दो दिन बाद ही उन्हें संभलगढ़ के लिए प्रस्थान करना है इसीलिए वह अपने प्रमुख सेनापति को निर्देश दे रहे थे कि यात्रा की आवश्यक तैयारियाँ कर ली जायें। तभी एक राज कर्मचारी उनको सूचना देता है कि उनके एक परम-मित्र काशी से पधारे हैं, उनका नाम शिरोमणि पंडित रामेश्वर नाथ शास्त्री है, वह अभी इसी समय आपसे भेंट करने की आज्ञा चाहते हैं।

यह खबर सुनते ही राजा नीलकांत अति प्रसन्न हो जाते हैं और खुशी से कहते हैं, मेरा परम-मित्र काशी से आया है। हमारी रानी पद्मावती को सूचना दे दो और बहन अंबिका को भी और उन्हें राज-महल के अंदर वाले अतिथीगृह में आदर सहित पहुँचाओ, तब तक हम यह काम समाप्त करके उनसे वहीं भेंट करेंगे।

जो आज्ञा, कहकर वह राज कर्मचारी राजा नीलकांत की आज्ञा पालन हेतु बाहर चला गया।

राजा नील कांत का विवाह तभी हो चुका था जब वह युवराज थे और उनके पिता राजा कृष्णकांत भी जीवित थे, और अब तक वह तीन संतानों के पिता भी बन चुके थे। उनकी पत्नी का नाम रानी पद्मावती था और उनके 2 पुत्र और एक पुत्री थी। काशी का राजघराना राजा नीलकांत और रानी अंबिका का ननिहाल है, उनकी रानी माता जमुना देवी काशी के राज घराने की पुत्री थीं। राजा नीलकांत और उनकी बहन रानी अंबिका का जन्मस्थान भी काशी ही था क्योंकि उस समय के हिंदू-प्रथा के अनुसार स्त्री के बच्चे उसके मायके में ही होते थे। अभी काशी के तत्कालीन राजा शांतनु देव

हैं जो दिवंगत रानी जमुना देवी के भाई के सबसे बड़े पुत्र हैं। भले ही रानी जमुना देवी का स्वर्गवास हो चुका था परंतु राजा नीलकांत का अपने ननिहाल से बहुत जुड़ाव था। काशी राजघराने के तत्कालीन राजवैद्य शिरोमणि पंडित गंगेश्वर नाथ शास्त्री के छोटे सुपुत्र का नाम था "शिरोमणी पंडित रामेश्वर नाथ शास्त्री"।

"शिरोमणी" उनके परिवार को मिली हुई एक उपाधि थी जो सदियों से उनके घर के पुत्रों के नाम के आगे लगती आ रही थी। शास्त्री परिवार का कोई पूर्वज काशी के राजा के दरबार में महान विद्वान पंडित और राज वैद्य थे तभी राजा ने उन्हें यह हवेली उपहारस्वरूप दी थी और शिरोमणि उपाधि से सम्मानित किया था।शास्त्री परिवार का हर एक पुत्र चिकित्सक था, वेदों का ज्ञाता भी था। उनकी बहुत बड़ी सी हवेली का पिछला हिस्सा चिकित्सा केंद्र था जहाँ पर वो मरीज़ देखते थे और उनकी देख-रेख में जड़ी-बूटियों से दवायें बनाने का काम चलता रहता था। वहाँ उन्होंनें कई लोग काम करने के लिए लगाये हुए थे, जिन्हें शिरोमणि परिवार मासिक तनख़्वाह दिया करता था।उन्हें राजघराने से अच्छी खासी मासिक आमदनी मिलती थी सो उनका परिवार पूरी तरह खुशहाल था। अन्न और धन की तो किसी तरह की कमी नहीं थी। नब्ज देखकर बीमारी पकड़ना उनके लिए बाएं हाथ का खेल था, जड़ी बूटियों का ज्ञान उन्हें विरासत में मिला था। पूरे काशी में कोई ऐसा नहीं था जो शिरोमणी शास्त्री हवेली को नहीं जानता हो। काशी के आसपास के इलाकों से और दूरदराज़ के इलाक़ों से लोग अपनी लाइलाज बीमारियों का इलाज कराने आते थे और ठीक होकर ही जाते थे। बाबा विश्वनाथ की कृपा से उनके द्वार पर आया कोई भी मरीज बिना ठीक हुए वापस नहीं गया था, इसलिए यह निश्चित था कि शास्त्री परिवार का पुत्र प्रमुख वैद्य ही बनेगा सो उनकी बचपन से ही चिकित्सा क्षेत्र की शिक्षा आरंभ हो जाती थी। पीढ़ी दर पीढ़ी उनके पुत्र यह कार्य अच्छे से संभाल रहे थे और काशी राजघराने के प्रमुख वैध बनते आ रहे थे। चिकित्सा क्षेत्र में उनका योगदान अतुलनीय था।

राजा नीलकांत और पंडित रामेश्वर नाथ शास्त्री लगभग एक ही उम्र के थे इसीलिए बचपन से ही उन दोनों में बहुत पक्की दोस्ती हो गई थी और दोनों एक दूसरे पर भाइयों की तरह जान छिड़कते थे। अंबिका भी बचपन के समय से ही रामेश्वर नाथ को राखी बाँधती हुई आ रही थी और रानी अंबिका को रामेश्वर नाथ अपनी सगी बहन ही मानते थे। शिरोमणी हवेली के साथ राजा नीलकांत का अपनी दोस्ती की वजह से ही पारिवारिक संबंध हो गया था।

राजा नीलकाँत शीघ्रता से राजदरबार के काम निपटाकर अपने मित्र रामेश्वर नाथ से मिलने चल दिए क्योंकि उन्हें पता था कि जब तक वह वहां नहीं पहुंचेंगे तब तक उनके बिना उनका भाई सरीखा मित्र जलपान ग्रहण करेगा ही नहीं, इसीलिए वह अतिथि ग्रह में पहुंचने के लिए शीघ्रता से अपने क़दम बढा रहे थे। राजा कृष्णकांत के जीवन काल में ही वहां दो अतिथि गृह बने हुए थे। एक राजमहल से कुछ दूरी पर विशालकाय भवन था, जहां पर औपचारिक रुप के अतिथि ठहरते थे और एक अतिथि गृह राज महल के अंदर था, जिसमें उनके परिवारिक और निजी रिश्तों के अतिथी ठहरते थे।

राजा नीलकांत अपने निजी अतिथि गृह की ओर कदम बढ़ाते हुए सोच रहे थे कि बिना कोई सूचना दिए यदि रामेश्वर नाथ आया है तो शायद कोई आवश्यक काम होगा, या फिर यह भी हो सकता है कि रक्षाबंधन का त्यौहार आने वाला है और उसे यह सूचना मिल गई होगी कि आजकल अंबिका यहीं आई हुई है, शायद उससे राखी बंधवाने और मिलने आ गया हो क्योंकि वैसे तो विवाह के बाद अंबिका रक्षाबंधन पर राजा नीलकांत को भी केवल राखी भेज देती है, अधिक मिलने नहीं आ पाती क्योंकि अब उसका पति महाराणा रणजीत सिंह उसको मायके वालों से ज्यादा मिलने की अनुमति नहीं देता। जबसे अंबिका का विवाह हुआ है तब से राजा नीलकांत और महाराणा रणजीत सिंह के बीच संबंध अधिक मधुर नहीं रह गए हैं, केवल औपचारिक रिश्ता रह गया है, और जब से रानी वैशाली की मृत्यु का सच अंबिका ने नीलकांत को बताया था, तब से तो नीलकांत ने जयराजगढ़ में कदम रखना ही बंद कर दिया था। उसको अपनी बहन की हमेशा चिंता तो लगी रहती थी परंतु वह जयराजगढ़ नहीं जाता था। उसे महाराणा रणजीत सिंह से और भी चिढ़ हो गई थी। अंबिका अपने भाई नीलकांत से कोई बात भी नहीं छुपाती थी।

जब नीलकांत को यह खबर मिली थी कि महाराणा रणजीत सिंह ने तीसरी शादी कर ली है, वह भी संभलगढ़ की कमसिन राजकुमारी के साथ, तब तो उन्हें बहन अंबिका की विशेष चिंता सताने लगी थी और महाराणा रणजीत सिंह से पूरी तरह नफ़रत हो गई थी। नीलकांत ने अंबिका को यह संदेश भी भिजवा दिया था कि अब पिता महाराज जीवित नहीं रहे हैं इसीलिए उनके उसूल भी उन्हीं के साथ गये। यदि वह चाहे तो अपने भाई के घर में आकर पूरा जीवन रह सकती है। परंतु अंबिका ने

यह स्वीकार नहीं किया था क्योंकि वह महाराणा रणजीत सिंह को बहुत प्रेम करती थी, और रानी मीरामणि से मिलने के बाद तो अंबिका पूरी तरह से आश्वस्त थी। अंबिका ने रानी मीरामणि की सारी बातें नीलकांत को बताई थीं इसलिये नीलकांत उससे मिलने के लिए बहुत आतुर हो रहा था। वह ऐसी स्त्री को देखना चाहता था, जिसके विचार इतनी कम आयु में इतने उज्ज्वल हैं। इससे भी ज्यादा वह रानी मीरामणि से मिलकर यह निश्चित कर लेना चाहता था कि वह कोई राजनीतिक खेल तो नहीं खेल रही, क्योंकि उसे यह लगता था कि उसकी बहन अंबिका तो पूरी बेवकूफ है, किसी की भी चिकनी-चुपड़ी बातों में आ जाती है परंतु मीरामणि के बारे में सुनकर उस को लगा कि वह काफी तेज दिमाग है। इसीलिए राजा नीलकांत मीरामणि से मिलकर ही उसके बारे में अपनी कोई भी राय कायम करना चाहता था।

जब राजा नीलकांत अपने राजमहल के विशेष अतिथिगृह में पहुंचा तो जैसा की अपेक्षित था, रामेश्वर ने जलपान को हाथ भी नहीं लगाया था। उसकी पत्नी रानी पद्मावती और बहन अंबिका भी वहीं पर मौजूद थीं। नीलकांत जैसे ही अतिथी गृह में पहुंचा रामेश्वर नाथ उसको देख कर जल्दी से उसके गले लग गया और दोनों मित्र भावुक होकर एक दूसरे के गले बहुत देर तक लगे रहे।

नीलकांत की पत्नी रानी पद्मावती ने कहा, आप दोनों पहले जलपान ग्रहण करिये। रामेश्वर भाई जी ने अभी तक कुछ भी हाथ नहीं लगाया है और आप इतनी देर से आयें हैं। पहले आप जलपान ग्रहण कीजिए, उसके बाद ही आप दोनों मित्र जितनी चाहे उतनी बातें कीजिए।

रानी पद्मावती की बातें सुनकर दोनों मित्रों ने पहले जलपान ग्रहण किया और उसके बाद रानी पद्मावती को यह अच्छे से पता था कि रामेश्वर नाथ के आ जाने के बाद अब राजा नीलकांत केवल अपने मित्र के साथ ही समय व्यतीत करेंगे। वह दोनों मित्र भाइयों की तरह अपने सभी सुख-दुख की बातें किया करते थे इसीलिए रानी पद्मावती ने बिना कहे ही नीलकांत का भी उसी अतिथि गृह में ठहरने का इंतजाम कर दिया था।

दोनों मित्रों को जब एकांत मिला तो रामेश्वर नाथ ने नीलकांत से पूछा, मेरे मित्र, क्या पूछोगे नहीं कि मैं अचानक बिना खबर किए कैसे आ गया?

नीलकांत ने उत्तर दिया, सोचा तो था कि ऐसा क्या आवश्यक काम है जो तुम बिना खबर किये आये हो। फिर सोचा कि क्या मेरे घर आने के लिए तुम्हें किसी काम की आवश्यकता होनी चाहिये, इसलिए नहीं पूछा।

रामेश्वर नाथ एकदम से गंभीर हो गया, उसने कहा, नीलकांत मेरे भाई काम बहुत ही आवश्यक था इसीलिए मुझे आना पड़ा। यह हमारी बहन अंबिका के जीवन का प्रश्न है।

अंबिका के जीवन का प्रश्न है, नीलकांत भी गंभीर हो गया, ऐसी क्या बात है रामेश्वर जल्द से जल्द कहो।

तो सुनो, रामेश्वर नाथ ने कहा, तुम तो जानते ही हो हमारे पिता गंगेश्वर नाथ शास्त्री सीधे-साधे से व्यक्ति हैं। किसी से भी बहुत ज्यादा पूछताछ नहीं करते, इसलिए उनको किसी के बारे में अधिक जानकारी नहीं रहती। उन से अनजाने में एक पाप हो गया है, या फिर यह कहना चाहिये कि वह अपने सीधेपन में षडयंत्र का शिकार हो गए हैं।

नीलकांत पूरी गंभीरता से सुन रहा था।

रामेश्वर नाथ ने आगे कहा, 10 वर्षों से भी अधिक समय हो गया है। मेरे पिताजी के पास एक सेठ आया था उसने कहा कि उसकी बेटी बहुत छोटी है और ससुराल वाले उसका गौना मांग रहे हैं और ऐसे में वह नहीं चाहता कि उसकी बेटी जल्दी मां बनने का जोखिम उठाये तो उसने पिताजी से पूछा कि क्या कोई ऐसी दवा है जिससे कोई स्त्री तब तक माँ ना बन सके जब तक वह खुद ना बनना चाहे। तो पिताजी ने ऐसी दवाई बना दी। उसके बाद वह दवाइयां लगातार जाती रहीं और अभी तक भी जा रहीं हैं, जाना बंद ही नहीं हुई, और सबसे ज्यादा हैरानी की बात यह है कि 10 वर्षों से अधिक समय बीत जाने के बाद भी उस दवा का चार गुना मूल्य आज तक भी आता है, उसमें कोई भी और कभी भी देरी नहीं होती। यह दवाई 1 वर्ष में दो बार जाती है, हमारे पिता जी 6 महीने की पूरी दवा एक साथ ही तैयार कर देते हैं। एक बार हमारे पिताजी को कहीं आवश्यक काम से 1 महीने के लिए हमारी माता जी के साथ जाना पड़ा तो वह यह काम हमारे सुपुर्द लगाकर गए। उन्होंने कहा कि दवा लेने के लिए जो भी आएगा, उस व्यक्ति से दवा का छह महीने का चार गुना मूल्य लेकर, फिर उसको इस दवा का बक्सा देना है। अब पिताजी का सारा काम धीरे-धीरे हम ही तो संभाल रहे हैं, इसीलिए यह जिम्मेदारी भी हमने ही ले ली। बाद में हमने इस बात पर गौर किया कि यदि कोई सेठ अपनी बेटी के लिए इसलिए दवा लेने के लिए आया था कि वह कुछ वर्षों तक माँ ना बने, तो अब10 वर्षों से अधिक हो गया है, अभी भी वह चार गुना मूल्य देकर यह दवाई लिए चले जा रहा है। या वह क्यों नहीं चाहता कि उसकी बेटी अब माँ बने, क्योंकि अब तक तो वह छोटी सी लड़की काफी बड़ी

हो चुकी होगी। हमें लगा दाल में कुछ काला है। यह तो ठीक-ठाक बात नहीं लग रही है, इसीलिए हमने इसकी छानबीन करना शुरू किया।

एक क्षण रामेश्वर साँस लेने के लिए रूका और फिर बोलने लगा, जो व्यक्ति इस दवा के बक्से को लेने के लिए आया, उसके पीछे हमने अपना एक होशियार कर्मचारी गुप्तचर की भाँति लगा दिया। हम यह जानने को उत्सुक थे कि आखिर हमारी ऐसी दवाइयां जाती कहां हैं और कोई उसका चार गुना मूल्य 10 वर्षों से क्यों दे रहा है, क्योंकि यह तो हम अच्छे से समझ गए थे कि कोई हमारी दवाओं का दुरुपयोग कर रहा है और हमारे पिताजी के सीधेपन का फायदा उठा रहा है। यदि यह दवा इसलिये जा रही होती कि कोई स्त्री मां बनना चाहती है तो शायद हमें कोई संदेह ना होता, परंतु यह दवा तो इसलिए जा रही थी कि कोई स्त्री मां ना बन पाए और वह भी 10 वर्षों से अधिक समय तक, इसीलिए हमने इसकी पक्की जांच पड़ताल करने की ठान ली।

हमारे कर्मचारी ने उस व्यक्ति की गुप्तचरी की तो पता चला कि उसका नाम हीरानंद है और वह यह दवाओं का बक्सा लेकर जयराजगढ़ साम्राज्य की सीमा पर जाता है। जयराजगढ़ पहुँचने के बाद वहां का प्रमुख सेनापति अक्रूर सिंह वह दवाओं का बक्सा उससे ले लेता है और बदले में उसे काफी मात्रा में धन प्रदान करता है।

जयराजगढ़ और अक्रूर सिंह का नाम आते ही नीलकांत काफी चौकन्ना होकर बैठ गया और ध्यान से एक-एक शब्द सुनने लगा।

रामेश्वर नाथ ने आगे बोलना शुरू किया, फिर हमने जब अक्रूर सिंह का नाम और जयराजगढ़ का नाम सुना तो हमने उसकी और अधिक जांच-पड़ताल करवाई तो पता चला कि हमारे काशी के पास वाले नगर संतपुरम में यह हीरानंद रहता है और वह उस अक्रूर सिंह का जीजा है। अब यह सुनते ही हम सोच-विचार करने लगे की अक्रूर सिंह की बहन के तो वैसे ही 5 बच्चे हैं और अक्रूर सिंह के भी चार बच्चे पैदा हो चुके हैं तो फिर यह दवा किस को खिलाने के लिए जयराजगढ जाती है। जयराजगढ़ में कौन इतना धन्ना सेठ है जो कि दवा का 6 महीने का मूल्य चार गुना देता हो और वहां पर कौन ऐसा है जिसके मां ना बनने से किसी को फायदा होगा और फिर हमारे दिमाग में केवल एक ही नाम आया, और वह नाम था हमारी बहन अंबिका का। 10 वर्षों से अधिक उसके विवाह को हो गया है पर वह अभी तक भी माँ नहीं बन पायी है, और महाराणा रणजीत सिंह में वह सारी योग्यताएं हैं कि वह दवा का चार गुना

मूल्य तो क्या, सौ गुना मूल्य भी दे सकता है। सबसे बड़ी बात तो यह है कि यह दवायें अंबिका की शादी से पहले से जा रही हैं।

तो इसका मतलब तो यह हुआ कि महाराणा रणजीत सिंह की पहली पत्नी रानी वैशाली को भी यह दवायें दी जाती होंगी तभी तो वह भी मां नहीं बन पाई और एक बांझ स्त्री के नाम से मशहूर होकर आत्महत्या करके मर गई, नीलकांत ने आश्चर्यचकित हो कर कहा।

यह रानी वैशाली की क्या कहानी है, रामेश्वर नाथ ने हैरानी से पूछा।

जवाब में नीलकांत ने अंबिका से पता लगी सारी खबर और वैशाली की मृत्यु की सच्चाई सब कुछ रामेश्वर नाथ को बता दिया।

सारी सच्चाई जानकर रामेश्वर नाथ ने कहा, अब तो यह पक्का ही हो गया है कि यह दवायें जयराजगढ़ के महल में महाराणा रणजीत सिंह के लिए ही जाती हैं जो वह अपनी रानियों को खिलाता है कि वह मां ना बन पायें और वह एक के बाद एक विवाह करता रहे। परंतु वह यह क्यों नहीं चाहता कि उसकी रानी मां बने क्योंकि उसे भी तो अपने राज सिंहासन का कोई वारिस चाहिए।

हुँ... नीलकाँत ने गंभीरता से हामी भरी।

एक बात तुम्हें और बताता हूं नीलकांत शायद तुम्हें पता ना हो, रामेश्वर नाथ ने आगे कहा, कि तुम्हारी माता जी जब जीवित थीं तब वह हमारे घर पर आई थीं और हमारे पिता जी से वह अंबिका के लिए माँ बनने की दवाई लेकर गई थीं कि वह जल्द से जल्द मां बन जाये। परन्तु हमें इस बात की अभी तक बहुत हैरानी थी कि अब तक वह मां क्यों नहीं बन पायी क्योंकि वह तो ऐसी दवाई थी जिससे कोई बाँझ स्त्री भी माँ बन सकती है। फिर तुम्हारी माता जी का भी देहांत हो गया और हमारे पिताजी इस निष्कर्ष पर पहुँचे कि हो सकता है शायद अंबिका ने वह दवाई खाई ही ना हो। परंतु अब हमें लगता है कि उसने वह दवाई खा ली होगी और साथ में उसे दूसरी दवाएं भी मिलती जा रही थीं, जिसके कारण उसे माँ बनने का सौभाग्य प्राप्त ही नहीं हुआ। और फिर हमने सुना कि महाराणा रणजीत सिंह ने संभलगढ़ की एक कमसिन राजकुमारी से विवाह कर लिया। यह सुनकर हमें अंबिका के लिए बहुत दुख पहुंचा परंतु हम कर भी क्या सकते थे, होगा तो वही जो बाबा विश्वनाथ ने उसके भाग्य में लिखा हुआ है।

राजा नीलकांत ने क्रोधित स्वर में कहा, यदि वह हमारी बहन का सुहाग ना होता तो हम उसकी गर्दन काट के रख देते। हमें इतना क्रोध आ रहा है उस पर, हमारी बहन के साथ कितना बडा अन्याय किया है उसने।

शांत हो जाओ मित्र, रामेश्वर नाथ ने नीलकांत को सांत्वना देते हुए कहा, बाबा विश्वनाथ सब भला करेंगे। हम सोचते हैं, कोई रास्ता निकालते हैं, यदि एक बार हमारी बहन अंबिका मां बन गई तो फिर उसको महारानी सिंहासन पर ना कोई बैठने से रोक सकता है और ना ही उसकी संतान को कोई युवराज बनने से रोक सकता है। हमें इसी दिशा में कदम उठाना चाहिए और उस महाराणा रणजीत सिंह के सारे कूटनीति के खेल को उल्टा करना होगा। पर बेचारी अंबिका, अपनी सौतन के आने से कितनी परेशान होगी, हमें उसका भी तो कोई हल निकालना चाहिए।

वह परेशान नहीं है, बल्कि वह तो बहुत खुश है, नीलकांत ने कहा, दो दिनों के बाद हम उसको उसकी सौतन के मायके में ही छोड़ने जा रहे हैं।

क्या मतलब, रामेश्वर नाथ कुछ समझ ही नहीं पाया तो नीलकांत ने अंबिका से सुनी हुई सारी कहानी विस्तार से उसे सुना दी।

सारी कहानी सुनने के बाद रामेश्वर नाथ ने हैरान होते हुए कहा, अंबिका की बातों से तो यह मीरामणि कोई देवी का अवतार लगती है, अपना अधिकार भी अपनी सौतन को दे रही है....यह बात कुछ समझ नहीं आ रही, या तो वह कोई तपस्विनी है और या जादूगरनी, अब यह तो उससे मिलकर ही पता चलेगा।

यही पता करने तो हम अंबिका के साथ संभलगढ़ जा रहे हैं। यह अंबिका तो पूरी बेवकूफ है, इसे तो कोई भी बेवकूफ बना देता है। वहां हमारा भी एक सप्ताह रहने का विचार है, नीलकांत ने कहा, तुम ऐसा क्यों नहीं करते रामेश्वर कि तुम भी हमारे साथ ही चलो और वहीं से काशी चले जाना। कम से कम हम दोनों मिलकर उसको अच्छी तरह से देख-परख लेंगे कि आखिर वह क्या चीज है।

ठीक है, रामेश्वर नाथ ने कहा, हम तो वैसे ही घर पर 10-15 दिन का कहकर ही आए थे तो सँभलगढ ही चल पड़ते हैं तुम्हारे साथ। एक विनती तुमसे और है नीलकांत कि हमारे पिता को इस जघन्य अपराध का पता नहीं था। वह बेचारे तो लगता है अपने सीधेपन में फंस गए हैं। यदि उन्हें यह पता लगा कि उन्होंने अनजाने में ही राजघराने के किसी भी सदस्य के लिए यह अपराध कर दिया है तो वह जी नहीं पाएंगे। हम उन्हें इस तरह से तिल-तिल कर मरते नहीं देख पाएंगे। इसीलिए हो सके तो उन्हें क्षमा कर देना। वह बहुत ही संवेदनशील व्यक्ति हैं, तुम तो जानते ही हो नीलकांत, उनसे जो कुछ हुआ अनजाने में हुआ।

बस करो रामेश्वर, नीलकांत ने कहा, यदि वह तुम्हारे पिता हैं तो हमारे भी पिता समान हैं। हम यह कभी मान ही नहीं सकते कि वह कभी किसी का बुरा भी कर सकते

हैं। वह तो इतने सीधे-सादे हैं कि यदि उन्हें किसी षड्यंत्र में फंसाया भी जा रहा हो तो बेचारे बड़े शिरोमणि जी को पता भी नहीं चलेगा। जो हो गया सो हो गया, अब आगे की सुधि लेते हैं। देखते हैं हम दोनों अब क्या कर सकते हैं। एक बात और है रामेश्वर, तुम अंबिका को भी यह बात पता मत लगने देना। वह वैसे ही उस रणजीत के प्रेम में पागल हुई पड़ी है, उसको तो अपने पति के अलावा और किसी की बात पर विश्वास आता ही नहीं है। यदि उसे किसी भी बात की भनक पड़ गई तो वह रणजीत सिंह को बताए बिना मानेगी नहीं और हमारा सारा खेल बिगाड़ देगी। उसे तो यह भी समझ नहीं आता कि कौन उसका मित्र है और कौन उसका शत्रु।

बहुत रात हो गई है रामेश्वर अब तुम भी सोने की कोशिश करो, नीलकाँत ने थके हुए स्वर में कहा, कल तुम भी अपनी पूरी तैयारी कर लेना। परसों सुबह हम संभलगढ़ के लिए रवाना होंगे....शुभ रात्रि

शुभ रात्रि मित्र, कहकर रामेश्वर नाथ भी सोने के लिए अपने बिस्तर की ओर चल दिया।

अध्याय १७

संभलगढ़ के साथ बल्लभगढ़ का मेल

संभलगढ़ में बल्लभगढ़ से राजा नीलकांत, उनकी बहन रानी अंबिका देवी और परम-मित्र काशी के शिरोमणि पंडित रामेश्वर नाथ शास्त्री पधार चुके थे। संभलगढ़ के राजा सूरत सिंह ने उनका भव्य स्वागत किया था, जिससे वह बहुत ही प्रभावित हुए थे। रानी मीरामणि के सौंदर्य और सादगी ने राजा नीलकांत और पंडित रामेश्वर नाथ शास्त्री का मन मोह लिया था। रानी मीरामणि उस समय शाम की पूजा करके शिव मंदिर से लौट रही थीं और दोनों ने उस का जोगन रूप देखा और दोनों के हाथ स्वयं ही उसके आगे जुड़ गए। रानी अंबिका के साथ रानी मीरामणि ऐसे मिलीं जैसे दोनों सौतन नहीं, कोई बिछुड़ी हुई बहनें हों।

बल्लभगढ़ वासियों को रानी मीरामणि के साथ-साथ उनका परिवार भी बहुत पसंद आया। वह लोग केवल मीरामणि की सौतेली मां या मौसी शीतला देवी और उनके पुत्र सोमेश सिंह से नहीं मिल सके क्योंकि रानी शीतला देवी अपने बेटे सोमेश के साथ किसी तीर्थ-यात्रा पर गई हुई थीं।

रानी अंबिका को अपने भाई राजा नीलकांत और मुंह बोले भाई रामेश्वर नाथ शास्त्री के साथ संभलगढ़ आए हुए 4 दिन बीत चुके थे। मीरामणि देख रही थी कि नीलकांत उसको बहुत बारीकी से अध्ययन कर रहा है, उसकी एक-एक बात बहुत गौर से सुनता है और उसकी हर एक हरकत पर नजर रख रहा है। मीरामणि समझ गई कि यह एक भाई का अपनी बहन के प्रति बहुत प्रेम है जो वह मीरामणि को लेकर इतना शंकित है। कोई बात नहीं, हम नीलकांत भाई जी सारी चिंताएं मिटाकर ही यहां से भेजेंगे, मीरामणि ने मन ही मन में सोचा। 1 दिन के बाद राखी का त्यौहार था तो मीरामणि ने सोचा कि हम नीलकांत भाई और मुंह-बोले भाई रामेश्वर नाथ को राखी

बांध कर उन्हें बहन होने के नाते यह वचन दे देंगे कि उनकी बहन रानी अंबिका हमारे साथ बिल्कुल सुरक्षित है, इस विचार के साथ मीरामणि ने शांति की साँस ली।

रक्षाबंधन से एक रात पहले नीलकांत अपने मित्र रामेश्वर नाथ के साथ संभलगढ़ के राजमहल की छत पर टहल रहे थे तो अपनी प्रमुख दासी मालिनी के साथ रानी मीरामणि उन्हें रात्रि भोजन के लिए बुलाने के लिए पहुंची। छत की सीढ़ियों में नीलकाँत के मुँह से अपना नाम सुनकर वह थोड़ी ठिठक गयी। नीलकांत और रामेश्वर नाथ मीरामणि के बारे में ही बात कर रहे थे। रानी मीरामणि ने दासी मालिनी को चुप रहने का इशारा किया और दोनों कान लगाकर उनकी बातें सुनने लगीं।

राजा नीलकांत ने कहा, मुझे मीरामणि को देख कर बहुत दुख हुआ है कि महादेव ने उसके साथ ऐसा अन्याय क्यों किया जो उसको महाराणा रणजीत सिंह जैसे अधर्मी के पल्ले बांध दिया है।

रामेश्वर नाथ ने भी कहा, हम तो अभी तक अपनी बहन अंबिका को ही सच्चाई नहीं बता पा रहे हैं। जब इस बेचारी मीरामणि को अपने पति की असलियत का पता चलेगा तो उसके दिल पर क्या बीतेगी, अभी तो यह नई नवेली दुल्हन है, इसने तो अभी तक कोई पति का सुख भी नहीं देखा। सचमुच ईश्वर ने उसके साथ अच्छा नहीं किया है।

मुझे तो इतना क्रोध आ रहा है, मुझे तो समझ नहीं आता कि ऐसे नीच कर्म करने वाले मनुष्य को ऐसी अच्छी तीनों पत्नियां कैसे मिल गई। जरूर उसके पूर्व जन्म के ही कुछ पुण्य-कर्म होंगे, नहीं तो इस जन्म में तो उसने बचपन से ही सारे दुष्कर्म ही किए हैं। रामेश्वर कोई रास्ता निकालो मित्र, मुझे तो पहले अपनी बहन अंबिका की ही चिंता थी परंतु अब तो मीरामणि की भी चिंता सताने लगी है, बेचारी छोटी सी बच्ची ही तो है। ऐसा चांडाल है यह रणजीत, रानी वैशाली को तो मृत्यु की गोद में पहुंचा ही दिया, अब अंबिका के लिये भी उसके दुरविचार सामने आ रहे हैं। पता नहीं इस बेचारी मीरामणि का क्या हाल करेगा, नीलकाँत ने चिंतित स्वर में कहा।

रामेश्वर नाथ ने कहा, तो चलो मीरामणि को चलकर सब सच बता देते हैं कि वह किस चांडाल के मुंह में जा रही है।

नहीं रामेश्वर नहीं हम उसे कुछ भी नहीं बता सकते, राजा नीलकांत ने दुखी स्वर में कहा, हम अभी तक अपनी बहन अंबिका को तो समझा नहीं पा रहे हैं तो जिसे

हम केवल 1 ही सप्ताह से जानते हैं उसको क्या समझा पाएंगे। फिर कहीं वो यह न समझ बैठे कि हम अंबिका की वजह से उससे झूठ बोल कर उसको उसके पति से अलग करने की कोशिश रहे हैं। उसने हमारी बहन के प्राण बचाए हैं रामेश्वर, हम सच बोलकर उसके सपनों को नहीं तोड़ सकते।

यह बेचारी औरतें इतनी भी संवेदनशील क्यों होती हैं, रामेश्वर नाथ ने बड़े दुख के साथ कहा, मैं तो बाबा विश्वनाथ से प्रार्थना करूंगा कि रणजीत सिंह से इस बेचारी मीरामणि को तो कुछ सुख मिल जाए।

रामेश्वर, नीलकांत ने भी दुखी मन से कहा, ईश्वर करे कि इन दोनों की अग्नि-परीक्षा अब समाप्त हो जाये। अच्छा अब यह बताओ कि जयराजगढ़ जो दवाइयां जाती हैं, उसका कोई उपाय तुम्हें सूझा या नहीं? अब तुम्हारे और हमारे जाने का समय निकट आ रहा है, यदि हमने जल्द ही कोई उपाय नहीं किया तो वही दवाएं जाती रहेंगी और अंबिका के साथ-साथ अब मीरामणि का जीवन भी खराब हो जायेगा।

रामेश्वर नाथ ने कुछ सोचते हुए पूछा, नीलकांत क्या तुमने अंबिका से पता किया कि रणजीतसिंह उसे वह दवा रोज देता कैसे है?

पता तो किया था, नीलकांत ने एक ठंडी आह भरते हुए कहा, परंतु उसे तो कुछ पता ही नहीं है। हां एक बात है, वह बता रही थी कि एक दासी जिसकी नियुक्ति स्वयं रणजीत सिंह ने ही की है, उसे रोज रात में गरम दूध में केसर-बादाम डालकर देती है और रणजीत सिंह के आदेश से उसे वह दूध पीना अनिवार्य भी है। उसका यह कहना है कि केसर बादाम वाला दूध पीने से जल्द से जल्द वह मां बनेगी क्योंकि यही वह रानी वैशाली को भी देता था। मुझे तो लगता है रामेश्वर, नीलकांत ने गहराई से सोचते हुए कहा, कहीं वह इस दूध में ही तो वो वाली दवा मिलाकर नहीं देता!!!

शर्तिया ही वह गर्म दूध में यह दवा मिलाकर देता होगा क्योंकि यह दवा गर्म दूध के साथ ही लेनी होती है, रामेश्वर नाथ ने तेजी से कहा, तो हम अंबिका को कहते हैं कि वह यह दूध पीना बंद कर दे और वह मीरामणि को भी समझा देगी कि जब भी उसे यह सब दूध दिया जाए वह कभी भी न पिए।

तुम चिकित्सक तो कमाल के हो रामेश्वर, नीलकांत ने कहा, परंतु राजनीति में तो बिल्कुल ही कच्चे हो। अरे जब वह दोनों दूध नहीं पियेंगी तो रणजीत सिंह को संदेह हो जाएगा कि कुछ ना कुछ गड़बड़ हुई है और उसे सारा खेल समझ आ जायेगा और वह अपना पूरा खेल ही बदल देगा। वह किसी और तरीके से उन्हें वह दवा देना शुरु

कर देगा। क्या तुम भूल गए कि मैंने तुम्हें बताया था कि उसने अपने सौतेले भाई को कैसे मारा था। जब उसके पिता ने उससे वचन ले लिया था कि वह उन्हें हाथ भी नहीं लगाएगा तो उसने हाथ नहीं लगाया, उसने तो अपना खेल पलट दिया और अक्रूर सिंह के जरिए उसे मरवा दिया। यदि उसे भनक भी पड़ गई कि हमें सच्चाई का पता चल गया है तो जाने वह अंबिका के साथ क्या सलूक करे। पहले ही उसका यह खेल समझते-समझते हमें 10 वर्ष से ऊपर हो गए हैं। अब यदि उसने फिर से अपना खेल पलट दिया तो पता नहीं हम जीवन भर समझ भी पाएंगे या नहीं। तुम नहीं जानते यह रणजीत सिंह राजनीति का बहुत मँझा हुआ खिलाड़ी है। मैं तो उसे बचपन से जानता हूं इसीलिए मैं समझ पाता हूं। परन्तु जो उसे अभी-अभी जानता है, वह तो जान ही नहीं पाएगा कि ऊपर से वह क्या दिखता है और अंदर से वह क्या है।

चलो फिर दोनों मिलकर सोचेंगे कि क्या किया जाए, रामेश्वर नाथ ने कहा, अपनी बहनों की रक्षा का भार भी तो हम भाइयों पर ही है, चलें अब नीचे, बहुत रात्रि हो गई है। क्या पता वह लोग हमें ढूंढ रहे हो।

मीरामणि ने मालिनी को इशारा दिया और दोनों शीघ्रता से छत की सीढ़ियां उतर गईं। मीरामणि समझ नहीं पा रही थी कि यह लोग किस विषय में और क्या बातें कर रहे थे परंतु यह उसे ज़रूर समझ आ गया था कि महाराणा रणजीत सिंह के जीवन का इतिहास कोई बहुत अच्छा नहीं है, परंतु भाई के रूप में नीलकांत और रामेश्वर नाथ दोनों ही बहुत अच्छे हैं।

रक्षाबंधन के त्यौहार पर पहले रानी अंबिका ने अपने तीनों भाइयों- राजा नीलकांत, शिरोमणि पंडित रामेश्वर नाथ शास्त्री और मीरामणि के भाई विराट सिंह को राखी बांधी। तीनों भाइयों ने उन्हें आशीर्वाद देते हुए उनकी आजीवन रक्षा की कसम खाई और उपहार स्वरूप उन्हें कीमती जेवरात दिए, जिसे पाकर रानी अंबिका की प्रसन्नता का कोई ठिकाना ना रहा। फिर मीरामणि ने उन तीनों भाइयों को राखी बांधी, रस्म के अनुसार तीनों भाइयों ने उन्हें आशीर्वाद दिया और उनकी रक्षा की कसम खाई और फिर कीमती जेवरात उपहार स्वरुप देने लगे तो मीरामणि ने कहा, यह सब जेवरात हमें नहीं चाहिए, क्योंकि हमें जब भी यह सब दिया जाता है, यह हमारे बक्से में ही रखा रहता है।हमें इन चीजों का अधिक मोह नहीं है।

रानी अंबिका ने मीरामणि को कहा, मीरा तुम्हें देख कर ऐसा लगता है जैसे भगवान श्रीकृष्ण की मीरा बाई ने फिर से जन्म ले लिया है, केवल तन पर ही कपड़े राजसी है, पर असल में तो तुम संसारिक कम और सन्यासिन ही ज्यादा लगती हो।

मीरामणि ने गंभीरता से उत्तर दिया, अंबिका जीजी यही तो मनुष्य का धर्म है, उसे कर्मों से योद्धा और आत्मा से सन्यासी होना ही चाहिए। ऐसा तप करने से आत्मा मलिन नहीं होती। हमारे सारे रिश्ते-नाते इस मनुष्य जन्म के साथ ही तो बने हैं और हमारी मृत्यु के साथ यह सब समाप्त भी हो जाएंगे। मनुष्य का जीवन ऐसा है जैसे यह पूरा संसार एक धर्म युद्ध क्षेत्र है और मनुष्य का संपूर्ण जीवन कर्म योग से बंधा है। हर मनुष्य की एक ही गति है और वह है शिव में लीन हो जाने की, शिवमयी हो जाने की, सारे जन शिव के जन ही तो हैं, हम सब शिव-जन हैं अर्थात शिव की जनता हैं। फिर यहाँ कौन अपना है और कौन पराया।

तो फिर तुम्हें किस चीज की इच्छा है मीरामणि, बेझिझक कहो, यदि हमारे बस में है तो हम तुम्हे जरुर देंगे, नीलकांत ने प्रेमभरे स्वर में कहा।

संपूर्ण जीवन हमारी रक्षा करने का वचन तो आप भाइयों ने दे ही दिया है, अब इससे अधिक एक बहन को और क्या चाहिए होता है, मीरामणि ने मुस्कुराते हुए उत्तर दिया।

यदि हम तुम्हें कुछ नहीं देंगे तो फिर रक्षाबंधन की रस्म पूरी नहीं होगी। भाई होने के नाते से हम कुछ तो उपहार देंगे ही, रामेश्वर नाथ ने भी जोर देते हुए कहा।

अच्छा ठीक है, हमारे भाइयों पर कोई भार ना रहे इसीलिए हम शाम तक कुछ सोचते हैं। आप दोनों भाई हमें आज शाम को शिव-मंदिर में मिलिये, तब तक हम सोच के रखेंगे कि हमें क्या मांगना है, मीरामणि ने कहा, परंतु आपने हमें बहन माना है इसलिए हम एक वचन आपको इसी समय देते हैं कि हम अंबिका जीजी को अपनी बड़ी बहन के समान ही समझेंगे, सौतन के समान नहीं....हमारा जो कुछ भी है, उस पर पहला अधिकार हमेशा बड़ी जीजी अंबिका का ही रहेगा और ख़ुद से पहले हम इनकी रक्षा करेंगे।

मीरामणि.......रानी अंबिका ने भावुक होते हुए कहा और उसकी आँखों से आँसू बह निकले, यह वचन तो बड़ी बहन होने के नाते हमें देना चाहिए था, लेकिन तुमने तो हमें सब कुछ देकर अपने सामने नतमस्तक कर दिया है मीरा, अब क्या यह सिर तुम्हारे सामने कभी उठ सकेगा??? मीरा, तुम तो सचमुच ही एक महान आत्मा हो,

जो पता नहीं किस-किस का उद्धार करने इस धरती पर आई है, या शायद हमारा ही उद्धार तुम्हारे हाथों से होना लिखा है।

अंबिका जीजी, हम अपने कर्तव्य का पालन कर रहे हैं, मीरामणि ने कहा, आप पर कोई एहसान नहीं कर रहे हैं, आप हमेशा हमारी बड़ी जीजी हैं और रहेंगी।

हम तो तुम्हारे चरणों की धूल भी नहीं है मीरा, रानी अंबिका ने भावुकता से कहा, यदि तुम्हारे जैसा एक भी गुण हमारे अंदर होता तो आज रानी वैशाली जीवित होती। आज हम तुमसे सब कुछ सच-सच कह कर अपने हृदय का बोझ हल्का करना चाहते हैं और अपने सारे अपराधों का प्रायश्चित करना चाहते हैं। नीलकांत भाई जी आज तो आप हमें रोकेंगे भी नहीं क्योंकि आपको हमेशा यह लगता है कि हमें राजनीति नहीं आती। हमें नहीं आती तो नहीं आती, हम बेवकूफ ही सही, परंतु आज हम सब कुछ मीरा को सच-सच बताएंगे और फिर रानी अंबिका ने मीरामणि को रानी वैशाली की मृत्यु का पूरा सच बता दिया।

सुनते-सुनते मीरामणि बहुत गंभीर हो गई, उसने रानी अंबिका से प्रश्न किया, क्या आपने कभी महाराणा जी से यह सब जानने की या पूछने की कोशिश नहीं की ?

रानी अंबिका ने जवाब दिया, नहीं रे, यदि हम यह जानने की कोशिश करते तो फिर हमें उन्हें यह भी तो बताना पड़ता कि हम छुप कर उनकी बातें सुन रहे थे और क्या पता महाराणा जी का वह राक्षसी रुप हमें भी देखने को मिल जाता। हमने तो उन्हें कभी कुछ भी नहीं बताया, कभी कुछ भी नहीं पूछा और कुछ भी नहीं कहा। आज तुमसे तो इसलिए बता दिया मीरा की एक तो तुम हमारी छोटी बहन हो गई हो, और फिर तुम्हारा-हमारा पति भी एक ही है और ससुराल भी, तुम्हारे साथ सुख-दुख बांट कर हमें पाप तो नहीं लगेगा। फिर कुछ समय के पश्चात जब महाराणा जी तुमसे भी उकता जाएंगे और फिर एक नई रानी को ले आएंगे, तब तुम्हारा हाल भी हमारे जैसा ही होने वाला है, वही हाल जो हमारे आने के बाद वैशाली जीजी का हुआ था।

रानी अंबिका ने आगे कहा, और तो और मीरा महाराणा जी ने तो हमें शिव मंदिर भी देखने नहीं दिया। उन्होंने खुद ही उसका निर्माण कराया है। हम भी उन्हें सहयोग देना चाहते थे तो उन्होंने हमें साफ मना कर दिया। उन्होंने कहा इसमें मीरामणि ही पहला कदम रखेगी, मीरामणि ही यहां की पहली आरती करेगी। उन्हें पूरा विश्वास है कि उन्हें राज-सिंहासन का वारिस और पहला पुत्र तुम ही दोगी और महारानी पद भी तुम ही ग्रहण करोगी, रानी अंबिका की आंखें फिर से भर आईं, तुम यह मत समझना मीरा की हम तुमसे सौतन की तरह जल रहे हैं। हमें तो बहुत ख़ुशी होगी जब तुम्हारा

पुत्र पैदा होगा। तुम देखना तुम्हारे पुत्र को हम बहुत अधिक प्रेम करेंगे। हमने वैशाली जीजी के साथ जो किया उसका हमें बहुत दुख है। हम तुम्हारे साथ तो बिल्कुल भी ऐसा नहीं कर सकते। यदि महाराणा जी तुम्हें यह हुकुम देंगे कि तुम हमारे साथ कोई वास्ता ना रखो तो क्या तुम भी हमारे साथ कोई वास्ता नहीं रखोगी। नहीं नहीं मीरा, हमारे साथ यह मत करना। हम बहुत समय तक अकेले रहे हैं अब हम और अकेले नहीं रह पाएंगे। हम से बिल्कुल भी अलग मत होना मीरा, कहते-कहते रानी अंबिका बहुत भावुक हो गई।

मीरामणि ने भी भावुक होकर रानी अंबिका को अपने गले से लगा लिया, नहीं जीजी नहीं, हम आपको वचन देते हैं कि हम आपको कभी भी अकेला नहीं छोड़ेंगे, मीरामणि ने दृढ़ता से कहा।

मीरामणी और अंबिका की बातें सुनकर तीनों भाइयों की भी आंखें भर आईं। शाम को शिव मंदिर जाने से पहले ही राजा नीलकांत और पंडित रामेश्वर नाथ शास्त्री ने अपना मन पक्का कर लिया था कि अब मीरामणि को सारी बातें बता दी जायेंगी और उससे कुछ भी नहीं छुपाएंगे।

शाम को भोले शंकर की आरती करने के बाद राजा नीलकांत ने मीरामणि से कहा, मांगो बहन तुम्हे क्या मांगना है, अब तो यदि तुम हमारे प्राण भी माँगोगी तो हम ख़ुशी से दे देंगे, कोई भी संकोच नहीं करेंगे।

नीलकांत भाई जी हम आप से पूरा सच जानना चाहते हैं हमने सुना है कि आप बचपन से ही महाराणा जी के मित्र रहे थे, हम उनके पूरे व्यक्तित्व के बारे में सब कुछ सच-सच जानना चाहते हैं। हमसे कुछ भी मत छुपाइएगा, मीरामणी ने अधीरता से कहा।

इसका प्रण तो हम पहले से ही कर के आए थे मीरा बहन, रामेश्वर नाथ ने कहा, हम तुमसे अब कुछ भी नहीं छुपाएंगे मीरा, हर एक बात बिलकुल सच ही बताएंगे। रामेश्वरनाथ ने भगवान भोलेनाथ को प्रणाम करते हुए कहा, बाकी सब से बड़े न्यायाधीश तो यह बैठें हैं, अपने आप ही सबका न्याय करेंगे। सब के कर्मों का लेखा-जोखा इन्हीं के पास है, इसीलिए उसी के अनुसार यह दोषी को दंडित करेंगे।

पहले तो मीरा बहन, हम तुम्हारा बहुत धन्यवाद करना चाहते हैं कि तुमने अंबिका की जान बचा कर हम पर बहुत बड़ा एहसान किया है, नीलकांत ने गंभीरता से कहा।

यह क्या भाई जी, बहन भी कहते हैं और एहसान की बातें भी करते हैं, मीरामणि ने शिकायत की।

नीलकांत ने कहा, हमने इतने दिनों से तुममें यहां जो कुछ देखा और जो कुछ हमें अंबिका ने तुम्हारे बारे में बताया था, तुम उससे कहीं बढ़कर अच्छी हो और हमें तुम जैसी बहन पाकर गर्व है। बहन माना है इसीलिए यह गंभीर बात करने की तुमसे हिम्मत कर पा रहे हैं।

आप जो भी कुछ कहना चाहते हैं भाईजी बेझिझक होकर कहिए, आप हमारे बड़े भाई है इसीलिए निश्चय ही आप हमारा हित ही चाहेंगे, मीरामणि ने गंभीरता से कहा।

मीरामणि बहन, तुम्हारा जयराजगढ़ जाने का समय समीप आ रहा है इसलिए हमारी बातें ध्यान से सुनना और समझने की कोशिश करना। अंबिका तुमसे उम्र में बड़ी है मगर फिर भी उसकी सोच तुम्हारी तरह परिपक्व नहीं है। विराट तुम्हारा छोटा भाई है इसीलिए उससे शायद तुम अपनी परेशानियां ना कह सको पर यह कभी मत भूलना कि बड़ा भाई पिता के समान होता है, अगर कभी भी किसी भी परेशानी में फंस जाओ तो अपने इस बड़े भाई को जरुर याद कर लेना।

मीरामणि और अधिक गंभीर हो गई और चौकन्नी होकर सुनने लगी।

नीलकांत ने आगे कहा, हम, रणजीत सिंह और उनके सेना प्रमुख अक्रूर सिंह बचपन के साथी हैं। हम तीनो ने एक ही गुरु से एक ही गुरुकुल में शिक्षा पाई है इसीलिए हम तीनों बहुत ही पक्के मित्र बन गए थे। रणजीत सिंह बचपन से ही बहुत हठी और ज़िद्दी है। जो सोच ले वह पूरा करके ही मानता है उसमें किसी की भी परवाह नहीं करता और अक्रूर सिंह उसके प्रति बहुत निष्ठावान है, इसीलिए वह हर गलत काम में भी उसका साथ देना अपना धर्म समझता है। हम रणजीत सिंह के मित्र जरूर थे परंतु हम उसे गलत काम के लिए कभी प्रेरित नहीं करते थे और ना ही गलत कामों में उसका साथ देते थे इसलिए हमारी मित्रता फल-फूल नहीं पाई। रणजीत सिंह के लिए अपना स्वार्थ सर्वोपरि है, उसे अपने स्वार्थ और अपनी ज़िद के आगे कोई रिश्ता नजर नहीं आता। अब तुम हमसे जयराजगढ़ का असली इतिहास सुनो, यह कहकर नीलकांत ने मीरामणि को सब कुछ बताना शुरू कर दिया- रणजीत सिंह के माता-पिता का इतिहास, उसकी माँ और छोटे भाई-बहन की मौत और उसके सौतेले भाई की हत्या, सौतेली माता मनोरमा देवी और रानी वैशाली की आत्महत्या, सब कुछ नीलकांत बताता जा रहा था और मीरामणि की आंखें इस इतिहास को सुनकर फैलती जा रहीं थीं।

नीलकांत ने आगे कहा, जयराजगढ़ की हवा में राजनीति का विष घुला हुआ है। जब तुम वहां जाओगी तो बहुत फूंक-फूंककर कदम रखना। अपनी आंखें और अपने कान सदैव खुला रखना। एक और बात हमेशा याद रखना कि जयराजगढ़ से निकलने का कोई सुरक्षित रास्ता नहीं है, यदि कभी फँस जाओ तो केवल जंगल का रास्ता ही काम आएगा। लेकिन जंगल का रास्ता सिवाय रणजीत सिंह और अक्रूर सिंह के कोई नहीं जानता। जयराजगढ़ में शायद कोई नहीं जानता। तुम अभी नई-नई हो इसीलिए रणजीत सिंह से तुम अपनी सूझबूझ से जंगल का चप्पा-चप्पा जानने की कोशिश करना और हमेशा अपनी आंखें पूरी तरह से खुली रखना। ना जाने कब कौन सा रास्ता अपनाना पड़े। रणजीत सिंह बहुत चालाक है, वह अपने हृदय की बात कभी भी अपने मुंह पर नहीं आने देता, राजनीति में वह महानिपुण है। वह कब क्या कह रहा है और उसके दिल में क्या है, यह कोई भी आसानी से नहीं जान सकता। उसका सबसे बड़ा हथियार उस का प्रमुख सेनापति और परम मित्र अक्रूर सिंह है, उससे हमेशा बच के रहना। अपनी किसी भी कमजोरी का रणजीत सिंह को कभी पता मत लगने देना। कमजोरियों का फायदा उठाने में वह बहुत ही माहिर है। किसी की भी मजबूरियों का फायदा उठाने में उसे बहुत ज्यादा मजा आता है। तुम्हें लग रहा होगा अभी तो तुम्हारे वैवाहिक जीवन की शुरुआत भी नहीं हुई और हम तुम्हारे पति रणजीत सिंह की तुम्हें कितनी बुराइयां बता रहे हैं, मगर हम बहुत ही शर्मिंदा हैं बहन कि जो कुछ भी हमने कहा है, वह शत प्रतिशत सच है। कुछ ही समय में तुम वहां जा रही हो तो सब कुछ तुम अपनी आँखों से देख लोगी। अंबिका भी सब कुछ देख चुकी है, मगर उसके बाद भी मानना नही चाहती, सच को स्वीकार करना उसको अधर्म लगता है।

सब कुछ सुनते हुए मीरामणि का चेहरा अत्यधिक गंभीर हो गया था।

नीलकांत ने आगे कहा, रणजीत सिंह ने अपनी दोनों रानियों को ऐसी दवा दी जिससे औरत मां नहीं बन सकती। यह सुनकर मुझे बड़ी हैरानी हुई है। रणजीत सिंह का वारिस अभी पैदा भी नहीं हुआ है। उसकी दोनों रानियां अभी तक संतान पैदा नहीं कर पायीं हैं, फिर वह ऐसा क्यों चाहेगा कि उसके यहां संतान पैदा ना हो। ऐसी दवाओं की उसको क्या जरूरत है। यह बात कुछ समझ नहीं आती। इसमें क्या रहस्य है, यह तो अब जाकर तुम्हें ही सुलझाना होगा। आगे की सारी बातें तुम्हें रामेश्वर नाथ बताएगा।

रामेश्वर नाथ ने कहा, हां मीरा बहन, इस दवा का सारा सच तुम्हें मैं बताऊंगा, सुनो.......और रामेश्वर नाथ ने जो कुछ भी इस दवा के बारे में पता लगाया था, वह

सब कुछ सच मीरामणि के आगे रख दिया। हमें यह शक है कि उसने एक दासी नियुक्त की हुई है और वह रोज रात को केसर-बादाम वाले गरम दूध में वह दवा मिलाकर रानियों को पिलाती है। अब यह बात सच है या नहीं यह तो जाकर तुम्हें स्वयं ही पता लगाना पड़ेगा। वह यह दवा अपनी रानियों को दे रहा है, यह तो शत प्रतिशत सच है, परंतु क्यों दे रहा है और क्यों नहीं चाहता कि उसके यहां संतान हो, इस सब की हमें कोई खबर नहीं है।

नीलकांत ने कहा, हम तो तुम्हें यह भी कहेंगे कि तुम अंबिका की बेवक़ूफ़ियों से भी सावधान रहना। वह सारी बातें रणजीत को बता ही देती है। अंबिका को तो यह खबर भी मत लगने देना कि हमने तुम्हें जयराजगढ़ का सारा इतिहास बता दिया है क्योंकि इस इतिहास की तो उसको खुद भी अधिक ख़बर नहीं है। पता नहीं अंबिका ज्यादा बेवकूफ है या रणजीत सिंह जरूरत से ज्यादा चालाक। यदि अंबिका तुमसे पूछे कि हमने तुमसे क्या वार्तालाप की तो उसे यही कहना कि हम तुम्हारा धन्यवाद कर रहे थे कि तुमने हमारी बहन की जान बचाई है, और यही बात तुम रणजीत से भी कहना क्योंकि वह यह जानकर कि हम यहां आए हैं, तुमसे जरुर पूछेगा कि हमने तुमसे क्या- क्या बातें की। बाकी तुम खुद ही बहुत समझदार हो। बहन मीरामणि, भगवान भोलेनाथ हमेशा तुम्हारी रक्षा करें और नीलकांत ने उसके सिर पर अपना आशीर्वाद वाला हाथ रख दिया। जब भी इस भाई की जरूरत हो, यह भाई तुम्हारी रक्षा के लिए दौड़ा चला आएगा । यह हमारा वचन है बहन मीरा।

पंडित रामेश्वर नाथ शास्त्री ने भी मीरा को आशीर्वाद देते हुए कहा, यह इस भाई का भी वचन है, इस जीवन में कभी भी तुम्हें हमारी कैसे भी जरुरत पड़े, हमें एक बार याद ज़रूर कर लेना, हम तुम्हें कभी निराश नहीं करेंगे। फिर नीलकांत की ओर देखते हुए कहा, परंतु नीलकांत हमें अभी तक भी इस समस्या का हल नहीं मिल पाया है।

हे महादेव!!! मीरामणि की आंखें भर आईं, यह आपकी क्या लीला चल रही है, महाराणा जी क्यों नहीं चाहते कि अंबिका जीजी मां बने। क्या महाराणा जी अपनी राज गद्दी का वारिस नहीं चाहते, क्या अपना वंश बढाना नहीं चाहते। या फिर ... या फिर ... या फिर ... मीरामणि को सारी बातें समझ आने लगी थीं, या फिर अंबिका जीजी से ही वारिस नहीं चाहते। यह तो पक्का है कि वह यह दवाएं अंबिका जीजी को गर्म दूध में मिलाकर देते हैं। वैशाली जीजी को भी महाराणा जी ने ही मां नहीं बनने नहीं दिया। इसका मतलब यह है कि वैशाली जीजी महाराणा जी की असलियत जान गई थी तभी उन्होंने कहा कि हम अंबिका की तरह बेवकूफ नहीं है। और इसलिए

अंबिका जीजी भी कह रही थी कि महाराणा जी जिस रानी से चाहेंगे उससे ही पुत्र प्राप्त करेंगे और उसी रानी को महारानी के सिंहासन पर बैठायेंगे। अब मीरामणि का दिमाग घोड़े से भी ज्यादा तेज दौड़ने लगा था। महाराणा की राजनीति तो उसे समझ आ रही थी परंतु वह यह नहीं समझ पा रही थी कि यह सब वह कर क्यों रहे हैं।

इस समस्या का हल भगवान भोलेनाथ ने निकाल दिया है मेरे भाई, मीरामणि ने बहुत गंभीरता के साथ कहा।

क्या.......क्या है वह हल, नीलकांत और रामेश्वर दोनों ने एक साथ कहा।

क्या अभी जयराजगढ़ में वह दवाएं जा चुकी हैं, मीरामणि ने प्रश्न किया।

नहीं अभी दवाओं का बक्सा तैयार पड़ा है और शायद अगले महीने तक वह जानी हैं, रामेश्वर नाथ ने जवाब दिया।

मीरामणि ने रामेश्वर नाथ को कहा, तो उस बक्से में आप वापस जाकर सारी दवाएं बदल दीजिए। उन दवाओं की जगह वह दवाएं रख दीजिए, जिन से एक बांझ स्त्री भी मां बन जाती है। फिर रामेश्वर भाई जी आप कुछ ऐसा करिए कि आपके पिताजी जयराजगढ़ की दवाओं का पूरा काम हमेशा के लिये आप को ही सौंप दें। फिर आप जयराजगढ़ में ऐसी ताकत की दवा भेजिए जिससे अंबिका जीजी जल्द से जल्द मां बन जायें। योजना यह है कि अब काशी से जो दवाएं आएंगी, वह अब पूरी तरह से बदली हुई दवाएं आएंगी, वह शीघ्रता से मां बनने वाली दवा होंगी। अपने पिता से भी सारी बातें आप गोपनीय ही रखिएगा।

केवल अंबिका माँ बने और तुम? तुम क्यों नहीं बहन मीरा? क्या तुम माँ बनकर अपने नारी जीवन को सार्थक नहीं करना चाहती, नीलकाँत ने हैरानी से पूछा।

अब तो यह जीवन तभी सार्थक होगा नीलकाँत भाई जी, जब सब को सबका अधिकार मिलेगा और महाराणा जी की राजनीति की तो अब हम धज्जियां उड़ाकर रख देंगे। महादेव की सौगंध अब तो राज-सिंहासन का वारिस अंबिका जीजी की कोख से ही पैदा होगा और महारानी के सिंहासन पर भी वही विराजेंगीं। यह हमारा अपने आप से वचन है, मीरामणि ने दृढता से कहा

रामेश्वर उसका यह रूप देखकर दंग रह गया वह बोला, आप तो देवी का रूप है मीरा बहन। इतना निस्वार्थ प्रेम तो कोई बहन भी बहन से नहीं करती, जितना आप सौतन होकर सौतन से कर रही हैं। आपके तो चरण स्पर्श करने का मन हो रहा है।

यही तो हम औरतों की विडंबना है भाई जी, कि हम औरतें हीं औरतों को छल कर खुश होती हैं, मीरामणि ने दुख से कहा, एक दूसरे का दर्द बांटने की बजाए एक

दूसरे के दर्द की वजह बन जाती हैं। एक दूसरे को दर्द पहुंचा कर खुशी का अनुभव करती हैं। इसीलिए तो सारा जीवन पुरुषों के हाथों का खिलौना बनी रहती हैं। क्योंकि वह अपनी कीमत, अपना महत्व, अपनी नारी एकता की शक्ति को नहीं पहचानना चाहती हैं इसलिए उन्हें पुरुष दासी बनाकर ही रखते हैं और यह दासत्व वह अपनी ही मर्जी से स्वीकार करती हैं....फिर रोती हैं कि पुरुष उन्हें छलते हैं, जबकि सच तो यह है कि एक औरत अपने आपको खुद ही छलती है।

नीलकांत और रामेश्वर दोनों ही मुंह खोले अवाक होकर मीरामणि का यह शक्ति रुप देख रहे थे, नारी का यह रूप भी होता है... यह तो साक्षात चंडी का अवतार है।

मीरा बहन, क्या सचमुच आप इसी संसार की हैं या देवलोक से आयीं हैं, रामेश्वर ने हैरानी से पूछा। एक औरत के विचार और वह भी इतने क्रांतिकारी। मैं आपको वचन देता हूं मीरा बहन कि अब काशी से आने वाली दवाइयों के साथ कोई भी दुरुपयोग नहीं कर पाएगा।

मीरामणि ने रामेश्वर नाथ को कहा, क्या आप हमारे लिए ऐसी दवा शीघ्रता से यहां संभलगढ़ में भेज सकते हैं, जिससे की एक स्त्री मां बन जाए।

वह दवाएं तो मैं अपने साथ ही लेकर आया हूं, मुझे लगा था शायद अंबिका को इसकी जरूरत पड़े, रामेश्वर नाथ ने जवाब दिया।

तो फिर आप अंबिका जीजी को कुछ मत कहिए, कहीं वह महाराणा जी को इसकी भी खबर ना दे दें, मीरामणि ने रामेश्वर नाथ को कहा, बस ठीक है यह दवाई आप मुझे दे दीजिए, मैं जयराजगढ़ जा कर इन दवाओं के साथ उन दवाओं को बदल दूंगीं जो महाराणा जी अब तक अपनी रानियों को दे रहे थे। इस तरह से उन्हें पता भी नहीं चलेगा और उनका खेल भी पलट जाएगा।

रामेश्वर, नीलकांत ने कुछ सोचते हुए कहा, तुमने हमें बताया था कि हमारी माता जी ने तुम्हारे पिता जी से अंबिका के लिए मां बनने वाली दवाएं लीं थीं परंतु अब हमें ऐसा लगता है कि शायद अंबिका ने ही यह बात महाराजा रणजीत सिंह को बता दी होगी और उन्होंने उन दवाओं को भी बदल दिया होगा, अपनी दवाओं के साथ।

आप चिंता मत करिए भाई जी, आज से और अभी से ही अंबिका जीजी वह दवाई खाएँगी, जिनसे वह शीघ्रता से मां बन जायें, मीरामणि ने कहा, महादेव की कृपा से हम जल्दी ही खुशखबरी सुनेंगे भाई जी।

यदि तुमने कह दिया है तो हम जरूर खुशखबरी सुनेंगे मीरा बहन, राजा नीलकांत ने भावुक होते हुए कहा, हमें तुम पर पूरा विश्वास है बहन।

फिर राजा नीलकांत, शिरोमणि पंडित रामेश्वर नाथ शास्त्री और रानी मीरामणि देवी ने महादेव के आगे अपना सिर नवाकर उन्हें धन्यवाद किया और उसके बाद अपने आगे की तैयारी के लिए निकल गए।

मीरामणि के आगे अब सारी बातें साफ़ हो गई थीं। महाराणा का अलग-अलग रूप अब वह समझ रही थी। कूटनीति का यह कौन सा खेल खेल रहे हैं महाराणा रणजीत सिंह, उसे अब पूरी तरह समझ आ गया था।

मीरामणि ने मन ही मन खुद बुदबुदाते हुए कहा, आपने औरतों को जितना भोगना था, भोग लिया। जितना उनके साथ खेल खेलना था खेल लिया। अभी तक आपने औरत का एक ही रूप देखा है शायद, अब दूसरा रूप मैं आप को दिखाऊंगी। जिस महिषासुरमर्दिनी को आपका साम्राज्य पूजता है, उसकी अष्टभुजाओं को भूल गए हैं आप....उसकी शक्तियों से लगता है परिचित नहीं हैं आप। राजनीति के युद्ध के लिए अब तैयार हो जाइए महाराणा रणजीत देव प्रताप सिंह क्योंकि अब आपसे युद्ध करने की बारी रानी मीरामणि देवी की है। महाराणा जी युद्ध का बिगुल बजा लीजिए क्योंकि युद्ध के लिये रानी मीरामणि अब संपूर्ण रूप से तैयार है।

अगले दिन सुबह राजा नीलकांत संभलगढ़ से विदा लेकर अपने राज्य की और निकल गए और फिर शिरोमणि पंडित रामेश्वर नाथ शास्त्री भी काशी की ओर रवाना हो गए। परंतु जाने से पहले वह मीरामणि की एक और समस्या का समाधान कर गए थे। राजा नीलकांत और अंबिका के मामा राजा शांतनु देव जो तत्कालीन काशी नरेश थे, उनकी पुत्री सुलक्षणा के साथ विराट का रिश्ता नीलकांत ने एक तरह से पक्का कर ही दिया था। युवराज विराट सिंह का विवाह प्रस्ताव नीलकांत ने पत्र द्वारा भेजा था और स्वयं शिरोमणि पंडित रामेश्वर नाथ शास्त्री लेकर गए थे, इसीलिए उन्हें पूरी उम्मीद थी कि काशी नरेश से उस विवाह की सहमति ही आयेगी। राजकुमारी सुलक्षणा बहुत ही सुंदर और सुशील कन्या थी।

रानी मीरामणि अपनी बडी जीजी रानी अंबिका के साथ मिलकर अपने ससुराल जयराजगढ़ जाने की तैयारियां करने लगी क्योंकि अब उसके जयराजगढ़ जाने के दिन बहुत ही कम रह गए थे।

महाराणा रणजीत देव प्रताप सिंह का संदेशा कभी भी आ सकता था कि वह दोनों रानियों को लेने संभलगढ़ आ रहे हैं।

अध्याय १८

महा साम्राज्य जयराजगढ़ में रानी मीरामणि का आगमन

महाराणा रणजीत देव प्रताप सिंह निश्चित समय पर सँभलगढ पहुँच गये थे और कुछ दिन ससुराल में ठहरकर सारी औपचारिकतायें पूरी करके अपनी दोनों रानियों के साथ अब वापिस जयराजगढ़ लौट रहे थे। राजा सूरत सिंह ने भी यथासंभव दहेज देकर अपनी पुत्री मीरामणि को उसके ससुराल जयराजगढ़ के लिए विदा कर दिया था। रानी मीरामणि अपनी प्रमुख दासी मालिनी को भी अपने साथ दहेज में ले गई थी, वैसे भी मालिनी की अच्छी दोस्ती रानी अंबिका की प्रमुख दासी कौशिका के साथ हो चुकी थी क्योंकि कौशिका भी रानी अंबिका के साथ ही संभलगढ़ आई थी। दासी कौशिका के हृदय में रानी मीरामणि के लिये बहुत ज्यादा इज्जत थी क्योंकि उसने उसकी रानी अंबिका के प्राण बचाए थे। राजा नीलकांत ने भी कौशिका को बल्लभगढ जाने से पहले अच्छे से समझा दिया था कि उसे अंबिका की सेवा तो पूरी करनी है परंतु पहला आदेश केवल मीरामणि का ही सुनना है।

महाराणा रणजीत देव प्रताप सिंह अपनी दोनों रानियों के साथ जब जयराजगढ़ पहुँचे तो जयराजगढ़ की सीमा से लेकर राजमहल तक का सारा रास्ता रानी मीरामणि के स्वागत में सजाया हुआ था और जयराजगढ़ वासी खुशी से महाराणा रणजीत सिंह और उनकी रानियों की जय जयकार कर रहे थे। रानी अंबिका की राजबग्घी पहले ही राजमहल पहुंच चुकी थी ताकि वह नई दुल्हन के सत्कार के लिए उचित तैयारियां कर सकें।

राज महल के प्रवेश द्वार पर रानी अंबिका ने महाराणा रणजीत देव प्रताप सिंह और नई रानी मीरामणि की आरती उतारी। मीरामणि जयराजगढ़ के वैभव और अपने उचित सत्कार से प्रसन्न थी, परंतु उसके हृदय में पीड़ा के तीर चुभे हुए थे। महाराणा रणजीत सिंह से उसका हृदय बहुत दुखी था। ऊपर से तो वह स्वयं को सुसंयत दिखाने

की कोशिश कर रही थी परंतु अंदर ही अंदर महाराणा के लिए उसके हृदय में आक्रोश जन्म ले चुका था। यह निश्चित था कि अगले दिन की सुबह शिव मंदिर में रुद्राभिषेक होने के बाद ही महाराणा रणजीत सिंह और रानी मीरामणि सुहागरात मनाएंगे इसलिए रानी मीरामणि ने जयराजगढ़ में अपनी पहली रात रानी अंबिका के कक्ष में ही गुज़ारना पसंद किया।

राज महल में आते ही रानी मीरामणि ने दासी कौशिका और दासी मालिनी के साथ मिलकर पहला काम यह किया कि रानी अंबिका का दवा वाला पात्र बदल डाला, और किसी को भनक भी नहीं पड़ी। अब रानी अंबिका के पास केसर-बादाम वाला वह मर्तबान था, जिसमें गर्भवती होने की दवायें मिली हुई थीं। यह कार्य करके रानी मीरामणि निश्चिंत होकर सो गई।

अगले दिन शुभ मुहूर्त में महाराणा रणजीत देव प्रताप सिंह अपनी दोनों रानियों को लेकर शिव मंदिर पहुंचे। जैसे ही रानी मीरामणि ने शिव मंदिर को बाहर से देखा उसकी प्रसन्नता का तो कोई ठिकाना नहीं रहा। उसने महाराणा रणजीत सिंह की ओर कृतज्ञता भरी दृष्टि से देखा, महाराणा रणजीत सिंह गर्व और प्रेम से मुस्कुरा दिए।

महाराणा रणजीत सिंह ने मीरामणि को कहा, हम चाहते हैं कि मंदिर के कपाट तुम अपने हाथों से खोलो और मंदिर के अंदर पहला कदम तुम ही रखो।

न हीं महाराणा जी, मीरामणि ने मुस्कुराकर कहा, कपाट आप अपने हाथों से खोलिए और हम आरती की थाली लेकर अंदर कदम रखेंगे क्योंकि जिसका जो अधिकार है उसे वही कार्य करना चाहिए। आपने ही इस मंदिर का निर्माण करवाया है तो मंदिर के कपाट खोलने का पहला अधिकार तो आपका ही है।

मीरामणि ने आरती की थाली रानी अंबिका के हाथ से लेकर कहा, मंदिर के दोनों तरफ पहले स्वास्तिक बना दीजिए। आप बड़ी हैं इसलिए यह अधिकार आप का ही है। रानी अंबिका ने महाराणा रणजीत सिंह की ओर दृष्टि की जैसे पूछ रही हों कि क्या मैं यह कर दूं। महाराणा रणजीत सिंह ने कहा, अंबिका, जो भी मीरामणि कहे वह कर दो, वह महा शिवभक्त है, उसका ज्ञान हम सबसे अधिक है। यह सुनकर अंबिका खुश हो गई और वह श्री गणेश भगवान का स्वास्तिक रौली-चंदन से बनाने लगी।

मीरामणि ने दो दीपक जलाये और एक-एक दीपक दोनों किवाड़ों के दाएं बाएं रख दिये और फिर महाराणा रणजीत सिंह को बोला, महाराणा जी मंदिर के कपाट

खोलिए और राजपुरोहित को मंगल शंख बजाने का इशारा किया। राजपुरोहित ने और पुरोहितों को इशारा किया और सब ने मिलकर मंगल शंख बजाने आरंभ कर दिये। मंगल शंख की ध्वनि से वातावरण गूंज उठा और बम बम भोले, भोले शंकर की जय इस नाद से जयराजगढ़ गूंजने लगा।

महाराणा रणजीत सिंह ने शिव मंदिर के किवाड़ खोल दिए। मीरामणि ने मंदिर के किवाड़ के पास साष्टाँग प्रणाम किया और फिर रानी अंबिका को आगे करते हुए बोली, बड़ी जीजी अपना दायां पैर आगे बढ़ाकर मंदिर के अंदर प्रवेश कीजिए। महाराणा रणजीत सिंह ने यह सुनते ही चौंकते हुए मीरामणि की ओर देखा। मीरामणि ने महाराणा को अनदेखा करते हुए कहा, यह अधिकार आपका है अंबिका जीजी, आगे बढ़िए। अंबिका को पहले ही महाराणा रणजीत सिंह कह चुके थे कि जैसा मीरामणि कहती है वैसा ही करो, यही सोचते हुए अंबिका ने अपना दायां पैर मंदिर के अंदर डाल दिया। रानी मीरामणि ने भी रानी अंबिका के पीछे-पीछे मंदिर में प्रवेश किया और महाराणा रणजीत सिंह से मुस्कुराते हुए बोली, आइए महाराणा जी।

महाराणा रणजीत सिंह का चेहरा तन गया था। उन्हें मीरामणि की इस धृष्टता पर क्रोध आ रहा था कि इतनी मनमानी!!! लगता है, इसे पहला सबक यहीं देना पड़ेगा कि पति की आज्ञा का उल्लंघन करना या महाराणा की आज्ञा का उल्लंघन करने का परिणाम अच्छा नहीं होगा। हमने इतनी मेहनत की इसको विवाह का उपहार देने के लिए और इसकी इतनी बड़ी धृष्ट ता की यह अपनी मर्जी इतनी चलाये। हमारी इच्छा थी कि मीरामणि पहला कदम शिव मंदिर में रखे, हमारी इच्छा का कोई मान सम्मान इसके हृदय में नहीं है। हम इसे मान दे रहे हैं और यह हमारा मान ना रखकर हमें ही अपमानित कर रही है। अंबिका के आगे हमारी इच्छा का मान ना रखके इसने ठीक नहीं किया। इस से पहले के अंबिका भी हमारे हाथ से निकले, इस मीरामणि को ठीक करना ही होगा। अब यह जयराजगढ़ में है और जयराजगढ़ साम्राज्य हमारा है, यहां जो हमारी आज्ञा नहीं मानेगा, वह दंड का भागी बनेगा। महाराणा रणजीत सिंह का क्रोध कुछ बढ़ने लगा था।

मीरामणि ने दोबारा मीठे स्वर में कहा, महाराणा जी आइए रुद्राभिषेक आरंभ करें। रुद्राभिषेक में भी मीरामणि ने रानी अंबिका को महाराणा रणजीत सिंह के साथ पहले बैठाया और फिर खुद बैठी।

राजपुरोहित भी रानी मीरामणि का यह ढंग देख कर कहे बिना नहीं रह पाये, वह बोले, महाराणा जी आपने बहुत पुण्य किए हैं जो आपको ऐसी रानी मिली है। आपकी

नई रानी में बहुत समझदारी है, बहुत गुण हैं। इसके राज्य में कदम रखते ही शिव शंकर का पहला मंदिर राज्य में स्थापित हुआ है। आप देखना जल्दी ही ये रानी आपको जयराजगढ का युवराज देगी।

राजपुरोहित के यह वचन सुनकर महाराणा रणजीत सिंह अति प्रसन्न हो गए और उनका उबलता हुआ क्रोध भी ठंडा होने लगा।मीरामणि मंदिर को देखकर अपनी खुशी को छुपा नहीं पा रही थी। रुद्राभिषेक के पश्चात उसने महाराणा के चरण स्पर्श किए और विवाह की इस अनमोल भेंट के लिए उनका धन्यवाद किया। महाराणा का रानी मीरामणि पर क्रोध अब समाप्त हो गया था।मीरामणि की समझदारी ने उनके क्रोध का उबाल बिल्कुल ही ठंडा ही कर दिया था।

रुद्राभिषेक के बाद रानी मीरामणि ने कुछ ऐसा किया कि सारा जयराजगढ़ दंग रह गया। मीरामणि ने अपने सारे आभूषण एक-एक करके उतार के भगवान शिव-शंकर के चरणों में डाल दिये और कहा, प्रभु!!! आपको हमारी लाज रखनी ही पड़ेगी। आपने हमें कभी किसी चीज के लिए निराश नहीं किया है, इसलिये हमारी आपसे विनती है भोलेनाथ कि आज रुद्राभिषेक के पावन अवसर पर 1 वर्ष के अंदर-अंदर हमें इस राज-सिंहासन का वारिस चाहिए। हमें इस महासाम्राज्य जयराजगढ़ का युवराज चाहिए। आपके आशीर्वाद से यह संभव हो जाए प्रभु, बस आप से हमारी यही प्रार्थना है, इसीलिए हम प्रतिज्ञा करते हैं कि जब तक आप हमें यह खुशखबरी नहीं सुनवा देते, तब तक हम राजमहल में कदम नहीं रखेंगे और जोगन बनकर आपकी सेवा करेंगे, एक समय भोजन करेंगे और आपको याद दिलाने के लिए इसी मंदिर में आपके सामने रहेंगे।

क्या ....क्या ....यह कैसी अनोखी प्रतिज्ञा है, सभी सुनने वालों ने दांतो तले उंगली दबा ली यदि रानी मीरामणि देवी यहां मंदिर में रहेंगीं और वह भी जोगन बनकर तो राज्य को उत्तराधिकारी कैसे देंगीं.......

महाराणा रणजीत सिंह ने भी हैरानी से कहा, यह कैसी प्रतिज्ञा है मीरामणि और कैसा पागलपन!!!....यदि तुम यहां जोगन बनकर रहोगी तो इस महासाम्राज्य जयराजगढ़ को उत्तराधिकारी कैसे मिलेगा, हमें कैसे पुत्र दे पाओगी तुम?

राज पुरोहित ने भी कहा, पुत्री हमने तो सुना था कि तुम महा शिव-भक्त हो और बहुत ही समझदार हो। इतनी छोटी सी उम्र में तुमने अपने छोटे भाई को मां की तरह पाला है। परन्तु यह प्रतिज्ञा करके तो तुमने हमें चौंका दिया है, अचंभित कर दिया है, इस प्रतिज्ञा को करके तुमने कौन सी समझदारी का प्रमाण दिया है, जरा स्पष्ट करो।

सभी से क्षमा चाहती हूं, रानी मीरामणि ने आदर भाव से कहा, जो मैंने यह प्रतिज्ञा करके आप सबको अचंभित कर दिया है, परंतु प्रतिज्ञाबद्ध तो हम हैं। हमारी बडी जीजी रानी अंबिका तो नहीं, और इस महा साम्राज्य जयराजगढ़ के राजसिंहासन का उत्तराधिकारी देने का अधिकार केवल छोटी रानी का तो नहीं है....बड़ी रानी अंबिका का भी है। इसीलिए हम दोनों बहनें प्रयासरत रहेंगी कि जयराजगढ़ को हम से निराशा ना पहुंचे।

रानी मीरामणि का जवाब सुनकर सभी भाव विभोर हो गए। राजपुरोहित ने उन्हें बहुत आशीर्वाद दिया और कहा तुम सचमुच ही देवी का अवतार हो। तुम्हारे बारे में जितना भी हमने सुना था, वह बहुत कम था, इतनी छोटी आयु में इतना त्याग और इतनी समझदारी तो किसी में भी देखने को नहीं मिल सकती। तुम सचमुच ही देवी का अवतार हो। हमारा आशीर्वाद हमेशा तुम्हारे साथ है पुत्री। फिर महाराणा रणजीत सिंह की ओर देखते हुए बोले, महाराणाजी यह इस जयराजगढ़ का सौभाग्य है, जो यहां इस महिषासुरमर्दिनी के रूप में रानी मीरामणि ने अपने कदम रखे हैं। अब यहां का उद्धार होने से कोई नहीं रोक सकता।

परंतु महाराणा रणजीत सिंह का क्रोध फिर उबलने लगा था, यह क्या नए-नए तमाशे कर रही है मीरामणि, महाराणा रणजीत सिंह मन ही मन भुनभुना रहे थे, यहां हम इसके प्रेम में अंधे हो रहे हैं और यह है कि हमारे प्रेम का नाजायज फायदा उठाती चली जा रही है। यह मीरामणि भी अंबिका की तरह बिल्कुल ही बेवकूफ लगती है, यह तो अपना ही अपमान करवायेगी, क्योंकि हम तो रानी अंबिका को ऐसी दवा दे रहे हैं, जिससे वह कभी भी मां नहीं बन सकती, फिर इसकी भक्ति क्या कर लेगी। हम भी सब के साथ यह तमाशा देखते हैं। यह अपनी मनमानी करके हमारा अपमान कर रही है और जब पूरे जयराजगढ़ में इसकी भक्ति पर प्रश्न चिन्ह उठेंगे, तब इसको अक्ल आएगी..... कितने दिन यहां मंदिर में पड़ी रहेगी और कितना समय जोगन बनकर तपस्या कर सकती है, क्योंकि यह अंबिका तो कभी भी मां नहीं बनने वाली, अरे कभी बन ही नहीं सकती....यह मीरामणि जो मर्जी कर ले। महाराणा रणजीत सिंह ने मन ही मन में ठहाका लगाया, जब सारा जयराजगढ इस पर हंसेगा, तब आकर यह हमारे चरणों में गिरेगी और क्षमा माँगेगी, अभी तो इस पर महानता का भूत सवार है, तब ही हम इसको बताएंगे कि हम क्या कर सकते हैं।अच्छा-खासा हम इसको यह अधिकार और यह मान देना चाह रहे थे कि हमारे पुत्र की माता बनकर महारानी

सिंहासन पर बैठकर राज करती परंतु यदि इसे इसी पागलपन में सुख मिलता है, तो पड़ी रहे यहीं.....

महाराणा रणजीत सिंह ने अपने क्रोध को छिपाते हुए नरम स्वर में कहा, मीरामणि तुम्हारा त्याग सराहनीय है परंतु यह अंबिका तो बाँझ है, जब यह 10 वर्षों में माँ ना बन सकी तो अब....

अब बनेंगीं, रानी मीरामणि ने महाराणा रणजीत सिंह की बात काटते हुए द्रढतापूर्वक कहा, क्योंकि अब अंबिका जीजी के साथ महादेव का आर्शीवाद होगा और छोटी बहन मीरामणि का साथ।

रानी मीरामणि की जय हो.....यह नारे लगाते हुए धीरे-धीरे सभी शिव मंदिर से प्रस्थान कर गए और महाराणा र णजीत सिंह, रानी मीरामणि और रानी अंबिका अकेले रह गए।

रानी अंबिका की आंखों में आंसू भर आए, उसने कहा, बहन मीरामणि तुम मेरे लिए इतना कष्ट क्यों कर रही हो, क्या जरूरत है तुम्हें इतना कष्ट सहने की? आजकल तो कोई बहन भी बहन के साथ इतना नहीं करती फिर तुम मेरे साथ यह सब क्यों कर रही हो?

मीरामणि का जवाब महाराणा रणजीत सिंह ने दिया, यह सब यह इसीलिए कर रही है क्योंकि इसे महान बनने का भूत सवार हो गया है। जब इसे यह पता चल जाएगा कि तुम बांझ हो और कुछ भी पैदा नहीं कर सकतीं तब अपने आप ही इसका दिमाग ठिकाने पर आ जाएगा।

रानी अंबिका महाराणा रणजीत सिंह के कड़वे शब्दों को सुनकर आंसू बहाने लगी।

रानी मीरामणि ने तीखे स्वर में कहा, महाराणा जी बहुत बड़ी बातें कर रहे हैं आप और वह भी महादेव के मंदिर में खड़े होकर.... अहंकार में अंधे होकर ईश्वर की शक्ति को मत ललकारिए, इतना अहंकार आपको शोभा नहीं देता.....

और तुम्हें एक औरत होकर इतना अंहकार करना शोभा देता है, महाराणा रणजीत सिंह मीरामणि की बात काटते हुए क्रोध में चिल्लाये, तुम अपनी प्रतिज्ञा की आड़ में हमारा प्रेम और हमारे सारे अधिकार मिट्टी में मिलाती रहो। जिस कार्य के लिए इस महान साम्राज्य जयराजगढ़ में तुम्हारा आगमन हुआ है, यदि वही कार्य नहीं कर सकतीं तो तुम्हारी हमें कोई आवश्यकता नहीं है मीरामणि। हमारी यह प्रबल इच्छा थी कि तुम हमें एक वर्ष के अंदर जल्द से जल्द इस महासाम्राज्य के राज-सिंहासन

का युवराज दो और महारानी के सिंहासन पर बैठकर संपूर्ण जयराजगढ़ पर राज करो। यही हमारी इच्छा है मीरामणि और हमारी इच्छा का मान रखना तुम्हारा धर्म भी है। जरा सोच के तो देखो कि तुम्हारा और हमारा पुत्र कितना शक्तिशाली युवराज होगा, कितना बलवान होगा, जो इतना बड़ा साम्राज्य संभालेगा और महाराणा के सिंहासन के लिए उसका कोई प्रतिद्वंदी भी नहीं होगा। ऐसे युवराज की माता होने का गर्व हम तुम्हें देना चाहते थे परन्तु हम तुम्हें समझदार समझते थे और तुम तो इस अंबिका से भी ज्यादा बेवकूफ निकली हो जो अपना सारा गौरव अपनी सौतन को देना चाहती हो। सोचो, यदि यह अंबिका युवराज की माता बनकर महारानी सिंहासन पर बैठ गई तो तुम्हारा दासी से अधिक क्या मान रह जाएगा, महाराणा रणजीत सिंह ने गर्व के साथ गर्दन ऊंची करके और मीरामणि को फुसलाते हुए कहा।

हम अपना कर्म कर रहे हैं महाराणा जी, मीरामणि ने गंभीरता से कहा, अंबिका जीजी जो भी हमारे साथ करेंगी, वह उनका अपना कर्म होगा और उसके फल भी वही भोगेंगी, जो कुछ आप हम लोगों के साथ करतें हैं, उन कर्मों का फल आपको भी भोगना ही पड़ेगा। रानी मीरामणि ने आगे कहा, फिर महाराणा जी सारे संसार को शक्ति से जीतकर आप क्या करेंगे। बात तो तब है जब सारा संसार आप के आगे श्रद्धा से नतमस्तक हो, ना कि आप के डर से। उसके लिए आपको सब की भावनाओं का आदर करना चाहिए। सबसे प्रेम से पेश आना चाहिए। तलवार के जोर पर तो कायर राज किया करते हैं। यदि यह तलवार आपके पास ना हुई तो लोगों के हृदय से आपके लिये आदर भी समाप्त हो जाएगा।

रानी मीरामणि अपनी मर्यादा में रहो, महाराणा रणजीत सिंह का क्रोध फिर उबलने लगा, हम तुम्हारे भाषण पहले भी सुन चुके हैं। यदि हम तुम्हारे साथ प्रेम से पेश आते हैं तो अपना स्थान मत भूलो कि तुम हमारी पत्नी हो, केवल हमारी पत्नी। तुम्हें जो कुछ भी मिल रहा है या जो कुछ भी आगे मिलेगा वह सब इसलिए कि तुम महाराणा रणजीत देव प्रताप सिंह की पत्नी हो। हम तुम्हारे पति हैं, यदि हमने तुम्हें बोलने का अधिकार दिया है तो उसका उपयोग हमें रिझाने में करो, उसका दुरुपयोग करके हमें खिझाओ मत। आज के बाद हम तुम्हारी कोई मनमानी भी बर्दाश्त नहीं करेंगे। ससुराल में रहने के तौर-तरीके अब तुम सीखना शुरू करो। हमारे सामने कोई स्त्री अपनी ज़ुबान चलाए हम बर्दाश्त नहीं कर सकते। यदि हमारी प्रिया बन के रहना चाहती हो तो सिर झुका कर रहो। हमारे सामने सिर उठाने वालों के हम सिर काट दिया करते हैं। हमें कठोर बनने के लिए कभी मजबूर मत करना। महाराणा रणजीत सिंह तीखे स्वर में

बोले, तुम अपना सारा ध्यान महासाम्राज्य जयराजगढ़ को युवराज देने के लिए लगाओ। राज-सिंहासन के लिए युवराज पैदा करो और फिर उसकी अच्छी परवरिश करके एक महान और समर्थ महाराणा बनाओ, बस इसी महान कार्य के लिए तुम महासाम्राज्य जयराजगढ़ की रानी बनी हो तो अपना सारा दिमाग उसी कार्य में लगाओ और महारानी के सिंहासन को प्राप्त करो। बाकी राजकाज के कार्य और राजनीति देखने के लिए हम अभी जिंदा हैं, यह कहकर महाराणा रणजीत सिंह शिव-मंदिर से बाहर निकल गए।

महाराणा रणजीत सिंह का यह रूप मीरामणि के लिए नया था, उसके आंसू निकल आए। महाराणा रणजीत सिंह जितनी तेजी से अपने रंग बदलते हैं, उतनी तेजी से तो कोई गिरगिट भी रंग नहीं बदल सकता। उन्होंने औरतों को कमजोर समझ रखा है। औरतों का अस्तित्व उनके लिये केवल भोग की वस्तु है इससे अधिक कुछ भी नहीं। मीरामणि के आंसू बहने लगे, उसने सोचा, यह आदमी तो इस लायक भी नहीं की इसे प्रेम किया जा सके। प्रेम की परिभाषा से तो यह बहुत दूर है, इसको तो केवल भोग की परिभाषा पता है। प्रेम से तो यह कोसों दूर है। प्रेम तो केवल देना जानता है, छीनना नहीं। यदि महाराणा जी प्रेम की भाषा बोलते तो इन्हें प्रेम देना हमारा धर्म था परंतु यदि इन्हें केवल राजनीति की भाषा बोलनी है तो बदले में हमसे भी इन्हें राजनीति ही मिलेगी, जिसको जैसी भाषा समझ आती है, हम उसको उसी की भाषा में उत्तर देंगे, यह सोच कर मीरामणि ने अपने गालों पर बह आये आंसुओं को पोंछा।

रानी अंबिका जो इतने समय से इन दोनों का वार्तालाप सुन रही थी, उन्होंने मीरामणि को गले लगा लिया और कहा बहन मीरामणि, यदि तुम चाहो तो हम भी तुम्हारे साथ जोगन बनकर यहाँ मंदिर में रह सकते हैं। हम दोनों बहने यहीं अपना जीवन गुजार लेंगी।

फिर हमारी प्रतिज्ञा का क्या होगा, रानी मीरामणि ने मुस्कुराते हुए कहा, क्या आप हमारी बहन हो कर हमें महाराणा जी के आगे नीचा दिखाना चाहती हैं।

नहीं मीरामणि ऐसा मत कहो, तुम्हें नीचा दिखाने का सोचने से पहले ही हम अपने प्राण त्यागना पसंद करेंगे, रानी अंबिका ने भावुक होते हुए कहा, परंतु हम कुछ और ही सोच रहे थे, महाराणा जी बहुत ही ज़िद्दी हैं और बहुत ही अहंकारी। अब तुमने तो यह प्रतिज्ञा कर ली है परन्तु वह जीतने के लिये कुछ भी कर सकते हैं। उनके लिए चाहे रिश्ते हों या युद्ध का मैदान एक ही बात है। जैसा उनका ज़िद्दी और अंहकारी स्वभाव है, वह साम-दाम- दंड-भेद, कुछ भी करेंगे परन्तु तुमसे हार नहीं मानेंगे। वह

कैसे भी, केवल जीतना चाहते हैं, सब पर राज करना चाहते हैं, चाहे किसी भी क़ीमत पर, और वह एक औरत से हार मान लें, यह तो संभव ही नहीं हो सकता।

हर असंभव चीज को संभव करना केवल ईश्वर के हाथ है, मीरामणि ने गंभीरता से कहा, उनमें अहंकार है और हम में भक्ति है। । हम ईश्वर पर विश्वास का सहारा लेकर प्रतिज्ञा करते हैं परन्तु वह अपने अहंकार और अपने स्वार्थ को पूरा करने के लिए प्रतिज्ञा करते हैं। दोनों बातों में बहुत फर्क है। अब यह युद्ध उनका हमारे साथ तो है नहीं। चाहे हम औरत हैं या आदमी, यह तो सीधा युद्ध उनका महादेव के साथ है, भोले शंकर के साथ हैं। अब हम तो केवल देखेंगे कि जब किसी का युद्ध ईश्वर के साथ है, तो कौन जीतेगा???

वह सब तो ठीक है मीरामणि, रानी अंबिका ने कुछ सोचते हुए कहा, परंतु हम यह सोच रहे थे कि वह तो यह युद्ध जीतने के लिए कुछ भी कर सकते हैं, इसलिये वह तो यह भी कर सकते हैं कि हमारे पास आएंगे ही नहीं और तुम स्वयं सोचो कि जब वह आयेंगे ही नहीं, तो तुम्हारी प्रतिज्ञा कैसे पूरी होगी!!!

हमारी प्रतिज्ञा पूरी करवाना तो केवल भगवान महादेव के ही हाथ में है परन्तु, मीरामणि ने शरारत से मुस्कुराते हुए कहा, क्या यह भी आप को सिखाना पड़ेगा कि अपने पति को रिझाते कैसे हैं? आपका यह सौंदर्य, यह रूप, यह सब किस काम आएगा यदि आप अपने पति को भी नहीं रिझा पायेंगी।

यह कहकर रानी मीरामणि और यह सुनकर रानी अंबिका दोनों ही खिलखिलाकर हंस पड़ीं।

रानी मीरामणि मंदिर में भगवान शिव-शंकर को प्रसन्न करने के लिये कठोर जप-तप कर रही थी और रानी अंबिका अपनी पूरी तपस्या कर रही थीं अपने पति महाराणा रणजीत सिंह को रिझाने के लिये। कई बार महाराणा रणजीत सिंह अपनी रानी मीरामणि को समझाने के लिए मंदिर में आए थे कि वह अपना हठ छोड़ दे क्योंकि इसका परिणाम सुखद नहीं होने वाला, परंतु वह मानने को तैयार ही नहीं थी क्योंकि अब यह मीरामणि के लिए भी चुनौती बन चुका था। मीरामणि जानती थी कि यदि उस ने हार मानी तो यह ईश्वर के प्रति उसके विश्वास की हार हो जाएगी और इस समय उसकी भक्ति की परीक्षा कम ईश्वर के अस्तित्व की परीक्षा अधिक थी, तो वह महाराणा के आगे अपनी इस हार को होते हुये नहीं देख सकती थी।

इधर राजमहल में महाराणा रणजीत सिंह भी रानी अंबिका के रूप-यौवन के आगे अपने आपको हारता हुआ महसूस कर रहे थे। फिर महाराणा ने सोचा कि दवा तो वह रानी अंबिका को दे ही रहे हैं इसीलिए वह गर्भवती तो नहीं हो सकती तो इससे क्या फ़र्क़ पड़ता है यदि वह रानी अंबिका के ही शयनकक्ष में जाकर रहें।

परन्तु महाराणा रणजीत सिंह को यह नहीं पता था कि ईश्वर रानी मीरामणि के रूप में अपनी लीला दिखा चुके हैं और महाराणा रणजीत सिंह का पूरा खेल पलट चुका है क्योंकि, अब वहां काशी से जो दवाएं आ रही हैं वो बदल चुकी हैं। अब वहां से शिरोमणि पंडित रामेश्वर नाथ शास्त्री ऐसी दवाइयां भेज रहे हैं, जिन से कोई बाँझ स्त्री भी मां बन सकती है और रानी अंबिका तो वैसे भी बाँझ नहीं है, केवल महाराणा रणजीत सिंह की चालों का शिकार बनी हुई है। मनुष्य कितनी भी चालें चल ले परंतु अंतिम चाल तो ईश्वर की ही होती है और वह हर चालें खेलने वाले मनुष्य को चारों खाने चित्त भी कर देती है।

अध्याय १९

महासाम्राज्य जयराजगढ़ के युवराज का जन्म

रानी मीरामणि को जयराजगढ़ आए हुए 4 महीने होने को आये थे और अभी तक उसने खुशखबरी नहीं सुनी थी। रानी मीरामणि सोच रही थी कि कहीं भाई रामेश्वर नाथ ठीक से दवाएं भेज भी रहे हैं कि नहीं, कहीं महाराणा जी को इसकी खबर तो नहीं लग गई और कहीं उन्होंने खेल फिर से बदल तो नहीं दिया। वह इसी सोच-विचार में डूबी थी कि रानी अंबिका ने शिव-मंदिर में प्रवेश किया और आते ही भगवान महादेव को प्रणाम करके मीरामणि के गले लग गई और उसने कान में जो कहा उससे तो मीरामणि की खुशी का कोई ठिकाना नहीं रहा। वह महादेव के चरणों में गिर गई और कहा, हे ईश्वर आपने मेरी लाज रख ली, मेरे भोले शंकर मुझे पूरा विश्वास था कि आप मेरा विश्वास नहीं तोडेंगे। आपको अपनी इस दासी का शत-शत प्रणाम है प्रभु।।

मीरामणि ने अपनी प्रमुख दासी मालिनी को पुकारते हुए कहा, अरे मालिनी सुनती है और जैसे ही मालिनी आई, रानी मीरामणि ने जल्दी से खुशखबरी उसे सुनानी शुरु कर दी, जा जल्दी से जाकर मेरे श्रृंगार का सामान निकाल, हम पूरी तैयारी के साथ राजमहल जाएंगे और यह सूचना स्वयं हम ही महाराणा जी को देंगे। फिर रानी अंबिका की ओर देखते हुये पूछा, क्या आपने महाराणा जी को भी बताया है?

रानी अंबिका ने कहा, इसमें सारी तपस्या तुम्हारी है। तो फिर तुम्हें खबर किये बिना हम किसी को कुछ नहीं बता सकते थे। और तुम्हारे लिए हम सारी तैयारियां कर के ही आए हैं। तुम्हारे लिए हम सारा श्रृंगार का सामान भी साथ ही लाए हैं, हम स्वयं तुम्हें अपने हाथों से ही तैयार करेंगे और अपने साथ राजमहल लेकर चलेंगें।

रानी अंबिका ने राजमहल के दरवाजे पर अपने हाथों से मीरामणि की आरती उतारी और उसे राजमहल में लेकर गई। महाराणा रणजीत सिंह अपने कक्ष में बैठे हुए थे।

रानी मीरामणि ने कहा, हम खुद महाराणा जी से मिलने जाएंगे।

रानी मीरामणि ने महाराणा रणजीत सिंह के कक्ष में प्रवेश किया, उसके हाथ में पूजा की थाली थी और वह पूरी तरह से रानियों की तरह सजी-धजी हुई थी। महाराणा रणजीत सिंह ने उस को देखकर सोचा, लगता है इसे अक्ल आ गई है और हम से क्षमा मांगने के लिए आई है। कोई बात नहीं हम इसे थोड़ा कहसुन कर क्षमा कर देंगे, आखिर को है तो हमसे आधी उम्र की, तो बच्चों की तरह जिद भी करेगी ही।

रानी मीरामणि ने महाराणा रणजीत सिंह के चरण-स्पर्श किए। महाराणा रणजीत सिंह ने प्रश्न सूचक दृष्टि रानी मीरामणि पर डाली। मीरामणि का चेहरा खुशी से दमक रहा था। उसने मिठाई का टुकड़ा महाराणा रणजीत सिंह के मुंह में डालते हुए कहा महाराणा जी को बधाई हो, भगवान शिव-शंकर की असीम कृपा से आप पिता बनने वाले हैं। महा साम्राज्य जयराजगढ़ को उसका युवराज अति शीघ्र ही मिलने वाला है। अंबिका जीजी आपकी पहली संतान की मां बनने वाली हैं।

महाराणा रणजीत सिंह एक क्षण को तो अवाक् से रह गए और दूसरे ही क्षण वह आश्चर्य से चिल्ला उठे, यह नहीं हो सकता!!! यह तो कदापि नहीं हो सकता।

क्यों नहीं हो सकता है महाराणा जी, मीरामणि ने बनावटी हैरानी से पूछा, क्या आपको यह खुशखबरी सुनकर प्रसन्नता नहीं हुई महाराणा जी, हमें तो लग रहा था कि यह खुशखबरी सुनते ही आप बच्चों की तरह नाचने लग जाएंगे।

क्योंकि....क्योंकि....महाराणा रणजीत सिंह अटकने लगे थे, फिर अपने आप को संभाल कर बोले, हमें लगा था कि अंबिका बाँझ है और.....और वह इतनी भक्ति भी नहीं कर सकती कि ईश्वर उन्हें संतान का सुख दे....और हमें लगा था कि आप इसलिये आई हैं कि.... कहकर महाराणा रणजीत सिंह ने अपनी बात अधूरी छोड़ दी।

ईश्वर की मर्जी के आगे मनुष्य का कोई भी अस्तित्व नहीं है महाराणा जी, वह कब किसको क्या दें कोई नहीं जानता, मीरामणि ने कहा, भक्ति का संबंध मंदिर में घंटे बजाने से या आरती उतारने से नहीं होता है, भक्ति का संबंध आत्मा से होता है। यदि आत्मा निश्चल और निष्कपट है तो थोड़ी सी की हुई भक्ति भी ईश्वर सुन लेता है, नहीं तो कई जन्म भी भक्ति के लिये कम पड़ते हैं। अंबिका जीजी तो सीधी-सादी स्त्री हैं, जो बात हृदय में है, वही उनकी जिव्हा पर रहती है, उन्हें राजनीति तो आती ही

नहीं, इसलिए तो आप से बहुत अधिक प्रेम करती हैं और बदले में आप से कुछ भी नहीं मांगतीं सिवाय आपके प्रेम के। आपकी खुशी के लिए वह कोई भी त्याग कर सकती हैं और उनके प्रेम में छल-कपट तो दूर-दूर तक नहीं है। वह ईश्वर की भक्ति नहीं करतीं, परंतु आपको अपना पति-परमेश्वर मानती हैं। आज तक उन्होंने आपकी सेवा तन-मन से की है तो ऐसी निश्चल और निष्कपट नारी तो वैसे ही ईश्वर के निकट होती है। यह उन का करम है महाराणा जी, और आप जो करते हैं उनके साथ, यह आप का करम है। हर मनुष्य को अपने कर्मों का अच्छा-बुरा फल खुद ही भुगतना होता है। करम साँझे नहीं होते, करम किसी रिश्ते से बंधे भी नहीं होते। यह तो मनुष्य की अपनी ही यात्रा है जो उसे अकेले ही पूरी करनी पड़ती है। आइए चलिए महाराणा जी, अंबिका जीजी आपकी प्रतीक्षा कर रही हैं। हम तो उनकी नजर उतारने का इंतजाम करके आते हैं। कहकर मीरामणि जल्दी से महाराणा के कक्ष से बाहर निकल गई और महाराणा रणजीत देव प्रताप सिंह मूर्ति की तरह देखते रह गए।

रानी मीरामणि का हर एक शब्द महाराणा रणजीत सिंह के हृदय पर चोट कर रहा था, उनका अहंकार का किला उसकी सीधी-सपाट बातों ने हिला दिया था। एक बार फिर ईश्वर ने अपने अस्तित्व की महासत्ता मनुष्य को दिखा दी थी कि तू चाहे कितने भी खेल रच ले परंतु मेरे भक्तों का तो तू बाल भी बांका नहीं कर पायेगा। जब मनुष्य छल-कपट करता है तो भूल जाता है कि भक्त के पीछे ईश्वर अपनी पूरी बाँहे फैलाकर, पूरी शक्ति लगाकर खड़े हुए हैं। ईश्वर और मनुष्य का युद्ध धर्म-युद्ध है और इस में मनुष्य की क्या बिसात है और क्या औक़ात है, यह तो ईश्वर उसे अच्छे से दिखा ही देते हैं।

महाराणा रणजीत सिंह ने अपने प्रमुख सेनापति और परम-मित्र अक्रूर सिंह को अपने निजी कक्ष में बुलवाया और उसको रानी अंबिका के गर्भवती होने की सूचना दी। यह सुनकर अक्रूर सिंह भी बहुत अचंभित हुआ। उसने कहा कि वह स्वयं जाएगा बड़े शिरोमणि जी से यह पूछने के यह सब कैसे हो गया, परंतु महाराणा रणजीत सिंह ने उसे मना कर दिया अब जो हो गया सो हो गया।

फिर अक्रूर सिंह ने कुछ क्षण चुप रहने के बाद कहा, महाराणा जी यदि आज्ञा हो तो मित्र होने के नाते से कुछ कहूं।

महाराणा रणजीत सिंह ने प्रश्न सूचक दृष्टि से अक्रूर सिंह की ओर देखा।

अक्रूर सिंह ने कहा, महाराणा जी, आपकी छोटी रानी सचमुच देवी का अवतार है, उस दिन मंदिर में राज पुरोहित जी भी यही कह रहे थे, बल्कि सारा जयराजगढ़ यही कह रहा है। उस देवी के त्याग और कर्तव्य निष्ठा के आगे सभी नतमस्तक हैं। महादेव ने आज कैसे रानी अंबिका की गोद भर दी है, महाराणा जी हमारी आप से हाथ जोड़कर विनती है, आप ईश्वर के लिखे को मान लीजिए और अब यह सब समाप्त कर दीजिए। यह तो खुशी मनाने का समय है कि आप पिता बनने जा रहे हैं, इससे क्या फर्क पड़ता है कि किस से संतान हो रही है, संतान तो वह आपकी ही है। आपको बहुत-बहुत बधाई हो महाराणा जी, आप देखिएगा इस जयराजगढ़ साम्राज्य को युवराज की ही प्राप्ति होगी।

सेनापती प्रमुख अक्रूर सिंह, महाराणा रणजीत सिंह ने तीखे स्वर में कहा, यदि तुम्हारा किसी देवी के आगे नतमस्तक होने का जी चाह रहा है तो तुम भी अब सन्यास ले लो। हमारे सेनानायक बन कर और क्या करोगे। कहो तो तुम्हें रानी मीरामणि की सेवा में लगा दें, उनकी पूजा की थालियां उठा कर, उनके पीछे नतमस्तक होकर शिव मंदिर में ही बैठ जाना। उसका पागलपन देखकर क्या तुम भी पागल हो गए हो अक्रूर सिंह जो तुम्हें वह देवी का अवतार नजर आती है। अरे उसमें बचपना है और बचपने में उसको किसी ने महान क्या कह दिया, वह अपने आप को बड़ी महान समझ कर बैठ गई है और यही उसका पागलपन है। वह एक साधारण स्त्री है, यह वह भूल गई है। या यूँ कहना चाहिए कि उसको देवी का स्वरूप कह-कह कर लोगों ने ही उसका दिमाग खराब कर दिया है कि वह कोई बहुत ही महान स्त्री है। अरे मीरा नाम रखने से कोई स्त्री संत मीराबाई नहीं हो जाती। औरतों का केवल एक ही काम होता है कि वह अपने पति को खुश रखें और उसके लिए बच्चे पैदा करें इससे आगे उनका कोई काम नहीं है। कोई औरत संत बनने के लिए या महान बनने के लिए पैदा नहीं हुई है। उसके लिए हम पुरुष हैं ना। हम राजनीति देखते हैं, हम राजकार्य देखते हैं, हम इतने युद्ध लड़ते हैं। क्या वह इतनी बलवान हो सकती हैं??? हमें तो यह लगता है कि इस अंबिका ने जरूर दवाई खानी छोड़ दी होगी, आख़िर वह इतने महीने संभलगढ़ और बल्लभगढ़ में रही है....हाँ ज़रूर यही बात रही होगी, तभी वह गर्भवती हो गई है और तुम पता नहीं कौन से चमत्कार की बातें कर रहे हो। यदि मीरामणि कोई चमत्कारिक औरत होती तो क्या वह खुद गर्भवती ना हो जाती, अपनी सौतन को गर्भवती क्यों करती.....सब पर पागलपन छा गया है, उसका सुंदर और भोला रूप देख कर सब की

मति मारी गई है, जो उस साधारण सी स्त्री को देवी का स्वरूप कह रहे हैं। अब तुम जाओ अक्रूर सिंह जाकर अपना काम करो और हमें भी कुछ सोचने दो।

अक्रूर सिंह महाराणा रणजीत सिंह को प्रणाम करके निकल गया और फिर यह सोचने लगा कि यह महाराणा जी को क्या हो गया है। वह यह सब हमें समझा रहे हैं या अपने मन को। महाराणा जी सचमुच अपने अहंकार में इतने अंधे हो रहे हैं कि अपनी छोटी रानी की निष्ठा और त्याग को पहचान ही नहीं पा रहे हैं।

महाराणा रणजीत सिंह के हृदय में सुख और दुख दोनों की एक साथ अनुभूति हो रही थी। सुख इसलिए कि वह एक लंबे इंतजार के बाद संतान प्राप्ति करने वाले थे और दुख इसलिए कि वह संतान मीरामणि से नहीं हो रही थी। महाराणा रणजीत सिंह सोच रहे थे कि जब मीरामणि की अपनी संतान होगी तो वह अंबिका के बच्चे से जलने लगेगी। वैसे भी यह मीरामणि तो राजनीति में दक्ष औरत है, पता नहीं तब क्या-क्या षड्यंत्र रच लेगी, इसलिए तो हम नहीं चाहते थे कि हमारी संतानें कई औरतों से हों। चाहे हम कितनी भी औरतों को भोग लेते परंतु संतान तो हमें एक ही औरत से चाहिए थी ताकि हमारे जीवन में भी और हमारे साम्राज्य में भी शांति व्यवस्था बनी रहती। परंतु विधाता ने तो हमारी सारी योजना ही चौपट कर दी। अपने पिता सूर्य देव प्रताप सिंह और अपने पूर्वजों की जो गलतियां हम कभी नहीं दोहराना चाहते थे, लगता है अब हमें भी अपने जीवन में वही सब झेलना पड़ेगा।

इन्हीं विचारों में डूबते उतरते महाराणा रणजीत देव प्रताप सिंह रानी अंबिका के कक्ष में पहुंचे। महाराणा रणजीत सिंह को देखकर दासियां उन्हें बधाई देती हुई कक्ष से बाहर चली गईं। रानी अंबिका लज्जा और खुशी से लाल हो रही थी।

रानी अंबिका ने उठकर महाराणा रणजीत सिंह के चरण स्पर्श करते हुए कहा, महाराणा जी हमारी बधाई स्वीकार करें, ईश्वर ने हमें मीरामणि की तपस्या का फल दे दिया है।

महाराणा रणजीत सिंह ने उसे उठाकर गले लगा कर कहा, तुम्हें भी बधाई हो अंबिका। कौन सा महीना चल रहा है?

रानी अंबिका ने कहा, तीसरा महीना है महाराणा जी। यह सब मीरामणि के ही जप-तप का फल है। उसी ने हमें यह आश्वासन दिया था कि जयराजगढ़ को राज-सिंहासन का वारिस अंबिका जीजी ही देंगी। यह तो महा शिव-भक्त है, इसकी प्रार्थना

तो स्वयं महादेव भी नहीं टाल पाए और इसकी भक्ति का फल हमारी झोली में डाल दिया। फिर मीरामणि को अपने गले लगाते हुए बोली, तुम तो सगी बहन से भी अधिक सगी हो मीरामणि, तुम्हारा यह उपकार तो हम जीवन देकर भी नहीं उतार पाएंगे।

रानी मीरामणि ने प्रेम से झिड़का, अरे जीजी बेकार की बातें सोचना बंद कर दो। अब तो केवल अच्छी बातें ही सोचना। केवल धर्म की बातें सोचना और केवल धर्म की बातें ही करना। गर्भावस्था में माता की हर सोच का असर संतान पर पड़ता है। जैसे विचार रहेंगे वैसी ही संतान प्राप्त होगी।

महाराणा रणजीत सिंह ने मन ही मन में सोचा, यह मीरामणि कितनी समझदार है और कितनी चालाक भी। यदि उसके हृदय में जलन हो भी रही है तो भी वह बाहर नहीं आने देगी। राजनीति में तो यह बेजोड़ है। परन्तु अंबिका को संतान होने तक अब मीरामणि से भी बचा कर रखना होगा। कहीं इसने सौतेलेपन में कोई घातक चाल चल दी तो। ख़ैर अंबिका की तो हमें कोई परवाह नहीं परंतु उसके गर्भ में जो संतान है वह तो हमारी है। उसकी रक्षा तो हमें ही करनी होगी। महाराणा रणजीत सिंह ने दासी कौशिका को आज्ञा दी, जाओ संदेशवाहक से कहो कि अभी जाकर राजवैद्य को ख़बर कर दे। उनसे जाकर कहे कि महाराणा रणजीत सिंह की आज्ञा है कि शीघ्र अति शीघ्र हमारे निजी कक्ष में आकर हमसे मिलें।

दासी कौशिका सिर झुकाकर बाहर चली गई।

महाराणा रणजीत सिंह ने रानी अंबिका को कहा, अंबिका अब तुम संपूर्ण आराम करो, हम तुम्हारे लिए राजवैध से मिल कर आते हैं और तुम्हारा संपूर्ण ख्याल रखने का सारा इंतजाम करते हैं। यह कहकर महाराणा रणजीत सिंह अंबिका के कक्ष से बाहर निकल कर अपने निजी कक्ष की ओर बढ़ गए। महाराणा रणजीत सिंह का प्रेम देखकर अंबिका तो खुशी से पागल हुए जा रही थी और रानी मीरामणि अपनी बड़ी जीजी अंबिका की खुशी में ही बहुत खुश थी।

महाराणा रणजीत सिंह अपने निजी कक्ष में बैठकर सोच-विचार में डूबे हुए थे कि अंबिका को मीरामणि से कैसे अलग रखा जाए। यहां पर जयराजगढ़ में तो यह संभव नहीं होगा। तभी उन्हें ध्यान आया कि पहला बच्चा तो मायके में ही पैदा होने की प्रथा है। तो यह ठीक रहेगा वह अपने मायके चली जाएगी और यहां मीरामणि हमारे साथ रहेगी। यह सोचकर महाराणा रणजीत सिंह ने चैन की सांस ली।

तभी राजवैध जगदीश राज ने महाराणा रणजीत सिंह के निजी कक्ष में कदम रखा और कहा महाराणा जी आपको जगदीश राज का प्रणाम स्वीकार हो।

महाराणा रणजीत सिंह ने कहा, आईए जगदीश राज, हमने आपको खास काम से बुलाया है। रानी अंबिका को तीसरा महीना चल रहा है। शायद जयराजगढ़ को शीघ्र ही राज-सिंहासन का वारिस मिलने वाला है। इसीलिए आप हमें उनकी जाँच करके शीघ्र अति शीघ्र बताइए कि उनकी हालत सफ़र के लिये कैसी है? जिससे की हम उन्हें उनके मायके रवाना कर सकें, क्योंकि प्रथा के अनुसार पहला बच्चा मायके में ही होना चाहिए।

आपको बहुत-बहुत बधाई हो महाराणा जी, जगदीश राज ने अति प्रसन्न होते हुए कहा। शिव निर्माण के होने से ही हमें यह अनुभूति हो गई थी कि अब महादेव जल्द से जल्द जयराजगढ़ को उसका युवराज प्रदान करेंगे। आपकी छोटी रानी मीरामणि तो देवी का ही स्वरुप है, यह सब उनकी तपस्या से ही संभव हुआ है। आप रानी अंबिका को यह संदेश भिजवा दीजिए तो हम अभी जाकर उनकी जांच कर लेते हैं।

चलिए हम साथ ही चलते हैं, महाराणा रणजीत सिंह ने कहा।

राज वैद्य जगदीश राज ने रानी अंबिका की जांच करने के बाद यह बताया कि यह बिल्कुल स्वस्थ है और लंबा सफर करने के पूरी तरह से योग्य हैं। यह सुनते ही महाराणा रणजीत सिंह ने खुशी से सिर हिलाया, ठीक है तो हम शीघ्र अति शीघ्र उनके मायके बल्लभगढ़ में राजा नीलकांत को खबर भिजवा देते हैं कि रानी अंबिका हमारी संतान को जन्म देने के लिए प्रथा अनुसार बल्लभगढ़ आ रही हैं। हमारे प्रमुख सेनापति अक्रूर सिंह अपनी सेना के लश्कर के साथ बल्लभगढ़ जाएंगे और साथ में आप राजवैद्यों का पूरा दल जायेगा ताकि रानी अंबिका को रास्ते में किसी तरह की कोई तकलीफ ना हो। महाराणा रणजीत सिंह ने कहा, अब आप प्रस्थान कीजिए जगदीश राज जी, बल्लभगढ़ जाने के दिन की खबर आपको भिजवा दी जाएगी।

राजवैद्य जगदीश राज महाराणा रणजीत सिंह को प्रणाम करके चले गए तो बड़ी रानी अंबिका ने छोटी रानी मीरामणि को कहा, मीरामणि तुम भी अपनी तैयारी कर लो, तुम्हें भी हमारे साथ ही बल्लभगढ़ चलना है।

इससे पहले कि मीरामणि कुछ कहे महाराणा रणजीत सिंह ने शीघ्रता से कहा, अरे नहीं अंबिका यहां हमारा ख्याल रखने के लिए भी तो कोई चाहिए। वहाँ तुम्हारा ख्याल रखने के लिए तो बहुत से लोग होंगे मगर यहां हम तो अपनी पत्नियों के बिना अकेले हो जाएंगे।

यह सुनकर रानी अंबिका थोड़ी उदास हो गई। उसने बच्चों की तरह जिद करते हुए कहा, पर महाराणा जी, मीरामणि हमारी बहन है और इस समय हमें उसके साथ

की बहुत आवश्यकता है। परन्तु महाराणा जी, आपको हमें वचन देना होगा कि संतान पैदा होने से पहले हमारी बहन मीरामणि हमारे पास आ जाएगी क्योंकि हम चाहते हैं कि इस संतान का मुख पहली बार मीरामणि ही देखे, हमसे भी पहले। क्योंकि हमने महादेव के आगे यह सौगंध ली है कि हम संतान का मुख मीरामणि से पहले नहीं देखेंगे। उसका मुख देखने का पहला अधिकार केवल और केवल मीरामणि का ही है। भले ही गर्भवती हम हुए हैं परंतु इस के लिए सारी तपस्या मीरामणि ने ही की है। जब तक आप हमें वचन नहीं देंगे महाराणा जी हम यहां से जाने वाले नहीं, रानी अंबिका ने दृढ़ता से कहा।

ठीक है, ठीक है अंबिका तुम परेशान मत हो, मीरामणि संतान होने से पहले ही वहां बल्लभगढ़ पहुंच जाएगी, तुम्हारा आखिरी महीना शुरु होने से पहले मीरामणि तुम्हारे पास होगी हम वचन देते हैं, महाराणा रणजीत सिंह ने कहा, तुम दोनों ने तो हमें बिल्कुल ही भुला दिया है, आपस में पक्की साठगांठ कर ली है।

कुछ दिनों के बाद प्रमुख सेनापति अक्रूर सिंह के संरक्षण में और राजवैद्यों की टोली के संग रानी अंबिका बहुत से दास-दासियों के साथ अपने मायके बल्लभगढ़ के लिए रवाना हो गई। रानी अंबिका के मायके जाने के बाद रानी मीरामणि बहुत ही अकेलापन महसूस करने लगी थी। वह अपना ज्यादा समय शिव मंदिर में ही अपने ध्यान और अपने पूजा-पाठ में बिताने लगी थी। महाराणा रणजीत सिंह उसके साथ समय बिताना चाहते थे। परंतु वह बहुत कम बोलती थी और ज़्यादातर उदास रहती थी। मीरामणि ने रानी अंबिका के यहां से उठाई हुई दवाइयां भी खानी शुरु कर दी थीं, क्योंकि वह नहीं चाहती थी कि अंबिका की संतान होने से पहले वह मां बने इसीलिए उसने माँ ना बनने की वह दवाइयां खानी शुरू कर दी थी।

ऐसे में उसके मायके संभलगढ़ से संदेशा आया कि उसके भाई विराट सिंह के विवाह का मुहूर्त काशी की राजकुमारी सुलक्षणा के साथ निकल गया है और उसका महाराणा रणजीत सिंह के साथ आना आवश्यक है। यह सुनकर मीरामणि बहुत प्रसन्न हुई और अपने मायके जाने के लिए महाराणा रणजीत सिंह से जिद करने लगी। महाराणा रणजीत सिंह स्वयं उसको लेकर संभलगढ़ की ओर रवाना हुए। युवराज विराट की शादी काशी की राजकुमारी सुलक्षणा के साथ संपन्न हो चुकी थी। भाई विराट और भाभी सुलक्षणा ने उसको वहां महाराणा रणजीत सिंह से जिद करके रोक लिया और महाराणा रणजीत सिंह ने बहुत दिनों के बाद उसका खिला हुआ चेहरा देखा था इसीलिए वो उसे ना नहीं कर सके थे।

विराट के विवाह में बल्लभगढ़ से राजा नीलकांत भी आए थे परंतु वह वधू पक्ष की ओर से थे क्योंकि रिश्ते में सुलक्षणा उनकी ममेरी बहन जो होती थी। उन्होंने महाराणा रणजीत देव प्रताप सिंह को बताया कि अंबिका का आठवाँ महीना लग गया है इसीलिए वह मीरामणि को बुलाना चाहती है, तो महाराणा रणजीत सिंह ने मीरामणि को कहा कि समय अब कम रह गया है इसलिये तुम यहीं से विराट के साथ अंबिका के मायके चली जाना। बच्चा पैदा होने की खबर मिलने के बाद हम भी अपने लश्कर के साथ वहां आ जाएँगें और फिर महाराणा रणजीत देव प्रताप सिंह अकेले ही जयराजगढ़ लौट गये।

रानी अंबिका का नौवाँ महीना खत्म होने को आ रहा था इसलिये रानी मीरामणि अपनी सारी तैयारियाँ करके अपने भाई विराट सिंह के साथ बल्लभगढ़ पहुंच गई। बल्लभगढ़ पहुंचने पर रानी मीरामणि और उसके भाई युवराज विराट सिंह का राजा नीलकांत ने भव्य स्वागत किया। रानी अंबिका तो मानो फूली नहीं समा रही थी। मीरामणि को वहां देखकर रानी अंबिका को बहुत संतुष्टि हुई थी। उसको लग रहा था अब मीरामणि सब कुछ संभाल लेगी और सब कुछ ठीक-ठाक हो जाएगा। रानी मीरामणि संभलगढ़ की प्रसिद्ध दाई संकुला देवी को भी अपने साथ लेकर आई थी। संकुला देवी बहुत ही अनुभवी दाई थी और उसने खराब गर्भावस्था की परिस्थितियों में भी बच्चों को सही सलामत पैदा करवाया था। वैसे भी रानी मीरामणि अपनी बड़ी जीजी अंबिका के विषय में किसी भी तरह का ख़तरा मोल नहीं लेना चाहती थी और उस अनुभवी दाई पर उसको पूरा भरोसा था। उधर राजा नीलकांत ने अपने परम मित्र शिरोमणि पंडित रामेश्वर नाथ शास्त्री को भी बुलावा भेज दिया था क्योंकि अंबिका का पहला बच्चा था, इसीलिए कोई भी खतरा वह भी मोल नहीं लेना चाहता था। वह चाहता था कि सब कुछ आराम से हो जाए ताकि महाराणा रणजीत सिंह को शिकायत का कोई भी मौका ना मिले।

राजा नीलकांत की पत्नी पदमावती देवी अपने तीनों बच्चों के साथ अपने मायके गई हुई थी, जहां उसके भाई का राजतिलक होना था और उसका बहुत बड़ा उत्सव मनाया जाने वाला था। राजा नीलकांत बहन अंबिका की हालत देखते हुए वहां नहीं गए थे। परंतु अंबिका के बच्चा हो जाने के कुछ दिनों के बाद वह अपनी पत्नी पदमावती देवी को लेने के लिए जाने वाले थे।

रानी अंबिका का नौवां महीना लगते ही उसके सभी शुभचिंतक वहां पहुंच चुके थे- जयराजगढ़ से रानी मीरामणि, सँभलगढ से युवराज विराट सिंह, काशी से शिरोमणि पंडित रामेश्वर नाथ शास्त्री और उसका भाई राजा नीलकांत तो वहां था ही।

रात के भोजन के पश्चात रानी अंबिका अपने कक्ष में आराम करने के लिए चली गई थी और बाकी सभी लोग राजमहल की छत पर टहलने के लिए चले गए। वहां पर वह सभी अलग-अलग विषयों पर चर्चा कर रहे थे।

तभी राजा नीलकांत ने मीरामणि का हाथ पकड़कर कहा, मीरामणि बहन तुम ने हम सब पर जो उपकार किया है और जो कुछ भी तुमने अंबिका के लिए किया है, उसके लिए हम तुम्हारा यह एहसान पूरा जीवन नहीं उतार पाएंगे। तुम हमारी छोटी बहन हो परंतु तुम्हारे त्याग और तुम्हारी महानता के आगे हम बड़े भाई होने के नाते भी तुम्हारे सामने नतमस्तक हैं। एक वचन तुमने अंबिका को दिया था कि वह युवराज की माता बनेगी और महारानी सिंहासन पर पहला अधिकार उसका होगा और एक वचन अंबिका ने स्वयं अपनी खुशी से अपने आप को दिया है कि वह उपहार स्वरूप महाराणा जी से तुम्हारे लिए महारानी सिंहासन मांग के रहेगी क्योंकि वह समझती है और बिलकुल ठीक समझती है कि वह महारानी सिंहासन के लायक नहीं है। महारानी सिंहासन पर यदि किसी का भी असली अधिकार है तो वह केवल तुम ही हो मीरामणि, इसलिए तुम उसकी यह बात बिल्कुल भी मत ठुकराना और तुम महारानी सिंहासन पर बैठकर उस सिंहासन को सम्मानित करना। तुम्हें उस सिंहासन पर बैठा देखकर बहन अंबिका और तुम्हारे तीनो भाई- विराट, रामेश्वर और हम अपने आपको बहुत गर्वित महसूस करेंगे।

मीरामणि की आंखों में अपने लिए इतना प्रेम देखकर आंसू आ गए उसने कहा, मेरे सिर पर जब तक आप जैसे तीनों भाइयों का साया है तब तक भला मुझे अपनी क्या चिंता हो सकती है। मैं तो अंबिका जीजी जैसी बड़ी बहन और आप तीनों जैसे भाई पाकर धन्य हो गई हूँ। मेरा तो जीवन ही सार्थक हो गया है।

तुम्हारे जैसी देवी को हम बहन के रुप में पाकर धन्य हो गए हैं मीरामणि, रामेश्वर नाथ ने कहा।

विराट सिंह कुछ भी समझ नहीं पा रहा था। वह बड़े ही असमंजस की स्थिति में था उसने पूछा जीजी मां हम तो कुछ भी समझ नहीं पा रहे हैं। यह आप सब क्या बातें कर रहे हैं, कृपया करके हमें भी समझाइए।

मीरामणि बहन क्या अभी तक तुमने विराट सिंह को कुछ भी नहीं बताया है, रामेश्वर नाथ ने बड़ी हैरानी से पूछा।

नहीं भाई जी अब तक तो बताने का मौका नहीं आया था, मगर लगता है आज आ गया है। मीरामणि ने कहा, आप दोनों भाई विराट को सारी कथा सुना दीजिए हम जाकर अंबिका जीजी के पास बैठते हैं। परंतु विराट इस बात का बहुत ख्याल रहे कि यह बहुत ही गुप्त बात है, बहुत ही गोपनीय इसलिए यह बात केवल हम चार लोगों के अलावा और कहीं नहीं जानी चाहिए। सुलक्षणा के पास भी नहीं और पिता महाराज के पास तो बिल्कुल ही नहीं।

आप जानती है जीजी मां, विराट ने कहा, आपकी हर बात मेरे लिए आज्ञा के समान ही होती है।

मीरामणि मुस्कुराकर रानी अंबिका के कक्ष की ओर चली गई। राजा नीलकांत और पंडित रामेश्वर नाथ दोनों ही युवराज विराट सिंह को महाराणा रणजीत सिंह की सारी कथा सुनाने लगे। सारी कथा समाप्त होने तक विराट का क्रोध आसमान छूने लगा था। उसने कहा महादेव की सौगंध अगर यह हमारे बहनोई ना होते, अगर हमारी बहन के सुहाग ना होते तो आज इनका सिर काटने हम स्वयं जाते।

क्रोध को अपने काबू में रखो भाई, राजा नीलकांत ने कहा, हम तो यह सब बचपन से देख रहे हैं। हमारी बहनों का घर है, यही सोचकर तो खून के घूंट पीकर चुप रह जाते हैं। जिन बहनों को हमने इतने प्रेम से पाला है जब उनकी कोई दुर्गति करता है या उनका पति उनके साथ कोई भी बदसलूकी करता है तो हमारा खून खौलना आवश्यक हो जाता है।

रामेश्वर नाथ ने कहा, परंतु जब बहन मीरामणि के जैसी हो जो कि कर्म से योद्धा है और मन से महादेव की भक्त तब यह चिंता कुछ कम होने लगती है, क्योंकि हमें पता है कि वह महिषासुर मर्दिनी का रूप है और वह अपने आप ही इन सब को सीधा कर देगी। अंबिका ने यह निर्णय बहुत अच्छा लिया है नीलकांत भाई की महारानी सिंहासन पर मीरामणि बैठे क्योंकि जयराजगढ़ को भी मीरामणि जैसी ही महारानी की आवश्यकता है।

हां रामेश्वर भाई आप ठीक कहते हैं राजा नीलकांत ने कहा, अब तो हमें भी पूरा विश्वास हो चला है कि मीरामणि जयराजगढ़ का तख्ता जरूर पलट देगी। और फिर हम तीनों भाई भी तो उसके साथ हैं। और अब हम तीनों के होते हुए महाराणा रणजीत सिंह उसके साथ वह नहीं कर पाएगा जो उसने अपनी पहली रानी वैशाली और दूसरी रानी अंबिका के साथ किया है, मीरामणि के साथ तो हम यह सब कभी नहीं होने देंगे।

यह कहकर राजा नीलकांत ने अपना हाथ बढ़ाया तो उसके ऊपर पंडित रामेश्वर नाथ ने अपना हाथ रखा और उसके ऊपर युवराज विराट सिंह ने भी अपना हाथ रख दिया।

वह तीनों बातें कर ही रहे थे और कुछ ही क्षणों में भोर होने को थी तभी मीरामणि भागती हुई आयी और बोली अंबिका जीजी को दर्द उठ रहें हैं, लगता है खुशखबरी आने वाली है। मैं दाई के साथ अंबिका जीजी के कक्ष में जाती हूं, आप तीनों भी जल्दी से नीचे ही आ जाइए।

तीनों भाई घबराकर नीचे की ओर भागे।

थोड़ी ही देर में बच्चे के रोने की आवाज आने लगी। तीनो भाई हर्षितोल्लास से एक दूसरे के साथ लिपट गए और इंतजार करने लगे कि अंदर से कब खुशखबरी आती है कि जयराजगढ का युवराज आ गया है। मीरामणि दाई संकुला के साथ अंदर ही थी, प्रमुख दासियाँ कौशिका और मालिनी भी अंदर ही थीं।

बहुत देर बीती जा रही थी मगर मीरामणि बाहर नहीं आई थी, तीनो भाई परेशान होने लगे। बहुत देर की प्रतीक्षा के बाद आखिरकार दाई संकुला देवी बाहर आई उसने कहा, आप तीनों को रानी मीरामणि अपने कक्ष में बुला रही है।

रानी मीरामणि का कक्ष रानी अंबिका के कक्ष के साथ ही था, जिसका एक दरवाजा अंबिका के कक्ष में खुलता था और दूसरा दरवाजा बाहर की तरफ़ खुलता था। तीनों भाई बाहर के दरवाजे की ओर मुड़े। तीनों भाई जैसे ही मीरामणि के कक्ष में पहुंचे तो देखा कि मीरामणि दोनों हाथ अपने सिर पर रख कर अपने बिस्तर पर बैठी थी।

तीनो भाई घबरा गए उन्होंने पूछा, मीरामणि क्या हुआ है, ऐसा क्या हुआ है जो तुम ऐसे ख़ुशी के समय पर इस तरह उदास और दुखी बैठी हो ???

अंबिका.....अंबिका तो ठीक है ना, मां और बच्चा दोनों ठीक है ना, राजा नीलकांत की आवाज भारी हो गई थी।

मीरामणि के आंसू आ गए उसने कहा, पता नहीं महादेव ने हमें किस बात की और कौन सी सजा दी है। हमें जयराजगढ़ का युवराज प्राप्त नहीं हुआ है। संकुला दाई माँ, जरा बच्चे को लेकर आइए, मीरामणि ने कहा।

नीलकाँत ने मीरामणि को समझाते हुए कहा, अरे कोई बात नहीं मीरामणि, यदि जयराजगढ़ की राजकुमारी पैदा हुई है। कम से कम ईश्वर की कृपा से अंबिका को माँ बनने का सौभाग्य तो मिला, शायद महादेव ने यह तुम्हारे भाग्य में लिखा हो कि जयराजगढ़ के युवराज की माँ तुम बनो। हमें तो हमारी दोनों बहने ही प्रिय हैं।

रामेश्वर नाथ ने भी कहा, नीलकांत भाई ठीक कह रहे हैं मीरामणि, जयराजगढ़ का युवराज चाहे तुम दो या अंबिका, उस बच्चे की दो माँ होंगी और तीन मामा तो इससे क्या फ़र्क़ पड़ता है कि तुम दोनों में से कौन पुत्र की माँ बनी और कौन पुत्री की।

तभी संकुला दाई बच्चे को लेकर आई। बच्चा बहुत ही सुंदर और स्वस्थ था उसके चेहरे पर तेज था उसे देख कर उसके तीनो मामा प्रसन्न हो गए। मीरामणि ने दाई को इशारा किया, दाई ने बच्चे को मीरामणि की गोद में दिया और रानी अंबिका के कक्ष की ओर बढ़ गई जहाँ अंबिका अभी बेहोशी की हालत में थी।

रानी मीरामणि ने बच्चे का कपड़ा हटाते हुए कहा, यह ना तो पुत्र है और ना ही पुत्री, यह तो एक किन्नर है।

क्या ... क्या ... क्या ....तीनों लोग सन्न रह गए।

अब क्या होगा नीलकाँत सिर पकड़ कर जमीन पर बैठ गया।

रामेश्वर नाथ भी सुन्न होकर खड़ा था।

विराट बिल्कुल चुप था।

कक्ष में सन्नाटा था !!!

बहुत भारी सन्नाटा।

अध्याय २०

रानी मीरामणि की योजना

चारों खामोश बैठे थे।

चुप्पी नीलकांत ने ही तोड़ी, पूछा, क्या अंबिका को यह पता है कि ??? उसने बात अधूरी छोड़ दी।

नहीं भाई जी, मीरामणि ने कहा, उन्हें अभी तक होश नहीं आया है, दर्द की अधिकता से वह बेहोश हैं।

उसे अभी पता भी नहीं लगना चाहिए मीरामणि, रामेश्वर नाथ ने गंभीर स्वर में कहा, वह बहुत ज्यादा संवेदनशील है, वह सह नहीं पाएगी।

महाराणा रणजीत सिंह की दूसरी शादी तो वह सह नहीं पा रही थी, तब उसने आत्महत्या करने का पूरा इंतजाम कर लिया था, और अब तो यह सवाल उसकी संतान का है, यह सदमा तो उसके प्राण ही ले लेगा, नीलकांत ने गहरे दुख से कहा। ईश्वर ने भी क्या मजाक किया है हमारे साथ, इससे तो महादेव उसे पुत्री ही दे देते, कहते-कहते नीलकांत की आंखें भीगने लगीं।

यह क्या भाई जी आप ही कमजोर हो जाएंगे तो हम सब का क्या होगा, कहकर मीरामणि उनके आंसू पोंछने के लिए उठी।

अंबिका जीजी को आप लोग यह पता ही मत लगने दीजिए कि उनकी संतान एक किन्नर है। संकुला दाई तो हमारे ही राज्य की हैं, उन्हें तो हम अच्छे से समझा देंगे और जितना पारितोषिक होगा वह भी दे देंगे, पहली बार विराट ने मुंह खोला।

नहीं विराट यह तो संभव नहीं होगा, नीलकांत ने गहरे दुख से कहा, एक मां से उसकी संतान छुपाई नहीं जा सकती और फिर कुछ दिनों में किन्नर आ जायेंगे बधाईयां देने, तब उनसे कैसे तुम छुपा पाओगे? सबसे बड़ी परेशानी तो महाराणा रणजीत सिंह हैं, उनको कैसे बताएंगे। वह तो अंबिका को अपने साथ अब वापस लेकर नहीं जायेंगे।

और अंबिका तो महाराणा की इस उपेक्षा से जी ही नहीं पायेगी, नीलकांत की आंखें फिर से भीगने लगी थीं, रणजीत सिंह को हम बचपन से जानते हैं, जो भी व्यक्ति या वस्तु उसे फ़ायदा नहीं पहुँचा सकते उन्हें तो वह वैसे भी नष्ट कर देता है। वह केवल उन्हीं लोगों की कद्र करता है जो उसके लिए काम के हों, और अंबिका तो अब किसी भी तरह उसके लिए फायदेमंद नहीं रही, ना पत्नी के रुप में और ना ही वह उसे पूर्ण संतान दे पाई है.....फिर पुत्री भी दे देती तब भी वह उसे कुछ समझ लेता, परंतु अब तो वह बिल्कुल भी नहीं समझेगा। वह अंबिका को कभी स्वीकार नहीं करेगा और किन्नर को जन्म देने के अपराध में वह अंबिका को मृत्युदंड भी दे सकता है। वह उसको अपने साथ कदापि लेकर नहीं जाएगा, वह अंबिका को त्याग देगा और पति से त्यागी हुई औरत का इस समाज में क्या स्थान है वह सब जानते हैं इसलिए अंबिका को तो अब कोई भी नहीं बचा सकता, स्वयं ईश्वर भी नहीं बचा सकते, अंबिका के जीवन के दिन तो पूरे हो गए हैं, नीलकांत ने दुख से अपना चेहरा छुपा लिया।

नीलकांत मेरे भाई संभालो अपने आप को, रामेश्वर नाथ ने कहा, इस जीवन में कोई ऐसी समस्या नहीं है जिसका हल नहीं निकाला जा सकता। हम अभी मरे नहीं ज़िंदा है और हम चारों बैठ कर कोई न कोई हल जरुर निकाल लेंगे, कुछ नहीं होगा अंबिका को, वह जितनी तुम्हारी बहन है उससे कहीं अधिक हमारी है। रामेश्वर नाथ ने आगे कहा, मीरामणि तुम अभी जाकर पहले संकुला दाई को समझा दो कि वह यह बात बाहर ना निकाले और अंबिका के होश में आते ही उसको कहे कि बच्चे की तबीयत थोड़ी सी ठीक नहीं है इसलिए अभी उसको बच्चा नहीं दिखा सकते हैं। सभी लोग सारा दिन इस समस्या के बारे में सोचो और ईश्वर से प्रार्थना करो। रात को हम सब राजमहल की छत पर मिलते हैं। कोई ना कोई हल जिसको भी सूझे, उसका हम आपस में मिलकर रात को निर्णय ले लेंगे और योजना बना लेंगे। तब तक मैं बच्चे की जन्म-पत्री बना लेता हूं, देखें तो सही कि अंबिका की इस संतान के भाग्य में क्या लिखा है।

यह बात कि अंबिका ने एक किन्नर को जन्म दिया है केवल कुछ ही लोग जानते थे जिनमें से प्रमुख थे- राजपरिवार में राजा नीलकांत, युवराज विराट सिंह, नीलकांत के परम मित्र काशी के शिरोमणि पंडित रामेश्वर नाथ शास्त्री और स्वयं रानी मीरामणि देवी। साथ में अंबिका की प्रमुख दासी कौशिका, मीरामणि की प्रमुख दासी मालिनी और दाई संकुला देवी। बाकी सभी लोग तो भरोसे के लोग थे, जिन्हें कुछ भी कहने-

सुनने की जरूरत नहीं थी। परंतु उनमें केवल एक ही चरित्र ऐसा था जिसका मुंह बंद कराना सबसे ज्यादा आवश्यक था और वह थी दाई संकुला देवी।

रानी मीरामणि ने संकुला दाई को अच्छे से सब कुछ समझा दिया, उसे बहुत सा धन और उसके पुत्रों को जमीनें भी देने का वचन दिया। मुंह बंद रखने के बदले में जो कुछ संकुला दाई को दिया जा रहा था वह उसकी आशा से बहुत अधिक था। इतना तो शायद उसे युवराज पैदा होने पर भी नहीं मिलता इसलिए उसने हां कर दी। बाकी विराट ने तो उसको यह धमकी भी दे डाली थी कि यदि इसके बाद भी उसने इस जीवन में कभी भी राजपरिवार का यह भेद खोला तो सारे परिवार को देशद्रोह के आरोप में कालकोठरी में डाल देगा। संकुला के लिए मुंह बंद रखना मुंह खोलने से ज्यादा फायदेमंद हो रहा था तो उसने कसम उठा ली के वो कक्ष से बाहर यही कहेगी कि रानी अंबिका को पुत्र की प्राप्ति हुई है और जब तक इस समस्या का कोई हल नहीं निकल जाता तब तक वह बच्चे की पूरी देखभाल करेगी।

पंडित रामेश्वर नाथ ने विशेष जड़ी-बूटियों को मिलाकर अंबिका के लिए एक काढ़ा तैयार कर दिया था जिससे उसकी हालत जल्दी ठीक हो जाये और उसके असर से वह ज़्यादातर नींद में भी रहेगी। अंबिका के होश में आते ही संकुला दाई ने पहले उसको काढ़ा पिला दिया और उसे बता दिया कि उसे युवराज की प्राप्ति हुई है। इसीलिए वह बहुत खुश हो गई और दवा के असर में जल्दी ही फिर से नींद के हवाले हो गई। राजा नीलकांत ने अंबिका के कक्ष और मीरामणि के कक्ष के आगे बहुत सख्त पहरा बैठा दिया था। उन्होंने यह आज्ञा दी थी कि अभी नए पैदा हुए युवराज और अंबिका की तबीयत कुछ ठीक नहीं है इसीलिए किसी को भी अंदर जाने की सख्त मनाही है, राजपरिवार के प्रमुख सदस्यों के अलावा केवल दोनों रानियों की प्रमुख दासियां कौशिका और मालिनी ही अंदर जा सकती हैं, फिर संकुला दाई तो जच्चा-बच्चा की देखभाल के लिए अंदर ही थी।

रात्रि को चारों राज-सदस्य राजमहल की छत पर आगे की योजना बनाने के लिए मिले।

सबसे पहले राजा नीलकांत ने कहा, हमें तो इस समस्या का कोई भी हल सुझाई नहीं दिया और ना ही हमें कुछ समझ आ रहा है, हमारा तो दिमाग भी काम नहीं कर

रहा है। आप सब लोग आपस में मिलजुल कर फैसला कर लो। जो भी आप लोगों का अंतिम निर्णय होगा, वही हमारा भी होगा।

पंडित रामेश्वर नाथ ने कहा, किसी भी निर्णय पर पहुंचने से पहले एक खुशखबरी सुनाना चाहता हूँ। सब के चेहरों पर हैरानी के साथ प्रसन्नता छा गई। उन्होंने रामेश्वर नाथ के ऊपर प्रश्न सूचक दृष्टि डाली।

रामेश्वर नाथ ने कहा, मैंने बच्चे की जन्मपत्री बनाई है, उसका भाग्य राजयोग का है। वह बहुत सुख भोगेगा और एक अच्छा राजा साबित होगा। हृदय से वह सन्यासी रहेगा और कर्म से महान योद्धा। उसके जीवनकाल में दो घातक योग हैं- एक जन्म से लेकर 5 वर्ष की आयु तक और दूसरा घातक योग 17 वर्ष से 22 वर्ष की आयु तक, और दुर्भाग्य की बात यह है कि उसका घातक योग उसके पिता की वजह से ही अधिक बन रहा है। इसलिये जीवन के ऐसे वर्षों में उसे उसके पिता से अलग रखना पड़ेगा। वह समाज सेवा में सदैव आगे रहेगा और एक आदर्श महाराणा के रूप में जाना जाएगा। मेरे सुझाव से हमें कोई ऐसी योजना बनानी चाहिए जिससे यह सुरक्षित भी रहे और इसे राजपरिवार की संतान होने के नाते अच्छी शिक्षा-दीक्षा भी मिले। अच्छी परवरिश और अच्छी शिक्षा किसी भी बच्चे को वह बना सकती है जो एक समाज कल्पना भी नहीं कर सकता। अब यह कार्यभार कौन संभालेगा, बस यह सोचने वाली बात है।

अंबिका से तो कुछ भी आशा करना व्यर्थ है, नीलकांत ने कहा, वह तो अपने जीवन के लिए ही कोई निर्णय नहीं ले सकती तो अपनी संतान के विषय में क्या लेगी। वह तो वैसे ही महाराणा के हाथों की कठपुतली है, वह जैसा चाहते हैं वैसे ही उसे घुमा देते हैं और नचा भी देते हैं और यह पगली उनकी सारी बातों को सच मान लेती है। यह तो दिमाग से काम ले ही नहीं सकती। यह तो हृदय से ही बहुत कमजोर है।

भूलिए मत नीलकाँत भाई जी, मीरामणि ने कहा, आपकी यह छोटी बहन कमजोर नहीं है। ना दिमाग से और ना ही हृदय से। आप से क्षमा चाहते हैं भाई जी परंतु आप सब ने अंबिका जीजी को ऐसा कह-कहकर कमजोर बना दिया है। वह एक औरत हैं और औरत की शक्ति को तो स्वयं देवता भी प्रणाम करते हैं। उनका यह रुप कि वह सब पर विश्वास जल्दी कर लेती हैं, उनकी निष्कपटता और निश्छलता को दर्शाता है, ना कि कमजोरी को। अभी तक वह पति के आगे सिर इसलिए झुकाती हैं कि हमारी रस्में और मान्यताएं उन्हें मजबूर करती हैं या शायद इसलिए भी कि वह अपने पति

से बहुत प्रेम करती हैं और प्रेम करना तो कोई अपराध नहीं है। जब एक मां की संतान के प्राण खतरे में हो तो वह अपनी संतान की रक्षा के लिए अपने प्राण लगा देती है।

मीरामणि ने आगे कहा, रामेश्वर भाई जी, आपकी इस बात ने तो हमारी सोच की दिशा ही बदल दी है यदि बच्चे को अच्छी परवरिश मिले तो वह क्या नहीं कर सकता और क्या नहीं बन सकता। चाहे वह बच्चा किन्नर ही क्यों ना हो। शरीर की विकलांगता तो सिर से पांव तक कहीं भी हो सकती है तो इसमें एक बच्चे का क्या अपराध हो सकता है, अगर वह पुत्र या पुत्री नहीं है, एक किन्नर है, तो क्या वह अपने मां-बाप की संतान भी नहीं है। एक किन्नर का शरीर भी उन्हीं पांच तत्वों की देन है जिससे हर जीवात्मा का शरीर बना है, वह भी जीवित जीव हैं, मानव का जन्म मिला है उन्हें। समाज के लिए वह कुछ भी हों परंतु माता-पिता के लिए तो वह केवल एक संतान हैं इसलिए उन्हें माता-पिता से अलग करना समाज के लिए और मानवता के लिए बहुत शर्म की बात है। हम आज यह वचन उठाते हैं कि इस किन्नर बच्चे को ऐसी परवरिश देंगे कि राज-सिंहासन पर अपना अधिकार यह अपने गुणों से साबित करेगा और समाज को दिखा देगा कि एक किन्नर को भी यदि अच्छी परवरिश मिले तो वह क्या नहीं बन सकता। केवल वो बच्चे पैदा करके वंश आगे ही तो नहीं बढ़ा सकता परन्तु इसका क्या सबूत होता है कि एक पुरुष नपुंसक या एक स्त्री बाँझ नहीं हो सकती, तो क्या उनसे समाज उनके सारे अधिकार छीन लेता है। उसके शरीर में बहता रक्त और उसके शरीर का एक-एक अंग कहता है कि वह मनुष्य है।

"बहुत विडंबना है हमारे समाज की, मीरामणि ने दुख की एक गहरी सांस लेते हुए कहा, हम ब्रह्मचारी को पूजते हैं क्योंकि वह सन्यासी हैं, ईश्वर की राह पर अग्रसर है,परंतु जिन्हें ईश्वर ने ब्रह्मचारी बनाकर पैदा कर दिया है, उनकी अवहेलना करते हैं, उन्हें हम जानवर जितना सम्मान भी नहीं देते, मानव रूप देख कर भी प्रेम नहीं देते। इन्हें देख कर हम हंसते हैं, उनकी पीड़ा देखकर हमें मनोरंजन की अनुभूति होती है। किसी भी मनुष्य की विकलांगता देख कर हम द्रवित हो उठते हैं परंतु इन पर दया क्यों नहीं आती। हम बनाएंगे इसे वो जो कि एक समाज कल्पना भी नहीं कर सकता, हम बदल देंगे इस 'किन्नर' शब्द की परिभाषा को।"

मीरामणि का यह रूप देखकर सभी हैरान रह जाते हैं। मीरामणि जब इस तरह बोलती है तो ऐसा लगता है जैसे उसमें स्वयं दुर्गा का अवतार उतर आया है। वह महिषासुर-मर्दिनी के समान हो जाती है। अब कोई राक्षस उसके सामने टिक नहीं

सकता। एक महायोद्धा की तरह वह अपने दिमाग के सारे अस्त्र-शस्त्र खोल देती है और उसके बाद उसके सामने टिकने की किसी भी शत्रु की मंशा नहीं रहती।

योजना बन चुकी है, मीरामणि ने गंभीर स्वर में कहा, अब हम इस मृत्युलोक के कर्म क्षेत्र में अपने धर्म का युद्ध स्वयं करेंगे, और इसका संपूर्ण संचालन भी हम ही करेंगे। मीरामणि ने योजना समझानी आरंभ की:-

इस योजना का पहला चरण यह है- रामेश्वरनाथ भाई जी, आप अंबिका जीजी से मिलने जाएंगे और उसके बाद आप उन्हें समझाएंगे कि जन्मपत्री के ग्रहों और नक्षत्रों के अनुसार कुछ दिन तक मां का बच्चे का मुख देखना बच्चे के लिए घातक सिद्ध हो सकता है, इसीलिए जब तक ग्रहों को पूजा पाठ के द्वारा शांत नहीं करा देते तब तक वह अपने बच्चे का मुख नहीं देखे। बाकी जन्मपत्री की राजयोग की बातें उन्हें सब सच-सच बता देना, केवल यह छिपा जाना कि वह बच्चा किन्नर है। उन्हें कहियेगा कि आंखों पर पट्टी बांधकर वह अपने पुत्र को दूध पिला सकती है, वह बच्चे को पूरा देख ना पायें इस बात का पूरा ख्याल दाई संकुला देवी रख लेंगी।

मीरामणि ने आगे कहा, रामेश्वर भाई जी एक काम आपको और करना है कि आपको ऐसी जन्म-पत्रिका का निर्माण करना है जिसके ग्रह और नक्षत्र यह बताते हैं कि यदि जन्म से लेकर 5 वर्ष तक की आयु में इस युवराज का चेहरा उसके पिता ने देखा तो वह पिता और पुत्र दोनों के लिये घातक सिध्द होगा और वो मृत्यु को प्राप्त भी हो सकते हैं। वह जन्मपत्रिका बहुत सटीक बनाइएगा। आप यह समझ लीजिए कि महाराणा जी किसी पर भी पूरा विश्वास नहीं करते हैं, वह अपने राज्य के महान ज्योतिषियों और राजपुरोहितों को अपने युवराज की जन्मपत्रिका जरूर दिखाएंगे तो उसमें वह कोई भी कमी ना निकाल पायें, इस बात का आपको विशेष ध्यान रखना होगा।

उस बात की तो तुम चिंता ही मत करो मीरामणि बहन, रामेश्वर ने कहा, जिस जन्मपत्रिका पर काशी के शिरोमणी खानदान ने ठप्पा लगा दिया, उसे तो फिर कोई भी झुठला नहीं सकता। हमारे घराने में तो दूर-दूर से एक से एक महापंडित ज्योतिष विद्या सीखने आते हैं।

यह तो बहुत अच्छा है, मीरामणि ने संतोष की सांस ली।

योजना का दूसरा चरण यह है- नीलकांत भाई जी आप एक-दो दिन में अपने राज्य के किन्नर प्रमुख को बुलवा लें और उनके लिए अच्छी-खासी धन राशि की व्यवस्था करके रखें। बाकी सब हम पर छोड़ दें। वह जीवन भर मुंह नहीं खोलेंगे,

मीरामणि ने दृढ़ता से कहा। एक बात और नीलकाँत भाई जी, क्या ऐसा संभव हो सकता है कि आपकी पत्नी हमारी भाभी सा 1 या 2 महीने तक मायके से यहां लौट कर ना आयें।

बिल्कुल हो सकता है मीरामणि, नीलकांत ने कहा, कौन सी स्त्री मायके जाकर वापस जल्दी लौटना चाहती है। उसके लिए तो यह खबर खुश-खबरी ही होगी।

ये ठीक है, मीरामणि ने कहा, कुछ ही दिनों में हम कोई न कोई योजना बना लेंगे कि इन 5 वर्षों में अंबिका जीजी बच्चे के साथ कहां रहें। चाहे तो हम उन्हें यहां छोड़ देंगे, और यदि यहां नीलकांत भाई जी आप को कोई समस्या हुई तो हम उन्हें विराट के साथ संभलगढ़ भेज देंगे, वहां भी दोनों सुरक्षित रहेंगे।

कैसी बातें करती हो मीरामणि, नीलकाँत ने प्यार से झिड़का, क्या किसी बहन को रखने से भाई को कोई समस्या हो सकती है।

नहीं भाई जी हमारा यह मतलब नहीं था, हम तो यह इसीलिए कह रहे थे कि जब भाभी सा 1-2 महीने बाद लौट आयेंगी तब अंबिका जीजी का यह राज खुलना नहीं चाहिए और उन्हें 5 वर्षों तक जयराजगढ़ से भी तो दूर रहना है।

इसकी तो तुम चिंता ही मत करो मीरामणि, वह तो वैसे भी बहुत वहमी औरत है। हम उसको कोई वहम डाल देंगे और वह अंबिका और उसके बच्चे के पास फटकेगी भी नहीं, नीलकाँत ने कहा, परंतु वैसे हमारे दिमाग में एक योजना आयी है। हमारे राजमहल से थोड़ा दूर हमारा एक मेहमानों को ठहराने के लिए महल बना हुआ है। हम अंबिका के ठीक-ठाक होते ही सारी तैयारियां करवाकर वहीं उसके रहने की संपूर्ण व्यवस्था करवा देंगे। वहां कोई भी नहीं आएगा-जाएगा, और उसको भी अपने बच्चे को पालने के लिए एकांत मिल जाएगा। बहुत खास प्रमुख दास- दासियाँ ही उसकी देखभाल के लिए नियुक्त करेंगे, जो हमारे संपूर्ण भरोसे के लोग हों और हम उससे रोज़ एक बार जरूर मिलने चले जाया करेंगे। यदि कोई समस्या होगी तो वह हमसे कह सकती है।

बस तो फिर यह तय रहा, मीरामणि ने खुश होते हुए कहा, अंबिका जीजी को ठीक होने के बाद हम स्वयं समझाएंगे। तब तक तो उनके अंदर अपने बच्चे के लिए पूरी तरह ममता जाग उठी होगी और वह अपनी संतान को अपने से अलग कभी नहीं करना चाहेंगी, चाहे वह किन्नर ही क्यों ना हो। उसके बाद हम अंबिका जीजी को भी अपनी योजना में शामिल कर लेंगे। फिर तो यह कभी हो ही नहीं सकता कि वह अपनी संतान की रक्षा के लिए अपने पति से बग़ावत ना कर लें। महाराणा जी को तो

आप कल ही संदेशा भिजवाने की तैयारियां कीजिए नीलकाँत भाई जी, कहीं बच्चा पैदा होने की खुशखबरी सुनकर वह अपने लश्कर के साथ यहां आ ही ना जायें। एक बार अंबिका जीजी ठीक हो जायें तो बाद में हम जयराजगढ़ लौटकर सब कुछ स्वयं ही ठीक कर देंगे और महाराणा जी को अच्छे से समझा देंगे कि 5 वर्ष तक वह बच्चे का मुंह देखने की कोशिश भी ना करें।

और मेरे लिए क्या आज्ञा है जीजी मां, विराट ने पूछा।

तुम्हारे लिए तो सबसे महत्वपूर्ण आज्ञा है मेरे भाई, मीरामणि ने मुस्कुराते हुए कहा, तुम्हें संभलगढ़ जाने से पहले जयराजगढ़ जाना होगा क्योंकि महाराणाजी नीलकांत भाईजी पर संपूर्ण विश्वास नहीं करते हैं, इसीलिए तुम वहां जाकर कहना कि बहुत ही सुंदर पुत्र हुआ है और यह सारी बातें जो हम महाराणा जी को संदेशवाहक से भिजवाने वाले हैं उसकी संपूर्ण रुप से पुष्टि कर देना, जिससे उन्हें यकीन हो जाए कि हम यहां पर जो कुछ कर रहे हैं, वह सब सच है। तुम जाने के लिए कह भी रहे थे तो यही अच्छा रहेगा कि अब तुम यहां से जाने का प्रबंध कर लो। और संकुला दाई को भी यह विश्वास दिलाते जाना कि तुम संभलगढ़ पहुंचते ही उसको निश्चित की हुई सारी पारितोषिक राशि और तय की हुई जमीनें वहां उसके पुत्रों को उसके पहुँचने से पहले ही मिल जाएँगीं।

सारी योजना सुनकर सब के चेहरे पर से तनाव गायब हो गया और संतोष नजर आने लगा।

अब नीलकांत भाईजी और विराट आप दोनों जाकर आराम कीजिए सब कुछ सुलझ गया है। हमें रामेश्वर भाई के साथ इस विषय पर थोड़ी सी वार्तालाप और करनी है, मीरामणि ने कहा।

ठीक है, कहकर विराट और नीलकांत दोनों छत से नीचे चले गए।

उनके जाने के बाद मीरामणि ने रामेश्वर नाथ से प्रश्न किया, रामेश्वर भाई यह जो बच्चा हुआ है यह पुरुष-किन्नर है या कि स्त्री-किन्नर।

पुरुष-किन्नर है मीरामणि बहन, रामेश्वर ने जवाब दिया।

जीवन में आगे जाकर इसको स्वास्थ्य से संबंधित क्या-क्या परेशानियां आ सकती हैं, ये जरा हमें खुल कर बताईए रामेश्वर भाई जी, मीरामणि ने अगला प्रश्न किया।

वैसे तो कुछ खास स्वास्थ्य परेशानी नहीं होती है, रामेश्वर ने कहा, परंतु कभी-कभी थोड़ा सा बड़े होने पर पुरुष-किन्नर में भी स्त्री के गुण आने लगते हैं, चाहे वह आवाज में हो और चाहे वह उनकी भावनाओं में।

क्या यह स्त्रियों के गुण उनमें रोके नहीं जा सकते, मेरा कहने का मतलब है कि किन्हीं जड़ी बूटियों और दवाइयों के द्वारा, मीरामणि ने पूछा।

हां यह संभव हो सकता है, रामेश्वर नाथ ने कहा, कई जड़ी बूटियों ऐसी हैं जिन से हम पुरुषों के गुण उनमें बढ़ा सकते हैं। जैसे यदि कोई पुरुष नपुंसक है तो हम उसको ऐसी दवाइयां और जड़ी बूटीयां बना कर देते हैं जिससे उसकी नपुंसकता दूर हो जाती है। वही दवाएं हम इनको भी दे सकते हैं। ताकि इनके अंदर स्त्रियों के गुण दब जाएंगे और पुरुषों के गुण ही उभर कर आएंगे परन्तु बच्चा तो वह फिर भी पैदा नहीं कर पाएगा और स्त्रियों के साथ संसर्ग भी।

उन सब की कोई आवश्यकता नहीं है, मीरामणि ने कहा, हम तो यह इसलिए पूछ रहे थे कि जब हम इसका लालन-पालन करके बड़ा कर रहे होंगे तो इसमें किन गुणों की अधिकता अधिक रहेगी उसी के अनुसार हम इसकी परवरिश करें। इन जड़ी बूटियों और दवाइयों की हम उसकी कौन सी आयु में शुरुआत कर सकते हैं।

5 वर्ष की आयु से 7 वर्ष की आयु तक कभी भी शुरू कर देंगे, रामेश्वर नाथ ने उत्तर दिया।

महादेव की कृपा से सब कुछ ठीक हो गया, मीरामणि ने आकाश की ओर देख कर हाथ जोड़ते हुए बोला। महादेव ने बहुत ही खास मकसद से इस बच्चे को हमारे यहां भेजा है। इसका जन्म इस समाज के लिए वरदान है, कोई श्राप नहीं। यह समाज के लिए एक आदर्श मिसाल बनेगा, यह समाज के लिए जीता जागता संदेश है। शायद और किन्नर भी इसका जीवन देख कर उससे यह लाभ उठाएंगे कि वह भी अपने जीवन के अधिकारों के लिए लड़ सकें। शायद उन किन्नरों के मां- बाप भी यह सोचेंगे कि हम अपनी संतान को अपने से अलग ना करें क्योंकि किन्नर पैदा होना कोई बदनामी की बात नहीं है। संतान तो संतान ही होती है हम उसे अच्छी परवरिश देकर उसको बहुत कुछ बना सकते हैं।

मीरामणि इसका नाम क्या रखेंगे, रामेश्वर नाथ ने पूछा।

इसका जीवन एक धर्म- युद्ध के समान है, इसीलिए इसका नाम हम समर रखेंगे, समर अर्थात युद्ध। "समर देव प्रताप सिंह" मीरामणि ने घोषित किया।

कुछ दिनों में अंबिका की तबीयत ठीक हो गई और तब तक बच्चे को दूध पिलाते हुये उसके अंदर मातृत्व का अहसास पूरी तरह से जागृत हो चुका था। वह अपने बच्चे को अपने सीने से लगा कर बहुत प्रसन्नचित्त होती थी, इसीलिए उसको समझाना बहुत मुश्किल नहीं हुआ। जैसा के अपेक्षित था, सच जानकर अंबिका ने थोड़ा बहुत तो रोना-धोना मचाया परंतु सब के समझाने पर वह शांत हो गई क्योंकि उसे समझ आ गया था कि इस झूठ को निभाने में ही उसका और उसके बच्चे का सबसे अधिक हित था। फिर सबसे ज्यादा विश्वास उसे मीरामणि पर था, यदि वह कह रही थी कि वह सब कुछ ठीक कर देगी तो उसको यह यकीन था कि मीरामणि जो कहती है वह कर दिखाती है।

राजा नीलकांत ने भी अपने आतिथ्य महल को आने वाले 5 वर्षों के लिए अपनी बहन अंबिका का घर बना दिया था।

विराट सिंह भी बल्लभगढ़ से रवाना हो गया था। उसने मीरामणि की आज्ञानुसार पहले जयराजगढ़ होते हुए अपने राज्य संभलगढ़ जाना था। विराट के जाने से पहले रानी अंबिका ने राजा नीलकांत की राय से महाराणा रणजीत सिंह को एक पत्र लिख दिया था।

"महाराणा जी को अंबिका का चरण स्पर्श,

आपको महासाम्राज्य जयराजगढ़ का युवराज होने की हार्दिक बधाई।

कुछ ग्रहों और नक्षत्रों की गणना के अनुसार पिता और पुत्र का 5 वर्षों तक मिलन संभव नहीं है। जयराजगढ़ से बल्लभगढ़ आते हुए आपने हमें यह वचन दिया था कि यदि हमने साम्राज्य को युवराज दिया तो जो भी हम मांगेंगे, आप वह अवश्य देंगे तो हमारी छोटी बहन रानी मीरामणि देवी को महारानी सिंहासन पर बैठा कर आप अपना यह वचन पूरा कीजिए। हम तो केवल आपकी पत्नी और आपकी संतान की मां बनकर ही प्रसन्न हैं, इससे अधिक हमें और कुछ नहीं चाहिए। सिंहासन पर यदि योग्य शासक बैठे तो उससे सिंहासन की ही गरिमा बढ़ जाती है। हम तो राजनीति में कभी भी निपुण नहीं रहे। रानी मीरामणि में वह सारे गुण हैं जो एक महारानी सिंहासन के लिए चाहिए। उसकी योग्यता के अलावा भी एक और कारण है। युवराज को जन्म देते हुए युवराज के प्राण संकट में आ गए थे। यदि बहन मीरामणि ना होती तो हम इस युवराज को कभी भी बचा ना पाते, इसीलिए यदि इस युवराज पर किसी का भी पहला

अधिकार है तो वह केवल मीरामणि का ही है। वह हमसे अधिक मीरामणि का ही पुत्र है। हमने केवल उसे पैदा किया है परंतु माँ के सारे अधिकार बहन मीरामणि को दे दिए हैं, वही अब उसकी मां है। तो मीरामणि का महारानी सिंहासन पर अधिकार वैसे भी बन जाता है। मीरामणि को इस बारे में अभी कुछ भी नहीं पता है। आप उसको अच्छे से समझा दीजिएगा। वह किसी के अधिकार छीनना तो जानती ही नहीं। वह नहीं मानेगी मगर उसको हमारा यह पत्र तब दिखा दीजिएगा ताकि उसको यह पता रहे कि उसने अपनी बड़ी बहन का अधिकार नहीं छीना है बल्कि हमने अपनी खुशी से यह अधिकार उसको दिया है, तो वह हमारी खुशी के लिए हमारा मान जरूर रखेगी। आप के युवराज का नाम मीरामणि ने ही रखा है, "समर देव प्रताप सिंह"। उसका यही नाम रहने दीजिएगा और आपसे तो अब हमारी भेंट 5 वर्षों के बाद ही होगी परंतु मीरामणि को हमसे मिलने के लिये बल्लभगढ आने-जाने के लिए आज्ञा दे दीजियेगा।

आपकी रानी अंबिका

सब कुछ योजना के मुताबिक ठीक-ठाक चल रहा था।

अध्याय २१

रानी मीरामणि देवी का महारानी सिंहासन

संभलगढ़ के युवराज विराट सिंह जयराजगढ़ पहुंच कर महाराणा रणजीत सिंह को रानी अंबिका का पत्र दे चुके थे और सारा समाचार भी सुना चुके थे। महाराणा रणजीत सिंह बहुत अधिक प्रसन्न थे। अपने जयराजगढ़ के युवराज को पाकर और पत्र पढ़कर तो उनकी सारी परेशानी ही खत्म हो गई थी। वह जो चाहते थे, जैसा चाहते थे वैसा ही हो रहा था। वह चाहते थे कि रानी मीरामणि ही महारानी का सिंहासन संभाले, वही हो गया था और रानी अंबिका ने भी पुत्र को जन्म देकर उसका सारा लालन-पालन का भार रानी मीरामणि पर छोड़ दिया था, इससे तो उनकी प्रसन्नता का कोई ठिकाना ही नहीं रहा था। उन्होंने अपने राज दरबार में अपने मुख्य महामंत्री शंभू देव सिंह और सारे बड़े राज्य कर्मचारियों से विचार-विमर्श किया था कि उन्हें कोई आपत्ति तो नहीं है यदि रानी मीरामणि देवी महारानी सिंहासन पर बैठें, परन्तु किसी को भी कोई आपत्ति नहीं थी क्योंकि अपनी खुशी से रानी अंबिका ने रानी मीरामणि देवी को सिंहासन का पदभार दिया था और सभी जानते थे कि रानी मीरामणि देवी पूरी तरह महारानी सिंहासन के योग्य है।

महाराणा रणजीत देव प्रताप सिंह ने अपने पुत्र की जन्म पत्रिका भी सभी को दिखा ली थी। बड़े-बड़े राजज्योतिषियों और राजपुरोहितों ने देखकर वही गणना की जो कि पंडित रामेश्वर नाथ शास्त्री कर चुके थे।

महाराणा रणजीत देव प्रताप सिंह ने अपने प्रमुख सेनापति अक्रूर सिंह और महामंत्री शंभु देव सिंह को बल्लभगढ़ रवाना कर दिया था ताकि वह रानी मीरामणि को सकुशल लिवा लायें और साथ में अपने पुत्र समर देव और बड़ी रानी अंबिका के लिए बहुत सारे उपहार भी भेजे थे।

बल्लभगढ़ पहुंचकर प्रमुख सेनापति अक्रूर सिंह और महामुख्यमंत्री शंभुदेव सिंह ने राजकुमार को देखने की इच्छा जाहिर की, परंतु रानी मीरामणि ने राजनीति चलाते हुए मना कर दिया। उसने कहा कि अपने युवराज पुत्र को देखने का पहला अधिकार उसके पिता महाराणा रणजीत देव प्रताप सिंह का है और जब वह ही 5 वर्ष के बाद उसे देख पायेंगे तो जयराजगढ़ वासी तो उनसे पहले उसे नहीं देख पाएंगे। राजा नीलकाँत बहन मीरामणि देवी की राजनीति से बहुत अधिक प्रभावित हुए। ठीक समय पर रानी मीरामणि देवी जयराजगढ़ के लिए रवाना हो गई परंतु जाते-जाते वह बल्लभगढ़ में रानी अंबिका के लिए अपनी प्रमुख दासी मालिनी को भी छोड़ गई थी और साथ में दाई संकुला देवी को भी। ताकि राजकुमार के लालन-पालन में कोई मुश्किल रानी अंबिका को ना आए। वह उन के अलावा और किसी पर पूर्ण रुप से विश्वास नहीं कर पा रही थी। दोनों प्रमुख दासियाँ कौशिका और मालिनी और दाई संकुला देवी को उसने अच्छे से हिदायतें दे दी थी। रानी मीरामणि ने जाते हुये रानी अंबिका को यह वचन दिया था कि युवराज के हर जन्मदिन पर वहां पर पहले ही पहुंच जाया करेगी।

महासाम्राज्य जयराजगढ़ में रानी मीरामणि का भव्य स्वागत हुआ परन्तु रानी मीरामणि यह समझ नहीं पा रही थी कि इतना भव्य स्वागत उसका क्यों हो रहा है। महाराणा रणजीत सिंह की आज्ञा थी कि रानी मीरामणि सीधा राजदरबार में पहुंचे। यह मीरामणि के लिए कुछ आश्चर्यजनक बात थी। राजदरबार में कदम रखते ही रानी मीरामणि देवी पर फूलों की वर्षा हुई और उसके साथ ही सभी ने उसकी महारानी मीरामणि की जय.......महारानी मीरामणि की जय कहकर सत्कार किया।

रानी मीरामणि असमंजस की स्थिति में खड़ी हो गई। उन्होंने महाराणा रणजीत देव प्रताप सिंह को प्रणाम किया और पूछा, हमें राजदरबार में आने की आज्ञा क्यों दी गई है महाराणा जी।

महाराणा रणजीत सिंह ने कहा, क्योंकि अब आप यहां महारानी सिंहासन पर विराजेंगी और आज आपका महारानी सिंहासन के लिए राज्यभिषेक है, और यह कहकर महाराणा रणजीत सिंह ने रानी मीरामणि को रानी अंबिका का लिखा हुआ पत्र दिखाया और कहा सारे राजदरबारियों का भी यही विचार है।

रानी अंबिका का पत्र देखकर मीरामणि ने कोई भी प्रतिरोध नहीं किया और उसका महारानी सिंहासन के लिए राज्यभिषेक आरंभ हो गया। महाराणा रणजीत सिंह

ने स्वयं बहुत खुशी से महारानी का मुकुट उसके सिर पर रखा और महारानी की तलवार देते हुए महारानी सिंहासन पर बैठने के लिए आमंत्रित किया।

राजदरबार में मंगल-शंख का नाद गूंजने लगा, बहुत वर्षों से रिक्त पड़े हुये सिंहासन पर आज कोई महारानी बैठी थी। महारानी मीरामणि की जय....... महारानी मीरामणि की जय............इस नाद से चारों दिशाएं गूंज रही थी और महारानी मीरामणि से अधिक महाराणा रणजीत देव प्रताप सिंह का सीना गर्व से फूल रहा था क्योंकि उनकी सारी इच्छाएं विधाता ने आज पूरी कर दीं थीं; उन्हें अपनी राज गद्दी का युवराज भी मिल गया था और जिसे वह महारानी सिंहासन पर बैठाना चाहते थे, वह रानी मीरामणि देवी आज महारानी सिंहासन पर बैठकर अपना पदभार संभाल चुकी थीं।

महारानी सिंहासन पर बैठकर महारानी मीरामणि ने बहुत से सुधार किए। बहुत से धार्मिक कार्य में सहयोग दिया और स्त्रियों पर हो रहे पुरुषों के अत्याचार लगभग बंद करवा दिये। महाराणा रणजीत सिंह तो इतने खुश थे कि वह महारानी मीरामणि के कार्य में हस्तक्षेप ही नहीं करना चाहते थे, क्योंकि उन्हें मीरामणि की समझदारी पर पूर्ण विश्वास था और वह यह भी जान गए थे कि महारानी मीरामणि उनके पुत्र की सौतेली मां की तरह दुश्मन नहीं है वरन वह अपने बच्चे की तरह उसको प्यार करती है। वह कर्तव्य में बंधी हुई कर्तव्यनिष्ठ स्त्री है। रानी अंबिका के साथ उसका प्रेम दिखावा नहीं है, दोनों में बहनों से अधिक प्रेम है। यह बात महाराणा रणजीत सिंह को खुशी से दोगुना कर देती थी। धीरे- धीरे महाराणा रणजीत सिंह महारानी मीरामणि देवी के कंधो पर अपना पूरा कार्यभार डालते जा रहे थे और वह बहुत ही निश्चिंत भी होते जा रहे थे क्योंकि उन्हें मीरामणि पर अब संपूर्ण विश्वास था। महारानी मीरामणि देवी भी राज-कार्यों को बहुत ही सुरुचिपूर्ण और नीति पूर्ण तरीकों से करती जा रही थीं, और अभी तक उन्होंने महाराणा रणजीत सिंह को कोई शिकायत का मौका भी नहीं दिया था।

महाराणा रणजीत सिंह ने सब राजदरबारियों को कह दिया था कि वह अब महारानी मीरामणि से ही विचार-विमर्श करें और महत्वपूर्ण सूचनाएं भी उन्हें ही दिया करें। साम्राज्य की आंतरिक सुरक्षा, अर्थव्यवस्था और खजाने की भी सारी जिम्मेदारी महारानी मीरामणि के ऊपर आ गई थी। महामुख्यमंत्री शंभू देव सिंह भी सीधी सूचना अब महारानी मीरामणि को ही देते थे। महारानी मीरामणि ने भी एक दो-वर्षों में ही राज्य को अपनी महान योजनाओं से पहले से भी बहुत ज्यादा खुशहाल बना दिया था। महारानी मीरामणि देवी साम्राज्य जयराजगढ़ के इतिहास में पहली महारानी थी

जिसने इतने सुचारुपूर्ण और नीतिपूर्ण ढंग से अपने सिंहासन के साथ न्याय किया था और वह किसी तरह से भी महाराणा पर निर्भर नहीं थीं।

केवल साम्राज्य की सीमा-सुरक्षा का काम महाराणा रणजीत सिंह ने प्रमुख सेनापति अक्रूर सिंह को शुरू से ही दे रखा था, जिस पर वह संपूर्ण विश्वास करते थे क्योंकि वह उनका बचपन का परम-मित्र भी था। केवल उसे ही यह अधिकार था कि वह कोई भी सूचना महारानी को ना देकर सीधा महाराणा को ही दिया करता था।

महारानी मीरामणि देवी अति व्यस्त हो गई थीं परंतु फिर भी अपने सारे राज-कार्यों से अवकाश निकाल कर वह राजकुमार समर देव प्रताप सिंह के जन्मदिन पर जाना नहीं भूलती थीं। हर वर्ष वह वहां जरूर जाती थीं। राजकुमार समर भी मीरामणि को मां कह कर पुकारने लगा था, और रानी अंबिका को वह बड़ी मां कहकर बुलाया करता था। वहां से वापस लौट कर महारानी मीरामणि अपने पुत्र की बालपन क्रिड़ाओं को बताने में महाराणा रणजीत सिंह को जरा भी नहीं भूलती थी। महाराणा रणजीत सिंह पिता की तरह मन मसोसकर रह जाते थे। वह अपनी संतान को अपने गले से लगाने के लिए आतुर हो रहे थे। उसकी एक झलक पाने के लिए वह बहुत लंबी प्रतीक्षा कर रहे थे। महारानी मीरामणि अब महाराणा रणजीत सिंह को अपने साथ रोज सुबह शिव- मंदिर ले जाने लगी थीं और महाराणा रणजीत सिंह महारानी मीरामणि को अपने साथ जंगल घुमाने और शिकार पर ले जाने लगे थे।

समय तेजी से बीत रहा था और आखिरकार सभी की प्रतीक्षा की घड़ियां समाप्त हुई।

अपने 5वें जन्मदिन पर राजकुमार समर देव प्रताप सिंह अपने राज्य जयराजगढ़ अपनी माता रानी अंबिका के साथ लौटने वाले थे। राजा नीलकांत स्वयं अपने परिवार के साथ अपनी बहन रानी अंबिका और अपने भांजे राजकुमार समर देव प्रताप सिंह को लेकर जयराजगढ़ आने वाले थे, और साथ में काशी के शिरोमणि पंडित रामेश्वर नाथ शास्त्री भी आने वाले थे। उधर मीरामणि ने अपने भाई विराट सिंह और उसकी पत्नी सुलक्षणा को भी संदेशा भिजवा दिया था। सुलक्षणा भी एक पुत्र की मां बन चुकी थी।

महारानी मीरामणि ने शिव मंदिर में राजकुमार समर के लिये एक बहुत बड़ी पूजा रखवाई थी। आसपास के मित्र राज्यों से सारे राजा-महाराजाओं को भी आमंत्रित किया गया था। यह राजभोज 3 दिनों तक चलने वाला था।

आखिर वह शुभ दिन आ ही गया। सुबह से ही महाराणा रणजीत सिंह बहुत बेचैन थे आज वह अपने पुत्र को पहली बार देखने वाले थे। महाराणा रणजीत सिंह के हृदय में बहुत तरह के विचार अपने पुत्र के लिए उठ रहे थे और बहुत सारी तस्वीरें उनकी आंखों के आगे उसके लिए बन रही थी कि देखने में कैसा होगा, ऐसा होगा, वैसा होगा, यही सब सोचते सोचते वह अपने अंदर बहुत बेचैनी महसूस कर रहे थे, आज वो महाराणा नहीं थे, आज वह पिता थे, केवल एक पिता जो अपने बच्चे को देखने के लिए तरस रहा था। खुशी और बेचैनी के आवेश में महाराणा रणजीत सिंह पूरी रात एक क्षण को भी नहीं सोए थे। महारानी मीरामणि सुबह से ही शिव मंदिर में पहुंच गई थी। आज वह राजकुमार समर देव के हाथों से रुद्राभिषेक कराना चाहती थी और वह उसी की तैयारियों में व्यस्त थी, वह कोई भी कसर नहीं छोड़ना चाहती थी।

महारानी मीरामणि ने महाराणा रणजीत सिंह को कह दिया था कि आज समर के जन्मदिन के उपलक्ष्य में उसको उपहार स्वरुप महासाम्राज्य जयराजगढ़ का युवराज घोषित कर दीजिए। वैसे तो यह प्रथा युवराज के बड़े हो जाने के बाद ही पूरी होती है क्योंकि युवराज घोषित होने के बाद उसे राज-दरबार में बैठना पड़ता है, राज- कार्य में हिस्सा लेना होता है, और सारे राजकाज को समझना होता है और अभी उस हिसाब से उसकी आयु बहुत छोटी थी, यही महाराणा रणजीत सिंह कह रहे थे। परंतु महारानी मीरामणि मानने को तैयार नहीं थी, वह चाहती थी कि आज महाराणा अपने राजकुमार को युवराज का मुकुट पहनाकर यही उपहार दें। और जब युवराज बड़े हो जाएंगे तो युवराज पद की शपथ उन्हें तब दिला लेंगे। उसने कहा उसको वह स्वयं अपनी देखरेख में राज दरबार के सारे कार्य शीघ्रता से सिखाना चाहती है ताकि जो युवराज राजकार्य सीखने में लंबा समय लेते हैं, वह बहुत शीघ्र सीखकर महान महाराणा बन जाए। उसने अपना उदाहरण देते हुए महाराणा रणजीत सिंह को समझाया कि उसने भी 5 वर्ष की आयु से राजनीति और युद्ध कौशल सीखना शुरू किया था, इसके बाद 16 वर्ष की आयु तक आते-आते वह हर चीज में निपुण हो चुकी थी। वह चाहती थी कि युवराज समर को भी शिक्षा-दीक्षा का सारा ज्ञान जल्द से जल्द सीखना होगा ताकि जब तक वह बड़ा हो, पूरा ज्ञान पाकर एक महान योद्धा बन जाये और महान महाराणा के राज-सिंहासन पर बैठने योग्य बन चुका हो।

मीरामणि की राजनीति का कोई तोड़ महाराणा रणजीत सिंह निकाल ही नहीं पाते थे, इसलिए उसको ना करना उनके लिए हमेशा ही मुश्किल रहता था। फिर वह कोई आपत्तिजनक बात तो कर ही नहीं रही थी जिसमे महाराणा रणजीत सिंह को कोई भी एतराज हो सकता था।

आखिरकार महासाम्राज्य जयराजगढ़ की प्रतीक्षा की घड़ियां खत्म हुई और जयराजगढ़ की सीमा के अंदर शोर उठता हुआ दिखा। महासाम्राज्य जयराजगढ़ का राजकुमार समर देव प्रताप सिंह अपनी माता रानी अंबिका और अपने मामा राजा नीलकांत के साथ जयराजगढ़ की सीमा के अंदर दाखिल हो रहा था। अपने युवराज की एक झलक पाने के लिए जयराजगढ़ वासी एक दूसरे के ऊपर गिरे जा रहे थे और शोर मचा रहे थे। राजकुमार समर देव प्रताप सिंह की जय....रानी अंबिका की जय.....के नारों के साथ-साथ वह अपने युवराज की एक झलक पाने को बेचैन थे। रानी अंबिका अपना यह भव्य स्वागत देखकर फूली नहीं समा रही थी और मन ही मन महारानी मीरामणि के प्रति नतमस्तक थी। जिसने उस को यह दिन दिखाया था।

राजकुमार समर देव का रथ शिव-मंदिर के पीछे जो भवन था, वहां पर पहुंचा। क्योंकि अभी उसको रुद्राभिषेक करने के बाद ही राजमहल में जाना था। समर देव की शक्ल और सूरत बचपन के महाराणा रणजीत सिंह से पूरी तरह से मिल रही थी, जयराजगढ़ के बुजुर्ग लोग आपस में यही बातें कर रहे थे। उसका गोरा रंग, ठहरी हुई गंभीर आंखें रणजीत सिंह के बचपन की याद दिला रही थी। जब वह मुस्कुरा रहा था तो उसकी मुस्कुराहट उसकी मां अंबिका जैसी थी। उसका चेहरा इतना प्यारा और भोला था कि किसी को भी आकर्षित कर लेता था। भवन के दरवाजे पर आरती का थाल लिए हुये महारानी मीरामणि खड़ी हुई थी। राजकुमार समर भी केवल महारानी मीरामणि को ही जानता और पहचानता था। वह दौड़ कर गया और मां, मां कह कर उनसे लिपट गया। महारानी मीरामणि ने आरती का थाल दासी को पकड़ा कर उसे जोर से गले लगा लिया और उनकी आंखों में आंसू भर आए। सब देखने वालों के दिल पिघल गए, मां- बेटे का ऐसा प्यार, वह भी एक सौतेली मां का, देखने वालों ने दांतो तले उंगलियां दबा ली। रानी अंबिका और उनका भाई राजा नीलकांत भी मीरामणि और समर देव का यह प्रेम देखकर हर्षित हो गए और हर्ष से उनकी आंखें भी भीगने लगीं।

महारानी मीरामणि ने राजकुमार समर देव की आरती उतारी और उसे तिलक किया। फिर उसकी नज़र उतारी। रानी अंबिका की भी उसने आरती उतारने के बाद चरण स्पर्श किए और कहा, आपके साम्राज्य में आपका फिर से स्वागत है जीजी।

बदले में रानी अंबिका कुछ नहीं बोल पाई। उसके आंसू बहने लगे और उसने मीरामणि को जोर से गले लगा लिया। उसके आंसुओं ने मीरामणि को बहुत कुछ कह दिया जो वह शब्दों में नहीं ढाल पा रही थी। फिर रानी अंबिका ने मीरामणि से पूछा, महाराणा जी कहां है?

वह आप से और अपने राजकुमार से रुद्राभिषेक के पश्चात ही मिलेंगे जीजी, कहकर मीरामणि खिलखिलाकर हंस पड़ी। आइए नीलकांत भाई जी, आइए रामेश्वर भाई जी पधारिए, कहकर मीरामणि ने अपने दोनों भाइयों को अंदर आने के लिये आमंत्रित किया।

सँभलगढ से युवराज विराट सिंह पहले ही अपनी पत्नी सुलक्षणा और अपने बच्चे के साथ आ चुका था। सब रिश्तेदार एक दूसरे के गले मिले और सब एक दूसरे को देखकर बहुत खुश हुए। बहुत उत्सव का माहौल था। सभी खुश थे, उसके बीच में मीरामणि ने नीलकांत को कहा, भाई जी, मेरी विनती है कि मेरे तीनों भाई मिलकर मेरे राजकुमार का पूरा ध्यान रखें, वो किसी और के हाथ में नहीं पड़ना चाहिए, अभी भी वो बालक है।

बिल्कुल चिंता ना करो मीरामणि, राजा नीलकांत ने कहा, हमारी इस पर पूरी नजर है।

कुछ देर बाद शिव मंदिर में महाराणा रणजीत देव प्रताप सिंह का 8 घोड़ों वाला रथ आकर रूका। रानी अंबिका उन्हें देखने के लिए बहुत बेचैन हो रही थी और महाराणा रणजीत सिंह की आंखें अपने पुत्र राजकुमार समर देव को ढूंढ रही थी। शिव मंदिर में रुद्राभिषेक आरंभ हो चुका था और परिवार के सारे सदस्य वहां बैठ गए थे। वहां एक पर्दा भी लगाया गया था। जिसमें रानी अंबिका अपने पुत्र राजकुमार समर देव को लेकर बैठी थी। रुद्राभिषेक के पश्चात ही पिता महाराणा रणजीत सिंह को अपने पुत्र राजकुमार समर देव के साथ आमना-सामना करना था, यह जयराजगढ़ के राजपुरोहितों का हुक्म था। रुद्राभिषेक के दौरान महाराणा रणजीत सिंह बार-बार देखते थे कि महारानी अंबिका के हाथ के साथ एक छोटे से बालक का गोरा सा हाथ भी निकलता है जो रुद्राभिषेक की सामग्री को हाथ लगाकर पंडित को दे रहा था, जिससे पंडित रुद्राभिषेक कर रहे थे। महाराणा रणजीत सिंह की बेचैनी महारानी मीरामणि

देवी से छुपी नहीं थी। वह मुस्कुरा रही थी क्योंकि वह यही तो चाहती थी कि महाराणा अपने राजकुमार के लिए तड़पें ताकि वह उसे बहुत प्रेम कर सकें और उनके हृदय में कभी भी कोई गलत विचार ना आये, अगर वह राजकुमार की असलियत जान भी जायें तब भी उनका पिता मन उनके महाराणा मन पर भारी पड़ जाए। वह उसको अपनी संतान की तरह देखें, एक पिता की आंखों से देखें जिसमें केवल अपनी संतान के लिए प्रेम ही प्रेम रहता है। उसको पुत्र या पुत्री समझने की भूल ना करें, उस को केवल अपनी संतान समझे।

रुद्राभिषेक समाप्त हो चुका था और यह वह क्षण था जिसमें एक पिता को अपने पुत्र से और पुत्र को अपने पिता से मिलना था। पर्दा बीच से हटाया गया और महाराणा रणजीत सिंह ने देखा कि रानी अंबिका के साथ एक बहुत सुंदर सा बालक उसका हाथ थामे खड़ा है और उनकी और अचरज भरी दृष्टि से देख रहा है। महाराणा रणजीत सिंह को अपना बचपन याद आ गया और उनकी आंखे भर आई। उन्होंने अपनी दोनों बाहें फैला दीं कि उनका पुत्र आकर उसमें समा जाए पर वह आगे नहीं बढ़ा क्योंकि वह महाराणा रणजीत सिंह को नहीं पहचानता था।

रानी अंबिका आगे बढ़ी और महाराणा रणजीत सिंह के चरण स्पर्श किए और आंखों में आंसू भरते हुये बोलीं, महाराणा जी आप ठीक तो हैं?

महाराणा जी ने रानी अंबिका को गले लगा लिया और रूँधे हुए गले से बोले, अंबिका हम तुम्हारे बहुत आभारी हैं, हम मीरामणि के भी बहुत आभारी हैं। तुम दोनों ने मिलकर हमें जो पुत्र का उपहार दिया है, उसके लिए हम सदा तुम्हारे ऋणी रहेंगे। यह महासाम्राज्य जयराजगढ़ तुम दोनों रानियों की तपस्या का सदैव ही ऋणी रहेगा।

राजकुमार समर देव तब तक महारानी मीरामणि के पास जाकर चिपक चुका था। उसको कुछ समझ नहीं आ रहा था कि यह सब क्या हो रहा है। महारानी मीरामणि ने उसको कहा, समर जाओ पुत्र, अपने पिता के चरण स्पर्श करो, यह तुम्हारे पिता हैं महाराणा रणजीत देव प्रताप सिंह।

अपनी मां की आज्ञा पाकर समर देव आगे बढ़ा और उसने महाराणा रणजीत सिंह के चरण स्पर्श करने के लिए अपने नन्हें -नन्हें हाथों को बढ़ा दिया। महाराणा ने उसे उठाकर गोद में ले लिया और इतना प्यार किया, इतना प्यार किया कि देखने वालों की आंखें भर आई।

नीलकांत अपनी आँसुओं से भरी हुई आंखो के साथ आगे बढ़े और मीरामणि के सिर पर हाथ रख कर उसे गले लगा लिया और कहा, तुम त्याग की देवी हो बहन मीरामणि तुमने आज वह कर दिखाया, जो हम कभी सोच भी नहीं सकते थे।

वह इतने भावुक क्षण थे कि सबकी आंखों से अश्रु बह रहे थे मगर यह अश्रु खुशी के थे, हार्दिक प्रसन्नता के थे, महाप्रसन्नता के थे। उस क्षण एक और कठोर हृदय के व्यक्ति की आंखों से भी आंसू बह रहे थे और उस कठोर व्यक्ति का नाम था प्रमुख सेनापति अक्रूर सिंह। उसने मन ही मन महारानी मीरामणि को नमन किया जो कि कोई भी नहीं देख पाया क्योंकि वह उसके हृदय के भाव थे कि वह महारानी मीरामणि के आगे नतमस्तक हो गया था।

वहां से सभी लोग राजदरबार पहुंचे, जैसा की महारानी मीरामणि ने निश्चित किया हुआ था कि राजकुमार समर देव प्रताप सिंह को युवराज की गद्दी पर बैठा कर महाराणा रणजीत सिंह ने उसे युवराज का मुकुट पहना दिया और सारे जयराजगढ़ वासी युवराज समर देव प्रताप सिंह की जय हो.......युवराज समर देव प्रताप सिंह की जय हो.......का नारा लगाने लगे।

पूरे 3 दिन और 3 रातें जयराजगढ़ में महाउत्सव का माहौल रहा। सभी खुश थे। सभी झूम रहे थे। किसी को भी सोने की फुर्सत नहीं थी। 3 दिनों के पश्चात सभी अपने-अपने घर लौट गए थे।

केवल बहुत ही खास रिश्तेदार रह गए थे। पंडित रामेश्वर नाथ ने भी मीरामणि से तीसरे दिन के बाद विदा ले ली थी। वह ज्यादा महाराणा रणजीत सिंह की नजरों में नहीं आना चाहता था क्योंकि वह दवाईयां मीरामणि को भिजवा रहा था। उसने मीरामणि को धीरे से आशीर्वाद देते हुए कहा, मीरामणि मैं समर देव के लिए दवाइयां बना लाया हूं जो मैंने नीलकांत को दे दीं हैं, तो तुम उससे गुप्त रुप से ले लेना और उसे दिन में दो बार खिलाती रहना। जो तुम चाहती थीं, वह हो जाएगा। यह कहकर पंडित रामेश्वर नाथ महारानी मीरामणि को ढेरों आशीर्वाद देता हुआ अपने काशी राज्य के लिए प्रस्थान कर गया।

मीरामणि का भाई विराट सिंह भी अपनी पत्नी और बच्चे के साथ अपने राज्य वापस लौट गया था। केवल राजा नीलकांत का परिवार रह गया था, जिनको मीरामणि ने बहुत जिद करके रोक लिया था। परंतु राजा नीलकांत ने भवन में रहना स्वीकार किया था क्योंकि राजपूत अपनी बहन के यहां रहकर खाना पसंद नहीं करते थे।

इसीलिए वह अपने साथ अपने खाना बनाने वाले रसोईये और सामग्रियां लेकर आए थे। वह भवन में खुद ही भोजन बनवा रहे थे।

जब भवन में महारानी मीरामणि और रानी अंबिका अपने भाई राजा नीलकांत से मिलने पहुंची तो वह समर देव को भी अपने साथ लेकर आईं थीं। महाराणा रणजीत सिंह के लाख कहने पर भी महारानी मीरामणि ने उसे महाराणा रणजीत सिंह के पास अकेले नहीं छोड़ा था। रानी अंबिका नीलकांत की पत्नी पद्मावती से बातें करने लगीं। उनके दोनों बच्चों के साथ समर देव खेल रहा था। महारानी मीरामणि देवी राजा नीलकांत के साथ वार्तालाप कर रही थीं।

राजा नीलकाँत ने कहा, यह भवन बहुत ही सुंदर बनाया है मीरामणि और झील के किनारे होने से यहां की हरियाली के साथ मिलकर यहाँ की शीतल हवा से मन खुश हो जाता है। क्या तुमने महारानी बनने के बाद जंगलों का मुआयना किया है, राजा नीलकांत ने मीरामणि से सपाट सवाल किया।

हाँ भाईजी, महाराणा जी के साथ शिकार पर जाने के बहाने मैंने बहुत अच्छे से शिविर के आसपास सारे जंगल का मुआयना किया है, महारानी मीरामणि ने कहा।

ध्यान से सुनो मीरामणि राजा कृष्णकांत ने कहा, इस भवन को मैंने बहुत बारीकी से अध्ययन किया है इसके अंदर से तुम रास्ता निकाल सकती हो जो जंगल में जाकर खत्म हो।

पर जिस दिन हमने महाराणा जी को रुद्राभिषेक के दिन देखा था हमें नहीं लगता कि वह कुछ ऐसा वैसा सोचेंगे या करेंगे क्योंकि वह तो एक बहुत ही कमजोर पिता लग रहे थे, मीरामणि ने कहा।

ईश्वर करे तुम्हारी बात शत प्रतिशत ठीक हो और ऐसा-वैसा कुछ ना हो परंतु सावधानी फिर भी जरूरी है। यह मत भूलो रणजीत सिंह राजनीति का बहुत ही भयंकर खिलाड़ी है और अभी उसे समर देव की असलियत का पता भी नहीं है, इसीलिए कुछ भी कहना बहुत मुश्किल है कि सच पता चलने के बाद ऊंट किस करवट बैठेगा, राजा नीलकांत ने चिंता से कहा। सुनो मीरामणि, राजनीति कहती है कि एक राजा को अपनी सीमाएं पूरी तरह चौकस रखनी चाहिए। उसे ये इंतजार नहीं करना चाहिए कि कब शत्रु आएगा, हमला करेगा और तब वह अपनी सीमाएं सुरक्षित करेगा। उसे पहले से ही अपनी सीमाओं की सुरक्षा के लिए ध्यान देना चाहिए ताकि यदि शत्रु किसी दिन भूले-भटके आ भी जाए तो उसको मुंह की खानी पड़े, वो सीमा के अंदर प्रवेश न कर सके। यही एक अच्छे राजा का गुण है।

नीलकांत ने आगे कहा, वैसे भी तुम एक महारानी हो और तुम्हें हर राजनीति के खेल के लिए और हर युद्ध के लिए हर समय तैयार रहना चाहिए। आपातकालीन स्थिति बता कर नहीं आती मीरामणि, इसीलिए आपातकालीन स्थिति के लिए अपना पहले से ही बचाव सोचकर रखना चाहिए।

आप ठीक कहते हैं भाईजी, मीरामणि ने गंभीरता से कहा, तो अब मुझे अगला कदम क्या उठाना चाहिए?

यह भवन जंगल और झील दोनों के पास है और जहां तक हम समझ रहे हैं कि यहां पर जमीन खोदने से सुरंग निकाली जा सकती है। हमारे राज्य के दो-चार बहुत ही बढ़िया सुरंग खोदने वाले हैं जो शीघ्रता से सुरंग खोदते हैं, हम उन्हें स्त्री वेश में तुम्हारे पास भेज देंगे। तुम उन्हें भवन में छुपा लेना और भवन में ही किसी काम पर लगा देना। वह यहां से सुरंग खोदकर कहीं जंगल में निकाल देंगे। किसी भी आपातकालीन स्थिति के लिए जंगल से भवन और भवन से जंगल जाना तुम्हारे लिए आसान हो जाएगा, राजा नीलकांत ने गंभीरता से कहा, यह बात किसी और से मत कहना, अंबिका से तो बिल्कुल भी नहीं। भले ही अंबिका पहले से बहुत बदल गई है, कुछ समझदार भी हो गई है परंतु उसमें अभी भी तुम्हारे वाले राजनीति के गुण नहीं हैं। एक बात सदैव याद रखना कि जयराजगढ की महारानी तुम हो वह नहीं।

ठीक है भाईजी हम यह हमेशा याद रखेंगे, मीरामणि ने कहा, अब आपने हमें अकेला कहां रहने दिया है अब तो शिव-जन सेना जो हमारे साथ हैं। अब आप निश्चिंत हो जाइए, आइए भोजन कर लें।

राजा नीलकांत भोजन करने के लिए उठकर खड़े हो गए।

2 दिन के बाद राजा नीलकांत अपने परिवार के साथ वापस अपने राज्य बल्लभगढ़ लौट गया। रानी अंबिका अपनी दिनचर्या में लौट आई थी, और महारानी मीरामणि युवराज समर देव प्रताप सिंह की शिक्षा-दीक्षा में जुट गई थी। महाराणा रणजीत सिंह अपनी रानियों का प्रेम और मीरामणि के साथ समर देव के प्रेम को देखकर बहुत खुश थे और मीरामणि का लालन-पालन देखकर तो फूले ही नहीं समा रहे थे। इसलिए उन्होंने समर देव के विषय में कोई भी और कुछ भी हस्तक्षेप करना बंद कर दिया था।

ऐसे में एक दिन महारानी दरबार में बैठे हुए मीरामणि की तबीयत अचानक बहुत खराब हो गई। राजवैद्य ने आकर नब्ज देखी तो उन्होंने महाराणा रणजीत सिंह को बताया की खुशखबरी है, महारानी मीरामणि मां बनने वाली हैं, यह सुनते ही महाराणा

रणजीत सिंह खुशी से झूम गए परंतु महारानी मीरामणि के चेहरे पर थोड़ा तनाव आ गया। रानी अंबिका तो खुशी के मारे नाचने लगी। परंतु इन सबके बीच मीरामणि चिंतित थी। उसे समर देव की चिंता होने लगी थी क्योंकि वह जानती थी कि प्रथानुसार उसको भी पहले बच्चे को पैदा करने के लिए मायके जाना अनिवार्य था, तो समर देव का ध्यान कौन रखेगा, कैसे रखेगा इस बात को लेकर उसकी चिंता बढ़ती जा रही थी।

एक दिन मीरामणि शिव मंदिर में ध्यान लगाकर अपनी इस परेशानी का हल ढूंढने के लिए बैठी हुई थी। तभी रानी अंबिका मंदिर में आयीं और वह मीरामणि के पास बैठ गयीं। अंबिका ने पूछा, मीरामणि क्या तुम अपनी इस खुशखबरी से खुश नहीं हो???

बहुत खुश हूँ जीजी, परंतु मैं समर देव को लेकर चिंतित भी हूं, मीरामणि ने कहा।

मैं समर का ख्याल रख लूंगी मीरामणि तुम चिंता मत करो, मैं उसकी मां हूं, रानी अंबिका ने मीरामणि को कहा।

मीरामणि ने कहा, नहीं जीजी आप मां होने के नाते तो उसका ख्याल रख लेंगी, मगर महाराणा की राजनीति के आगे आप एक पल भी नहीं ठहर पाएंगी। मुझे वही चिंता है।

मेरे दिमाग में एक योजना है जीजी, महारानी मीरामणि ने रानी अंबिका से कहा। जब मेरा मायके जाने का वक्त आएगा तो आप उनके पीछे पड़ जाइएगा। आप महाराणा जी को कहिएगा कि आपको मेरे साथ जाना ही है क्योंकि आप मुझे अकेले छोड़ना नहीं चाहती और ऐसी हालत में आप मेरा ख्याल रखना चाहती हैं, बस, आप अपनी जिद्द पर पूरी तरह अड़ जाईयेगा, यदि वह आपको यह धमकी भी देंगे कि समर देव नहीं जाएगा तो आप कह दीजिएगा कि कोई बात नहीं आप खयाल रख लीजिएगा। मगर मैं तो मीरामणि के साथ जाऊंगी, परंतु समर देव के विषय में तो आप कुछ नहीं कहेंगी, बाकी सब मैं देख लूंगी।

ठीक है, ठीक है रानी अंबिका ने हंसते हुए कहा, तुम जैसा चाहती हो वह सब कुछ हो जाएगा। मगर अब खुश हो कर तो दिखाओ।

महारानी मीरामणि भी रानी अंबिका के साथ हंसने लगी।

फिर जैसा मीरामणि चाहती थी वैसा ही हो गया रानी अंबिका ने जिद करके महाराणा रणजीत सिंह से हां करवा ही ली। वह समर को अपने पास रखना चाहते थे। मगर उसके लिए महारानी मीरामणि ने जिद लगा दी कि समर अपनी माताओं के

बिना कैसे रहेगा। मीरामणि ने आगे कहा। यदि अंबिका जीजी बच्चों की तरह जिद कर रही हैं तो आप तो समझदार हैं महाराणा जी, आपको तो सोचना चाहिए कि एक छोटा सा बच्चा माता के बिना कैसे रहेगा। वैसे भी आपको इधर-उधर राज-काज के कामों से कहीं भी जाना पड़ सकता है। हमारे राज-सिंहासन का इकलौता वारिस है यह, हम उसके लिये कोई भी खतरा उठाने को तैयार नहीं है। इसीलिए यदि अंबिका जीजी हमारे साथ जाना चाहती हैं, तो समर देव तो हमारे साथ अवश्य ही जाएगा। यह हमारा अंतिम फैसला है।

जब महारानी मीरामणि का अंतिम फैसला आ जाता था तो महाराणा रणजीत सिंह के पास कोई विकल्प बचता ही नहीं था, सिवाय हथियार डाल देने के। इसीलिए महाराणा रणजीत सिंह को फिर से दोनों रानियों की जिद के आगे और मीरामणि की महा-राजनीति के आगे झुक ही जाना पड़ा। महारानी मीरामणि अपने मायके संभलगढ़ रानी अंबिका और युवराज समर देव प्रताप सिंह के साथ रवाना हो गई।

अध्याय २२

महारानी मीरामणि देवी के बच्चों का जन्म और युवराज समर देव प्रताप सिंह की समस्या

महारानी मीरामणि को जुड़वा बच्चों की प्राप्ति हुई थी- एक पुत्र और एक पुत्री। पुत्र का नाम रूद्र देव प्रताप सिंह रखा गया और पुत्री का नाम अमृतामणि। रानी अंबिका ने अमृतामणि को अपनी ही बेटी बना लिया था। उन्होंने मीरामणि को कहा, यह दोनों पुत्र तुम्हारे, तुम ही उन्हें राजनीति सिखाओ और युद्ध-कला सिखाओ परन्तु यह कोमल सी पुत्री मेरी ही रहेगी और मेरे साथ ही रहेगी। बेटी पाकर रानी अंबिका बहुत खुश थीं। युवराज समर देव के साथ दोनों बच्चों की उम्र में 7 वर्ष का अंतर था।

संभलगढ़ में मीरामणि को आये हुये 6 महीने हो चुके थे, और उसके बच्चे अब 3 महीने के भी हो चुके थे। राजा नीलकांत और शिरोमणि पंडित रामेश्वर नाथ शास्त्री मीरामणि के बच्चों को देखने सँभलगढ आये थे और साथ में बहुत उपहार भी लाये थे।

राजा नीलकांत और पंडित रामेश्वर नाथ ने रानी मीरामणि के साथ एकांत में वार्तालाप शुरू किया।

शिव-जन सेना का प्रशिक्षण कैसा चल रहा है भाईजी, मीरामणि ने राजा नीलकांत से पूछा।

राजा नीलकांत ने कहा, शिव-जन सेना तो महा प्रशिक्षित होती जा रही है मीरा बहन, और तुम्हें यह बात जानकर खुशी होगी कि रामेश्वर नाथ ने भी इसमें बहुत योगदान दिया है और वह केवल धन के रूप में ही नहीं है। इस ने भी काशी और आसपास के राज्यों से कई लोग शिव-जन सेना में भर्ती किए हैं और यह उनको चिकित्सा का ज्ञान भी दे रहा है, जिसके फलस्वरूप बहुत से शिव-जन सैनिक कुशल चिकित्सक भी बन गए हैं। तुम्हारी शिव-जन सेना बढ़ती जा रही है मीरा बहन और

साथ में महाप्रशिक्षित भी होती जा रही है। हमने तो सुना है कि तुमने अपनी शिव-जन सेना के कुछ सैनिक अक्रूर सिंह की सेना में भी भर्ती कर दिए हैं, जो तुम्हें वहां की सारी खबरें समय-समय पर देते रहते हैं।

आपने बिल्कुल ठीक सुना है भाई जी, हमने बहुत सारे गुप्तचर पूरे साम्राज्य में फैला दिए हैं, जो हमें महत्वपूर्ण ख़बरें देते रहते हैं, मीरामणि ने राजा नीलकांत से कहा, फिर रामेश्वर नाथ को कहा,आपका भी बहुत बहुत धन्यवाद है रामेश्वर भाई जी, आपने इस साम्राज्य के लिए और हम सब लोगों के लिए जो कुछ भी किया है, निस्वार्थ रूप से किया है। उसके लिए तो हम आपके बहुत ही आभारी हैं।

पंडित रामेश्वर नाथ ने कहा, आभार तो गैरों का प्रकट किया जाता है मीरा बहन, अपनों का नहीं। जो कुछ भी तुम कर रही हो उससे बड़ा तो हम कुछ भी नहीं कर रहे। इस शिव-जन सेना का संगठन करके तुमने ऐसा महान कार्य किया है, जिसके लिए ईश्वर का आशीर्वाद हमेशा तुम्हारे साथ रहेगा।

अच्छा मीरा अब एक आवश्यक बात सुनो, राजा नीलकांत ने गंभीर स्वर में कहा, हम शिव-जन सेना के चार प्रशिक्षित सैनिक लेकर आए हैं, जो की सुरंग खोदने में बहुत ही माहिर हैं और साथ-साथ भेष बदलने में भी बहुत माहिर हैं तो इसीलिए तुम इन चारों को अपने साथ जयराजगढ़ ले जाओ। सुरंग का काम कैसे इन्होंने शुरू करना है, वह भी तुम देख लेना। परंतु भवन से जंगल तक सुरंग निकल सकती है इसीलिए वहां से सुरंग निकलवाने का कार्य तुम्हें अवश्य ही करवाना है, चाहे कितना भी समय लगे।अब तुम यात्रा करने के लिए भी स्वस्थ हो इसीलिए तुम समय नष्ट ना करते हुए शीघ्र अति शीघ्र जयराजगढ़ के लिए रवाना हो जाओ, इससे पहले कि वहां पर तुम्हारा बनाया हुआ साम्राज्य तुम्हारे हाथ से निकल जाए और फिर से महाराणा रणजीत सिंह के हाथ में आए।

आप ठीक कहते हैं भाईजी, मीरामणि ने कहा, हम अंबिका जीजी को कह कर जाने की तैयारियां करवाते हैं।

तभी रानी अंबिका ने कक्ष में प्रवेश किया और कहा, यदि आप लोगों का महत्वपूर्ण राजनैतिक वार्तालाप समाप्त हो गया हो तो क्या हम भी कुछ आप लोगों से वार्तालाप कर सकते हैं।

अंबिका जीजी आपके बिना क्या कुछ हो सकता है, आइए पधारिए, मीरामणि ने हंसते हुए कहा।

रानी अंबिका ने कहा, हमें आप सब से एक महत्वपूर्ण बात करनी है परंतु आप सब लोगों से पहले से ही हमारी हाथ जोड़कर विनती है कि हम जो भी कहें उसमें कोई भी बुरा नहीं मनायेगा की हमने ऐसा कह दिया या वैसा कह दिया। हम तो आप लोगों से बात करते हुये भी डरते हैं। नीलकाँत भाई जी, आप ही के लिए कह रहे हैं, हमें यह मत कहिएगा कि हम बेवकूफ है और हमें बोलने की अक्ल नहीं है और ना ही हमें डाँटियेगा।

क्या बात है अंबिका इतनी भूमिकाएं बना रही हो, जो कहना है जल्दी से कह दो, राजा नीलकांत ने मुस्कुराते हुए कहा।

आप सबने अंबिका जीजी को इतना डरा कर रखा हुआ है, मीरामणि ने भी मुस्कुराते हुए कहा, आइए जीजी यहां बैठिये और जो कुछ भी कहना चाहती हैं बिना संकोच के कहिए।

मीरा कहना तो केवल तुमसे है, अंबिका ने संकोच के साथ ही कहा, देखो मीरा हमें गलत ना समझना और यदि हमारी कोई भी बात तुम्हें गलत लगे तो हमें क्षमा भी कर देना। हम से नाराज मत होना। हम यह कहना चाहते हैं कि महादेव की कृपा से अब हमारे घर में एक पुत्र और एक पुत्री भी आ गई है, तो क्यों ना हम ऐसा करें कि हमारे पुत्र रुद्रदेव को हम युवराज बना दें और समर देव को हमारी संतान होने के नाते से ही पलने दें और महाराणा जी को भी समर देव का सच बता देते हैं तो रुद्रदेव को पाकर शायद वह हम पर अधिक गुस्सा ना करें और हम सब को क्षमा कर दें। इस तरह से हमारी सारी समस्याओं का भी अंत हो जाएगा। वैसे भी हमें हर समय समर देव के लिए जो डर लगा रहता है, उससे भी छुटकारा मिल जाएगा।

राजा नीलकांत उठ कर खड़े हुए और अंबिका के सिर पर हाथ रखते हुए बोले, अंबिका तुम तो बहुत ही समझदार हो गई हो, यह बहुत ही अच्छा सुझाव है, क्यों मीरा तुम क्या कहती हो?

मीरा ने रामेश्वर नाथ की ओर देखते हुए कहा, आप क्या कहते हैं भाईजी कैसा सुझाव है?

मेरे ख्याल से भी सुझाव तो उचित है, रामेश्वर नाथ ने कहा।

मीरा ने गंभीरता से कहा, अंबिका जीजी हमें एक बात बताइए, पुत्र रूद्र देव और पुत्री अमृतामणि को हमने अपनी कोख से पैदा किया है तो क्या आप उन्हें अपनी संतान नहीं मानतीं, क्या आपके लिए वह पराए हैं या सौतेले हैं?

कैसी बातें करती हो मीरा, रानी अंबिका ने गुस्से से कहा, क्या तुम्हें ऐसा लगता है कि हम उन्हें सौतेला समझते हैं। हम उन्हें इतना प्रेम करते हैं, वह दोनों हमारी आंख के तारे हैं, हम तो उनके बिना रह भी नहीं सकते, अंबिका ने अपने आंसू पोंछते हुए कहा, हमने तुमसे क्या बात कही और तुमने तो उल्टा हमारा दिल ही दुखा दिया।

जवाब आपको मिल गया है अंबिका जीजी, मीरामणि ने मुस्कुराते हुए कहा, जो आपने हमारे बच्चे समर देव के लिए बोला उससे हमारे हृदय पर क्या गुजरी होगी, अब आपको एहसास हुआ है।

परंतु अंबिका ने कुछ गलत भी नहीं कहा है मीरा, राज़ा नीलकांत ने गंभीरता से कहा, तुम्हें इस विषय में भावुकता से नहीं बल्कि गंभीरता से सोचने की आवश्यकता है। पहली बार नीलकांत ने अंबिका की बात का समर्थन किया था इसलिए अंबिका खुश हो गई।

हम भावुकता से तो सोच ही नहीं रहे हैं भाईजी, मीरामणि ने कहा, हम पूरी तरह राजनैतिकता से ही सोच रहे हैं और पूरा दिमाग लगाकर सोच रहे हैं। यह तीनों बच्चे ही हम दोनों के हैं, अंबिका जीजी के और हमारे। तो हमारी सबसे बड़ी संतान समर देव है। रुद्रदेव छोटा भाई है, वह बड़ा होकर जब अपनी काबिलियत सिद्ध करेगा तब करेगा परंतु जो शिक्षा-दीक्षा हम समर देव को दे रहे हैं, आप में से कोई भी हमें यह बता सकता है कि वह युवराज के काबिल नहीं है। यदि वह युवराज के काबिल नहीं निकला तब आप लोग हमें जो कहेंगे वह हम करेंगे। क्योंकि हम उसे योग्यता के आधार पर सिंहासन पर बैठाना चाहते हैं, भावुकता के आधार पर नहीं। भगवान ना करें परंतु यदि आगे चलकर रुद्रदेव के हाथ पैर या शरीर के किसी अंग में विकलांगता आ गई तो क्या वह हमारी संतान नहीं रह जाएगा। ठीक इसी तरह से जो समर देव की शारीरिक विकलांगता है, उससे उसके किसी भी तरीके से युवराज बनने या महाराणा बनने में कोई परेशानी नहीं है। जिस विषय में उसकी परेशानी है वह बहुत ही निजी विषय माना जाता है।

मीरामणि ने आगे कहा, इतिहास उठाकर देखिये क्या कई राजा महाराजा ऐसे नहीं हुए हैं जो संतान पैदा करने में असमर्थ रहे हैं तो क्या उनकी पत्नियों ने किसी और तरीके से संतान पैदा करके उस राज्य को नहीं चलाया है। महाभारत का इतिहास उठा कर देखिए उसमें महाराज पांडु अपनी शारीरिक कमजोरियों की वजह से संतान पैदा कराने में असमर्थ थे तो रानी कुंती ने अपने 5 पुत्र जो पैदा करवाए वह क्या महाराज पांडु की संतानें थी या महाराज पांडु यदि संतान पैदा कराने में असमर्थ थे तो वह

राजगद्दी के लिए भी असमर्थ थे। ठीक इसी तरह हमारा पुत्र समर देव भी संतान पैदा करने में असमर्थ है, तो इसका मतलब यह नहीं हो जाता कि वह राज सिंहासन के लिए भी असमर्थ है, महाराणा बनने के लिए भी असमर्थ है, पहले हम उसकी शिक्षा-दीक्षा पूरी होने देते हैं, यदि वह इस काबिल ना निकला, तब आप सब जो भी कहेंगे, वह हम करेंगे। परंतु उसे अवसर देना तो जरूरी है, और उसका एकमात्र कारण यही है कि वह हमारी सबसे बड़ी संतान है। तब तक रुद्रदेव भी बड़ा हो जाएगा। बड़ा होने के बाद हमें जो भी इस राज सिंहासन के लायक लगेगा, जो भी हमें महाराणा बनने के लायक लगेगा, हमारे दोनों पुत्रों में से वही राज सिंहासन पर बैठेगा। पर तब तक हम अपनी तीनो संतानों में से किसी के साथ भी अन्याय नहीं होने देंगे।

मैं मीरा बहन की इस बात का पूरी तरह से समर्थन करता हूं, पंडित रामेश्वर नाथ ने कहा।

कुछ देर सोचकर राजा नीलकांत ने भी कहा, मैं भी समर्थन करता हूं।

रानी अंबिका भावुक होकर अपने आंसू पोंछने लगी।

अगले दिन सुबह राजा नीलकांत बल्लभगढ़ के लिए रवाना हो गए और पंडित रामेश्वर नाथ काशी के लिये।

महारानी मीरामणि भी अब जल्द से जल्द जयराजगढ़ वापस लौट जाना चाहती थी, क्योंकि उसने जिस साम्राज्य को इतना बदला था और खुशहाल बनाया था, वह नहीं चाहती थी कि उसकी व्यवस्था और अर्थव्यवस्था पूरी तरह बिगड़ जाए। वैसे तो संभलगढ़ में बैठे-बैठे भी महारानी मीरामणि जयराजगढ़ का पूरा हाल मालूम करती रहती थी। उसके गुप्तचरों की वहां कमी नहीं थी और वह महारानी मीरामणि को पूरा संदेशा भेज रहे थे। महारानी मीरामणि को यह चिंता थी कि कहीं महाराणा रणजीत सिंह इतने दिनों की उसकी अनुपस्थिति में फिर से पूरे राज्य का भार हाथों में ना ले लें। फिर उसने जो व्यवस्था बनाई थी और दरबारियों के साथ जिस तरीके से उसका तालमेल बैठा था, कहीं वह सारा खराब ना हो जाए। खास करके वहां के महा मुख्यमंत्री शंभू देव सिंह जो की महारानी मीरामणि को अपनी बेटी की तरह मानने लगे थे और उनकी राजनीति का लोहा मान गए थे। वह बिना उनको खबर दिए कोई काम भी नहीं करते थे। महारानी मीरामणि नहीं चाहती थी कि वहां कोई ऐसी परेशानी आये जिससे महामुख्यमंत्री शंभू देव सिंह जी को महाराणा रणजीत सिंह के पास मदद के लिए जाना पड़े। वैसे तो महाराणा रणजीत सिंह भी बहुत कुशल राजनीतिज्ञ थे, परंतु वह बहुत अहंकारी और घमंडी भी थे। वह किसी की भी परेशानी को सुनना

पसंद नहीं करते थे, उन्हें केवल आदेश देने की आदत थी। यही बात मीरामणि को खलती थी कि वह किसी की बात सुनना पसंद नहीं करते थे। इस तरह से राज्य में विरोध जाग सकता था। हमेशा दूसरे की बात सुनने के बाद ही अपना फैसला देना चाहिए, यही एक अच्छे राजनीतिज्ञ की पहचान होती है परन्तु यही सब वो महाराणा रणजीत सिंह को समझा नहीं पा रही थी।

महारानी मीरामणि ने रानी अंबिका की तरफ से महाराणा रणजीत सिंह को संदेशा भिजवाया कि यहाँ सब कुछ ठीक है, अब आप आकर हमें और बच्चों को ले जाइए। महाराणा रणजीत सिंह तो जैसे इंतजार ही कर रहे थे। जैसे ही उन्हें यह संदेशा मिला, वह फौरन ही संभलगढ़ आ गए। और 4 दिन संभलगढ़ में ठहर कर अपनी दोनों रानियों और तीनों बच्चों को लेकर जयराजगढ़ की ओर रवाना हो गए।

महाराणा रणजीत देव प्रताप सिंह अपनी दोनों रानियों और अपने बच्चों को लेकर संभलगढ़ से जयराजगढ़ रवाना हो चुके थे। साथ में चारों सुरंग खोदने वाले दासियों के भेष में उनके साथ जयराजगढ़ रवाना हो गए थे।

महारानी मीरामणि देवी ने जयराजगढ़ पहुंचते ही अपने महारानी सिंहासन को फिर से संभाल लिया था और वह अति व्यस्त रहने लगी थी। भवन में सुरंग बनने का काम जोरों पर हो रहा था। भवन में कोई भी आता-जाता नहीं था। महारानी मीरामणि ने वहां मंदिर के काम में प्रयोग आने वाली चीजें रखवा दी थीं इसलिए महाराणा रणजीत सिंह का तो वहां जाने का कोई औचित्य ही नहीं था। इस भवन में चार जोगनों को ठहरा दिया था जो लोगों की नज़रों में ब्रह्मचारिणी थीं और वहां रहकर मंदिर के सामान की और मंदिर की देखभाल किया करती थीं, इसलिए महाराणा रणजीत सिंह को भी उनसे या किसी और को भी उनसे कोई लेना-देना नहीं था। वह चारों ब्रह्मचारिणी जोगन असल में वह चार सुरंग खोदने वाले थे जो भेष बदलकर अपने आप को ब्रह्मचारणी बनाकर रखते थे ताकि भवन में किसी पुरुष का प्रवेश ना हो पाए। महारानी मीरामणि देवी की आज्ञा थी कि भवन में जब तक वह चारों ब्रह्मचारणी रहेंगी, किसी भी पुरुष का प्रवेश निषेध रहेगा इसलिये भवन प्राय: बंद ही रहता था और वहां कोई भी आता- जाता नहीं था।

3 वर्षों की कड़ी मेहनत के बाद सुरंग बनकर तैयार हो गई थी। वह जंगल में किसी एक गुफा में निकल रही थी। सुरंग के द्वारा जंगल में जहां जयराजगढ़ के राजघराने के शिविर लगे हुये थे और भवन के बीच का रास्ता जो कि 3-4- घंटों का था, मुश्किल से केवल आधा घंटे में ही पूरा किया जा सकता था। सुरंग का काम पूरा हो जाने के

बाद चारों सुरंग खोदने वाले ब्रम्हचारिणी रूप में ही घूंघट निकाल कर शिव का नाम जपते-जपते वहां से विदा हो गए। किसी को भी उन पर संदेह नहीं हुआ। सुरंग के विषय में केवल तीन ही लोग जानते थे, एक राजा नीलकांत और दूसरी महारानी मीरामणि देवी और तीसरा वह जो ना ही जयराजगढ़ में रहता था और ना ही अधिक आता-जाता था, वह था पंडित रामेश्वर नाथ शास्त्री। सुरंग के विषय में और किसी को भी पता नहीं था।

समय बहुत तेजी से निकल रहा था और सभी चीजें परिवर्तित होती जा रही थीं। सभी बच्चे भी बड़े होते जा रहे थे और उनकी शिक्षा-दीक्षा भी बहुत तेज़ी से हो रही थी। युवराज समर देव भी युद्ध कला में माहिर होता जा रहा था। अभी तो मीरामणि के कहने पर प्रमुख सेनापति अक्रूर सिंह उन्हें तलवारबाजी के पैंतरे सिखा रहे थे। लेकिन मीरामणि समर देव की सारी शिक्षा-दीक्षा अपनी देखरेख में ही करवाती थी। महाराणा रणजीत सिंह अपने बच्चों को बढ़ते देख कर बहुत संतुष्ट थे और वह युवराज समर देव को देखकर तो महासंतुष्ट थे कि उसको मीरामणि अपनी देखरेख में ही सब कुछ सिखा रही थी। उन्हें लगा था कि अपने बच्चे हो जाने के बाद शायद मीरामणि का ध्यान उस पर से हट जाएगा मगर वो देख रहे थे कि मीरामणि अपने बच्चों पर ज्यादा ध्यान न देकर समर देव पर ही ध्यान दे रही थी और वह उसको एक युवराज के सिंहासन से महाराणा के महा-सिंहासन की तरफ शीघ्रता से बढ़ा रही थी। महारानी मीरामणि देवी का पूरा ध्यान केवल और केवल समर देव पर था। महाराणा रणजीत सिंह और रानी अंबिका पुत्री अमृतामणि और पुत्र रूद्र देव के साथ ही व्यस्त रहते थे।

समय बीतता जा रहा था और युवराज समर देव का शरीर अब बढ़ रहा था। उसकी आयु बचपन से निकल गई थी और वह अब जवानी में कदम रख चुका था। शिरोमणि पंडित रामदास की जड़ी बूटियां और दवाइयां बहुत बेहतर रुप से उस पर असर कर रही थीं। उसका कद 6 फीट तक हो चुका था और उसके गोरे चेहरे पर दाढ़ी- मूँछें भी निकल आयीं थीं। उसमें पुरुष-गुण ही बढ़ रहे थे और स्त्रियों के गुण दब गए थे।

देखते ही देखते युवराज समर देव प्रताप सिंह 17 वर्ष का नौजवान युवक हो चुका था। वह बहुत ही आकर्षक निकल रहा था। वह राजनीति और युद्ध कला में निपुण होता जा रहा था। तलवारबाजी का ज्ञान उसने अपने पिता महाराणा रणजीत सिंह

और प्रमुख सेनापति अक्रूर सिंह से सीखा था। पूरे राजपूताना और उसके बाहर के भी राज्य में आज तक कोई महाराणा रणजीत सिंह और प्रमुख सेनापति अक्रूर सिंह की तलवारबाजी का सामना नहीं कर पाया था, समर देव ने भी उनसे ऐसे-ऐसे तलवारबाजी के पैंतरे सीखे थे कि कोई भी उसका सामना करने के लायक पूरे राजपूताना में दूर-दूर तक कोई नहीं था। वह भी अपनी माता महारानी मीरामणि देवी की तरह वेदों का ज्ञान रखता था और महा शिव भक्त था। उसका रूप-रंग और चेहरा-मोहरा अपने पिता महाराणा रणजीत सिंह की किशोरावस्था की याद दिलाता था, परंतु महारानी मीरामणि ने उस में कुछ संशोधन जरूर किया था। मीरामणि ने उसे दया करनी सिखाई थी, उसे क्षमा करना सिखाया था और उसने उसे वेदों का ज्ञान देकर भक्ति करना सिखाया था। मीरामणि ने उसे बचपन से सिखाया था कि यदि तुम्हारे पास शक्ति है, तो उसका दुरुपयोग मत करो। अपनी तलवार हमेशा धर्म की रक्षा के लिए उठाओ, अधर्म मिटाने के लिए उठाओ, लेकिन कभी भी निर्दोष प्राणियों पर या निर्दोष पशु-पक्षियों पर अपनी तलवार या अपना तीर कभी नहीं उठाओ। जिन्होंने तुम्हारा कुछ नहीं बिगाड़ा, उनके आगे अपने शक्ति प्रदर्शन मत करो, शक्ति प्रदर्शन का दिखावा केवल अहंकारी लोग किया करते हैं और अपने अंदर कभी अहंकार को जगह मत दो। सदैव अनुशासन सीखो हठ नहीं। साम्राज्य में शांति स्थापित करने के लिए यह जरूरी है कि कभी युद्ध की पहल मत करो। परंतु युद्ध के लिए यदि कभी ललकार सुनो तो बैठे भी मत रहो। वह शांति नहीं होती, वह कायरता होती है, यदि युद्ध क्षेत्र में आ ही गए हो तो शत्रु का सिर तुम्हारे पैरों में पड़ा होना चाहिए। वह अपनी मां की दी हुई हर शिक्षा पर पूरी तरह अमल करता था।

दूसरी तरफ़ महाराणा रणजीत सिंह युवराज समर देव को बहुत बारीकी से अध्ययन करते थे। वह यह देख रहे थे कि वह एक आकर्षक नौजवान हो रहा था और उसके आकर्षक रूप के आकर्षण में बँधी लड़कियां उस की ओर खिंची चली आती थीं, परंतु उनमें उसकी कोई भी रुचि दिखाई नहीं देती थी, वह उनकी और देखता भी नहीं था। महाराणा रणजीत सिंह यह समझ नहीं पा रहे थे कि मीरामणि उसे सब कुछ बेहतरीन दे रही है परंतु उसे सन्यासी क्यों बना रही है। इस विषय में उन्होंने मीरामणि से बात करने की कोशिश भी की थी और मीरामणि ने हंसकर यह कहकर टाल दिया था कि अभी वह बच्चा है, अपने आप ठीक हो जाएगा। इस विषय पर महाराणा रणजीत सिंह ने रानी अंबिका से भी बात करने की कोशिश की तो उसने यह कहकर अपना पल्ला झाड़ लिया कि मीरामणि उसकी देखभाल बहुत अच्छे से कर रही है

और वह ही उसकी मां है इसीलिए उसे इन सब से कोई लेना-देना नहीं है। समर देव का कोई मित्र भी तो नहीं था, जो उसे इन सब बातों में कुछ समझाता, महाराणा रणजीत सिंह ने सोचा, वैसे भी वह हमसे तो कम ही बातें किया करता है, वह ज्यादा अपनी मां मीरामणि से ही हिला -मिला है। हो सकता है मां-पुत्र का रिश्ता उनके बीच समस्या खड़ी कर रहा हो, इसीलिए मीरामणि उसको खोल कर यह सब बातें नहीं समझा सकती और मेरे आगे तो वह वैसे ही शरमा जाता है।

आसपास के राज्यों से भी उसके लिए विवाह के प्रस्ताव आने लगे थे। महाराणा सोचने लगे थे कि यदि उसका विवाह हो जाएगा तो उसको भी ग्रहस्थ का आनंद मिलने लगेगा और उसकी यह समस्या शायद ठीक हो जाएगी। परन्तु मीरामणि को उसकी शारीरिक रचना की खबर थी और इसीलिए उसको चिंता लगी रहती थी कि कुछ भी अनहोनी ना हो जाये, वैसे भी अब वह बच्चा नहीं रहा था इसीलिए मीरामणि को और ज्यादा फिक्र लगी रहती थी। महारानी मीरामणि ने यह निर्णय लिया कि अब समर देव को सच्चाई बताने का समय आ गया था। उसके लिए उसने राजा नीलकांत को संदेश भेजा कि वह वहाँ कुछ महत्वपूर्ण कार्य से समर देव के साथ आ रही है।

इधर महारानी मीरामणि देवी समर देव प्रताप के साथ बल्लभगढ़ राजा नीलकांत के पास गई हुई थी और उधर पीछे से महाराणा ने रानी अंबिका की एक ना सुनी कि वह मीरामणि के आने का इंतजार कर लें और महाराणा रणजीत सिंह ने अपने मित्र गरुड़गढ़ के राजा सत्यराज सिंह की पुत्री राजकुमारी सुकन्या से युवराज समर देव प्रताप सिंह का रिश्ता पक्का कर दिया।

अध्याय २३

युवराज समर देव प्रताप सिंह का सच से सामना और शिव-जन सेना का रहस्य

इधर जयराजगढ़ में युवराज समर देव प्रताप सिंह का रिश्ता पक्का होने की खुशियां मनाई जा रही थीं और उधर बल्लभगढ़ में राजा नीलकांत समर देव को उसके जन्म से लेकर अब तक की सारी सच्चाई बता रहा था। केवल एक बात उसने छुपा ली थी क्योंकि वह मीरामणि नहीं चाहती थी कि वह अपने पिता महाराणा रणजीत सिंह के लिए मन में कोई भी ऐसी- वैसी बात लाये, इसीलिए महाराणा के बारे में नीलकांत ने पूरी तरह छुपा लिया था कि उसे अपने पिता से ही अपने प्राणों का खतरा है। उसे केवल यही बताया गया कि उसके पिता को यह सच्चाई इसलिए नहीं बताई थी क्योंकि वह रानी अंबिका को कहीं अपने राज्य से ना निकाल दें और उनकी माताओं को यह भी डर था कि कहीं उन्हें किन्नर ना ले जाएं और महाराणा ने अगर आज्ञा दे दी तो हम दोनों रानियां भी कुछ नहीं कर पाएंगी। इसी बात को सोचते हुए यह सच्चाई पिता महाराणा रणजीत सिंह से छुपा कर रखी गई थी।

सारी सच्चाई जानकर युवराज समर देव हीन भावना से ग्रसित हो गया। उसको लगा उसकी यह कमी बहुत बड़ी कमी है और वह एक सामान्य मनुष्य नहीं है। वह बहुत परेशान होकर राजमहल की छत पर चला गया। राजा नीलकांत उसे समझाने पहुँचे। मीरामणि से अपने पुत्र की यह हालत देखी नहीं जा रही थी इसीलिए पीछे-पीछे वह भी उसको समझाने के लिए पहुंची। उसने मां की तरह समर देव के सिर पर हाथ फेरा तो वह बच्चों की तरह फूट-फूट कर रोने लगा। उसने कहा, मां मेरे साथ ऐसा क्यों हो रहा है, मेरे साथ ही ऐसा क्यों हो रहा है??? क्या ईश्वर मुझे सामान्य पैदा नहीं कर सकते थे।

माँ मीरामणि का हृदय उसके आंसू देख कर द्रवित हो रहा था, मगर महारानी मीरामणि वह नहीं चाहती थी कि समर देव कमजोर बने और समर देव प्रताप सिंह कमजोर बनने के लिए पैदा भी नहीं हुआ था। समर देव के आंसू उसकी सारी मेहनत को मिट्टी में मिला रहे थे। यह मीरामणि से देखा नहीं जा रहा था। उसने सोच लिया था कि उसको समर देव को इस हीन भावना से निकालने के लिये कठोर बनना ही होगा, उसे बहुत कठोरता से उसको भाषण देना होगा।

इस तरह कायरों की भांति रोना बंद करो समर, महारानी मीरामणि ने कठोरता से कहा, तुम क्षत्रीय हो, क्षत्रीय का मतलब जानते हो, इसका मतलब होता है युद्ध करने वाला और जो युद्ध के मैदान में रो देते हैं वह क्षत्रीय तो हो ही नहीं सकते। तुम्हारी रगों में महाराणाओं का रक्त दौड़ रहा है, उन महाराणाओं का रक्त जिनका नाम सुनते ही शत्रु अपने प्राण छोड़ना पसंद करते हैं कि कहीं उनसे सामना ना हो जाए और उनकी संतान इतनी कायर नहीं हो सकती। यदि अपनी भावनाओं पर शासन नहीं कर सकते तो साम्राज्य पर शासन कैसे करोगे......राजपूतानी मातायें क्या इस दिन के लिए अपनी संतान को अपने दूध में अपना रक्त मिलाकर पिलाती हैं और बढ़ा करती हैं कि वह उनके नाम को कलंकित कर दे। हाँ समर देव प्रताप सिंह, यह तो केवल कायरता है, केवल कायरता। तुम पूछ रहे हो मुझसे कि क्या ईश्वर मुझे सामान्य पैदा नहीं कर सकते थे, ऐसा प्रश्न करके ही तुमने अपनी कायरता साबित कर दी है। पहले तुम असाधारण थे समर, असामान्य थे, परंतु यह शब्द कहकर कि क्या मुझे ईश्वर सामान्य पैदा नहीं कर सकते थे, तुमने अपनी संपूर्ण गरिमा गिरा ली है। अब तुम सामान्य हो, केवल सामान्य और साधारण। परंतु हम सामान्य स्त्री नहीं है, महारानी मीरामणि देवी कोई साधारण औरत नहीं है, इसलिये तो हमारी संतान को हम सामान्य या साधारण तो बना ही नहीं सकते थे। तुम्हें रानी अंबिका ने पैदा ज़रूर किया है परंतु तुम महारानी मीरामणि की तपस्या का फल हो, तुम महारानी मीरामणि देवी की संतान हो। हमें हमारी तपस्या पर पूरा विश्वास था और हमें पता था कि हमारे महादेव हमारे साथ कोई अन्याय कर ही नहीं सकते।

क्या चीज परेशान कर रही है तुम्हें बताओ, मीरामणि ने आगे कहा, यही कि तुम एक किन्नर हो। एक किन्नर हो, जो विवाह नहीं कर सकता, बच्चे पैदा नहीं कर सकता, केवल यही बात है ना। और तुम में क्या कमी है, किस बात की कमी है। इस क्षुद्र बात की कमी पाते हो तुम अपने अंदर, जो तुम अपने अंदर हीन भावना महसूस कर रहे हो, मीरामणि ने क्रोधित स्वर में कहा। केवल औरतों को भोगना, केवल बच्चे

पैदा करना बहुत ही क्षुद्र काम है, कोई भी कर सकता है, पशु-पक्षी भी तो यही करते हैं। तुम ग्रहस्थ आश्रम का आनन्द नहीं ले सकते, केवल यही है तुम्हारी परेशानी???

जानते हो एक राज्य या साम्राज्य का सबसे बड़ा व्यक्ति कौन होता है? वह होता है राजा या महाराजा। उनके आगे सभी सिर झुकाते हैं। परन्तु यह राजा या महाराजा अपना सिर झुकाते हैं एक सन्यासी के आगे, एक साधु के आगे, एक ब्रह्मचारी के आगे। जानते हो यह ब्रह्मचारी कौन होते हैं? ब्रम्हचारी वह होते हैं जो ईश्वर की राह पर अग्रसर हैं। ईश्वर की राह पर आने के लिए सबसे पहले तो एक पुरूष को औरत का भोग छोड़ना पड़ता है और एक औरत को पुरूष का भोग छोड़ना पड़ता है। यह सब कुछ भोगविलास, गृहस्थी, अहंकार, मोह, हर उस वस्तु का त्याग करना पड़ता हैं, जिससे ईश्वर की प्राप्ति संभव नहीं है।

अब उत्तर दो कि ईश्वर से बड़ा कौन है, क्या है??? दो जवाब, समर देव जवाब दो।

कोई नहीं, कोई भी नहीं, कुछ भी नहीं, समर देव ने डूबे स्वर में जवाब दिया।

ईश्वर की राह पर आने के लिए लोग ब्रहमचारी बनते हैं, ग्रहस्थ छोड़ देते हैं, बच्चे छोड़ देते हैं। अपना अहंकार, मोह सब छोड़ देते हैं, सबको छोड़ देते हैं, हर चीज का त्याग कर देते हैं जो ईश्वर की राह में बाधक बनती है, उस से मिलन के लिए वह हर उस चीज का त्याग कर देते हैं जो ईश्वर से मिलन में बाधक बनती है। जिस वस्तु का त्याग करना ही पड़ता है, क्या वह मनुष्य के जीवन में आवश्यक या महत्वपूर्ण हो सकती है???

तुम जैसे लोगों को ईश्वर ने स्वयं ही ब्रह्मचारी बनाकर भेजा है और उसी ईश्वर ने समाज को यह संदेश दिया है कि यह मेरे भक्त हैं, मेरे जन हैं। यह केवल मेरे मार्ग पर है इसीलिए इनको मैंने पैदा ही ब्रह्मचारी किया है। यही ईश्वर का संदेश है समर। समाज तो बहुत कुछ भूल चुका है, बहुत कुछ भूलता रहता है परंतु उसके भूलने से सत्य तो नहीं बदल जाता। इसलिए उठो अपने आप को पहचानो समर देव प्रताप सिंह कि तुम क्या हो, क्यों हो, यह जानने के लिये प्रयासरत हो। तुम योद्धा हो, यह संसार एक धर्म युद्ध क्षेत्र है, यदि कोई तुम्हारा जीने का अधिकार छीनना चाहेगा तो क्या तुम युद्ध क्षेत्र में बैठ कर रोना शुरू कर दोगे। अपने अधिकारों के लिए लड़ना होता है और जो मनुष्य अपने अधिकार के लिए लड़ सकता है, वही दूसरे के अधिकार के लिए भी लड़ सकता है। जिसमें अपने लिए आवाज उठाने की ताकत है, वही दूसरे के लिए आवाज उठा सकता है।

जब हम मानते हैं कि ईश्वर कण-कण में हैं तो क्या वह किन्नरों में विद्यमान नहीं होगा? किन्नर भी तो संसार के कणों में से एक हैं। परम पूज्य भगवान शंकर विषधर को अपने गले में स्थान देते हैं क्योंकि वह इस संसार को यह संदेश देते हैं कि इस संसार में सब पूजनीय हैं । जिसे ईश्वर ने अपना लिया तो फिर इस संसार की क्या बिसात जो ईश्वर का विरोध करे। तुम, हम सब, यह पूरा संसार महादेव की संतान है, इस संसार में बहुत लोग यह भूल चुके हैं कि संसार के योगदान में सबका अपना एक विशिष्ट स्थान है, उन्हें याद दिलाने के लिए हमें लड़ना है और यह लड़ाई, यह युद्ध ही धर्म युद्ध है। यह युद्ध केवल शस्त्रों का युद्ध नहीं होता है, यह युद्ध होता है अपने शुभ कर्मों के द्वारा अपने निश्चय पर दृढ़तापूर्वक टिके रहने से। मैं दृढ़तापूर्वक अडिग रही, एक औरत होकर भी टिकी रही क्योंकि मैं नहीं मानती की औरत कमजोर होती है। मैंने कभी नहीं माना और आज मेरी संतान जिसको मैंने अपने सारे संस्कार दिए, वह इतनी कमजोर पड़ी है। महारानी मीरामणि देवी की संतान इतनी कायर तो नहीं हो सकती।

तुम्हें मैंने सारी शिक्षाएं दीं, युद्ध कला, राजनीति, नीति ज्ञान, सब कुछ, परंतु एक ज्ञान मैंने आखिर के लिए बचा लिया था। अब मैं समझती हूं मैंने गलती की, क्योंकि वह ज्ञान तो तुम्हें सबसे पहले देना चाहिए था, महाभारत पढ़ने का ज्ञान..... श्रीमद्भगवद्गीता पढ़ने का ज्ञान ताकि तुम इस संसार की सच्चाई को और अपनी सच्चाई को समझ पाते। इसी ज्ञान से तुम्हारे अंदर का सारा अंधकार पूरी तरह मिट जाएगा।

मैंने सोचा था समर कि तुम्हें किन्नरों का प्रतिनिधी बनाकर, एक आदर्श बनाकर मैं इस समाज के सामने खड़ा कर दूंगी, जिस से यह समाज यह सोचने पर मजबूर हो जाएगा कि यदि शरीर की कोई भी विकलांगता हो तो उससे मनुष्य को ठुकरा नहीं दिया जाता। पर तुम्हारी कायरता ने तो मेरा ही अंतर्मन हिला दिया है। मुझे यह सोचने पर मजबूर कर दिया है कि यदि हम किसी स्त्री या पुरुष के साथ भोग नहीं कर सकते, बच्चे पैदा नहीं कर सकते तो क्या हम बिल्कुल ही इस समाज में रहने के लायक नहीं हैं। क्या यह सब इतनी बड़ी चीज है कि इसके आगे कुछ और है ही नहीं, क्या इसके आगे सारा जीवन समाप्त हो जाता है। स्त्री और पुरुष का यह संबंध तो केवल क्षणिक होता है, क्षण भर का होता है। उसके बाद मनुष्य अपने और काम करता है। जीवन केवल भोग पर टिका हुआ तो नहीं है। जीवन बहुत बड़ा होता है और हम सब अपने ही कर्म क्षेत्र से बंधे हुए होते हैं। मनुष्य अपनी कर्म यात्रा अकेला ही करता है। रिश्ते-

नाते, भोग-विलास सब कुछ इस संसार की ही देन हैं और इस संसार में ही समाप्त हो जाएंगे। परंतु मनुष्य केवल अपने करम ही अपने साथ लेकर जाता है, अपनी एक और अनंत यात्रा के लिए। इस संसार में करने योग्य बहुत काम हैं, केवल एक रिश्ते पर यह सारा जीवन समाप्त नहीं हो जाता। अपने स्वार्थ के लिए तो सभी जीते हैं, पर जो औरों के काम आए वही जीवन है, जो औरों के लिए निस्वार्थ भाव से किया जाए, वही इस जीवन का सार है।

यदि तुम्हें मेरी बातें समझ आती हैं तो उठ के खड़े हो जाओ क्षत्रियों की भांति, योद्धा की भांति और जो कुछ मैंने तुम्हें सिखाया है वह सब अपने अमल में लाओ और यदि तुम्हें यह सब नहीं समझ आता तो कायरों की भांति पड़े रहो यहीं और रोते रहो, मैं अकेली ही काफी हूं इस समाज से टक्कर लेने के लिए। धिक्कार है ऐसे माता-पिता पर जो अपनी संतान का त्याग केवल इसलिए कर देते हैं कि वह एक किन्नर है.....धिक्कार है ऐसे किन्नरों पर जो एक माता-पिता की संतान को इसलिए छीन कर ले जाते हैं कि उसको नर्क से भरा जीवन जीने पर बाध्य करें.....महा धिक्कार है ऐसे मनुष्यों पर और इस समाज की कलंकित सोच पर जो किसी मनुष्य के बच्चे को इसलिए ठुकरा दें कि वह किसी का संसर्ग नहीं कर सकता या बच्चा पैदा नहीं कर सकता।

राजा नीलकांत जो इतनी देर से मीरामणि और समर देव का वार्तालाप चुप-चाप सुन रहे थे, वो बोले, यदि एक संतान की परवरिश माता-पिता संस्कारों से करते हैं और उसे शुभ कर्मों की शिक्षा देते हैं तो वह उस संतान को चाहे वह पुत्र हो या पुत्री हो या के किन्नर हो, उसे कुछ भी बना सकते हैं, वह कुछ भी बन सकता है। इसीलिए इस समाज को जागने की आवश्यकता है कि वह अपनी संतान को संस्कार दें ताकि एक स्वस्थ समाज का निर्माण हो सके। समाज की रीति-रिवाज और रस्में सृजनात्मक होनी चाहिये, ना की नकारात्मक।

आज हम तुम्हें दिखाते हैं समर देव कि किन्नर क्या-क्या कर सकते हैं, चलो हमारे साथ इसी क्षण चलो। राजा नीलकांत ने कहा, बहन मीरामणि तुम भी अब आराम करो क्योंकि तुम्हें सुबह होते ही जयराजगढ़ की ओर रवाना होना है। समर देव को अब सब कुछ बताने का समय आ गया है, इसलिये हम इसी क्षण समर देव के साथ शिव-जन सेना के गुप्त संस्थान जाएंगे।

जाओ समर, अपने मामा के साथ जाओ और देख कर आओ कि किन्नर क्या-क्या कर सकते हैं, और अपना सामान्य जीवन भी जी सकते है। महारानी मीरामणि ने आदेश दिया।

मीरामणि का आदेश मिलते ही समर देव प्रणाम करके अपने मामा राजा नीलकांत के साथ चला गया और उसके बाद महारानी मीरामणि भी अपने कक्ष में सोने के लिए चली गई।

शिव-जन सेना का परिचय

जब समर देव पैदा हुआ था और वहां बल्लभगढ़ में बधाई देने के लिए किन्नर आए थे तो उनका किन्नर प्रमुख मुंगेरी था। जब राजा नीलकांत और मीरामणि देवी ने अपनी समस्या उस किन्नर प्रमुख मुंगेरी को बताई थी तो वह बहुत हैरान हुआ था यह जानकर कि रानी मीरामणि देवी सौतन होते हुए या एक सौतेली मां होते हुए भी निस्वार्थ भाव से इतना सब कुछ रानी अंबिका के लिए कर रही है। उसका यह रूप देखकर वह उसके चरणों में गिर गया था और फिर उसने रानी मीरामणि को किन्नर समाज की ओर से यह वचन दिया था यह राज उनके सीने में ही रहेगा और वह हमेशा समर देव की रक्षा करेंगे। रानी मीरामणि ने भी उसको यह वचन दिया था कि वह किन्नरों को इस खराब जीवन से मुक्त कराने में सहायता करेंगी। उनका जीवन इज्जत से जीने लायक हो जाए, इसके लिए वह पूरी कोशिश करती रहेंगी और आगे जाकर महारानी मीरामणि देवी ने अपना यह वचन निभा भी दिया था। किन्नर प्रमुख मुंगेरी का यह विश्वास था कि ईश्वर ने समर देव को उनका प्रतिनिधि बनाकर भेजा है, शायद यही बच्चा उनको इस समाज में इज़्ज़त से रहने का अधिकार दिलायेगा।

राजा नीलकांत और रानी मीरामणि देवी ने यह योजना बनाई कि इनको हम सेना का पूरा शैक्षिक-प्रशिक्षण दें और गुप्तचर बनने के लिए भी पूरा प्रशिक्षण दें। महारानी मीरामणि और राजा नीलकांत ने उन्हें देशभक्ति पर इतने भाषण दिए, इतना कुछ बताया कि उन्हें अपने जीवन को इज्जत के साथ जीने का उदेश्य मिल गया। किन्नर प्रमुख मुंगेरी ने भी अपने बाक़ी किन्नर साथियों को ऐसा क्रांतिकारी देशभक्ति का भाषण दिया कि वह सारे ही इसको करने के लिए अपने पूरे मन से तैयार हो गए। वहां

बल्लभगढ़ में राजा नीलकांत ने इनके लिए एक गुप्त संस्थान खोल दिया जहां पर इन्हें गुप्त रूप से अस्त्र-शस्त्र चलाने का प्रशिक्षण मिलने लगा। वैसे तो यह भवन उन्होंने किन्नरों को रहने के लिए अपने भांजे के पैदा होने की खुशी में उपहारस्वरूप दिया था और उनके मुँह बंद रखने के ऐवज में भी। इसलिए लोगों की नजरों में तो वह किन्नरों का घर था जो राजा नीलकांत ने अपने भांजे के पैदा होने की खुशी में किन्नरों को उपहार स्वरुप दिया था। परंतु असल में वह एक गुप्त संस्थान बन गया था, जहां पर किन्नरों के शिक्षण और प्रशिक्षण की पूरी व्यवस्था की गई थी।

इस काम में इनकी मदद महारानी मीरामणि के भाई विराट सिंह ने भी बहुत की थी। उसने धन से भी और अस्त्रों- शस्त्रों से भी सब तरीकों से जो भी कुछ इस गुप्त संस्थान को दान दिया जा सकता था उसने दिल खोल कर दिया। बाद में इस गुप्त संस्थान का प्रमुख भी उन्होंने किन्नर प्रमुख मुंगेरी को ही बना दिया था और पूरी संस्था का कार्यभार उसको ही सौंप दिया था। बाकी सारे किन्नर जो वहां प्रशिक्षण पाने आते थे तो प्रमुख किन्नर मुंगेरी उन्हें गोपनीयता की शपथ दिलाकर उनको प्रक्षिशण देता था, और आगे काम पर लगाता था। प्रमुख किन्नर मुंगेरी के दो निजी सहायक थे जो उसके अधीन रहकर सारे कार्य संभालते थे, उनके नाम कोकिला और चंचला थे। प्रमुख किन्नर मुंगेरी और उसके दोनों साथी कोकिला और चंचला के अलावा किसी को भी राजा नीलकांत, महारानी मीरामणि देवी और विराट सिंह की खबर नहीं थी। तीनों राज्यों- बल्लभगढ़, सँभलगढ और जयराजगढ से मिलकर उनके लिए बहुत अच्छी धन-राशि हर तीन महीने में उस गुप्त-संस्थान को चलाने के लिए आ जाती थी जिसका वचन महारानी मीरामणि देवी और राजा नीलकांत ने प्रमुख किन्नर मुंगेरी और उसके दोनों साथियों चंचला और कोकिला को दिया हुआ था।

प्रमुख किन्नर मुंगेरी और उसके दोनों साथियों चंचला और कोकिला ने जिस तरह से सेना को मासिक आय मिलती है वैसी ही मासिक आय इन के प्रशिक्षण के बाद इनके लिए भी निश्चित कर दी थी जिससे यह किन्नर इज्जत की रोटी कमाकर खाने लगे। जब यह तीनों राज्यों में से किसी भी राज्य में काम पर लग जाते थे तो इन्हें वहां के राज्य से मासिक आय मिलने लगती थी तो उनकी यहां प्रशिक्षण केंद्र से मासिक आय जानी बंद हो जाती थी। वैसे भी इन बेचारे किन्नरों का कोई परिवार तो होता नहीं था तो इन्हे केवल तन ढकने के लिए कपड़ा, खाने के लिए पेट भर भोजन, और रहने के लिए एक छत की आवश्यकता ही तो थी। वैसे भी मनुष्य को अधिक धन की आवश्यकता केवल अपने परिवार की जरूरतें पूरी करने के लिए ही तो होती है, नहीं

तो जीवन जीने के लिये तो अकेले मनुष्य को केवल रोटी कपड़ा और मकान ही चाहिये होता है, इस से ज्यादा उसकी जरुरत नहीं होती, इस से ज्यादा यदि वो चाहता है तो वो केवल और केवल लालच ही होता है। इन्होंने धीरे-धीरे आसपास के राज्यों के किन्नरों को भी अपने साथ में मिला लिया था। यह किन्नर सेना एक दूसरे को खुद ही प्रशिक्षित करती जा रही थी। और धीरे-धीरे इसकी सेना में बढ़ोत्तरी होती जा रही थी। इस सेना का नाम "शिव-जन सेना" रखा गया था, जो नाम महारानी मीरामणि देवी ने ख़ुद ही दिया था। "शिव-जन अर्थात शिव की जनता।"

जब बालक समर देव प्रताप सिंह 5 वर्ष पूरे करके वापस अपने राज्य जयराजगढ़ लौटा तो राजा नीलकांत शिव-जन सेना की महा प्रशिक्षित टुकड़ी भी लेकर आए थे। इन्हें सैनिकों जैसे कपड़े पहनाए गए थे इसीलिए इन्हें कोई भी जान नहीं पाया कि यह किन्नरों की शिव-जन सेना है। महारानी मीरामणि ने इन्हें जयराजगढ़ और आसपास के राज्यों में अपने गुप्तचर बनाकर फैला दिया था। किसी को भी पता नहीं चलता था कि यह शिव-जन सेना है। कभी वह किन्नर बनकर बधाइयाँ गाते थे और जरुरत पड़ने पर सैनिक बन जाते थे। युद्ध में वह बहुत प्रशिक्षित हो चुके थे। भेष बदलने में और अलग-अलग आवाजें निकालने में माहिर थे, इसीलिए आज तक कभी पकड़े नहीं गए थे।

इस शिव- जन सेना के दो प्रमुख काम थे। पहला और महाप्रमुख काम था राजकुमार समर देव और महारानी मीरामणि देवी के दोनों बच्चों राजकुमार रूद्र देव और राजकुमारी अमृतामणि की गुप्त रूप से रक्षा, शिव-जन सेना के सदस्य राजमहल में हर जगह फैले हुए थे, कहीं रसोइयों के साथ कहीं दास-दासियों के साथ और कहीं सैनिकों के साथ। इनका कोई रुप नहीं था, यह बहुरूपिये थे। यह सब पर नजर रखते थे और इन्हें कोई नहीं जान पाता था। केवल राजपरिवार के निजी कक्ष ही इनसे सुरक्षित थे, राजपरिवार की निजी बातें जानना इनके लिये पूरी तरह से निषेध थीं।

दूसरा प्रमुख काम था, पूरे जयराजगढ़ की और आसपास की खबर रखनी और गुप्त रुप से महारानी मीरामणि के पास हर प्रमुख खबर पहुंचाने की। इस शिव-जन सेना की सभा शिव मंदिर के पीछे जो भवन था, जो हर वक्त खाली पड़ा रहता था वहां हुआ करती थी।

इन किन्नरों की शिव-जन सेना में से 5 लोग ही बहुत प्रमुख नेता थे, जिन से महारानी मीरामणि की सीधी बात होती थी। जिनके नाम थे फूलन, छम्मो, गोला, गन्नू, और कालू। बाकी सारी शिव-जन सेना को यही 5 प्रमुख नेता निर्देश दिया करते

थे। बाक़ी की सेना को महारानी मीरामणि के बारे में कुछ भी नहीं पता था। जयराजगढ साम्राज्य में सारी शिव-जन सेना इन 5 किन्नरों को ही अपना प्रमुख नेता मानती थी।

ठीक इसी तरह बल्लभगढ़ राज्य में राजा नीलकांत केवल उन के प्रमुख नेता जो अभी तक किन्नर- मुंगेरी, चंचला और कोकिला थे, उन्हें ही सीधा निर्देश देते थे। और संभलगढ़ राज्य में उनके प्रमुख नेता थे किन्नर-कजरी, चमेली और शब्बो जो सीधा निर्देश विराट सिंह से लिया करते थे जो अब वहां के तत्कालीन राजा हो चुके थे क्योंकि राजा सूरत सिंह अवकाश ग्रहण कर चुके थे। राजा सूरत सिंह को भी इस शिव-जन सेना की कोई खबर नहीं थी।

5 वर्षों के बाद समर देव की जयराजगढ़ में वापसी के महा समारोह पर काशी के शिरोमणि पंडित रामेश्वर नाथ शास्त्री भी पधारे थे। वहीं उन्हें शिव- जन सेना की संपूर्ण सूचना राजा नीलकांत, युवराज विराट सिंह और महारानी मीरामणि देवी से मिली थी। शिव -जन सेना के कार्यकलापों के बारे में सुनकर पंडित रामेश्वर नाथ दंग रह गए थे। उन्होंने तभी फैसला कर लिया था कि वह इस कार्य में इनको अपना पूरा सहयोग देंगे, जो भी उनकी अपनी क्षमतायें है। जब वह अपने राज्य काशी लौटे तो वहां उनके राज्य के किन्नर प्रमुख गोकुल के साथ उन्होंने भेंट की। किन्नर प्रमुख गोकुल को उन्होंने अपने खर्चे पर बल्लभगढ़ में भेजा ताकि वह किन्नर प्रमुख मुंगेरी से मिले और उसके अंदर भी देशभक्ति की भावना जागे और वह भी अपने किन्नर जीवन को सार्थक करने में प्रयासरत हो जाए। किन्नर गोकुल बल्लभगढ़ में किन्नर- मुंगेरी, कोकिला, चंचला आदि-इत्यादि इन सब से मिलकर और उनका वह शिव-जन सेना का गुप्त संस्थान देखकर बहुत ही प्रभावित हुआ और उसने भी अपने आप को इसके लिए समर्पित कर दिया। वहां उसने भी गोपनीयता और देश भक्ति की शपथ खाई और उनके इस कार्य में योगदान देने का संपूर्ण फैसला किया और अपने बाकी किन्नर भाई-बहनों को भी लाने का वचन दिया। शिरोमणि पंडित रामेश्वर नाथ शास्त्री ने उनमें से जो भी किन्नर चिकित्सा ज्ञान सीखना चाहते थे, उन्हें चिकित्सा ज्ञान सिखाना आरंभ कर दिया। जड़ी-बूटियों का गहन अध्ययन करके उनमें से बहुत से किन्नर अच्छे चिकित्सक भी बन गए। शिरोमणि पंडित रामेश्वर नाथ शास्त्री ने शिव-जन सेना को शारिरिक ताकत के लिये ऐसी-ऐसी जड़ी बूटियों की दवाएं बनाकर दीं, जिन से उनका शरीर ताक़तवर हो गया।

किन्नरों के शिव-जन सेना के गुप्त संस्थान में कई विभाग बन गए थे, जिनमें से प्रमुख तो था सैनिक शिक्षा एंव गुप्तचर विभाग। दूसरा विभाग था बढ़िया खाना बनाने

से लेकर गृह-कार्य के सारे कामों का प्रशिक्षण और अब तीसरा विभाग शिरोमणि पंडित रामेश्वर नाथ शास्त्री के सहयोग से बन गया था और वह था चिकित्सा विभाग का प्रशिक्षण। किन्नरों की शिव-जन सेना में कितने ही लोग सेना के दक्ष योद्धा थे, कितने लोग गुप्तचर थे, कितने ही लोग चिकित्सक बन गए थे, कितने ही लोग रसोइए और कितने ही लोग राज्य कर्मचारी बनकर अपना कार्यभार अच्छे से संभाल रहे थे।"जय शिव-शंकर, जय शिव-जन!!!" यह शिव-जन सेना का नारा था, जिससे वह सब लोग आपस में एक-दूसरे को भेष बदलने के बाद भी पहचानते थे कि यह शिव-जन संस्था के सैनिक हैं।

यह सब कुछ गुप्त रुप से और गोपनीयता से इसलिए चलाना पड़ रहा था, क्योंकि भ्रष्ट समाज और कलंकित मानसिकता वाले लोग इन किन्नरों को कभी भी अपने समकक्ष खड़े होने की अनुमति नहीं देते थे। परंतु फिर भी जो लोग सहयोग कर पा रहे थे, उन्हीं से ही यह किन्नरों की मुट्ठी भर शिव-जन सेना फल-फूल रही थी और धीरे-धीरे अपना महत्व स्थापित करती जा रही थी।

महारानी मीरामणि सुबह उठकर जल्दी ही तैयार हो गई थी क्योंकि आज उसे जयराजगढ़ की ओर प्रस्थान करना था तभी उसने देखा कि समर देव भी तैयार होकर बाहर आ रहा है। आते ही युवराज समर देव ने मां मीरामणि के चरण स्पर्श किये और बोला, मुझे क्षमा कर दीजिए मां जो मैंने आपके आदर्शों को अपने कायरतापूर्ण और हीन शब्दों में ढाला। कल नीलकांत मामा ने मुझे जो कुछ भी दिखाया उसे देखकर मैं हतप्रभ रह गया हूं। शिव-जन सेना के गुप्त संस्थान को देखकर और उसका इतिहास जानकर मैं अचंभित हो गया। यह सब आपकी मेहनत का फल है मां। आज मैं आपको वचन देता हूं कि मैं समर देव प्रताप सिंह बनूंगा इस समाज के लिए आदर्श और अपने कर्मों से यह साबित करुंगा कि यहां इस संसार में कोई भी हीन नहीं है। हम किन्नर भी ईश्वर की संतान हैं, इस समाज का हिस्सा हैं हम। हमारे जीवन का भी कोई महत्व है, हमें बधाईयाँ गाने के लिए ही ईश्वर ने पैदा नहीं किया है.....और जो कुछ भी एक सामान्य मनुष्य कर सकता है, वह हर काम हम भी कर सकते हैं। हमारा दिल, दिमाग़ और शरीर सामान्य मनुष्य की तरह ही कार्य करता है, अपने आपको अब हम साबित करके ही रहेंगे और इस समाज को हमें पूरी मान्यता देकर, पूरी इज़्ज़त के साथ

स्वीकारना ही होगा।....ब्रह्मचारी हैं हम....सन्यासी हैं हम.....शिव-जन हैं हम....अब मैं इस धर्म युद्ध के लिए पूरी तरह से तैयार हूं मां।

महारानी मीरामणि ने समर देव को अपने गले से लगा लिया और कहा, मैं जानती हूं समर कि तुम सामान्य नहीं हो साधारण नहीं हो। तुम्हारा नाम समर मैंने ऐसे ही नहीं रखा है। समर का मतलब होता है "युद्ध" और तुम युद्ध करने में बेजोड़ हो, महायोद्धा हो तुम, तुम हार मान ही नहीं सकते, जब तक के जीत तुम्हारे कदमों में ना आ गिरे।

जयराजगढ़ वापस जाने का समय आ गया था इसीलिए युवराज समर देव प्रताप सिंह अपने 6 घोड़ों वाले रथ पर सवार हुआ। उसके पीछे 8 घोड़ों वाली राजबग्घी थी जो महारानी मीरामणि के लिए थी और चारों तरफ़ से बंद थी जिसमें बायीं तरफ़ चढ़ने-उतरने के लिये दरवाज़ा था और दायीं तरफ़ एक खिड़की थी जिसपर रेशमी परदा पड़ा हुआ था।

राजा नीलकांत ने महारानी मीरामणि को राजबग्घी में बैठाते हुए कहा, आज तुम जीत गईं बहन मीरामणि और तुमने पूरे समाज के सामने अपने कर्मों और अपनी परवरिश को साबित कर दिया है। समर देव अब शांत-चित्त और संतुष्ट है। मीरामणि, मेरा यही विचार है कि अब तुम्हें महाराणा रणजीत सिंह को समर की सच्चाई बता देनी चाहिए।

आप ठीक कहते हैं भाईजी, अब उन्हें बता देने का समय आ गया है। हम कोई अच्छा सा समय देखकर उनसे बात करेंगे, मीरामणि ने कहा, वैसे तो वह समर देव को बहुत ज्यादा प्रेम करते हैं और उनका हृदय एक पिता का हृदय हो गया है, जिसमें अपनी संतान के लिए केवल प्रेम ही प्रेम है। परन्तु अभी ख़तरा पूरी तरह टला नहीं है। क्या आप को याद नहीं कि जन्मपत्रिका बनाते हुए शिरोमणि रामेश्वर नाथ भाई जी ने क्या कहा था। "उन्होंने कहा था कि समर के जीवन में केवल दो घातक योग है एक जन्म से लेकर 5 वर्ष की आयु तक और दूसरा घातक योग 17 वर्ष से 22 वर्ष की आयु तक। दुर्भाग्य की बात यह है कि उसका घातक योग उसके पिता की वजह से ही अधिक बन रहा है। इसलिये जीवन के ऐसे वर्षों में उसे उसके पिता से अलग रखना पड़ेगा।" जन्म से लेकर 5 वर्ष की आयु तक का घातक समय तो निकल चुका है। परंतु वह 17 वर्ष का पूरा हो चुका है, और यह घातक समय अभी शुरू ही हुआ है। इसलिए हम भी विचार कर रहे हैं और आप भी विचार कीजिए कि यह 17 वर्ष से लेकर 22 वर्ष तक की आयु का समय उसका शांति से निकल जाए। हम कोई योजना बनाने की कोशिश कर रहे हैं। आप भी कुछ सोच- विचार करके हमें योजना बताइए

कि हम 5 वर्षों तक और समर देव को कैसे उसके पिता महाराणा रणजीत सिंह से अलग रख सकते हैं।

हुँ..... राजा नीलकांत ने एक गंभीर हुंकार भरी, यह तो विचार करना ही पड़ेगा मीरामणि क्योंकि शिरोमणी पंडित रामेश्वर नाथ की बात कभी भी झूठ नहीं निकलती। चलो मीरामणि तुम चिंता मत करो, मैं भी कुछ सोच विचार करता हूं। तुम भी सोचो, इस समस्या का भी कोई ना कोई हल निकल ही आएगा। अब तुम जयराजगढ़ की ओर प्रस्थान करो, रास्ता लंबा है, कहीं पहुँचने में ज़्यादा देर ना हो जाये।

ठीक है भाईजी, महारानी मीरामणि ने राजा नीलकांत को प्रणाम किया और अपनी राजबग्घी में बैठ गई।

युवराज समर देव प्रताप सिंह ने भी सेना को प्रस्थान की आज्ञा दी और सेना अपने साम्राज्य जयराजगढ़ की ओर बढ़ चली।

अध्याय २४

रानी अंबिका का क्रोध

महारानी मीरामणि और युवराज समर देव प्रताप सिंह जयराजगढ़ पहुंच चुके थे।

युवराज समर देव माँ मीरामणि की आज्ञा लेकर अपने कक्ष में आराम करने के लिए जा चुका था, मगर इससे पहले की महारानी मीरामणि अपने निजी कक्ष में पहुँचती, उनकी प्रमुख दासी मालिनी ने बीच रास्ते में ही उनको ख़बर दी, प्रमुख सेनापति अक्रूर सिंह कई बार संदेशवाहक भेज चुके हैं।

क्यों ऐसा क्या अनर्थ हो गया, महारानी मीरामणि ने अपने कक्ष की ओर बढ़ते हुए पूछा।

उन्होंने संदेशवाहक से कहलवाया है कि बहुत ही महत्वपूर्ण काम है इसलिए वह मिलना चाहते हैं, नहीं तो वह ऐसे समय जब महारानी थकी हुई हैं तो उन्हें परेशान नहीं करते, प्रमुख दासी मालिनी ने कहा।

हुँ ... मीरामणि ने मन ही मन विचार किया, यदि बहुत अधिक ही महत्वपूर्ण काम नहीं होता तो प्रमुख सेनापति अक्रूर सिंह कई बार संदेशवाहक ना भेज चुके होते, वो बिना बात के परेशान करने वाले लोगों में से नहीं हैं। यदि इतनी ही महत्वपूर्ण बात थी तो उन्होंने महाराणा जी से बात क्यों नहीं कर ली? मीरामणि ने कुछ सोचते हुये कहा, भेज दो संदेशा कि हम आ चुके हैं, परन्तु हम बहुत थके हुये हैं इसलिये उन्हें कह देना कि हम अपनी 'निजी बैठक' में ही उनसे भेंट करेंगे।

जो हुकुम महारानी सा, कहकर मालिनी कक्ष से बाहर हो गई।

'निजी बैठक' महारानी और महाराणा के शयन कक्ष के साथ सटा हुआ एक ऐसा बड़ा कक्ष था, जिसका एक दरवाजा उनके शयन कक्ष में खुलता था और दूसरा दरवाजा बाहर की तरफ। जब भी कभी रात को या कभी ऐसे समय पर जब वह दरबार में नहीं जाना चाहते थे और किसी आपातकालीन स्थिति में किसी को भेंट करनी

होती थी, तब उनकी अनुमति से वहीं उनकी निजी बैठक में आकर उनसे कोई भी भेंट कर लिया करता था। बस वह अपने शयनकक्ष से निकल कर अपने निजी कक्ष में जाकर भेंट करते थे और वापस अपने शयनकक्ष में आ जाते थे। यह सुविधा केवल महाराणा और महारानी को ही हासिल थी।

अभी रानी मीरामणि अपने कक्ष के अंदर दाखिल ही हुई थी कि रानी अंबिका ने बिना विलंब किए हुए मीरामणि के कक्ष में कदम रखा और घबराते हुये कहा, गजब हो गया मीरा, हम कुछ भी नहीं कर पाए, घबराई हुई अंबिका ने बोला।

मीरामणि भी घबरा गई, क्या हो गया जीजी, क्या अनर्थ हो गया, आप इतनी घबराई हुई क्यों है?

महाराणा जी ने मेरी एक नहीं सुनी, अंबिका ने बोला, और उन्होंने समर देव का विवाह गरूढगढ की राजकुमारी सुकन्या के साथ पक्का कर दिया है।

क्या ....मीरामणि के मुख से चीख निकल गई। ये महाराणा जी ने क्या किया.....क्या हमारा इंतजार नहीं कर सकते थे.....ऐसा करने की उन्हें इतनी जल्दी क्यों थी...अरे क्या आवश्यकता थी, मीरामणि ने क्रोधित होते हुए कहा।

मैंने उन्हें बहुत समझाने की कोशिश की थी मीरामणि, रानी अंबिका की आंखों में आंसू आ गए, परंतु उन्होंने मेरी एक भी नहीं सुनी। मैंने उन्हें कहा था कि 2 दिनों की ही तो बात है मीरामणि का इंतजार कर लो, उससे इस विषय पर चर्चा करके ही यह महत्वपूर्ण फैसला लो, परंतु उन्होंने मेरी कोई बात नहीं सुनी। उन्होंने कहा जब रूद्र देव का समय आएगा या अमृतामणी का समय आएगा, तब वह उनकी माँ मीरामणि से बात करेंगे। उन्होंने कहा कि समर देव के विषय में हमने तुम्हें बता दिया है क्योंकि तुम उसकी माँ हो, उतना बस। तुम्हें तो पता है मीरामणि कि पूरा जीवन उन्होंने मेरी कहाँ सुनी है, मेरी कोई बात कहां मानी है, वह तो केवल मुझे दबा कर ही रखते हैं और मुझे चुप करा ही देते हैं, रानी अंबिका लाचार स्वर में बोली।

चिंता मत करिए जीजी, लगता है अब महाराणा जी से दो टूक बात करने का समय आ गया है, मीरामणि ने क्रोधित होते हुए कहा। आप शांति से अपने कक्ष में बैठिये, हम महाराणा जी से बात करके अभी आते हैं, कहकर मीरामणि क्रोध में अपने कक्ष से बाहर निकल गई।

महारानी मीरामणि ने महाराणा रणजीत सिंह के कक्ष के सामने पहुंचकर अपने क्रोध को नियंत्रित किया और गहरी सांसे लेते हुए अपने आप को ठीक-ठाक किया। कक्ष के अंदर पहुंच कर बोली, महाराणा जी को मीरामणि का प्रणाम स्वीकार हो।

आओ मीरामणि आओ, महाराणा रणजीत सिंह ने प्रसन्नता से कहा, हम तो स्वयं तुम्हारे कक्ष में आने वाले थे तुम्हें खुशखबरी सुनाने के लिए कि तुम्हारे पुत्र समर देव प्रताप सिंह का रिश्ता पक्का हो गया है, यह लो मिठाई खाओ महाराणा ने एक बर्फ़ी का टुकड़ा उठा कर मीरामणि के मुंह में डालते हुए कहा।

इतनी भी क्या जल्दी थी महाराणा जी, जो आपको हमारे लौटने का भी इंतजार नहीं हुआ, मीरामणि ने तीखे स्वर में शिकायत करते हुए महाराणा रणजीत सिंह की ओर देखा।

क्या बात है मीरामणि, महाराणा रणजीत सिंह ने कहा, हमें तो लगा था कि यह खुशखबरी पाकर तुम बहुत प्रसन्न हो जाओगी परंतु यह तो तुम्हारा दूसरा ही रूप नजर आ रहा है। कहीं तुम्हारे अंदर की सौतेली मां तो नहीं जाग गई।

महाराणा जी, मीरामणि ने आहत होकर क्रोधित स्वर में कहा।

मीरामणि अपनी आवाज नीचे रखो। तुम्हें पता है कि हमें अपने सामने ऊंची आवाज सुनना पसंद नहीं है, महाराणा रणजीत सिंह ने भी तीखे स्वर में कहा, और तुम्हें क्रोध किस बात पर आ रहा है, उसका विवाह तो एक ना एक दिन होना ही था, हमने अभी पक्का कर दिया। वैसे भी हम उसके पिता हैं, उसके विवाह की जिम्मेदारी हमारी जिम्मेदारी है। तुमने उसको राज-सिंहासन के लिये सक्षम बनाकर अपनी जिम्मेदारी निभा दी है। उसके आगे समर देव के प्रति तुम्हारी जिम्मेदारियां समाप्त। अब तुम रूद्र देव प्रताप की जिम्मेदारी संभालो।

समर देव की जिम्मेदारी समाप्त और रूद्र देव की ज़िम्मेदारी संभालूँ, मीरामणि ने तीखे स्वर में कहा, महाराणा जी आपने तो स्वार्थ की सारी की सारी सीमाएं तोड़ कर रख दीं हैं आज। मां की ममता को और मेरी तपस्या को आपने केवल जिम्मेदारी का नाम दे दिया। मैं केवल आपके पुत्र की जिम्मेदारी नहीं निभा रही थी। समर देव मेरा भी पुत्र है और मेरा गुरूर है वह। यदि अभी हम चाहें और उसको आज्ञा दे दें तो वह यह विवाह कभी भी नहीं करेगा।

मीरामणि अपनी औक़ात में रहो। क्या तुम हमारे पुत्र को हमारे विरुद्ध बगावत करना सिखाना चाहती हो। उससे पहले हम तुम्हारा सिर धड़ से अलग ना कर देंगे, महाराणा रणजीत सिंह का क्रोध अपनी चरम सीमा पर था।

मीरामणि ने भी क्रोधित होते हुए तेज आवाज में कहा, हमारा सिर धड़ से अलग करना चाहते हैं तो कर दीजिए। इसके अलावा आपने सारा जीवन और किया ही क्या है। कभी आपने किसी को इतना प्रेम तो नहीं दिया कि वह प्रेम से आपके आगे

नतमस्तक हो सके। आपने अपने सिंहासन पर ही नहीं, अपने सारे रिश्तों में भी राजनीति की है। इसीलिए तो आपको किसी का प्रेम नहीं मिलता। इसलिए आपके सामने सब डरते हैं, इस तलवार के जोर पर डरते हैं, कोई भी आपसे प्रेम नहीं करता। यदि जिस दिन यह तलवार, यह सत्ता नहीं रही तब आपको अपना असली रुप सबकी आंखों में नजर आ जाएगा कि कोई आप से कितना प्रेम करता है या कितना प्रेम रखता है।

अच्छा तुम्हारे हृदय में हमारे लिए इतना जहर भरा हुआ है। तुम तो जहरीली नागिन हो चुकी हो। इससे पहले कि तुम हमें और हमारे खानदान को डसना शुरू करो, हम तुम्हें हमेशा के लिए समाप्त कर देंगे, यह कहते- कहते महाराणा रणजीत सिंह ने मीरामणि की गर्दन अपने दोनों हाथों से दबोच ली।

ठहर जाईए महाराणा जी, रानी अंबिका की तेज आवाज से पूरा कक्ष गूंज उठा। रानी अंबिका ने युवराज समर देव का हाथ पकड़े हुए महाराणा रणजीत सिंह के कक्ष में प्रवेश किया।

बस कीजिए अपना यह घिनौना खेल महाराणा जी, रानी अंबिका ने क्रोधित होते हुये कहा, यह रहा आपका पुत्र समर देव प्रताप सिंह, कर लीजिये इसके साथ जो कुछ करना है आपको। इसको मार डालना चाहते हैं तो मार डालिये। जो करना है आप करिए परंतु यदि आपने मीरामणि को हाथ भी लगाने की कोशिश की तो ठीक नहीं होगा। यह मत भूलिए कि रानी वैशाली जीजी का सारा सच हम अपनी आंखों से देख चुके हैं, और वह सच यदि बाहर आ गया तो सारे संसार के आगे आपके सारे रिश्तों की सच्चाई भी बाहर आ जाएगी।

अपना मुँह बंद रख अंबिका, महाराणा रणजीत सिंह क्रोधित हो कर दहाड़े, लगता है आज तेरी भी मौत आई है।

यदि आज हमारी मौत भी आई हो तो भी आप हमारा मुँह बंद नहीं करवा पायेंगे, अंबिका ने भी चिल्लाते हुये क्रोध से कहा, बहुत देख लिया आपको और बहुत सुन लीं आपकी बातें। अब तक आप को प्रेम करते थे इसलिए चुप रहते थे, परन्तु आपने तो हमारे प्रेम को हमारी कमजोरी समझ ली। हाँ करते हैं आप रिश्तों में राजनीति महाराणा जी, हमारे साथ राजनीति की, रानी वैशाली के साथ राजनीति की और रानी मीरामणि के साथ भी आपने राजनीति ही की है। कभी किसी से प्रेम तो किया ही नहीं। इसलिये आपको प्रेम मिलेगा भी नहीं। आपको कभी किसी से भी प्रेम नहीं मिलेगा।

क्या बकवास कर रही हो अंबिका, महाराणा रणजीत सिंह क्रोधित हो कर फिर दहाड़े।

रानी अंबिका ने क्रोधित होते हुए आगे कहा, रानी वैशाली का श्राप है आपको, वह मनहूस दिन हम तो कभी नहीं भूल सकते, परंतु आप जैसे स्वार्थी पुरुषों को यह याद नहीं रहेगा। कोई बात नहीं महाराणा जी हम आपको याद दिलाते हैं। हम आपको याद कराते हैं और लेकर चलते हैं उसी सप्त-संगमा झील के किनारे जहां रानी वैशाली ने उस दिन जल समाधि ली थी। हम वही पेड़ के पीछे छुपे हुए थे और सब कुछ देख रहे थे। वह भी जो आपने नहीं देखा, जब आप चले गए थे तो रानी वैशाली ने जल समाधि ले ली थी और श्राप दिया था आपको, सुनिए, यहाँ इस कक्ष में मौजूद एक-एक व्यक्ति को यह सच सुनना होगा, महाराणा रणजीत सिंह के चरित्र का सच, सुनो...और रानी अंबिका ने रानी वैशाली की मौत की सच्चाई सबके सामने बता दी। आपका वह रूप देखकर हम बहुत डर गये थे, हम सांस रोककर पेड़ की ओट में हो गये थे कि कहीं आप महाराणा जी हमें छुपे हुये देख ना लें, और कहीं अपना वह राक्षसी रूप हमें ही ना दिखा दें। रानी वैशाली अपमान से जमीन पर पड़ी हुई रो रही थीं और फिर वह उठकर खड़ी हुई। उनको देख कर ऐसा लग रहा था जैसे वह उस समय अपने आपे में नहीं थीं। आंसू उनकी आंखों से अविरल बह रहे थे, उनके मुख पर गहरी पीड़ा के भाव थे। उनकी चुनरी जमीन पर घिसट रही थी, उनके लंबे काले केश खुले हुए थे, वह धीरे-धीरे चलती हुई सप्त-संगमा झील के पास पहुंची और अपने दोनों हाथ ऊपर उठाकर चीत्कार किया, "हे मां चंडिका, हे मां महिषासुरमर्दिनी, तेरी शक्ति का और तेरे रूप का ऐसा अपमान कि मैं यहां सांस भी नहीं ले पा रही हूं, इसके घृणित खेल का अंत करने के लिये तुम अपना ही रूप भेजना मां, यदि मैंने तेरे चरणों में एक भी पुण्य किया है तो इस अंहकारी पुरुष को कभी किसी स्त्री का प्रेम नहीं मिलेगा और मेरे मृत शरीर को भी इसके गंदे हाथ छू ना पायें, इसी कामना के साथ मैं तेरे चरणों में अपने प्राणों का बलिदान देती हूं, "जय मां महिषासुरमर्दिनी" और यह कहकर रानी वैशाली सप्त-संगमा झील में कूद गई।

वह मर गई, समाप्त हो गई परन्तु इस अंहकारी पुरुष को फिर भी चैन नहीं पड़ा। रानी वैशाली मर गई तो अपना घिनौना खेल इन्होंने रानी अंबिका के साथ शुरू कर दिया। फिर रानी अंबिका से मन भर गया तो उसे मरने के लिये छोड़ दिया और रानी मीरामणि को ले आये। रानी मीरामणि के साथ जब यह अपने घिनौने खेलों में

कामयाब नहीं हो पा रहे हैं तो अब उस पर भी घृणित इल्जाम लगाने शुरु कर दिए हैं और........

बस कीजिए जीजी, अब बस कीजिए, महारानी मीरामणि गले लगाते हुए रानी अंबिका को बोली, आप यहां क्यों आयीं हैं। हमने आपको कहा था ना कि हम अपने आप बात कर लेंगे, तो आपको यहां आने की क्या जरुरत थी, मीरामणि ने पूछा।

बस मीरामणि रहने दो अपना नाटक, महाराणा ने उपेक्षित भाव से कहा, तुम जैसी औरतों का त्रिया-चरित्र हम खूब समझते हैं। तुम समर देव का विवाह क्यों नहीं होने देना चाहती, क्या हम तुम्हारी राजनीति समझ नहीं रहे हैं। क्योंकि तुम चाहती ही नहीं कि इसका विवाह हो और इसके यहां राज-सिंहासन का वारिस पैदा हो, तभी तो तुम इसे सन्यासी बनाने पर तुली हो और कन्याओं से इसको दूर रखती हो....क्योंकि अब तुम्हारे हृदय में सौतेलापन जागने लगा है, अब तुम रूद्र देव को राज-सिंहासन पर बैठाना चाहती हो। इसीलिए तो तुमने अपना यह देवी रूप दिखा-दिखाकर रानी अंबिका को बेवक़ूफ़ बना रखा है, यह तो है ही बेवकूफ औरत, परंतु हम बेवकूफ नहीं है मीरामणि। अब तो हमारा पुत्र समर देव वही करेगा जो हम उसे करने के लिए कहेंगे।

जब आप किसी स्त्री को भोग लेते हैं महाराणा जी तो वह आपके लिए बेवकूफ ही हो जाती है, रानी अंबिका ने जवाब दिया, आप ही रानी मीरामणि के यहां रिश्ता लेकर गए थे। आप ही हमारे यहां भी रिश्ता लेकर आए थे। हम दोनों ने आपके हाथ-पाँव तो नहीं जोड़े थे, ना ही हमारे पिताओं ने और ना ही हमारे भाइयों ने कि आप हम जैसी बेवकूफ औरतों से रिश्ता जोड़िये और आज हमें पूरी तरह भोगने के बाद हम औरतें आपको बेवकूफ या चालाक नजर आतीं हैं।

रानी अंबिका अपनी हद में रहो, महाराणा दहाड़े। तुम्हारी मर्यादा तो पूरी धूल में मिल चुकी है। तुम्हारा जवान पुत्र यहां खड़ा है और तुम किस तरह का वार्तालाप हमसे कर रही हो।

जवान पुत्र महाराणाजी.....रानी अंबिका ने उपहास उड़ाते हुये कहा, इसे जवान किया है इस रानी मीरामणि ने। इस रानी मीरामणि ने, यही औरत जो सामने खड़ी है और जिसे आप सौतेली-सौतेली कहकर उसका और उसके मातृत्व का अपमान करते चले जा रहे हैं। क्या आपने इसे जवान किया है? क्या आपने इसकी परवरिश की है?

चलो मीरामणि, रानी अंबिका ने कहा, यह पुरूष जो हमारा पति है, इसकी महान बातें तो हमने बहुत सुन लीं, अब इस जवान पुत्र की बातें भी सुन लेते हैं, ताकि तुम्हारे और हमारे जीवन का सारा भ्रम एक बार में ही टूट जाए...हां तो युवराज समर देव प्रताप सिंह, रानी अंबिका ने व्यंग्य से कहा, तुम्हारी माता रानी अंबिका देवी और सौतेली माता महारानी मीरामणि देवी नहीं चाहती कि तुम्हारा विवाह हो और तुम्हारे पिता महाराणा रणजीत देव प्रताप सिंह चाहते हैं कि तुम्हारा विवाह हो, अब तुम इसी क्षण यहीं जवाब दो और सब को बता दो कि तुम्हारा क्या फ़ैसला है। हम एक बात और साफ कर देते हैं, यदि तुमने अपनी माताओं के हक में फैसला नहीं दिया तो तुम्हारे प्राणों को कोई खतरा नहीं है, परंतु यदि तुमने अपने पिता के हक में फैसला नहीं दिया तो तुम्हारी मृत्यु के लिए हम जिम्मेदार नहीं है, वह तुम्हें अपनी आज्ञा की अवहेलना करने के लिए मृत्युदंड भी दे सकते हैं। इसीलिए सोच-समझ कर फैसला करना क्योंकि तुम्हारे पिता की आज्ञा की अव्हेलना करना तुम्हें मृत्यु की ओर ले जा सकता है। अब सोच-समझकर जवाब दो।

युवराज समर देव ने पहले अपने पिता को और फिर अपनी दोनों माताओं की ओर देखा फिर बोला, यदि पिता की आज्ञा की अवहेलना करना मृत्युदंड है, तो मैं यह मृत्युदंड स्वीकार करता हूं, क्योंकि मैं अपनी माताओं का यह अपमान बिल्कुल भी बर्दाश्त नहीं कर पा रहा हूं और उनकी आज्ञा की अवहेलना करके तो मैं जीवित भी नहीं रहना चाहूंगा। मैं केवल अपनी दोनों माताओं की तपस्या का फल हूं, इसीलिए मैं आज यह प्रतिज्ञा करता हूं कि महादेव की सौगंध जब तक मैं जीवित हूं आजीवन विवाह नहीं करुंगा। अपनी दोनों माताओं की सेवा करना और उनके आदर्शों को पूरा करना ही मेरे जीवन का एकमात्र उद्देश्य एवं लक्ष्य है। यह प्रतिज्ञा करके युवराज समर देव ने अपने पिता महाराणा रणजीत सिंह की ओर देखा, उनके चेहरे पर अपमान की काली छाया थी।

महारानी मीरामणि ने एक गहरी सांस ली और युवराज समर देव के सिर पर अपना हाथ रखा और फिर वह महाराणा रणजीत सिंह को उपेक्षा से देखती हुई कक्ष से बाहर निकल गई।

महारानी मीरामणि के कक्ष से बाहर होते ही रानी अंबिका ने भी एक गर्व से भरी हुई मुस्कान महाराणा की ओर डाली और गर्व से अपना सिर उठाकर जल्दी से कक्ष से बाहर निकल गई।

युवराज समर देव ने पिता की ओर देखा और आदर से पूछा, मेरे लिए अब क्या आज्ञा है पिता महाराज?

अब तुम्हें हमारी किसी आज्ञा की आवश्यकता नहीं है समर देव.... तुमने अपनी माताओं का साथ देकर हमें अपमानित किया है महाराणा रणजीत सिंह दुखी होते हुए बोले, दूर हो जाओ हमारी आँखों के सामने से और हमें अकेला छोड़ दो।

युवराज समर देव आदर के साथ सिर झुकाकर महाराणा रणजीत सिंह के कक्ष से बाहर निकल गया।

अपने कक्ष की ओर बढ़ रही मीरामणि को पीछे से रानी अंबिका ने आवाज लगाई, मीरामणि तनिक ठहरो हम भी तुम्हारे साथ आ रहे हैं। मीरामणि खामोशी से रुक गई। रानी अंबिका ने मीरामणि का हाथ थामा और फिर दोनों बहनें मीरामणि के कक्ष की ओर बढ़ चलीं।

कक्ष के अंदर पहुंचते ही रानी अंबिका ने कुछ प्रसन्न होते हुए कहा, मीरामणि आज हम बहुत हल्का महसूस कर रहे हैं। आज तक जीवन में हमने महाराणा जी के आगे कभी जुबान खोलने की हिम्मत नहीं की परंतु आज हमने उन्हें जो सुनाया है उससे हमारे हृदय की भड़ास निकल गई, हमारे मन को बहुत ठंडक पहुंची है मीरा, ऐसा लग रहा है जैसे हमारे अंदर एक शांति सी व्याप्त हो गई है। बोलो मीरामणि कुछ तो कहो, परंतु अब यह मत कहना कि हमने उनके सामने जुबान चलाकर कोई गलत बात कर दी है।

नहीं जीजी बिलकुल नहीं, आज तो बल्कि हम आपको देखकर अचंभित रह गए थे कि आपके अंदर यह चंडिका रूप कहां से आ गया। इतनी हिम्मत और इतना साहस कहां से आ गया। हम बहुत प्रसन्न है कि आपने अपने अधिकारों के लिए आवाज उठाना सीख लिया है, मीरामणि ने अंबिका को गले लगाते हुए कहा, परंतु हमें थोड़ी सी समर देव की चिंता है, क्या आपने महाराणा का रूप नहीं देखा था कि उनके चेहरे पर अपमान की काली छाया छा गई थी और यह आपको पता ही है की वह हर बात दिल पर कैसे लेते हैं। वह बहुत ही अहंकारी पुरुष हैं और हमने तो उनके अहंकार पर सीधी चोट कर दी है। वह बदला लिए बिना मानेंगे नहीं। उनके लिए उनका अहम और उनका अहंकार बहुत ऊंचा है, उसके लिए तो वह किसी रिश्ते को भी कुछ नहीं समझते। अब सोचना पड़ेगा कि हमारी अगली योजना क्या हो।

अरे धिक्कार है ऐसे पुरुष पर जो अपने सामने अपने रिश्तों को, अपनी संतानों को और अपनी पत्नियों को कुछ ना समझे। ऐसा अहम, ऐसा अंहकार किस काम का?? अब पड़े रहें अकेले, हम तो जाने वाले हैं नहीं अब उनको मनाने के लिए, रानी अंबिका ने क्रोधित स्वर में कहा, अब तुम महाराणा जी को छोड़ो और यह बताओ कि जिस काम के लिए बल्लभगढ गईं थी वह आराम से हो गया क्या? क्या समर देव को यह सच्चाई पता चल गई कि वह एक किन्नर है और विवाह नहीं कर सकता है।

हां जीजी उसे सब कुछ बता दिया और समझा भी दिया है, मीरामणि ने जवाब दिया।

भगवान मेरे बच्चे की रक्षा करें, रानी अंबिका ने भावुक होते हुए कहा, वैसे सच्चाई जानकर ज़्यादा परेशान तो नहीं हुआ। देखने से तो ठीक-ठाक ही लग रहा है।

हां जीजी परेशान तो बहुत हो गया था, मीरामणि ने कहा, परंतु हमने उसे अच्छे से समझा दिया है, उसकी सारी हीनभावना भी दूर कर दी है, अब वह बिलकुल ठीक है।

वैसे एक बात है मीरामणि, रानी अंबिका ने कुछ सोचते हुए कहा, तुम हमेशा कहती हो ना कि हर समस्या में ही समाधान छुपा रहता है, तो आज हमारी एक और समस्या का समाधान हो गया है। महाराणा जी के साथ आज हमारा झगड़ा तो हो गया है, परंतु उस झगड़े में समर देव ने यह प्रतिज्ञा उठा ली है कि वह आजीवन विवाह नहीं करेगा तो अब कम से कम महाराणा जी उसे विवाह के लिए कुछ कह नहीं पाएंगे। और हम महाराणा जी को सच्चाई बताने से भी बच जाएंगे कि समर एक किन्नर है, जिससे महाराणा जी हमारे ऊपर भी अपने क्रोध की गाज नहीं गिराएंगे।

अरे वाह जीजी, मीरामणि खुश होते हुये बोली, यह तो हमने सोचा ही नहीं था। यह तो सचमुच हमारी समस्या का समाधान निकल आया है। आप तो अब राजनीति में माहिर होती जा रही हैं। हमारी मानिये अब आप हमारे बदले महारानी सिंहासन पर बैठ जाईये और हमें मुक्ति दीजिए।

अंबिका ने मुस्कुराते हुए कहा, जब तक हम जिंदा हैं तुम्हें हम से मुक्ति कैसे मिलेगी, पर चलो इस परेशानी से तो हमें मुक्ति मिली। कम से कम यह राज अब हमारे ही बीच में रहेगा और किसी तीसरे को तो यह पता भी नहीं चलेगा।

दोनों रानियाँ खिलखिलाकर हंसने लगीं। महारानी मीरामणि और रानी अंबिका को यह पता नहीं था कि किसी तीसरे को यह पता लग चुका है। कोई छुप कर उनकी

सारी बातें सुन रहा था और वो व्यक्ति उनके शयन कक्ष और निजी बैठक के बीच जो दरवाज़ा था उसपर पूरे कान लगाये खड़ा था। वो व्यक्ति और कोई नहीं प्रमुख सेनापति अक्रूर सिंह था जिससे भेंट करने के लिये अपनी निजी बैठक में बुलवाकर महारानी मीरामणि पूरी तरह भूल गईं थीं।

प्रमुख सेनापति अक्रूर सिंह वहां से चुपचाप निकलकर महाराणा रणजीत सिंह के कक्ष की ओर बढ़ गया।

जब महाराणा रणजीत सिंह को यह संदेशा मिला कि प्रमुख सेनापति अक्रूर सिंह मिलने की आज्ञा चाहते हैं तो महाराणा रणजीत सिंह ने साफ मना कर दिया, कहा, उनसे कहो हमारी तबियत ठीक नहीं है और हम उनसे कल राजदरबार में ही मुलाकात करेंगे।

परंतु दास ने वापस आकर यह संदेशा दिया कि वह कह रहे हैं हमारा मिलना बहुत जरुरी है, इसीलिए हम बिना मिले नहीं जाएंगे।

अक्रूर सिंह की भी इतनी हिम्मत बढ़ गई कि हमारी आज्ञा ठुकराए, महाराणा रणजीत सिंह को क्रोध आ गया, बोले, भेजो अंदर उसको।

अक्रूर सिंह ने महाराणा रणजीत सिंह को जल्दी से प्रणाम किया और इससे पहले के महाराणा रणजीत सिंह उसको कुछ कहते या पूछते वह जल्दी-जल्दी सारी बातें महाराणा रणजीत सिंह के कान के पास बताने लगा। सारी बातें सुनते- सुनते महाराणा रणजीत सिंह के चेहरे पर कई रंग आ रहे थे और कई रंग जा रहे थे। उनको देखकर साफ पता लग रहा था कि उन्हें बहुत गहरा सदमा पहुंचा है। वह थोड़े लड़खड़ा गए तो अक्रूर सिंह ने उन्हें संभालाते हुये कहा, संभल के महाराणा जी।

अक्रूर सिंह ने पास रखी हुई मेज पर से पानी का भरा हुआ गिलास उठाकर महाराणा रणजीत सिंह को दिया, महाराणा ने थोड़ा पानी पीकर वापस गिलास अक्रूर सिंह को देते हुए कहा, आज हमारे साथ विधाता यह क्या मज़ाक़ कर रहा है, हमारे होशो हवास तो काम ही नहीं कर रहे अक्रूर सिंह अब हम क्या करें....हमारी पत्नियां हमारे साथ इतना बड़ा छल करेंगी ऐसा तो हमने सपने में भी नहीं सोचा था। हमें इतना क्रोध आ रहा है कि हम उनको जाकर अभी मौत के घाट उतार दें। हमें बताओ कि हम क्या करें अक्रूर सिंह, महाराणा रणजीत सिंह कहते-कहते भावुक होने लग गए थे।

अभी आप शांति करें महाराणा जी, जल्दी का काम शैतान का काम होता है, अब हमें सब कुछ सोच-विचार के ही करना होगा, अक्रूर सिंह ने उन्हें समझाते हुए कहा, आखिरकार यह परिवार का मामला है, कोई शत्रु का मामला तो है नहीं जो हम एक क्षण में निपटा देंगे। हमें बहुत ही सोच-समझकर क़दम उठाना होगा और फ़ैसला करना होगा। अभी हम चलते हैं, आप थोड़ा आराम कर लीजिए और इस बारे में हम कल बात करेंगे, यही एक मित्र का सुझाव है और यही प्रमुख सेनापति का भी। यह कहकर अक्रूर सिंह महाराणा को प्रणाम करके उनके कक्ष से बाहर निकल गए।

महारानी मीरामणि को बैठे-बैठे जैसे अचानक कुछ याद आया, वह रानी अंबिका के साथ बातें करते-करते एकदम से खड़ी हो गई, उसने कहा अरे जीजी हम तो भूल ही गए थे कि हमें एक महत्वपूर्ण राजकार्य निपटाना था, हम अभी आते हैं।

मीरामणि ने अपने कक्ष से बाहर निकल कर अपनी प्रमुख दासी मालिनी को पूछा, अरे क्या हुआ वह संदेशवाहक अभी तक अक्रूर सिंह जी को बुला कर नहीं लाया।

वह तो कब से आपके निजी कक्ष में बैठे हैं महारानी सा, मालिनी ने जवाब दिया।

निजी कक्ष में बैठे हैं, परन्तु कब से, महारानी मीरामणि ने सवाल किया।

जब से आप महाराणा जी के कक्ष में गई थीं तबसे, मालिनी ने स्पष्ट उत्तर दिया।

जवाब सुनकर महारानी मीरामणि घबरा गयीं, वहां तो वह नहीं है, हम स्वयं देखकर आ रहे हैं, तो कहां गए, क्या कुछ कह कर गए हैं।

नहीं तो, कुछ भी कहकर नहीं गए, मालिनी ने हैरानी से कहा। उन्हें कक्ष में मैं स्वयं ही बैठा कर आई थी और मैंने कहा था की महारानी सा अभी महाराणा जी से उनके कक्ष में मिलने गईं है, थोड़ी देर में आ जाएंगी, आप यहां बैठ कर प्रतीक्षा कीजिए और यह कहकर मैं बाहर आ गई थी। उनसे जलपान के लिए भी मैंने पूछ लिया था तो उन्होंने मना कर दिया। परंतु अब आप कह रही हैं कि वह कक्ष में नहीं हैं, तो बिना आपसे आज्ञा लिये, बिना बताए ऐसे कैसे चले गए....मालिनी अक्रूर सिंह के इस रवैये पर हैरान थी परंतु महारानी मीरामणि सब कुछ समझ चुकी थी कि अब तीर हाथ से निकल चुका है।

महारानी मीरामणि ने मालिनी को गंभीरता से कहा, जल्दी दौड़ के जा, शिव-जन सेना का कोई भी प्रमुख सैनिक मिले, चाहे वह छम्मो, फूलन, गोला, गन्नू या कालू, जो भी तुझे पहले मिले उसे ही फटाफट खबर कर दे और जाकर यह बता दे कि हमने

कहा है कि आपातकालीन स्थिति है, इसलिए हम रात को मंदिर में पूजा करने जाएंगे। मंदिर में पूजा करने जाने का मतलब था कि महारानी मीरामणि वहीं पर उनसे भेंट करेंगी।

जो हुकुम, कहकर मालिनी लगभग दौड़ती हुई निकल गयी।

प्रमुख दासी मालिनी को जिन लोगों को खबर करने के लिए महारानी मीरामणि ने भेजा था "छम्मो, फूलन, गोला, गन्नू या कालू" वह सब महारानी मीरामणि के किन्नर गुप्तचर थे और शिव-जन सेना के सैनिक थे।

उसके बाद महारानी मीरामणि रानी अंबिका को लेकर युवराज समर देव के कक्ष में पहुंची। वहां युवराज समर देव बहुत गहरी सोच में डूबे हुए थे। अपनी दोनों माताओं को देखकर उसने कहा, मुझे बुला लिया होता मां आपने क्यों कष्ट किया?

महारानी मीरामणि ने प्रेम से कहा, समर मेरे बच्चे, तुम ठीक तो हो ना, पिता की बातों को अधिक ह्रदय से मत लगाना।

आप चिंता ना करें माँ हम बिल्कुल ठीक हैं, समर देव ने आदर के साथ कहा।

अंबिका जीजी हम चलते हैं, हमें कुछ महत्वपूर्ण काम निपटाने हैं, मगर आप समर देव के साथ कुछ समय व्यतीत करिये और समझाईए, यह कहकर महारानी मीरामणि बाहर की ओर चल पड़ीं।

रानी अंबिका ने समर देव को कहा, अकेले यहां क्यों बैठे हो, चलो उधान में चलो, दोनों बच्चे भी तुम्हें पूछ रहे हैं। अमृतामणि तो बार- बार पूछ रही है कि समर भाई जी कब आएंगे, कब आएंगे। चलो चल के बच्चों से भी मिल लो। कुछ उनके साथ समय बिताओ, तुम्हारा मन भी बहल जाएगा।

समर देव उठकर रानी अंबिका के साथ राजमहल के उधान की ओर चल दिया।

अध्याय २५

युवराज समर देव प्रताप सिंह की हत्या का षड्यंत्र

रात को महारानी मीरामणि देवी ने अपनी प्रमुख दासी मालिनी के साथ अपनी पूजा की थाली उठाई और शिव मंदिर की ओर चल पड़ी। रास्ते में महारानी मीरामणि ने दासी मालिनी से पूछा, खबर किसको दी?

फूलन और कालू, दासी मालिनी ने बहुत धीरे से संक्षिप्त उत्तर दिया।

हुँ... महारानी मीरामणि देवी ने गंभीर हुँकार भरी।

शिव-मंदिर में पहुंचकर महारानी मीरामणि ने मालिनी को कहा, जा बाहर जाकर पहरा दे और कपाट बंद कर दे। दासी मालिनी ने आज्ञा का तुरंत पालन किया। महारानी मीरामणि ने शिव शंकर की आराधना की, थोड़ी बहुत पूजा अर्चना की और उसके बाद वहां पर रखा हुआ शंख बजाया, शंख की आवाज शांत वातावरण में गूँज उठी... यह शंख बजाना एक संकेत था कि महारानी मीरामणि मंदिर में पूजा करने के लिए आ चुकी हैं और मंदिर के पहरेदार जो शिव-जन सेना के ही सैनिक हैं अब किसी को भी मंदिर के आस-पास भी आने की अनुमति नहीं दे सकते।

इसका दूसरा संकेत शिव-जन सेना के उन गुप्तचरों के लिए भी था जो महारानी मीरामणि से मिलने के इच्छुक थे और मंदिर के पास वाले भवन में छुपे हुए थे वह मिलने के लिये अब मंदिर में आ सकते हैं। थोड़ी देर बाद भवन से निकल कर दो काले साये मंदिर की और बढ़े। मंदिर का पिछला दरवाजा भवन के पिछले दरवाजे के साथ जुड़ा हुआ था। वह मंदिर का पिछला दरवाजा खोल कर अंदर आ गए और फिर दरवाजा बंद कर दिया। उन्होंने महारानी को प्रणाम किया, वह किन्नर फूलन और कालू थे।

सारे जयराजगढ़ को ही यह खबर थी की महारानी मीरामणि महा शिव भक्त है और कभी भी, किसी भी समय शिव-मंदिर में पूजा करने के लिए निकल जाती है,

इसीलिए वह किसी भी समय मंदिर जायें, कभी किसी को भी हैरानी नहीं होती थी। यह सभी जानते थे कि महारानी मीरामणि का पूजा-पाठ का कोई भी निश्चित समय नहीं था। वह जब भी खुश या परेशान होती थीं तो शिव मंदिर जाती थीं, उनकी भक्ति किसी समय से बंधी हुई नहीं थी, रात हो या दिन, सुबह हो या शाम वो किसी भी क्षण वहाँ चली जाती थीं। इसीलिए उस शिव मंदिर में आम जनता को आने की अनुमति ही नहीं थी। वह राजघराने का और महारानी मीरामणि का निजी मंदिर था। पूजा के समय वह मंदिर के पूरे कपाट अंदर से बंद कर लिया करती थी ताकि कोई उन्हें परेशान ना करे...भगवान और भक्त के बीच कोई भी ना आए, इसीलिए वह मंदिर में जो कुछ भी करती थीं, किसी को भी कोई हैरानी नहीं होती थी। जयराजगढ़वासियों को उनकी इस अनोखी भक्ति को देखते हुए वर्षों बीत गये थे। इसलिए एक यह भी वजह थी जिससे शिव-जन सेना के बारे में किसी को भी पता नहीं था क्योंकि जब भी महारानी मीरामणि को उनके साथ कोई भी बात करनी होती थी, वह अपने मंदिर में ही पूजा-पाठ के साथ-साथ छिप-छिपाकर कर लेती थीं।

महारानी मीरामणि देवी को शिव-जन सैनिक फूलन और कालू ने प्रणाम किया और पूछा, आज्ञा करें महारानी सा।

प्रमुख सेनापति अक्रूर सिंह पर हर समय खास नजर चाहिए, महारानी मीरामणि ने धीरे से कहा, और हमें उसकी खबर रोज़ 4 समय।

दोनों ने अपना सिर झुका दिया जिसका मतलब 'हां' था।

जब भी महारानी मीरामणि के साथ उनकी सभा होती थी तो लंबी बातचीत नहीं होती थी। बहुत धीरे और बहुत कम शब्दों में कहा जाता था और समझा जाता था। जो कुछ भी महारानी मीरामणि देवी ने कहा उसका मतलब था कि उन्हें प्रमुख सेनापति अक्रूर सिंह की हर गतिविधि पर नज़र चाहिए और उसकी खबर उन्हें चारों समय कैसे भी मिलनी चाहिए। जब कभी लंबी बातें करनी होती थी तो वह भवन में जाकर किया करते थे। उसके लिए महारानी मीरामणि को अलग से खबर भिजवानी पड़ती थी की उन्हें बातें विस्तार से करनी हैं। फिर महारानी जो भी समय ठीक समझती थी वह निश्चित करती थी और वह उससे पहले ही भवन में जा कर छुप जाते थे फिर शिव-मंदिर से निकलकर महारानी मीरामणि भवन में चली जाती थीं और वहां उनकी लंबी सभा होती थी।

महारानी मीरामणि ने जाने के लिए थाली उठाई फिर कुछ सोच कर वापस मुड़ीं और धीरे से उनके पास आकर बोलीं, समर देव की सुरक्षा बढ़ा दो। यह कहकर

महारानी मीरामणि ने उन्हें जाने का इशारा किया, वह दोनों महारानी को प्रणाम करके शीघ्रता से भवन के दरवाजे की ओर बढ़ गये। महारानी ने मंदिर के कपाट खोले और बाहर निकल गईं।

अगले दिन राजदरबार में महारानी मीरामणि देवी ने अक्रूर सिंह से तीखे स्वर में पूछा, सेना-प्रमुख अक्रूर सिंह जी, कल आप हमारी निजी बैठक में हमसे मिलने आये और बिना हमारी आज्ञा लिए ही वापिस चले गए, कारण जरा खुल कर बताइए, महारानी मीरामणि देवी ने गुस्से से अपनी भवें चढ़ाते हुए कहा।

इसके लिए हम बहुत क्षमा प्रार्थी हैं महारानी सा, सेना प्रमुख अक्रूर सिंह ने नम्रता से कहा, कल महाराणा जी का अचानक बुलावा आ गया था जिसके कारणवश हमें आपसे बिना मिले ही जाना पड़ा। हम उनकी आज्ञा नहीं टाल सकते थे और फिर महाराणा जी ने हमें किसी विशेष काम से कहीं और भेज दिया।

यह बात आप किसी को बताकर भी जा सकते थे, हमारी प्रमुख दासी मालिनी आपके कक्ष के बाहर ही थी, महारानी मीरामणि ने क्रोधित स्वर में कहा, महाराणा जी के परम मित्र होने का मतलब यह तो नहीं कि आप अपनी मर्यादा की सीमाएं भूल जायें और यह भी कि हम साम्राज्य जयराजगढ़ की महारानी हैं। आप हमसे कल किस आवश्यक काम से मिलना चाहते थे?

क्षमा प्रार्थी हूं महारानी सा, सेना प्रमुख अक्रूर सिंह ने और भी अधिक नम्रता से कहा, आवश्यक काम यह था कि जयराजगढ साम्राज्य की आंतरिक सुरक्षा आप ही देख रही हैं, इसीलिए आपको यह बताना जरुरी था कि पिछले कुछ समय से जंगल और सप्त-संगमा झील के आसपास हलचल बहुत बढ़ गई है, उसी के लिए पता लगाने की आपसे आज्ञा चाहते थे।

सेना प्रमुख जी जैसा कि आपने कहा कि साम्राज्य की आंतरिक सुरक्षा कि जिम्मेदारी हमारी है और आपकी जिम्मेदारी केवल साम्राज्य की बाहरी सीमाओं की सुरक्षा की है तो फिर आप जंगल की गतिविधियों पर इतनी दिलचस्पी क्यों ले रहे हैं, यह हमारी समझ से तो बाहर है, महारानी मीरामणि देवी ने कहा, वैसे तो हम आपको हर बात बताना जरुरी नहीं समझते, परंतु आप हमारे सेना के प्रमुख होने के साथ-साथ महाराणा जी के परम मित्र भी हैं और इस नाते से आप हमारे भाई जी भी हुये, तो हमारे भाई जी के नाते से सुनिये- यह सब हमारी आज्ञा से ही हो रहा है, क्योंकि हमें

पता लगा है कि कुछ जंगली जानवर जंगल से रात को हमारे राज्य में प्रवेश करने लगे हैं इसलिये हम जंगल के आस-पास का मुआयना करवा रहे हैं। हम चाहते हैं कि कुछ ऐसी बाड़े लगवा दें, जिससे जंगली जानवरों का हमारे राज्य में आने का खतरा बिल्कुल ही समाप्त हो जाए और जान-माल सुरक्षित रहे। जवाब से संतुष्टि हो गई है या महाराणा जी से आज्ञा लेकर अपने तरीके से मुआयना करवाना चाहेंगे, महारानी ने तीखे अंदाज में पूछा।

सेना प्रमुख अक्रूर सिंह ने शर्मिंदा होते हुए कहा, आपके जवाब से हम संतुष्ट हैं महारानी जी और आगे से हम अपनी मर्यादाओं का भी ख्याल रखेंगे, एक बार फिर क्षमा प्रार्थी हैं, कहकर अक्रूर सिंह सिर झुका कर एक तरफ चले गए।

इससे पहले की महारानी राजदरबार की ओर बढ़ती उन्होंने देखा कि उनका शिव-जन सैनिक किन्नर कालू सैनिकों के पीछे ही सैनिक वेश में खड़ा है और उसने महारानी मीरामणि को आँख का कुछ इशारा किया। महारानी मीरामणि समझ गयीं कि वह बहुत ही महत्वपूर्ण बात करना चाहता है।

महारानी मीरामणि ने कुछ तेज आवाज में एक दरबारी को कहा, जा कर हमारी प्रमुख दासी मालिनी को खबर कर दो कि हम यहां से राजदरबार के कुछ काम निपटा कर दोपहर के भोजन से पहले शिव-मंदिर जाना चाहते हैं। उसको कहो कि हमारी आज्ञा है कि हमारी पूजा की थाली तैयार करके शिव-मंदिर के बाहर हमारी प्रतीक्षा करे। यह कहकर महारानी मीरामणि तेजी से राजदरबार की ओर बढ़ गईं।

शिव-जन सैनिक किन्नर कालू को महारानी मीरामणि देवी का यह संदेश प्राप्त हो गया था की वह दोपहर को भोजन से पहले शिव मंदिर में उससे भेंट करेंगीं। धीरे-धीरे वह मौका देख कर वहां से खिसक गया।

महारानी मीरामणि ने शिव-मंदिर में पहुंचकर हमेशा की तरह कपाट बंद कर लिए और प्रमुख दासी मालिनी बाहर पहरेदार की तरह खड़ी हो गई।

महारानी मीरामणि ने जैसे ही शंख बजाया पलक झपकते ही शिव-जन सैनिक किन्नर कालू महारानी मीरामणि के सामने आकर बोला, आज सुबह सवेरे महाराणा जी ने सूर्य उदय होने से भी बहुत पहले सेना प्रमुख अक्रूर सिंह को मिलने के लिए अपने निजी कक्ष में बुलाया था और अक्रूर सिंह जी ने अपने घर पर खास रसोइयों को आज्ञा दी है कि महाराणा जी आज रात के खाने पर आएंगे और उन्हें खाने से

कोई शिकायत नहीं होनी चाहिए, यह ख़बर सुनाकर कालू सिर झुका कर खड़ा हो गया।

क्या सेना प्रमुख के यहां हमारे सैनिकों का कोई इंतजाम है, महारानी मीरामणि ने पूछा।

कालू सिर झुकाकर बोला, जी हो गया है।

खुलकर खबर दो, महारानी मीरामणि ने कहा।

अक्रूर सिंह जी के प्रमुख रसोइए की सुबह सवेरे ही छम्मो ने अड़ंगी मारकर और उन्हें गिराकर उन का सीधा हाथ तुड़वा दिया है, फिर बहुत सा धन देकर क्षमा मांग ली और कहा कि मेरा एक चचेरा भाई बहुत ही बड़ा रसोईया है उसको कहकर तुम्हारी जगह भेज देता हूं। रसोईया मान गया है, दर्द की वजह से भी और धन की वजह से भी, कालू ने कहा।

यह सुनकर महारानी मीरामणि के होठों पर हंसी आ गयी, फिर उन्होंने अपने आपको संयत करते हुए पूछा, तो किस का इंतजाम किया है?

फूलन का महारानी सा, कालू ने कहा।

महारानी मीरामणि ने कहा, उसको कहना अच्छे से भेष बदल ले। उसको कई बार अक्रूर सिंह जी ने देखा हुआ है। क्या अक्रूर सिंह जी की रसोई से उनके निजी कक्ष तक पहुंचने का पूरा इंतजाम अकेला फूलन कर लेगा, महारानी मीरामणि ने प्रश्न किया।

कालू ने उत्तर दिया, जी हां महारानी सा, वहां पर सैनिक वेश में उनके निजी कक्ष के पास गन्नू भी मौजूद रहेगा।

महाराणा की अक्रूर सिंह जी के साथ महत्वपूर्ण वार्तालाप समाप्त होते ही हमें खबर फौरन चाहिए, चाहे कोई भी समय हो या राजमहल में ही आकर देना पड़े, हमें नहीं पता कैसे खबर दोगे परन्तु हमें बिना विलंब पूरी खबर चाहिये। हम खबर का इंतजार करेंगें, फिर महारानी मीरामणि ने उसे जाने का इशारा किया।

कालू ने सिर झुका कर कहा, जो आज्ञा और फौरन ही भवन में जाकर ओझल हो गया।

महारानी मीरामणि जब कालू से अपना वार्तालाप निपटा कर राजमहल पहुंची तो वहां जाकर उन्हें खबर मिली के महाराणा जी भी अपने शयनकक्ष में आराम कर रहे

हैं। आज उनकी तबीयत ठीक नहीं है इसीलिए वह राजदरबार से जल्दी आ गए हैं और वह महारानी मीरामणि के लिये पूछ भी रहे थे। यह संदेश पाकर महारानी मीरामणि अपने कक्ष में ना जाकर सीधा महाराणा के कक्ष की ओर बढ़ गईं।

महारानी जब महाराणा रणजीत सिंह के कक्ष में दाखिल हुईं तो देखा महाराणा अपनी दोनों आंखें बंद किए अपने बिस्तर पर लेटे हुए थे और उनकी आंखें भीगी हुई थीं। उनके पलकों के कोर से आंसू बह रहे थे। महारानी मीरामणि थोड़ा घबरा गईं, उन्होंने जाकर महाराणा रणजीत सिंह के आंसू अपने हाथ से पोंछते हुए कहा, क्या बात है महाराणा जी आज आप इतने दुखी क्यों हैं? क्या कोई परेशानी है, हमसे कहिए।

आओ मीरामणि, महाराणा ने उठते हुए कहा, नहीं कोई परेशानी नहीं, आओ इधर बैठो।

आपने हमें बुलाया था कुछ खास काम है, महारानी मीरामणि ने पूछा।

हां खास काम ही था। एक काम तो यह है कि हम चाहते हैं कि आप युवराज समर देव को कुछ दिनों तक राज्य से बाहर हमें ख़बर किये बिना ना भेजें। और दूसरी खबर यह है कि हमें प्रमुख सेनापति अक्रूर सिंह ने अपने घर पर आज रात के भोजन के लिए बुलाया है तो हम आज भोजन पर यहां उपस्थित नहीं रहेंगे।

आज क्या विशेष बात है जो प्रमुख सेनापति ने आपको रात के भोजन के लिए बुलवा लिया, महारानी मीरामणि ने प्रश्न किया।

उन्होंने हमें प्रमुख सेनापति होने की वजह से नहीं, हमारे परम-मित्र होने की वजह से रात्री-भोजन पर बुलाया है। तुम्हें कोई आपत्ति है, महाराणा ने घूरते हुये पूछा।कैसी बातें करते हैं महाराणा जी, महारानी मीरामणि ने नम्रता से कहा, हमें आपके परम मित्र से भला क्यों आपत्ति होने लगी। परंतु आप समर देव को कहीं भेजने के लिए मना क्यों कर रहे हैं, क्या कोई विशेष बात है?

विशेष बात तो कोई नहीं। हमारे पारिवारिक झगड़े की वजह से शायद वो भी कुछ परेशान हो। इसलिए हम चाहते हैं कि सब यहीं रहें, जब तक हम सब की समस्या समाप्त नहीं हो जाती तब तक।

ठीक है अब आप आराम कीजिए महाराणा जी जैसा आप चाहते हैं वैसा हो जाएगा, अब हम चलते हैं, कहकर मीरामणि ने उनको प्रणाम किया और महाराणा रणजीत सिंह के कक्ष से बाहर निकल गई।

महाराणा रणजीत सिंह के कक्ष से अपने कक्ष की ओर बढ़ते हुए मीरामणि सोच रही थी कि महाराणा के आसार कुछ ठीक नजर नहीं आते।कुछ समझ में नहीं आ रहा कि उनके दिमाग में क्या पक रहा है? इस तरीके से तो उन्हें पहले कभी नहीं देखा। लग रहा है अंदर से बहुत टूट गए हैं और सबसे बड़ी बात है इतना सवेरे उन्होंने अक्रूर सिंह को केवल इसीलिए तो नहीं बुलवाया होगा कि उनके घर जाकर भोजन करना चाहते हैं, यह बात तो वह दरबार शुरू होने पर भी कर सकते थे। महाराणा जी हमें कह रहे हैं कि अक्रूर सिंह ने उनको रात्री-भोजन पर आमंत्रित किया है, जबकि हमें कालू से यह खबर मिली है कि महाराणा ने सुबह सवेरे स्वयं बुलाकर अक्रूर सिंह को यह कहा है कि वह उनके घर रात्री-भोजन पर आएंगें। दोनो बातों में बहुत फर्क है। समर देव को लेकर भी उनका भावुक होने के साथ-साथ कुछ अलग ही रवैया दिख रहा है। इसका मतलब है कि कुछ बहुत बड़ी बात होने वाली है। हमें अत्यंत ही सावधान रहना पड़ेगा बल्कि अब तो पहले से भी ज्यादा सावधान रहना पड़ेगा।

अपने कक्ष में प्रमुख दासी मालिनी को बुलवा कर महारानी मीरामणि ने कहा, मालिनी हमें लगता है कुछ बहुत बड़ा घटित होने वाला है। ऐसा अंदेशा हमें हो रहा है। वातावरण में षड्यंत्र की बू आ रही है। तू बहुत सावधान रहना और कुछ भी, कहीं भी थोड़ा सा भी असामान्य दिखे तो हमें फौरन खबर करना। यह बिल्कुल मत सोचना कि हम आराम कर रहे हैं या क्या कर रहे हैं। किसी भी तरह की स्थिति हो, हमें खबर अवश्य करना, और जाकर कौशिका को भी बता दे, यह अत्यंत आवश्यक है, समझ गई।

हां महारानी जी, सब समझ गई, प्रमुख दासी मालिनी ने सिर झुका कर कहा, और रानी अंबिका की प्रमुख दासी कौशिका को महारानी का आदेश सुनाने चल दी।

महाराणा रणजीत देव प्रताप सिंह तैयार हो रहे थे अपने सेना प्रमुख और परम-मित्र अक्रूर सिंह के घर जाने के लिए। जिस दिन से अक्रूर सिंह ने उन्हें समर देव के बारे में खबर दी थी, उसी दिन से महाराणा रणजीत सिंह को चैन नहीं आ रहा था। वह बहुत परेशान हो रहे थे कि उनकी रानियों ने उनसे इतना बड़ा झूठ बोला और आज उन्हें ऐसी जगह लाकर खड़ा कर दिया है जहां पर उन्हें यह कुकर्म भी करना ही पड़ेगा। यदि वह उसी समय बता देतीं तो कम से कम आज उन्हें इस पाप से मुक्ति मिल जाती और उन्हें यह सब नहीं करना पड़ता। यदि वह संतान का चेहरा ही नहीं देखते तो उन्हें

इतना मोह कभी नहीं होता। अब तो उनको इतना मोह, इतना अधिक प्रेम हो चुका था कि यह सोच-सोचकर उनका दिमाग फटा जा रहा था कि जिस संतान को एक कांटा भी चुभने से उनका ह्रदय इतना अधिक द्रवित हो जाता था, अब उसकी गर्दन काटने की आज्ञा देकर वह कैसे जीवन जी पायेंगे।

महाराणा रणजीत सिंह को ऐसा प्रतीत हो रहा था जैसे उनके सारे शत्रु, उनके आसपास के सारे राजा जो उनके आगे सिर झुकाते थे और उनके खानदान के आगे, उनके पूर्वजों के आगे जो लोग कभी सिर उठा ना सके, वह सारे लोग उन पर हंस रहे हैं, ताने कस रहे हैं,,कि क्या उनकी यही औकात है जो उन्होंने महाराणा के सिंहासन के लिये एक हिजड़े को पैदा कर दिया है। महाराणा रणजीत देव प्रताप सिंह ने यह फैसला कर लिया था कि वह शत्रुओं की हंसी बर्दाश्त नहीं कर सकते, उनके सामने कोई सिर उठाये य़ा उंगली उठाये, यह तो उनकी कल्पना से भी परे है। अगर यह बात बाहर निकली तो उनके सारे खानदान पर, उनके महाराणा सिंहासन पर, और उन पर लोग उंगली उठाएंगें। दोनों रानियों को यदि इस सच को छिपाने के अपराध में वो दंडित कर भी देते हैं तो भी उस आन-बान-शान से पहले की तरह तो वह जी नहीं पायेंगे क्योंकि फिर तो यह बात पूरी तरह बाहर आ जायेगी। जिन रानियों की उनके सामने इतनी हिम्मत हो गई कि वह उनसे उन्हीं की संतान का सच छुपायें, और उनके सामने इतनी जुबान भी चलाएं, वह रानियां ना जाने अब और क्या बगावत कर सकती हैं।

महाराणा रणजीत सिंह ने सोचा, इन रानियों के साथ-साथ उनकी प्रजा और फिर उनके शत्रु भी उनके आगे सिर उठाने लगें, यह सब तो वह बर्दाश्त नहीं कर पाएंगे, कभी नहीं सह पायेंगे। इससे पहले वह सब को मार डालेंगे, लेकिन अपने सामने किसी का उठा हुआ सिर या तेज़ आवाज़ बर्दाश्त नहीं कर पायेंगे। समर देव से विवाह के लिए वह अपने मित्र सत्यराज सिंह को भी जुबान दे चुके हैं कि उसकी पुत्री राजकुमारी सुकन्या ही विवाह करके उनके महल में आएगी। यदि यह सच बाहर आ गया कि समर देव विवाह के लायक ही नहीं है और एक हिजड़ा है, तो वह अपने मित्र के आगे कैसे अपनी आंखें उठा पाएंगे।

और हमारा बच्चा....समर देव ....महाराणा रणजीत सिंह की आँखों से आँसू फिर बहने लगे, वह इतना सुंदर है, बिल्कुल सूरत में उन्हीं का स्वरुप है, एक पिता अपने पुत्र में जो देखना चाहता है, उसमें तो वह सब कुछ है और उससे भी कहीं अधिक है। वह महायोद्धा है, युद्ध नीति, राजनीति हर चीज में बेजोड़ है। वह एक

महान महाराणा बनेगा, इसमें तो कोई संदेह नहीं है। उसकी माता मीरामणि ने उस पर बहुत मेहनत की है। उसका इतना सुंदर रूप, उसके अंदर इतना दया-धर्म है कि सारी प्रजा उस को बहुत प्यार करती है। हम भी तो उसको बहुत प्यार करते हैं, शायद उसके बिना जी नहीं पाएंगे परंतु अपने खानदान को बदनामी से बचाने के लिए तो हमें यह कदम उठाना ही पड़ेगा।

यह साम्राज्य जयराजगढ़ हमारी परीक्षा ले रहा है, हमारे महाराणा सिंहासन पर बैठने का मूल्य मांग रहा है। इसका मूल्य, इसका कर्ज तो हमें चुकाना ही पड़ेगा। अब इस युद्ध में हम अपने कदम वापस लेकर अपने आप को लज्जित नहीं कर सकते। हम अपना, अपने महाराणा सिंहासन का और अपने पूर्वजों का अपमान नहीं कर सकते। यह महाराणा का सिंहासन समर देव प्रताप सिंह का लहू पीना चाहता है, हमारी संतान के रक्त से अपनी प्यास बुझाना चाहता है और उसके बलिदान से ही फलना-फूलना चाहता है, तो एक महाराणा होने के नाते हमारा भी यह कर्तव्य हो जाता है कि हम इस जयराजगढ़ साम्राज्य की आन-बान-शान पर अपनी संतान की बलि दे दें। एक पिता और एक महाराणा के युद्ध में एक पिता को हार बर्दाश्त करनी ही होगी। उसे अपने हृदय पर पत्थर रखना ही होगा। इस युद्ध- क्षेत्र में उसे समर देव की बलि देनी ही होगी....देनी ही होगी....देनी ही होगी।

आखिरकार एक महाराणा और एक पिता के युद्ध में महाराणा की ही जीत हुई, महाराणा के अहंकार के आगे पिता का प्रेम कमजोर पड़ गया और महाराणा रणजीत देव प्रताप सिंह ने दृढ निश्चय करके अपनी तलवार उठाई और प्रमुख सेनापति अक्रूर सिंह के घर की ओर निकल गए, युवराज समर देव प्रताप सिंह के जीवन का अंतिम फैसला सुनाने के लिए।

अध्याय २६

महारानी मीरामणि के साथ सेना प्रमुख सेनापति अक्रूर सिंह का महत्वपूर्ण वार्तालाप

महारानी मीरामणि परेशान होकर रात को अपने शयन कक्ष की खिड़की से बाहर देख रही थीं। महाराणा रणजीत सिंह को वापस आए हुये भी इतना समय बीत चुका है, परंतु अभी भी कालू, गन्नू, फूलन किसी की भी कोई खबर नहीं आई। वहां पर क्या हुआ? क्या षड्यंत्र रचा गया? क्या कुछ हुआ, किसी ने भी आकर खबर नहीं दी। ऐसा कैसे हो गया??? क्या उन्हें खबर नहीं मिली या वह यह खबर पता नहीं लगा पाए। परंतु हमारी शिव-जन सेना ऐसी नहीं है। वह अपना सिर कटा देंगे मगर महारानी के काम के लिए पीछे नहीं हटेंगे।

अभी महारानी मीरामणि अपने विचारों के इस उतार-चढ़ाव में बह ही रही थी कि प्रमुख दासी मालिनी ने आकर खबर दी, महारानी जी इस दासी के पेट में बहुत दर्द है। यह कुछ दिनों का अवकाश चाहती है। आपसे कुछ धन-राशि अपने इलाज के लिये चाहती है।

इसे जो कुछ चाहिए, दे दो मालिनी। हम अभी कुछ परेशानी में हैं, मीरामणि ने बिना उस दासी की और देखे बिना कहा।

यह दासी नहीं मानती, मालिनी ने उलझन भरे स्वर में कहा, आप इसकी बात सुन तो लीजिए। यह केवल आपसे ही सहायता चाहती है। कहती है कुछ औरतों वाली महा-पीड़ा है। बिना आपको बताए नहीं जाने वाली, आपसे एकांत में ही बातचीत करना चाहती है।

क्या मुसीबत है, महारानी मीरामणि ने झल्ला कर कहा और जैसे ही उन्होंने दीपक की रोशनी में उस दासी को देखा, उनकी आंखें आश्चर्य से फैल गईं क्योंकि वह शिव-

जन सेना का सैनिक किन्नर फूलन था। मालिनी बाहर जाकर दरवाजा बंद कर दे, इस दासी की पीड़ा सुन लेती हूं, महारानी मीरामणि ने कहा।

मालिनी दरवाजा बंद करके बाहर पहरे पर बैठ गई तो महारानी मीरामणि तेजी से फूलन की ओर मुड़ी और पूछा, शीघ्र बता, क्या खबर है?

खबर बहुत बुरी है महारानी, फूलन ने दुख से कहा।

यह पहेलियां बुझाने का समय नहीं है, शीघ्रता से सारी बातें कह डाल, महारानी मीरामणि ने अधीरता से पूछा।

महाराणा जी ने युवराज समर देव की हत्या का षड्यंत्र बहुत पक्का रचा है, किन्नर फूलन ने कहा, षड्यंत्र की योजना इस प्रकार है-

"महाराणा जी ने प्रमुख सेनापति अक्रूर सिंह को यह आज्ञा दी है कि वह परसों सुबह युवराज समर देव को जंगल में जाने की आज्ञा देंगे क्योंकि वहां वह उन्हें यह कहकर भेजेंगे कि जंगल में कुछ घुसपैठियों के छुपे होने की उन्हें पक्की खबर मिली है और युवराज समर देव सेना के साथ उनको ढूंढें और मौत के घाट उतार दें। वह युवराज को यह कहेंगे कि प्रमुख सेनापति अक्रूर सिंह क्योंकि साम्राज्य की दूसरी सीमा पर तैनात हैं इसीलिए युवराज को ही जंगल सीमा की रक्षा करनी पड़ेगी। परन्तु सच तो यह है कि महाराणा जी को समर देव की सारी सच्चाई का पता लग चुका है। महाराणा जी ने यह भी कहा कि वह नहीं चाहते कि समर देव अपनी दोनों माताओं से या किसी से भी मिल कर जायें इसीलिए वह कल देर रात के किसी समय पर युवराज समर देव को बुलाएंगे और आपातकालीन स्थिति बताते हुए यह आज्ञा देंगे कि सुबह सवेरे होते ही वह जंगल की ओर निकल जायें ताकि वह आप लोगों से ना मिल पायें और ना ही कुछ कह पायें। उन्होंने पूरा षड्यंत्र रच लिया है। वहां पर वह रात शुरू होते ही युवराज को कुछ पीने के लिए देंगे जिसमें विष मिला होगा, जिससे युवराज या तो मर जायेंगे या पूरी तरह से अधमरे होकर बेहोश हो जाएंगे। फिर वह रात के किसी समय मरे हुए या अधमरे हुए युवराज की गर्दन काट देंगे, जिससे उनका पूरा काम तमाम हो जाए और बचने की कोई आशंका भी ना रहे। और फिर उनकी लाश को जंगल में कहीं ऐसी जगह पर फेंकने का विचार है, जहां पर जंगली शेरों का राज है। महाराणा जी नहीं चाहते कि युवराज की लाश मिले ताकि उनकी प्रजा को उनके किन्नर होने के सच का कभी पता ना चले। वो यह खबर फैला देंगे कि युवराज घुसपैठियों का पीछा करते-करते जंगल के उस हिस्से में पहुँच गये थे जहाँ शेरों का महा-झुंड रहता है, इसलिए वह और उनके 2 ओर सैनिक उन शेरों के महा-झुंड का

सामना नहीं कर पाये और शिकार करते-करते वहां जंगल में शेरों के महा-झुंड का शिकार हो गए। उनकी लाश का भी पता नहीं चल पाया है, और इस तरह महाराणा जी अपने आपको बदनामी से बचा लेंगे फिर जब युवराज समर देव के मरने की खबर ठंडी हो जाएगी तब वो कोई शुभ मुहूर्त देख कर राजकुमार रूद्र देव प्रताप सिंह का युवराज-तिलक कर देंगे।"

महारानी मीरामणि ने दोनों हाथों से अपना सिर थाम लिया और अपने आसन पर बैठ गई। किन्नर फूलन ने घबरा कर उन्हें वहां रखा हुआ पानी का गिलास दिया।

कुछ देर बाद महारानी ने पानी पिया और अपने को शांत करते हुए पूछा, यह हत्या कौन करने वाला है?

इस बार इस हत्या को करने के लिए महाराणा जी और प्रमुख सेनापति अक्रूर सिंह ने युवराज समर देव प्रताप सिंह के प्रमुख सैनिक सुशांत सिंह को चुना है।

क्या महाराणा जी के लिए इस बार अक्रूर सिंह जी यह काम नहीं करेंगे, महारानी के मुंह से निकला।

योजना कुछ ऐसी बनी है कि महाराणा जी युवराज समर देव प्रताप सिंह की हत्या की सूचना के समय यहां नहीं रहना चाहते हैं। वह अक्रूर सिंह जी से कह रहे थे कि वह अपनी दोनों रानियों का सामना उस समय नहीं कर पाएंगे। इसीलिए अक्रूर सिंह ने उन्हें यह सुझाव दिया कि महाराणा जी उनके साथ युध्द- यात्रा पर निकल जायें। पीछे से जब रानी और महारानी को यह खबर मिलेगी तो उन्हें महाराणा जी पर संदेह भी नहीं होगा और जब तक यह ख़बर पाकर वह लोग लौटेंगे तब तक सारा मामला भी ठंडा हो चुका होगा। रानी और महारानी दोनों भी दुख से ठंडी हो चुकी होंगी और महाराणा जी भी अपने आपको संभाल चुके होंगे, किन्नर फूलन ने सारी बातें स्पष्ट की।

हुँ ... महारानी मीरामणि गंभीरता से विचार करने लगी, तभी घबराई हुई दासी मालिनी ने अंदर कदम रखा और कहा, महारानी जी अक्रूर सिंह जी का संदेशवाहक आया है और कहता है कि आपातकालीन स्थिति है, इसीलिए महारानी जी से बहुत आपात स्थिति में अक्रूर सिंह जी गुप्त रूप से मिलना चाहते हैं। वह अपने रथ में बाहर ही बैठे हैं, यदि महारानी जी आज्ञा दें तो वह आपकी निजी बैठक में आकर आपसे कुछ निजी वार्तालाप करना चाहते हैं। यह बहुत ही आवश्यक और बहुत ही महत्वपूर्ण है।

यह हो क्या रहा है मालिनी, महारानी मीरामणि ने कहा, हमारा तो सिर चकरा रहा है। अभी हमें कुछ और महत्वपूर्ण सूचनाएं मिल रही हैं और इस समय अक्रूर सिंह जी को हमसे ऐसा क्या आपातकालीन काम पड़ गया है।

मेरे लिए क्या आज्ञा है, दासी मालिनी ने पूछा।

संदेशवाहक को कहो कि हमने आज्ञा दे दी है। वह आकर हमारी निजी बैठक में हमसे मिल सकते हैं, महारानी मीरामणि ने कहा।

महारानी की आज्ञा पाकर दासी मालिनी बाहर निकल गई और महारानी फूलन की ओर मुड़ी, कहा, फूलन तुम अभी जाना नहीं, यहीं पर छुपकर हमारी प्रतीक्षा करो। अभी हमें पूरी योजना बनानी बाक़ी है।

महारानी मीरामणि ने अपने आप को शांत किया और अपनी निजी बैठक की ओर बढ़ चलीं, वहां पर अक्रूर सिंह बेचैनी से इधर-उधर चक्कर लगा रहे थे। वह घबराये हुये और परेशान लग रहे थे।

महारानी मीरामणि को देखते ही उन्होंने प्रणाम किया और बोले, इस समय आपको परेशान करने के लिए मैं क्षमा चाहता हूँ महारानी जी, परंतु यदि आपातकालीन स्थिति ना होती तो आपको इस समय कभी भी कष्ट नहीं देता।

अक्रूर सिंह जी, हमारी तबीयत कुछ ठीक नहीं है और हमारा सिर भी चकरा रहा है इसीलिए आपको जो कुछ भी कहना है जरा शीघ्रता से कहिए और स्पष्ट रुप से कहिए, महारानी मीरामणि ने बोला।

प्रमुख सेनापति अक्रूर सिंह ने बिना भूमिका बाँधे कहा, आज महाराणा जी हमारे घर रात्रि भोजन पर आए थे और यह कहकर उन्होंने महारानी से अपनी और महाराणा की समर देव सिंह की हत्या की जो भी योजना बनी थी वह सारी बता दी जो कि उन्हें फूलन पहले ही बता चुका था।

महारानी मीरामणि अवाक बैठी थी वह समझ नहीं पा रही थी कि यह अक्रूर सिंह का कौन सा रूप है, वह यह देखकर अचंभित सी हो गई थीं, कि महाराणा जी के साथ ऐसी गद्दारी करके वो दंड के भागी क्यों बनना चाहते हैं। यह सब उनकी समझ से बाहर था उन्होंने पूछा, अक्रूर सिंह जी आप होश में तो हैं, यह आप क्या कह रहे हैं??? आप महाराणा जी के परम मित्र हैं इस जयराजगढ़ साम्राज्य के प्रमुख सेनापति हैं और आप इस तरह की बात कहकर महाराणा जी के दंड के भागी बनेंगे। आप उनसे यह गद्दारी क्यों कर रहे हैं, हमारी तो कुछ समझ में नहीं आ रहा है और महाराणा

जी अपने ही पुत्र की हत्या की बात क्यों कर रहे हैं। यह क्या चाल है अक्रूर सिंह जी, जरा हमें स्पष्ट रुप से कहिए।

बदले में अक्रूर सिंह ने उन्हें सारी कहानी बता दी कि जब उन्होंने निजी कक्ष में महारानी मीरामणि और रानी अंबिका की बातें सुन ली थीं और वह जाकर उन्होंने महाराणा जी को बतायी थी। महाराणा जी बहुत परेशान हो गए थे और आज उन्होंने सवेरे को मिलने के लिए बुलाया था और कहा था कि हम तुम्हारे घर रात्रि -भोजन पर आएंगे और रात्रि भोजन पर आकर महाराणा जी ने यह योजना अक्रूर सिंह के आगे रख दी थी कि यह तुम्हें पूरी करनी है, बताते हुये अक्रूर सिंह की आंखें भीगने लगीं और उनके आंसू छलक आए। उन्होंने अपने बह आए आंसुओं को जल्दी से पोंछा। महारानी उनका यह रुप देख कर हैरान रह गईं थीं। उन्होंने बोला कि वह समर देव को अपने पुत्र की तरह ही प्रेम करते हैं। उन्हें नहीं पता था कि यह बात बताने से महाराणा जी अपने ही पुत्र के खून के प्यासे हो जाएंगे।

महारानी मीरामणि ने पूछा, आप इतना जोखिम उठाकर यहां हमें यह बताने के लिए आए हैं, यदि आपको महाराणा जी ने यहां देख लिया तो आप जानते हैं ना क्या अंजाम होगा, आपका मृत्युदंड तो पक्का है।

अक्रूर सिंह ने कहा मैं उनका परम मित्र हूं इसीलिए उनके लिये प्राण देने से तो मैं कभी भी नहीं डरता, परंतु उन पर अपने ही पुत्र की हत्या का पाप लगे, यह तो मैं होने ही नहीं दूँगा, चाहे मेरे प्राण ही क्यों ना चले जाएं। मैं समर देव को बचाना चाहता हूं महारानी सा, मैं उनके प्राण बचाना चाहता हूं क्योंकि महाराणा जी को मैं बचपन से जानता हूं। वह अंदर से अपने परिवार को बहुत प्रेम करते हैं, मगर अपने अहंकार के आगे किसी को कुछ नहीं समझते। इसीलिए बाद में जब उन का अहंकार मिट जाएगा तो वह बहुत पछतायेंगे। मैं उन्हें उसी पछतावे से बचाने की कोशिश कर रहा हूं क्योंकि वह अपने सौतेले भाई की हत्या करवा कर भी बहुत बुरी तरह पछता रहे हैं और फिर अब तो मामला उनकी संतान का है। वह अंदर ही अंदर बहुत टूट गए हैं महारानी सा। वह समर देव की हत्या कर के जीवित नहीं रह पाएंगे। मैं महाराणा को बहुत अच्छे से जानता हूं इसीलिए मैं उनको इस पाप कर्म से बचाना चाहता हूं। मैं आपकी बहुत इज्जत करता हूं महारानी सा, आप को देवी का रूप मानता हूं। आपने अपनी सौतन रानी अंबिका और सौतेले बेटे समर देव के साथ जो दैव्यरूप दिखाया है, उसके आगे सारे नतमस्तक है और मैं भी नतमस्तक हूं।

समर देव को बचाना ही होगा, चाहे उसके लिए मेरे प्राण ही क्यों ना चले जाएं, अक्रूर सिंह ने दृढनिश्चय से कहा।

परंतु आपने तो महाराणा जी को यह वचन दिया हुआ है, महारानी मीरामणि ने पूछा, आप यदि उनका काम नहीं कर पाए तो अपने हाथों से अपनी गर्दन काटकर उनके चरणों में चढ़ा देंगे। तो फिर उन्होंने जब आपको यह काम दिया है यदि आप ना कर पाए तो आपको तो अपने प्राणों से हाथ धोना पड़ेगा।

महाराणा जी और उनके परिवार को बचाते हुए यदि मेरे प्राण भी चले जायें तो भी मुझे इस बात का कोई दुख नहीं है, अक्रूर सिंह ने कहा, परंतु वचन उन्हें मैंने दिया है और काम करने के लिए ही दिया है परंतु यह काम मैं नहीं कर रहा। यह काम महाराणा जी के लिये मेरा पुत्र सुशांत सिंह करेगा और सुशांत सिंह ने उनको कभी कोई वचन नहीं दिया है। उन्होंने मुझे योजना समझाई थी और मैंने उन्हें बता दिया था कि मैं यह काम नहीं करूंगा, मेरा पुत्र सुशांत सिंह कर देगा क्योंकि वह युवराज समर का प्रमुख सैनिक है। तब उन्होंने कहा था कि ठीक है। तो सुशांत सिंह को महाराणा ने किसी भी तरह से सीधी आज्ञा नहीं दी और सुशांत सिंह भी उनकी आज्ञा मानने के लिये बाध्य नहीं है।

योजना क्या है, कैसे बचाएंगे युवराज को, महारानी मीरामणि ने भेद लेने के इरादे से पूछा।

योजना यह है महारानी सा, अक्रूर सिंह ने कहा, सुशांत सिंह पहले से ही एक लाश का इंतजाम करके उसे युवराज के शिविर में उनके शयन कक्ष में उनके बिस्तर के नीचे छुपा देगा और फिर उसके बाद युवराज को भेष बदलकर वहां से निकाल देगा। युवराज को अपनी हर निशानी और पहचान चिन्ह वहां उस लाश को पहनाना होगा, क्योंकि हमें महाराणा को सबूत देना है और उनके सारे पहचान चिन्ह महाराणा को वापस करने हैं। सुशांत सिंह वह सारे पहचान चिह्न हमें लाकर देगा और फिर हम महाराणा को दे देंगे। उसके बाद युवराज क्या करेंगे, कहां जाएंगे यह सब तो अभी हमें भी नहीं समझ आ रहा इसीलिए हमें आपकी सहायता की आवश्यकता है। युवराज को हम कैसे यह खबर करें, यह भी हमें नहीं पता। हम उनसे इस तरह की बात नहीं कह सकते। कहीं उन्होंने महाराणा जी को कह दिया तो हमें अपने प्राणों का भय नहीं है, परंतु फिर महाराणा जी किसी और से उनकी हत्या करवाने की कोशिश करेंगे। इसीलिए युवराज को समझाने का यह काम तो केवल आपको ही करना पड़ेगा। आप ही उनको अच्छे से समझा दीजिएगा कि उन्हें कहां जाना है, कहां रहना है, आगे की

सारी योजना आपको ही बनानी है। हम केवल उनके प्राण नहीं लेंगे और महाराणा जी को हमारा पुत्र सुशांत सिंह झूठी खबर भी दे देगा, आपको आपका बड़ा भाई केवल यही वचन दे सकता है, अक्रूर सिंह ने भावुक होते हुए कहा।

भाई जी हमें क्षमा कर दीजिए, मीरामणि ने हाथ जोड़ते हुए कहा, हमने हमेशा आपको गलत समझा जबकि आप बहुत ही निष्ठावान और कर्तव्यपरायण हैं। हम आपका किन शब्दों में धन्यवाद करें हम बता ही नहीं सकते।

आपका धन्यवाद है महारानी सा, अक्रूर सिंह ने भावुकता से कहा, आपने जिस तरह से इस परिवार को और इस साम्राज्य को संभाला है और खुशहाल बनाया है, उसमें आपका निस्वार्थ योगदान किसी से छुपा हुआ नहीं है। हमें महाराणा जी को भी अब सीधे रास्ते पर लाना है, इसीलिए हम आप से विनती करते हैं कि यह काम केवल आप ही कर सकती हैं, अक्रूर सिंह ने कहा, अब हमें चलने की आज्ञा दीजिए महारानी सा, बाकी सारा काम आपका है, अब सब कुछ आपको ही संभालना है।

भाई जी संभल कर जाइएगा, मीरामणि ने घबरा कर कहा, आजकल महाराणा जी सोते नहीं है।

आप परेशान ना हों महारानी सा, जब वह हमारे घर से निकले थे तो हमने उन्हें केसर-बादाम का गरम दूध पीने को दिया था, जिसमें हमने थोड़ी सी नींद की दवा मिला दी थी। हम जानते हैं कि महाराणा जी बहुत रातों से सोए नहीं हैं। वह आराम से सो जाएं और उनकी तबीयत भी ठीक हो जाए इसीलिए हमें ऐसा करना पड़ा। आज तो वह सुबह होने से पहले नहीं जागने वाले, अक्रूर सिंह ने मुस्कुराते हुये कहा।

अक्रूर सिंह की यह बात सुनकर महारानी मीरामणि भी मुस्कुराए बिना नहीं रह सकीं।

अब मीरामणि के दिमाग में युवराज समर देव प्रताप सिंह को बचाने की पूरी योजना तैयार हो चुकी थी क्योंकि अक्रूर सिंह जी ने उनका काम काफी आसान कर दिया था। उन्होंने फूलन को जाकर कहा की सारी योजना बन चुकी है, तुम गन्नू और कालू को कहो कि परसों शाम से हमारी गुप्त सुरंग के जंगल वाले हिस्से पर छुप जाएं। युवराज को सुरक्षित वहां से निकाल कर उन्होंने भवन के गुप्त सुरक्षित कक्ष में पहुंचाना है। किसी गुप्तचर को हमारा पत्र देकर बल्लभगढ़ राजा नीलकांत के पास अभी के

अभी रवाना करो ताकि उन्हें पत्र मिलने में विलंब नहीं होना चाहिए। कहकर महारानी मीरामणि राजा नीलकांत को पत्र लिखने बैठ गई।

फूलन को पत्र देते हुए मीरामणि बोली, यह तुम्हारे प्राणों से भी अधिक कीमती संदेश है, बल्कि यह सबके प्राणों से भी अधिक कीमती संदेश है इसीलिए बहुत सावधानी के साथ उस शिव-जन सैनिक को ही रवाना करना जो इसकी पूरी तरह से सुरक्षा करने में सक्षम हो। बस अब तुम जाओ। आगे की योजना के लिये कल रात को हमारी सभा वहीं होगी, जहाँ होती है।

फूलन के जाते ही महारानी मीरामणि ने प्रमुख दासी मालिनी को बुलाया और उसको योजना समझाने लगीं। युवराज को कहना कि महारानी मीरामणि देवी की आज्ञा है कि वह दासी की लहंगा चोली और चुनरी पहनकर स्त्री वेश बना ले। लहंगा-चोली चुनरी तुम उसके लिए ला देना और उसके सिर पर घूँघट ज़रूर डाल देना। उसका भेष बदलने के बाद उसे कहना कि महारानी मीरामणि अपने कक्ष में इंतजार कर रही हैं और वह एक दासी की तरह वहाँ जाये और जब तक महारानी मीरामणि आज्ञा ना दें, एक शब्द भी उसके मुँह से नहीं निकलना चाहिये। ऐसा कहकर उसके हाथ में पूजा की थाली थमा देना और उसे यह भी बता देना, जब तक वह वापस नहीं आता तब तक तुम वहीं उसके कमरे में ही छुपी रहोगी और उसको समझा देना कि महारानी मीरामणि आपको कुछ भी कहें आपने केवल दासी की तरह सिर झुका कर रहना है, एक शब्द भी नहीं बोलना है। जैसी आज्ञा दी गई है, वैसा ही उसने करना है।

दासी मालिनी ने महारानी मीरामणि के एक-एक शब्द का अनुसरण किया। युवराज समर देव ने भी माता मीरामणि की हर आज्ञा का पालन किया।

युवराज समर देव महारानी मीरामणि के कक्ष में पहुंचा तो महारानी मीरामणि ने उसे आदेश दिया, मालिनी मंदिर के लिए चलो। वह चुपचाप उनके साथ चल पड़ा। वह अंधेरे में समर देव को उनके साम्राज्य के शिव-मंदिर में अपने साथ ले गई थीं। शिव-मंदिर के अंदर पहुंच कर उन्होंने समर देव को आज्ञा दी कि वह मंदिर के कपाट बंद कर दे। समर देव ने दासी की तरह सिर झुकाकर उनकी हर आज्ञा का पालन किया। थोड़ी देर तक महारानी मीरामणि ने कुछ नहीं कहा, मंदिर में घूमती रहीं और हर चीज के पीछे जा कर देखती रहीं, जैसे खोज रही हों कि कोई हमारी बातें तो नहीं सुन रहा। उसके बाद जब वह पूरी तरह से आश्वस्त हो गई तो समर देव को थोड़ा सा घूँघट हटाने का आदेश दिया। वह कुछ भी समझ नहीं पा रहा था परंतु वह यह तो जानता ही था कि माता मीरामणि बस उतना ही बोलती हैं जितना जरूरी हो और उनकी हर बात में

कुछ ना कुछ भेद छुपा रहता है, वह अकारण कुछ नहीं कहती और मजाक तो बिल्कुल भी नहीं करतीं इसीलिए वह उनसे कुछ भी पूछने का साहस नहीं कर सकता था।

जैसे ही समर देव ने थोड़ा घूंघट हटाया, महारानी मीरामणि ने युवराज समर देव को पहचान कर कहा, समर मेरे बच्चे अब अज्ञातवास का समय शुरू हो गया है। हम नहीं जानते अब हम तुम्हें कब वापस जयराजगढ बुलवा पायेंगे। लेकिन अभी हमारी बात ध्यान से सुनो क्योंकि हमारे पास अपनी बात दोबारा दोहराने का समय नहीं है इसलिए हम जो भी कहते जाएं, एक-एक शब्द को ध्यान से सुनना और बीच में कोई सवाल नहीं करना।

युवराज समर देव ने अपना सिर हां में हिला दिया।

महारानी मीरामणि ने आगे कहा, "कल सुबह महाराणा जी तुम्हें अपने कक्ष में बुलाएंगे और जंगल में जाने की आज्ञा देंगे तो तुम सिर झुका कर उनकी आज्ञा मान लेना और कुछ भी विरोध नहीं करना। महाराणा जी जो कुछ भी कहें, चाहे कोई भी आज्ञा दें, तुम उनके आगे कोई विरोध नहीं करोगे और सब कुछ सिर झुकाकर मानते जाओगे। जंगल में जब तुम अपने शिविर में पहुंच जाओ तब सबको बाहर कर देना, सबको यही आज्ञा देना कि तुम थक गए हो और अपने वस्त्र बदल कर थोड़ी देर आराम करना चाहते हो और तुम्हें कोई भी परेशान ना करे। उसके बाद बिना समय गवाएँ अपने बिस्तर के नीचे देखना, वहां तुम्हें एक लाश पड़ी मिलेगी उसने राजसी कपड़े पहने होंगे उसे सावधानी से उठाकर अपने बिस्तर पर लिटा कर अपने सारे आभूषण और अपना एक-एक पहचान चिन्ह उसे पहना देना। कुछ भेस बदलने का सामान और कपड़े भी तुम्हें वहीं पड़े मिलेंगे, बिना एक क्षग भी गवाँये, तुम भेस बदल कर शिविर के पीछे के रास्ते से बहुत सावधानी के साथ कि तुम्हें कोई भी न देखे वहां से निकल जाना। किसी से भी कुछ कहना सुनना नहीं है। अपने शिविर से पीछे की तरफ को निकलकर पहले एक लाल रंग का रेशमी रूमाल वही फेंक देना वह तुम्हें वहीं अपने बिस्तर पर पड़ा मिलेगा।

महारानी मीरामणि ने आगे कहा, फिर तेजी से उत्तर की ओर भाग लेना। उत्तर की दिशा में भागते-भागते तुम अपने सैनिकों की आंखों से पूरी तरह ओझल हो जाना। वहां से भागते-भागते जब तुम्हें पानी गिरने की आवाज सुनाई दे तो समझ जाना कि यहां समीप में ही झरना है। वहां पर तुम्हें कई गुफाएं और कंदरायें मिलेंगी, उन्हीं में से एक गुफ़ा में कई लकड़ी के बँधे हुए गठ्ठर रखे हुए होंगे जिस पर कुछ सूखे हुए फूल

पड़े होंगे। उन गट्ठरों को हटाने से वहाँ तुम्हें कई मशालें और दियासलाई रखी मिलेगी। सावधानी से 3 या 4 मशालें लेकर गुफा से बाहर निकलना वहां दायीं तरफ़ कि गुफ़ा के बाहर झाड़ियों में तुम्हें एक घड़ा मिलेगा जिसमें मशालें जलाने के लिए तेल होगा। तुम अपनी मशालें उस घड़े में डुबोकर बाहर निकाल लेना और फिर दाएं तरफ की गुफा में अंदर जाना।

उस गुफा में छुपे हुए तुम्हें मेरे दो गुप्तचर मिलेंगे उनका नाम है गन्नू और कालू। उस गुफा में एक पत्थर आसानी से हट जाता है, वहीं से तुम्हारा आगे का रास्ता निकलेगा। वह एक सुरंग होगी, गुफा में घुसने से पहले उन्हें वह मशालें दे देना, वह खुद ही जला लेंगे। उनमें से एक गुप्तचर तुम्हारे आगे रहेगा और एक तुम्हारे पीछे, तुम उनके बीच में ही चलोगे और रहोगे। यह सुरंग शिव मंदिर के पीछे जो भवन है उसके एक गुप्त कक्ष में आकर खत्म हो जाएगी। वह भवन का एक सुसज्जित और गुप्त कक्ष है। उसके बारे में हमारे अलावा और कोई नहीं जानता। हमारे गुप्तचर वहां से निकल जाएंगे। हमारा अगला आदेश आने तक तुम वहीं उसी कक्ष में आराम करना और हमारा इंतजार करना। बाहर निकलने की तो कोई कोशिश भी नहीं करना। हमारा एक और गुप्तचर वहां तुम्हारे भोजन की व्यवस्था करता रहेगा। हमें जैसे ही समय मिलेगा, हम तुमसे आकर वहीं मिलेंगे। तब तक तुम अज्ञातवास में ही रहोगे और किसी से संपर्क करने की कोशिश भी नहीं करोगे। हमसे तो बिलकुल भी नहीं।

महारानी मीरामणि ने पूछा, क्या कुछ भी दोबारा दोहराने की जरूरत है या सब कुछ समझ गए हो?

युवराज समर देव ने जवाब दिया, सब कुछ समझ गया हूं माँ।

महारानी मीरामणि ने आगे कहा, अब जैसे हम आए थे, वैसे ही हम जाएंगे। बाकी सब तुम्हें मालिनी ने समझा ही दिया होगा। अपने शयनकक्ष में जाकर सोने का नाटक करो मगर याद रखना समर कि आज की रात सोने के लिए नहीं है। अपने आपको पूरी तरह चौकन्ना रखो और किसी भी आपात स्थिति से निपटने के लिए तैयार रहना। वैसे तुम्हारी सुरक्षा के लिए हमारे शिव-जन सैनिक पूरी तरह से चौकन्ने और मुस्तैद हैं, परंतु फिर भी तुम्हें भी पूरी तरह से चौकन्ना रहना है।

युवराज समर देव ने हां में सर हिलाया।

महारानी मीरामणि ने युवराज समर देव का माथा चूमा और आंखों में आंसू भर कर कहा, समर मेरे बच्चे, तुम हमारी बहुत अनमोल धरोहर हो इसीलिए अपना बहुत ख्याल रखना। ना जाने अब हम दोबारा तुमसे कब मिल पाएंगे।

युवराज समर देव माता मीरामणि के चरण स्पर्श करते हुए बोला, मां आप भी अपना बहुत ख्याल रखिएगा।

महारानी मीरामणि ने युवराज समर देव को कस कर अपने गले से लगा लिया, चलो समर, समय अब कम रह गया है।

फिर दोनों माता और पुत्र जिस तरह से आए थे, उसी तरह से वापस राजमहल की ओर चल दिए।

अध्याय २७

युवराज समर देव प्रताप सिंह की बचाव-योजना

उधर बल्लभगढ़ में राजा नीलकांत अभी सो कर उठे भी नहीं थे क्योंकि सवेरा अभी तक पूरी तरह से हुआ भी नहीं था कि उनके प्रमुख दास ने उन्हें ख़बर दी, कहीं से कोई संदेशवाहक आया है। उस से पूछा गया है परन्तु कुछ नहीं बताता, कहता है कि आपकी बहन का बहुत महत्वपूर्ण गुप्त संदेशा लाया है और बिना विलंब आपसे मिलने की आज्ञा चाहता है।

राजा नीलकांत समझ गए की बहन अंबिका ने तो संदेशा भेजा नहीं होगा, यह जरुर बहन मीरामणि का ही संदेशा है। उन्होंने कहा कि उस संदेशवाहक को बिना विलंब हमारी निजी बैठक में भेजो, हम अभी पहुंचते हैं।

निजी बैठक में राजा नीलकांत पहुंचे तो शिव-जन सैनिक किन्नर गोला उनकी प्रतीक्षा कर रहा था। उसको देखते ही राजा कृष्णकाँत ने कहा, अरे गोला तू, वहाँ सब ठीक तो है ना, जवाब में किन्नर गोला ने उन्हें महारानी मीरामणि का पत्र दे दिया।

राजा नीलकाँत ने पत्र खोला और पढ़ने लगे, जैसे-जैसे वह पत्र पढ़ते जा रहे थे, वैसे-वैसे उनके चेहरे के भाव कठोर होते जा रहे थे। पत्र में लिखा था -

नीलकांत भाई जी को छोटी बहन मीरामणि का प्रणाम।

भाई जी, अधिक लिखने का समय नहीं है। हमारी आपातकालीन स्थिति आ चुकी है। महाराणा जी को सच्चाई बहुत बुरे तरीके से पता लग चुकी है। अभी तक उन्होंने किसी को कुछ नहीं कहा है, कुछ नहीं पूछा है। ऊपर से पूरी तरह से शांत बने हुए हैं। मगर उनके अंतर्मन में महायुद्ध चल रहा है जिसके परिणामस्वरुप एक पिता का प्रेम महाराणा के अहंकार के आगे कमजोर पड़ चुका है और हार चुका है। महाराणा के अहंकार की जीत हुई है इसलिए समर देव की हत्या का षड्यंत्र उन्होंने पूरा रच लिया है। जिस दिन आप को यह पत्र मिलेगा तब उसके 1 दिन के बाद

निकलने की तैयारी कर लीजिए क्योंकि महाराणा जी की नज़रों में वह समर देव की हत्या करवा चुके होंगे। अपने साथ केवल शिव-जन की एक सेना-टुकड़ी और साथ में अपनी महारानी की राजबग्घी खाली करके लाइयेगा। राजबग्घी के खाली होने की बात आपके और हमारे बीच में ही गोपनीय रहेगी।

शेष मिलने पर।

आपकी छोटी बहन मीरामणि

पत्र पढ़ने के बाद राजा नीलकांत ने किन्नर गोला को कहा शिव-जन संस्थान अभी के अभी चले जाओ। शिव-जन सेना प्रमुख मुंगेरी से कहो परसों की तैयारी करवा कर रखे, हमें साम्राज्य जयराजगढ़ जाना है और केवल शिव-जन सेना की एक संपूर्ण रूप से प्रशिक्षित टुकड़ी ही चाहिये। और तुम्हारे लिए महारानी मीरामणि ने क्या आज्ञा दी है?

शाम तक जयराजगढ़ वापस पहुंचना है क्योंकि रात को पांचों शिव-जन प्रमुख के साथ महारानी सा आपातकालीन सभा करेंगीं, शिव-जन सैनिक गोला ने स्पष्ट किया।

ठीक है हमारी खबर शिव- जन संस्थान में पहुंचा कर वहीं से तुम जयराजगढ़ वापसी रवाना हो जाओ, और महारानी मीरामणि को कहना जैसा उन्होंने कहा है वैसा ही हो जाएगा, राजा नीलकांत गोला को आदेश देने के बाद निजी बैठक से बाहर निकल गए।

उधर साम्राज्य जयराजगढ़ में रात हो चुकी थी। जैसे ही महाराणा ने समर देव को अपने कक्ष में आने की आज्ञा दी, वैसे ही महारानी मीरामणि अपनी आपातकालीन सभा के लिए अपने शिव-मंदिर निकल गई। शिव-मंदिर से निकलकर महारानी मीरामणि भवन के अंदर पहुंची, वहां शिव-जन सेना के पाँचों प्रमुख किन्नर-फूलन, गोला, गन्नू, कालू और छम्मो पहले से मौजूद थे।

सबसे पहले महारानी मीरामणि ने गोला से पूछा, नीलकांत भाई जी को सुरक्षित पत्र पहुंच गया था और हमारे लिए क्या संदेशा भेजा है।

गोला ने महारानी मीरामणि को प्रणाम करते हुए कहा, उन्होंने कहा है कि "महारानी मीरामणि को कहना जैसा उन्होंने कहा है वैसा ही हो जाएगा"।

महारानी मीरामणि देवी ने सबको देखकर कहा, आपातकालीन स्थिति आ गई है इसीलिए सब लोग ध्यान से सुनो तुम्हें क्या-क्या काम करना है। दोबारा नहीं दोहरा सकती।

महारानी मीरामणि देवी ने योजना बतानी शुरू की-

-गन्नू और कालू, कल तुम भवन के रास्ते पहले हिस्से से निकलो और सुरंग के दूसरे हिस्से में जंगल की गुफ़ा में शाम होने तक पहुंच जाओ। वहां गुफा में छुपकर बैठ जाना और युवराज समर देव का इंतजार करना जब युवराज समर देव मशाल जला लें तो यह तुम्हारे लिए संकेत होगा कि तुममें से एक उनके आगे और एक उनके पीछे रहेगा, बीच में युवराज को रहना चाहिये। फिर उन्हें सुरंग के रास्ते से सुरक्षित भवन के सुसज्जित कक्ष में पहुंचा देना।

-फूलन और छम्मो तुम लोग सुबह ही भवन के रास्ते जंगल में रवाना हो जाओ और शिविर के पास पहुंचकर युवराज के बिस्तर पर यह लाल रूमाल रख देना, मीरामणि ने उन्हें लाल रूमाल देते हुए कहा। फिर युवराज का वहां पहुँचने का इंतजार करना। उनके वहां पहुंचते ही सेना की टुकड़ी में शामिल हो जाना और और युवराज के शिविर के आगे ही डटे रहना है। वहां पहुंचकर गुप्त रुप से प्रमुख सैनिक सुशांत सिंह को हमारा यह संदेश देना कि जब वह युवराज का शिविर के पीछे की तरफ लाल रुमाल गिरा हुआ देखें तब ही वह अपना काम करना शुरु करें, उससे पहले बिलकुल नहीं, और उन्हें यह भी कहना कि तुम दोनों हमारी आज्ञा से शिविर के आगे ही रहोगे।

जब युवराज वहां पहुंचकर कहें कि वह अपने शिविर में आराम करना चाहते हैं, तब कोई भी उनके शिविर के अंदर प्रवेश न कर पाए, सिवाय उन के प्रमुख सैनिक सुशांत सिंह के। इस बात का विशेष ध्यान रखना।

और कालू, तुम शिव-जन सैनिकों को गुप्त रूप से इस भवन के अंदर की सुरक्षा पर लगवा दो। वह भवन के अंदर रहकर ही इसकी रक्षा करेंगे बाहर से किसी को भी पता नहीं लगना चाहिए।

-और आप सभी एक बात ध्यान से सुनो, साम-दाम-दंड-भेद कुछ भी करना पड़े, हमारा पहला काम है केवल युवराज के प्राणों की रक्षा करना। यदि कोई भी स्थिति बदलती है या कोई भी आपातकालीन स्थिति में तुम सब अपने-अपने निर्णय लेने के लिए पूरी तरह स्वतंत्र हो, इसलिये तुम्हारे हथियार हमेशा तुम्हारे पास रहने चाहिए। हमें केवल युवराज हर हालत में जीवित चाहिए, इसके लिए चाहे किसी की भी गर्दन उतारनी पड़े, चाहे किसी को भी मार डालना पड़े, तुमने सोचना नहीं है। समझ लो यह

महारानी मीरामणि देवी की आज्ञा है। तुम सभी अपने-अपने काम को अंजाम देने के लिए रवाना हो जाओ। जय शिव-शंकर, जय शिव-जन!!! महारानी मीरामणि देवी ने नारा लगाया।

जय शिव-शंकर, जय शिव-जन!!! फिर सब ने नारा लगाया और अपने-अपने काम को अंजाम देने के लिए रवाना हो गए।

अगले दिन सुबह सूर्य निकलने से पहले जैसा के महाराणा रणजीत सिंह ने अपने पुत्र समर देव प्रताप सिंह को आज्ञा दी थी और उसकी हत्या की योजना बनाई थी, वह जंगल के लिए अपनी विशेष सेना की टुकड़ी लेकर अपने प्रमुख सैनिक सुंशात सिंह के साथ रवाना हो गया, और अपने पिता की आज्ञा अनुसार किसी से भी मिलकर नहीं गया अपनी दोनों माताओं से भी नहीं।

महाराणा रणजीत देव प्रताप सिंह अपनी योजना के अनुसार अपने राज्य में नहीं रहना चाहते थे कि उन्हें पुत्र की मृत्यु का समाचार मिले, इसीलिए वह युद्ध की यात्रा पर निकल रहे थे, परन्तु महारानी मीरामणि की योजना के अनुसार वह चाहती थीं कि महाराणा रणजीत सिंह इस खबर को सुने और राज्य में रहकर ही इस दुख का सामना करें, इसके लिए उन्होंने सेनापति प्रमुख अक्रूर सिंह को पहले ही संदेश भिजवा दिया था कि इससे पहले महाराणा रणजीत सिंह जयराजगढ़ की सीमा पार करें, उन्हें पुत्र की मृत्यु की खबर मिल जानी चाहिए ताकि उन्हें यह संतोष हो जाए कि उनकी योजना कामयाब हो गई है। महारानी मीरामणि पुत्र की मृत्यु की खबर मिल जाने के बाद महाराणा रणजीत सिंह के दुख के भाव देखकर यह आँकना भी चाहती थीं कि उन्हें सचमुच अपने किए पर कुछ पश्चाताप है भी या नहीं। यह मीरामणि की आगे की योजना के लिए बहुत ही आवश्यक था।

पूरा जयराजगढ अपने युवराज समर देव प्रताप सिंह की आकस्मिक मृत्यु का शोक मना रहा था।

महाराणा रणजीत देव प्रताप सिंह अपने षडयंत्र का दांव खेल चुके थे और उनके मुताबिक वह कामयाब भी हो चुका था और महारानी मीरामणि उनके षडयंत्र को विफल करने का दाँव चल चुकी थीं, जो कि शत-प्रतिशत कामयाब हो चुका था और अगले दिन की सुबह होने से पहले युवराज समर देव प्रताप सिंह पूरी तरह से सुरक्षित भवन के सुसज्जित कक्ष में शिव-जन सेना के सैनिकों के साथ पहुंच चुके थे।

जब युवराज समर देव प्रताप सिंह सुरंग से निकलकर भवन के उस गुप्त कक्ष में पहुंचे तो महारानी मीरामणि वहीं पहले से ही उसका इंतजार कर रही थीं। समर देव को देखकर मीरामणि ने उसे गले से लगा लिया और आंसू भर कर बोली कि हम तुम्हारे प्राणों की रक्षा करने की कोशिश कर रहे हैं समर। यदि हम पर संपूर्ण विश्वास करते हो तो इस से अधिक हम से अभी कुछ भी मत पूछना। अभी इससे अधिक हम कुछ बता भी नहीं पाएंगे। हम तुम्हें काशी भेजने का इंतजाम करवा रहे हैं। वहां तुम पूरी तरह सुरक्षित रहोगे और हम तुमसे यहां मिलने भी बार-बार नहीं आ पाएंगे। तुम अभी अज्ञातवास में ही रहो। हमें तुम्हारा यहां जयराजगढ़ से सुरक्षित निकलने का पूरा इंतजाम भी करना है।

फिर एक लाल झोला देते हुए मीरामणि बोलीं, इसमें दो ग्रंथ हैं, एक "महाभारत" नाम का महाग्रंथ है और दूसरी पुस्तक चाणक्य नीतिशास्त्र है। तुम्हें बहुत समय मिलेगा अभी इनके अध्ययन के लिए। तुम्हारा समय भी कट जायेगा। काशी जाकर भी यह दोनों ही ग्रंथ बहुत ध्यान से पढ़ना। इसमें तुम्हें तुम्हारी सारी समस्याओं का समाधान मिलेगा। जब तक तुम्हें यहां रहना पड़ेगा प्रतिदिन तुम्हारे पास भोजन की थाली और कुछ फल पहुंच जाया करेंगे। यह कुछ शिव-जन सैनिक तुम्हारी रक्षा के लिए भी और तुम्हारी सेवा के लिए भी इसी भवन में स्त्री वेश में रहेंगे, परन्तु तुम बाहर निकलने की चेष्टा भी मत करना।

यह कहकर महारानी मीरामणि ने अपने आंसू पोंछे और भवन से निकलकर शिव-मंदिर में और शिव मंदिर से निकलकर अपने राजमहल में आ गईं, अपनी आगे की योजना को तैयार करने के लिए।

जब संपूर्ण जयराजगढ़ युवराज समर देव की मृत्यु की खबर से शोक मना रहा था, तब युवराज समर देव अपनी माता महारानी मीरामणि के आशीर्वाद से भवन में आराम कर रहे थे। बस अब महारानी मीरामणि को प्रतीक्षा थी राजा नीलकांत के बल्लभगढ़ से आने की ताकि वह युवराज समर देव को सुरक्षित वहां से निकाल सकें।

अगले दिन दोपहर तक राजा नीलकांत अपने शिव-जन सेना के सैनिकों की प्रशिक्षित टुकड़ी लेकर और खाली राजबग्घी लेकर साम्राज्य जयराजगढ़ पहुंच चुके थे। जयराजगढ़ की सीमा में प्रवेश करते ही एक और शिव-जन सैनिक के हाथों उन्हें महारानी मीरामणि का अगला पत्र प्राप्त हो गया था। उसमें लिखा था कि-

बड़े भाई नीलकांत को

छोटी बहन मीरामणि का प्रणाम।

महा साम्राज्य जयराजगढ़ अपने युवराज समर देव प्रताप सिंह की मृत्यु के शोक में पूरी तरह से डूबा हुआ है। इसलिए आपसे विनती है कि राजमहल में पधारने से पहले शिवमंदिर में पधारने की कृपा करें। आपकी छोटी बहन मीरामणि आपसे वहीं भेंट करने की इच्छुक है।

आपकी छोटी बहन मीरामणि

पत्र पढ़ने के बाद राजा नीलकांत ने अपनी सेना को आज्ञा दी कि शिव मंदिर की तरफ अपना काफिला घुमा लो।

जैसे ही राजा नीलकांत शिव मंदिर में पहुंचे मीरामणि कहीं से फौरन निकली और मंदिर के किवाड़ बंद कर दिए।

राजा नीलकांत को प्रणाम करने के बाद मीरामणि ने उन्हें शुरू से लेकर आखिर तक सारी योजना, सारी खबर, सब कुछ सुना दिया। यहां तक कि यह भी कि सेना प्रमुख सेनापति अक्रूर सिंह और उनका पुत्र सुशांत सिंह भी उनके साथ मिल चुका है और आज उन्हीं की वजह से युवराज समर देव के प्राण बचाना संभव हो पाया है। युवराज समर देव पूरी तरह से सुरक्षित हैं और भवन के गुप्त सुसज्जित कक्ष में हैं। इसीलिए उन्हें बाहर निकालने के लिए ख़ाली राजबग्घी मंगवाई थी जिसमें वह आपकी रानी का भेष धर कर बैठ कर सुरक्षित निकलकर चले जाएंगे, फिर जयराजगढ की सीमा के बाहर उसे सुरक्षित निकालकर आप उन्हें वहां से काशी रवाना कर दीजिएगा और उन्हें बिलकुल भी बल्लभगढ़ या सँभलगढ मत ले जाइयेगा क्योंकि हमें अक्रूर सिंह से पता चला है कि वहां महाराणा जी के बहुत गुप्तचर हैं। अभी हम थोड़ी देर में आपको युवराज समर देव से मिलवा देंगे और दूसरी बात यह है कि अंबिका जीजी की हालत इस गहरे सदमे से बहुत खराब है। वह अचेत अवस्था में हैं। हमें उनके लिए बहुत डर लग रहा है, इसलिए हम चाहते हैं कि आप उन्हें भी यहां से निकाल कर ले जायें परंतु उन्हें जब तक आप जयराजगढ़ की सीमा से बाहर ना निकल जाएं, तब तक उन्हें यह सच मत बताइएगा कि समर देव जीवित हैं। क्योंकि वह अभिनय नहीं कर पाएंगी और हम बिल्कुल भी नहीं चाहते कि महाराणा जी उनके हाव-भाव देखकर सब कुछ समझ जायें। हमें अंबिका जीजी की बहुत फिक्र है, इसीलिए उनको यह सच तो बताना ही पड़ेगा, परंतु उन्हें यह भी कह दीजिएगा कि

यदि वह समर देव को जीवित देखना चाहतीं हैं तो वह समर देव से मिलने की कोशिश बिलकुल भी ना करें, और आप उन्हें यह मत बताइएगा कि समर देव काशी में रहेंगे, नहीं तो वह फिर काशी जाने की जिद पकड़ कर बैठ जाएँगी और महाराणा जी के गुप्तचर कहां-कहां फैले हुए हैं, हमें अभी ख़ुद भी नहीं पता है। परंतु अक्रूर सिंह ने हमें वचन दिया है कि वह उन गुप्तचरों को जल्दी से जल्दी वापस बुलाने की कोशिश करेंगे। परन्तु जब तक हम पूरी तरह से संतुष्ट नहीं हो जाते, और जब तक हमारा अगला संदेश नहीं आता, तब तक आप उन्हें जयराजगढ वापस ना भेजें।

ठीक है मीरा हम पूरी योजना समझ गए हैं, राजा नीलकांत ने कहा।

आइए भाई जी, समर देव को मिलकर यहां से निकलने की पूरी योजना समझा देते हैं। वैसे उसे रामेश्वर नाथ भाई जी के यहां जाने की सलाह बिल्कुल भी मत दीजिएगा। लेकिन यह जरुर बता दीजिएगा कि जब भी शिरोमणी हवेली की छत पर लाल झंडा लहराता दिखे तभी वहां अंदर जाकर पूछे की क्या बल्लभगढ़ से हमारे मामा हमसे मिलने आए हैं, मीरामणि ने कहा,

नीलकांत भाई जी आप केवल अंबिका जीजी को बल्लभगढ़ में संभालिए और तब तक हम इस साम्राज्य जयराजगढ़ को व्यवस्थित करते हैं और साथ ही साथ महाराणा जी को भी। क्योंकि अक्रूर सिंह भाई जी के हमारे साथ आ जाने से अब तो लगता है कि पूरा जयराजगढ़ ही हमारे साथ आ जायेगा।

मीरामणि की बातें सुनकर राजा नीलकांत ने भावुक होकर अपनी छोटी बहन मीरामणि को अपने गले से लगा लिया।

राजा नीलकांत के साथ मीरामणि समर देव से मिलने गयीं। राजा नीलकांत ने समर देव को हुकुम दिया कि यह कपड़े जो वह समर देव के लिये भेष बदलने के लिए लेकर आए थे, वह पहन लें और चलने के लिए तैयार हो जाएं। वह औरतों के लहंगा चोली वाले कपड़े थे। उन्होंने समर देव के मुख पर लंबा सा घूंघट कर दिया और उसे यह हुकुम दिया कि भवन के बाहर एक रानियों वाली बग्घी आकर रुकेगी उसमें वह बिना किसी से कुछ कहे चुप करके पर्दा करके बैठ जाये और कोई आवाज ना निकाले। जयराजगढ़ की सीमा से सुरक्षित बाहर निकल कर ही समर देव को सब कुछ समझा देंगे। अभी बस वह आज्ञा का पालन करे। तो समर देव ने भी माता मीरामणि और मामा नीलकांत की पूरी आज्ञा का पालन किया और वह रानी के भेष में जयराजगढ़ की सीमा से सुरक्षित बाहर निकल गए।

जयराजगढ़ की सीमा से अब राजा नीलकांत का काफिला काफी दूर आ चुका था, एक सुरक्षित स्थान पर उन्होंने अपने काफिले को रुकने का इशारा किया और कहा कि वह एकांत में अपनी बहन अंबिका से कुछ वार्तालाप करना चाहते हैं, इसीलिए रानियों की राजबग्घी को छोड़कर सभी लोग दूर हो जाएं। रानी अंबिका की प्रमुख दासी कौशिका को छोड़कर सभी लोग बहुत दूर हो गए।

राजा नीलकांत ने रानी अंबिका को कहा, अंबिका बहन उठो, उठो जरा होश में आओ और देखो तो तुम्हारा पुत्र समर देव जीवित है, उठो बहन देखो।

रानी अंबिका अपनी राज बग्घी में अचेत अवस्था में पड़ी हुई थी, उसकी प्रमुख दासी कौशिका ने उसको सहारा देकर उठाया और बोला, रानी सा युवराज जीवित हैं, जरा आंखें खोल कर तो देखिए।

रानी अंबिका ने चौंक कर अपनी आंखें खोलीं तो युवराज समर को अपनी आंखों के सामने पाया। उस ने युवराज को गले से लगा लिया और रोने लगी।

जब रानी अंबिका पूरी तरह से सँभल गई तो उसने राजा नीलकांत से पूछा, भाई जी यह सब क्या नाटक है, हमें कुछ भी समझ नहीं आ रहा है, जरा हमें पूरी तरह समझाइए।

राजा नीलकांत ने अंबिका और समर देव को महाराणा रणजीत सिंह के षड्यंत्र की पूरी सच्चाई बता दी, यह सुनकर अंबिका के क्रोध का ठिकाना ना रहा, और समर देव की भी आँखें भर आईं। अंबिका क्रोध में महाराणा रणजीत सिंह से बात करने के लिए जाना चाहती थी परंतु राजा नीलकांत ने मीरामणि के त्याग की सारी सच्चाई बताते हुए समझाया कि जब तक वह जयराजगढ़ का पूरा माहौल ठीक ना कर ले उसके त्याग को हम इस तरह व्यर्थ नहीं जाने दे सकते। इसीलिए थोड़े समय तक हम सब को चुप रहकर सहना ही पड़ेगा।

राजा नीलकांत ने यह भी कहा, कुछ भी हो जाए काशी कभी मत छोड़ना क्योंकि काशी में कितने भी रूप बदल कर रह लोगे तो भी हम तुम्हें ढूंढ लेंगे। एक विशेष बात यह है कि तुम्हें चाहे कुछ भी खबर मिले मगर तुम हमसे संपर्क करने की कोशिश कभी नहीं करोगे। जब भी हमें चाहिए होगा हम ही संपर्क करेंगे। वहां बहुत प्रसिद्ध शिरोमणि हवेली है वहां पर जाकर देखते रहना। यदि किसी दिन तुम्हें वहां की छत पर लाल झंडा लहराता हुआ दिखाई दे, तो उस हवेली के दरवाजे को खटखटा कर पूछना हमारे बल्लभगढ़ वाले मामा आए हैं? और बस अंदर चले आना। हम तुम्हें वही मिलेंगे। उसके अलावा काशी में तुम यही समझ कर रहना कि तुम केवल बाबा

विश्वनाथ की संतान हो और तुम यहां अज्ञातवास में सन्यासी की तरह रहोगे और पूरी तरह काशी के राजमहल से भी दूर रहोगे।

यह सुनकर समर देव के मुंह पर पीड़ा के भाव आए। माता-पिता और अपने घर से बिछड़ने का दुख उसके चेहरे पर स्पष्ट ही देखा जा सकता था। फिर समर देव को आगे की यात्रा समझाई और साथ में दो शिव-जन सैनिकों को निर्देश दिया कि समर देव को सुरक्षित काशी पहुंचा कर वापस आना है। फिर नीलकांत ने समर देव को एक झोला थमाया जिस में स्वर्ण चांदी के कुछ रूपए पैसे और कुछ कपड़े रखे थे। उन्होंने उसे कहा कि वह ऐसा भेष बना ले जिससे वह केवल एक राहगीर लगे और कोई उसे पहचान ना पाए।

फिर सब कुछ योजना के मुताबिक हो गया था। रानी अंबिका अपने भाई राजा नीलकांत के साथ बल्लभगढ़ चली गई थीं। उन्हें सच पता चल गया था इसीलिए वह अपने आप को संभाल कर बैठ गई थीं। अपनी संतान को जीवित देखने की इच्छा ने उन्हें समर देव से मिलने के लिए भी रोक दिया था।

महारानी मीरामणि जयराजगढ को व्यवस्थित करने में लगी हुई थीं और अपने दोनों बच्चों की शिक्षा-दीक्षा में भी कोई कसर नहीं छोड़ रही थी। महाराणा रणजीत सिंह से साम्राज्य की विशेष बातों के अलावा वह बात करना भी पंसद नहीं करती थी। राजकाज के सारे कार्य वह खुद ही देखती थी। महारानी मीरामणि अपनी बड़ी जीजी रानी अंबिका से मिलने के लिए बल्लभगढ़ जाना नहीं भूलती थी। वह समय-समय पर रानी अंबिका से मिलती रहती थी और उन्हें तसल्ली देती रहती थी कि वह सब कुछ ठीक कर देगी। सब कुछ ठीक हो जाएगा और पहले से भी कहीं ज्यादा खुशहाल हो जाएगा। राजा नीलकांत को और रानी अंबिका को महारानी मीरामणि पर पूरा-पूरा विश्वास था।

रानी अंबिका सँभलगढ में थीं और अपने आप को संभालने की कोशिश कर रहीं थीं। महाराणा रणजीत सिंह का नाम भी वह सुनना नहीं चाहती थीं। रानी अंबिका को महाराणा से यह उम्मीद नहीं थी कि वह अपनी संतान की हत्या करने के लिए सोच भी सकते हैं, वह भी उस संतान की जिसे उन्होंने इतने वर्षों तक इतना प्रेम दिया है। इसीलिए उसके अंदर बहुत कुछ टूट गया था वह महाराणा को किसी तरह से भी क्षमा करने को तैयार नहीं थी। उसके मुंह से महाराणा रणजीत सिंह के लिए बद्दुआएं

निकलने लग गई थीं। और शायद एक दुखी पत्नी की और एक दुखी मां की बद्दुआएं महाराणा रणजीत देव प्रताप सिंह को लगनी शुरू भी हो गई थीं।

महाराणा रणजीत देव प्रताप सिंह अपने पाप के बोझ तले दबने लगे थे इसलिए अधिकतर अपने अंधेरे कक्ष में बैठे रहते थे। यहां जयराजगढ़ में महाराणा रणजीत सिंह बीमार होते जा रहे थे और बहुत परेशान भी रहते थे। वह चुप-चाप रहने लगे थे और हमेशा अपने कक्ष में अंधेरे में ही बैठे रहते थे। राजदरबार के कार्यों में भी उन्हें कोई खास रुचि नहीं रह गई थी। वह हमेशा अपने कक्ष में अकेले रहते थे और अपने पुत्र समर देव को याद कर करके रोते रहते थे। महाराणा रगजीत सिंह ने अपने छोटे पुत्र रूद्र देव प्रताप सिंह को युवराज घोषित कर दिया था और उसे युवराज की गद्दी पर बैठा दिया था। मीरामणि ने कुछ भी विरोध नहीं किया था। वह केवल चुपचाप महाराणा के सारे खेल देख रही थी। वह महाराणा को देख रही थी कि वह अपने पाप कर्मों से खुद ही बहुत दुखी रहने लगे हैं। परंतु मीरामणि यह चाहती भी थी कि उनका सारा पाप उनके प्रायश्चित के आंसुओं में बह जाए और उनका सारा अहंकार टूट कर बिखर जाए।

महाराणा रणजीत सिंह अपनी पत्नी रानी अंबिका को भी बहुत याद कर रहे थे क्योंकि दूसरी पत्नी महारानी मीरामणि तो राज कार्यों में इतनी ज्यादा व्यस्त थी कि उसे बहुत कम आने का अवसर मिलता था और दूसरा उनके बच्चे भी अपनी बड़ी मां से ही ज्यादा हिले- मिले हुये थे। बस पुत्री अमृतामणि ही रोज़ आकर पिता का हाल-चाल पूछ लेती थी। उसे भी अपनी बड़ी मां के जाने का बहुत दुख था इसीलिए वह हमेशा पिता से पूछती थी कि उसकी बड़ी मां कब आएंगी और महाराणा रणजीत सिंह उसके सिर पर हाथ फेर कर केवल आंसू बहा दिया करते थे। महाराणा ने मीरामणि से कई बार पूछा कि अंबिका कब वापस आयेगी, मगर हर बार महारानी मीरामणि ने यही जवाब दिया कि वह यहां आना नहीं चाहती। आप स्वयं जाइए और मना कर ले आइए तो महाराणा रणजीत सिंह चुप हो जाते थे, वह अंबिका की नजरों का सामना नहीं करना चाहते थे। उन्हें यही दुख होता रहता था कि जिस अंबिका ने अपना सारा जीवन उन्हें प्रेम दिया, वह सारा समय उन्हीं के पास रहना चाहती थी, उन्हीं के साथ समय बिताना चाहती थी, उसका उन्होंने हमेशा तिरस्कार किया। अपने अहंकार में कभी उसको प्रेम नहीं दिया, इसीलिए उनकी हिम्मत नहीं पड़ रही थी कि वह कैसे अंबिका का सामना करेंगे और सबसे ज्यादा दुख तो यह दे दिया कि उसकी संतान उससे छीन ली। इससे तो अच्छा होता अगर अहंकार में उस समय उन्होंने यह

फैसला ना किया होता तो वह समर देव को लेकर रानी अंबिका के साथ खुद ही कहीं चले जाते। राजकुमार रूद्र देव को राज-सिंहासन का वारिस घोषित कर देते। इस तरह शायद वह बदनामी से भी बच सकते थे और अपने परिवार को भी बचा सकते थे।

आज महाराणा रणजीत सिंह के ऊपर बहुत भारी बोझ था। वह बिल्कुल अकेले बैठे रहते थे। कोई नहीं था जो उनका दुख-दर्द बांट सकता। कोई नहीं था, जिससे वह अपने हृदय की पीड़ा कहकर अपने मन को शांत कर लेते। अकेले बैठे-बैठे वह केवल रो रहे थे और अपने पापों को याद कर रहे थे। सच है समय सब कुछ बदल देता है। वह अपने अहंकार में सोचते थे कि उन्हें कभी

किसी की जरूरत नहीं पड़ेगी और सब उनके अधीन रहेंगे। परंतु अपने अंदर अंहकार भर कर उन्होंने स्वयं ही तो ईश्वर को युद्ध के लिए ललकार दिया था।

पिता सूर्य देव की सारी बातें आज रह-रहकर महाराणा रणजीत सिंह को याद आ रहीं थीं। पूरा जीवन पिता की कोई भी बात उन्होंने याद नहीं रखी, उन्हें केवल याद रहा तो अपना अहंकार, अपनी जिद्द और अपना स्वार्थ। सब को अपने अधीन रखने की चाहत ने रणजीत सिंह को आज बिल्कुल अकेला कर दिया। पहले वह किसी की भी नहीं सुनता था, आज उसको भी सुनने वाला कोई नहीं था। पहले वह किसी को प्रेम नहीं करता था आज उसको भी कोई प्रेम करने वाला कोई नहीं था। कल वह सबको डरा कर रखता था, आज वह खुद से ही डरा हुआ था। वह चाहता था कि सारा संसार उसके आगे सिर झुकाए, उसके कदमों तले हो, कोई उसके आगे सिर नहीं उठा सकता, कोई उसके आगे आवाज उठाने की हिम्मत भी नहीं कर सकता और आज वो तरस रहा था कि कोई आवाज तो आए, कोई उसके अपने की आवाज, जो उसको पूछे कि क्या आप ठीक हैं, क्या आपको कोई परेशानी तो नहीं, कोई बोले तो सही, कोई कुछ उसे सुनाये तो सही। चाहे कोई उसे देखकर उसका तिरस्कार ही करे, परंतु कोई तो आये जो उसके अंधेरे कमरे में आकर उसे उस अकेलेपन से निकाल ले, जो उसने अपने पाप कर्मों से खुद ही बना दिया था। इतना घना अंधेरा, इतना घना अंधेरा जो उसने खुद ही अपने जीवन के लिये पैदा किया था। अपने जीवन को इतना अंधकारमयी कर दिया था, जिसमें रोशनी की कोई भी किरण आने से डर रही थी।

अध्याय २८

काशी राज्य में समर देव प्रताप सिंह

काशी राज्य में भीषण वर्षा हो रही थी और तूफान अपने जोरों पर था। साँझ ढल रही थी और रात धीरे-धीरे अपनी काली चादर फैलाती जा रही थी, ऐसे में भीषण तूफान का आना बहुत भयानक लग रहा था। शिरोमणि हवेली में परेशानी का माहौल बना हुआ था क्योंकि हवेली का पुत्र शिरोमणि पंडित गोपालेश्वर नाथ शास्त्री काशी के राजघराने में राजा गंगदेव की बीमार पत्नी को देखने गया हुआ था। जब राजा गंगदेव का बुलावा आया तो वर्षा इतनी भी भीषण नहीं थी, धीरे-धीरे बूंदाबांदी हो रही थी, और फिर उन्होंने राज-बग्घी भी भेजी थी। राजघराने का बुलावा टाला नहीं जा सकता था इसलिए जाना बहुत जरूरी भी था, मगर शिरोमणि हवेली के मुखिया शिरोमणि पंडित रामेश्वर नाथ शास्त्री की तबीयत कुछ ठीक नहीं लग रही थी इसलिए उनका पुत्र शिरोमणि पंडित गोपालेश्वर नाथ शास्त्री राजघराने के बुलावे पर शीघ्र ही राजमहल रवाना हो गया था।

गोपालेश्वर नाथ शास्त्री को गए बहुत समय हो चुका था और अब बूंदाबांदी ने भी भीषण वर्षा का रुप ले लिया था, रह-रहकर बिजली भी कौंध रही थी। इतनी भीषण वर्षा थी और अंधेरा भी बढ़ता जा रहा था कि समय का अंदाजा लगाना मुश्किल प्रतीत हो रहा था। ऐसे में गोपालेश्वर नाथ का पुत्र शिवेश्वर नाथ जिसकी उम्र लगभग 8 वर्ष थी, उसने जिद्द पकड़ी हुई थी जिससे सारा घर परेशान हो रहा था। दादा रामेश्वर नाथ परेशानी में आंगन में चक्कर पर चक्कर लगा रहे थे।

बालक शिवेश्वर नाथ को भगवान भोले शंकर में अटूट श्रद्धा थी। बाबा विश्वनाथ के मंदिर में तो उसकी बहुत आस्था थी। इतनी छोटी सी आयु में उसके किए हुए कर्म कांड देखकर सभी दंग रह जाते थे। 6 वर्ष की आयु में ही प्रण ले डाला था कि जब तक वाराणसी में रहूंगा तब तक बिना बाबा विश्वनाथ के दर्शन किए बिना मुँह झूठा

नहीं करूंगा और ना ही गंगा स्नान किए बिना बाबा के मंदिर में पैर रखूँगा।पहले-पहल तो सभी ने इसे एक छोटे बच्चे की जिद समझ कर कोई तूल नहीं दिया परंतु बालक शिवेश्वर नाथ आंधी-तूफान, सर्दी-गर्मी या बारिश कुछ भी आपदा क्यों न आये, दोनों समय नियम से गंगा स्नान करके बाबा विश्वनाथ के दर्शन जरूर करता था। परंतु आज बात दूसरी थी एक तो भीषण तूफ़ानी वर्षा, दूसरे पिता गोपालेश्वर नाथ भी घर पर नहीं थे और तीसरे दादा रामेश्वर नाथ जी की तबीयत भी कुछ ठीक नहीं थी।

बारिश बहुत तेज हो रही थी। शिवेश्वर नाथ की माता कमला देवी ने उन्हें डांट कर कहा कि कुछ भी हो जाए वह बाहर एक कदम भी नहीं रखेंगे। मां की आज्ञा मानकर वह कमरे में बैठे रहे लेकिन अन्न का एक दाना भी मुंह में नहीं डाला। बेटे के आगे मनुहार करके माँ हार गई तो दादा रामेश्वर नाथ के पास पोते शिवेश्वर नाथ की शिकायत लेकर पहुंची।

दादा रामेश्वर नाथ शास्त्री खाने की थाली लेकर शिवेश्वर नाथ के सम्मुख रख कर बोले, बहुत हो गया नाटक, अब तक हम यह सोचकर चुप थे कि ये बालहठ है, समय के साथ ठीक हो जायेगा पर अब पानी सिर से गुजर गया है। चुपचाप खाना खाओ, बाहर इतनी तेज वर्षा हो रही है और गंगा मैया पूरे उफान पर है। तू हमारी शिरोमणि हवेली का इकलौता वारिस है, ऐसे में कैसे बाहर ले जाऊँ, कुछ हो गया तो तेरे पिता को क्या मुंह दिखाऊंगा।

शिवेश्वर नाथ ने दादा जी को प्रणाम किया और कहा, दादाजी मेरे प्राण तो इस परिवार की देन हैं, आज्ञा दें तो जब चाहें निकाल कर दे दूंगा, परंतु प्रण तो मेरा अपना किया हुआ है जो बाबा विश्वनाथ के सामने किया है, तो उन्हें इस जीवन में मुंह कैसे दिखाऊंगा। जब तक वाराणसी की धरती पर सांस लेता हूं प्राण त्याग सकता हूं, प्रण नहीं। या तो आप मुझे वाराणसी से दूर भेज दो या प्राण ले लो मगर बाबा विश्वनाथ के दर्शन किए बिना तो नहीं खाऊंगा।

शिवेश्वर नाथ का जवाब सुनकर दादा रामेश्वर नाथ हतप्रभ रह गए, बोले- अरे तू क्या भीष्म पितामह का अवतार है जो ऐसे-ऐसे प्रण करता है। बदले में शिवेश्वर नाथ गंभीरता से मुस्कुरा दिया। मां कमला देवी और दादी लीला देवी शिवेश्वर नाथ का जवाब सुनकर ममता से विवश हो गई और दादा रामेश्वर नाथ से जिद करने लगी, ये छोकरा तो बहुत ही जिद्दी हो गया है, मगर है तो एक बच्चा ही, जब तक हमारा कुलदीपक नहीं खाएगा तो हम दोनों कैसे खायेंगे। दोनों औरतें अपनी भीगी हुई आंखें बार-बार पल्लू से पोंछने लगी।

आखिर दादा रामेश्वर नाथ को दोनों औरतों और उस बच्चे की जिद के आगे झुकना ही पड़ा और वो छाता लेकर खड़े हो गए। बोले, चल जल्दी चल, पता नहीं इस भीषण वर्षा में कौन तेरे लिए बाबा विश्वनाथ के मंदिर का कपाट खोले खड़ा होगा। जिद्दी छोकरा हो गया है, आने दे तेरे पिता गोपालेश्वर को, अब तो वही तेरी खबर लेगा। चल छाता पकड़, अब जल्दी कर।

शिवेश्वर नाथ तपाक से खड़ा हो गया और उसने जल्दी से धुला हुआ साफ कुर्ता व धोती बगल में दबाई और दादा की उंगली थामे चल पड़ा।

वैसे तो मंदिर शिरोमणी हवेली से ज्यादा दूर भी नहीं था लेकिन भीषण वर्षा और काली अंधेरी रात में रास्ता बहुत भयानक प्रतीत हो रहा था। घाट पर गंगा का उफान जोरों पर था। दादा रामदास ने गंगा मैया का यह प्रचंड रुप अपने जीवन काल में पहली बार देखा था तो बहुत डर गए थे कि कहीं यह छोटा हठीला बालक गंगा मैया के रौद्र रूप की भेंट न चढ़ जाए। एक ही तो कुलदीपक है मेरे घर का, हे गंगा मैया रक्षा करना, हे बाबा विश्वनाथ अपने भक्तों की रक्षा करना प्रभु।

बाबा विश्वनाथ से प्रार्थना करते हुए दोनों दादा और पोता आगे बढ़ चले। गंगा घाट पर पहुंचे तो घाट सूना पड़ा था, वैसे भी ऐसी भीषण वर्षा में कौन आएगा मरने। गंगा अपने पूरे क्रोध में पूरे उफान पर थी। पर बालक शिवेश्वर नाथ तो अपनी मस्ती और बचपने में आगे बढ़ा चला जा रहा था। उसको तो यही खुशी थी उसकी जिद पूरी हो गई है और वह गंगा मैया में स्नान कर के बाबा विश्वनाथ के दर्शन करेगा और फिर मां के हाथ का बना हुआ बढ़िया भोजन ग्रहण करेगा। भूख भी तो बहुत लग रही थी आखिर शिवेश्वर था तो एक बच्चा ही। अपनी धुन में मगन शिवेश्वर गंगा घाट की गीली सीढ़ियां उतरने लगा।

उसकी आतुरता देखकर दादा रामेश्वर नाथ का कलेज़ा मुंह को आने लगा। वह चिल्लाने लगे, अरे शिवेश्वर बेटा आगे बहुत फिसलन है, ज्यादा आगे ना जा, गिर जाएगा बेटा संभल के, दादा की आवाज रूँधने लगी थी।

मगर शिवेश्वर का उत्साह और चेहरे का तेज बढ़ रहा था, वह अपने छोटे-छोटे पग बढ़ाकर घाट की एक-एक सीढ़ी उतर ही रहा था कि एक तेज आवाज ने वातावरण गुंजा दिया, "ऐ छोकरे रुक जा वहीं," शिवेश्वर के पैर वहीं जड़ हो गए। उसने गर्दन घुमा कर देखा तो एक अघोरी बाबा उसी की ओर बढ़ रहा था। लंबे काले बाल, काली दाढ़ी-मूँछें, एक हाथ में कमंडल दूसरे में चिमटा, दोनों को गंगा घाट के किनारे रखा और लपक कर शिवेश्वर के पास पहुंच गया। अघोरी बाबा शिवेश्वर के बिल्कुल

नजदीक पहुंच चुका था, शिवेश्वर को पीछे से उसने अपनी दोनों बाहों में उठा लिया और वापिस हो चला। शिवेश्वर ने छूटने के लिए बहुत ज़ोर लगाया लेकिन वह था तो एक बालक ही और अघोरी बाबा हट्टा-कट्टा, ऊंचा-लंबा कद, कम से कम 6 फीट से तो ऊपर ही था।

जैसे ही दादा रामेश्वर नाथ ने अघोरी बाबा के हाथों में फंसे हुए शिवेश्वर को देखा उनकी तो चीख निकल गई, अरे ओ रे बाबा यह मेरा बच्चा है......कहां को ले चले..... यह मेरे साथ है बाबा।

मगर अघोरी बाबा ने जैसे सुना ही नहीं वह शिवेश्वर को उठाये- उठाये बाबा विश्वनाथ के मंदिर के बाहर पहुंचा और शिवेश्वर को चबूतरे पर छोड़ दिया।

पीछे-पीछे हाँफते हुए दादा रामेश्वर नाथ भाग रहे थे, अरे अघोरी बाबा छोड़ दे, मेरा एक ही कुलदीपक है ये। जैसे ही दादा रामेश्वर नाथ ने देखा कि अघोरी बाबा ने शिवेश्वर को चबूतरे पर बैठा दिया है, वह लपककर उसके पास पहुंच गए।

रामेश्वर नाथ को देखकर अघोरी बाबा हँसने लगा। अघोरी बाबा की आंखें और चेहरा दोनों ही लाल हो रहे थे।

उसकी लाल आंखे देखकर रामेश्वर धीरे से बड़बड़ाया, लगता है यह अघोरी पूरी अफ़ीम की चिलम पीकर आया है।

रामेश्वर नाथ को असमंजस की दशा में छोड़कर अघोरी बाबा शिवेश्वर की और घूमा और बोला, क्यों रे छोकरे, अपने दादा की हालत देख कर भी तुझे तरस नहीं आता। अच्छा सुन तेरा प्रण मैं पूरा करवा देता हूं, ये कहकर अघोरी बाबा ने अपना कमंडल खोलकर उसका सारा जल शिवेश्वर के सिर पर उड़ेल दिया और बोला, ले अब यह हो गया तेरा गंगा स्नान और यह रहा सामने बाबा विश्वनाथ का मंदिर, जाकर कर ले दर्शन।

शिवेश्वर ने अघोरी को प्रणाम किया और मंदिर की ओर भागा।

दादा रामेश्वर नाथ को कुछ समझ नहीं आ रहा था कि आखिर यह अघोरी बाबा है कौन और इसे इतना सब कैसे पता है?

शिवेश्वर के जाते ही अघोरी बाबा रामेश्वर नाथ की ओर देख कर बोला, चलो जी भीग गए हो पूरे, यहां आग जल रही है चलो थोड़ा सा ताप लो, नहीं तो बीमार पड़ जाओगे, फिर हंसते हुए बोला, नहीं तो इस महान चिकित्सक को अपनी दवा खुद ही खानी पड़ेगी।

जलते हुए अलाव की रोशनी में रामेश्वर नाथ ने अघोरी बाबा को गौर से देखा, अरे यह तो बहुत ही सुंदर नौजवान है, भाषा भी इतनी अच्छी और उच्चारण भी इतना शुद्ध, यह तो अघोरियों जैसा बिलकुल भी नहीं लगता। 18-20 वर्ष से ज्यादा का नहीं लगता और चेहरा भी कितना दमक रहा है जैसे कोई राजकुमार हो, इसका चेहरा भी जाना-पहचाना सा लग रहा है। यह तो किसी भले घर का लगता है, अघोरियों जैसा तो कोई लक्षण इसमें नहीं है। परंतु यह हमारे बारे में इतना कैसे जानता है उसे क्या पता हम दोनों दादा-पोते की क्या बातें हुई हैं? यह तो कोई अंतर्यामी लगता है, अरे कहीं बाबा विश्वनाथ का कोई अवतार तो नहीं है? आखिर रामेश्वर नाथ ने हिम्मत जुटाई और अघोरी बाबा से प्रश्न किया, बाबा आप कौन हैं और इतना हमारे बारे में कैसे जानते हैं?

अघोरी बाबा मुस्कुराते हुए बोला, कुछ सवालों के जवाब समय ही दे तो अच्छा रहता है। समय से बलवान कोई नहीं, समय ही राजा को रंक और रंक को राजा बना देता है, इसलिए समय का बहुत महत्व है महानुभव, समय के सवालों का जवाब समय ही दे तो अच्छा रहता है।

रामेश्वर नाथ हैरानी से अघोरी के चेहरे के भावों को पढ़ने की कोशिश करने लगे। कहीं यह कोई पागल तो नहीं है। नहीं...यह तो कोई बहुत बड़ा ज्ञानी लगता है। शायद कोई बड़ा विद्वान या बड़ा पंडित। शरीर के डील-डोल को देख कर तो ऐसा लगता है जैसे कोई सैनिक हो, हाथों की बनावट देखकर तो ऐसा लगता है जैसे वर्षों से शस्त्रों का अभ्यास किया हो। इसकी भाषा उसके व्यक्तित्व से मेल नहीं खा रही, कहीं यह कोई बहरूपिया तो नहीं है, शायद कोई ठग, आजकल ठगों का भी डर बहुत बढ़ गया है वाराणसी में। इस के व्यक्तित्व में कहीं भी कुछ सामान्य नहीं है।

दादा रामेश्वर नाथ अभी इसी उधेड़बुन में लगे हुए थे कि बालक शिवेश्वर नाथ मंदिर से बाहर आता हुआ दिखा।

अरे ओ शिबू इधर आजा बेटा, तू भी थोड़ा आग ताप ले, कहीं तुझे ठंडी न लग जाए, दादा रामेश्वर बड़े लाड़ से पोते से बोले।

शिवेश्वर पास पहुंच चुका था। इससे पहले कि अघोरी बाबा उसे फिर से ना पकड़ ले रामेश्वर नाथ ने जल्दी से शिवेश्वर को अपनी गोद में बैठा लिया और कहा, मेरी गोद में बैठकर आग ताप।

अघोरी बाब रामेश्वर नाथ की मंशा समझ चुका था, सो मुस्कुराया।

शिवेश्वर ने अपने नन्हें हाथों को खोल कर अपने दादा रामेश्वर नाथ को प्रसाद दिया और फिर एक मिठाई का टुकड़ा अघोरी बाबा की ओर बढ़ाया। भोले शंकर का प्रसाद है, ले लो बाबा।

अघोरी ने पूरे सम्मान के साथ अपने दोनों हाथ फैला कर भोले बाबा का प्रसाद ग्रहण किया, सिर माथे पर लगाया और खाने लगा।

रामेश्वर नाथ पूरे गौर से अघोरी का निरीक्षण-परीक्षण कर रहे थे, खाने में भी कहीं कोई असभ्यता नहीं, यह पक्का किसी भले और बड़े घर का चिराग है। कहीं किसी ने इसका अपहरण करके इसे अघोरी तो नहीं बना दिया।

प्रसाद खाने के बाद अघोरी बाबा ने बड़े तरीके से अपनी धोती से अपना मुंह साफ़ किया और शिवेश्वर से प्रश्न किया-

एक बात तो बता बेटा, तूने अगर कोई प्रण लिया है तो उसमें तेरे परिवार का क्या कसूर है, उन्हें परेशान करना क्या उचित है।

मैं समझता हूं बाबा मगर मैं अभी एक छोटा बच्चा हूं, इसलिये यह लोग अकेले मुझे कहीं जाने नहीं देते, शिवेश्वर ने अत्यंत गंभीरता से जवाब दिया।

सुनो शिवेश्वर नाथ, अघोरी बाबा पूरी गंभीरता से बोला, "जिस प्रकार अगर भोजन कोई दूसरा करे और वह हमारे तन को नहीं लगता, उससे हमारा पेट नहीं भरता, ठीक उसी प्रकार पूजा-पाठ और तपस्या का अपना स्थान है। पूजा-पाठ और तप करने के लिए यदि तुम किसी भी जीव को परेशान करते हो चाहे वह मनुष्य हो या पशु पक्षी तो ऐसी पूजा ऐसा तप तुम्हें कोई पुण्य प्राप्त नहीं करा सकता। दूसरे को तकलीफ देने से ईश्वर कभी ख़ुश नहीं होते। हठ का फल कभी शुभ नहीं होता। ईश्वर की राह पर चलने वालों को त्याग करना पड़ता है, अपने मोह, अपनी माया अपने अहंकार, हर उस वस्तु का त्याग करना पड़ता है जो किसी दूसरे को तकलीफ़ दे। ईश्वर की भाषा प्रेम की भाषा है, नफरत की भाषा शैतान की भाषा है।"

"भोले शंकर के गले में पड़ा हुआ यह विषधर देखते हो, क्यों महादेव ने इसे अपने गले का हार बनाया है, क्या तुम ये जानते हो?? शिवेश्वर के साथ दादा रामेश्वर नाथ ने भी नहीं में सिर हिलाया। रामेश्वर की जिज्ञासा देखकर अघोरी बाबा मुस्कुरा उठा, बोला, क्योंकि भगवान भोलेनाथ संसार को यह संदेश देना चाहते हैं कि इस संसार में सभी का सम्मान है। यदि चोट ना पहुंचाओ तो विषधर भी नहीं डसता। सांप भी बिना कारण नहीं डसता, जब कोई उसे सताता है तो आत्मरक्षा में डसता है या तो फिर उसे भोजन चाहिए तो डसता है। यदि पेट भरा हो तो कोई किसी को नहीं डसता, नहीं तो

मनुष्य भी मनुष्य को डस लेता है, कहने का अर्थ है कि मनुष्य ही मनुष्य को मार डालता है। ऊँच-नीच, जात-पात यही सब सामाजिक कुरीतियां जिम्मेदार हैं किसी को भी बुरा बनाने के लिए। भोले शंकर जो कि देवों के देव महादेव हैं उन्होंने विषधर को गले में डाल कर समाज को यह शिक्षा दी है कि इस संसार में कुछ भी, कोई भी इतना घिनौना और बुरा नहीं हो सकता, जो प्रेम से काबू में नहीं आ सकता। प्रेम की भाषा मूक जानवर पशु-पक्षी भी समझ लेते हैं तो जो मनुष्य जिस को बोल पाने का गुण मिला हुआ है, यदि वह प्रेम की भाषा से दूर है तो मनुष्य नहीं हो सकता, वह शैतान है, वह राक्षस है।"

अघोरी बाबा ने आगे कहा, "ईश्वर तो कण-कण में है, यह जो पांच तत्वों से मनुष्य का शरीर बना है वह उन पांचों तत्वों में है। यदि वह इन पांचों तत्वों में है तो इसका मतलब है वह हमारे अंदर ही विद्यमान है। प्रार्थना और पूजा का मनुष्य जीवन में विशेष महत्व है। ईश्वर में आस्था रखने का विशेष महत्व है परन्तु कर्मकांड से ईश्वर की प्राप्ति नहीं होती, हठ से तो बिल्कुल भी नहीं। हर जीवात्मा में ईश्वर का स्वरूप बसता है, तुझे हर वस्तु में ही बाबा विश्वनाथ नजर आएंगे, मगर अनुशासन सीख, हठ नहीं।"

परंतु बाबा, शिवेश्वर ने सवाल किया- यदि मैं प्रण करके पूरा नहीं करता हूं तो क्या ईश्वर नाराज नहीं हो जाएंगे, क्या मुझे दंड नहीं देंगे??

अघोरी बाबा ने एक गंभीर हुंकार भरी- अगर तू कोई भी गलती करता है या कोई भी नादानी करता है, तो क्या तुझे तेरे माता-पिता दंड देते हैं या दंड देकर खुश होते हैं?

शिवेश्वर ने दृढ़ता से नहीं में सिर हिलाया।

"तो जो सारे संसार का, सारे जगत का माता- पिता है, पालनहार है, वह तुम्हें दंड देकर क्यों खुश होगा?? जो दंड देकर खुशी महसूस करता है, जो किसी को पीड़ा पहुंचा कर, तकलीफ पहुंचा कर खुश होता है, वह ईश्वर तो हो ही नहीं सकता, वह तो सिर्फ और सिर्फ शैतान या राक्षस ही हो सकता है, अघोरी ने समझाया। ईश्वर तो सिर्फ प्रेम देना जानता है। दंड तो हम अपने बुरे कर्मों का ख़ुद ही भोगते हैं। ईश्वर ने हमें अपने कर्म करने की स्वतंत्रता दी है, अपने अच्छे-बुरे कर्मों के फल हमें खुद ही भोगने पड़ते हैं।"

शिवेश्वर के साथ दादा रामेश्वर नाथ भी गंभीरता से सुन रहे थे। रामेश्वर नाथ सोच रहे थे कि यह अघोरी के रूप में कहीं श्रीकृष्ण ही तो आकाश से नहीं उतर आए गीता

का प्रवचन देने के लिए। अघोरी बाबा की गंभीर वाणी मंत्र मुग्ध कर रही थी। वर्षा तो बहुत धीमी हो चुकी थी मगर रामेश्वर नाथ को समय का कोई ख्याल नहीं रहा था। वह अघोरी के ज्ञान सागर में हर्ष के गोते खा रहे थे।

अच्छा अब मेरे एक और सवाल का जवाब दे, अघोरी बाबा ने शिवेश्वर से सवाल किया- तेरे घर में जो जल आता है, वह कहां से आता है???

यहीं गंगा नदी से, शिवेश्वर ने तपाक से उत्तर दिया, सारे काशी को, और इसके आसपास के इलाकों को यहीं से तो जल मिलता है, इसी पवित्र गंगा नदी से, शिवेश्वर ने अघोरी बाबा के आगे अपना पूरा ज्ञान दिखाया।

अघोरी बाबा मुस्कुराया, अच्छा यह बता यदि गंगा नदी से किसी भी पात्र में जल निकाल लें तो क्या गंगाजल अपवित्र हो जाता है या कि पात्र पवित्र हो जाता है- अघोरी बाबा का एक और सवाल।

शिवेश्वर ने सोचते हुए कहा- गंगाजल तो इतना पवित्र है कि सबके सारे पाप धो देता है, तो फिर वह तो अपवित्र हो ही नहीं सकता। गंगाजल तो सब को पवित्र कर देता है तो निश्चय ही हर पात्र को ही पवित्र कर देगा।

बिल्कुल ठीक उत्तर दिया, बहुत होशियार है तू, अघोरी बाबा बोला, इतना होशियार होकर भी इतनी सी बात नहीं समझता कि जब यहां से, गंगा नदी से ही जल तेरे घर जाता है तो अपवित्र तो नहीं हो सकता तो फिर तूने क्यों ऐसे भीषण तूफान में अपने परिवार को परेशान किया और गंगा स्नान के लिए यहां चला आया वहीं अपने घर में गंगा स्नान क्यों नहीं कर लिया। वहां तेरे घर में रखा हुआ जल भी तो गंगाजल है।

शिवेश्वर निरुत्तर हो गया केवल सिर हिला कर हामी भरी और दादा रामेश्वर नाथ अघोरी बाबा के ज्ञान के गंगा जल में डूबते जा रहे थे।

अच्छा अब दूसरे सवाल का जवाब दे, अघोरी बोला, बाबा विश्वनाथ की तू इतनी पूजा करता है यदि तुझे काशी से दूर जाना पड़े तो तू क्या बाबा विश्वनाथ को भूल जाएगा?

शिवेश्वर ने दृढ़ता से नहीं में सिर हिलाया।

हुँ....... अघोरी ने हुंकार भरी।

जैसा की मैंने पहले बताया बेटा शिवेश्वर तुम कहीं भी रहो, कहीं भी जाओ, जो भी करो, ईश्वर को अपने हृदय में स्थान दो और उनकी दी हुई शिक्षा को अपने दिमाग

में। तभी तुम देखोगे कि पूरा संसार शिवमयी हो गया है, शिव के रंग में रंग गया है हर जन यहां शिव-जन हो गया है।

शिव-जन हो गया है, बाबा???- शिवेश्वर ने आश्चर्य से पूछा। रामेश्वर नाथ ने भी चौंक कर अघोरी का मुँह देखा।

हां शिव-जन। अघोरी बोला- शिव-जन अर्थात शिव की जनता, और उस शिव की जनता में सबका अपना विशेष स्थान है उसमें देवी-देवता,पशु-पक्षी, मनुष्य, कीट, जीव कोई भी अछूता नहीं है, वह है भगवान भोलेनाथ की सच्ची आराधना, बाबा विश्वनाथ की संपूर्ण भक्ति, फिर तुम्हें कहीं भी भटकने की आवश्यकता नहीं रहेगी, अपने हृदय में ही उनके दर्शन पा लिया करोगे किसी की भी सेवा शिव सेवा है, यह जानकर सबकी सेवा करना। व्रत करना चाहते हो तो सेवा-व्रत लो, खुद भूखे रहना चाहते हो तो किसी और भूखे को भोजन करवाओ वह सेवा-व्रत है। भूखे रहने से शरीर की हानि तो हो सकती है, परन्तु ईश्वर की प्राप्ति नहीं हो सकती।

अपने झोले में हाथ डालकर अघोरी बाबा ने दो किताबें निकाली। पहली किताब महाग्रंथ भगवद्गीता थी, शिवेश्वर को देते हुए बोले- यह हर युग में पूजनीय महाग्रंथ है। इसको पढ़ने की कोई भी आयु नहीं है, कभी-कभी इसको पढ़कर पचास साठ वर्षे के लोग भी ज्ञान नहीं ले पाते और कभी-कभी बालक भी महापंडित हो जाते हैं। यह हर युग में पूजनीय है और जब तक यह संसार रहेगा तब तक पूजनीय रहेगी। तुम्हारे हर प्रश्न का उत्तर इसमें ही छुपा है, यदि जीवन में कभी कहीं कोई समस्या आ जाए और समाधान ना सूझ रहा हो, तो इसे पूरी श्रद्धा के साथ पढ़ना, इसमें तुम्हारे हर सवाल का जवाब मिलेगा, हर समस्या का समाधान मिलेगा। यह दूसरी किताब चाणक्य नीति है। यह राजनीति और तप के ज्ञान का संगम है। इसमें नीति ज्ञान का भंडार है।

किताबों से अच्छा कोई मित्र नहीं है और कोई गुरु भी नहीं। यह केवल तुम्हें ज्ञान देती हैं, बिना मूल्य का ज्ञान और बदले में कुछ नहीं मांगती, गुरु-दक्षिणा भी नहीं मांगती। बाकी तो इस संसार में हर चीज का मूल्य चुकाना ही पड़ता है, इन साँसों का भी।

वर्षा पूरी तरह से रुक गई थी, आसमान धीरे-धीरे साफ हो रहा था और तारे भी टिमटिमाते हुए नजर आने लगे थे।

अघोरी बाबा ने आकाश की ओर देखा और कहा अब तुम जाओ बहुत देर हो गई है। तुम्हारी मां तुम्हारी राह देखती होगी और तुम्हें भूख भी तो लग रही होगी। मेरे

प्रवचनों से तुम्हारा दिमाग तो भर गया होगा परंतु पेट तो भोजन से ही भरेगा, अघोरी हंसते हुए बोला।

दादा रामेश्वर नाथ खड़े हो गए, उनका पूरा डर अब निकल गया था, उन्होंने अघोरी के आगे हाथ जोड़ते हुए कहा, बाबा आप भी हमारे साथ हमारे घर चलिए और आप भी भोजन ग्रहण कीजिए। वैसे आयु में तो आप मेरे पुत्र से भी छोटे लग रहे हैं लेकिन ज्ञान में तो आप मेरे दादा से भी बड़े हैं। उम्र बड़ी होने से किसी को मान नहीं मिलता, ज्ञानी होने से ही मान मिलता है यह आज आपने समझा दिया है। हमारे घर चलिए और हमें कृतार्थ कीजिए बाबा।

बालक शिवेश्वर ने दोनों किताबों को अपने सिर माथे पर लगाया और अघोरी बाबा के चरण स्पर्श किए।

अघोरी बाबा ने उसके सिर पर हाथ फेरते हुए कहा- आशीर्वाद देता हूं, अपने महान उद्देश्य को प्राप्त करोगे, सबके अधिकार समान रूप से सबको मिलें उसके लिए निरंतर प्रयासरत रहना, और जब तक उद्देश्य पूर्ति ना हो जाए हार नहीं मानना।

बाबा हमारे साथ घर चलिए ना, भोजन ग्रहण करिए- शिवेश्वर ने आग्रह किया।

अभी समय नहीं आया है बेटा- अघोरी ने कहा, आऊंगा जरूर मगर आज नहीं।

रात गहरी होती जा रही है, अब तुम दोनों जाओ, कहकर अघोरी ने बम-बम भोले का नारा लगाया और दूसरी दिशा में उठकर चल दिया।

रामेश्वर नाथ ने अघोरी को पीछे से आवाज़ लगाई, अरे ओ बाबा, नाम तो बताते जाओ, नहीं तो दोबारा ढूँढेंगे कैसे?

अघोरी ने गर्दन घुमाई और मुस्कुराते हुए बोला- नाम से क्या फर्क पड़ता है? ईश्वर तो हमें हमारे कर्मों से पहचानता है, हमारे नामों से तो नहीं। आपको जो भी अच्छा लगे उसी नाम से मुझे पुकार लो।

यह कहकर अघोरी बाबा फिर चल पड़ा।

रामेश्वर नाथ मन ही मन बड़बड़ाया, आखिर कौन है यह रहस्यमय अघोरी? ये तो शर्तिया ही क्षत्रीय जात का लगता है। कहीं यह वही तो नहीं? चेहरा-मोहरा तो घनी दाढ़ी-मूँछ और घने बालों में कुछ समझ नहीं आ रहा, मगर बातें वही हैं, ज्ञान के साथ विचारों में अंगारों का संगम, हो न हो यह तो उसकी ही संतान प्रतीत होती है- महारानी मीरामणि की.... परंतु उसकी मृत्यु तो.......

समर देव प्रताप सिंह, रामेश्वर नाथ ने अंधेरे में तीर छोड़ा और आवाज़ लगायी, क्या तुम्हारी मां का नाम मीरामणि देवी है???

अघोरी के पैर जहां के तहां जड़ हो गए। वह वापस घूमा और तेज तेज कदमों से चलता हुआ वापिस रामेश्वर नाथ की ओर आ गया और कहा, नाम मत लो रामेश्वर मामा, हम अज्ञातवास में हैं।

यह तो सचमुच वही है, रामेश्वर ने अचंभित होते हुए अपने आप से कहा, परंतु यह यहां क्या कर रहा है? उसके बारे में तो यह सुनने को आया था कि वह जंगल में शत्रुओं से लड़ते हुए मृत्यु को प्राप्त हो चुका है? क्या यह जिंदा है और अगर जिंदा है तो यहां क्यों है अपने राज्य में क्यों नहीं है? ऐसा कैसे हो सकता है? यहां यह जिंदा है और पूरा साम्राज्य जयराजगढ़ इसकी मृत्यु का शोक मना रहा है..... कहीं रणजीत सिंह को सच्चाई पता तो नहीं लग गई........

तो अब तो आप मना नहीं कर सकते, रामेश्वर नाथ ने मुस्कुराते हुए कहा, अब तो हमारे भोजन का आग्रह आप को स्वीकार करना ही पड़ेगा। क्योंकि मामा के घर तो चलना ही पड़ेगा तभी मैं आपसे जान पाऊंगा कि क्या कहानी है, और भूखे पेट तो इतनी लंबी बातचीत संभव ही नहीं है।

तो आइए युवराज समर देव प्रताप सिंह आपके मामा के घर में आपका स्वागत है, रामेश्वर नाथ मुस्कुराते हुए बोला।

अघोरी समर देव प्रताप सिंह ने कोई प्रतिरोध तो नहीं किया परंतु प्रार्थना अवश्य की कि वह अज्ञातवास में है और उसके असली नाम से उसे ना पुकारा जाये और ना ही उसके संबंधियों के नामों से, अघोरी समर देव ने कहा, मैं यहां बहुत छुप कर आया हूं, इसलिए भेष बदलने की जरूरत पड़ी है। जब तक हमारा वार्तालाप पूरा ना हो जाए, मेरी आपसे विनती है कि आप अपने परिवार को मेरे बारे में कुछ मत बताइएगा। यदि मेरी माता और मामा को लगता कि आपके यहां मेरा रहना सुरक्षित है तो वह आपके घर का पता देकर ही मुझे आपके पास भेजते, परन्तु यदि उन्होंने कहा है कि मैं काशी जाकर भी अज्ञातवास में रहूं तो इसका मतलब है कि वह ठीक नहीं समझते होंगे कि मैं आपके घर में रहूं।

हुँ..... रामेश्वर नाथ ने एक लंबी हुंकार भरी, इसका तो मतलब है कि तुम्हारे पिता रणजीत सिंह ने अपनी चाल चल दी है, रामेश्वर नाथ ने गंभीरता से कहा....अब रामेश्वर नाथ मामले की गंभीरता समझ गया था।

फिर अघोरी को साथ लेकर वह अपने घर की ओर चल पड़े।

रास्ते में रामेश्वर नाथ ने मन ही मन विचार किया, बहन मीरामणि और नीलकांत यह अच्छे से जानते थे कि समर देव के लिए केवल तीन ही सुरक्षित स्थान हैं-एक

संभलगढ़ में विराट सिंह का राजमहल, दूसरा बल्लभगढ़ में नीलकांत का राजमहल और तीसरा काशी में हमारी शिरोमणी हवेली। यदि उन्होंने यह सोचा-विचारा है कि तीनों ही जगह समर देव के लिए इस समय सुरक्षित नहीं है और उसे अज्ञातवास में ही रहना चाहिए तो इसका मतलब है कि उसके सिर पर बहुत बड़ा खतरा मंडरा रहा है।

यह विचार करके रामेश्वर नाथ ने समर देव से कहा, तो समर देव तुम ऐसा करो कि हमारे पीछे वाली गली में जो दरवाजा है वह चिकित्सा केंद्र के अंदर खुलता है। तुम वहीं पर हमारी प्रतीक्षा करो और हम तुम्हें वही छुपकर भोजन करवाते हैं, फिर आगे का वार्तालाप भी वहीं होगा।

ठीक है मामा जी, यह कहकर समर देव दूसरी गली की ओर मुड़ गया।

दोनों ने भोजन समाप्त किया। रामेश्वर नाथ ने पहले ही अपने परिवार को कह दिया था कि कोई विशेष अतिथी दवा लेने के लिए आने वाला है इसीलिए उन्हें बिल्कुल भी परेशान ना किया जाए। यह कोई पहली बार नहीं था जब रामेश्वर नाथ ने ऐसा कहा था, जब भी कोई विशेष अतिथि ऐसे आता था तो रामेश्वर नाथ उनके लिए दवाइयां बनाने के लिए चिकित्सा केंद्र में ही रह जाते थे, तो इसीलिए भी उनके घर वालों को यह कोई विशेष बात नहीं लगी।

रामेश्वर नाथ ने बातचीत शुरू करते हुये समर देव से पूछा, काशी में कितने समय से हो?

1 वर्ष से अधिक समय होने को आया है, समर देव ने उत्तर दिया। मामा नीलकांत ने कहा था कि कुछ भी हो जाए काशी कभी मत छोड़ना क्योंकि काशी में कितने भी रूप बदल कर रह लोगे तो भी हम तुम्हें ढूंढ लेंगे। उन्होंने एक विशेष बात और कही थी कि तुम्हें चाहे कुछ भी खबर मिले मगर तुम हमसे संपर्क करने की कोशिश कभी नहीं करना, जब भी होगा हम ही संपर्क करेंगे। उसके अलावा तुम यही समझ कर रहो कि तुम केवल बाबा विश्वनाथ की संतान हो और तुम यहां सन्यास सीखने आए हो।" कहते-कहते समर देव के मुंह पर पीड़ा के भाव आए माता-पिता और अपने घर से बिछड़ने का दुख उसके चेहरे पर स्पष्ट ही देखा जा सकता था। बस फिर क्या था, समर देव आगे बोला, उन्होंने मुझे जो भी आज्ञा दी थी उसे ही पूरा करते-करते मैं यहां तक पहुंच गया।

तुम्हारे मामा नीलकांत ने क्या यह बताया कि तुम से संपर्क कैसे करेंगे? रामेश्वर नाथ ने पूछा।

जी हां, समर देव ने कहा, उन्होंने कहा था कि वहां बहुत प्रसिद्ध शिरोमणि हवेली है वहां पर जाकर देखते रहना। यदि किसी भी दिन तुम्हें वहां की छत पर लाल झंडा लहराता हुआ दिखाई दे, तो उस हवेली के दरवाजे को खटखटा कर पूछना हमारे बल्लभगढ़ वाले मामा आए हैं? और बस अंदर चले आना। हम तुम्हें वही मिलेंगे।

रामेश्वर नाथ गंभीरता से बोले, पहली बात तो यह कि यदि मीरामणि ने तुम्हें इस तरह से भेजा है तो जरूर तुम्हारे सिर पर कोई भारी खतरा मंडरा रहा है और तुम्हारे प्राणों को भारी खतरा है, इसीलिए आज हम कोई ऐसी बात नहीं करेंगे। यह बात तुम अच्छे से समझ लो समर देव कि मीरामणि अकारण कुछ नहीं करती और उसके लिए तुम उसके प्राणों से भी बढ़कर हो इसीलिए उसने तुम्हारे साथ कोई अन्याय तो नहीं किया होगा। मीरामणि एक ऐसी कर्तव्यपरायण देवी है जो अपने साम्राज्य के हित के लिए अपना बलिदान भी दे सकती है और तुम्हारे प्राणों को बचाने के लिए अपने प्राण गंवा भी सकती है। यदि आज तुम्हारे शरीर में प्राण हैं और तुम सांस लेते हो तो केवल मीरामणि की देन है। उस पर किसी बात के लिए संदेह करना ईश्वर पर संदेह करने के बराबर है इसलिए अपने मन में कोई शंका मत आने देना।

मामा जी, समर देव एक गहरी सांस लेकर बोला, माँ की आज्ञा का मैंने कभी उल्लंघन नहीं किया। उनकी कोई भी इच्छा मेरे लिए ब्रह्म आदेश है। यदि वह मुझे मेरी अपनी गर्दन काट कर भी अपने चरणों में चढ़ाने की आज्ञा देंगीं तो भी मैं उन पर संदेह नहीं कर सकता।

मेरे बच्चे, रामेश्वर नाथ ने दुलार से कहा, अब तुम यह बताओ कि तुम हमारे बारे में इतना कैसे जानते हो? पहले-पहल तो मैं समझा कि यह अघोरी बाबा तो बहुत अंतर्यामी है, रामेश्वर नाथ ने हंसते हुए कहा, परंतु अब मैं अच्छे से जानता हूं कि बात कुछ दूसरी ही है।

समर देव मुस्कुराया और बोला, असल में जब आपका पुत्र गोपालेश्वर नाथ यहां से निकल रहा था तो मैं आप की हवेली के पिछले हिस्से में वर्षा से बचने के लिए खड़ा था। आप के पुत्र ने आपके चिकित्सा केंद्र से कुछ दवाई उठाई और बाहर निकल ही रहे थे कि वर्षा कुछ बढ़ने लग गई थी। मैं लगभग भागता हुआ आपके चिकित्सा केंद्र के छज्जे के नीचे आ गया। उसने मुझे देखा और कहा, अरे बाबा क्यों भीगते हो, यही थोड़ा अंदर आकर बैठ जाओ। जब तक वर्षा पूरी तरह ना रुक जाए आप यहां

रह सकते हो। वर्षा के कारण हमारे कर्मचारी भी जल्दी ही चले गए हैं। मैं शीघ्र ही वापस लौट आऊंगा, तब आप भोजन करके ही प्रस्थान कर लेना और मेरे चिकित्सा केंद्र की देखभाल भी हो जाएगी। मुझे भी वर्षा से बचने का ठिकाना चाहिए था तो मैंने फौरन हामी भर दी। जब आपके और आपके परिवार के बीच वार्तालाप शुरू हुआ तो मैं चिकित्सा केंद्र की उस खिड़की पर खड़ा था, जो खिड़की आपके घर के भीतर खुलती है, इसलिए आप लोगों के बीच हुआ सारा वार्तालाप मैंने सुन लिया कि बालक शिवेश्वर नाथ भीषण वर्षा में बाहर जाने की जिद कर रहा था और उसके पिता भी घर पर नहीं है, तो मैंने सोचा कि जिसने आसरा दिया है उसके परिवार को कोई हानि ना हो, बस तो कोई भी अनहोनी ना हो जाए इसलिए मैं भी आप लोगों के पीछे लग गया, बाकी सारी कहानी तो आप जानते ही हैं, कहकर समर देव चुप हो गया।

रामेश्वर नाथ ने कहा, जब तक तुम्हारी माता का बुलावा ना आ जाए और या जब तक मैं मामले की पूरी तह तक ना पहुंच जाऊं, तुम यहीं रहोगे मेरे बेटे की तरह और सुबह चल कर तुम्हारा अघोरी वाला रूप बदलकर पंडित वाला रूप बना लेते हैं। बल्कि तुम ऐसा करो कि सूर्य की पहली किरण निकलते ही गंगा घाट पर पहुंच जाओ, मैं वहीं आ कर तुमसे मिलूंगा। तुम अपना हुलिया बदल कर मेरे भांजे के रूप में नए सिरे से इस घर में दाखिल होना। इस तरह किसी को भी शक नहीं होगा और तुम आराम से इस घर में रह सकते हो। तुम्हें कहीं भी अब भटकने की ज़रूरत नहीं है, तुम्हारी सुरक्षा की जिम्मेदारी अब मेरी भी बनती है।

समर देव एक विशेष बात और है, आज से तुम्हारा नाम केवल देव है, देव कुमार शास्त्री और तुम मेरी दूर के रिश्ते की ममेरी बहन के बेटे हो और यहां मुझसे चिकित्सा ज्ञान सीखने आए हो, इस से अधिक किसी को कुछ नहीं बताना। तुम्हारी माता का नाम शामला है और तुम्हारे पिता का नाम गोवर्धनदास शास्त्री है और तुम बिठूर से आए हो। तुम्हारी सारी सच्चाई केवल मेरे पुत्र गोपालेश्वर को ही पता होगी, वह तुमसे और सबसे मिलने को वैसे भी बहुत उत्सुक है। तुम्हें यहां देख कर वह बहुत ही प्रसन्न होगा इसीलिए उससे तुम्हें कुछ भी छुपाने की आवश्यकता नहीं है और वैसे भी वह आयु में तुमसे बड़ा भी है। तुम दोनों मित्रों या भाइयों की तरह साथ में रह सकते हो। तुम ऐसा क्यों नहीं करते कि गोपालेश्वर के साथ रहकर चिकित्सा ज्ञान सीखना आरंभ कर दो। ज्ञान कभी खाली नहीं जाता, इससे तुम्हारा समय भी कट जाएगा। गोपालेश्वर को मैं कह दूँगा।

ठीक है मामा जी समर देव जल्दी से बोला, सूर्य उदय होने ही वाला है मैं अब प्रस्थान करता हूं और आपको गंगा घाट पर मिलता हूं, प्रणाम मामा जी, कहते हुए समर देव तेजी से बाहर की ओर निकल गया।

उसके जाने के बाद पंडित रामेश्वर नाथ गहरी सोच में डूब गए।

फिर योजना के मुताबिक देव कुमार शास्त्री बनकर समर देव का शिरोमणि हवेली में आगमन हो गया था और अपने पुत्र गोपालेश्वर नाथ को रामेश्वर नाथ ने समर देव की सारी सच्चाई बता दी थी और उसे चिकित्सा ज्ञान सिखाने के लिए भी कह दिया था।

धीरे-धीरे समय बीतता जा रहा था और रामेश्वर नाथ ने अपने प्रमुख शिव-जन सैनिक के द्वारा राजा नीलकांत को यह खबर भिजवा दी थी कि समर देव अब उसके घर में सुरक्षित है और उसका भांजा देव कुमार शास्त्री बनकर रह रहा है, इसलिए किसी तरह की चिंता वह लोग ना करें। वह चिकित्सा ज्ञान सीख रहा है और जब तक उसका वह घातक वर्ष नहीं निकल जाता है या जब तक उसका बुलावा नहीं आता है, तब तक वह वहीं पर उसके पुत्र की तरह रहेगा। जिससे जयराजगढ़ में महारानी मीरामणि और बल्लभगढ़ में राजा नीलकांत और रानी अंबिका देवी बहुत ही संतुष्ट हो गए थे।

अध्याय २९

महाराणा रणजीत देव प्रताप सिंह का प्रायश्चित

महासाम्राज्य जयराजगढ में महाराणा रणजीत सिंह बहुत बीमार रहने लगे थे और वह अपने कक्ष में चुपचाप बैठकर अपने झरोखे से बाहर देख रहे थे। राजदरबार में वह बहुत कम जाते थे और राजकार्यों में भी उनकी कोई खास रुचि नहीं रह गई थी। अभी थोड़ी देर पहले ही राजवैद्य उनको देख कर गए थे, और उन्होंने महाराणा रणजीत सिंह और महारानी मीरामणि को यह बताया भी था कि उन्हें कोई भी शारीरिक बीमारी नहीं है, उन्हें मानसिक रोग हो गया है। यदि महाराणा जी अपना ध्यान कहीं और लगाएंगे तो उनकी हालत शीघ्र ही संभल जाएगी।

महारानी मीरामणि ने प्रमुख सेनापति अक्रूर सिंह को बुलवाया और उन्हें अपने निजी कक्ष की बैठक में बैठने के लिए कहा। महारानी मीरामणि ने जैसे ही अपने निजी कक्ष की बैठक में प्रवेश किया वैसे ही अक्रूर सिंह ने उन्हें उठ कर प्रणाम किया।

महारानी मीरामणि ने कहा, बैठिये, आज हमने आपको किसी राजकार्य के लिये नहीं बल्कि एक परिवार का सदस्य होने के कारण से बुलाया है।

प्रमुख सेनापति अक्रूर सिंह चौंक गये, परिवार का सदस्य !!!.....

हाँ भाई जी, महारानी मीरामणि ने मुस्कुराते हुये कहा, आप महाराणा जी के परम-मित्र हैं और उस नाते से आप इस परिवार के सदस्य ही हुए। मित्र भी परिवार के सदस्य की तरह होता है, बल्कि उससे भी कहीं बढ़कर। आप महाराणा जी को बचपन से जानते हैं, आप लोग साथ-साथ खेले और बड़े हुए हैं। आपने महाराणा जी की हर क्षेत्र में रक्षा की है और उनकी हर परेशानी को, हर मुसीबत को अपने सिर पर लिया है। बल्कि यह कहना ठीक होगा कि आपने उनके ऊपर कोई मुसीबत कोई परेशानी पहुंचने ही नहीं दी है, उससे पहले आप ढाल बनकर उनके आगे हमेशा खड़े रहे हैं।

महारानी सा, जब आपने हमें परिवार का सदस्य कह कर इतना मान दे दिया है तो आपको अब भूमिकाएं बांधने की इतनी आवश्यकता नहीं रह जाती, प्रमुख सेनापति अक्रूर सिंह ने पूरी नम्रता से कहा, और भाई जी कह कर तो आपने रिश्ता और भी मजबूत कर दिया है, तो आपको जो कुछ भी कहना है बेझिझक कहिए, आपका यह भाई आपकी हर इच्छा का मान रखेगा।

तो हम अब जो भी कहेंगे, खुल कर ही कहेंगे बिना यह सोचे समझे कहेंगे कि आपको कुछ भी बुरा ना लग जाए क्योंकि आपसे अब हम परिवार के सदस्य की तरह ही बात कर रहे हैं, महारानी मीरामणि ने भी नम्रता से कहा। अक्रूर भाई जी, आप महाराणा जी के परम-मित्र हैं परंतु हमने तो यह रिश्ता जब से देखा है हमें तो यह एक मालिक और गुलाम का रिश्ता लगा है। हमें इसमें मित्रों वाली तो कोई बात दिखाई नहीं देती, ऐसा कहने के लिए हम क्षमा चाहते हैं।

यह सुनकर अक्रूर सिंह पूरी तरह से गंभीर हो गए।

उनकी गंभीरता देखकर महारानी मीरामणि ने आगे कहा, आपने उनके हर आदेश का पालन किया है, उनकी हर मुसीबत में आप ढाल बनकर उनके आगे खड़े रहे हैं, परंतु यदि आपको कोई बात उनकी बुरी भी लगी है तो क्या आपने एक मित्र होने के नाते से उन्हें समझाने की कोशिश की है। कभी भी उन्हें यह बताने की कोशिश की है कि वह जो कर रहे हैं गलत है, यदि आपको यह लगता है कि उन्होंने आज तक जीवन में जो भी किया है, वह सही है तो बात ही समाप्त हो जाती है परंतु आप सोच कर देखिए क्या जीवन में आपके ऐसे कभी भी क्षण आए हैं, जिसमें आपको यह लगता है कि उन्होंने जो किया गलत किया और आप उनसे यह कह नहीं पाए।

हां ऐसा हमें कुछ लगा तो है, अक्रूर सिंह गंभीरता से सोचते हुये बोले।

हमें तो ऐसा एक बार लगा है, मीरामणि ने आगे कहा, जब समर देव की हत्या का षड्यंत्र रचा जा रहा था और आपने अपने परम- मित्र से ज्यादा हम पर विश्वास किया और हमें आकर सब कुछ बताया। परंतु आप उनको कुछ भी कहने की हिम्मत ना कर सके। यदि आप चाहते तो उन्हें समझा सकते थे, मना कर सकते थे, कह सकते थे। परंतु जिस रिश्ते में भी किसी को समझाने में या कुछ कहने में डर लगे, हिम्मत साथ ना देती हो और उसका हर समय आज्ञा पालन ही किया जाए, जब कि आपका हृदय उसके विचारों से सहमत भी नहीं है, तो वह संबंध कोई संबंध नहीं होता, वह केवल मालिक और गुलाम का रिश्ता ही होता है। यदि महाराणा जी भी सब के साथ इस तरह का व्यवहार करते हैं तो उनके लिए ना कोई रिश्ते में पत्नी है, ना बच्चे हैं,

ना ही माता-पिता और ना ही कोई मित्र। उन्होंने हमेशा अपनी मनमानी की है, अपनी ही चलायी है तो इसका केवल एक ही मतलब है कि उन्होंने सदैव ही अपने को मालिक और दूसरे को गुलाम ही समझा है। उन्होंने अपने किसी संबंध को ना ही आदर दिया है और ना ही कोई महत्व दिया है, इसीलिए आज उनका भी कोई संबंध उनको आदर और महत्व नहीं देता।

हम आपसे ही पूछते हैं अक्रूर भाई जी, क्या आज आपको इस बात का कोई ख्याल आता है कि महाराणा जी अपने अंधेरे कक्ष में बैठे हुए हैं और अपने पूरे अस्तित्व को अंधेरे में डूबो के बैठे हुए हैं.......हम जानते हैं कि आपने ऐसा सोचा भी नहीं होगा, यदि सोचा होता तो अब तक आप बिना किसी के कहे ही अपने परम-मित्र के पास पहुंच चुके होते और उन्हें उस अंधेरे कमरे से निकाल चुके होते। परंतु कसूर आपका नहीं है, आप माने या न माने, ऐसे मित्र से आप भी थक चुके हैं जो केवल आज्ञा देना ही जानता है, सुनना नहीं, इसीलिए आपने उनके बारे में सोचना ही बंद कर दिया है। जब कभी उनका आदेश आता है तो आप आदेश निभाने पहुंच जाते हैं, परंतु आप मित्रता की भांति उनके बारे में नहीं सोच पाते। परन्तु यह भी सच है कि इसमें सारा कसूर महाराणा जी का ही है क्योंकि उन्होंने ऐसे संबंध बनाए ही नहीं हैं जो उनके बारे में हृदय से सोच सकें। जिन लोगों ने भी उन से मित्रता की है या कोई संबंध बनाया है, वह सब उनका हित चाहते हैं, इसीलिए समझाना चाहते हैं पर वह उसे ही अपना शत्रु मान लेते हैं, वह सोचते हैं कि जो कोई भी उन्हें उपदेश दे रहा है, कोई भाषण दे रहा है तो वह उन से ऊपर उठ गया है और किसी को अपने से ऊपर उठता देखकर उन्हें बर्दाश्त नहीं होता। कोई उनसे कितना भी प्रेम करे, उनका कितना भी हित चाहे, वह सबसे पहले उसे ही अपने से दूर कर देते हैं। उन्हें केवल अपनी चापलूसी करने वाले और हां में हां मिलाने वाले लोग चाहियें, चाहे वह उनका कितना भी बड़ा नुकसान क्यों ना कर दें। जो व्यक्ति अपने संबंधियों से अपनी बुराई नहीं सुन सकता, जो व्यक्ति सिर्फ अपनी चापलूसी चाहता है, केवल अपनी ही प्रशंसा सुनना चाहता है, वह तो किसी के साथ संबंध निभाने लायक ही नहीं है। ना ही वो किसी का अच्छा मित्र बन सकता है, ना ही अच्छा पति, ना ही अच्छा पिता और ना ही अच्छा बेटा। हमारा कहने का मतलब यह है कि वह किसी संबंध में भी अच्छा नहीं हो सकता। क्योंकि हित चाहने वाला मनुष्य तो कई बार कड़वी बातें भी करता है, परन्तु उन्हें वह कड़वा घूंट पीना पसंद नहीं है। उन्हें केवल चाशनी में लिपटे हुये शब्द

ही चाहिये, चाहे उस चाशनी में मिलाकर कोई उन्हें कितना ही विष देता हो, वह उसे ही अपना सब कुछ समझ लेते हैं।

क्या आप मेरी बात से सहमत हैं अक्रूर भाई जी, मीरामणि ने गंभीरता से प्रश्न किया।

जी हां पूरी तरह से सहमत हूँ, अक्रूर सिंह की आंखें भर आई थीं।

तो फिर जाइए अक्रूर सिंह जी, आज आपका परम-मित्र बहुत कष्ट में है। या तो जाकर परम-मित्र का कर्तव्य निभाईए और उन्हें उस अंधेरे कक्ष से निकालकर, उनके बुरे कर्मों से बाहर निकाल कर उन्हें रोशनी की तरफ ले आइए और या फिर आपको उनके रवैए से पूरी तरह से समझ आ जाएगा कि वह आपको अपना परम-मित्र मानते हैं या नहीं। तो फिर मित्रता की बात उनसे कभी ना कीजिएगा और केवल एक महाराणा के आगे अपने प्रमुख सेनापति का कर्तव्य ही निभाईयेगा।

मैं सब समझ गया हूं महारानी सा, अक्रूर सिंह ने हाथ जोड़ते हुए मीरामणि को कहा, आज आपने मेरी भी आंखें खोल दी हैं। मित्र का केवल बुराइयों में साथ देना ही मित्रता नहीं है, यह आज आपने अच्छे से मुझे समझा दिया है। आपका बहुत-बहुत धन्यवाद है, हम अभी जाकर अपने परम-मित्र से बात करते हैं। अब हमें आज्ञा दीजिए।

जाइए अक्रूर सिंह जी, ईश्वर आपको सफल करे। आज आप अपने परम-मित्र को ज्ञान देने जा रहे हैं और यदि महाराणा जी किसी उलटे पात्र के समान नहीं हुए तो आपका दिया हुआ ज्ञान पाकर आज वह संभल जाएंगे और यदि आज भी अहंकार उनके सिर पर हावी हुआ तो वह अपने अच्छे-बुरे कर्मों का फल स्वयं ही भोगेंगे। जो मनुष्य अपना हित चाहने वाले लोगों की नहीं सुनता, फिर उसका भला तो स्वयं ईश्वर भी नहीं कर सकता।

प्रमुख सेनापति अक्रूर सिंह दृढ निश्चयता के साथ उठे और महारानी मीरामणि को प्रणाम करके महाराणा रणजीत सिंह के कक्ष की ओर बढ़ चले।

एक दास ने आकर महाराणा जी को सूचना दी, आपके परम-मित्र अक्रूर सिंह जी आपसे मिलना चाहते हैं।

क्या वह प्रमुख सेनापति नहीं रहे, उनका यह कैसा परिचय दे रहे हो तुम, महाराणा रणजीत सिंह ने तीखे स्वर में पूछा।

दास ने घबराते हुए कहा, महाराणा जी, उन्होंने ऐसा ही परिचय देने को कहा है और उन्होंने यह भी कहा है कि हम राजकार्य से नहीं आए हैं, इसीलिए महाराणा जी को बोलो कि उनका परम-मित्र उनसे मिलने आया है और.......

कहते-कहते रुक क्यों गए, और क्या बात है, कहते क्यों नहीं? महाराणा रणजीत सिंह ने पूछा।

और इस दास को यह आदेश दिया है कि रसोईये से कहे कि महाराणा जी का परम-मित्र आया है, इसीलिए स्वादिष्ट भोजन बनाए और महाराणा जी के शयन कक्ष में भेज दे। आज हम दोनों परम-मित्र यहां बैठकर स्वादिष्ट भोजन करेंगें, अक्रूर सिंह ने मुस्कुराते हुए महाराणा रणजीत सिंह के कक्ष में प्रवेश करते हुए कहा।

आओ आओ अक्रूर, महाराणा रणजीत सिंह ने प्रसन्नता से कहा, आज यहां का रास्ता कैसे भूल गए और यह अपना कौन सा नया रूप बना कर दिखा रहे हो तुम हमारे दासों को और इन्हें इतना हैरान कर रहे हो।

नया रूप तो है, अक्रूर सिंह ने हंसते हुए कहा, वैसे भी हमने कभी यह सोचा ही नहीं कि हम परम मित्र हैं और मित्रों को एक दूसरे से मिलने के लिए आज्ञा की आवश्यकता नहीं होती है। आप के प्रमुख सेनापति तो हम केवल राजदरबार में हैं, राजदरबार के बाहर तो हम आपके बचपन के मित्र हैं, और कमाल की बात है कि फिर भी आज तक हमने यह कभी सोचा ही नहीं।

और आज इतने वर्षों बाद यह ख्याल तुम्हें कैसे आया, महाराणा रणजीत सिंह ने भी मुस्कुराते हुए पूछा।

आज तो मैं देवी महिषासुरमर्दिनी के दर्शन के लिए गया था और यह ख्याल उन्होंने ही मेरे दिमाग में डाल दिया है, अक्रूर सिंह ने भी मुस्कुराते हुए जवाब दिया। फिर महाराणा के इस दास की ओर देखते हुए कहा, तुम अभी तक यहीं खड़े हो, आज्ञापालन क्यों नहीं करते, जाओ जाकर रसोइए को बोलो कि महाराणा जी और हमारे लिए बहुत स्वादिष्ट भोजन बनाए और यहां पर शीघ्रता से लेकर आओ।

दास ने घबराते हुए महाराणा रणजीत सिंह की ओर देखा तो महाराणा ने भी मुस्कुराकर इशारा कर दिया, फिर दास हाथ जोड़ कर बाहर चला गया।

तुम्हें देख कर आज बहुत अच्छा लगा अक्रूर और तुम्हारा यह रुप देख कर तो हमें और भी अच्छा लगा। हम भी चाहते थे की कोई तो आए जो हमें हमारे इस अकेलेपन से निकाल ले।

मित्र अपना थोड़ा सा हुलिया दुरुस्त कर लो क्योंकि आज हम भोजन के पश्चात आपसे बहुत सारी बातें करना चाहते हैं, अक्रूर सिंह ने अपनेपन से कहा, हम दोनों मित्र आज की रात बाहर घूमेंगे और वहीं वार्तालाप भी करेंगे।

ठीक है, सारे जीवन का बदला आज ही निकाल लो हमसे, महाराणा रणजीत सिंह ने भी मुस्कुराते हुए कहा।

अक्रूर सिंह सोच रहा था कि यदि आज महारानी मीरामणि ने उससे यह सब नहीं कहा होता तो शायद वह आज भी यहां नहीं आता और बेचारे महाराणा जी यहां पर अकेलेपन में ही बैठे रहते।

फिर दोनों मित्रों ने स्वादिष्ट भोजन का आनंद लिया और उसके बाद अक्रूर सिंह ने महाराणा रणजीत सिंह को गर्म दुशाला ओढाते हुए कहा, बाहर ठंड शुरू हो गई है, इसीलिए यह ओढ़ लीजिये, नहीं तो ठंड लग जाएगी।

दोनों मित्र बातें करते-करते सप्त-संगमा झील के किनारे पर आ गए और वहां पर अक्रूर सिंह ने कहा आपको याद है मित्र हम लोग यहां चिकने पत्थरों के पहाड़ों पर चढ़कर कैसे फिसल जाया करते थे और यहां से हम छुप-छुपकर जंगल में कैसे चले जाया करते थे और.......

क्या वह दिन फिर से नहीं लौट सकते अक्रूर, महाराणा रणजीत सिंह ने भावुकता से कहा, बचपन के वह दिन कितने सुखद होते थे और आज केवल अकेलेपन के अलावा जीवन में कुछ भी नहीं बचा है।

यह जीवन बहुत ही निर्मोही है महाराणा जी, अक्रूर सिंह ने गंभीरता से कहा, बीता हुआ कुछ भी वापस नहीं आता है। जो अच्छे-बुरे कर्म हम कर चुके हैं, अब तो केवल उनका दंड ही भुगतना शेष है, और वह हम दोनों मिलकर ही भुगत लेंगे, क्योंकि जीवन में हम दोनों ने जो भी पाप या पुण्य किया है, वह सब मिलकर ही किया है तो फिर उसका दंड आप अंधेरे कक्ष में बैठ कर अकेले ही क्यों भुगतेंगे। हम आपके हर बुरे कर्म में बराबर के भागीदार थे। इसीलिए इस जीवन के समाप्त होने से पहले चाहे दंड हो, चाहे प्रायश्चित, हमने आपके साथ ही बराबर की भागीदारी की है तो साथ ही भुगत लेंगे।

क्या कहना चाहते हो अक्रूर, जरा स्पष्ट रुप से समझाओ, महाराणा रणजीत सिंह ने गंभीरता से पूछा।

क्या आपको याद है महाराणा जी, अक्रूर सिंह ने कहा, जब मैंने जगजीत सिंह की हत्या की थी, तब मुझे पहले से पता था कि वह निर्दोष है और उसने आपकी माता

जी और भाई-बहन की हत्या नहीं की है। फिर भी मैंने आपको सच बात नहीं बतायी थी क्योंकि आप दुख में इतना डूबे हुए थे कि मैं नहीं चाहता था कि यह खबर सुनकर आप और भी टूट जाएं कि अपनी ही मां और भाई -बहन की हत्या के लिये जिम्मेदार आप स्वयं हैं। उनकी मृत्यु हमारे ही लाए हुए ज़हरीले नागों के द्वारा हुई है। फिर आप हमेशा ही अपने सौतेले भाई से छुटकारा पाना चाहते थे, इसलिए भी मैंने आपको सच नहीं बताया। मुझे लगा कि ऐसा करके मैं एक मित्र का कर्तव्य निभा रहा हूं। बहुत बाद में जाकर यह आभास हुआ कि ऐसा करके मैंने एक सच्चे मित्र का कर्तव्य नहीं निभाया है, बल्कि मित्रता के संबंध को कलंकित किया है। मैं जानता था कि आप गलती करने जा रहे हैं, पाप करने जा रहे हैं परंतु फिर भी एक सच्चे मित्र की तरह मैंने आपको गलत रास्ते पर जाने से नहीं रोका, बल्कि उस पाप के रास्ते पर आपको जाने दिया और उस रास्ते पर आपका पूर्ण रूप से साथ देकर मैंने मित्रता के नाम को भी कलंकित किया है।

अक्रूर सिंह ने आगे कहा, जब आपने चाहा कि आपकी रानियाँ मां नहीं बनें, तब भी आपका साथ देकर और आप को गलत रास्ता दिखाकर मैंने संपूर्ण नारी जाति का श्राप लिया है। रानी वैशाली ने इस दुख से आत्महत्या कर ली और रानी अंबिका भी इसी दुख में आत्महत्या करने के करीब पहुंच चुकी थीं, उन निर्दोष औरतों का जितना श्राप आपको लगा है, उससे कहीं ज्यादा श्राप आपका साथ दे कर मुझे लगा है। रानी अंबिका ने एक किन्नर बच्चे को जन्म दिया था, और जब समर देव के विवाह से पहले यह सच मुझे पता लगा था, तब मैं बड़े शिरोमणी से मिलने गया और उनसे जाकर पूछा तो उन्होंने मुझे यही कहा कि जो दवाएं हमने रानी अंबिका को दी थीं, तो वह दवायें लेना छोड़ने के बाद उसका असर पूरी तरह से 6 महीने तक जाता है। शायद किसी कारणवश रानी अंबिका ने वह दवाएं लेनी छोड़ दी होंगी और उसका असर पूरी तरह से कटा नहीं होगी और वह गर्भवती हो गईं, तो उन दवाओं का असर बच्चे पर पड़ा और वह शारिरिक रूप से विकलांग पैदा हुआ। यह विकलांगता उसके शरीर के किसी भी हिस्से में हो सकती थी, उसके हाथ-पैर या दिमाग पर, कहीं पर भी हो सकती थी, मगर यह विकलांगता उसके पौरुषता पर आ गई। उसमें रानी अंबिका का कोई दोष नहीं था क्योंकि वह हमारे षड्यंत्रों से पूरी तरह अनजान थीं और ईश्वर की कृपा से गर्भवती हो गई थीं। ना ही उस बच्चे समर देव का कोई दोष था क्योंकि उस बेचारे को तो हमारे षड्यंत्रों की भनक भी नहीं थी और वह जैसा पैदा हुआ, वह हमारे ही दुष्कर्म का फल था जो वह बेचारा भुगत रहा था। जिनके साथ हमने षड्यंत्र किया,

जिनके साथ भी हमने यह घृणित खेल खेलें हैं, सोचता हूं कि उन सब का क्या दोष था। हमने उन निर्दोषों के साथ ऐसा क्यों किया... जिन्होंने हम पर संपूर्ण विश्वास किया, क्यों हमने उन्हें ही छल लिया। आप की तीसरी रानी मीरामणि का क्या दोष है जो हम उनके साथ भी छल कर रहे हैं। वह एक कर्तव्यपरायण पत्नी की तरह पूरी निष्ठा से आपके सभी संबंधों को निभा रही है और हमने उसे भी छल लिया। हम अपने संबंधों को भी ठीक से नहीं निभा पाए और जो देवी समान नारी निभा रही है, उसके साथ भी हम अच्छा बर्ताव तो नहीं कर रहे हैं। बोलते-बोलते अक्रूर सिंह रोने लगा, उसकी आंखों से आंसुओं की अविरल धाराएं बह रही थीं। उसने देखा महाराणा रणजीत सिंह भी रो रहे थे। दोनों मित्र एक दूसरे के गले लग कर बहुत देर तक रोते रहे।

महाराणा रणजीत सिंह ने कहा, हम भी बहुत रातों से सोए नहीं है अक्रूर, हमें अपना ही चेहरा देखने से डर लगने लगा है, आईने में अपना चेहरा देखकर हमें खुद से ही नफरत होने लगी है। हमारे बुरे कर्म अब डरावनी शक्लों का रूप ले चुके हैं। हमें सोने से डर लगने लगा है। जब भी सोने के लिए आंखें बंद करते हैं तो हमारे सामने आकर कभी हमारी सौतेली माता मनोरमा देवी खड़ी हो जाती है, कभी सौतेला भाई जगजीत, कभी उसका ममेरा भाई खुशहाल सिंह, कभी रानी वैशाली, कभी हमारे पिता सूर्य देव प्रताप सिंह और कभी हमारा....हमारा प्यारा पुत्र समर देव प्रताप सिंह। यह सब चीखते हैं, रोते हैं और पूछते हैं हमसे कि हमारा क्या दोष था?....हमने क्या बिगाड़ा था तुम्हारा जो तुमने हमसे हमारा जीने का अधिकार भी छीन लिया। यदि हम तुम्हें नहीं पसंद थे तो हमें जाने देते, छोड़ देते हमें, परन्तु हमें क्यों मार दिया। हमने ऐसा क्या अपराध किया था तुम्हारे जीवन में आकर। यह सब हमसे सवाल पूछते हैं। सच है अक्रूर, बुरे कर्म करने वाले को कहीं भी शांति नहीं मिलती। उसकी आत्मा ही उसको धिक्कारती रहती है......आज अपने आप से ही डर लग रहा है, कल तक तो हम सब को डराते रहते थे और आज हमको अपने ही साए से डर लग रहा है। यह हमारे ही पाप कर्मों का अंधेरा है अक्रूर, यह सब ऐसे समाप्त नहीं होगा। हम क्या करें अक्रूर, हम क्या करें.... रोते-रोते महाराणा रणजीत सिंह अपने हाथों को अपने ही सिर पर मार रहे थे।

चलिए महाराणा जी मंदिर में चलते हैं, माता महिषासुर मर्दिनी के चरणों में गिरकर उन से क्षमा की भीख मांगते हैं, अक्रूर सिंह ने अपने आंसू पोंछते हुए कहा, चलिए वहीं चल कर अपने पापों का प्रायश्चित करते हैं।

महाराणा रणजीत सिंह ने अपने आंसू पोंछते हुए कहा, हम वहां गए थे अक्रूर, हम माता महिषासुरमर्दिनि से अपने पापों की क्षमा मांगने गए थे परंतु हमने वहां देखा कि रानी वैशाली उनकी गोद में बैठी हुई हैं और माता हमें क्रोध से देख रही हैं और अपनी तलवार उठा कर वह हमें मारने का प्रयास करती हैं और हम वहां से भाग गए। फिर हम शिव मंदिर गए थे कि वहां जाकर शायद हमें महादेव ही क्षमा कर दें परंतु वहां जाकर हम क्या देखते हैं कि वह हम पर इतने क्रोधित हो रहे हैं कि उन्होंने अपना त्रिशूल उठा लिया है हमें मारने के लिए, हमने उनके भक्तों को इतना दुख दिया है कि वह हमें क्षमा करना ही नहीं चाहते।

अक्रूर सिंह ने महाराणा का हाथ थामते हुये कहा, जिस मनुष्य को ईश्वर ही क्षमा के लायक ना समझे, उसकी तो फिर कोई गति हो ही नहीं सकती। अब तो हमारे आगे केवल एक ही विकल्प बचता है कि हम उन्हीं लोगों के समक्ष जाकर अपने पापों का प्रायश्चित करें, जिनको हम ने धोखे दिए हैं या जिनको हमने इतने दुख दिए हैं। जो मृत्यु को प्राप्त हो चुके हैं, उन से क्षमा मांगने के लिए हम आसमान में अपने दोनों हाथ जोड़कर क्षमा मांगते हैं, शायद ईश्वर हमारी पुकार सुन ले और जो जीवित हैं, उनके सामने जाकर अपने सारे पाप सच-सच बता देते हैं, फिर चाहे वह हमें क्षमा करें या दंड दें, शायद हमारे पाप का कुछ बोझ कम हो सके।

तुम ठीक कहते हो अक्रूर, कल सबसे पहले हम दोनों सुबह बल्लभगढ़ के लिए रवाना होंगे क्योंकि हम ने सबसे ज्यादा बुरा तो रानी अंबिका के साथ ही किया है। उसने हमें इतना प्रेम किया है और हमने उसके प्रेम के बदले में उसके साथ हमेशा छल किया है। उसकी संतान उससे छीन ली और उसके बाद वापस आकर मीरामणि से भी क्षमा माँगनी है। जानते हो अक्रूर यदि हमने अपने जीवन में किसी भी स्त्री को बहुत प्रेम किया है तो वह मीरामणि ही है परंतु हमें उसकी योग्यताओं से हमेशा डर लगता रहता था, हमें लगता रहा कि वह हमसे उम्र में भी छोटी है, सुंदर और सुशील है। उस की योग्यताएं भी हम से अधिक हैं इसीलिए वह कहीं हम से आगे ना निकल जाए। अपनी इसी हीन भावना की वजह से हम उसे हमेशा अपने अधीन रखना चाहते थे। हम चाहते थे कि जैसे हम अपनी दूसरी रानियों को अपने क्रोध से डराकर अपने कदमों तले दबाते आए हैं, वैसे ही उसे भी दबा कर रखें। कहीं वह हमारे हाथों से निकल ना जाए और यही हमारी गलती रही। हमने उसकी योग्यताओं की यदि क़द्र की होती तो उसे भी आज हमारे प्रेम की कद्र होती। हमने उसे महारानी सिंहासन पर बैठने दिया, इसलिए नहीं कि हम उसकी योग्यताओं की कद्र करते थे बल्कि इसलिए

कि वह हमसे हमेशा दब कर रहेगी। हम उसको धन, मान, सिंहासन सब कुछ इसलिए दे रहे थे, कि वह हमारे सामने अपना सिर ना उठा पाये। हमने हमेशा रिश्तों में राजनीति ही की थी और हमारे पिता महाराज महाराणा सूर्य देव सिंह के मुताबिक इसीलिए ही तो हम आज अकेले रह गए हैं।

आप सबसे सच्चे मन से क्षमा मांग लीजिए महाराणा जी, हमें पूरा यकीन है कि महारानी मीरामणि जी आप को क्षमा कर देंगी और आपके प्रेम को भी समझ लेंगी, वैसे ही वह बहुत समझदार हैं और हमें पूरा विश्वास है कि रानी अंबिका भी आपको इतना प्रेम करती हैं कि आपके क्षमा मांगने से वह भी आप को क्षमा कर देंगी, अक्रूर सिंह ने महाराणा को सांत्वना देते हुये कहा।

ठीक है अक्रूर, महाराणा रणजीत सिंह ने कहा, चलो अब चलें। कल सुबह ही तुम बल्लभगढ़ निकलने का पूरा इंतजाम कर लेना, अब हम ज्यादा देर नहीं करना चाहते।

अगले दिन सुबह ही महाराणा रणजीत सिंह अपने प्रमुख सेनापति अक्रूर सिंह और एक सेना टुकड़ी को लेकर बल्लभगढ़ रवाना हो गए, रानी अंबिका से क्षमा मांगने के लिए और उनको वापस लाने के लिए।

महाराणा रणजीत सिंह की आशा के विपरीत रानी अंबिका ने उनसे मिलना भी नहीं चाहा। राजा नीलकांत के बहुत समझाने के बाद भी रानी अंबिका ने महाराणा रणजीत सिंह की शक्ल देखने से भी इंकार कर दिया और उसने साफ कह दिया यदि महाराणा ने उनसे मिलने की जिद की तो वह विष खाकर अपने प्राण दे देंगी परंतु वह हत्यारे पिता की सूरत भी नहीं देखना चाहती, जिस दिन महाराणा रणजीत सिंह ने अपनी संतान समर देव की हत्या का षड्यंत्र रचा था, उसी दिन उनके लिए रानी अंबिका भी मर चुकी थीं।

महाराणा रणजीत सिंह जयराजगढ़ लौटने से पहले रानी अंबिका से मिलने के लिए एक आखिरी कोशिश करते हैं। वह रानी अंबिका के शयन कक्ष के दरवाजे पर घुटनों के बल बैठ जाते हैं और रोते हुए हाथ जोड़कर विनती करते हैं कि वह एक बार दरवाजा खोल दें और एक बार उनकी बात सुन लें। महाराणा रणजीत सिंह कहते हैं, अंबिका हम पूरी तरह से बदल चुके हैं, कृपया हमें क्षमा कर दो और हमारे साथ वापस जयराजगढ़ चलो...... हमें क्षमा कर दो।

रानी अंबिका दरवाजा नहीं खोलती और रोते हुए बंद दरवाजे के पीछे से कहती हैं, "क्षमा"......यह शब्द क्षमा तो आप कहते थे कि आपके शब्दकोश में है ही नहीं। जब आपने किसी को छोटी सी गलती के लिए भी कभी क्षमा नहीं किया तो आपको क्षमा कहां से मिलेगी। आज तक सब को आप दंडित करते आए हैं, अब ईश्वर आपको दंड देगा, केवल दंड नहीं, वह तो आपको महा-दंड देगा और हम भी ईश्वर से यही प्रार्थना करेंगे कि आपके कर्मों के लिए आपको कोई भी क्षमा ना करे, सब आपको दंड दें। तभी आपको पता चलेगा कि दूसरों का दर्द क्या होता है। रानी वैशाली के श्राप के साथ अब आपके जीवन में इस अंबिका का श्राप भी जुड़ गया है। अब तक आप स्त्रियों को अपने लायक नहीं समझते थे परंतु आप खुद ही किसी स्त्री के लायक नहीं हैं। आप जैसा स्वार्थी, कपटी और मक्कार मनुष्य तो स्त्रियों की घृणा के लायक भी नहीं है।

अब रही बात आपके बदलने की तो पूरा समय ही बदल चुका है महाराणा जी। आप बदल चुके हैं तो हम भी पूरी तरह बदल चुके हैं। अब इस रानी अंबिका के हृदय के अंदर प्रेम मर गया है, केवल घृणा ही शेष बची है...... सुना आपने महाराणा जी, यह बेवकूफ़ औरत अब समझदार हो चुकी है और जो लोग जरुरत से ज्यादा समझदार होते हैं, वह अपने अंदर प्रेम पनपने ही नहीं देते.... केवल नफ़रत रखते हैं.... संबंधों में कूटनीति करते हैं और वही सब इस अंबिका के हृदय में शेष बचा है। जाइए निकल जाइए यहां से, चले जाइए यहां से दूर और फिर कभी मत आइयेगा अपनी सूरत दिखाने के लिए....हमें नफरत है आपकी सूरत देखने से।

महाराणा रणजीत सिंह भारी कदमों से चलते हुए अंबिका के राज महल से बाहर आ गए। वह समझ चुके थे कि अब तो कर्मों का केवल दंड ही भोगना शेष रह गया है। एक दंड उन्हें रानी अंबिका से मिल चुका था, जो स्त्री उन्हें केवल प्रेम ही प्रेम करती थी और हमेशा उनपर विश्वास करती थी, आज उसका प्रेम वह हमेशा के लिए खो चुके थे।

महाराणा रणजीत सिंह जब जयराजगढ़ पहुंचे तो अंधेरा हो चुका था। राजमहल में मीरामणि नहीं थीं, वह पूजा करने के लिए शिव मंदिर में गई हुई थीं। महाराणा रणजीत सिंह की आत्मा बहुत दुखी थी, इसलिए वह भी स्नान कर के शिव मंदिर पहुंच गए।महारानी मीरामणि शिव मंदिर में भगवान शिवशंकर के आगे पूरी ध्यान मग्न होकर आंखें मूंद कर बैठी हुई थीं। भगवान शिवशंकर के आगे दीपक जल रहे थे और उसकी रोशनी भगवान शिवशंकर की मूर्ति की तीसरी आंख में जो दुर्लभ मणि

जड़ी हुयी थी, उसके ऊपर पड़ रही थी। दीपक की रोशनी पड़ने से उस दुर्लभ मणि में से ऐसी तेज रोशनी की किरणें निकल रही थीं, जो सीधा सामने बैठी हुई मीरामणि के ऊपर पड़ रही थी, उस रोशनी में उसका दिव्य रूप दमक रहा था और वह साक्षात् देवी का रूप लग रही थी। महाराणा रणजीत सिंह के हाथ अपने आप ही उसके सामने जुड़ गये। जैसे ही महारानी मीरामणि ने अपनी आंखें खोलीं, अपने सामने महाराणा रणजीत सिंह को हाथ जोड़कर बैठे हुए पाया।

अरे महाराणा जी आप आ गये, महारानी मीरामणि ने मुस्कुराते हुए कहा, क्या अंबिका जीजी को ले आए हैं?

नहीं वह नहीं आई, उसने तो हमारे जैसी पापात्मा की सूरत देखने से भी इंकार कर दिया, महाराणा रणजीत सिंह ने बुझे हुए स्वर में कहा, और बल्लभगढ़ में हुई रानी अंबिका से सारे वार्तालाप की खबर महारानी मीरामणि को दे दी। मीरा आज हम बहुत टूटे हुए हैं और बहुत ही अकेलापन महसूस कर रहे हैं। कृपया हमें संभाल लो...आज हमें संभाल लो। हम तुम्हारे आगे हाथ जोड़ते हैं, महाराणा ने रोते हुए कहा, हमें प्रायश्चित करवा दो। ना हमें नींद आती है, ना हमें भूख लगती है, ना हमें चैन आता है....हर क्षण हमारी आत्मा हमें धिक्कारती रहती है...हम सो नहीं पाते। हम बहुत परेशान हैं, कृपया हमें प्रायश्चित करवा दो मीरा, हम तुम्हारे जन्मों- जन्मों तक आभारी रहेंगे। हमें मुक्ति दिलाओ मीरा, हमें मुक्ति दिलाओ। हमारी इतनी मदद कर दो, महाराणा ने याचना भरे स्वर में कहा। यह प्रायश्चित कैसे होता है मीरा, हमें बता दो।

महाराणा रणजीत सिंह बच्चों की तरह रोने लग गये, और दुख के आवेग में मीरामणि से लिपट गए, फिर महाराणा रणजीत सिंह बहुत देर तक रोते रहे, रोते ही रहे। जब उनके हृदय का गुबार निकल गया तो वह शांत हो गए। जब वह शांत हो गए तो मीरामणि ने उन्हें भगवान भोले शंकर का चरणामृत पीने के लिए दिया। मंदिर में दीपक की रोशनी में मीरामणि ने देखा कि महाराणा जी कितने कमजोर हो गए हैं, अपने दुख में इतना ज्यादा डूबे हुए थे कि उनसे ठीक से चला भी नहीं जा रहा था। मीरामणि को महाराणा रणजीत सिंह की हालत देख कर बहुत दुख हो रहा था। उसे लगा वह उन्हें सब कुछ सच-सच बता दे और उस दुख से निकाल ले परंतु फिर उसने कुछ सोचा और अपने आपको थोड़ा कठोर किया। अभी नहीं, अभी पूरा प्रायश्चित नहीं हुआ है उनका। वह अपने मुंह से अपने सारे अपराध ईश्वर के समक्ष कबूल कर लें, तब ही इनका प्रायश्चित संभव होगा।

महाराणा जी, प्रायश्चित होता है, अपने सारे अपराध अपने आप कबूल कर लेने से, मीरामणि ने कहा, जिसकी भी आपने अपने पाप कर्मों के द्वारा आत्मा दुखाई है, उससे क्षमा मांगिए। जो इस दुनिया में नहीं हैं, उनके लिए ईश्वर से क्षमा मांगिए, शायद वह आपके अपराध क्षमा कर दे। ईश्वर बहुत बड़ा है, उस से लड़कर कोई नहीं जीत सकता। उस से युद्ध करके कोई भी पार नहीं पा सकता, इसीलिए उस के रास्ते पर चलना ही सच्चा प्रायश्चित है।

मीरामणि ने महाराणा रणजीत सिंह से आगे कहा, यह देखिए यह महादेव हैं, देवों के देव महादेव हैं। वैसे तो यह आप का हर कर्म जानते हैं, आपके जीवन के हर एक क्षण का इन्हें पता है....आप के आज के जीवन का ही नहीं वरन पिछले जितने भी जन्म आप ने जिये हैं, उसके हर एक क्षण को यह जानते हैं। आपके द्वारा किया हुआ हर पाप और पुण्य यह अच्छे से पहचानते हैं.....मनुष्य सोचता है कि वह जब पाप कर रहा होता है तब ईश्वर नहीं देख रहा होता। वह सोचता है कि केवल मंदिर जाने से उसके सारे पाप धुल जाएंगे, सारे प्रायश्चित हो जाएंगे परन्तु ऐसा नहीं होता है, कर्मों का दंड सब को भोगना पड़ता है महाराणा जी......अहंकारी मनुष्य की यही पहचान है कि जब वह दंड देता है तो उस को न्याय का नाम देता है और जब उसके साथ वही सब कुछ होता है, जब वह अपने अपराधों का दंड पाता है तो उसको अन्याय का नाम देता है और इस तरह वह ईश्वर को ही हमेशा उत्तरदायी ठहराता है। जब उसके जीवन में कुछ अच्छा होता है, तब वह कभी ईश्वर को धन्यवाद नहीं करता परंतु जब उसके जीवन में कुछ भी बुरा होता है तो ईश्वर को सारा दोष देता है कि ईश्वर ने मेरे साथ ऐसा कर दिया या वैसा कर दिया। वह अपने पाप कर्मों को कभी नहीं देखता, कि उसके अपने कर्म ही उत्तरदायी हैं उसकी हर अवस्था के लिए। मनुष्य दूसरों को दुख में देख कर हमेशा प्रसन्न होता है और जब वही दुख उसके ऊपर पड़ता है तब ही उसको पता चलता है कि दूसरे को दुख देकर उसने कितना बड़ा अपराध किया है, मीरामणि ने दुख की गहरी साँस लेते हुए कहा।

महाराणा जी कहिए, आज सब कुछ कह दीजिए, वह सामने बैठा है सारे ब्रह्मांड का महाराजा। उस के आगे अपने अपराध कबूल कर लीजिए। उस के दरबार में ना कोई राजा है ना कोई रंक। उसके दरबार में अच्छे कर्मों वाला राजा है और बुरे कर्मों वाला नीच अपराधी। इस के दरबार में आपका धन-दौलत, ऐश्वर्य, सिंहासन, महाराणा की उपाधि कुछ भी काम नहीं आएगी, कुछ भी नहीं। अपना हर अपराध कबूल कर

लीजिए। हमें यह तो पता नहीं कि वह आपको दंड देगा या नहीं, परन्तु आप मन की शांति अवश्य ही पा लेंगें।

महाराणा रणजीत सिंह मीरामणि की सपाट बातें सुनकर बिल्कुल ही टूट गए। वह फिर रोने लगे और रोते-रोते उन्होंने कहा, हम अपराधी हैं मीरा, हम रानी वैशाली के अपराधी हैं जो उनको हमने पति का प्रेम ना देकर इतना अकेलापन दिया....उनका इतना तिरस्कार किया, हम उनके अंदर की भावनाओं को समझे ही नहीं और उनको तिल-तिल कर मरने पर मजबूर कर दिया, हमने उनको ऐसी दवाइयां खिलायीं, जिससे वह कभी माँ ना बन सके और फिर उसे बाँझ साबित करके हमने समस्त नारी जाति का बहुत बड़ा अपमान किया है। हमने नारी को केवल भोग की वस्तु समझकर माता महिषासुर-मर्दिनी का अपमान किया है। हमने विवाह को नारी को भोगने का खेल समझ लिया। हम रानी अंबिका के भी अपराधी हैं, उनसे तो हमने प्रेम-विवाह किया था परंतु फिर भी प्रेम कभी नहीं किया। अंबिका ने हमसे प्रेम-विवाह नहीं किया परंतु फिर भी हमें अपना पति-परमेश्वर मानकर बहुत प्रेम किया। हमने उनके साथ भी वही किया। हमने उन्हें भी मां नहीं बनने दिया, हमने उन्हें भी वही दवायें खिलाईं जिससे वह भी कभी माँ ना बन सके। हमने उन्हें कभी अपने लायक नहीं समझा, उन के सौंदर्य को भोगा, परन्तु फिर भी अपने लायक नहीं समझा। जबकि सच तो यह है कि हम ही उस देवी के निस्वार्थ प्रेम के लायक ही नहीं थे।

महाराणा रणजीत सिंह दुख के आवेग में बहकर कह रहे थे, हमने अपने सौतेले भाई की हत्या की, हमने उसके निर्दोष ममेरे भाई की हत्या की, हमने और भी बहुत हत्याएं की हैं, अपने पुत्र की हत्या की, हमने बहुत हत्याएं की हैं, केवल अपने अहंकार के लिए, अपने स्वार्थ के लिए, अपनी हर एक जिद पूरी करने के लिए। हमने तुमसे विवाह इसीलिए किया कि तुम ही हमारी संतान की मां बनो परंतु ईश्वर ने हमें अपना न्याय दिखा दिया और तुम से पहले अंबिका माँ बन गई और हमें ईश्वर ने यह दंड दिया कि हम एक किन्नर के पिता बने। यह सुनते ही हमारे तन बदन में आग लग गई और हमारा अहंकार बहुत भयंकर फन फैलाकर खड़ा हो गया। हमने बदनामी के डर से अपनी ही संतान की, जिसे हम इतना प्रेम करते थे, जिसे तुम इतना प्रेम करती थी, जिसे अंबिका इतना प्रेम करती थी, हमने उसकी भी हत्या कर डाली....हमारे महाराणा के अंहकार के आगे एक पिता हार गया।

हम तुम्हारे भी अपराधी हैं मीरामणि, हमने तुमसे बहुत प्रेम किया, परन्तु सम्मान फिर भी ना दे सके क्योंकि हमने नारी को हमेशा भोग की वस्तु समझे है। हमें क्षमा

कर दो मीरा..... हमें हृदय से क्षमा कर दो। हमें क्षमा कर दो, हमें अपना लो मीरा, हम आज बहुत अकेले हैं, हमें तुम्हारे प्रेम की आवश्यकता है, हमें केवल तुम्हारा प्रेम चाहिए मीरा, हमें अपने प्रेम का दान दे दो.... तुम महा शिव भक्त हो, यदि तुम चाहोगी तो महादेव भी हमें क्षमादान दे देंगें.....हमारे जीवन में फिर से खुशियां लौट आयेंगी मीरा। सब कुछ फिर से वापस लौट आएगा।

क्या कहा आपने!!! सब कुछ फिर से वापस लौट आएगा, जीवन में फिर से खुशियां लौट आयेंगी, मीरामणि ने उपेक्षा से कहा, अब तो हमें आपकी सोच पर भी तरस आने लगा है महाराणा जी। कौन लौट आयेगा आपके जीवन में? क्या रानी वैशाली लौट आयेगीं आपके जीवन में......या रानी अंबिका लौट आयेंगी आपके जीवन में, उसी तरह से जिस तरह वह आपको प्रेम किया करती थीं....... क्या आपकी संतान समर देव प्रताप सिंह लौट आएगा आपके जीवन में या आपका सौतेला भाई, आपकी सौतेली माता.....क्या-क्या आपके जीवन में लौटेगा, बताइए, जवाब दीजिये।

क्या लगता है आपको महाराणा जी, मीरामणि ने कठोर शब्दों में पूछा, युवराज समर देव आपके इस महाराणा के सिंहासन के योग्य नहीं था??? वह एक कुशल योद्धा था, कुशल राजनीतिज्ञ था तथा नीति ज्ञान, संस्कार क्या नहीं था उसमें। जो कुछ भी योग्यतायें आपके इस महाराणा के सिंहासन के लिये निर्धारित की गईं हैं, उससे भी कहीं अधिक योग्यतायें थीं उसमें। किस बात की कमी थी, जो आपने उसकी हत्या की। केवल वैवाहिक जीवन का आनंद नहीं ले सकता था....संतान पैदा नहीं कर सकता था परंतु यह तो उसके जीवन की बहुत निजी चीज थी। इतिहास उठा कर देखिये महाराणा जी, कितने ब्रह्मचारी कुशल राजा-महाराजा बने हैं। इसका मतलब यह है कि इतनी क्षुद्र चीज़ के लिए आपने इतना बड़ा पाप मोल ले लिया है कि इससे तो आपकी मुक्ति सात जन्मों में भी संभव नहीं होगी। यदि कोई स्त्री को नहीं भोग सकता और बच्चे पैदा नहीं कर सकता तो यह कहाँ हमारे शास्त्रों में लिखा है कि वह जीवन में कुछ भी नहीं कर सकता। क्या किन्नर में दिमाग नहीं होता, दिल नहीं होता, रक्त नहीं होता, क्या वह हाड़-माँस का बना हुआ नहीं होता। इस समाज की यह कलंकित रस्में, कलंकित रिवाज ईश्वर ने नहीं बनाए हैं....यह बनाये हैं कुछ क्षुद्र और गंदी मानसिकता के लोगों न......और उसके विरूद्ध आवाज़ ना उठाकर और उसे आगे बढ़ाकर समाज के भ्रष्ट मानसिकता वाले लोग मनुष्यता को कलंकित कर रहे हैं। मनुष्यता को कलंकित करके ऐसे भ्रष्ट मानसिकता वाले लोग ईश्वर को अपमानित कर रहे हैं........यदि किन्नर का होना इतना बड़ा अपराध है कि हम उन्हें समाज में

कोई जगह नहीं दे सकते, हम उन्हें कोई पद नहीं दे सकते, हम नहीं चाहते कि वह कुछ बनें और पूरे आदर के साथ एक सम्मानित जीवन जीयें, तो फिर जो ब्रह्मचारी बनते हैं उनके साथ भी यही सब कीजिए आप और आपका घिनौना समाज..... ज़रा छीन कर दिखाईये उनके जीने का अधिकार....प्रलय आ जाएगी महाराणा जी प्रलय..... किसी ब्रह्मचारी को किसी साधु सन्यासी को हाथ भी नहीं लगा सकते हैं आप और आपका यह घृणित समाज। शरीर की विकलांगता कोई अपराध नहीं है, कम से कम इनको कुछ कर दिखाने के लिए मौका तो दीजिए, कोई एक अवसर तो दीजिए और फिर देखिए यह कुछ करने लायक हैं भी या नहीं। अपनी संतान से बिछड़ने का दुख क्या होता है यह आज आपके चेहरे पर पढ़ा जा सकता है। अपनी संतान से बिछड़ने पर हर माता रोती है और हर पिता रोता है, फिर वह संतान चाहे किन्नर ही क्यों ना हो। मां-बाप के लिए वह केवल एक संतान हैं, केवल एक संतान, कोई पुत्र या पुत्री नहीं, केवल एक संतान जिसे उन्होंने पैदा किया है, जिसे वह प्रेम करते हैं। एक माता-पिता से उसकी संतान को छीनना या अलग करना एक भयंकर अपराध है, ऐसे अपराध को तो ईश्वर किसी जन्म में भी क्षमा नहीं करता।

मीरामणि ने दुख की एक गहरी सांस ली और आगे कहा, समर देव प्रताप सिंह को मैंने वह बनाया था कि यह समाज देख सके और जान सके कि एक किन्नर होना कोई अभिशाप नहीं है, यदि उसको अच्छी परवरिश मिलेगी, अच्छी शिक्षा-दीक्षा मिलेगी तो वह क्या नहीं बन सकता। आप ही बताइए महाराणा जी, आप स्वयं ही फैसला कीजिए कि क्या वह इस महाराणा के सिंहासन के लायक नहीं था। जब तक आप को यह बात पता नहीं थी कि वह किन्नर है, तब तक आप उसको महायोग्य मानते थे इस धर्म सिंहासन के लिए, इस महाराणा सिंहासन के लिए, और जैसे ही आपको यह पता चला कि वह एक किन्नर है, आपको उसमें सारे खोट नजर आने लगे। यदि उसे सिंहासन नहीं देना था तो नहीं देते परंतु उसकी हत्या क्यों की आपने???, एक पिता होते हुये भी अपनी संतान की हत्या क्यों की आपने, मीरामणि ने लगभग चीखते हुये पूछा, जवाब दीजिये महाराणा जी, एक मां से उसकी संतान को अलग करने का क्या हक था आपको, किसने दिया था यह अधिकार आपको.....और इतना सब करने के बाद भी आपको हमसे प्रेम की अपेक्षा है, हम से प्रेम का दान चाहिए आपको....क्या आपने कभी किसी को प्रेम दिया है जो आप को बदले में प्रेम मिलेगा??? हमने आपको कभी प्रेम किया ही नहीं....हमने तो केवल यह संबंध बनाया है और यह संबंध केवल शरीर तक ही सीमित है....हमारा आत्मिक प्रेम केवल

ईश्वर के साथ है क्योंकि प्रेम का संबंध तो आत्मा से होता है, हमारे तन पर केवल कपड़े ही राजसी हैं पर असल में तो हम अपने महादेव की जोगन हैं.....हमारा संपूर्ण प्रेम केवल हमारे महादेव के लिए है। हमारे सारे संबंध केवल इन्हीं से शुरू होते हैं और इनपर ही आकर समाप्त हो जाते हैं। यही तो मनुष्य का धर्म है, उसे कर्मों से योद्धा और आत्मा से सन्यासी होना ही चाहिए.....ऐसा तप करने से आत्मा मलिन नहीं होती। हमारे सारे रिश्ते नाते इस मनुष्य जन्म के साथ ही तो बने हैं और हमारी मृत्यु के साथ यह सब समाप्त भी हो जाएंगे। मनुष्य का जीवन ऐसा है जैसे यह पूरा संसार एक धर्म युद्ध क्षेत्र है और मनुष्य का संपूर्ण जीवन कर्म योग से बंधा है। हर मनुष्य की एक ही गति है और वह है शिव में लीन हो जाने की....शिवमयी हो जाने की.....सारे जन ही शिव-जन है....फिर इस संसार में कौन अपना और कौन पराया।

मीरामणि ने गहरी साँस लेते हुए गंभीरता से कहा, किसी मनुष्य के तुच्छ प्रेम के लिए हम अपने ईश्वर के प्रेम से धोखेबाजी नहीं कर सकते। हमें आपके प्रेम की कोई आवश्यकता नहीं क्योंकि आपके विचार बहुत तुच्छ हैं और आपके कार्य तो महा-तुच्छ हैं। आपके प्रेम में केवल कूटनीति है, छल-कपट है और यह बात अंबिका जीजी भी समझ चुकी हैं, इसीलिए उन्हें भी आपका प्रेम नहीं चाहिए। आप हमेशा यही सोचते रहते थे कि यह औरत ऐसी है इसलिये आपके लायक नहीं है, यह औरत वैसी है तो इसलिये आपके लायक नहीं है, कोई भी औरत आपको अपने लायक नहीं लगती थी, परंतु कभी आपने यह सोचने की चेष्टा की है कि क्या आप किसी औरत के लायक हैं, क्या आपमें ऐसे गुण विद्यमान हैं, जिससे कोई औरत आपको पाकर अपने आप को धन्य समझे। कोई औरत यदि आपको पति-परमेश्वर समझती है तो वह इस समाज की बनाई हुई कुरीति है.....किसी औरत के हृदय से पूछिए कि क्या उसे ऐसा पुरुष पसंद हो सकता है, जो उसको केवल भोग की वस्तु समझे.....क्या ऐसे पुरुष को वह सम्मान दे सकती है, जो सबके आगे उसको हर समय अपमानित करे और उसकी हर समय अवहेलना करे.... प्रेम त्याग मांगता है, प्रेम केवल देना जानता है, छीनना नहीं। हमें आपसे कोई प्रेम नहीं है और यदि आपको हमसे प्रेम है तो ले लीजिए सन्यास और करिए हमारे साथ भक्ति। हमारा प्रेम पाने के लिए तो आपको अपने मानसिक और आत्मिक स्तर को ऊपर उठाना होगा, आपके लिए तो हम अपने आप को आप के जितना निचले स्तर तक गिरा नहीं सकते।

महाराणा रणजीत सिंह ठगे से खड़े रह गए....जिन औरतों की अपने जीवन में कोई औक़ात नहीं समझी, वही औरतों ने आज उनको उनकी औक़ात दिखाकर

उनका घिनौना रूप उजागर कर दिया था। महाराणा रणजीत सिंह को उसी अचंभित हालत में छोड़ कर महारानी मीरामणि शिव- मंदिर से बाहर निकल गई और महाराणा वहीं पर जड़ बनकर खड़े रह गये। महाराणा रणजीत सिंह ने अपने दोनों हाथों से अपना मुंह छुपा लिया और फिर अपना सिर शिवलिंग पर फोड़ने लगे, महादेव हमें दंडित करो, हमें दंडित करो.....हमें अपने लिए क्षमा नहीं चाहिये....प्रेम नहीं चाहिये....केवल दंड चाहिए.....महा-दंड चाहिए।

शिवलिंग पर गिर कर महाराणा बेहोश हो चुके थे। उनके सिर से रक्त बह रहा था, जिसने शिवलिंग को लाल कर दिया था। शिव मंदिर के बाहर खड़े होकर अक्रूर सिंह सब कुछ देख रहा था और सब कुछ सुन रहा था। महाराणा को ऐसी हालत में देखकर वह शिव मंदिर के अंदर भाग आया। उसने महाराणा को गले से लगा लिया और महादेव से प्रार्थना की, आपने तो इतने जहरीले नागों को भी क्षमादान देकर अपने गले का हार बना रखा है। क्या हम पापियों को प्रायश्चित करने का एक मौका भी नहीं देंगे महादेव......महाराणा रणजीत सिंह के सिर पर उसने वहां रखा हुआ लोटे का सारा जल उड़ेल दिया। महाराणा को होश आ गया था और अक्रूर सिंह ॐ नमः शिवाय......ॐ नमः शिवाय......का जाप करने लगा। उसकी देखा देखी महाराणा रणजीत सिंह भी ॐ नमः शिवाय का जाप करने लगे।

पूरा मंदिर उन दोनों पापियों के पवित्र जाप से गूंज रहा था- ॐ नमः शिवाय..... ॐ नमः शिवाय.....ॐ नमः शिवाय.....का यह जाप उनके प्रायश्चित का था। अहंकार का ज़हरीला फ़न ईश्वर ने कुचल दिया था और अपनी महासत्ता का एक बार फिर अंहकारी मनुष्यों को अनुभव करवा दिया था। उनकी आत्माओं की मलिनता उनके प्रायश्चित के आंसुओं में बह गई थी और वहां केवल एक ही नाम, एक ही जाप गूंज रहा था-

ॐ नमः शिवाय......
ॐ नमः शिवाय......
ॐ नमः शिवाय......

अध्याय ३०

महारानी मीरामणि का ब्रह्म सिंहासन

राजपुरोहित ने राजकुमार रूद्र देव प्रताप सिंह का राजतिलक का मुहूर्त निकाल दिया था। 15 दिन के पश्चात शुभ मुहूर्त निकला था। महारानी मीरामणि ने बल्लभगढ़ जाने की आज्ञा महाराणा रणजीत सिंह से मांगी थी क्योंकि वह खुद रानी अंबिका को मना कर लाना चाहतीं थीं, ताकि वह अपने पुत्र के राज तिलक पर स्वयं पधारकर उसे आशीर्वाद दें।

बल्लभगढ़ पहुंच कर महारानी मीरामणि ने राजा नीलकांत और रानी अंबिका को सारे हालात से अवगत कराया। मीरामणि से महाराणा रणजीत सिंह की हालत सुनकर रानी अंबिका का हृदय द्रवित हो गया था। महारानी मीरामणि ने उन्हें कहा कि समर देव प्रताप सिंह का अज्ञातवास अब समाप्त हो गया है इसलिए मामा नीलकांत और माँ रानी अंबिका उनको स्वयं काशी से लेकर आयें और शुभ मुहूर्त पर युवराज समर देव प्रताप सिंह के साथ ही राजमहल में पधारें। साथ में काशी के शिरोमणि पंडित रामेश्वर नाथ शास्त्री को भी सपरिवार न्यौता है। इसके साथ ही महारानी मीरामणि ने पंडित रामेश्वर नाथ के नाम पत्र भी लिख दिया था।

युवराज के राजतिलक पर महा साम्राज्य जयराजगढ़ को बहुत सजाया गया था। युवराज के राज- तिलक का दिन आ चुका था परंतु अभी तक रानी अंबिका नहीं आई थी। महाराणा रणजीत सिंह ने महारानी मीरामणि को पूछा कि रानी अंबिका क्यों नहीं आई तो महारानी मीरामणि ने कहा कि उन्होंने वचन दिया है कि वह अपने पुत्र को आशीर्वाद देने के लिए शुभ मुहूर्त पर पहुंच जाएँगीं। जवाब सुनकर महाराणा रणजीत देव प्रताप सिंह कुछ आश्वस्त से हो गए।

महाराणा रणजीत सिंह को आज के शुभ अवसर पर रानी अंबिका की बहुत याद आ रही थी और पुत्र समर देव प्रताप सिंह का चेहरा उनकी आंखों के आगे बार-बार

घूम रहा था, जो उनसे पूछ रहा था, "पिता महाराज, हमारा क्या दोष था? पिता महाराज, जवाब दीजिए, हम क्यों महाराणा के सिंहासन के योग्य नहीं थे?" महाराणा रणजीत सिंह बहुत भावुक हो रहे थे।

महाराणा रणजीत सिंह को रह-रहकर अपनी सौतेली माता मनोरमा देवी का श्राप याद आ रहा था-" तुम भी एक दिन अपनी संतान का वियोग झेलोगे।"

और अपने पिता का दुख में डूबा हुआ उपदेश- "हम अपने कर्मों से नहीं भाग सकते रणजीत, सूर्य देव ने दुखी हृदय से कहा, अपने कर्मों के फल का दंड सबको खुद ही भुगतना पड़ता है। अपने जीवन की गलतियां तुम्हें आज सच-सच बता दीं कि तुम जीवन में वही गलती मत करना। जब तुम्हारी संतान होगी तब तुम हमारा दुख जानोगे कि एक पिता के लिए उसकी सारी संतानें एक ही समान होती हैं।"

"यह राजनीति का महा-घिनौना रूप है, यहां पाप और पुण्य एक साथ चलते हैं और अधिकतर शक्ति के नशे में पाप ही पुण्य पर भारी पड़ जाता है। रिश्तों मे राजनीति सबसे अधिक खतरनाक राजनीति होती है, क्योंकि यहां यदि तुम जीत भी गए तो भी तुम्हारी ही सबसे बड़ी हार होती है।"

"रिश्ते केवल प्रेम से ही बनते हैं और प्रेम से ही आदर पाते हैं। राजनीति से बने हुये रिश्तों में तुम केवल अकेलापन भोगते हो।"

"यह महाराणा का राजसिंहासन तुम्हें और कौन-कौन सी राजनीति सिखायेगा यह तो भविष्य में ही पता चलेगा।"

तभी महाराणा रणजीत सिंह के कक्ष में महारानी मीरामणि ने क़दम रखा तो देखा कि महाराणा रणजीत सिंह बहुत ही गहरी सोच में डूबे हुए थे। मीरामणि ने महाराणा को प्रणाम किया तो वह चौंके।

क्या बात है महाराणा जी, मीरामणि ने पूछा, ऐसा क्या सोच रहे थे कि हमारे आने का भी आपको आभास नहीं हुआ।

आज हम अपने पिता भूतपूर्व महाराणा सूर्यदेव प्रताप सिंह के उन उपदेशों को याद कर रहे थे, महाराणा रणजीत सिंह ने दुखी मन से गंभीर स्वर में कहा, जिनका मान हमने अपने जीवन-काल में कभी नहीं रखा.....काश हमने अपने पिता की बातों पर ध्यान दिया होता तो आज हमारा सिंहासन भी "ब्रह्म-सिंहासन" होता....

"ब्रह्म-सिंहासन"....मीरामणि ने अचरज से पूछा, हमें भी इसके बारे में बताइये, मीरामणि ने उत्सुकता से कहा।

जवाब में महाराणा रणजीत सिंह ने अपने पिता भूतपूर्व महाराणा सूर्यदेव प्रताप सिंह के जीवन की कहानी और उनके दिये हुये सारे उपदेश सुना दिए। महारानी मीरामणि ने सब कुछ बहुत ध्यान से सुना और मन ही मन एक फ़ैसला कर डाला। फिर महाराणा रणजीत सिंह को कहा, चलिए महाराणा जी अब राजदरबार की ओर प्रस्थान करें।

महाराणा रणजीत देव प्रताप सिंह अपनी महारानी मीरामणि देवी, पुत्री राजकुमारी अमृतामणि और युवराज रूद्र देव प्रताप सिंह के साथ अपने राजमहल में पहुंच चुके थे। महारानी मीरामणि देवी ने राजमहल और जयराजगढ़ साम्राज्य को स्वयं अपनी देखरेख में सजवाया था। महाराणा रणजीत देव प्रताप सिंह और महारानी मीरामणि अपने- अपने सिंहासन पर बैठे। युवराज रूद्र देव प्रताप सिंह ने भी अपना आसन ग्रहण किया। महारानी का सिंहासन हमेशा पर्दे में ही होता था। वहीं पर एक आसन रानी अंबिका का था जो रिक्त पड़ा था और एक छोटा आसन राजकुमारी अमृतामणि के लिए था, वहाँ राजकुमारी अमृतामणि अपने उस आसन पर बैठ गई।

राजपुरोहितों ने महाराणा रणजीत सिंह से कहा, महाराणा जी आज्ञा दीजिए, शुभ मुहूर्त शुरू हो गया है, अब हम रस्में शुरू करना चाहते हैं।

परंतु अभी तक रानी अंबिका नहीं आईं हैं, महाराणा रणजीत सिंह ने बेचैनी से कहा, क्या हम कुछ और देर रुक नहीं सकते? उनकी प्रतीक्षा कर लेते हैं।

महा मुख्यमंत्री शंभू देव सिंह ने कहा, महाराणा जी शुभ मुहुर्त टालना शुभ नहीं होगा। आप रस्में शुरू कीजिए, हमें संदेशा मिल चुका है कि रानी अंबिका अपने भाई राजा नीलकाँत के साथ जयराजगढ़ की सीमा के अंदर दाखिल हो चुकी हैं। प्रमुख सेनापति अक्रूर सिंह जी स्वयं गए हैं उन्हें लेने के लिए, कुछ ही समय में वह यहाँ आ जाएंगी।

महाराणा रणजीत सिंह के चेहरे पर संतोष के भाव आए और उन्होंने राजपुरोहितों को इशारा किया की राज-तिलक की रस्में शुरु कर दें।

महाराणा रणजीत सिंह ने अपना सिंहासन खाली किया। अपनी तलवार निकालकर थाली में रख दी। फिर अपना राजमुकुट उतार कर एक दूसरी थाली में रख दिया। यह सब उन्होंने इसलिए किया क्योंकि नए महाराणा को यह सब पहनाने से पहले मंत्रोचार करके उनकी शुद्धि की जाती है। क्योंकि यह तीनों ही चीज उनके पूर्वजों

की धरोहर थीं, जिसे हर नया महाराणा पहनने से पहले प्रणाम करके कुछ शपथ लेता है।

सबसे पहले महाराणा के राजमुकुट की मंत्रोच्चार के बीच शुद्धि की गई। राजपुरोहित मंत्रोचार करते रहे और सबसे पहले महाराणा रगजीत सिंह ने गंगाजल से राजमुकुट को शुद्ध किया फिर उस पर चंदन और रोली का तिलक किया, उसके बाद सबने अपने आशीर्वाद के रूप में उस पर चावल और फूलों की वर्षा की। राजमुकुट की शुद्धि के बाद राजपुरोहित के मंत्रोच्चार के बीच ठीक उसी तरीक़े से महाराणा की तलवार की शुद्धि हुई।आख़िर में महाराणा के राज सिंहासन की भी ऐसे ही शुद्धि की गई।

फिर राजपुरोहितों ने नये महाराणा को उस महाराणा के राज- सिंहासन पर बैठने के लिए आमंत्रित किया।

युवराज रूद्र देव प्रताप सिंह अपने युवराज के सिंहासन से उठे और धीरे-धीरे महाराणा के राजसिंहासन की ओर बढ़ने लगे। ठीक उसी समय रानी अंबिका की राजबग्घी राजमहल के प्रवेश द्वार पर आकर रुकी और राजदरबार की ओर रानी अंबिका के भी कदम बढ़ने लगे।

जैसे ही रूद्र देव प्रताप सिंह महाराणा के सिंहासन को प्रणाम करके उस पर बैठने वाला होता है तभी महारानी मीरामणि देवी की तेज आवाज गूंज जाती है- रुक जाओ, युवराज रूद्र देव प्रताप सिंह, वहीं रुक जाओ। रूद्र देव जड़ होकर खड़ा रह जाता है क्योंकि मां की आवाज उसके लिए आज्ञा है। सब लोग हैरान होकर महारानी मीरामणि की ओर देखने लगते हैं।

राजपुरोहित कहते हैं, महारानी सा शुभ मुहुर्त पर आप युवराज को महाराणा के सिंहासन पर बैठने से क्यों रोक रही हैं?

महारानी मीरामणि जवाब देती है, महाराणा के सिंहासन पर बैठने का अधिकार केवल उसी युवराज का होता है जो इस सिंहासन पर बैठने के योग्य होता है।

तो क्या युवराज रुद्र देव सिंहासन पर बैठने योग्य नहीं है महारानी जी, राजपुरोहित हैरानी से महारानी से पूछता है।

नहीं है, महारानी मीरामणि कहती है तो सब लोग महारानी की हैरानी से शक्ल देखने लगते हैं, महारानी मीरामणि आगे कहती हैं, इस पर बैठने के लिए अभी रुद्र देव की कुछ शिक्षाएं अधूरी हैं। महाराणा सिंहासन पर बैठने के लिए अभी इसने ब्रह्मज्ञान नहीं पाया है, इसीलिए वह इस सिंहासन के साथ न्याय नहीं कर सकता।

अभी इसको ब्रह्म ज्ञान की प्राप्ति नहीं हुई है, इसीलिए वह इस सिंहासन को ब्रह्म सिंहासन नहीं बना सकेगा।

"ब्रह्म ज्ञान" और "ब्रह्म सिंहासन".... यह क्या है महारानी, सभी उच्चाधिकारियों ने पूछा।

महारानी मीरामणि आगे कहती हैं, इस महाराणा के राज सिंहासन पर नए महाराणा के बैठने से पहले ही मैं उसको इस ब्रह्म सिंहासन के लिए ब्रह्मज्ञान दूंगी, और वह ब्रह्मज्ञान महासाम्राज्य जयराजगढ के भूतपूर्व महाराणा सूर्य देव प्रताप सिंह की देन है।

तो क्या आप पहले रुद्र देव प्रताप सिंह को वह ब्रह्म ज्ञान देना चाहती हैं, महा मुख्यमंत्री शंभू देव सिंह ने पूछा।

रुद्र देव प्रताप सिंह को यह ज्ञान बाद में मिलेगा जब वह महाराणा के राजसिंहासन पर बैठने योग्य होगा, महारानी मीरामणि ने कहा।

महाराणा भी हैरानी से देखते हैं और फिर पूछते हैं, यदि रुद्र देव इस सिंहासन पर बैठने योग्य नहीं है तो फिर कौन है? कौन बैठेगा हमारे बाद इस महाराणा के सिंहासन पर, बोलो जवाब दो मीरामणि, कौन बैठेगा?

वही बैठेगा इस सिंहासन पर जो इस पर बैठने के लिए पूरी तरह से योग्य है, इस महासाम्राज्य जयराजगढ़ का युवराज और हमारा पहला पुत्र समर देव प्रताप सिंह।

ऐसा कहकर महारानी मीरामणि जहां इशारा करती है वहां सब के मुंह घूम जाते हैं।

महाराणा रणजीत देव प्रताप सिंह का मुँह भी पूरा खुला का खुला रह जाता है जब वह देखता है कि रानी अंबिका पूरे गर्व के साथ आगे बढ़ रही है और ठीक उनके पीछे उनका पुत्र समर देव प्रताप सिंह है, जिसके दाएं तरफ उसके मामा राजा नीलकांत है और बाएं तरफ मामा शिरोमणि पंडित रामेश्वर नाथ शास्त्री, और सबसे आगे अपनी तलवार उठाये जयराजगढ का प्रमुख सेनापति अक्रूर सिंह चल रहा है।

युवराज समर देव प्रताप सिंह पूरी आन-बान-शान के साथ आगे बढ़ता है और महाराणा रणजीत सिंह उसको आगे बढ़ते देख कर शर्मिंदगी में धीरे-धीरे जमीन पर बैठ जाते हैं। महारानी मीरामणि उसे इशारा करती है तो वह पिता के चरण स्पर्श करता है और उन्हें उठाते हुए कहता है, आप ठीक तो है पिता महाराज, क्षमा चाहता हूं जो आपको इतना बड़ा दुख दे दिया परंतु यह मेरे हाथ में नहीं था। सारी प्रजा और दरबारी खुश हो जाते हैं, वह सोचते हैं कि समर देव अपनी झूठी मृत्यु की बात कह रहा है

परंतु उसके पीछे का विष भरा ताना महाराणा रणजीत सिंह के हृदय में उतर चुका है। फिर समर देव महारानी मीरामणि के चरण स्पर्श करने के लिये पर्दे के पीछे जाता है। महारानी मीरामणि उसे गले से लगा लेती हैं।

सभी लोग अचंभित हैं, हैरान हैं और खुश हैं। सारे दरबारी युवराज समर देव की जय जयकार कर रहे हैं। तभी महारानी मीरामणि महाराणा रणजीत सिंह को पर्दे के पीछे बुलाती हैं, जहां रानी अंबिका भी मौजूद हैं, महाराणा रणजीत सिंह बहुत खुश हैं परंतु अपराध-बोध से अपने पैरों को बहुत भारी पा रहे हैं, वह थके हारे से उठकर महारानी मीरामणि देवी से मिलने पर्दे के पीछे जाते हैं।

महारानी मीरामणि देवी महाराणा रणजीत सिंह को कहती हैं कि सारे दरबारियों और प्रजा को अब सच बताने का समय आ गया है। आपके आगे केवल दो विकल्प हैं- या तो समर देव के सिर पर राजमुकुट रखकर उसे महाराणा का सिंहासन दे दीजिए, क्योंकि वह पूरी तरह से इस के योग्य है और उसने अपनी योग्यता हर तरह से सिद्ध भी की है। और चाहे तो सारे संसार को उसके किन्नर होने का सच बता दीजिए क्योंकि उसने तो यह योग्यता भी सिद्ध कर दी है कि यहाँ इस संसार में किसी भी काम में सफल होने के लिए किन्नरता आड़े नहीं आती। महाराणा रणजीत सिंह दूसरी बात तो मान ही नहीं सकते क्योंकि उनके सारे पाप बाहर आ जाएंगे और खानदान की बदनामी भी होगी, इसलिए वह समर देव को महाराणा के सिंहासन पर बैठाने का ही निर्णय ले लेते हैं।

इससे पहले कि युवराज समर देव प्रताप सिंह महाराणा के सिंहासन पर बैठे, महारानी मीरामणि उस से कहती हैं- रूक जाओ समर देव, इस महाराणा के राज सिंहासन पर नए महाराणा के बैठने से पहले ही मैं उसको ब्रह्म सिंहासन के लिए ब्रह्मज्ञान दूंगी, और वह ब्रह्मज्ञान महासाम्राज्य जयराजगढ के भूतपूर्व महाराणा सूर्य देव प्रताप सिंह की देन है।

मैं तैयार हूँ माँ, समर देव ने सिर झुकाकर आदर के साथ कहा, आपकी हर आज्ञा का पालन होगा।

ब्रह्म ज्ञान और ब्रह्म सिंहासन

महारानी मीरामणि ने समझाया, राजा जो भी कानून, नियम और सिद्धांत बनाता है, वह अपने पर कभी लागू नहीं करता। राज सिंहासन पर बैठते ही उसमें अहंकार जन्म

लेने लगता है और उस अहंकार के चलते वह अपने बनाये हुये सारे नियम, कानून और सिद्धांत सारी जनता पर थोपने लगता है और उनका शोषण करने लगता है.....परंतु अब ऐसा नहीं होगा।

अब जयराजगढ के महाराणा का सिंहासन "ब्रह्म-सिंहासन" बनेगा और धर्म के अनुसार ही चलेगा।

"ब्रह्म-सिंहासन"- ऐसा सिंहासन जिसका राजा स्वयं ब्रह्म है, ईश्वर है, और जो ईश्वर के नियमानुसार चले, और ईश्वर के नियम यह हैं कि यदि कोई भी राजा बनकर राज सिंहासन पर बैठता है तो उसकी राज करने की नीतियां जनकल्याण के लिये होनी चाहियें, क्योंकि राजा ईश्वर का प्रतिनिधि होता है। जनता का यह विश्वास होता है कि राजा जो भी नियम, जो भी कानून बनाएगा वह सब के हित के लिए होगा, और अपने बनाए हुए नियमों, कानूनों और सिद्धांतों का पालन सबसे पहले राजा ही को करना होगा। एक राजा ईश्वर का प्रतिनिधित्व करता है। प्रजा उसे ईश्वरस्वरूप मानती है। उससे न्याय की आशा करती है।

ब्रह्म ज्ञान- सबसे ज्यादा नशा होता है शक्ति में, राजसिंहासन को पाने का नशा ही शक्ति है। सब पर राज करना बहुत बड़ा नशा है। जब सारा संसार तुम्हारे आगे सिर झुकाने लगता है तब तुम अपने आप को भूलने लगते हो और अपने आप को भूलना मतलब ईश्वर को भूलना। शक्ति का नशा सिर पर ऐसा चढ़ता है, ऐसा चढ़ता है कि मनुष्य भूल जाता है कि वह ईश्वर की शक्ति को ललकार रहा है। वह सब को दबाने लगता है, कुचलने लगता है, अपनी इच्छाएं और अपने विचार सब पर थोपने लगता है। यही वह समय होता है जब उसे पता ही नहीं चलता कि उसने अहंकार को कब अपना भगवान बना लिया है और जब मनुष्य अहंकार को अपना भगवान मान लेता है तो यह निश्चित है कि ईश्वर को उसने युद्ध के लिए ललकार दिया है, जब युद्ध ईश्वर से हो तो मनुष्य की जीत तो हो ही नहीं सकती। फिर धीरे-धीरे अहंकार के पागलपन में वह सारे रिश्ते-नाते भी हारता जाता है और एक दिन खाली हाथ ही रह जाता है। यह दिन उसके शरीर का नहीं बल्कि आत्मा की मृत्यु का दिन होता है।

ईश्वर से तुम्हारा युद्ध कभी ना हो इसके लिए यह बहुत जरूरी है कि अपने अहंकार को सदैव अपने काबू में रखना, नहीं तो सब कुछ नष्ट हो जाएगा, सब कुछ समाप्त हो जाएगा और तुम केवल खाली हाथ ही रह जाओगे।

"यह महाराणा का सिंहासन महाशक्ति का प्रतीक है, यदि इस शक्ति का तुम ठीक से और धर्म से उपयोग नहीं करोगे तो यह शक्ति तुम्हारे ऊपर हावी होकर विनाशकारी

दुरुपयोग करा लेगी। राज सिंहासन को "ब्रह्म-सिंहासन" बनाओ और धर्म के अनुसार चलाओ। धर्म के अनुसार चलने से ही कर्म शुद्ध होते हैं और जब कर्म शुद्ध हों तो ईश्वर का आशीर्वाद हमेशा राजा के सिर पर रहता है।"

आज के बाद "ब्रह्म ज्ञान" और "ब्रह्म सिंहासन" की प्रतिज्ञा करने के बाद ही महासाम्राज्य जयराजगढ में कोई महाराणा इस ब्रह्म- सिंहासन पर बैठेगा और इस सिंहासन पर अपना अधिकार उसे अपनी योग्यताओं से सिद्ध करना होगा, महारानी मीरामणि ने अपनी बात समाप्त करते हुए यह घोषणा की।

युवराज समर देव प्रताप सिंह सबको हाथ जोड़कर कहते हैं- आज महासाम्राज्य जयराजगढ के महाराणा के ब्रह्म- सिंहासन पर बैठते हुए हम यह 2 प्रतिज्ञाएं करते हैं:-

हमारी पहली प्रतिज्ञा यह है कि हम आजीवन विवाह नहीं करेंगे और अब से आने वाले सारे युवराज की शिक्षा-दीक्षा महारानी मीरामणि देवी के आदर्शों के अनुसार ही होगी ताकि वह इस महाराणा के "ब्रह्म-सिंहासन" पर अपनी योग्यताओं से और पूरा "ब्रह्म ज्ञान" मिलने के बाद ही बैठें।

हमारी दूसरी प्रतिज्ञा यह है कि हम हमारी महा-सेना में एक और प्रशिक्षित सेना टुकड़ी को भर्ती करेंगे, जिसका नाम है शिव-जन सेना। यह महा प्रशिक्षित सेना है और इसका संपूर्ण संचालन हम स्वयं करेंगे। हमारे साम्राज्य में हर क्षेत्र में अब केवल योग्यताओं के आधार पर ही राज्य कर्मचारी नियुक्त किए जाएंगे, ना कि वंश, जन्म, जाति, रंग-रूप आदि-इत्यादि के आधार पर। एक और महत्वपूर्ण घोषणा यह है कि शिव-मंदिर के पीछे जो भवन है, उसमें जयराजगढ़ वासियों के लिए एक चिकित्सा केंद्र खुलेगा जिसका संचालन हमारे मामा काशी के शिरोमणि पंडित रामेश्वर नाथ शास्त्री के पुत्र शिरोमणि पंडित गोपालेश्वर नाथ शास्त्री करेंगे और अपने परिवार के साथ अब से यहीं जयराजगढ में ही निवास करेंगे। हमारे शिवजन सेना के महत्वपूर्ण सैनिक जिन्होंने चिकित्सा ज्ञान में पूरा ज्ञान अर्जित किया है, वह गोपालेश्वर नाथ की इस कार्य में पूरी सहायता करेंगे। आज से उस भवन का नाम "शिरोमणी चिकित्सा भवन" होगा।

आप सब हमें मिलकर आशीर्वाद दीजिए कि जब तक हमारे शरीर में प्राण हैं तब तक हम इस महाराणा के ब्रह्म- सिंहासन की धर्म-पूर्वक और शुभ-कर्मों से सदैव रक्षा करते रहें।

जय शिव-शंकर, जय शिव-जन!

राजपुरोहित और बाकी सारे पुरोहित मंगल-शंख बजाने लगते हैं और पुराने महाराणा रणजीत देव प्रताप सिंह नये महाराणा समर देव प्रताप सिंह को महाराणा के राज-सिंहासन पर बैठा कर उनका राजतिलक करते हैं और महाराणा का राजमुकुट पहनाकर महाराणा की तलवार भेंट करते हैं और फ़िर आंसू बहाते हुए थाली में से चावल और फूल उठाकर नये महाराणा समर देव प्रताप सिंह के सिर पर डाल कर कहते हैं- महा साम्राज्य जयराजगढ़ को उसका नया महाराणा प्राप्त करने के लिए हार्दिक बधाई। नये महाराणा समर देव प्रताप सिंह की जय हो.....

मंगल- शंख बजने शुरू हो जाते हैं। सारे जयराजगढ़ वासी फूलों की वर्षा करने लगते हैं और नारे लगाने लगते हैं- महाराणा समर देव प्रताप सिंह की जय.........महाराणा समर देव प्रताप सिंह की जय....... महाराणा समर देव प्रताप सिंह की जय.......

महाराणा समर देव प्रताप सिंह महाराणा बनने के बाद एक नई महत्वपूर्ण घोषणा करने के लिए खड़े हो जाते हैं और कहते हैं-

"मेरे पूजनीयों और प्रजावासियों, मेरी माता और जयराजगढ की महारानी मीरामणि के उच्च आदर्शों ने आज मुझे महाराणा के सिंहासन तक पहुँचा दिया है और उनके मान-सम्मान के लिए मैंने यह पद स्वीकार भी किया है.... अपनी एक माता महारानी मीरामणि के वचन का मान मैंने रखा है, अब मेरी जन्मदायिनी माता रानी अंबिका के वचन का मान रखना भी मेरा ही कर्तव्य है।मेरे पिता रणजीत देव प्रताप सिंह की भुजाओं में आज भी इतनी ताक़त है कि वह महाराणा के इस सिंहासन के साथ संपूर्ण न्याय कर सकते हैं, अभी तक वह केवल सिंहासन के महाराणा थे परंतु अब वह आज के बाद "ब्रह्म सिंहासन" के महाराणा कहलायेंगे और "ब्रह्म ज्ञान" की प्रतिज्ञा लेकर एक बार फिर महासाम्राज्य जयराजगढ को उपलब्धियों की ऊँचाइयों तक पहुँचायेंगे.....उनकी अंतिम श्वास तक इस "ब्रह्म सिंहासन" के महाराणा मेरे पिता रणजीत देव प्रताप सिंह ही रहेंगे, ऐसी माता अंबिका की इच्छा है।

अपने छोटे भाई युवराज रूद्र देव प्रताप सिंह की शिक्षा-दीक्षा हम स्वयं करेंगे, ताकि महा साम्राज्य जयराजगढ़ को और इसके ब्रह्म सिंहासन को हमारे पिता रणजीत देव प्रताप सिंह के बाद एक और योग्य महाराणा मिल सके। महा साम्राज्य जयराजगढ़ के इतिहास के पन्नों में स्वर्ण अक्षरों से हमारे दादा और भूतपूर्व महाराणा सूर्य देव प्रताप सिंह का ज्ञान लिखा जायेगा। परंतु इस ज्ञान को लागू किया है हमारी माता और जयराजगढ़ की महारानी मीरामणि ने जिनके त्याग, उच्च-विचारों और धर्मानुसार

चलने की मिसालें युगों-युगों तक अमर रहेंगी। इसीलिए जयराजगढ़ के इतिहास के पन्नों में स्वर्ण अक्षरों से यह ज्ञान "महारानी मीरामणि का ब्रह्मज्ञान" और यह महाराणा का राजसिंहासन "महारानी मीरामणि के ब्रह्म सिंहासन" के नाम से ही जाना जाएगा।"

और मैं समर देव प्रताप सिंह पूरे विश्व में अपनी माता महारानी मीरामणि के आर्शीवाद से मानवीय एकाधिकार के "ब्रह्म ज्ञान" को अपनी शिव-जन सेना के साथ फैलाने में प्रयासरत रहूँगा.... ताकि इसका लाभ केवल जयराजगढ और उसके आस-पास के राज्यों तक ही सीमित ना रह जाये, अपितु विश्व के कोने-कोने में यह ज्ञान जाये और हर मनुष्य को लाभन्वित करे। हमारी यह तलवार केवल और केवल अधर्मी और पापियों के सर्वनाश के लिए ही उठेगी। सबके अधिकारों की रक्षा करते हुए एक स्वस्थ समाज का निर्माण करने के लिए इस विश्व में हम सदैव ही तत्पर रहेंगे। हम आपके सिरों पर राज करने के लिए नहीं, अपितु आपकी सेवा करने के लिए ही प्रतिज्ञाबद्ध हैं। जय शिव-शंकर, जय शिव-जन!!! जय शिव-शंकर, जय शिव-जन!!!

फिर समर देव प्रताप सिंह ने अपने पिता रणजीत देव प्रताप सिंह को पूरे आदर सहित महाराणा के "ब्रह्म सिंहासन" पर बैठने के लिए आमंत्रित किया और माता मीरामणि से प्रार्थना की कि वह "ब्रह्मज्ञान" की शपथ महाराणा को दिलवायें।

महारानी मीरामणि के ब्रह्मज्ञान से एक बार फिर नये रूप में महाराणा रणजीत देव प्रताप सिंह महारानी मीरामणि के ब्रह्म सिंहासन पर बैठ चुके थे। इसके साथ ही महा साम्राज्य जयराजगढ़ में एक नये युग की शुरुआत हुई थी, जहां का महाराणा अब अहंकार से भरा हुआ नहीं था, अपितु योग्यताओं से भरा हुआ था। जो प्रजा का सेवक था, जो प्रजा के सिर पर राज करना नहीं चाहता था, प्रजा के हृदयों पर राज करना चाहता था। इस नए महा साम्राज्य जयराजगढ़ में मनुष्य को उसके अधिकार जात-पात या वंश के आधार पर नहीं मिलेंगे, उसको उसके अधिकार मनुष्यता के आधार पर मिलेंगे। उस मनुष्यता के आधार पर जिसका निर्माण स्वयं ईश्वर ने किया है। जहां मनुष्य के जीवन की एक कमी से उसका गौरव से जीने का अधिकार उससे छीन नहीं लिया जाता। समाज उसको इसलिये बहिष्कृत नहीं कर सकता कि वह विकलांग पैदा हुआ है। समाज को यह अधिकार नहीं मिल जाता के किसी बच्चे की विकलांगता को हथियार बनाकर उसके मां-बाप से उनकी संतान को अलग कर दिया जाए और उसको वह बनने पर मजबूर कर दिया जाए जो वह नहीं बनना चाहता। किसी भी बच्चे के जन्म पर किसी का कोई बस नहीं होता, ना मां-बाप का और ना ही संतान का, कि वह पुत्र पैदा होगा या पुत्री, या किन्नर पैदा होगा। हमें इस अभिशप्त समाज

की इस सोच को बदलना ही होगा कि यदि एक मनुष्य का कोई अंग भंग है तो क्या वह इस जीवन में कुछ भी नहीं कर सकता। ऐसे समाज के नियमों को बदलना ही होगा जिसकी सोच ही मनुष्यता को कलंकित करती है। हर धर्म में ईश्वर का संदेश मनुष्य को मनुष्य से प्रेम करना सिखाता है, किसी भी मनुष्य से घृणा करने का अधिकार ईश्वर ने किसी भी मनुष्य को नहीं दिया है। किसी मनुष्य की विकलांगता को अपने मनोरंजन का साधन बनाना नीचतम और अधार्मिक कार्य है।

एक स्वस्थ समाज के निर्माण के लिए महारानी मीरामणि देवी और उनके पुत्र समर देव प्रताप सिंह ने अपना पहला कदम उठा दिया था। महा साम्राज्य जयराजगढ़ का महाराणा-सिंहासन उसी क्षण से एक "ब्रह्म सिंहासन" के रुप में परिवर्तित हो गया था जिस पर तत्कालीन महाराणा रणजीत देव प्रताप सिंह धर्म-पूर्वक शासन करके उसकी अपने शुभ-कर्मों द्वारा रक्षा करेंगें क्योंकि अपनी पत्नी महारानी मीरामणि से उन्हें हर ब्रह्म ज्ञान की प्राप्ति हो चुकी थी।

महाराणा रणजीत देव प्रताप सिंह अपने पुत्र समर देव प्रताप सिंह का माथा चूमते हैं और लक्ष्य प्राप्ति का आशीर्वाद देते हैं, फिर अपने दोनों हाथ जोड़ देते हैं "क्षमा-दान" के लिए।

फिर युवराज रूद्र देव प्रताप सिंह का माथा चूमते हैं और उसे आशीर्वाद देते हैं। फिर अपनी बेटी अमृतामणि का माथा चूम कर आशीर्वाद देते हुए कहते हैं- पुत्री अपनी माता के आदर्शों पर ही चलना और जिस भी राज्य में विवाह करके जाओ उस को समृद्ध बनाने के लिए सदैव प्रयत्नशील रहना। औरत कमजोर नहीं है, वह कभी कमजोर नहीं थी, वह कभी कमजोर नहीं हो सकती। महिषासुर-मर्दिनी को मेरा शत-शत प्रणाम है।

यह कहकर वह अपने संपूर्ण परिवार के साथ शिव-मंदिर की ओर चल पड़ते हैं क्योंकि वह इस महासाम्राज्य जयराजगढ के अब नये महाराणा हैं।

महाराणा रणजीत सिंह अपनी दोनों रानियों और तीनों बच्चों के साथ शिव मंदिर में दीपक जलाते हैं। पहला दीपक वह शिव-शंकर के सामने रखते हैं तो दीपक की रोशनी शिव- शंकर के ऊपर पड़ती है और शिव-शंकर की तीसरी आंख में जो मणि लगवाई थी, वह रोशनी पड़ते ही चमकने लगती है। उसकी पूरी रोशनी महाराणा रणजीत देव प्रताप सिंह पर पड़ती है और वह शिव की रोशनी में पूरी तरह भीग जाते हैं। वह भाव-विभोर होकर मुस्कुराते हुए कहते हैं, वाह रे भोले-शंकर तुमने तो मुझ

जैसे भयंकर विषधर पापी को भी शिवमयी कर दिया है। अब तो मैं भी शिव-जन हो गया हूं......मैं भी शिव-जन हो गया हूं......मैं भी शिव-जन हो गया हूं।

जय शिव-शंकर, जय शिव-जन!!!

ॐ नमो: शिवाय:

ॐ नमो: शिवाय:

ॐ नमो: शिवाय:

महासाम्राज्य जयराजगढ में एक नये युग की शुरूआत हुई है....और यह शुभ-आरंभ है।

लेखिका के बारे में

मीनाक्षी का जन्म 27. दिसंबर 1972 को नई दिल्ली में हुआ था। वह अपने पति और बेटी के साथ हरियाणा के गुरूग्राम में रहती है। 1994 में जीसज एंड मैरी कॉलेज (दिल्ली विश्वविद्यालय) से स्नातक होने के बाद 1997 में उनका विवाह हो गया। इंटीरियर डिजाइनर होने के बावजूद उन्होंने घर संभालना ही पसंद किया। अपना समय वह पढने (साहित्य, इतिहास, आध्यात्मिक) और लेखन (कविता और उपन्यास) में व्यतीत करती हैं। वह भारतीय संस्कृति की समर्थक हैं। ईश्वर और कर्म में उनका गहरा विश्वास है।

"महारानी मीरामणि का ब्रह्म: सिंहासन" मीनाक्षी वर्मा का पहला काल्पनिक सामाजिक उपन्यास है, जिसमें उन्होंने सभी के समान अधिकारों के साथ 'किन्नरों' के सम्मान और अधिकारों का प्रश्न उठाया है, और ना केवल सवाल उठाए हैं, बल्कि इसके समाधानों का सुझाव देने की भी इस समाज को कोशिश की है।